Michael Stavarič

FREMDES LICHT

Michael Stavarič

FREMDES LICHT

Roman

Luchterhand

◊ ◊ ◊

Der Großvater erzählte mir einst, wenn ich träume, gehöre mir die ganze Welt, dass ich alles sein und bedenken könne, das gesamte Universum läge mir schließlich zu Füßen. *Ganz egal, was du dir vorstellst, Elaine, irgendwo ist es längst Realität oder könnte ganz leicht zu dieser werden,* behauptete er zuversichtlich. Ich stellte mir schon als Kind die unmöglichsten Dinge in meinen Träumen vor, um möglichst weit durch den Kosmos zu reisen, ich wollte etwas über das große Ganze erfahren, in welches die Erde und die Menschheit gebettet lagen.

Oft konnte ich es gar nicht erwarten, mich hinzulegen, die Augen zu schließen und aufzubrechen, an den unterschiedlichsten Planeten vorbeizuzischen, mir das eiskalte Vakuum um die Ohren wehen zu lassen, was streng genommen natürlich unmöglich ist, allerlei Abenteuer zu erleben, die etwas darüber aussagten, wer ich wirklich sein und was ich in der Welt bewegen wollte. Manchmal saß ich auf den Reisen durch meine Traumwelten auf einem Walross, einem Moschusochsen oder Eisbären, Tiere, von denen mir der Großvater ausführlich zu berichten wusste, schließlich begegneten sie ihm in Grönland beinahe jeden Tag.

Diese strampelten mit ihren *Beinflossen* durch das unendlich scheinende Nichts, ich krallte mich in ihren Nacken fest, wir waren schneller als das Licht, vor mir blitzte und funkelte es unentwegt. Wir flogen an Feuer- und Eisplaneten vorbei, ein jeder Ort war realisierbar, nichts und niemand konnte schließlich die Fantasie eines Kindes begrenzen, selbst die abwegigsten und unglaublichsten Gedankengänge blieben wie eine Achterbahn befahrbar, ein wildes Auf und Nieder. Ich setzte auf einem Planeten auf, dessen Oberfläche aus tastenden und zustechenden Eisstelen bestand, als wären diese mit einem Male lebendig geworden, als hätten sie sich mit Dolchen und Speeren bewaffnet, und doch blieb ihr Treiben ein zaghafter Versuch, etwas über das *dort Draußen* in Erfahrung zu bringen. Einem Raubfisch nicht unähnlich, der sachte zubeißt, weil es ihm an geeigneteren Gliedmaßen fehlt, um sein Visavis besser einschätzen zu können.

Der Vater wusste mit meinen Träumen weniger anzufangen, er hörte kaum hin, wenn ich sie ihm beim Frühstück erzählte, also blieb mir nichts anderes übrig, als den nächsten Besuch des Großvaters abzuwarten, der sich in meiner Kindheit zum Glück öfter in der Schweiz blicken ließ. Um keinen der galaktischen Träume zu vergessen, führte ich akribisch Tagebuch, ich kartografierte dort die Welt und den Kosmos mit meinen Augen und erschuf dabei fast zwangsläufig neue Tiere, Landschaften, Sterne und allerlei Begebenheiten. Und wäre die Mutter nicht früh gestorben, ich hätte sie wohl jeden Tag mit meinen imaginierten Geschichten überhäuft, gewiss hätte sie gelächelt und sich diese geduldig angehört, mich auf ihren Schoß genommen, und alles wäre auf ewig gut gewesen.

Dabei fiel es mir selbst in den kühnsten Träumen schwer, mir meine Mutter vorzustellen, was gewiss auch daran lag, dass der Vater keinerlei Abbildungen von ihr besaß, in Anbetracht der technischen Möglichkeiten unserer Zeit ein Affront sondergleichen. Immerhin war die Mutter insofern in unserem Haushalt präsent, da sie der Vater in einer mit Blütenranken reich verzierten Urne auf einer Anrichte gelagert hatte, es wäre dies der ausdrückliche Wunsch der Mutter gewesen, versicherte er mir, nach ihrem Tode verbrannt und in einem entsprechenden Gefäß auf der Kommode verwahrt zu werden. Darüber hinaus wusste er mir nichts zu erzählen, und ich konnte es lange Zeit nicht fassen, dass Mutter keine Nachrichten für mich hinterlassen hatte, kein Vermächtnis, keine Anleitung, kein einziges freundliches Wort. Bald schon dachte ich gar nicht mehr an sie, die Mutter war mir schließlich einer dieser pulverisierten Sterne im Universum, die dieses zwar weiter bedingten, doch ihm nicht mehr angehörten.

Der Großvater blieb die einzige mir vertraute Bezugsperson, die ich an mich heranließ, und wären er und Dallas nicht gewesen, ich hätte wohl gar keine sozialen Kontakte gehabt, wäre ein noch eigensinnigeres Kind gewesen, auf immer und ewig verloren in den kosmischen Weiten. Mit Dallas war ich aufgewachsen, er lebte mit seiner Familie in der Nähe des Vaters und stellte, neben Großvater, den einzigen echten Freund dar, den ich jemals gekannt hatte. Als Kinder gingen wir gemeinsam durch dick und dünn, als Jugendliche waren wir ineinander verliebt, ohne dass einer von uns den entscheidenden Schritt gewagt hätte, also trennten sich unsere Wege bisweilen. Dallas zog es in die Welt (er machte Karriere beim Militär), mich wiederum trieb es, abgesehen von der Arbeit, nach Grönland, zu Großvater und seinen Inuit.

Wir saßen dann vor Großvaters Hütte und blickten zu den Sternen empor, zu unseren Füßen lagen die halb im Schnee eingegrabenen Hunde, ab und an winselte einer von ihnen, er träumte wohl von beschwerlichen Pfaden. Wohin ich auch blickte, ich konnte mich nicht sattsehen an den Rillen und Furchen, die in manchen Nächten überdeutlich im Eis hervortraten, es war ein lebendiger, uns gewogener Organismus.

Einmal nahm Großvater meine Hand und sprach, dass man niemals aufgeben dürfe, dass es einen Grund dafür gäbe, warum wir hier seien. Und er erzählte mir in seiner unnachahmlichen Art davon, dass wir unsterbliche Seelen hätten, dass es alle Inuit längst wüssten und dass sich diese noch vor dem Tod ihres Körpers entschieden, welchen Weg sie weiter einschlagen wollten. Sollte man im ewigen Eis bestattet werden, so würde die Seele zu den Sternen emporfahren, und entschiede man sich für die Tiefen des Eismeeres, so würde diese durch eine friedliche Unterwelt wandeln, wo es reichlich zu essen gab. Und wollte man gar einen neuen Körper und eine nächste Existenz, so wäre auch dieses Unterfangen möglich, ich könne in einer jeden Gestalt im Eis erscheinen, die mir nur vorschwebte.

Seine Nasenspitze berührte dann sachte die meine, eine Geste namens *kunik* (ᑯᓂᒃ), die unter den Inuit seit jeher als Zeichen der Zuneigung galt, wobei weniger die Berührung selbst im Vordergrund stand, vielmehr roch man einander dezent an Wangen und Haaren, ein intimer, einem lange im Gedächtnis verbleibender Moment, der irdische Wesen für immer zu verknüpfen vermochte. *Du bist eine ganze Vergangenheit und eine ganze Zukunft, Elaine, lass es dir niemals nehmen, deine Geschichte so zu erzählen, wie sie wirklich passiert ist…*

TEIL I

Winterthur
und das Ende der Welt

Our world is constantly speeding,
the stars are still intriguing,
the tears in our eyes,
feed happiness for the next miles.

These visions make us desperate, give us hope,
the end is always the start of a new episode.
Feel free to interact with the plot,
the choice can really mean a lot,
just try to translate this secret code.

(Hooverphonic – »Visions«)

1.

ALLMÄHLICH BIN ICH KAUM MEHR in der Lage, die bittere Kälte zu ertragen.

Ich kann kaum die Augen öffnen, mich bewegen, geschweige fliehen, gar frei atmen, keine Ziele nirgendwo, überall Gedankenkreisel. Möge ich erfrieren, lasst mich endlich sein, innerlich verstarb ich oft genug, doch lässt der Tod weiter auf sich warten.

Ich will mich festhalten, fasse mehrmals nach dem *Stiegengeländer*, klamm sind die Hände, taub bis in die Fingerspitzen, der Frost und die Kälte lassen mich taumeln. Einst konnte es mir gar nicht kalt genug sein, ich tauchte selig ab, ließ mich fallen in jedwedes Eis, zwängte die Hände hinein, so tief es nur ging, wie in übergroße Backformen. Ich nahm gern ein Bad in kribbligem Schnee, der einem alles Blut aus den Fingern trieb, der dieses wie rote Eiswürfel in einem schmalen Glas zu stapeln schien, es fühlte sich ungemein lebendig an. Und später, wenn das Blut erneut in die Finger floss, wenn sich dieses wie ein Sturzbach innerhalb der Adern seinen Weg bahnte, wenn man die noch unterkühlten Hände an die halbwarmen Lippen hielt, sie mit etwas Atem anzuwärmen suchte, wenn man die Handflächen trotzig aneinanderrieb und diese wagemutig in den Nacken oder an den eigenen Hals legte, ließ mich all das erst frohlocken.

Die Kälte spornte den Körper an, aufzuwachen, sich zu bewegen, durch den Schnee zu laufen, lauthals und gellend zu schreien, sich in der Welt bemerkbar zu machen. Sie war wie ein Hund, dem ich nicht einmal einen Namen zu geben brauchte, lief mir treu hinterher, wir tollten gemeinsam durch eine verwunschene Winterlandschaft, das Bellen der Kälte war mein heiserer Atem, ihr zuliebe lief ich manchmal sogar auf allen vieren.

Nunmehr ertrage ich die Kälte nicht mehr, es ist undenkbar geworden, ohne Handschuhe und Wollmütze ins Freie zu gehen, meistens verkrieche ich mich und verlasse das *Stiegenhaus* nur noch dann, wenn es unvermeidbar ist. Vier, fünf Paar Socken streife ich mir über, Thermounterwäsche, zwei, drei Pullover, einen dicken Schal, doch friere ich dennoch, es existiert eine widernatürliche Kälte, die sich allmählich in meinem Körper breitmacht, die diesen unterwirft, meinen Kopf, meinen Rumpf und alle Gliedmaßen. Fast ist es so, als würde mir der Winter eine Kriegserklärung unterbreiten, das Leben versickert in tauben Fingerspitzen, kalten Unterarmen und eisigen Lippen, es ist mir vollkommen unmöglich geworden, mich aufzuwärmen, ganz egal, wie sehr ich auch die Hände balle oder wie nah ich an die mich umgebenden Wände rücke.

Ich schließe die Augen und verbringe gedanklich ein paar Stunden in der *Badewanne*, versuche mir vorzustellen, ich wäre noch im Mutterleib, wo es auf immer wohlig warm bleibt. Ich aale mich im viel zu heißen Wasser, das meine Haut rötet und reizt, das zwar die obersten Hautschichten aufzutauen vermag, doch ist die Kälte nach wie vor in mir, als wäre ich irgendeine den Elementen und ihren Widrigkeiten ausgelieferte Erdschicht. Eine Art Permafrost hält mich an diesem Ort gefangen, meine Hautoberfläche wird bestenfalls matschig, wenn sie wärmer wird, allfällige Druckstellen halten sich darin eine ganze Woche. Doch unter dem Matsch, unter der in meinen Träumen vom heißen Wasser verbrühten Haut, liegt blankes Eis, ich bin wie eine gefrorene, von Eiskristallen in Schach gehaltene Erde, jener Staub, aus dem sich der Mensch einst erhob, der nunmehr verklumpt, versteinert und zu gar nichts mehr taugt.

Der weißgraue Himmel draußen vor dem Stiegenhaus und die angrenzenden Hügel bleiben ununterscheidbar, die darin gefangenen sogenannten Anzeichen von Zivilisation bestehen aus ein paar aufgeplatzten Modulen, diversen Verschlägen, fast schon Baracken, ein paar zugespitzten Metallarmen und allerlei Bruchwerk. Sechs oder sieben Masten, wohl eher verdrehte, in sich verschraubte Antennen und Auslegerreste, recken sich in die Höhe, alles ist restlos und unwiederbringlich eingeschneit, weithin in der Ebene verstreut. Wie ein unwirtlicher, in einer lebensfeindlichen Umgebung gelegener Ort, so fühlt es sich an, das Allein-Sein, wund und zusammengepfercht mit den eigenen Erinnerungen. Man müht sich weiter, versucht irgendwelchen Aufgaben und Ordern nachzukommen, ab und an erkenne ich einen milchig-hellen Fleck am Himmel, es muss die Sonne sein, irgendein mir längst fremd gewordener Himmelskörper, doch ist es nicht weiter wichtig, sie strahlt keinerlei Wärme ab, davor ist immerzu Winter.

Wenn ich durch das Stiegenhaus gehe und vor die *Türe* trete, fühle ich mich immerzu am Abgrund, ich blicke in einen Eiskrater hinab, aus dem sich vereistes Metall schält, Luken und Lüftungsschlitze sind zu erkennen, alles wölbt und verschränkt sich, franst zugleich aus. Die Zivilisation, ganz egal, wie hoch entwickelt sie einst gewesen sein mag, sie scheint nur noch ein ausgeschlachtetes Wrack zu sein, irgendein verloren gegangenes Ding in dieser bedrohlichen Landschaft.

Meistens bin ich wie gelähmt, das Stiegenhaus liegt still und verloren da, ich strauchele, ziehe die Hände zurück, das eiskalte Metall des Geländers bleibt an meiner Haut haften, es scheint mich festsetzen zu wollen. Alles friert mittlerweile an mir fest, selbst Metallsplitter und Verstrebungen, die dann von sich aus immer weiter in den Raum wachsen. Bloß nicht zur Gänze daran festkleben, denke ich mir noch, einen Schritt nach dem anderen, auch wenn du es eigentlich besser weißt.

Das Stiegenhaus ist ein bläulich schimmernder Hohlraum, ich orientiere mich an dem fahlen, sich nicht weiter bemühenden Licht und taumele auf die hellste Stelle zu, selbst eine unförmig gewordene Silhouette, die sich nur zögerlich ins Freie wagt. Ich kann spüren, wie all meine Zellen verharren, sie scheinen plötzlich nur noch aneinandergereihte, in sich kollidierende Schneebälle zu sein, die von immer weiteren Eiskristallen befallen werden. Ihre rundliche, nach wie vor tröstliche Form löst sich endgültig auf, das verklumpte Eis ist schlussendlich überall, die Kälte überwindet alle Wälle und jede noch so gut konstruierte Zellwand, sie zieht ein, wohin sie will, und lässt mich erschaudern.

Eine Weile stelle ich mir vor, draußen sei Sommer, ganz egal, wie abwegig das sein mag, ich versuche Frost und Kälte, die meinen Körper umklammert halten, auszublenden. Ich spreche mir trotzig Mut zu, der Geist ist schließlich frei, und ich kann mir ausmalen, was immer ich will, vollkommen egal, wie die Realität auch beschaffen ist. Demnach gehe ich ein wenig *spazieren*, suche etwas Auslauf für die steifen Glieder, dick eingemummt stolpere ich durch die Ebene, sinke in den Schnee und denke beharrlich daran, dass Sommer sei, dass ich weiches Moos unter den Füßen habe, irgendeine von Gräsern und Kräutern überwucherte Wiese. Ich stapfe gedanklich durch schimmernden Sand, wate durch flüssiges Wasser, allein die Füße fühlen sich an, als gehörten sie jemand anderen. Bestimmt würden sich alle gehörig wundern, was mit mir los sei, mitten im Sommer in Daunenjacken, ja Thermoanzüge gewickelt, mit Handschuhen und Pelzkragen, ach, die Dame sei gewiss exzentrisch, wäre noch eine der höflicheren Formulierungen.

Die Menschen, die ich in der weißen Einöde zu erkennen glaube, tragen T-Shirts und kurze Hosen, die Frauen führen ihre Sommerkleider aus, unvorstellbar, wie warm ihnen sein muss. Sie werfen mir befremdliche Blicke zu, vielleicht halten sie mich für einen der Obdachlosen, die sich im Sommer in dicke Schichten hüllen; wer im Freien lebt, hat eine gänzlich andere Einstellung zu den Jahreszeiten. Jemand wirft mir plötzlich einen Ball zu, irgendein Kind, das in seiner eigenen, noch unverfälschten Welt lebt; einen Moment lang scheine ich nicht mehr befremdlich und verwahrlost. Ich versuche diesen aufzufangen, doch wie soll das schon gehen, wie kann ich noch Wunder vollbringen, mit diesen verfrorenen, mir nur gelegentlich gehorchenden Händen. Der Ball trifft meine Brust und prallt ab, er rollt und hüpft von dannen, das Kind läuft ihm verwundert hinterher, ganz offensichtlich bin ich keine geeignete Spielkameradin.

Augenblicklich verliere ich die Fassung, die sommerliche Umgebung löst sich im Nichts auf, sie verschwindet, und eine Windböe erfasst mich unversehens, der Winter hat sie mir nachgeworfen, um mich endgültig von den Beinen zu holen. Sollte ich heute fallen, würde ich nicht mehr die Kraft aufbringen, erneut aufzustehen, mich zurück zum Stiegenhaus zu schleppen, um mich in einem der Winkel zu verkriechen.

Ich blicke zum Himmel, einen Moment lang scheint dieser strahlend blau, im nächsten erneut weißgrau und fahl, Schneeflocken und Kälte rieseln herab, woraufhin ein paar Vögel durchs Bild zischen, ein paar Federn torkeln zu Boden, bestimmt brechen sie auf in den Süden. Ich schüttele heftig den Kopf, der blaue Sommerhimmel und die weithin sichtbaren, piepsenden Vögel werden erneut vom Winter weggewischt, der Schnee fällt nun noch dichter, als hätte jemand die Flocken fein säuberlich an langen Schnüren aufgefädelt, diese zunächst abermilliardenfach irgendwo am Himmel festgebunden und nunmehr mit glatten Schnitten alle Verbindungen gekappt. Die Schnüre rasen daraufhin unverzüglich auf den Boden zu, und dort, wo sie auftreffen, türmen sie sich in Windeseile auf, Seile und Netze und Sorgen aus Schnee. Fast scheint es, als wäre der Winter ein gewaltiges Schiff, die Matrosen sind damit beschäftigt, überall und endgültig Anker zu setzen, sie werfen eine Ankerkette nach der anderen über

Bord, die Kettenglieder fallen nach unten, auf mich zu, der Winter wird sich wohl noch tiefer und unwiederbringlicher in die Erde bohren.

Insgeheim bekrittele ich, dass ich am bleichen Himmel noch kein Nordlicht gesehen habe, man sollte doch meinen, dass es sich irgendwann zeigen müsste, in den klareren und schneeloseren Nächten. Als Kind träumte ich davon, mich auf eine Expedition zum Nordpol zu begeben, wo sich irgendwann aus dem Kläffen der Schlittenhunde, aus klirrender Kälte und ewigem Eis langsam das Nordlicht hervorschälen würde, ich dürfte nur nicht die Geduld verlieren. Ich las etwas von starken Sonneneruptionen, dass die daraus resultierenden Sonnenwinde auf das Magnetfeld des Planeten einwirken, irgendwelche geladenen Teilchen (oder waren die doch ungeladen?) bringen schlussendlich den Himmel zum Leuchten, in allen nur denkbaren Schattierungen von Grün und Blau, mitunter auch Gelb und Rot.

Achromatopsie, die Farbenblindheit, es wäre mir tatsächlich unerträglich, kein Nordlicht wahrnehmen zu können, in manchen Kulturen käme allein das einem Fluch (oder Todesurteil) gleich. Alles nur noch in Kontrasten wahrzunehmen, hell und dunkel, weiß und schwarz, das wäre beinahe so, als wäre man auf ewig im Eis gefangen, als wären helle und dunkle Stellen die einzigen strukturgebenden Prinzipien, die allerletzten Bastionen der schwindenden Wahrnehmung. Kaum einer weiß, dass Farbenblindheit nichts mit einer Rot-Grün-Sehschwäche zu tun hat, eine solche Fehlsichtigkeit ist wirklich keinerlei Erwähnung wert. Erst die Achromatopsie macht Menschen zu Verlorenen und sich immer weiter Verlierenden in der Welt, die allmählich von den sie belagernden Graustufen überrannt und aufgesogen werden.

Obgleich sie über genügend Sehschärfe verfügen, kommt ihnen diese unmerklich abhanden, das grelle Weiß treibt sie unerbittlich vor sich her, die Lichtempfindlichkeit und Tagblindheit nimmt konstant zu, sie enden irgendwann in dunklen und verhangenen Räumen. Dabei liegt es nicht am Auge, das funktioniert vollkommen einwandfrei, es ist vielmehr die Verarbeitung der Sinne, die fortan zu wünschen übrig lässt, die Farben betreten den Kopf und verlieren sich im Nirgendwo, verpuffen im gräulichen Grau.

Für mich bleibt dies eine Krankheit des Winters, der nach und nach alle Farben erstickt, daran fand er seit jeher Gefallen; es hat auch nichts mit einer *Schneeblindheit* gemein, einer *aktinischen Keratopathie*, wie es die Ärzte unterscheiden würden, die allmählich das Auge schädigt, es lichtempfindlich und verwundbar macht. Die Keratopathie bleibt eine Strahlenerkrankung, das UV-Licht löst Stück um Stück die Netzhaut ab, geplatzte Äderchen röten die Augen, natürlich macht es ein Leben im Schnee nicht einfacher. Doch die Achromatopsie ist die wahre Geißel des Winters, als hätte man die Welt in ein permanentes Kontrastmittel getaucht, als wäre sie fortan nur noch ein Röntgenbild, um vermeintlich mehr zu sehen, jedoch immer weniger zu erkennen. Als Kind stellte ich mir noch vor, dass ich mich freiwillig von einem der Schlittenhunde beißen ließe (gewiss wären die immerzu hungrig), damit die Hand ordentlich blutet und so etwas Farbe in die eintönige Landschaft kommt.

Doch wie weit man vom Stiegenhaus aus auch gelangen mag, vermutlich ist nirgendwo ein Nordlicht zu erkennen, als wäre man irgendwo falsch abgebogen, auf einem fremden Planeten gelandet, auf dem es schlicht keine *Aurora borealis* gibt. Vielleicht existiert hier keine eigentliche Sonne mehr, kein Magnetfeld, nur noch schädliche, glimmende Strahlung und Winterstürme, gefrorenes, spitzes, dolchiges Wasser.

In solchen Momenten bleibt mir nur meine Fantasie, ich male mir aus, mich in eine sommerliche Wiese zu betten, den Himmel zu fixieren, mich aufs Atmen zu konzentrieren, ich bin eins mit der Welt, und nichts anderes zählt schließlich. In wohliger Wärme strecke ich die Glieder, rieche die erdigen Noten, die grasigen Nuancen, Zitrusfrüchte und Blütenstängel, ich bin, was ich bin, fern aller Zweifel.

Ich träume davon, im nächstbesten Café zu sitzen, beobachte die emsig im Tag agierenden Menschen, allesamt schlängeln sie sich durch die belebten Straßen, die Kellnerin vor mir wischt ihre Tische ab, unermüdlich arbeitet sie sich eine längere Zeile entlang, platziert dort den Salz- und Pfefferstreuer, einen hellen und einen dunklen Glasbehälter, wie eine Schachgroßmeisterin schiebt sie diese Figuren in die Mitte der quadratischen Möbel, immerzu der gleiche Eröffnungszug.

Doch unweigerlich holt mich die Realität wieder ein, ich werde förmlich in sie hineingezogen, die Welt der Kontraste hat mich wieder, überall ein helles und dunkles Grau, schmutziger und noch schmutzigerer, kristalliner Schnee. Mein Kopf setzt erneut auf, rumpelt ein wenig die eisglatte Ebene entlang, ich weiß nach wie vor nicht genau, wo ich mich befinde, ich weiß nur, dass hier, dass in mir immerzu Winter ist.

Nach der Bruchlandung unseres Flugschiffes, kaum dass ich mich aus meinem Eiskokon befreit hatte und ins Freie gekrochen war, konnte ich es gar nicht fassen, frei und ungehindert atmen zu können. Dass es hier tatsächlich eine Atmosphäre gibt, vollkommen egal, wie unwirtlich einem der Ort auch erscheinen mag, es verwundert mich ungemein. Augenscheinlich ist überall reichlich Sauerstoff vorhanden, ich meine, wer hätte das zu hoffen gewagt, dass irgendwo im Universum ganz zufällig noch ein Planet existiert, auf dem irdische Organismen vorbehaltlos atmen können.

Atme, Elaine, atme und beklage dich nicht ständig über die Witterung, atme tief durch, mit dem Atmen kommt die Zuversicht, dein Herz schlägt ja wie wild, der Sauerstoff hält Geist und Zellen beisammen. Atme immer weiter und lege dich bloß nicht zu lange hin, egal, wie schwindelig dir auch ist, dein Knie schmerzt, das linke Knie ist es, es fühlt sich an wie Pappmaché, wird wohl noch viel schlechteres Wetter kommen. Ein neues Knie, das wäre schon etwas, das viele Treppensteigen in Stiegenhäusern, und all das Waten durch meterhohen Schnee, wer würde das nicht nachvollziehen können. Vielleicht könnte ich mir sogar das Knie eines Mannes wünschen, es ist kräftiger und praktischer, die Knie einer Frau sind vielleicht schöner, doch reicht das im All nicht.

Ich taumele zurück zur klaffenden Öffnung, greife nach dem Stiegengeländer, das sich gar nicht wie ein solches anfühlt, vielleicht ist es auch nur irgendein Leitsystem, eine Treppe, ein Traktorstrahl, der einen, so gut es geht, aus dem Wind zieht. Ich versuche den Schnee abzuschütteln, sinke auf die Knie und rolle mich wie ein wundes Tier, ich springe hoch und drehe mich um die eigene Achse, immer noch mehr Schnee wird dabei im Stiegenhaus verteilt, ich bin eine lebende Zentrifuge, und nichts soll mir anhaften.

Vorsichtig steige ich die *Treppen* hoch, es ist schon seltsam, wie schnell man übereinkommt, allem Schrecklichen einen freundlichen Überzug zu verpassen. Plötzlich gibt es wieder Wörter für einen wie *Treppen, Türen, Stiegenhäuser, Badewannen* und Co., die Kleidung ist *winterfest*, die Kälte ein alter Freund, mit dem man sich doch nur auszusöhnen braucht. Selbst Augenkrankheiten (und Gedanken an diese) stellen eine willkommene Abwechslung dar, sie bieten Erklärungen und somit Normalität, der menschliche Geist ist beinahe zu einer jedweden Täuschung fähig.

Ich denke über die alten Kulturen nach, die den Nordlichtern allerlei Dinge nachsagten: Die Wikinger glaubten, diese seien Vorboten und Verkünder geschlagener Schlachten, sie erkannten die sich am Himmel widerspiegelnden Rüstungen der Walküren, die im Auftrag Odins die gefallenen Helden nach Walhalla geleiteten. Die Inuit sahen eine große Seelenwanderung, tanzende Vorfahren, die, einer nach dem anderen, schließlich das Jenseits erreichten; die Nordlichter waren Pforten, durch welche man in ein *nunaulluq* (ᓄᓇ ᐅᓪᓗᖅ), ein *Land des Tages* treten konnte, ein Land ohne Mühsal und voller endloser Vergnügungen; Legenden nach spielen dort die Toten mit Walrossschädeln Fußball, wobei die Stoßzähne immer wieder im harten Schnee stecken bleiben. Als Kind hatte man mir tatsächlich Darstellungen davon gezeigt, Gruppen von Männern, die sich eifrig plagten und mühten, das selbst nach seinem Tode geschundene Walross tat mir leid.

Die Chinesen wiederum vermuteten in ihnen Drachen und mythische Wesen, die durch ein Pfeifen angelockt und durch ein Klatschen von der Erde ferngehalten werden konnten. Die Einwohner der Färöer-Inseln fürchteten um Leib und Leben, Kinder wurden seit jeher ermahnt, nicht ohne Mütze aus dem Haus zu treten, sonst käme das Nordlicht und schnitte ihnen die Haare (gar Köpfe) ab; unter Umständen wurde man sogar von diesem fremden Licht gelähmt, wenn man es ungebührlich lockte oder anlachte. Manchmal ging man auch unisono davon aus, dass das Nordlicht den Widerschein von großen Heringsschwärmen und Fischschulen im Meer darstellte, dass die Fische ganz knapp unter der Wasseroberfläche schwammen und dabei Lichtstrahlen gegen die Wolken warfen, die man vom Land aus beobachten konnte. Die Indianer Nordamerikas waren davon überzeugt, dass das Licht von Tiergeistern stammte, insbesondere Weiß- und Narwalen, Großen Tümmlern und Seehunden, um den Menschen Ehrfurcht einzuflößen.

Mir scheint, jedwede gedankliche Ablenkung ist mir willkommen, ja selbst die absurdesten Überlegungen versehe ich mittlerweile mit einem heiteren Überzug, einem weißen, freundlich anmutenden Laken, auf das ich mir allerlei notiere und zeichne, Bann- und Merksprüche, kleine Kritzeleien, ein paar krakelige Blumen. Während ich mich immer noch die Treppe entlangmühe, erinnere ich mich an die langen, fordernden Polarnächte, eine Zeit, die selbst von den standhaftesten Inuit als eine beschrieben worden war, *in der man die Last des Lebens spürt,* und *qitujappuq* (ᕿᑐᔭᑉᐳᖅ), *sich unweigerlich unter dieser beugt.* Ich kann mir plötzlich überdeutlich ihre gebückten Gestalten ausmalen, die sich irgendwie mit der Landschaft zu arrangieren suchen, mehr Tiere denn Menschen, sie kauern am Boden und lassen keinerlei Zweifel darüber aufkommen, wie sehr sie unter der Kälte leiden.

Mit einem Mal denke ich an die Abenteuer des Polarforschers *Robert Scott*, der, als er das Nordlicht zum ersten Mal sah, verlauten ließ, *dass es unmöglich sei, Zeuge eines solchen Phänomens zu werden, ohne dabei Ehrfurcht zu empfinden.* Mir selbst war nie klar gewesen, was ich beim Anblick eines Nordlichtes empfinden, woran ich denken, womit ich es assoziieren würde. Ich hoffte wohl, es wäre etwas Tröstliches, eine freundliche, wissende Erscheinung, die ich mit einem noch freundlicheren Überzug versehen könnte. Dort ließe sich auch das Wort *Nordlicht* in den mir bekannten Inuit-Sprachen aufnotieren, demnach *atsanik* (ᐊᑦᓴᓂᒃ) im Dialekt der Labrador oder *aqhaq* (ᐊᖅᓴᖅ) im Wortlaut der Kivalliq oder gar auf Ostgrönländisch: *arsarniq* (ᐊᕐᓴᕐᓂᖅ).

Endlich gelange ich an das *Treppenende,* dorthin, wo das Stiegengeländer in eine Art *Koje* übergeht und ich mich zur Ruhe begebe; mir fällt noch ein, dass die alten Voyager-Sonden schon in den 1970ern zum ersten Mal spektakuläre Bilder von

Jupiter und Saturn zur Erde funkten, die allerlei fremde Nordlichter auf diesen Planeten zeigten. Eigentlich ist dieses Phänomen überall im Universum möglich, wo es Magnetfelder und Sonnen gibt, das Nordlicht stellt somit alles andere als eine ausschließlich irdische Erscheinung dar.

Ich winkele die Beine an, umfasse sie mit den klammen Händen, versuche diese glatt zu streichen, Haut und Stoff zu begradigen, mich erneut aufzuwärmen. Ich streife mir einen der Pullover über den Kopf, liege nunmehr in meinem *Bett*, schon wieder eines dieser Wörter, die mir Normalität vorgaukeln, die einer mir einst vertrauten Sprache entstammen. Vielleicht hat es ja sogar sein Gutes, dass ich hier noch keinem Nordlicht begegnet bin, vielleicht sind die Reste meiner Zivilisation auf diesem Planeten nur ein weiterer Ansporn, es nunmehr besser zu machen, einmal noch das Chaos ordnen, eine letzte große Anstrengung zu unternehmen, bevor sich alles zum Guten wendet.

2.

ICH WOLLTE AUFWACHEN, mir die eiskalte Nasenspitze mit der Zunge ablecken, mir ein herrliches Frühstück zubereiten, weiches Ei, Käse, etwas Salami, doch geschah das alles nur im Kopf; sich alles leichtfertig vorzustellen, war eine der einfacheren Übungen. Irgendwann öffnete ich endlich die Augen, die Wimpern waren bereits ein wenig festgefroren, ein seltsames und keinesfalls beunruhigendes Gefühl machte sich in mir breit. Früher wurde ernsthaft behauptet, man trainiere auf diese Weise seine Augenmuskeln, alle Menschen im Norden bekämen so einen stechenden und klaren Blick; es war schon erstaunlich, was sich Menschen gemeinhin einzureden wussten.

Ich legte den Kopf in den Nacken, erstaunlicherweise fielen mir dabei keinerlei Gliedmaßen ab, kein Haupt, kein Bein, kein Arm, die Nase saß weiterhin fest in ihrem Sattel, möglicherweise ja nur, weil ich inzwischen restlos gefroren war. Ich winkelte die Beine an, streckte die Arme von mir, ganz weit nach hinten schienen sie zu reichen, in eine mir nicht mehr zugängliche Vergangenheit.

Ich griff mir erneut das Stiegengeländer, *Kontaktschmerzen* machten sich in meinen Unterarmen breit, welche sich langsam, jedoch unaufhaltsam bis zu den Schulterblättern ausweiteten. Vor allem nach dem Aufstehen vermied ich es, etwas anzufassen, versuchte achtsam aufzutreten und nur die allernötigsten Schritte zu wagen. Erstaunlicherweise wurde das allmählich besser, das Gehirn war bekanntlich ein gänzlich schmerzunempfindliches Organ, irgendwie übertrug es diese Gabe im Laufe von Stunden auf den gesamten Körper. Natürlich hielt dieser Zustand nicht an, die Kälte forderte nach wie vor ihren Tribut, und biologische Tatsachen ließen sich nicht vollständig aus der Welt halluzinieren, doch etwas Linderung war möglich.

Ich sah mich genauer im Stiegenhaus um, im Schiffsrumpf war alles durcheinandergewirbelt worden, je tiefer man kletterte und sich zu orientieren suchte, desto größer wurde das Chaos. Kam mir dabei etwas Brauchbares unter die Augen, versuchte ich es zur Seite zu schaffen, Nahrung hatte dabei absolute Priorität, ich freute mich allerdings auch über funktionierende Leuchtdioden oder Isoliermaterial.

Mir fielen ein paar Behälter auf, die als *fragil* gekennzeichnet waren, die dementsprechenden Symbole waren überdeutlich auf allen Seiten eingestanzt. Ich öffnete einen davon, um mich zu vergewissern, was sie enthielten, möglicherweise konnte dies noch zum Fund des Tages avancieren; die darin fein säuberlich gereihten Glasröhrchen ließen allerdings Anderweitiges vermuten. Ich nahm einen dem Behälter beiliegenden Scanner zur Hand, erstaunlicherweise funktionierte dieser anstandslos, *Samenspende* informierte das Gerät, ein wohlklingender Piepton ertönte. Ich navigierte mich kurz durch das übersichtlich gestaltete Menü, alles war ordnungsgemäß gelistet, Herkunft, Alter, Ausbildung etc. Jedes Flugschiff hatte solche Behältnisse an Bord gehabt, sie zählten zur Standardausrüstung, nur für den Fall der Fälle, nun, davon konnte man bei mir ja wohl ausgehen. Ich ließ es mir nicht nehmen, kurz aufzulachen, die Vorstellung, mich selbst mithilfe eines Glasröhrchens zu befruchten, wie soll ich es ausdrücken, es entbehrte nicht einer gewissen Komik.

Ich war ganz offensichtlich die einzige Überlebende des einzigen jemals auf den Weg gebrachten und tatsächlich in den Orbit gelangten Schiffes, ich erinnerte mich vorerst nur lückenhaft an den eigentlichen, überhasteten Aufbruch. Überall waren Schreie und Getrampel zu vernehmen gewesen, das Sirenengeheul ließ beinahe die Trommelfelle platzen, alle waren irgendwie auf dem falschen Fuß erwischt worden.

Es hieß, der Komet wäre aus dem Nichts aufgetaucht, zunächst ein winziges Etwas irgendwo in unsäglicher Ferne (und nur mit den allerbesten Teleskopen zu erahnen), in der verbleibenden Zeit hatte man selbstverständlich nichts unversucht gelassen. Der technische Fortschritt der Menschheit war weit gediehen, die führenden Konzerne verfügten über beträchtliche Mittel und Möglichkeiten, doch waren schließlich die Gräben zu tief, das Misstrauen zu groß, und eine Zeitlang hielt man den Kometen sogar für eine Finte, ein Ablenkungsmanöver der jeweiligen Gegenseite, einzig und allein ausgeklügelt, sein Visavis zu übertölpeln.

Mancherorts kam es zu seltsamen Vorfällen, diverse Menschen und Gruppierungen suchten nach Lösungen, der nahenden Katastrophe zu begegnen, allerdings waren die Bemühungen allesamt Sackgassen, welche schlussendlich in Massenselbstmorden mündeten. Auf der Insel Hawaii warfen sich die Menschen in Vulkankrater, um mit ihrem Opfer kosmische Mächte zu besänftigen, nahezu die gesamte Bevölkerung starb so noch vor dem Einschlag in einem Flammenmeer. Von der Insel Gotland aus versuchte man die Welt zu bekehren, ein neuer Glaube sollte das Unglück abwenden, alte Systeme und Strukturen hätten doch erst den Untergang heraufbeschworen, und nur die Abkehr von der Vergangenheit ermögliche eine Zukunft und besänftige selbst unverrückbar scheinende Kometen. Man sprach von einer neuen Herrlichkeit, die sich allmählich einstellen, die wie der Komet das bisherige Dasein pulverisieren würde, denn kein Mensch könne in dieser Herrlichkeit verharren, ohne dem alten Leben restlos zu entsagen.

Unser Unternehmen hatte fieberhaft an einer Flotte gearbeitet, mit deren Hilfe man entfernte Exoplaneten erreichen konnte, es gelangen dabei ein paar nennenswerte Durchbrüche, damit will ich sagen, der Bau der Schiffe war kein ausschließliches Himmelfahrtskommando. Schlussendlich reichte jedoch die Zeit nicht, der Komet, der immer näher kam und beinahe die Größe Madagaskars aufwies, beschleunigte zusehends (was physikalisch angeblich unmöglich war, doch so war es), das anfängliche Misstrauen wich einer sich immer weiter ausbreitenden Apathie, und wir brachten es lediglich hin, einige vielversprechende Prototypen zu bauen. Im finalen Chaos ging schließlich jedwede Ordnung verloren, nur wir schafften es in den Orbit (und darüber hinaus).

Ich sah dabei zu, wie der Schatten des Kometen die Erde verfinsterte, wie sich eine undurchdringliche Finsternis unaufhaltsam ausbreitete, und ich beschloss, mich nicht mehr umzublicken. Ich fühlte förmlich, wie wir über die Köpfe der zurückgebliebenen Menschen hinwegrasten, die unserem Flugschiff verzweifelt nachriefen, gewiss standen überall alle Fenster und Türen offen, wie es in Häusern, die auf ein großes Unglück warten, zu sein pflegt. Unser Flugschiff machte sich auf in die kalten Weiten, und ich schwebte nunmehr in eine neue Einöde davon, in der sich schwarzer Kosmos und dunkles Chaos ununterscheidbar vereinigten.

Ich denke nicht mehr viel über das Ende der Erde nach, manchmal glaube ich, es war unvermeidbar, die Menschheit (und die Summe ihrer Handlungen) hatte es nicht anders verdient. Allerdings geschieht es nach wie vor, dass ich davon träume, mir ausmale, was genau ich gesehen, sofern ich mich umgedreht und es bis zum Ende mitverfolgt hätte: all das Chaos und den Schmerz, die sich aufspaltenden Lichter, die verglühende Materie, die schreckensgeweiteten Augen allerorten. Ich wusste es bewusst zu vermeiden, habe nicht geklagt oder geweint wie all die anderen, die sich vom Inferno gefangen nehmen ließen, von den riesigen, wuchernden, zerfallenden Feuer- und Gesteinsbällen. Dennoch sehe auch ich diese Feuerbälle in meinen Träumen, ich spüre die quälende Hitze, die Schockwellen und den brüchig gewordenen Raum, das lautlose Bersten der Erdkruste lähmt mich, schlussendlich ist die Fantasie das größte Monster von allen.

Dabei waren erst Jahrhunderte voller Lichtkriege und Zwistigkeiten zu Ende gegangen, es hieß noch, von nun an würde es besser werden, man würde den technischen Fortschritt ausschließlich zum Wohle aller einsetzen. Der *Erste Lichtkrieg* beeinträchtigte in der Tat die gesamte Welt, alles geriet aus den Fugen, und der Himmel stand drei volle Jahre in Flammen. Man benötigte Spezialbrillen, um hinaufsehen zu können, viele Menschen verloren schlussendlich ihr Augenlicht oder hatten sonstige Beeinträchtigungen, Achromatopsie hieß nur eine davon. Den Kindern wurde erzählt, dass sie sich nicht weiter fürchten müssten, nur ein paar neue Regeln galt es zu befolgen, Spezialbrillen tragen und sich nicht übermäßig lange im Freien aufhalten, kein Regenwasser trinken. Man erfand allerlei Märchen über Leuchtkäfer und Elfenwesen, die am Himmel miteinander spielten, viele verniedlichende Erklärungen kursierten, warum es für eine ganze Weile keine Sterne mehr zu sehen gab.

Natürlich stand der Himmel nicht wirklich in Flammen, es war die schiere Menge an Energiegeschossen, die diesen grell erleuchtete, unablässig blitzte und flackerte es dort, der *Erste Lichtkrieg* fand schließlich in den Lüften statt, wo sich alle Kriegsparteien in Stellung gebracht hatten. Selbstverständlich wurde auch am Boden einiges zerstört, doch im Vergleich zu noch weiter zurückliegenden kriegerischen Auseinandersetzungen hielt es sich in Grenzen, man mutmaßte, es starben lediglich fünfzehn Millionen Menschen.

Im *Zweiten Lichtkrieg* kam es schlimmer, neue, fortschrittlichere Waffen wurden eingesetzt, der Himmel selbst war allerdings nicht mehr hell erleuchtet, dafür blieb es brütend heiß, man bekämpfte einander mit Plasma und Blitzen, ein für alle Mal sollten die Dinge geklärt werden, die Vorherrschaft manchen Regierungskonzerns stand auf dem Prüfstand. Die Hitze selbst ließ sich nicht so gut in Geschichten verpacken, die Luft kochte förmlich in etlichen Gegenden, und viele Eisgebiete der Erde schmolzen ab, es war allerdings nichts im Vergleich zum ohnedies vorangeschrittenen Klimawandel. Das Leben spielte sich während dieser Jahre vorwiegend unter der Erde ab, man hatte riesige unterirdische Städte entworfen und diese mit der Zeit ausgebaut, es mangelte dort keinesfalls an Komfort und Zeitvertreib. Überall wurde weiter geforscht und analysiert, visionären Gedanken standen allerlei Türen offen, alles in allem musste man anmerken, dass die Lichtkriege die Menschheit in technischer Hinsicht keinesfalls zurückwarfen, die hundert Millionen Toten wurden dafür in Kauf genommen.

Danach folgte eine unglaublich prosperierende Ära, es war verblüffend, was alles möglich wurde, vieles davon hätte man früher noch für Magie oder Science-Fiction gehalten. Und dann tauchte plötzlich wie aus dem Nichts dieser Komet auf, mit etwas Glück hätte er auch an der Erde vorbeifliegen können (was er nicht tat), nur ein halbes Jahr mehr Zeit hätte man gebraucht (so die führenden Wissenschaftler). Er hätte angeblich trotz seiner gigantischen Ausmaße von seiner Bahn abgebracht werden können, am Ende war wohl tatsächlich etwas Pech dabei.

Unser Flugschiff sollte nach dem Einschlag durch Zeit und Raum rasen, wir waren schließlich theoretisch schneller als das Licht (was doch auch alle ewig für unmöglich gehalten hatten), die Technologie krümmte den Raum, und allerlei Distanzen schrumpften, man beschloss schon in der Planungsphase, zu dem aussichtsreichsten Kandidaten zu fliegen, einem angeblich erdähnlichen Exoplaneten. Dort müssten wir anschließend von vorne beginnen, alles, was dazu vonnöten war, befand sich an Bord, nicht zuletzt auch eine umfangreiche Gendatenbank der Fauna und Flora. Genome würden von den mitgeführten Maschinen zu neuem Leben erweckt werden, und was soll ich noch sagen, alles würde gut. Unser Flugschiff war eine Arche, Saatgut und vollständige Gensequenzen aller nur denkbaren Arten waren vorrätig, die stilisierte Darstellung der Doppelhelix fand sich sogar als Emblem auf unseren Uniformen wieder, nur hatte die kaum einer getragen, unser Start war wahrlich eine überstürzte Flucht gewesen und kein geordneter Rückzug vom Heimatplaneten.

Ich weiß noch, wie ich die Rampe zum Schiff entlanglief, zur eigentlichen Besatzung sollten so viele Menschen wie möglich an Bord gebracht werden, doch war ihre Anzahl streng limitiert, vorgegeben durch die zur Verfügung stehenden Schlafkokons. Keiner wusste, wie lang die Reise dauern und wie weit sie gehen würde, die Kokons selbst waren formschöne Prototypen einer gänzlich neuen Generation von kryonischen Maschinen. Es war uns tatsächlich gelungen, Lösungen und Flüssigkeiten zu entwickeln, in denen kaum ein Körper mehr Schaden nahm, theoretisch könnte man so wohl sogar ewig durchs All treiben. Einzig und allein das Flugschiff (das mit den Zieldaten programmiert worden war) müsste rechtzeitig die Erweckungssequenz initialisieren und alle Kokoninsassen ins Leben zurückholen.

Einst hatte man diesbezüglich erste Erfolge erzielt, der Fall Dr. Anna Bågenholm galt im Nachhinein als historischer Meilenstein, man diskutierte diesen ausführlich in allen Forschungseinrichtungen. Die Datenbanken verzeichneten demnach einen tragischen Skiunfall besagter schwedischer Ärztin, die während einer Tour im Eis einbrach, sich zwischen Eisblöcken verkeilte und mithilfe einer Luftblase noch gut zwanzig Minuten unter Wasser weiteratmen konnte. Nachdem man sie geborgen hatte, war sie klinisch tot, die Kerntemperatur des Körpers selbst auf 13,7 Grad Celsius gesunken, doch gelang es den damaligen Ärzten, ihr kaltes Blut über einen speziellen Wärmetauscher zu führen und dieses mit frischem Sauerstoff anzureichern, summa summarum: Sie erwachte ohne bleibende Schäden, obgleich sie mehr als drei Stunden keinerlei Herz- und Körperfunktionen aufgewiesen hatte.

Schlussendlich hatte die Forschung ein hehres Ziel formuliert, nichts Geringeres als die potenzielle Unsterblichkeit wollte man erlangen, es anderen irdischen Organismen gleichtun, die keinen Alterungsprozess aufwiesen und bei günstigen Bedingungen nahezu für immer ihren Stoffwechsel aufrechterhalten konnten. Man erforschte intensiv einige Quallenarten, die es seit jeher beherrschten, ihre alten, verbrauchten Zellen in junges Gewebe umzuwandeln, beliebig oft und unbegrenzt, eine Art Perpetuum mobile, das ihnen ewiges Leben sicherte. Schließlich entstand auch der Forschungszweig der *Transdifferenzierung*, der sich allerlei Zellumwandlungsprozessen verschrieben hatte, die Ansätze waren von Anfang an vielversprechend. Und obgleich es später nicht gelang, einen Durchbruch zu erzielen, sprich, dieses *Quallenprinzip* restlos auf den Menschen zu übertragen, war man in Kombination mit der sich rasant entwickelnden Kryonik in der Lage, Schlafkokons zu konstruieren, in denen man (theoretisch) ewig in jenem (klinisch toten) Zustand verharren konnte. Allerdings ließen sich der *Kälteschlaf* (man vermied das Wort *Kältetod*) und die anhängige *Erweckung* nur einmal durchführen, der Erfolg der *Transdifferenzkryonik* basierte auf der Entscheidung, wann Körper eingefroren und wieder ins Leben zurückgeholt werden sollten, einen zweiten Versuch, beziehungsweise ein nochmaliges Einfrieren, gab es nicht, das hatte unweigerlich den Tod zur Folge.

Ich weiß noch, dass es mich in der Jugend gewundert hatte, dass die Inuit überhaupt ein Wort für *Quallen* kannten, wo sie diese doch normalerweise nie zu Gesicht bekamen, vielleicht ja mal als Beifang in kleinen Netzen. Als *itqujaq* (ᐃᑦᕐᑯᔭᖅ) wurden diese bezeichnet, was sich noch am ehesten mit *lose im Meer umher irrende Schneeflocken* übersetzen ließ.

Unter uns Wissenschaftlern wurde augenzwinkernd behauptet, dass wohl denjenigen, die Kälte gewohnt waren, eine recht entspannte Reise blühte. Was mich persönlich betraf, so glichen die frostigen Schlafkokons zunächst altbekannten Unterschlüpfen, die von den Inuit-Jägern schon vor Jahrtausenden ins Eis gegraben worden waren. Ich galt stets als eines der *Winterkinder*, schließlich war ich mit Kälte groß geworden, viele Generationen lang hatte es in meiner Familie Inuit-Vorfahren gegeben. Ihr Wissen hatte mir natürlich der Großvater vermittelt: in Eis und Schnee über die Runden zu kommen, nicht in Panik zu geraten, den Frost als lebendiges Wesen zu erachten, mich auf ihn einzulassen. *Sinnaliuqpuq* (ᓯᓐᓇᓕᐅᖅᐳᖅ), *versuch zu schlafen, ganz egal, was der Frost auch im Schilde führt,* der Großvater lächelte, schließlich konnte diese Formulierung auch als ein *es ist ziemlich hart zu schlafen* übersetzt werden. Und wie hart es doch im Eis werden konnte, wenn selbst kleinste Handgriffe zur Mühsal gerieten, wenn einem der Wind mit tausend Nadelstichen die Haut perforierte und die kalte Luft in der Lunge zu implodieren schien.

Ich war eine der letzten Personen gewesen, die ins Schiff vordringen konnten (was vielen Besatzungsmitgliedern verwehrt blieb), dieses war schlichtweg (wie auch die anderen Prototypen) gestürmt worden; schlussendlich kamen (trotz initiierter Startsequenz) zu viele Menschen an Bord, die Schlafkokons würden keinesfalls ausreichen, und ein Drittel der eigentlichen (und qualifizierten) Besatzung blieb tragischerweise auf der Erde zurück.

Ich selbst hatte die Leitung der Forschungsabteilung unseres Flugschiffes inne und war unter anderem mit der Rekonstruktion diverser Säugetierarten vertraut. Nach unserer Ankunft auf dem neuen Planeten, sofern es die Bedingungen erlaubten, sollte ich mich unverzüglich der Schaffung neuer und überlebensfähiger Populationen widmen, Tiere und Tierstämme galt es, aufzubauen und in Freiheit zu entlassen, die mit den vorherrschenden Bedingungen zurechtkämen. Stets hieß es dabei (vor dem Abflug), der neue Planet sei vielversprechend, alles wäre machbar, und wir würden unser Bestes geben, uns schon irgendwie einleben und überleben.

Spätestens nach dem überhasteten Abflug, wohl wissend, es als einziges Flugschiff in den Orbit geschafft zu haben, dämmerte vielen, dass die Schwierigkeiten erst begannen. Wir hatten unseren angestammten Planeten verloren und für immer zurückgelassen, einen glühenden, brennenden Klumpen, auf dem die gesamte Menschheit (und ihr technischer Fortschritt) mit einem Schlag ausgelöscht worden war. Vielleicht überwog bei dem einen oder anderen die Erleichterung, es bis hierher geschafft zu haben, manche sogar mit ihren gesamten Familien, doch lag nunmehr eine Reise vor uns, deren Ausgang mehr als ungewiss war.

Es sollte sich schon bald als unleugbare Tatsache erweisen, dass es schwer werden würde, die fehlende Besatzung zu ersetzen, dass die Vorräte keinesfalls so lange ausreichen würden wie geplant. Dass die vielen, zusammengewürfelten Menschen miteinander konkurrieren und in Konflikt geraten würden, dass vor allem jedoch der Mangel an Schlafkokons rund der Hälfte der Passagiere das Überleben schlicht unmöglich machte, es gab einfach nur eingeschränkte Ressourcen. Einem beträchtlichen Teil der Reisenden würde demnach die Transdifferenzkryonik nicht zur Verfügung stehen: Wie würden die Betreffenden reagieren, wie könnte man überhaupt eine (faire) Auswahl treffen, und was geschähe mit den Verbliebenen? Würde man ihnen gestatten, während die Übrigen in ihren Schlafkokons konserviert und auf die Ankunft auf dem neuen Planeten vorbereitet werden würden, ein *Borddasein* zu fristen, dieses zu Ende zu leben? Würden sie über die Eingefrorenen wachen? Oder würden sie schon dafür Sorge tragen, dass diese mit ihnen untergingen? Würden sie irgendwann gar die Wehrlosen aus den Kokons zerren, um ihren Platz einzunehmen? Wer konnte das wissen, die Reise mochte, ganz gleich wie fortschrittlich die Technik war, Jahrhunderte dauern, am Ende blieben wir alle als Tote im All gefangen.

Während ich zur Kommandozentrale hochlief (jedes Besatzungsmitglied musste sich regelmäßig auf der Brücke melden), schossen mir diese und ähnliche Gedanken durch den Kopf, überall in den Gängen saßen verängstigte, finster dreinblickende Menschen, einige halbwegs bei Sinnen, mit allerlei Hab und Gut, andere wirkten verwahrlost. Kinder liefen umher und weinten, einige der Männer, an denen ich mich vorbeizwängte, trugen Waffen, frei baumelnde Messer und Laserpistolen. Andere waren augenscheinlich verletzt, hastig angelegte Verbände sah man praktisch überall, viele lagen auch nur apathisch am Boden, überall dazwischen verteilte sich die Besatzung so gut es ging, alle waren heillos überfordert.

Ich betrat die Zentrale, es hatten es nicht alle, die ich zu sehen erwartet hatte, geschafft, doch stand der Kapitän unverrückbar auf der Brücke, er warf mir einen zuversichtlichen Blick zu, und ich fühlte an jenem infernalen Tag zum ersten Mal Ruhe in mich einkehren, Dallas hatte es schon immer verstanden, Zuversicht auszustrahlen. Mit ihm als Kapitän hatten wir immerhin eine Chance, schließlich hatte nur er es vermocht, das Flugschiff bis in den Orbit zu manövrieren. Allen versprengten Projektilen, Gesteinsbrocken und Feuersäulen waren wir ausgewichen, wir allein würden bald weiterfliegen, das Sonnensystem für immer verlassen.

Ich blickte aus einer der Fensterluken, ich sah die schimmernde Sonne, diesen vertrauten, unbeirrbar strahlenden Angelpunkt unserer Existenz, nichts in ihrem Antlitz wies auf eine Katastrophe hin, alles war wie immer, ja fast schien sie mir zuzuflüstern, *die Erde soll sich mal nicht so wichtig nehmen.* In unserem Sonnensystem würden die Dinge weiterhin ihren Lauf nehmen, Planeten kamen eben und gingen, die normalste Sache der Welt. Und solange die Sonne schien, würde das System weiter existieren, *ihr seid nun auf euch allein gestellt,* hörte ich sie in meinem Kopf prasseln, als wäre es eine Aufforderung: alles Sein, die Kultur und Natur, vielleicht ja den besseren Teil seiner selbst zurückzulassen. Als wären wir einfach nur Kinder, die das Haus verließen, um sich andernorts zu beweisen; als hätten wir ohnedies viel zu lange gezaudert und gezögert, wider besseres Wissen alle Warnungen außer Acht gelassen, unser Ende war nur eine Frage der Zeit gewesen.

Der erste Offizier nahm meine Anwesenheit ebenfalls zur Kenntnis, ich solle mich in die Forschungsabteilung begeben, dort meinen Platz einnehmen und eine erste Bestandsaufnahme durchführen. Ob die *Rekonstruktoren* und all die unerlässlichen Maschinen noch funktionstüchtig waren, ob das genetische Archiv irgendwelche Schäden davongetragen hatte, es galt Checklisten abzuarbeiten und sich auf seine ureigensten Aufgaben zu konzentrieren. Der Kapitän teilte uns unterdessen über die Bordlautsprecher mit, dass das Schiff intakt sei, dass, bis auf Weiteres, keine unmittelbare Gefahr drohe, er bat um Ruhe und Geduld, appellierte an die Vernunft der Menschen: Alle sollten sich in den nächsten Tagen bei der Besatzung registrieren lassen, nicht auf gut Glück und orientierungslos im Schiff umherirren, man könne ruhig bleiben, wo man sei und weitere Anweisungen der Crew abwarten. Selbstverständlich würde man Versorgung und Schlafplätze sicherstellen, er, der Kapitän, würde persönlich jeden Einzelnen schon demnächst darüber informieren, wie es weitergehe. Vordringlich blieben, so Dallas, die Inspektion des Flugschiffes und alle damit verbundenen Instandsetzungsarbeiten, man müsse sicherstellen, dass das Antriebssystem reibungslos funktioniere, bevor die eigentliche Reise angetreten werden könne. Er versprach für alle, die an Bord waren, zu sorgen, und forderte ein letztes Mal Besonnenheit und Verständnis ein, er bat darum, die Besatzung ihre Arbeit tun zu lassen, sich ruhig zu verhalten und abzuwarten.

Bevor ich mich auf den Weg machte und die Brücke verließ, kam Dallas kurz zu mir gelaufen, er schüttelte meine Hand und umarmte mich, schon unsere Väter waren schließlich miteinander befreundet gewesen. Dallas kam mit Kälte fast so gut zurecht wie ich; als Kinder hatten wir gemeinsam unzählige Schneemänner und eisige Unterschlüpfe gebaut, in den Bergen aufeinander geachtet. *Ich bin so froh, dass du es geschafft hast, Elaine,* sagte er, ich nickte und versuchte zu lächeln.

Ich denke nicht, dass es sonderlich gut gelang, schließlich war es einer dieser Tage, die von den Inuit als *qungatujuittuq* (ᕐᑯᖕᑕᑐᔪᐃᑦᑐᖅ) bezeichnet werden, man war *außer sich zu lächeln,* glich einem Sorgenkloß, war eine *kiinarlutuq* (ᑮᓇᕐᓗᑐᖅ), *eine Frau, die ihr Trauergesicht wie ein Mahn-*

mal vor sich herträgt. Natürlich entging Dallas mein Ausdruck nicht, er beugte sich zu mir (als stattlicher Kerl überragte er mich deutlich) und flüsterte leise: *Ich brauch dich hier, Helena, wir sind nach wie vor in den Bergen und es bleibt keine Zeit zu trauern.*

Dallas war der einzige Mensch, der mich ab und zu Helena nannte, immer dann, wenn es ihm ernst war und ich mich zu konzentrieren hatte. *Elaine, keinen Schritt weiter, dort ist es gefährlich, Gletscherspalte,* brüllte etwa der Vater, wenn ich einer unübersichtlichen Stelle zu nahe kam, Dallas rief nur: *Helena!* Ich war ja nie sonderlich zufrieden mit meinem Namen gewesen, *Elaine, der Glanz, der Sonnenstrahl, die Strahlende,* nichts darin verwies auf meine Vorfahren aus dem Norden, als Kind hatte ich stets gedacht, der Vater hätte mich so benannt, um irgendwem eins auszuwischen.

Ich selbst hätte mich als Kind gern *Inuksuk* (ᐃᓄᒃᓱᒃ) genannt, ein männlicher Name zwar, doch bedeutete er bei den Inuit so viel wie *einem Menschen gleich sein,* beziehungsweise *ein Gegenstand, der anstelle eines Menschen dessen Aufgabe übernimmt,* für gewöhnlich war das Wort für Dinge wie Ampeln, Wegweiser und dergleichen in Verwendung. Ich war auch tatsächlich gut darin, Wege zu finden, nicht die ungefährlichsten wohlgemerkt, etwa in den Alpen oder auf Grönland, regelmäßig kam ich in den dichtesten Schneetreiben vom Weg ab, jedoch immer ans Ziel, *du hast mehr Glück als Verstand,* schimpfte der Vater des Öfteren. Oder ich hätte *Anguta* (ᐊᖑᑕᖅ) für mich gewählt, die *Totensammlerin,* wie noch eine der Großmütter hieß, ein Name, der sich in allen

Inuit-Mythen finden ließ, wo er doch ein göttliches Wesen pries, das die Toten behutsam in eine neue Welt führte. Oder *Atiqtalaaq* beziehungsweise *Nannaqtaq* (ᓇᓐᓇᖅᑕᖅ), einfach nur *Eisbärenjunges. Es hätte so viele Möglichkeiten gegeben, Elaine, doch lag es nicht in deiner Hand, mach weiter und schau nicht zurück, der Schnee ist geschmolzen, die Berge sind eingeäschert und pulverisiert.*

Dallas schob mich in den Gang hinaus, er wies mit der Hand in Richtung Forschungsabteilung, dort wäre ich jetzt vonnöten, und ich solle in fünf Stunden einen Bericht vorlegen, ob die waghalsigen Flugmanöver die Abteilung in Mitleidenschaft gezogen hätten. *Geh mit dem verbliebenen Team alles durch, wir sehen uns dann in ein paar Stunden,* danach wandte er sich ab und eilte zu seinem Platz zurück. Dass überhaupt jemand *Dallas* heißen konnte, ich musste tatsächlich ein wenig lächeln, wo mir doch das Faible für antike Serien in seiner Familie wohlbekannt war. Ich für meinen Teil sah die einzige Daseinsberechtigung von *Dallas* darin, dass sie *meinem* Dallas seinen Namen gab, dem Kapitän und Commander unseres Schiffes, meinem Kindheits- und Jugendfreund, dem letzten mir bekannten und noch lebenden Menschen, an dem mir lag.

3.

ICH MUSSTE MICH IRGENDWO FESTHALTEN, fasste zum wiederholten Male nach dem Stiegengeländer, doch fand ich diesmal kaum Halt, eiskalt waren die Hände, taub bis in die Fingerspitzen, der Frost ließ mich taumeln und müder werden. Wie warm es doch in Anbetracht dieses Ortes in der Schweiz gewesen war, selbst im kältesten Winter, selbst in den unwirtlichsten Bergtälern, bei den waghalsigsten Touren, war mir die Kälte ein angenehmer Begleiter gewesen.

Ich war davongeflogen, viel weiter zwar, als ich es mir jemals erträumt hatte, nur um mich in einer polaren Einöde wiederzufinden, einer mir gänzlich fremden und unvertrauten Landschaft. Ich schloss die Augen, und einen Moment lang war es wie früher, mit Dallas und den Vätern, wenn wir uns auf Expedition begaben, ins Ewige Eis, Grönland, Himalaja, Alpen, Nepal, die Liste nähme kein Ende. Während andere Familien irgendwo ans Meer fuhren, sich dort in die Sonne legten und entspannten (mit etwas Speiseeis), zog es uns an die kalten, schroffen Orte, es lag uns wohl allen im Blut, der Gefahr zu begegnen.

Die Väter waren bei der Schweizer Bergrettung unter Vertrag, sie setzten sich waghalsigsten Situationen aus, um Alpinurlauber, Tourengeher und Co. vor dem Schlimmsten zu bewahren. Dallas ging später zum Militär, das bot ihm reichlich

Möglichkeiten, an die entlegensten Orte der Welt zu reisen, um sich zu beweisen – er nannte es bewähren. Er berichtete mir von allerlei Übungen und taktischen Manövern in schon damals vergessenen Landstrichen, der tiefsten Antarktis, nördlich des Polarkreises, im Packeis, allerlei Kampfeinsätze waren darunter. Selten ging es dabei um nationale Grenzen, vielmehr um Rohstoffe, Metalle und was sonst gerade angezeigt war, um die Vormachtstellung einiger Konzerne zu wahren, auch diese Liste nähme kein Ende.

Elaine Duval wurde unterdessen an eine Elite-Hochschule geschickt, sie schloss mehrere Studien mit Bravour ab und widmete sich künftig der Erforschung von Genomen. Ein Großkonzern übernahm die junge Doktorandin, finanzierte ihre Forschungsarbeiten und entsandte sie schlussendlich wieder nach Winterthur, um dort in einem der ausgelagerten Subunternehmen eine leitende Funktion einzunehmen. Man möchte meinen, wenn man das so liest, ich hätte eine Bilderbuchkarriere hingelegt, doch waren die vielen Labor- und Überstunden kein Honiglecken; nahezu alles fand unter Tage statt, in versenkten und gesicherten Laborräumen vertieften wir unsere Spezialgebiete, oft genug kam es mir vor, als sähe ich wochenlang nur Menschen in Schutzanzügen, bestenfalls da und dort ein Lächeln in der Unternehmenskantine, keinerlei Himmel weit und breit.

Ich vermisste schon bald unsere früheren Expeditionen, die Urlaube mit dem Großvater, der mit mir grönländische Küstenlinien abschritt, unablässig davon erzählend, wie man hier im Winter überleben, welche Tiere man wie erlegen oder sonst wie für sich nutzen könne. In unserer hochtechnisierten Welt klangen seine Erzählungen beinahe schon wie Märchen, ich lauschte seiner Stimme und wunderte mich über allerlei Fertigkeiten vergessener Naturvölker, die einer vergangenen, längst untergegangenen Welt angehörten. Wie man sich aus Robbenhaut wasserdichte Fellstiefel näht, wie man aus Knochen und Sehnen einen Schlitten zimmert, wie man ein Kanu fertigt, Speere, Seile, wie man sich im Labyrinth der Eisberge zurechtfindet, sogar, wie man Eisbären und Seeleoparden bezwingt. Der Großvater war darüber hinaus nicht nur in der Inuit-Kultur bewandert, da machte ihm ohnedies keiner etwas vor, er trug sein ganzes Leben lang Erkenntnisse und Denkansätze zusammen, die sich, ob in Grönland oder anderswo, als nützlich erweisen konnten. Er trachtete danach, altes, leichtfertig als unnützes Wissen Tituliertes zu bewahren, immerhin ging es ums Überleben, fortschrittliche Technik und Wissenschaft allein würden das, seiner Meinung nach, nicht bewerkstelligen können.

Ich erinnerte mich, dass er irgendwann (ich war noch ein Kind) endgültig nach Grönland übersiedelte, er kehrte dorthin zurück, wo einst seine Mutter und all unsere Vorfahren lebten, die wahrlich echten Inuit in unserem Familienstammbaum. Sie waren *Tunumiit*, Ostgrönländer, die, so gut es ging, den Einflüssen der modernen Welt widerstanden und sich einer äußerst traditionellen Lebensweise verschrieben hatten. Die Ostküste war schon immer von einem gigantischen Packeisgürtel umgeben gewesen, sie war eine der unzugänglichsten, unwirtlichsten und lebensfeindlichsten Gegenden der Erde. Ich hatte diese Familienmitglieder nie kennengelernt, sie waren vor langer Zeit gestorben, nur in den Erzählungen des Großvaters erwachten sie zu neuem Leben, und was soll ich sagen, die Großmütter in unserem Familienstammbaum waren wohl allesamt besondere Menschen gewesen.

Ittoqqortoormiit, ein *Ort mit großen Häusern*, so hießen Stadt und Siedlung, in der sie gelebt und die Großvater (auf seine alten Tage) zu seinem Lebensmittelpunkt erkoren hatte. Nur im Juli und August, wenn die Temperaturen etwas über den Gefrierpunkt stiegen, war es überhaupt denkbar, mit dem Schiff anzureisen; alle anderen Versuche, den entlegenen Ort zu erreichen, stellten ein beschwerliches und äußerst mühsames Unterfangen dar. Irgendwann wurde in der Nähe tatsächlich ein Hubschrauberlandeplatz eingerichtet, der von Geheimdiensten (Forschungsgruppen) und Militärs genutzt wurde; klassische Versorgungsflüge erfolgten über *Nerlerit Inaat*, eine Landebahn, die sich gut vierzig Kilometer nordwestlich von Ittoqqortoormiit befand. Dallas hatte mich ein paarmal hingeflogen, immer dann, wenn die Sehnsucht nach dem Großvater (und seinem Packeis) ins Unermessliche gestiegen war.

Ich nahm mir einen längeren Urlaub, lief mit ihm über das Eis, kostete etwas vom nach Abenteuern schmeckenden, knisternden Schnee, die Kälte ließ mich wieder aufleben, ganz so wie früher, als wir noch irgendwo in den Alpen gemeinsam Schneemänner und Eishöhlen gebaut hatten. Die Schneemänner meines Großvaters sahen dabei stets wie waschechte Inuit aus, klobige, etwas unförmige Gesellen ohne Taille, wie in dicke Felle und Parkas gehüllt. Nur war es hier in Grönland noch viel kälter, die Durchschnittstemperatur lag im Winter bei etwa minus dreißig Grad; wenn der Wind blies (und das tat er oft) fühlte sich das an wie vierzig, fünfzig Grad unter null.

Wann immer es also nicht möglich war, mit dem Schiff anzureisen (ob nun aus zeitlichen oder wetterbedingten Gründen), setzte mich Dallas in Nerlerit Inaat ab, wo mich zumeist der Großvater bereits erwartete. Dick eingemummt in seine Robbenfelle, mit den Langlaufskiern, einem Schlitten, Schlittenhunden und Trockenfleisch. Für den Fall der Fälle führte ich meine eigene Ausrüstung mit, Schneeschuhe und einen großen Rucksack samt allen nötigen Utensilien, ich konnte die dreißig Kilometer in einem Tagesmarsch zurücklegen, manchmal traf ich den Großvater auch auf halber Strecke. Ich sei schließlich kein kleines Mädchen mehr, und er müsse es mir nicht immer so einfach machen, mal abgesehen davon, dass es wichtig war, sich überall allein zurechtfinden zu können.

Es ist schon eigenartig, murmelte der Großvater, *in Anbetracht seiner Größe leben in Grönland zwar die allerwenigsten Menschen, doch nennen wir es nach wie vor* Kalaallit Nunaat (ᐊᒃᐸᓚᐊᕐᔪᒃ), *das Land der Menschen. Da soll mir noch einer sagen, die Inuit hätten keinen Humor.* Ich wusste, er würde nicht mehr lange leben, er hatte mir davon geschrieben, dass er krank sei, das *Land der Menschen* würde sich seiner bald annehmen, sich ihn Stück für Stück einverleiben. Die Tür zu einer mir langsam entgleitenden Welt würde sich schließen, ich würde die Anbindung an Grönland verlieren, fortan wirklich auf mich allein gestellt sein.

Ittoqqortoormiit, ich meine, was für ein halsbrecherischer Ortsname, ich konnte ihn nie wirklich gut aussprechen, nicht so wie der Großvater oder waschechte, hier ansässige Inuit; ich fand zudem, dass es ein Ort mit recht kleinen Häusern war, wahllos in die Landschaft gewürfelt, an einem gewaltigen Fjord gelegen, der im Sommer türkisfarbene Eisberge beherbergte, sie glitten gemächlich dahin. Es gab nichts Schöneres, als ihnen in ihrem entspannten Trott zuzuschauen, wie sie ihre Bahnen zogen, Planeten gleich in einem unendlichen Eismeer, die Sommertage in Grönland hatten tatsächlich etwas Magisches.

Großvater erzählte mir unterdessen von seinen ihm vertrauten Naturvölkern, *selbst Grönländer können von denen noch das eine oder andere lernen*, verkündete er im Brustton tiefster Überzeugung; den Aborigines in *Pormpuraaw* etwa, deren Sprache *Kuuk Thaayorre* keine Raumausdrücke für links und rechts benötige, vielmehr bediene man sich ausschließlich der Himmelsrichtungen Norden, Süden, Osten und Westen. Daher sage man tatsächlich, dass sich die Teetasse doch südöstlich vom Teller befände, oder auch, dass der nordwestlich von mir stehende Knabe mein kleiner Bruder sei, und dergleichen. Was eine solche Erziehung praktischerweise mit sich bringe, sei ein untrügliches Gefühl für jegliche Himmelsrichtung, es gebe weltweit keine anderen Menschen, die sich (ohne Kompass) so vortrefflich in der Welt (also im Raum) orientieren könnten.

Ich sah weiterhin den Eisbergen zu und stellte mir vor, wie es wohl wäre, selbst im dichtesten Schneesturm, selbst nach

Tagen, in denen man irgendwo eingeschneit in einem Hohlraum lag, sofort alle Himmelsrichtungen aus dem Ärmel schütteln zu können, und welch eine Erleichterung ein untrüglicher Orientierungssinn doch mit sich brächte. Eigentlich hätte man schon viel früher, bei einer jeden Expedition ins Unbekannte, einen dieser Wissenden aus Pormpuraaw anheuern und auf die Reise mitnehmen sollen. Den Forschern, Kapitänen und Co. der alten Tage wäre gewiss manches Ungemach erspart geblieben. Wie die Pormpuraawer im Weltraum wohl zurechtgekommen wären, wie sie sich im unendlichen, nach allen Seiten hin offenen Raum angestellt hätten? Wer konnte das schon erahnen, doch war ich mir einer Sache gewiss: Ich für meinen Teil hätte mich an ihrer Seite viel wohler gefühlt.

Der Großvater war noch immer dabei, mir sein Wissen zu vermitteln, es könnte sich bekanntlich als nützlich erweisen, sei es auch nur, um sich an die Vergangenheit zu erinnern; an das, wer man war (vielleicht ja, wer man zu sein glaubte) und was einen prägte, behauptete er. So hätten sie unlängst auf den schottischen Inseln gleich nebenan festgestellt – der Großvater streute eine bedeutungsschwangere Pause ein –, dass deren Bewohner unwillkürlich den Kopf vorwärtsneigten, wenn sie an die Zukunft dächten, und rückwärts, wenn sie sich mit der Vergangenheit auseinandersetzten.

Eine indigene, in den Anden verbreitete Sprache namens *Aymara* verhielte sich diesbezüglich gänzlich widersprüchlich: Die Vergangenheit läge dort *vor*, die Zukunft allerdings *hinter* einem, was sich bemerkenswerterweise auch in der Körpersprache der Menschen niederschlage. *Stell dir vor*, sagte er zu mir, *die Aymara deuten und gestikulieren tatsächlich nach vorne, wenn sie sich über die Vergangenheit austauschen, und weisen hinter sich, wenn sie von der eigenen Zukunft palavern.* Ich hätte ihm in solchen Momenten stundenlang zuhören können, die Zukunft, die bereits hinter einem, und die Vergangenheit, die noch vor einem lag, waren dies nicht wesentlich geeignetere Paradigmen, um mit der Unendlichkeit des Kosmos Schritt zu halten?

Ich dachte auch an meine Zeit in der Schweiz, *Frau Doktor Duval, Doktor Duval,* irgendeiner der Mitarbeiter lief und rief mir ständig hinterher, Formulare mussten gegengezeichnet, Ergebnisse überprüft werden, ich musste mich täglich mit aller Kraft losreißen, um der Arbeit doch noch zu entkommen. Der Konzern sah es gar nicht gern, dass ich in meiner Freizeit durch Eis und Schnee wanderte, ob nun irgendwo in Grönland oder hier im beschaulichen Winterthur. *Sie sind in Ihrem Forschungsbereich unerlässlich, Frau Doktor Duval; Sie dürfen sich keinen Gefahren aussetzen, nicht auszudenken, wenn Ihnen etwas geschähe,* die Konzernleitung drückte sich da unmissverständlich aus, immerzu besorgt um die neuesten Forschungsergebnisse.

Wann immer sich mir die Gelegenheit bot, brach ich dennoch in die Berge auf, schulterte meinen Rucksack, schnürte die Bergschuhe, zuvor reinigte ich die Eispickel und Steigeisen. Einer der Vorteile von Winterthur war, dass sich die Bergketten gleich an das penibel abgeschirmte Fabrikgelände des Konzerns reihten. Ich erkundete an den Wochenenden die angrenzenden Täler und verschneiten Gipfel, stellte mir dabei vor, ich wäre irgendwo in Grönland, mit dem Großvater, der eben erst hinter der nächsten Biegung verschwunden war. Oft genug war es schwer, mit ihm Schritt zu halten, sein Alter hatte ihn noch nie daran gehindert, das Tempo vorzugeben.

Man konnte dort noch lange Zeit seine Fußspuren im Eis erkennen: In entlegenen, schwer zugänglichen Gebieten, zu denen wir früher gemeinsam aufgebrochen waren (und wo Eis und Schnee niemals schmolzen), genau dort hatten wir unsere Fußabdrücke an geschützten Stellen hinterlassen, unter Felsvorsprüngen und -überhängen, nebeneinander, ich und der Großvater, die Signaturen zweier Unbeirrbarer. Manchmal musste ich frischen Schnee wegwischen und ein wenig davon abgraben, doch kamen stets unsere Spuren zum Vorschein, für eine unabsehbare Zeit ins Eis gestempelt.

Ich hatte einmal dafür plädiert, das Unternehmen nach Grönland zu verlagern, allerlei Produktivitäts- und Gewinnspannen bemüht, doch bot die Schweiz augenscheinlich komfortablere Bedingungen. Im Sommer war ich in Winterthur gleichfalls regelmäßig wandern und klettern, um nicht vollends verrückt zu werden, es war ein jedes Jahr eine schier unendliche Durststrecke, bis sich in den europäischen Breiten endlich der Winter zeigte. Bis es mancherorts hemmungslos schneite und das Wasser in den Tälern gefror, ich war und blieb ein Winterkind, die immer heißer werdenden Sommer machten mir zu schaffen.

Manchmal waren im Winter der weißgraue Himmel und die angrenzenden Berge ununterscheidbar, selbst das Unternehmensgelände verschwand dann im fahlen Grau, ich war eine Existenz im vollkommenen Nichts, fast schon wie in Grönland, allein die Schwerkraft gemahnte einen noch daran, dass kleinste Fehler Folgen nach sich ziehen würden. Die Bergsilhouetten tauchten mitunter aus diesem *whiteout* auf, Zahnreihen vergessener Ungeheuer, die ein Stück des Himmels zermalmen wollten, dazwischen der Mensch mit all seinem Drängen.

Ich lebte in einer Vergangenheit, die noch vor mir lag, die sich wie eine Talsohle vor mir öffnete, breiter und lichter wurde, die grau marmorierten Felswände, die sie zuvor noch eingeengt hatten, wichen zurück, während die Zukunft von einem abfiel, hinter einem zum Liegen kam, man entfernte sich mit einem jeden Schritt von ihr, als wäre sie ein alter Rucksack, dessen Inhalt man nicht mehr benötigte. Ich weiß, wie widersprüchlich sich das anhören muss, nur die Aymara in den fernen Anden nickten und winkten, schließlich huldigte ich mit solchen Gedanken ihren vergessenen Maßstäben.

Ich öffnete endlich wieder die Augen und blickte in eine eisige Einöde, beinahe schon minütlich bildeten sich neue Schneeverwehungen, es war schwer, hier die Orientierung (und seinen Verstand) zu wahren. Ich wusste nicht, wo der Norden lag, ja ich wusste nicht einmal, ob es auf diesem Planeten überhaupt einen Norden gab, etwas, das diesem Wort rein physikalisch gerecht werden konnte. Schwer zu sagen, ob es angezeigt war, hier überhaupt nach Himmelsrichtungen Ausschau zu halten, möglicherweise hätte man ein anderes, mir fremdes Maß zur Orientierung heranziehen müssen, irgendein seltsames Pendel, irgendeinen fortschrittlichen Kompass aus einer anderen Dimension.

Liebend gern hätte ich einen jener Wissenden aus Pormpuraaw befragt, gewiss hätte dieser, ohne auch nur eine Sekunde zu zögern, in eine Richtung gewiesen, und ich wäre leichteren Herzens einfach dorthin aufgebrochen. So weit es eben ging, einfach nur in den Norden, wohin es mich seit jeher zog, dort hoffte ich schließlich, Antworten zu finden, ein mir vorherbestimmtes, anvertrautes Ziel; als läge dort ein altes, irdisches Grönland mit einem auf mich wartenden, an seinem Narwalknochen lehnenden Großvater.

Ich atmete tief durch, die eisige Luft strömte weiterhin die sich wund anfühlenden Lungenflügel entlang, als würde man ein Tiefkühlfach inhalieren, dachte ich trotzig, während ich einen immer größer werdenden Kreis um das Stiegenhaus zog. Nach dem Absturz unseres Flugschiffes war dieses in unzählige Teile geborsten, überall lag verdrehtes und verkohltes Metall in der Landschaft, manchmal deutlicher im Schnee zu erkennen, nur um schon bald von einer der wandernden Schneedünen verschluckt zu werden.

Qimugjuit (ᕿᒧᒡᔪᐃᑦ), die Schneewechten, die in der Sprache der Inuit etwas Tröstliches enthielten, Schutz boten und der Landschaft eine weichere Form gaben, sie trugen mich an diesem Ort nicht. Ich sank viel zu tief in sie ein, wie hungrige Mäuler mir fremder Organismen saugten sie sich an mir fest, man musste stetig gegen ihren Schlund ankämpfen. Ich darf nicht vollends darin versinken, *nicht aufgeben, Elaine, nicht jetzt, nicht heute, nicht morgen, und auch nicht gestern.*

Ich versuchte die Gegend in der Nähe der Absturzstelle zu erkunden; so gut es ging, schleppte ich den müden Körper von einem Markierungspunkt zum nächsten, nur selten war auf diesen Erkundungsgängen etwas Brauchbares zu finden. Das Stiegenhaus mit den angrenzenden Gängen (eigentlich die Kommandobrücke samt darunter liegenden Etagen voller Schlafkokons) waren die am wenigsten in Mitleidenschaft gezogenen Abteilungen. Zunächst hatte ich gedacht, es hätten auch andere den Absturz überlebt, die meisten Kokons waren schließlich intakt und ich nur die Erste (von vielen), die wach geworden war.

Allmählich musste ich allerdings akzeptieren, dass sich keiner von ihnen je wieder regen würde, das lebenserhaltende System war zerstört, viele Leichname waren in ihren Behältnissen geborsten, andere bis zur Unkenntlichkeit verbrannt. Der Frost, die Hitze, der Aufprall, alles zusammen hatte das Schicksal der Reisenden besiegelt, daran ließ sich nicht rütteln. Alles Leben, das sich in die Kokons zurückgezogen hatte, welchem das Glück beschieden gewesen war, eine der kryonischen Kammern zu ergattern, war unwiederbringlich ausgelöscht; man war dem irdischen Inferno nur entkommen, um in einer fremden Welt den Tod zu finden. Unser Flugschiff war so gesehen nie ein Neubeginn gewesen, vielmehr eine von Anfang an ramponierte Barke, mit deren Hilfe man unaufhaltsam ins Jenseits hinüberglitt.

Nur ich war erwacht, tatsächlich noch einmal zurückgekehrt, die letzte Überlebende einer einst mannigfaltigen Spezies, unmöglich zu sagen, welche Faktoren hierfür ausschlaggebend gewesen waren. Vielleicht hatte sich mein Kokon an einem besonders günstigen Punkt befunden, vielleicht hatte das System, kurz bevor es zerstört wurde, noch einen Aktivierungsimpuls durch die Leitungen gejagt, der nur mich erreicht und zum Leben erweckt hatte. Vielleicht war ich mit dem Frost und den Bedingungen in der kryonischen Kammer auch als Einzige wirklich zurande gekommen. Wer weiß, wie lange wir dort *eingelagert* gewesen waren, wie lange unsere Reise tatsächlich gedauert und welcher Zufall uns an diesen Ort geführt hatte. Alle Aufzeichnungen und Protokolle auf der Brücke waren zerstört, doch ich lebte und war unfreiwillig in einer eisigen Welt angekommen, ich, Elaine Duval, die Letzte ihrer Art.

Später, als ich den Körper aufzuwärmen und einzuschlafen versuchte, sogar den einen oder anderen angenehmeren Traum zu erhaschen hoffte, dachte ich über den Planeten nach, wie er wohl hieß und ob ihn überhaupt je einer (oder etwas) benannt hatte. Ich war mir gewiss, dass es sich um keinen der Exoplaneten handelte, zu denen wir ursprünglich gelangen wollten. Das Flugschiff musste in den Weiten des Alls vom Kurs abgekommen, in eine falsche Richtung entglitten sein, vielleicht war es auf Weltraumanomalien gestoßen, vielleicht hatte auch nur die Technik versagt, es war schließlich keiner mehr wach (oder am Leben) gewesen, um eine Kurskorrektur oder anhängige Reparaturarbeiten an Bordcomputern einzuleiten.

Ich dachte auch darüber nach, ob ich jemals das Schiffsmodul wiederfinden würde (falls es noch existierte), in welchem sich die Forschungsstation befunden hatte, mein spezifischer Arbeitsplatz an Bord, mit all den umfangreichen Datenbanken und Genarchiven. Vielleicht ließ sich noch das eine oder andere retten, immerhin hatte ich die persönliche Habe dort belassen, fein säuberlich verstaut in Schrank und Schreibtisch. In die kryonische Kammer hatte man nichts mitnehmen dürfen, kein Metall, keine Habseligkeiten, lediglich eine spezielle Schutzkleidung, die einem hauchdünnen Überzug glich, galt es überzustreifen. Ich erinnerte mich zwar nicht mehr an die genauen Umstände, doch wusste ich noch, wie entsetzlich kalt es sich anfühlte, als ich einschlief. Schon nach ein paar Minuten war man nicht mehr existent, ich meine, wir nannten es *Tiefschlaf*, doch war damit die Aussetzung aller Lebensfunktionen verbunden, und all das auf unbestimmte Zeit; man starb schlicht, das ließ sich nicht schönreden.

Während dieses Vorganges wurde man schnell schwächer (vergleichbar mit einer starken Narkose) und glitt in ein schwarzes Nichts, um irgendwann mithilfe spezieller Verfahren reanimiert und *rekodiert* zu werden, man konnte das nicht besser erklären. Und während man verstarb, schien die Zeit förmlich stillzustehen; ich fragte mich schon immer, was wohl der letzte Gedanke wäre, den ich in die Dunkelheit mitnehmen, und ob ich mich später daran erinnern würde.

Soweit ich das sagen kann, galt einer meiner letzten Gedanken der *naatsiiaq* (ᓈᑦᓰᐊᖅ), einem *etwas, worauf man lange warten muss, bis es wächst,* außerhalb Grönlands auch *Kar-*

toffel genannt. Es mag sich abstrus anhören, doch fühlte ich mich in jenem Moment wie eine solche, in eisige, fremde Erde verpflanzt; man würde gewiss lange warten müssen, ob diese Knolle je wieder keimte und Wurzeln schlug – als Wissenschaftlerin hatte ich da eher Bedenken.

Das Verfahren an sich mag sich durchaus bewährt haben, man wusste, dass es funktionierte, doch in Anbetracht der Tatsache, dass noch niemand Menschen Hunderte, wenn nicht gar Tausende von Jahren eingefroren hatte, blieb der Ausgang ungewiss. Schlussendlich hatten wir keine Wahl, und die Verbliebenen mussten jedwedes Risiko eingehen; weitere Jahre oder gar Jahrzehnte im All zuzuwarten, hätte nur den Organismus geschwächt, der Zellverfall infolge kosmischer Strahlung blieb unausweichlich.

Ich starb demnach und kroch erneut aus der Kälte empor, nur das zählte; ich hatte mich mühselig aus dem Eiskokon befreit, die Hände hatten sich durch eine dicke Schneeschicht gegraben, die Bordwand über mir war, wie ich sogleich erkennen konnte, aufgerissen – immer weiterer Schnee rieselte unaufhaltsam ins Bordinnere. Zunächst war ich vollkommen orientierungslos gewesen, fror erbärmlich im hauchdünnen Überzug, stolperte durch das nach dem Absturz herrschende Chaos, die Kälte schien jede einzelne meiner Zellen zerquetschen zu wollen. Ich musste mich schnell sortieren, etwas zum Anziehen auftreiben, irgendeinen kleinen Unterschlupf im Wrack ausfindig machen, den ich mit dem eigenen Atem erwärmen konnte.

Sich nach langer Zeit beim Atmen zuzuhören, das klang schon seltsam, es hallte förmlich im Kopf nach, blieb zugleich mein einziger Trost im tosenden Sturm, der sich beharrlich gegen die wenigen intakt gebliebenen Wände stemmte. Ich verkroch mich wie ein wundes Tier, lag in meinem Stiegenhaus, in einer der finstersten, wenngleich auch wärmsten Ecken, ich vermummte mich, so gut es ging, ein ganz klein wenig nur wollte ich zu Kräften kommen, bevor ich mich orientieren und organisieren, bevor ich mich genauer umzusehen gedachte.

Mein Körper krümmte sich, ich machte mich klein, um etwas Zuversicht zu tanken, schließlich war ich an Kälte gewöhnt, *der Frost kann dir nichts anhaben, Elaine, sag es dir immer wieder vor, bis du es glaubst!* Ich hatte mich unzählige Male in lebensfeindlicher Umgebung bewährt, mein Körper würde sich bestimmt akklimatisieren, sich seiner Möglichkeiten besinnen, der Großvater hatte mich gewissenhaft auf solche Notfälle vorbereitet, auf alles, was einen in Gefahr und um den Verstand bringen konnte. Ich wusste um meine Fähigkeiten, ich kannte die Überlebenstechniken der Inuit, ja viel wichtiger noch, ich war ihre letzte Nachfahrin, es hatte sich niemand sonst mit einem ähnlichen Stammbaum an Bord befunden.

Einen Moment lang überlegte ich, ob nicht alles nur ein seltsamer Traum gewesen war, dass ich mich in Wahrheit auf einer irdischen Expedition befunden hatte, irgendein Unglück wäre geschehen, ich jedoch hätte mich aus einer der Gletscherspalten befreien, dem Tod entkommen können. Ich war vielleicht mit dem Hubschrauber abgestürzt, und nunmehr galt es lediglich, sich bis zur Zivilisation durchzuschlagen, keinesfalls ein Ding der Unmöglichkeit.

Doch dann fiel es mir schlagartig wieder ein: die überhastete Ankunft an Bord, der Abschied von der Erde, der Schatten des Kometen, der den halben Globus verdunkelte, die Feuerbälle in unserem Rücken, die letzten bunten, immer heller aufleuchtenden und sich im Raum verästelnden Explosionen. All die Turbulenzen während des Starts, die Schreie an Bord, die Vorbereitungen auf die kryonischen Kammern, Dallas und seine besonnene, beinahe schon lapidare Art, *alles wird gut, Elaine!*

Plötzlich musste ich heftig weinen, was in eisiger Umgebung keine sonderlich gute Idee ist, ich befand mich schließlich an keinem der irdischen Pole, in keinem mir bekannten Gebirge oder einer vertrauten Gletscherlandschaft. Ich war irgendwo im endlosen Universum gestrandet, auf einem namenlosen, mir unbekannten und unfassbaren Eisplaneten. Und bevor mich die nächste Panikattacke ereilte, entschied ich mich spontan, diesem durchgefrorenen Weltraumklumpen einen Namen zu geben, es stand mir zweifelsohne zu!

Ich würde an keinem namenlosen Ort sterben – ich wollte mir unbedingt eine vertraute Koordinate verpassen, etwas aus meiner Vergangenheit heraufbeschwören und zum Leben erwecken: *Winterthur.*

4.

DAS FLUGSCHIFF HATTE eine gut drei Kilometer lange Schneise in Eis und Schnee des Planeten gefräst, verkohlte und angesengte Stellen ließen eindeutig auf ein Feuer schließen. Ich mühte mich zu dem Punkt, wo es zum ersten Mal den Boden berührt haben musste, es war in flachem Winkel aufgeschlagen, woraus sich folgern ließ, dass die Bordsysteme versucht hatten, eine Landung einzuleiten. Das Flugschiff hatte dennoch bei Bodenkontakt all seine Stabilität eingebüßt, es war aufgeschlagen worden, als bestünde die Bordwand aus Eierschalen, alles war daraufhin unkontrolliert weitergeschlittert und hervorgequollen. Etliche Teile der Konstruktion waren weggebrochen, sie hatten sich in immer weitere Bruchstücke ge- und verteilt, immer dann, wenn sie erneut mit dem Eis kollidierten.

Wo etwas weicherer Schnee lag, in den Senken und windstilleren Bereichen, hinter Eisstelen und -blöcken, blieben die Schiffsteile einigermaßen intakt, der Aufprall war hier deutlich gedämpft worden. Ich entdeckte schon bald die eine oder andere Gerätschaft (beziehungsweise Bordinstrumente), die kaum Schäden, ja nicht einmal Kratzer aufwies. Unter anderem fand ich einen heil gebliebenen Weltraumhelm, den ich auf der Planetenoberfläche zwar nicht benötigte, doch sollte er mich fortan gegen den eisigen Wind schützen. Es war schon ein wenig bizarr, mit diesem über Winterthur zu stapfen, alles wirkte dann noch fremder, surrealer, ja unwirtlicher, selbst der Sauerstoff schien plötzlich knapper zu werden, was am schwereren Atmen lag, das Helmvisier beschlug zudem, und natürlich hatte alles ordentlich Gewicht.

Wie es denn sei, wenn man bis zum Nordpol vorstoße, hatte ich den Großvater in jungen Jahren gefragt, was einem dann durch den Kopf schieße, wenn man sich seinem Ziel nähere … und er erwiderte: *Ach, Elaine, man denkt immer nur an den Rückweg, wie unsäglich weit es danach noch ist, selbst wenn man sein Ziel erreicht hat.* Und ob somit nicht das eigentliche Ziel stets dort läge, von wo aus man aufgebrochen sei, was Sinn und Zweck der ganzen Tortur massiv in Frage stelle. Es sei doch naheliegend, dass man nach einer Weile weder Beine noch Arme spüre, dass aller Schmerz jedoch mit der Zeit verschwände, dieser verliere sich irgendwo auf dem Weg im Eis, während man sich unermüdlich vorwärtsplage. *Ein jeder Schritt ist lediglich eine Frage, die man sich und der Welt stellt, so musst du das sehen, Elaine!*

Ich wusste, in einigen Sprachen war das Reisen eine Entsprechung für das Reine und Klare, das Unterwegssein galt manchen Völkern als Offenbarung, die Selbsterkenntnis stand im Vordergrund, und ein Aufbruch wurde zu einer rituellen Reinigung. Sich auf den Weg zu machen reichte demnach völlig aus, irgendwohin aufzubrechen war nicht bloß eine räumliche Bewegung, vielmehr eine Geisteshaltung. Das Reisen enthielt nicht von ungefähr in etlichen Sprachen den Aspekt des *Ausreißens, von etwas weg Wollens*, es galt als *peinvolle, harte Arbeit* oder *ermüdende Folter.* Die Inuit kannten nur ein

Wort, *qannisiutuq* (ᖃᓐᓂᓯᐅᑐᖅ), *Wege im Schnee*, unentwegt durch diesen zu stapfen schien ihr Inbegriff des Unterwegsseins, auf Erde, Gras oder Stein zu schreiten, hätte gewiss eine andere Art der Wortbildung hervorgebracht.

An einigen Stellen reichte mir der Schnee bis zur Hüfte, aus einer etwas abgelegenen Schneewechte ragten ein paar Teile hervor, die mir vertraut erschienen, ich konnte deutlich die Zeichen und Embleme des Forschungslabors erkennen. Ich stolperte hin, setzte einen Fuß vor den anderen, so schnell ich nur konnte, grub mich ins Innere der Schneeverwehung, tatsächlich waren die Module der Abteilung noch erhalten; sie hatten sich tief in den Schnee gebohrt, die Wucht des Aufpralls war dadurch abgefedert worden. Ich zwängte mich ins Innere, kroch durch das heillose Durcheinander und befürchtete schon, nichts Nennenswertes vorzufinden, als ich eine der *Maschinen* erkannte, sie wirkte funktionstüchtig, ja nahezu unversehrt.

Meine Abteilung war so konstruiert gewesen, dass sie eine ganze Weile unabhängig vom Stromkreislauf des Flugschiffes operieren konnte (schließlich war auch die medizinische Station ein Bestandteil der Forschungsabteilung), vielleicht konnte ich die Maschine sogar in Betrieb nehmen. Diese verfügte über eine eigene, unabhängige Energiequelle, die Energieanzeige ließ mich diesbezüglich schwer hoffen, satte 100 Prozent leuchteten mir entgegen. Sie war zu schwer, um sie irgendwohin wegzutragen, also beschloss ich, das einigermaßen sichere Stiegenhaus zu verlassen, um hierher umzuziehen. Die Eisstelen und Schneewechten boten durchaus

Schutz, die hier liegenden Module waren durchaus erhalten, und die Umgebung war mir allemal vertrauter, ja es fühlte sich tatsächlich auch ein wenig wärmer an.

Als ich schon umkehren wollte, um mich erneut zum Stiegenhaus durchzuschlagen, entdeckte ich einen der Laborschränke, dessen Öffnungsmechanismus sich widerstandlos aktivieren ließ; er sprang ungehindert auf, die darin lagernden Behälter waren beim Aufprall zwar in Unordnung geraten, doch sahen sie intakt aus. Es handelte sich um einen Teil des Genarchivs, vor mir lag tatsächlich ein kleines Stück unserer Arche, die allerlei genetische Sequenzen (Tiere und Pflanzen), Genome, Anleitungen und Aktivierungs- und Reproduktionsschlüssel enthielt. Ich würde den Inhalt später genauer sichten und wollte mich lieber nicht zu früh freuen, wer konnte schon sagen, in welchem Zustand sich das Material wirklich befand, ob nicht Hitze und Aufprall unsichtbare Schäden verursacht hatten. Doch allein die Möglichkeit, dass etwas erhalten geblieben sein könnte, ein vollständig dekodiertes, theoretisch rekonstruierbares irdisches Leben, ließ mich an jenem Tag neuen Mut schöpfen.

Ich hatte der Maschine schon vor langer Zeit einen Eigennamen verliehen, *qarasaasiaq* (ᕐᑲᕋᓴᐅᓯᖅ) rief ich diese anfänglich in den Schweizer Forschungslaboren, also *künstliches*, eigentlich *kunstfertiges Gehirn*. Die Inuit kannten und benutzten für jeden Computer nur dieses Wort, sie sprachen komplexen Maschinen allerdings seit jeher eine künstliche Intelligenz zu, die sie respektierten. Ich fand das erstaunlich, da sie moderne Technik weitestgehend mieden, vielfach interpretierte man es als eine ablehnende, technologiefeindliche Haltung, doch war der Fortschritt ihrer Kälte schlicht nicht gewachsen. Selbst Motorschlitten und Schwebegefährte hatten im letzten Jahrhundert wieder an Bedeutung verloren, man war mit Hunden einfach besser beraten. Ich hätte ja weiß Gott was dafür gegeben, einen von Großvaters Hunden bei mir zu haben, ich musste unbedingt an meine privaten Sachen kommen, meinen *Schreibtisch* wiederfinden und die darin aufbewahrten *Notizblöcke.*

Der Weltraumhelm hielt meinen Kopf tatsächlich warm, ich hatte zum ersten Mal das Gefühl, auf Winterthur nicht auf mich allein gestellt zu sein. Die Kopfbedeckung suggerierte einem förmlich, man befände sich auf einer waghalsigen Mission, Dallas hatte mich in einer der Fähren zur Planetenoberfläche entsandt, ich war ein Stoß-, ein Erkundungstrupp. Die Witterung ließ zwar derzeit keine Kommunikation zu, doch würde es irgendwann wieder aufklaren, ich könnte mich bei Dallas zurückmelden, einen ersten, umfangreichen Bericht absenden, schließlich war ich hier, um etwas über die Beschaffenheit der Oberfläche in Erfahrung zu bringen. Man hatte mich entsandt, weil mich die Kälte niemals bezwingen würde, es gab keine geeignetere Person für ein solches Unterfangen, Dallas wusste das.

Einmal hatten wir darum gewettet, dass derjenige, der schlussendlich besser mit Kälte zurechtkäme, fortan für alle Zeiten den Vortritt bei solchen Missionen haben solle; diese und ähnliche Situationen wie hier auf Winterthur hatten wir damals vor Augen. Wir waren daraufhin in einen kalten Tümpel gestiegen, wer ihn als Erster verließ, hatte verloren, andere Regeln gab es nicht. Beide verharrten wir gefühlt stundenlang im eiskalten Wasser, Dallas wurde irgendwann ohnmächtig. Ich zog ihn daraufhin ans Ufer und machte ein Feuer, flößte ihm warmen Tee ein, er hustete, erwachte, meinte, ich sei doch vollkommen verrückt. Jedenfalls, ich war die einzige, wirklich qualifizierte Vorhut, die man zu einem Eisplaneten losschicken sollte, und ich war nie eine gewesen, die leichthin aufgab.

Ich kehrte zum Stiegenhaus zurück, es schien hier wirklich kälter zu sein, denn das Unbehagen kroch erneut in meine Körpermitte. Ich packte zusammen, was ich in den letzten Tagen zusammengetragen, was mich bislang ausgemacht hatte: die Nahrungsvorräte, die Trocken- und Tubennahrung, die Leuchtdioden, die Kleidung und das Isoliermaterial; die Box mit den Spermaproben ließ ich liegen. Ich zog schließlich alles auf einer Metallplatte hinter mir her, wie ein Schlittenhund kämpfte ich gegen das Gewicht an, wenn ich innehielt, um kurz zu verschnaufen, fror das Metall am Eis fest. War ich jedoch in Bewegung, dann hieß es, *bloß nicht anhalten, Elaine, immer noch einen weiteren Schritt setzen, eine Frage stellen, bin ich noch hier? Wer ist noch hier? Und auf gar keinen Fall nochmal stehen bleiben, selbst der dümmste Schlittenhund weiß das schließlich. Es ist doch gar nicht mehr weit bis zum Forschungsmodul, zwei, drei Kilometer durch das bisschen Eis, jetzt umzufallen und liegen zu bleiben würde dir der Großvater niemals durchgehen lassen; geh weiter, Elaine, mach dich nicht lächerlich, ausruhen und nach Luft schnappen kannst du später.*

So mühte ich mich bis zum Forschungsmodul, kroch mit letzter Kraft in die Schneewechte, zog mich in eine ihrer Ecken zurück, grub mich wie eine in fremde Materie verpflanzte Sonde ins knisternde Isoliermaterial. Ich aktivierte eine der Leuchtdioden, klemmte diese an einer der Wände fest, kurz, wirklich nur ganz kurz, ausruhen, mir vorstellen, dass die Sonne auf meine Haut scheint, dass der Schnee antaut, nass und schwer lässt er sich viel besser formen. Ich würde einen Schneeball zu einer immer größer werdenden Kugel anwachsen lassen, ich würde sie durch die Ebenen Winterthurs rollen, bis diese selbst fast so groß wie der gesamte Planet ist; ich würde eine neue, zweite Welt erschaffen, Großvater, schau bitte einmal nur her!

Ich lag noch eine Weile wach, musste daran denken, wie ich einst mit dem Großvater vor einem Eisloch verharrte, die Zeit schien damals stillzustehen. Zuvor hatten wir es gemeinsam ins Eis geschlagen, ein Luftloch für die unter dem Eis umherziehenden Robben und Wale geschaffen. Früher oder später würde hier eine Robbe auftauchen, meinte der Großvater, es sei höchste Zeit mir beizubringen, wie man diese er- und zerlegen könne, immerhin wäre das Überleben daran geknüpft.

Wir pressten uns flach auf den Boden, das Loch befand sich unmittelbar in unserer Griffweite, neben dem Großvater lag eine seiner aus Walknochen gefertigten Harpunen. Ich wollte wissen, ob die Tiere unsere Silhouetten erkennen konnten, ob wir einen bedrohlichen Schatten durchs Eis warfen, doch er winkte ab, es sei schlicht zu dick und die Robben ahnungslos. Nun ja, nicht so ganz, präzisierte er weiter, die Bären und

Menschen hätten die Instinkte der Beutetiere geschärft, es sei keinesfalls leichter geworden, sie zu erlegen. Wir müssten zuwarten, ohne die kleinste Bewegung, die Kälte ertragen und jederzeit bereit sein, es müsse, wenn es so weit sei, sehr schnell gehen. *Entschlossenheit*, sagte der Großvater, *ist die wichtigste Eigenschaft im Leben eines Jägers.*

Iktuulise (ᑐᖅᑯᓯᐅᕋᖅᒃᐸᖅᒃ), wir seien *Menschen, die todbringende Gesichter in den Schnee malen,* flüsterte er mir verschwörerisch zu, und ich wusste sofort, dieses Wort hatte er für mich erfunden, er tat dies allerdings immer seltener. Ich erinnere mich, als ich noch ein Kind gewesen war, da hatte er täglich neue Wörter für mich kreiert, die bislang nicht mal den Inuit eingefallen waren; diese Sprache gehörte fortan mir ganz allein. Ich dachte an die Iktuulise, deren einziger Sinn und Zweck es war, im Schnee zu lauern, sich in Geduld zu üben und Todbringendes zu erkennen. Ich stellte mir vor, dass die Iktuulise einen schnellen, gnädigen Tod brachten, sie waren gefährliche, jedoch ehrenvolle Männer.

Während ich vor dem Loch verharrte, malte ich mir aus, ich sei der leibhaftige Tod, der alles Leben ins Jenseits geleitet, der dem Nordlicht bis zur allerletzten Pforte folgt. Ich nahm gedanklich die sterbenden Kreaturen an der Hand und warf ihnen freundliche Blicke zu, sie sollten nach Möglichkeit keinerlei Angst verspüren. Ich würde selbstverständlich warten, bis der Mann am Feuer sein Stück Fleisch aufgegessen, ich würde warten, bis die Frau ihre Kinder sorgfältig in Rentierfelle gehüllt hatte, bis ihre Gutenachtgeschichte an ein Ende kam und die Kinder die Äuglein schlossen. Ich würde warten, bis der Hund draußen vor der Türe seine endgültige Schlafposition eingenommen hatte, ich würde geduldig abwarten, bis alle Handgriffe getan waren, bis man endlich innegehalten hatte, sich streckte, verschnaufte, und erst dann würde ich meine Hand ausstrecken, diese vielleicht vorschnellen lassen.

Die Hand des Großvaters zuckte vor, die Harpune durchbohrte den Hals einer soeben aufgetauchten Robbe, sie blickte uns nicht einmal an, wie versteinert spähte sie in die Ferne, zu den Eisbergen am Horizont, zu den Gesichtern in Eis und Schnee, die sich ihrer nunmehr annehmen würden. Die Jagd sichere das Überleben der Grönländer, entschuldigte sich der Großvater unverhofft, wohl wissend, dass ich noch nie so viel hervorquellendes Blut gesehen hatte. Es färbte das Meer und den Schnee im und um das Eisloch, gefror schnell zu einer roten, bröckeligen Masse, es stockte nahezu vor meinen Augen, während der Großvater bereits die Robbe zerteilte, ich solle mein Messer nehmen und ihm zur Hand gehen. Wir nahmen das Tier aus, legten Gedärme und sonstige Eingeweide auf das Eis, Herz und Leber wurden sorgfältig in einen Lederbeutel eingepackt, ich wusste, diese galten in Ittoqqortoormiit als ausgesprochene Leckerbissen.

Von solchen war ich auf Winterthur weit entfernt, ich flößte mir etwas Schmelzwasser ein; jede Nacht legte ich ein paar Eisklumpen in einen Behälter, nahm diesen mit unter die Decken und das Isoliermaterial, sie schmolzen zwar langsam, doch am Ende gaben sie nach. Ich versuchte tief auszuatmen, ein bisschen zu schlafen, es war doch eigentlich alles wie damals vor dem Eisloch mit Großvater.

5.

AM NÄCHSTEN MORGEN hatten Wind und Schneefall nachgelassen, irgendein rossköpfiges Gestirn lugte durch die Wolkenschicht, es strahlte und flackerte, man konnte tatsächlich die eigenen Umrisse im Schnee erkennen; ich warf einen kleinen Schatten, von einer vertrauten Sonne fehlte allerdings jede Spur. Immerhin war es heller geworden, der Schnee reflektierte das einfallende Licht, Eiskristalle glitzerten, die Eisberge warfen riesige Schatten, ich war mir so verdammt sicher, mir nichts davon einzubilden. Ich nahm eines der herumliegenden, gewölbteren Metallteile zur Hand, schaufelte Schnee zur Seite, der unablässig ins Innere des Forschungsmoduls einzudringen drohte.

Ich grub wie eine Verrückte, wie früher, wenn es angezeigt war, wenn die Hunde bellten, die Glieder einzufrieren drohten und das Nachtlager unbedingt fertig werden musste. Eile war auf Winterthur allerdings trügerisch, nichts trieb mich schließlich wirklich an, der Überlebensinstinkt vielleicht, das schon, doch eigentlich hatte ich alle Zeit der Welt. Dass einem plötzlich sogar die eigene Sprache absurd erscheint, *alle Zeit der Welt*, ich musste auflachen, die Welt gab es nicht mehr, und ihre Zeit war um.

Ich hatte *alle Zeit Winterthurs*, das konnte ich so gelten lassen, mein Aktionsradius blieb jedoch nach wie vor bescheiden.

Keine Ahnung, wie lange ich überleben, wie ich gegen diesen Planeten ankämpfen konnte, mein Tod war zweifelsohne gewiss. In solchen Momenten war ich versucht, das Graben unverzüglich einzustellen, mich ins Eis zu legen und den Tod abzuwarten. *Warum das Unvermeidliche weiter hinauszögern, du hättest schon mit den anderen sterben müssen, klammer nicht so, lass endlich los, Elaine!* Doch dann dachte ich wieder an den Großvater, an die vielen Inuit-Jäger, die in ähnlichen, ausweglosen Situationen weitergemacht, an all die Polarforscher und Entdecker, die sich den Gefahren des Eises gestellt hatten, halb erfroren und eingeschneit, ohne jegliche Aussicht auf Erfolg oder Rettung, sie alle hatten eine ganze Weile durchgehalten, *du kannst immer noch ein Stück weitergehen, Elaine!*

Ich schob immer mehr Schnee zur Seite, türmte diesen zu einem kleinen Hügel auf, das rossköpfige Gestirn schlingerte über den Himmel, fast schien es, als würde es das Licht lediglich reflektieren, als wäre es selbst nur ein geschliffenes Eisprisma, nur eine weitere, unwirtliche, Mensch und Tier zermürbende Welt. *Rossköpfig* war in der Tat eine merkwürdige Formulierung, die Sprache der Inuit kannte nicht wirklich ein Wort dafür, Pferde, also die *qimmirjuaq* (ᕿᒻᒥᕐᔪᐊᖅ), waren ihnen stets äußerst befremdlich erschienen.

Das Prisma hatte, streng genommen, keinerlei Ähnlichkeit mit einem Pferdekopf, unförmig, wie es war, hätte es alles darstellen können, eine übergroße Mähnenrobbe, ein Eisbärenknäuel, irgendeinen am Himmel versprengten Wal. Es hätte sich sogar um eine gigantische Raumstation handeln können, die, hell erleuchtet, ihrer Arbeit nachging. Milliarden von

Scheinwerfern waren dabei auf mich und Winterthur gerichtet, was es hier allerdings zu sehen geben sollte, das konnte ich mir beim besten Willen nicht ausmalen.

Ich kletterte auf den von mir aufgehäuften Schneehügel, gewiss das erste künstlich errichtete Bauwerk auf diesem Planeten. Unterdessen besann ich mich, dass ich es besser konnte, und begab mich zu einer anderen Stelle in der Nähe des Forschungsmoduls, der Schnee war dort deutlich griffiger, keinesfalls kristallin-pulvrig, er hatte bereits seine Metamorphose angetreten, am Ende würde er sich in blankes Eis verwandeln. Ich schnitt ihn mit meiner Metallschaufel in unterschiedliche Blöcke, genau so, wie ich es von Großvater gelernt hatte, wenn es darum ging, ein Iglu zu bauen, das nicht beim ersten Windhauch in sich zusammenfiel. Für die Inuit war das Iglu ein *von Schwellensteinen geformter Raum,* ein *manuaq* (ᒪᓄᐊᖅ), *ein Haus, das Wärme im Bauch behielt,* vor allem dann, wenn man es so zu bauen verstand, dass die warme Luft nicht entweichen konnte.

Ich benötigte gut zwei Stunden für das meinige, dann war es fertig, ein vertrauter und wehmütig stimmender Anblick; ich kroch in dessen Inneres, saß eine Weile reglos in dem mir an sich vertrauten Hohlraum herum, einen Moment lang fühlte ich mich tatsächlich wie in Grönland; ich hörte die Hunde bellen und vernahm heisere Männerstimmen, die sich entfernten, die einander eine erfolgreiche Jagd wünschten. Allerlei Schritte knirschten im Schnee, das Iglu verstärkte diesen Eindruck noch, ich konnte plötzlich deutlich einen schlurfenden Gang (und einige Schleifgeräusche) wahrnehmen. Möglicherweise befand sich einer der Jäger bereits wieder auf dem Rückweg, mit einer toten Robbe im Schlepptau. Er zog ihren Körper hinter sich her, ein rotes Band verschmierte und markierte dahinter den Schnee, das Blut legte weithin erkennbare Fährten.

Ich stellte mir vor, wie die Szenerie wohl von oben aussah, dass Hunderte Jäger mit ihren erlegten Tieren weitere rote Bahnen schufen, kreuz und quer teilten diese die Eislandschaft. Ein solcher Anblick ließe sich mit blutigen Kondensstreifen am Himmel vergleichen (von irgendwelchen organischen Flugzeugen), sie durchschnitten und zierten die Wolken, Himmel und Erde hatten in meiner Fantasie kurzum ihre Plätze getauscht.

Ich weiß noch, wie sehr mich der Anblick einer aus Speckstein und Sehnen gefertigten Jagdszene in Großvaters Hütte fasziniert hatte: Ein grobschlächtiger Jäger zog dort eine tote Robbe hinter sich her, er hatte ihr ein Seil um den Körper geschlungen, die Enden fest an die Hände geknotet, mit aller Kraft stemmte er sich gegen ihr Gewicht. Das Seil, das über seine Schultern lief, schien jeden Moment reißen zu wollen, es war ein niemals endender, selbst über den Tod hinausgehender Kampf. Großvater besaß noch eine weitere, unscheinbarere Specksteinfigur: Ein Jäger saß dort mit einem rautenförmigen Heilbutt, zweifelsohne war er gerade dabei, das Tier auszunehmen, doch wirkte das Ganze auf mich, als würde er ein mir unbekanntes Instrument zupfen, einer Zither nicht unähnlich.

Ich musste mir erneut eingestehen, dass ich nicht viel über das Universum wusste, ich kannte nur das, was man mir darüber erzählt, ja was man uns irgendwann im Rahmen der Ausbildung beigebracht hatte. Doch war es mit einem selbst nicht auch so? Was wusste man schon wirklich über den eigenen Geist? Man kannte das, was einem darüber erzählt worden war, man wurde immer nur durch andere zu einem verortbaren und wahrnehmbaren Menschen, war stets eine von anderen Wesen erzählte und interpretierte Geschichte. Auf Winterthur gab es niemanden, der mir etwas über mich erzählen, der mich erkennen, der in mir lesen und mich als lebendig definieren würde. Ich war nicht einfach allein, ich war zum ersten Mal in meinem gesamten Leben nur ein von mir selbst erkennbares und interpretierbares Ereignis, ich war die letzte noch zu erzählende Geschichte der Menschheit.

Plötzlich stellte ich mir irdische Bäume vor, in deren Wipfeln sachte der Schnee abgelegt wurde; dieser Vorgang veranschaulichte ein mir nicht mehr zugängliches Gefühl, als wäre der Winter eine durchdachte Komposition, ein Einmotten des Lebens zwar, doch würde es im Frühling unweigerlich aus den Schränken hervorgeholt werden. Weitere Bilder schoben sich vor meine Augen, als wäre der Kopf ein vorsintflutlicher Diaprojektor, ich hörte die Bilder förmlich einrasten, mein Sehnerv surrte und klickte, durch meine Linsen und Pupillen wurden die alten Aufnahmen nach außen hin projiziert, an weißen Leinwänden mangelte es nun wirklich nicht. Ich warf Unmengen von Bildern in die unauslotbaren Weiten Winterthurs, Bilder voller verschneiter Wälder, Bilder von Berggipfeln, Bilder einer alten Seilbahn, deren Kabinen sich den Abhang hochmühten. Ich sah Langläufer und Skifahrer, Schlittenführer und Eisläufer, sie umringten mich, während ich im Schnee saß, sie standen eng beisammen und beugten sich über meinen Körper; sie bildeten einen Kreis, der mich aufnahm, und erinnerten zugleich an einen Trichter, der mich einsog, restlos und unwiederbringlich.

Das Iglu über mir drohte mich zu verschlingen, die Erinnerungen durchstachen seine eisigen Wände, sie höhlten und stülpten mein Herz aus und um, aus mir kullerten unentwegt weitere Eindrücke und Fragmente einer untergegangenen Welt. Irgendwer nahm ein riesiges Salatbesteck zur Hand, er tauchte es in meine Herzkammern und schöpfte ab, was immer er wollte. Ich war eine zusehends leerer werdende Schüssel, ein matter, entbehrlicher Restposten, blankes Entsetzen überfiel mich plötzlich, *du musst hier raus, Elaine! Lauf eine Runde ums Lager, wie früher, mit Großvaters Hunden.* Mangokpok (ᒪᖕᐅᒃᑉᐅᒃ), *der wässrige Schnee,* arrluk (ᐊᕐᕐᓗᒃ), *der Killerwal,* qannik (ᖅᑲᓐᓂᒃ), *die Schneeflocke, kommt und lasst uns einen Kreis ziehen um die Zelte, verbellen wir das eigene Unvermögen.*

Ich erinnerte mich so gut, nach dem Tod des Großvaters war ich eine ganze Weile in Grönland geblieben, hatte seine Habe an die Nachbarn verteilt (wie er es sich gewünscht hatte), Inuit-Familien, die ihn mit mir zusammen in sein Kanu setzten. Wir zogen danach aufs Polarmeer hinaus, zu einem von Großvaters Lieblingsplätzen; der Meeresboden fiel dort steil ab, die Strömung trieb schnell alles aufs Meer hinaus, man musste hier beim Fischen darauf achten, nicht über die Kante hinauszugeraten (das hatte er mir immerzu eingebläut). Alles verschwand schließlich mit der Strömung, Boote, Bären, Eisberge, nichts konnte dem Sog des Meeres entrinnen.

Und so war es auch an jenem Tag, als wir sein Boot mit Steinen beschwert, als wir es für die kleine Zeremonie bereitgemacht hatten, als es bereits im Sinken begriffen war und mir Tränen in die Augen stiegen. Ein paar Eisberge glitten ebenfalls vorüber, sie gerieten über die Kante und nahmen sofort Tempo auf, verschwanden rasch am Horizont.

Wir ließen daraufhin das Kanu los, es schlingerte mit Großvaters Leichnam sogleich über die Kante hinaus, es trieb und sank gleichermaßen, sank und trieb, während wir mit unseren Booten vor dem abfallenden Meeresgrund verharrten. Die Inuit schwiegen naturgemäß, und ich selbst wusste nicht mehr genau, was ich da tat, das sinkende, sich behäbig um seine Längsachse drehende Kanu ließ auch mich in die Tiefe gleiten, mein Herz blieb stehen, und mein Geist verschwand im Bodenlosen.

6.

WINTERTHUR WAR EIN SCHÄUMENDES und über alle Ränder fließendes Polarmeer, das sich wie eine Kaltfront durchs Universum bewegte, eine unendliche und feindliche See, die man in sich einsaugen, die man sich notgedrungen einverleiben musste, bis zum allerletzten Tropfen. Man musste sie schlucken, all die Unfassbarkeiten, die den Körper durch ihre schiere Gegenwart lähmten – wie sollte ich mich je wieder unbeschwert fühlen?

Die Kälte schien auf diesem Planeten über eine eigene Masse zu verfügen, die auf den Körper einwirkte, sie generierte ein befremdliches Gefühl des In-sich-Versinkens. Als würde man auf den Boden eines tiefen Ozeans absacken und dort einschlafen, in der kältesten, undurchdringlichsten Dunkelheit, die man sich ausmalen kann. Ich beschloss, nicht zu ertrinken, mich an die wärmere Oberfläche zurückzustrampeln, der Kälte von unten galt es Paroli zu bieten, und die Kälte von oben wollte ich schlicht ertragen.

Ich machte mich erneut auf die Suche, verließ meine Schlafstätte im Forschungsmodul, ich wollte unbedingt dessen benachbarte Einheiten finden (oder die Überreste davon), mein *Büro* und den *Schreibtisch* mit den persönlichen Belangen; es schien der einzige Weg, ein wenig von sich selbst zurückzuerlangen, ein Stück fassbarer Vergangenheit.

Auch an den Folgetagen suchte ich die nähere Umgebung ab, so gut ich konnte, fand weitere Gerätschaften und Nahrungsmittel, ich barg etwa einen ganzen Container voller *Nährmasse* (so bezeichneten wir die Grundkomponente, die für die Rekonstruktion von Organismen unerlässlich war). Ich begegnete einigen Leichnamen, die aus dem Flugschiff geschleudert worden waren, bizarre, gefrorene Kreaturen, deren Gliedmaßen in seltsamen Winkeln abstanden. Ich würde sie nicht bergen oder bestatten, es herrschten hier so gesehen Gepflogenheiten wie am Mount Everest. Man ließ die Toten als Mahnmal liegen und verschwendete keinerlei Kräfte, früher oder später würde sie der Schnee ohnehin begraben, das war und blieb das Spiel eines jeden Winters.

Am fünften Tag meiner Suche gab ich erschöpft auf, ich sackte irgendwo fern des Forschungsmoduls zusammen, und meine Knie bohrten sich wie kleine Bohrköpfe in den aufgelockerten Schnee. Ich sank förmlich in die rastlose Kälte, überzeugt davon, nichts von meinen persönlichen Habseligkeiten jemals wiederzufinden, als ich unvermittelt mit dem linken Knie gegen etwas stieß. Es war die Kante eines *Tisches,* wie mir nach einigen Minuten klar wurde, es handelte sich tatsächlich um meinen *Schreibtisch*, mit seinen Lädchen und Fächern, ich kniete unverhofft auf ihm und pries diese Fügung.

Welch unverhoffter, schierer Zufall, ich meine, wer würde da nicht ungläubig und staunend seinen Kopf schütteln, ich konnte das alles selbst gar nicht fassen. Bei den Inuit hatte man für gewöhnlich kein Glück, all das, was man war und was um einen herum passierte, was man bewältigte und sich zunutze machte, verdankte man ausschließlich den eigenen Fähigkeiten. Man nannte dies *takurngiunaqtuq* (ᑕᑯᕐᖕᒋᐅᓇᖅᑐᖅ), *die Fröhlichkeit, die für gewöhnlich einer guten Witterung entspringt,* es meinte eine sich in einem manifestierende Leichtigkeit, die alles zuvor Gewesene relativierte.

Ich zog an der *Tischplatte,* wie ich sie nannte (die in Wahrheit einen Quantencomputer darstellte), sie war in zwei Stücke zerbrochen, vom zugehörigen Schiffsmodul fehlte jede Spur. Ich durchwühlte die Fächer und Laden, ein paar Speicherkristalle waren nach wie vor auf ihren Plätzen, sie enthielten allerlei Forschungsunterlagen, allerdings auch mein einsehbares Leben, Fotografien, Erinnerungen und diverse Applikationen, das säuberlich abgespeicherte Sein von Elaine Duval. Viel wichtiger allerdings war mein *Notizblock*, nun ja, dies war wohlgemerkt kein richtiger Block im klassischen Sinne, vielmehr hatte er die Form eines solchen, doch eine jede *Seite* war ein eigenes *Quantendepot*, es beherbergte diverse Utensilien, mit denen ich später die Maschine füttern konnte.

Ich *blätterte* darin bis zur Seite 23, Kapitel Grönland, hier hatte ich etwas verborgen, das an Bord (und im Labor) strengstens verboten gewesen war; es handelte sich um private Abstriche und Gewebeproben, vollständige Genome samt zugehörigen, eigens programmierten Aktivierungsschlüsseln. Das Flugschiff war bekanntlich auch als Arche konstruiert worden, die Auswahl und Archivierung der gezogenen und abgelegten Arten oblag einem Fachgremium (unter anderem war auch der Vorstandsvorsitzende des Schweizer Unternehmens, für das ich tätig gewesen war, darin vertreten gewesen).

Jedenfalls, nur die besten und aussichtsreichsten Kandidaten ihrer Art waren an Bord genommen und dementsprechend aufbereitet worden, alle nur denkbaren Tiere und Pflanzen, denen man ein Überleben in den Tiefen des Alls ermöglichen wollte. Ich hatte in meinem Notizblock so manches versteckt, das während einer Rekonstruktion anderweitige Proben hätte kontaminieren können, mir zugehörige und vertraute Lebewesen, die es mit der Qualität ihres Genmaterials niemals auf die Arche geschafft hätten.

Der Tod lässt sich nicht aussperren, das Leben schon, schrieb mir Großvater einst, einen letzten Brief hatte ich aus Grönland erhalten, vermutlich handelte es sich um das allerletzte Schreiben aus diesen Breiten, das in die Schweiz versandt worden war. Der Großvater hatte es mit einer winzigen Briefmarke versehen, die das vereiste Meer abbildete, wie ein unscheinbarer Klecks saß sie in der rechten oberen Ecke des Briefumschlages. Diese war nicht größer als ein Fingernagel, und ich weiß noch, wie ich darüber staunte, warum die Grönländer so winzige Briefmarken drucken ließen, ja warum sie überhaupt Marken verwendeten. Kaum einer schrieb in der Zeit nach den Lichtkriegen noch Briefe, diese galten schon seit Ewigkeiten als antiquiert; in irgendeiner Nische hatten sie es dennoch verstanden, die Zeiten zu überdauern.

Ich nahm eine Lupe zur Hand, ließ diese wie einen Greifvogel mehrmals über die Briefmarke kreisen, tatsächlich war das Eismeer zu erkennen, winzigste Robben und Narwale schwammen im Hintergrund um die Wette, mit freiem Auge war davon allerdings kaum etwas zu erkennen. Vielleicht wollten die Grönländer, dass man genau hinsah, vielleicht waren ihre Augen auch nur geübter im Erkennen von Tieren in eintönig scheinenden Landschaften. In unserer hochtechnisierten Welt schienen die Menschen vielfach blind geworden zu sein für die Natur, ihre Kreationen und Phänomene. Heutzutage schrieb niemand mehr Briefe, schon gar nicht mit der Hand, die Worte des Großvaters gerieten dadurch zu Kostbarkeiten, keines wollte ich je verschwenden, mir ein Leben lang seine Zeilen einprägen.

Der Tod ließe sich nicht aussperren, da könne man tun, was man wolle, den Schlüssel noch so oft im Schloss drehen, es sei müßig und belanglos, wo doch der Tod selbst einer Tür nicht unähnlich sei, zudem durch jede Ritze dringe, selbst die allerkleinste, etwa in unserer Haut – das Ende sei nur eine Frage der Zeit. Doch das Leben versäumen, das könne man schon, schrieb er mir, sogenannte Zivilisationen versäumten es schon immer, weil sie sich von ihrem hochgepriesenen Fortschritt einlullen und übertölpeln ließen, Gesellschaften, die einander dadurch fremd wurden. *Werd dir nicht fremd, Elaine, du bist das Eis und du bist der Berg, du bist der Wind, der die Erde formt, du bist* imaq (ᐃᒪᖅ)*, das Wasser, das sich im Meer wie ein Fluss bewegt, du bist lebendig!*

Ich erinnerte mich an meinen letzten Besuch in Grönland, der Großvater lag bereits im Sterben, und ich saß an seinem Bett, hielt die welk gewordene Hand und malte in den verbliebenen Atempausen todbringende Gesichter vor seiner Hütte in den Schnee – sie sollten den Großvater bald willkommen heißen. Er sprach nicht mehr viel, es war in seinen Augen alles gesagt worden, und das Ungesagte würde er mitnehmen, mich damit zurücklassen, das war der Lauf der Dinge. Aber war es tatsächlich der Lauf der Dinge? Ich holte entschlossen eines meiner Laborinstrumentarien hervor, wollte es auf sein Gesicht legen, als er die Augen öffnete und sich mit schwacher Stimme wehrte: *Nicht, Elaine! Lass es!*

Ich hielt inne, kämpfte mit den Tränen, erwiderte allerdings trotzig, dass ich ihn entschlüsseln, ablegen, sequenzieren und später mit meinen Maschinen vielleicht ins Leben zurückholen könne. Ich versuchte ihm zu erklären, an welchen neuen Rekonstruktionsverfahren ich forschte, doch berührte er nur sachte meine Hand: *Lass es gut sein, Elaine! Ich gehe mit den Todbringern, wie wir es in Grönland immer schon getan haben.*

Das war unser letztes Gespräch, die todbringenden Gesichter nahmen ihn mit in jener Nacht und ich blieb mit meinem Schmerz, mit allem Ungesagten, Unergründlichen und Unauslotbaren zurück. Am nächsten Morgen nahm ich Genproben von Großvaters Schlittenhunden, den mir liebsten und stärksten Tieren, die uns oft genug über das gefrorene Meer gezogen, mit uns gehungert und gejault hatten. Ich entschlüsselte, quadrierte und sequenzierte sie später, versteckte und speicherte alles in meinem Notizblock ab, die Hunde waren somit die einzige Erinnerung, die ich irgendwann tatsächlich wieder zum Leben würde erwecken können.

Auf der Erde besaß ich damals noch einige von Großvaters persönlichen Gegenständen, vor allem den Speckstein-Inuit, der unablässig seine Robbe zog, und den Speckstein-Inuit, der seinen Heilbutt zupfte, ein paar Harpunen und die Pelzkleidung. Es war ein guter Einfall gewesen, wenigstens die Hunde-DNA mitzunehmen, mich nicht davon abbringen zu lassen; ich schwor mir, wohin auch immer ich mich wenden und wohin es mich verschlagen würde, eines Tages würde ich diese Hunde zurückholen, sie würden an meiner Seite sein, auferstehen und wieder Realität werden, vielleicht ja an einem Wendepunkt meines Daseins, wenn ich nicht mehr weiterwusste, wenn ich das Leben nicht mehr ohne Weiteres ertrug … und ich wusste insgeheim, dieser Tag war genau heute.

Ich verkroch mich wieder und versuchte etwas auszuruhen, während eisige Winde am Forschungsmodul rüttelten, sie verbliesen Schneewechten und schlugen mit ihren Pranken gegen das Metall, entlockten diesem schrille Töne, während unablässig Schnee durch kleinste Risse ins Innere rieselte, fast bis zu meiner Schlafstätte. Er türmte sich zu einem Wall auf, vielleicht wollte er mir auch auf Augenhöhe begegnen, ich trat mehrmals in der Nacht mit den Füßen aus und schlug Breschen in seine ausdruckslose Visage.

Es sollte mehrere Tage lang heftig stürmen, Winterthur wies seine eigenen klimatischen Bedingungen (Vorlieben gewiss!) auf, ich wagte es in dieser Zeit nicht, mich ins Freie zu begeben, es hätte den sicheren Tod bedeutet. Ich versuchte mich damit zu trösten, dass selbst in der Arktis oder Antarktis tosende Stürme nichts Ungewöhnliches waren, man tauchte am besten unter ihnen durch; einhüllen, eingraben und am Grund festklemmen, so lautet die sicherste Devise in einem jeden Inferno. Es war unabdingbar gewesen, sich zurückzuziehen, sich an irgendeine der Wände zu schmiegen, in einer unscheinbaren Ecke unterzutauchen; zudem hatte ich mich an der schweren Maschine festgezurrt. Sollte das Dach aufreißen und der Wind alles nach draußen zerren wollen, um es durch die Atmosphäre zu wirbeln, würde diese Maschine gewiss als Letzte über Bord gehen – und ich mit ihr. Vorsorglich behielt ich die ganze Zeit über meinen Weltraumhelm auf, er würde mich einigermaßen schützen, sollte mich der Sturm mit dem Kopf voran gegen einen Eisklotz schmettern.

Manchmal dachte ich daran, wie es wäre, wenn ich zur Erde zurückkönnte, wenn nichts von all dem Unglück passiert, wenn rein gar nichts geschehen wäre, wenn das Flugschiff landen und wir einander auf die Schultern klopfen könnten, wenn der Komet im allerletzten Augenblick an der Erde vorübergeflogen (oder sie nur leicht gestreift hätte), wenn zwar einiges zerstört, doch im Wesentlichen vieles erhalten geblieben wäre, wie es sich anfühlen würde, erneut zu Hause zu sein. Wir alle würden wohl ein gänzlich anderes Leben führen, stundenlang am Wasser sitzen, in der Sonne liegen, verzückt die Vögel und Pflanzen betrachten, uns nie mehr vom Weg abbringen lassen, in Einklang und Friedfertigkeit mit der Natur (und allen noch lebenden Geschöpfen) existieren. Ich musste mir eingestehen, mir gefiel diese Vorstellung, ein neues, altes Leben beginnen zu können, die Erde mit anderen, wissenderen Augen zu betrachten, sie so wahrzunehmen, als wäre es ihr (und mein) allererster Tag im Universum.

Ich erhob mich, der Wind schien etwas nachgelassen zu haben, während die Kälte nach wie vor darauf aus war, gewaltsam einen Gedanken nach dem anderen aus meinem Kopf zu pressen. Ich band mich von der Maschine los, kroch in eine andere Ecke des Forschungsmoduls zurück, *du musst endlich die Maschine klarmachen, Elaine, die Gewebeproben hochladen, und darauf hoffen, dass alles einigermaßen funktioniert, du darfst nicht noch mehr Zeit verlieren. Leg los, keine Zeit mehr verplempern,* rief selbst der Großvater, und auf ihn wollte ich doch immer hören.

Ich sah ihn förmlich vor mir, sein im Polarmeer gesunkenes Boot, das er weiterhin als Steuermann befehligte, wie es in dunklen Tiefen auf fluoreszierende Fische traf, die es beäugten, es ein Stück lang begleiteten und ihm die Ehre erwiesen. Und dass Großvaters Augen ihren Lichtschein widerspiegelten, einen Moment lang schienen sie beseelt und lebendig, freundlich funkelnde Knöpfe in der Dunkelheit. Und während das Kanu am Meeresgrund aufsetzte, als sich die Fische zurückzogen, sich mit der Strömung in alle Richtungen verstreuten, als der aufgewirbelte Schlick allmählich niedersank, verließ Großvater das Boot, er war auf einem fremden Planeten angelangt, vielleicht trug dieser gar einen ähnlichen Namen wie Winterthur.

Er entfernte sich langsamen Schrittes vom gesunkenen Boot, so gut es eben ging, schließlich war einem das Wasser überall im Wege, seine Schritte erinnerten an die eines Astronauten. Dabei verlor er bald seine Fellmütze, die eine ganze Weile lang hinter ihm in der Tiefe schwebte, sie stand förmlich im Wasser und ihr Robbenfell schimmerte unmerklich, die Strömung entfernte sie nur äußerst zögerlich, während Großvater einen

Fuß vor den anderen setzte, wie bei all seinen Unternehmungen in polaren Einöden.

Vielleicht hätte ich damals mit ihm aufbrechen, mich einfach nur überwinden müssen, wie es in vielen alten Kulturen der Brauch war, schließlich ließ man ein geliebtes Familienmitglied nicht alleine losziehen, hielt stoisch den Mund und schloss sich dem Tod an. Wir wären fortan gemeinsam durchs Polarmeer geschritten, hätten den grönländischen Festlandsockel verlassen, abwärts und immer weiter den Nordlichtern hinterher wären wir gezogen, schwerelos mit der Strömung.

Möglicherweise hätten mich die Inuit-Jäger zurückgehalten (ein solches Vorhaben entsprach schließlich ihren natürlichen Überlebensinstinkten), vielleicht wäre sogar einer von ihnen (wider besseres Wissen) aus dem Kanu gesprungen, um mich ins Trockene zurückzureißen, hervorzufischen aus der Tiefe. Vielleicht hätten sie es auch geschehen lassen, mir stumm nachgeblickt, ihre Paddel ins Wasser tauchend und an ihr eigenes Zuhause denkend, wo Frauen und Kinder auf ihre Rückkehr hofften. *Inuviniq* (ᐃᓄᕕᓂᖅ), *sie ist fast tot,* hätte einer von ihnen wohl gemurmelt, *tuqunilukpuq* (ᑐᖅᑯᓂᓗᒃᐳᖅ), *sie ist gewiss tot,* hätte einer möglicherweise hinzugefügt, *siluliarivaa* (ᓯᓗᓕᐊᕆᕚ), *lasst uns lieber nach einem anderen toten Tier Ausschau halten.*

Ich erinnerte mich, ich wollte einst von Großvater wissen, ob es dem Wasser wehtäte, wenn es gefror, irgendwie schien es mir naheliegend, das zu glauben. Ich stellte zuvor ein Glas vor die Tür, sah vom Fenster aus zu, wie sich das Wasser darin veränderte, es trübte sich ein, wurde milchig, fasrig und kristallin, auf mich machte es den Eindruck, als würde es erkranken. Dann und wann glaubte ich sogar jemanden zu erkennen, der es unerbittlich zusammenpresste, eine Gestalt, nun ja, eher eine unheimliche Kontur, bis es fürs Wasser schließlich keinen Ausweg mehr gab. In Grönland geschah dies schneller als anderswo, das Wasser starb einem förmlich vor den Augen weg und hinterließ einen starren Körper, eine leere, unnachgiebige Hülle … das Eis! Als hätte man zuvor irgendein Krustentier endgültig aus seinem Panzer geschält, es wie eine Blüte zerpflückt, wohl wissend, dass das, was zurückbleibt, keinerlei Leben mehr enthält.

Ob es dem Wasser wirklich nicht wehtäte, hakte ich weiter nach, penetrant wie alle Kinder, die sich ihrer Sache sicher sein wollten. Der Großvater beteuerte, dass sich das Wasser im und als Eis wohlfühle, ich solle nun bitte schön endlich das Wasserglas wieder ins Haus holen, bevor dieses zerbräche, Eis dehne sich schließlich aus, rief er mir zu. Und bevor ich noch eine weitere Frage stellen konnte, kam mir der Großvater zuvor, nein, das Ausdehnen bereite weder dem Eis noch dem Wasser Schmerzen, das sei alles ganz anders als bei uns Tieren und Menschen.

Ich saß danach still und zufrieden in Großvaters Hütte, Grönland schien an solchen Tagen fern jeder Zivilisation, man hätte sich auch auf einem anderen Planeten wähnen können. Damals dachte ich mir, die Schweiz mit ihren Annehmlichkeiten, die Stadt, in der ich mit Vater, Dallas und Co. lebte, sie war (wie auch die übrige, noch intakte Welt) ein Konstrukt, das mit dem ursprünglichen Leben nicht viel gemein hatte. *Das dort draußen*, Großvater deutete in die Welt, *sind keine Menschen mehr, die können, auf sich alleine gestellt, doch gar nicht mehr überleben.* Die Technologie hätte die menschliche Spezies verändert, sie war förmlich zu ihrer zweiten Haut geworden, während das darunter liegende Gewebe verkümmerte. *Was danach noch übrig blieb, ist kein Mensch mehr*, meinte der Großvater, ich dürfe bloß nie so werden, mich nie auf den Fortschritt verlassen, das müsse ich ihm versprechen!

Ich erinnerte mich noch daran, nach Großvaters Tod in meinem Schweizer Büro eine antiquarische Landkarte von Grönland an die Wand gehängt zu haben, gleich über dem Schreibtisch. Ich saß mit dem Rücken zu ihr, wollte nichts vom Geschehenen vergessen, die Zukunft lag schließlich stets hinter einem. Vielleicht wollte ich sie auch nur nicht ständig betrachten, sie immerzu ansehen (müssen), da sie Großvaters Nachruf, ja eigentlich seine Todesanzeige war (ich hatte sie schwarz umrandet). Die Firmenkollegen konnten mit dem Anblick rein gar nichts anfangen, niemand hinge doch heutzutage etwas an Wände, man projiziere alles, zudem würde so kein Firmeneigentum beschädigt, die vier von mir in die Karte gebohrten Reißnägel sorgten offenbar im gesamten Konzern für Gesprächsstoff.

Grönland schien mir fortan verlassen und leer, selbst als Landkarte, nach einigen Monaten wollte ich sie wieder entfernen, doch kaum hatte ich mich dazu durchgerungen, schon zögerte ich erneut, immer wieder fiel mein Blick auf einen unscheinbaren, nicht weiter gekennzeichneten Punkt im Meer – dort war der tote Körper des Großvaters versunken. Dort hielten unentwegt Eisschollen und umherstreunende Tiere Wache, die Karte war auch ein Fenster, eine Möglichkeit, sie im Auge zu behalten, ab und zu nach dem Rechten zu sehen, damit alle ihren Verpflichtungen nachkamen.

Wenn draußen auf dem Firmengelände die Hunde bellten (die dieses bewachten), stellte ich mir vor, es handele sich um das Gespann des Großvaters, das es nicht mehr erwarten konnte, endlich aufzubrechen. Oft genug wunderte ich mich, dass man trotz der technischen Sicherungen, den diversen computergesteuerten Türen und Schleusen mit all ihren Zugangscodes, Panzergläsern und Scans, nach wie vor auf Hunde setzte, ich meine, Wachhunde, das war doch alles andere als zeitgemäß. Mitunter musste ich lächeln, ich vergaß in solchen Momenten, wer ich war, genoss eine Auszeit von meiner Trauer, man weiß sie zeitlebens viel zu wenig zu schätzen, die kostbaren, unscheinbaren Augenblicke ohne diffuse Ängste und Vorahnungen.

Großvaters Tod hatte Grönland in eine Ödnis verwandelt, ich konnte diesem Gefühl selbst in der Schweiz nicht entkommen, es überkam mich wie eine monotone, mich umzingelnde Melodie, ein Hintergrundrauschen, ein sich verengender Trichter voller scheppernder Kieselsteine. Die Grönländer kennen eine eigene Art des Trauerns und sich Erinnerns: Für sie bleibt alles Geschehene lebendig, schließlich sei alles Gelebte nicht umsonst geschehen.

Für mich blieb Großvaters Stimme daher etwas Lebendiges, sie war fest in meinem Kopf verankert, manchmal so klar, dass sie mich an meinem eigenen Verstand zweifeln ließ. Vielleicht hatte ich mir ja doch alles nur eingebildet: seinen Tod, das Absinken im Meer, das leuchtende, an Nordlichter erinnernde Plankton, möglicherweise hatte ich lediglich meine Ängste visualisiert, und nichts davon war passiert.

7.

DAS FLUGSCHIFF HATTE SICH nach dem überhasteten Start in die Umlaufbahn des Mars begeben, Dallas wollte einer jeden Abteilung genügend Zeit zugestehen, um die notwendigen Checklisten abzuarbeiten. Alles musste doppelt und dreifach geprüft und abgewogen werden, bevor man sich auf eine interstellare Reise begeben konnte, bevor man entschied, wie es an Bord weitergehen, wer in den eisigen Schlaf versetzt werden und wer darüber wachen würde. Tatsächlich beruhigte sich das anfängliche Chaos allmählich, die Menschen kamen zur Ruhe, ein trügerischer Zustand wohlgemerkt, den man von den üblichen Katastrophen kannte, jene plötzlich einsetzende Stille nach Lawinenabgängen, Erdbeben oder Wirbelstürmen.

Man konnte sie zunächst kaum fassen oder aushalten, alles schien unwirklich, wie in Watte verpackt, nahezu taub schritt man durch die Gänge und hörte sein Herz überlaut pochen. Selbst Farben ließen sich nicht mehr ohne Weiteres zuordnen, das Blau wirkte gräulich, das Rot wiederum schien braun, die gelb funkelnden Knöpfe an den Besatzungsuniformen schillerten weißlich, alle möglichen Paradigmen hatten sich verschoben. Ein paar Kinder spielten ungeniert in den Gängen des Flugschiffes, ich vernahm Gespräche über die Erde, sentimentale Betrachtungen, doch das, was man in Anbetracht ihrer Zerstörung gesehen, was sich in die Seelen gebrannt hatte, wurde tunlichst ausgespart.

Ich lebte mich schnell ein, die Forschungsabteilung hatte keine allzu großen Schäden davongetragen, ich würde unmittelbar nach der Landung auf einem neuen Planeten mit der Arbeit beginnen können. Einmal wurde ich von einem älteren Ehepaar (das versehentlich meine Sektion betrat) gefragt, was denn meine Profession sei, die beiden hatten sich zuvor noch staunend in den Laborräumen umgesehen. Ich besaß die höchsten Räume und größten Hallen im gesamten Flugschiff, alle Module waren imposant, bis zur Decke hin funktional konstruiert, vollgepackt mit den unterschiedlichsten Dingen und Gerätschaften. Es erinnerte in seiner Aufteilung an große Bibliotheken, Museen der Moderne mit allen nur denkbaren Exponaten, ich jedenfalls sah keinerlei Veranlassung, das Ehepaar zu beunruhigen, und antwortete: *Ich werde mit dem, was ihr hier sehen könnt, eine neue Erde erschaffen, ganz egal, wo wir auch landen werden, mit allerlei Tieren und Pflanzen und was sonst noch dazugehört, ihr werdet euch bald wie zu Hause fühlen.*

Selbstverständlich war ich mir darüber im Klaren, dass es unglaublich viel Glück erfordern würde, dieser Aussage auch nur einigermaßen gerecht zu werden. Der neue Planet müsste schon ideale Voraussetzungen aufweisen, um die Abertausenden Unwegsamkeiten, die eine solche Aufgabe mit sich brachte, aus dem Weg zu räumen. Und dennoch, ich war davon überzeugt, es sei im Wesentlichen zu bewältigen, dass es möglich sein müsste, ein neues Kapitel der Menschheit aufzuschlagen. Dass wir nicht grundlos überlebt und dass wir es schon deshalb in den Orbit geschafft hätten, um zu beweisen, dass sich unsere Zivilisation fortan geschickter anstellen, dass wir zu unseren Wurzeln zurückkehren und von vorne beginnen würden.

Ich erinnerte mich an eine wissenschaftliche Studie, von der ich einst an der Hochschule gehört hatte, wonach der Niedergang der Erde mit dem Auftauchen des *homo sapiens* begonnen hätte, das Schicksal des Planeten galt von da an als besiegelt. Einzig und allein die *homines neanderthalensis*, die noch im Einklang mit der Natur lebten und keinerlei weitere Ambitionen aufwiesen, hätten dies verhindern können. Wären sie zu den Stammvätern (und -müttern) des modernen Menschen avanciert, hätte der *homo sapiens* niemals seinen perfiden Raubzug antreten können, die Ausbeutung der natürlichen Ressourcen und die daraus resultierende kapitalistische Weltordnung wäre niemals entstanden, wir hätten möglicherweise auf ewig im Paradies gelebt.

Ich weiß, wie sich das anhören muss, und wer kann schon wissen, wozu wiederum Neandertaler und ihre unüberlegt gezeugten Nachfahren in der Lage gewesen wären. Am Ende wäre die Erde viel früher kollabiert, und es hätte keinerlei fortschrittliche Zivilisation existiert, um an ein Überleben im Weltraum überhaupt denken zu können. Manchmal stellte ich mir vor, die längst verblichenen Geister der Neandertaler hätten uns diesen Kometen nachgeworfen, mit freundlichen Grüßen aus dem Jenseits, wohin man sie als eigenständige Spezies vor Ewigkeiten zu befördern wusste.

Nachdem sich die meisten an Bord zur Ruhe begeben hatten, trafen sich allnächtlich (obwohl schwer zu sagen war, ob

Tag oder Nacht herrschte, die Bordcomputer übernahmen die Lichtregie) die führenden Crewmitglieder zu einem Informationsaustausch, neben den Koordinierungs- und Abstimmungsfragen wurde bereits lebhaft darüber diskutiert, wie es weitergehen solle. Allen war bewusst, dass wir zu viele Passagiere an Bord hatten, dass die Kokons nicht ausreichen würden, dass man allerdings nur im Kälteschlaf einen von Dallas in Betracht gezogenen Exoplaneten erreichen könne. Es mangelte dabei keineswegs an aussichtsreichen Kandidaten, das (nähere) Universum war, soweit man das überhaupt behaupten durfte, einigermaßen erforscht, ein jedes Kind auf Erden wusste (bzw. hatte gewusst), dass erdähnliche Planeten existierten. Das Flugschiff war durchaus in der Lage, diese anzusteuern, die Technik hatte sich rasant entwickelt, nur der Mensch blieb im Kosmos eine Schwachstelle, die Strahlung, der Stoffwechsel, der Alterungsprozess, nur mit Hilfe der Kälte konnte man lange genug überleben und somit die Chance wahren, in der Ferne anzukommen.

Es wurde darüber debattiert, wer diesen Kälteschlaf (man vermied tunlichst das Wort *Kältetod*) überleben könne, wem dieser zumutbar wäre, die Kinder und Alten kämen aus diversen Gründen nicht in Frage. Des Weiteren müsse man überlegen, wessen Fähigkeiten auf einem neuen Planeten besonders gefragt sein würden, grundsätzlich sollten Frauen Männern vorgezogen werden, bzw. die anstehende Mission erforderte schlichtweg weniger Männer als gedacht. Ich warf ein, dass die Forschungsabteilung irgendwann in der Lage sein würde, auch Menschen an Bord zu reproduzieren, es müsste nicht alles auf *natürlichem Wege* vonstattengehen, doch erschien das vielen nach wie vor absurd. Auf der Erde hatte man diesbezügliche Gesetze erlassen, wonach die Schaffung *künstlicher Menschen* infolge der Genforschung untersagt worden war. Eine Ausnahme bildete das Militär, das sich allerdings zu diversen Auflagen verpflichtet hatte, in einigen verzwickten Sonderfällen mussten Gerichte darüber befinden.

Ich weiß, die meisten Erdenbewohner hatten nie wirklich darüber nachgedacht, dass in den Lichtkriegen unter anderem auch geklonte, reproduzierte und designte Menschen ihr Leben ließen. Die Konzerne und ihre Zulieferindustrien hängten nichts an die große Glocke, in komplexen Auseinandersetzungen waren schließlich Spezialisten vonnöten, die optimierten Lebensformen kamen mit manchen Herausforderungen schlicht besser zurecht. Streng genommen war auch ich ein Teil dieser Firmenpolitik gewesen, ich kannte die Risiken und versuchte das Beste daraus zu machen. Manchmal ertappte ich mich dabei darüber nachzudenken, ob es denn der eine oder andere künstliche Mensch an Bord geschafft hatte. Die Flugschiffe waren eigentlich echten Menschen vorbehalten geblieben, keiner aus unserer ursprünglichen Crew war im Reagenzglas gezeugt und herangezogen worden.

Darüber hinaus gab es keine großen Unterschiede zwischen echten und künstlichen Organismen: Die ersteren hatten leibliche Eltern, die letzteren mit ihrer Aufzucht betraute Pflegeeltern, sie wuchsen allerdings um einiges schneller. Selbstverständlich hatte man versucht, verwertbare Eigenschaften zu fördern, um sie im militärischen Sinne nutzbarer zu machen (die Kraft, Ausdauer, Intelligenz und dergleichen), doch hatte man feststellen müssen, dass eine übermäßige Optimierung des Menschen unmöglich war. Die *Designten* hatten das jeweils gewünschte Aussehen, sie waren auf gewisse Aufgaben hin mit verwertbaren Vorzügen ausgestattet, doch es ließen sich nun einmal keine Übermenschen kreieren, die zehnmal so schnell laufen, die fünfmal so weit blicken, die dreimal so lang leben konnten, alles hatte seine Grenzen, und der Rest blieb Science-Fiction. Es war etwa niemals gelungen, lebensfähige Hybride zu erzeugen, Männer mit Adleraugen oder Frauen mit Tigerpranken, versucht hatte man es allemal.

Einer der in Geschichtsprogrammen vermerkten Diktatoren aus vormaligen Jahrhunderten soll schon seinerzeit versucht haben, Menschen mit Affen zu kreuzen, um eine neue und willigere Kriegerelite zu züchten. Er habe auch allerlei Doppelgänger besessen (keinesfalls Klone, vielmehr mühsam aufgefundene, ihm zu Diensten stehende menschliche Existenzen), sodass man zunächst gar nicht wusste, ob besagter Diktator den damaligen Weltkrieg überlebt oder es doch nur eines seiner Pendants geschafft hatte.

Es war angeblich gar nicht einfach gewesen, Frauen zu finden, die sich freiwillig mit dem Sperma von ausgewählten Orang-Utans, Gorillas und Schimpansen befruchten ließen. Doch die Versuchsreihen schlugen allesamt fehl, und der Diktator soll getobt haben, überliefert waren Aussagen wie *Hiesige Frauen sind zu gar nichts nütze* oder *Bringt mir nicht immerzu Mittelmaß.* Die damaligen Wissenschaftler experimentierten vorsichtshalber mit allen bekannten Nationalitäten (Kriegsgefangenen und sonstigen Mitbringseln aus der großen, weiten Welt), auch Afrikanerinnen und Polynesierinnen wurden genötigt, man ließ nichts unversucht, um den Diktator zufriedenzustellen.

Schlussendlich spielte es keine Rolle, ob sich auch *Design-Menschen* an Bord befanden, sie würden dies ohnehin für sich behalten, einfach nur überleben wollen, wie alle anderen auch. Dallas blieb bei allen Diskussionen stoisch ruhig, er ließ jedwede Meinung zu, versuchte sich ein Bild von allem zu machen, und solange die Befehlskette funktionieren, solange ihn alle akzeptieren und ihm vertrauen würden, bliebe unser Schicksal seinem Geschick überlassen. Was mit den überzähligen Menschen an Bord geschähe, wer in den Kälteschlaf versetzt, welcher Planet nun angesteuert werden würde, er musste die Entscheidungen treffen, eigentlich wollte niemand ernsthaft in seiner Haut stecken.

Später saß ich alleine mit Dallas in seiner Koje, ich kannte ihn besser als jeder andere an Bord, ich wusste, dass er meine Nähe brauchte, dass es gut war, einander in die Arme zu nehmen, sich zu erinnern, wie es früher einmal war, in den Bergen, im Schnee, wir und die Väter, ich und Grönland, Dallas und seine weltweiten Missionen, unsere Kindheit und Jugend, unsere Identitäten. Ich blieb, bis er eingeschlafen war, manchmal hielt ich noch eine Weile seine Hand fest, er war mein letzter Fluchtpunkt, meine Familie, mein einziger Freund. Ich dachte daran, was sich wohl unsere Väter, was sich der Rest der Familie denken würde, bestimmt müssten sie bei diesem Anblick schmunzeln. Elaine und Dallas, ihr beiden schon wieder, irgendwo im Weltraum, in der Dunkelheit, nach wie vor Freunde, immer noch nicht Mann und Frau.

Danach zog ich mich in die Forschungsabteilung zurück, sortierte diverse Unterlagen, vervollständigte mein Tagebuch (ich führte es schon seit meiner Jugend), alles nur in Schlagworten, was so passiert war, was ich dabei empfunden und gedacht, was ich noch vorhatte. Ich zählte zu den Menschen, die nicht viel Schlaf benötigten, das war schon immer so gewesen, ich ging sogar regelmäßig in der Nacht im Flugschiff spazieren (nur die Notbeleuchtung war noch aktiv). Ich bewegte mich geräuschlos durch die Gänge, da und dort stieg ich über schlafende Menschen, ich blickte hinaus zu den Sternen, presste mein Gesicht an die Bullaugen, ich erkannte keinen Nachthimmel, vielmehr einen unendlichen Raum. Wenn ich jemanden traf, der gleichfalls nicht schlafen konnte, unterhielt ich mich leise mit ihm, wir setzten uns auf irgendwelche Stufen oder lehnten uns an die gewölbten Wände. Ich hörte allerlei Geschichten von den letzten Tagen der Erde, die letzten Tage der Menschheit, ganz individuell betrachtet, was man wo gesehen und erlebt, wen man verloren, wie man überlebt, welche Fügung schließlich dafür gesorgt hatte, dass man an Bord gelangt war.

Manchmal traf ich Kinder, die leise vor sich hin weinten, während die Eltern erschöpft schliefen (zumeist gab es nur noch einen Elternteil), ich nahm diese kurzum mit, schlich mit ihnen zu einer der sich in der Forschungsabteilung befindlichen Kammern, wo man die künstliche Schwerkraft gefahrlos deaktivieren konnte. Ich schwebte eine Weile mit ihnen im Raum, wir alberten und tollten herum, machten Salti und diverse Schwebefiguren, ich freute mich diebisch darüber, dass sie zu weinen vergaßen, dass es immer noch möglich war, ein paar Augenblicke lang Kind zu sein.

Bei meinen nächtlichen Spaziergängen dachte ich daran, dass die Schaffung eines neuen Ökosystems (angenommen die atmosphärischen Bedingungen wären tatsächlich wie prognostiziert) durchaus von der Frage beeinflusst sein sollte, wie viel Schlaf eine jede neu an- und ausgesetzte Lebensform benötigte, dass weniger Schlaf mehr Leben, beziehungsweise raschere Lebensanpassung mit sich brächte, dass ich dies unbedingt berücksichtigen müsste. Vielleicht war es möglich, Tieren so ein Überleben auf fremdem Terrain zu sichern, der Schlaf machte anfällig, ja nicht auszudenken, was alles im Schlaf passieren konnte, wenn niemand über diesen wachte.

Irgendwo hatte ich gelesen, dass komplexe Lebensformen naturgemäß mehr Schlaf einforderten, es lag an der Konstruktion ihres Stoffwechsels, an ihren Hirnfunktionen, insofern müsste das irdische Faultier, als es dieses Tier noch gab, das Leben auf Erden maßgeblich (im Hinblick auf seine Komplexität) dominiert haben. Ich war stehen geblieben, stellte mir den Kosmos unter meinen Füßen vor, wenn sich nun ein Loch auftun und ich in die Dunkelheit unter dem Schiff sinken würde, wie lange ich den Atem anhalten, wie weit ich fallen könnte, vielleicht sogar bis zur deformierten, brennenden Erdoberfläche, oder was auch immer noch davon übrig war.

Bei mir zeigte es sich überdeutlich: Wenn ich endlich eingenickt war, erwachte ich zumeist mit dem Gefühl, viel zu lange in der Koje gelegen zu haben, dabei ruhte ich nie länger als zwei, drei Stunden. Eigentlich war ich mir nach dem Aufwachen nie ganz sicher, ob ich mich noch in der Koje befand oder ob ich nicht längst in einem der Kokons lag, eingefroren, reisefertig, selbst im Kältetod noch wirres Zeug träumend. Es konnte doch sein, dass ich mir all die nächtlichen Spaziergänge nur ausmalte; die Sitzungen und Besuche bei Dallas, ja selbst die Ausflüge in die Schwerelosigkeit (obgleich ich mich genau an die Gesichter der Kinder und ihr Jauchzen zu erinnern glaubte) hatten einen seltsamen Beigeschmack.

Vielleicht war alles nur noch ein letzter Traum, vielleicht waren es ein paar Erinnerungen und Hirngespinste, etwa von all den Vögeln, die ich versuchsweise in die Schwerelosigkeit entließ, die sich mühten und plagten, hektisch mit den Flügeln schlugen und eigentümliche Drehungen und Pirouetten produzierten. Sie trieben hilflos durch den Raum, wie Wassertropfen kollidierten sie bisweilen und vereinten sich allmählich zu einem größer werdenden Vogelklumpen, das Fliegen im Weltraum war jedenfalls nichts für gewöhnliche Federtiere.

Manchmal kam Dallas hinzu und wollte wissen, ob Fische besser mit der Schwerelosigkeit zurechtkämen, was, wenn wir einen schwerelosen See im Flugschiff anlegen würden, das wäre gewiss ein schöner Anblick. Und ob schwerelose Fische als zusätzliche Nahrungsquelle dienen und sie wie winzige Planeten im Raum schweben könnten, allesamt eingebettet in einer großen Wasserkugel. Und ob das Universum (also die Schwerelosigkeit) rundlichere Formen bevorzuge, eines dieser ewigen Gesetze in den Weiten des Alls sei das, hydrodynamisch geformte Fische wären – jedenfalls seiner Meinung nach – bestenfalls Lachnummern.

Solche und ähnliche Szenarien prasselten in meinen Träumen auf mich ein, ich wurde darin von tapsigen, wild zwitschernden Vögeln nahezu erstickt, mehrfach von Kugelfischen getroffen, förmlich durchlöchert in einem bizarren Kugelhagel, ich war nicht mehr am Leben und noch nicht tot. Ich überlegte, ob nicht Schlangen doch die geeignetsten Geschöpfe wären, um durch schwerelose Kammern zu gleiten, ob nicht die widerständigen Reptilien ideale Lebensformen wären, um uns zu nähren, sobald die herkömmlichen Vorräte aufgebraucht waren. Die alten Cherokee hatten, so der Großvater, sogar Schlangenhäute um die Bäuche ihrer Frauen gewickelt, damit die Kinder zügig hervorgekrochen kamen, Menschen und Schlangen hatten schlicht schon seit Urzeiten eine gemeinsame Geschichte.

Schlangen wären im Forschungslabor relativ leicht zu reproduzieren (und zu züchten), die kleineren Arten könnte man an die größeren verfüttern, man müsste sich zudem keine Sorgen machen, was nach dem Abschalten der künstlichen Schwerkraft aus ihnen werden würde (und dieser Augenblick würde unweigerlich kommen, weil alle Energie in die Schlafkokons fließen musste). Und war es nicht auch so, dass sich Schlangen zu einer Kugel einrollen konnten, ihre Körper ließen ihnen alle Möglichkeiten offen, die Elastizität, Beweglichkeit und Stärke ihrer Muskeln machten sie zu idealen Raumreisenden. Schlussendlich, wie immer man es auch dreht und wendet: Vögel (Geflügel) waren mit der Schwerelosigkeit heillos überfordert.

Ich überlegte neuerlich, wie wahrscheinlich es war, dass ich alles nur träumte, dass man diejenigen, die für die Schlafkokons ausgewählt worden waren, nahtlos in den Kälteschlaf versetzt hatte, und ob es überhaupt möglich war, davon nichts mitzubekommen. Vielleicht hatte man sich abends noch normal zu Bett begeben, und kaum war man eingeschlafen, schon hatte ein diesbezügliches Kommando (und Ärzteteam) lautlos die Schlafkoje gestürmt. Ich konnte mir gut vorstellen, dass sich Dallas für eine solche Lösung entschieden, dass man so in seinem Sinne gehandelt hatte. Alle ausgewählten Personen galt es im Schlaf zu überraschen, während diese noch träumten, sodass sie in den Kälteschlaf hinübergleiten konnten. Das würde zweifelsohne niemals endende Diskussionen (warum ich? und nicht ohne meine Familie! etc.) abrupt verkürzen, die Betreffenden ließen sich leichter überrumpeln, alles würde seinen Lauf nehmen, mit weniger Stress, frei von Angst, ohne eine um sich greifende Panik.

Ich nahm ein Buch zur Hand, das tatsächlich irgendwer an Bord mitgebracht hatte, manchmal las ich darin, um überhaupt einzuschlafen: *Damit wir uns richtig verstehen, es waren keine berufsmäßigen Träumer. Berufsmäßige Träumer sind hochbezahlte, sehr gesuchte Talente. Diese sieben träumten wie die meisten von uns, ohne Anstrengung und ohne Disziplin. Berufsmäßig zu träumen, so, dass diese Träume aufgezeichnet und zur Unterhaltung anderer abgespielt werden können, ist eine viel kompliziertere Sache. Berufsmäßige Träumer sind gleichzeitig die am besten organisierten von allen Künstlern und dennoch die spontansten. Es sind Menschen, die auf subtile Art Spekulationen ineinander verweben können. Von ihnen allen kam Ripley dieser speziellen Fähigkeit noch am nächsten. Sie hatte ein gewisses Talent zum Träumen und eine flexiblere*

Fantasie als ihre Begleiter. Ihre wirren Träume warteten darauf, angezapft und geformt zu werden. Captain Dallas andererseits schien zwar träge, war aber von ihnen allen am besten organisiert. Auch an der Fantasie gebrach es ihm nicht, das bewies sein Bart. Niemand nahm einen Bart mit in die Kühltruhen, niemand außer Dallas. Der Bart war ein Teil seiner Persönlichkeit, er war ebenso wenig bereit, sich von dem antiken Gesichtsgestrüpp zu trennen wie von irgendwelchen anderen Teilen seiner Anatomie. Dallas war Kapitän zweier Schiffe, des Interstellarschleppers Nostromo *und seines Körpers, und beide blieben intakt, ob er nun träumte oder wachte.*

Ich denke nicht, dass es irgendwen an Bord des Schiffes gab, der so wenig Schlaf wie ich benötigte; Dallas selbst vielleicht, der allerdings nur dann schlief, wenn er Zeit dafür hatte, *ich schlafe auf Vorrat, Elaine, das lernt man beim Militär. Ein kluger Wolf stopft sich voll, so gut er kann, man weiß ja nie, wann die nächste Mahlzeit des Weges kommt.* Ich selbst schlief nie auf Vorrat, mal abgesehen davon, dass ich Dallas kein Wort davon abkaufte, ich schlief, wie man es mir in den Bergen beigebracht hatte, kurz und heftig, so ließe sich das auf den Punkt bringen.

Später ruhte ich wie die Grönländer aus, drei Stunden, nicht mehr und nicht weniger, denn wer länger liegen blieb, der riskierte (unter den widrigen Bedingungen der Arktis), nie wieder aufzuwachen. Und mehr Schlaf war auch nicht vonnöten, etliche irdische Lebensformen waren mit ungefähr gleich viel (oder weitaus weniger) Schlaf ausgekommen, es war und blieb eine Frage der Anpassungsfähigkeit.

Ich schlug meinen Notizblock auf, überlegte, ob es nicht endlich Zeit war, damit aufzuhören, Dingen irgendwelche Bezeichnungen angedeihen zu lassen, die sie nicht darstellten, mein Notizblock, es gab wohl keine irreführendere Benennung für einen Quantencomputer. Andererseits hatte ich schon immer mit dem Gefühl gelebt, es wäre eines Tages unumgänglich, Dinge umzutaufen, wie es einem in der neuen Situation in den Kram passte. *Notizblöcke, Schränke, Betten, Schiffe, Kokons* … alles erinnerte in seinem Sprachgebrauch an die Erde, es war ein Requiem für einen untergegangenen Planeten.

Lediglich das *Tagebuch* war immer ein solches, gebundenes, fein säuberlich geordnetes Papier mit meiner Handschrift, ich kann gar nicht sagen, wie oft man mich verspottet hatte, dass es doch nichts Rückständigeres gäbe, als auf Papier zu schreiben. Bei den Inuit hieß das Papier *titiraakhaq* (ᑎᑎᕌᒃᓴᖅ), *ein dünnes Eis, das nicht wegschmilzt, weil es sich warm anfühlt,* eine Formulierung, die keinen weiter verwundern dürfte, wo doch die alten Völker schon vor Jahrtausenden ihre ersten Zeichen ins Eis geritzt und diese allmählich verschriftlicht hatten.

Nuna (ᓄᓇ), *die Erde,* wann immer ich dieses Wort früher aussprach oder es im Tagebuch verewigte, fühlte ich mich zugehörig, also *sauvaa* (ᓴᐅᕚ), *bestattet in der Erde, im mich streichelnden, mich umschmeichelnden Schnee.* Ich war schon als Kind davon fasziniert gewesen, dass die Inuit zwar ein Wort für Erde kannten, jedoch Schnee meinten, der Schnee war die Erde, und die Erde war der Schnee. Großvater merkte an, um mir die Tragweite all dessen vorzustellen, müsste es schon Erde vom Himmel schneien, dann wären die Erde dort oben und die Erde hier unten eins, erst so könne ich erahnen, wie Inuit die Welt wirklich sehen.

Sauvaa ließ sich allerdings auch noch anders interpretieren, je nach Kontext war auch ein *setzt ein Schneehaus mit Schnee instand* gemeint, ich musste da stets lächeln: *bestattet im Schnee* und *instand gesetzt mit Schnee*, irgendwie schien das nahtlos ineinander überzugehen. Vielleicht wäre *sauvaa* auch ein zutreffenderes Wort für unsere Kältekammern, für all die Schlafkokons im Bauch des Flugschiffes, deren Insassen dort bestattet und irgendwann zum Leben erweckt, erneut instand gesetzt werden würden, menschliche Häuschen mit ihren ihnen auferlegten Funktionen.

Ich blätterte in meinem Notizblock vor, benötigte und empfohlene Schlafdauer von Tieren, Kategorie *Langschläfer*:

a) Braune Fledermaus – 20 Stunden/Tag
b) Igel – 18–20 Stunden/Tag
c) Gürteltier – 18,5 Stunden/Tag
d) Faultier – 15–20 Stunden/Tag
e) Katze – 16 Stunden/Tag
f) Koala – 14 Stunden/Tag
g) Gepard – 12 Stunden/Tag
h) Schimpanse/Gorilla – 10 Stunden/Tag

Kategorie *Kurzschläfer*:

a) Ochsenfrosch – schläft niemals!
b) Okapi – 30 Sekunden (10-mal/Nacht)
c) Pottwal – 40 Sekunden (8-mal/Nacht)
d) Nilpferd – 30 Minuten
e) Giraffe – 1–2 Stunden/Nacht
f) Elefant – 2 Stunden/Nacht
g) Wespe – 2–3 Stunden/Nacht
h) Esel – 3 Stunden/Nacht

War es denn so unvorstellbar, niemals wieder zu schlafen? Wenn man sich nur überlegte, wie viel mehr ein Ochsenfrosch vom Leben hat, von Okapis, Pottwalen und Co. ganz zu schweigen. Immerhin konnte ich es getrost mit dem Esel oder der Wespe aufnehmen, die hätten gleichfalls jede Nacht das Flugschiff für sich beansprucht, klappernd und summend in den Fluren und Gängen. Was für eine kaum vorstellbare Qual müsste doch der Kälteschlaf für solche Tiere darstellen, sie, die kaum schliefen, nunmehr verdammt, Jahrhunderte, vielleicht sogar Jahrtausende schlafend und träumend zu verbringen, da müsste man doch den Verstand verlieren. Ehrlich gesagt war es schwer vorstellbar, dass ein Mensch diese Tortur überstehen könnte, die vielen, wohl aberhundertfach wiederkehrenden, selbst im Tod noch aufdringlichen Träume, wer weiß, in welchem Zustand man schlussendlich erwachen, was einem nach den ersten Atemzügen durch den Kopf gehen würde.

Ich weiß, die Militärs hatten jede Menge Studien in Auftrag gegeben, die Konzerne rekrutierten reihenweise freiwillige Probanden (vorwiegend künstliche Menschen), die sie in ihre diversen Prototypen (Frostkammern) steckten. Soweit mir bekannt, galt es als einigermaßen gesichert, dass die längste Schlafphase annähernd hundert Jahre dauerte, Folgeschäden waren dabei keine nachzuweisen gewesen. Doch hier am Flugschiff war das etwas anderes, zwar hatte die Technik weitere Fortschritte gemacht, doch wie lange ein Mensch tatsächlich durchhalten würde, hundert Jahre, tausend Jahre, niemand konnte das mit Bestimmtheit sagen.

Ich legte den Notizblock zur Seite, aus den unteren Decks war leichter Donner zu vernehmen, ein tiefes, kaum nachvollziehbares Grollen und Pfeifen, als wäre das Flugschiff selbst ein organisches, keinesfalls uns ausschließlich wohlgesonnenes Lebewesen. Wenn alle weiterschliefen, wenn sich die Stille des Weltraums mit der Ruhe der Gänge und Räume vermengte, konnte man nicht mehr zwischen dem Schiff und dem Kosmos unterscheiden. Der Weltraum war plötzlich überall, er sickerte durch die Bordwände, dunkle Materie und unbekannte Molekülketten, die bis in die Unendlichkeit reichten. Ich erinnerte mich daran, wie schön es einst gewesen war, dem Wind zu lauschen, der Brandung und dem Gewittergrollen, all den Geräuschen, die uns auf der Erde umgaben, wie selbstverständlich man sie damals nahm und wie sehr sie einem fehlten.

Großvater hatte mir erzählt, dass man sogar den Schnee hören konnte, wenn er fiel, dass die Inuit-Völker schon am (für mich nicht wahrnehmbaren) Geräusch des fallenden Schnees seine Beschaffenheit abschätzen konnten. Für mich hingegen war der Schneefall ein Inbegriff vollkommener Ruhe, er rieselte (bei Windstille) sachte vom Himmel, zu hören war bestenfalls der eigene Herzschlag. *Igniarvik* (ᐃᒡᓂᐊᕐᕕᒃ), *das Herz, die Feuerstelle,* es war schon bezeichnend, dass die Inuit diese beiden Begriffe nicht unterschieden, das Feuer war organisch und das Herz ein unerlässliches, in uns pulsierendes Element, das wie eine Flamme vergehen und neu entfacht werden würde.

Auf der Erde waren sich die Menschen lange Zeit nie ganz sicher gewesen, ob einer wirklich tot oder doch nur scheintot liegen geblieben war. Erst der Verwesungsgeruch (der in Leichenhäusern und Aufbewahrungssälen mit Blumenarrangements übertüncht wurde) stellte ein einigermaßen verlässliches Zeichen dar, dass ein Leben zu Ende war. Oft ließ man es sich nicht nehmen, auf Nummer sicher zu gehen, weshalb den Toten spitze Nadeln unter das Nagelbett gestochen oder ihnen lebende Käfer in die Ohren gesetzt wurden. Es galt als relativ zuverlässig, die Toten aus nächster Nähe mit einem Signalhorn beschallen zu lassen, ihnen mit einer Rasierklinge in die Fußsohle zu schneiden, eine eigens entwickelte Brustwarzenzange einzusetzen, oder einen Bleistift in die Nase zu treiben. Ein sogenannter Arzt entwickelte sogar eine Maschine, mit deren Hilfe sich die Zunge herauskurbeln ließ, ein Verfahren, das ihm später bescheidenen Wohlstand ermöglichen sollte.

Die *Taphophobie* war allgegenwärtig, und wer damals über die entsprechenden Mittel verfügte, ließ sich nicht davon abhalten, sich einen Sicherheitssarg anzuschaffen. Ein solcher verfügte über ein langes Rohr, mit dessen Hilfe Frischluft eingeleitet wurde, und es gab eine Glocke, die über dünne Fäden mit Füßen, Händen und dem Kopf des Toten verbunden war. Wenn es läutete (was ab und an vorkam), liefen die Totengräber schnell herbei, um eine arme Seele aus ihrer misslichen Lage zu befreien.

Unmittelbar nachdem der Großvater verstorben war, hatten die Inuit in einer feierlichen Zeremonie seinen Brustkorb geöffnet, man hatte gemeinsam ein paar Lieder gesummt und behutsam das Herz freigelegt. Alle, die sich eingefunden hatten, rochen nacheinander daran und nickten, es war ihre Art, sich von einem Jäger zu verabschieden. Ich, als nächste Angehörige, durfte Großvaters Herz berühren, ein ganz sachtes Anstupsen nur, das einen roten Punkt auf einer der Fingerkuppen hinterließ.

8.

WOHIN MIT DER SEHNSUCHT? In meinen Träumen entfaltete sie sich ungehemmt, die ließ sich nicht vom Frost aufhalten, sie gedieh und wucherte, wie es ihr gefiel, Ranken, die wild austrieben, mein Herz fand keinen Boden unter den Füßen. Ich lag wach in meinem Modul, wälzte mich unruhig von einer Seite auf die andere, der fahle Lichtschimmer draußen konnte sich nicht entscheiden, ob er dem Tag oder der Nacht zugehören wollte. Meine Augen hatten längst kapituliert, ihnen war es egal, was sie auf dem Planeten erwartete, meine Brust fühlte sich an, als wäre sie vom Eis umschlossen, nur die Beine ragten wie Gletscherzungen hervor. Gelegentlich tränten die Augen, gefrorene Tröpfchen kullerten dann wie Schrotkugeln über meine Wangen.

Wie hatte ich es für möglich halten können, mich irgendwann auf Winterthur einzugewöhnen, mich einigermaßen wohlzufühlen, ein Lebewesen zu sein, das einer Aufgabe nachgeht, das seine Bestimmung findet. Ich wollte nicht mehr an die Erde denken, an die zerklüfteten Landschaften und blauen Meere, an ihre unglaubliche Geschichte, wie viel dort doch passiert war – nichts davon überdauerte. In meinen Träumen sah ich den Erdball immer wieder aus dem Weltraum, der aufdringliche Planet suchte mich im Schlaf heim, und mir fehlten die Mittel, etwas gegen die heimlichen Interventionen zu unternehmen. Dass man überhaupt Albträume von der

Erde haben konnte, wie ein Poltergeist schien sie an meinem Geist zu rütteln, sich beliebig oft zu materialisieren, durch die Wände einer jeden Zelle zu schießen, *wach auf, Elaine, diese Erde ist nicht echt, die ist längst zerteilt in alle Winde.*

Die Inuit wussten um ein Wort, das ich getrost auf mich hätte beziehen können, *ilaannilausungakkut* (ᒋᑦᑐᑭᑦᔭᖅᒃ), *ein mit breiigem Schnee gefüllter Kopf, während das Herz einen Verlust betrauert,* in der Sprache des Großvaters veranschaulichte eine Zeichenabfolge schon eine ganze Ballade. Die Inuit erhofften sich in diesem Zustand eine Atempause, wohltuende, um sich greifende Leere, eine gedankliche Auszeit sollte sich einstellen. Es war beinahe so, als würde man einem traurigen Lied zuhören und dabei von der eigenen Trauer lassen können, wie sehr hätte ich mir ein solches Ergebnis herbeigesehnt.

Ich erinnerte mich daran, dass ich als kleines Mädchen allen meinen Spielpuppen die Köpfe abmontiert hatte, um diese mit frisch gefallenem, fest zusammengepresstem Schnee zu füllen. Großvater hatte dabei gelächelt, der Vater nur mürrisch den Kopf geschüttelt, etwas von einer Stopfgans gemurmelt, keine Ahnung, was er damit meinte. Ich hielt es damals für angebracht, meinen Puppen eine Auszeit zu gönnen, schließlich hat es auch ein Spielzeug nicht einfach, all die unausgesprochenen Ängste und Aggressionen, all die Verluste diverser Körperteile (Arme, Beine etc.) und Sehnsüchte, sie sollten wenigstens für ein Weilchen zur Ruhe kommen dürfen.

Natürlich schmolz der Schnee nur allzu rasch in ihren Köpfchen, eine große Wasserpfütze blieb im Kinderzimmer zurück, und der Großvater versuchte den Vater zu besänftigen, dass dieser doch nicht so einen Aufstand machen solle wegen des bisschen Eiswassers. Der Vater empfahl dem Großvater wiederum, mich nicht weiter mit jenem *Inuithokuspokus* zu füttern, man hätte doch auch Stroh, Papier, Konfetti oder Ähnliches nehmen können, wenn es denn schon unbedingt sein müsse, doch natürlich, die Inuit hätten ja kein Stroh, Papier und so weiter zur Hand, immer nur Schnee und noch mehr Schnee. Mir (seiner Tochter) stetig Flausen in den Kopf zu setzen, davon hätte er (der Vater) ein für alle Mal genug. Der Großvater erwiderte noch lapidar, ob der Vater überhaupt wüsste, dass sich Hokuspokus vom lateinischen *hoc est enim corpus meum* ableite, wo doch schon früher die Leute nicht so genau den Predigten zuhörten und ganze Sätze (deren Bedeutung sie nicht verstanden) lieber vernuschelten.

Während mich der Vater aufforderte, die Dinge zu nehmen, wie sie waren, befeuerte der Großvater meine Fantasie, eines Tages brachte er mir etwa unzählige Sternenkarten mit, die wir gemeinsam auf dem Fußboden ausbreiteten: im Wohnzimmer, in der Küche und dem Kinderzimmer. Bald fanden sich kaum noch irgendwo freie Stellen, als wäre im gesamten Haus ein neuer Bodenbelag verlegt worden, der Vater war darüber erbost. Überall dicke Striche, die irgendwelche Sternenhaufen mit anderen verbanden und zu neuen Konstellationen zusammenfügten, als hätten Spinnen wirre Netze gesponnen, die keinen bekannten Mustern entsprachen. Die von mir und Großvater geschaffenen Querverbindungen ließen neue Sichtweisen auf das Universum zu, das Sternbild des Igels, das des spuckenden Lamas oder jenes der stotternden Stechmücke existierten darin.

Nach einer Woche war es dem Vater zu viel geworden, er zerriss die am Fußboden aufgeklebten Karten, eine nach der anderen landete im Müll, die Querverbindungen verschwanden, und das gesamte Universum kehrte in seinen ursprünglichen Zustand zurück. *Lass dem Kind doch seine Träume,* meinte der Großvater, und der Vater brüllte erbost, dass einen Fantastereien im Leben nicht weiterbrächten, ich solle lieber Geländekarten studieren, um mich besser orientieren zu können.

Es ist schon wahr, die beiden (Vater und Großvater) hatten sich nie gut verstanden, sie waren schon früher (als sie noch in einem Haushalt lebten) nicht miteinander ausgekommen, allerlei Querelen zogen sich durch ihr ganzes Leben. Und warum der Großvater überhaupt nach Grönland ziehen musste, uns alle (ich wusste als Kind nie, ob ich da auch inkludiert war) habe er jämmerlich im Stich gelassen, wo man ihn doch so dringend gebraucht hätte. Daraufhin herrschte eisiges Schweigen, und ich sortierte beiläufig meine Puppen, zunächst der Größe nach (absteigend), später der Haarfarbe nach (aufsteigend, von hell bis dunkel), zuletzt dann nach Sympathie, wobei ich zu dem überraschenden Schluss gelangte, dass mir die allerwenigsten sympathisch waren.

Eine Ausnahme bildete *Frozen Charlotte,* eine alte Porzellanpuppe, die um das Jahr 1900 gefertigt worden sei, so der

Großvater, sie wäre in der *viktorianischen Zeit* überaus beliebt gewesen. Der Name der Puppe basierte auf einer Volksballade namens *Fair Charlotte* und einem Gedicht mit dem Titel *Eine Leiche geht zu einem Ball* vom Seba Smith, die unisono von einem jungen Mädchen erzählen, das sich weigert, sich warm einzuwickeln, um eine Schlittenfahrt fortzusetzen. Sie protestiert, dass sie ihr hübsches Kleid nicht mit Fellen verdecken, es auf gar keinen Fall beschmutzen will – und erfriert folglich während der Reise. Meine Charlotte war insofern etwas Besonderes, weil ich sie in die Badewanne mitnehmen durfte, sie schwamm trotz ihres beträchtlichen Gewichtes obenauf, und ihr Kopf ließ sich nicht vom Körper trennen; ich meine, wer hätte sich nicht eine solche Gefährtin gewünscht.

Den anderen Puppen schraubte ich genüsslich ihre Häupter ab, verwahrte Kopf und Leib fortan getrennt auf, die Köpfe lagen im Kleiderschrank (in der obersten Schublade, die ich damals grade mal so auf Zehenspitzen erreichen konnte) und die Körper in der Kommode, ganz unten, in der finstersten Ecke, vielleicht wollte ich die von den Puppen ausgehende, nunmehr für mich fühlbare Missgunst erwidern. Vielleicht endet seit jeher mit solchen und ähnlichen Geschichten eine ganze Kindheit, in der Mitte eines Gedankenflusses stolpert man unversehens auf eine Sandbank, fällt über den dort gestrandeten Kinderwagen und erkennt die Tragweite des ganzen Geschehens. Denn natürlich endet so mancherorts die Kindheit, ganz genauso enden und beginnen doch Geschichten, die von Gedankenflüssen weitergereicht werden, mit abgeschraubten Köpfen, schlammigen Bänken und dem immerzu mitgeführten Geröll.

Ich versuchte mir auf Winterthur derweil auszumalen, mir meinen eigenen Kopf abzuschrauben, ich packte diesen mit beiden Händen, absetzen, nur ganz kurz den Kopf neben die Füße betten, etwas Schnee und Eis holen, alles tief und fest in die blutige Öffnung stopfen, danach alles ordentlich auf den Schultern verschrauben und sich eine Verschnaufpause gönnen. Ich stellte mir sehnsüchtig vor, ein paar Tage lang im Modul sitzen zu bleiben, mich an die Wand zu lehnen, geradeaus zu starren und alles um mich herum zu vergessen: die Erde, das eigene Leben, nie mehr wieder an Dallas zu denken, den Großvater endlich sterben zu lassen, mich selbst vollkommen auszublenden, *nur noch das Sein, Elaine, keine weiteren Ausflüchte oder Kehrtwendungen.*

Ich dachte daran, wie es wohl wäre, den abgeschraubten Kopf nie wieder aufzusetzen, das unförmige Ding einfach nach draußen zu werfen, später erneut vor das Modul zu treten, ihn erneut am Schopf zu packen und so weit von mir zu schleudern wie nur möglich, damit er sich im Abwärts- oder Weiterrollen mit noch mehr Schnee und Frost fülle – und wer hätte dann das Nachsehen! Gewiss wäre es ein Segen, alles hinter sich zu lassen, die Vergangenheit, die Zukunft, sich selbst, den gesamten Körper mit Eis zu befüllen, die Speise- und Luftröhre zuzustopfen mit allerlei handlichen, sich den Hohlräumen anpassenden Klumpen, den Magen zu befüllen und natürlich den Darm, die Vagina nicht zu vergessen, sich selbst so die ultimativste aller Atempausen zu gönnen – endlich frei zu sein von jedweder Erinnerung.

Doch sparten die Nächte auf Winterthur nicht mit weiteren Rückblicken, ich konnte das Denken einfach nicht lassen, die nach wie vor existierenden Verschränkungen mit dem zerstörten Heimatplaneten nicht kappen. Es schien eines der unverrückbaren Gesetze des Universums zu sein, unentwegt in die Vergangenheit zu starren. Dabei war es doch verrückt, sich auf einem fremden Eisklumpen mit der vergangenen Welt zu beschäftigen, *fülle den Kopf mit Schnee, Elaine, trauere mit dem Herzen, befreie deinen Verstand, lass los und konzentrier dich auf das Jetzt, überlebe, so lange und so gut es nur geht, schaufel dir nicht zu früh dein eigenes Grab!*

Mir fiel eine Geschichte von Großvater ein, der mir einst davon berichtete, dass in den alten Jahrhunderten schreckliche Seuchen zu wüten pflegten, Millionen und Abermillionen Menschen verstarben, ganze Landstriche waren plötzlich wie ausgestorben. Und diejenigen, die bis zuletzt ausgeharrt, die sich verkrochen hatten, die nun vollkommen allein gelassen und isoliert in ihren Dörfern und Städten vor sich hin vegetierten, diese mussten sich schließlich eigenhändig in den Leichensack bugsieren, einen zittrigen Stich nach dem anderen setzen, sich selbst in der obligatorischen Leinenhülle einzunähen, weil es niemanden mehr gab, der ihnen diesen Dienst hätte erweisen können. Diese Toten nähten sich verzweifelt ihren letzten Kokon, sie verpuppten sich wie Maden und warteten vergeblich auf die Herrlichkeit.

Ich könnte mir, solange ich noch einigermaßen bei Kräften war, ein Grab ausheben, irgendwo in der Ebene Winterthurs, doch würde es niemanden geben, der es zuschaufeln, der mir

Respekt zollen würde, ich müsste schon auf den Wind hoffen. Dass mich dieser mit Schneewechten überhäuft, dass diese auf ihrem Platz bleiben und sich langsam zu Eis verfestigen, eine Ehrdarbietung sondergleichen. Ich musste mir eingestehen, die Vorstellung, in einem offenen Grab zu liegen, behagte mir ganz und gar nicht, steifgefroren und bläulich schimmernd, dem rossköpfigen Gestirn über mir ausgeliefert, dazu durfte es nicht kommen.

Früher (auf der Erde) hatten sie gern behauptet, man sei aus Erde (oder Lehm) geformt, die Erde galt als Sinnbild allen Lebens, und zu ihr würde man unweigerlich wieder werden. Die Vorstellung, sich in seine Einzelbestandteile aufzulösen, eins mit dem Planeten zu werden, das war den Inuit durchwegs fremd, wo diese doch sterbliche Überreste ins Eis (oder Eismeer) entließen. Man würde sich allmählich auch dort zersetzen, zu Gezeiten und Gletschern werden, die Erde selbst war den Inuit als Material viel zu rar – und überaus kostbar. *Ganz egal,* meinte der Großvater, *zuletzt sind die Körper nur Staubkörner, Klümpchen in Wasser und Boden, Lehm und Dreck im Fell der Maulwürfe, halb verdaute Nahrung in den Mägen der Bären und Möwen, von Eisschollen und Meeresbrandungen endgültig pulverisiert.* Und um es mir als Kind damals schmackhafter zu machen: *Du, Elaine, wirst dich, wenn es so weit ist, wie ein Zuckerstück im Ozean auflösen, wonach dieser auf immer und ewig ein wenig süßer sein wird.*

Manchmal sang er mir Lieder vor, um seine Gedanken zu untermalen, seltsamerweise hatten diese meist nichts mit den Gesängen der Inuit zu tun, er kannte eine ganze Menge uralter Songs aus vergangenen Jahrhunderten. Sie waren voller trauriger Melodien, verfasst zu einer Zeit, in der die englische Sprache allen noch maßgeblich erschienen war: *We're all gonna be in the same place when we die, I said we're all gonna be just dirt in the ground.* Die Bedeutungslosigkeit des Sterbens hat ihre eigenen Maßstäbe, aus dem Staub erhoben, zu Staub geworden, es eint uns alle, immer und überall.

Ich summte mir auf Winterthur gleichfalls meine Lieder, zumeist in der Sprache der Inuit, wobei ich beliebige Phrasen und Wörter aus der Kindheit aneinanderreihte und diese mit monotonen, in Endlosschleifen pulsierenden Melodien versah: *Nanuminiqtuqhimavit?* (ᓇᓄᒥᓂᖅᑐᖅᓯᒪᕕᑦ?) Hast du je zuvor Eisbärenfleisch gegessen? *Nanurmik takutaaqhimavit?* (ᓇᓄᕐᒥᒃ ᑕᑯᑖᖅᓯᒪᕕᑦ?) Hast du je zuvor Eisbären gesehen? *Mauliqtuq* (ᒪᐅᓕᖅᑐᖅ) Die jagen doch Robben an ihren Atemlöchern. *Kanngugiyait* (ᑲᖕᖑᒋᔭᐃᑦ) Sie lassen dich heute beschämt zurück …

Ich erinnerte mich auch daran, dass wir als Kinder (Dallas und ich) manchmal Erde aßen (Schnee war da die wesentlich leichtere Übung), feinpulvrigen Sand oder bröckelige Klumpen irgendeiner Landschaft, die wir betraten, ich hatte ihm ein jedes Mal befohlen, es mir gleichzutun. Dabei hatte ich das Gefühl, in die Fußstapfen all derer zu treten, die das Leben begriffen, die es in sich aufgesogen hatten, wie dem Großvater, der mich lehrte, dass die Erde etwas Kostbares sei und dass man ihre Landschaften in sich aufnehmen, dass man sich diese einverleiben solle, um mit ihnen eins zu werden.

Die Inuit hielten sich daran, sie, die doch vorwiegend nur Eis und Schnee kannten, die manchmal so wirkten, als wären sie gar nicht existent, als hätte sie jemand mit zarten Pinselstrichen lediglich in die Luft gemalt, wo sie gleich vom Wind verweht wurden. Und doch konnte man rasch zu der Überzeugung gelangen, dass die Inuit niemals sterben, nicht einfach vergehen würden, vielleicht ragten sie plötzlich aus dem Leben hinaus, das schon, wie Eisberge in einer aufgewühlten See. Sie wussten es wahrlich noch zu schätzen, sich etwas Land einzuverleiben, es ein paarmal im Mund kreisen zu lassen und beim Schlucken an die Liebsten zu denken.

Ich stellte mir früher auf der Erde gerne weise, umsichtige Astronauten vor, die diesen Brauch ins Universum trugen, die einem jeden neuen Planeten oder Trabanten, den sie besuchten, diese Ehre erwiesen; sie kosteten von ihm und blieben fortan in Verbindung. Es war eine Möglichkeit, sich mit dem gesamten Kosmos zu vernetzen, man müsste das nur zulassen, Platz schaffen im eigenen Körper, denn selbst das Größte würde ins Kleinste passen, es war eines der weiteren, ewigen Gesetze des Universums. Dieses schien mir schon als Kind wie ein unendlicher, sich verästelnder Körper unbekannten Ausmaßes, ein überdimensionales neuronales Netzwerk, mit allerlei Regungen und Synapsen.

Beinahe kam es mir vor, als hätten die ersten, mit Weltraumreisen nicht vertrauten Astronauten, die dieses weder ehrten noch seine Bräuche pflegten, einst das kosmische *Schwarz* auf die Erde herabfallen lassen. Ich erinnerte mich an die in den Quantenarchiven eingemotteten Fernsehbilder, die Sterne waren damals kein Stückchen näher gekommen. Überall in der alten Welt (vor allem nach der Mondlandung) hantierten die Astronauten, sie galten als Eroberer des Kosmos und begeisterten sich für Baseballkappen und Taschen mit grauen Zippverschlüssen. Das Schwarz war wohl in so einer Tasche zum ersten Mal zur Erde gereist, hatte sich festgesetzt und ausgeweitet, vielleicht ja den Kometen förmlich angezogen, möglicherweise waren die Astronauten an allem schuld.

In den Quantenarchiven hatte ich einmal davon gelesen, dass einst Kirchenoberhäupter, wenn sie neue Landschaften betraten und anderen Kulturen begegneten, stets die Erde küssten, sich verbeugten und etwas Staub auf ihren Lippen behielten, vielleicht war dies ein ganz ähnliches Ritual. Mal davon abgesehen, dass Raumfahrer mit Kirchen und Religionen später nichts mehr am Hut hatten, all diese Dinge waren lange vor den Lichtkriegen geschehen, in einer Zeit, die ich nur als Computeranimation kannte.

Dallas hielt mich zunächst für verrückt, Erde zu essen, Großvater hin oder her, doch tat er mir schließlich den Gefallen, wann immer wir gemeinsam auf Reisen gingen. Er hatte sich so gesehen dieselben Orte wie ich einverleibt, und selbst dort, wo wir nur Eis und Schnee vorfanden, suchten wir nach kleinen Steinchen oder Sandkörnern; in uns waren irgendwann Erde und Materie aus unterschiedlichsten Breiten, in unseren Organen, Kreisläufen und Knochen, sie waren die Verbindung zum gesamten Kosmos.

Wenn ich Winterthur betrachtete, stellte ich mir manchmal vor, all das Gefrorene wäre mit einem Male abgetaut, wie viel Wasser das doch ergeben, was für einen wunderbaren Planeten dieser Ort darstellen müsste. Was in einem solchen Fall aus mir würde, diese Frage stellte ich mir nicht unbedingt.

Immerhin wäre ich dann (nach einer spontanen Erwärmung Winterthurs) mobil, der Planet ließe sich zu Wasser wohl besser erkunden, ich könnte endlich wieder ins kühle Nass springen und abtauchen, irgendwo müsste es doch einen Grund geben, eine Landmasse, irgendwelche Steine, etwas Geröll. Es schien mir mit einem Male recht unwahrscheinlich, dass Winterthur lediglich ein riesiger Eisklumpen im All sei. Und falls doch, wenn also das Eis schmolz und ich obenauf triebe, wäre es dann überhaupt wahrscheinlich, dass alles Wasser weiterhin eine zusammenhängende Masse bildete? Vielleicht würde ja schon ein einziges Sandkorn im Inneren dieses neu entstandenen Ozeans genügen, alles Wasser würde fortan um diesen Kern kreisen, sich verschränken und verbinden, verzahnen und verschmelzen. Oder wäre es naheliegender anzunehmen, dass sich das Wasser in den Weiten des Alls zerstäuben, zerteilen und erneut gefrieren würde, um in unendlich vielen Einzelteilen durch den Kosmos zu schweben?

Ich fragte mich, ob Winterthur nicht überhaupt eine Art Krankheit darstellen könnte, die den gesamten Kosmos befällt, der Vergleich mit den althergebrachten Theorien der Panspermie drängte sich förmlich auf; dass sich das Leben angeblich im ganzen Kosmos verbreitete, dass es Mittel und Wege fände, neue Systeme und Galaxien zu erreichen. Vielleicht steckte hinter dem Eis und der Kälte ein ähnlicher Mechanismus: Sie befielen immer weitere Planeten, ließen diese zu Eisklumpen erstarren und sprengten sie förmlich, sodass sich deren Fragmente erneut im Universum ausbreiten konnten, um weitere (noch gesunde) Planeten anzustecken.

War man erst zu dieser Einsicht gelangt, würde alles im Universum irgendwann Winterthur sein, alle Systeme und Galaxien, Sonnen und Planeten, es wäre das ultimative Ende allen Lebens. Im Wesentlichen herrschte schon auf der Erde seit jeher absolute Übereinkunft über das Ende des Universums, man sprach von vier denkbaren Möglichkeiten, vor allem dem *großen Knirschen*: In einem solchen Szenario ging man davon aus, dass die scheinbar unendliche Ausdehnung des Universums irgendwann doch zum Stillstand käme und sich daraufhin umkehre, sodass dieses wieder in sich zusammenfiele und in einem unendlich winzigen Punkt, der Singularität, kollabiere.

Alsdann gäbe es noch das *große Reißen*: In diesem Falle breite sich das Universum immer weiter in einer immer größer werdenden Geschwindigkeit aus, woraufhin man am Ende an einen Punkt gelange, in dem die Dinge der unendlichen Ausdehnung nicht mehr standhielten und regelrecht bis in die kleinste atomare Quantenstruktur auseinandergerissen würden, sodass dem Urknall ein Endknall folgen könnte.

Beim *großen Zögern* mutmaßte man, dass das Universum keinesfalls in alle Richtungen expandiere, es wäre vielmehr von Anbeginn an in klare Bahnen gelenkt, die Ausbreitung erfolge im Kreis, als würde ein großes Goldfischglas geschwenkt, worin alles um ein fiktives Zentrum rotiere. Sobald der darin vorhandene Raum (Masse) seine Rotation vollende, würden die Gravitationswellen, die nunmehr auf ihren Ursprung träfen, alles Entstandene überschreiben.

Und zuletzt hielt man das *große Jammern* für ebenso wahrscheinlich: Auch hierbei dehne sich das Universum immer weiter aus, würde jedoch dabei immer kälter, die Galaxien entfernten sich unvorstellbar weit voneinander, und irgendwann gäbe es aufgrund der unendlichen Entfernungen gar keine Möglichkeit mehr, miteinander zu interagieren, nur noch Schwärze überall. Und mangels Interaktion ginge den Sternen irgendwann der Brennstoff aus, neues Material, für die Entstehung neuer Sterne, würde immer knapper, und es käme zwangsläufig zu dem Punkt, an dem die letzten Sterne vergingen und die Dunkelheit im Universum einsetze. Die noch verbliebene Materie kümmere das zwar zunächst wenig, doch auch sie würde irgendwann vergehen; durch Gravitationswellen, die ein jedes Objekt abstrahle, gehe Energie und Masse verloren, quantenmechanische Effekte brächten Schwarze Löcher, Neutronensterne und Weiße Zwerge zum Verdampfen … am Ende stünde das absolute Nichts, für alle Zeiten.

Diese Betrachtungen ließen mich verzweifeln, es war etwas völlig anderes, sich auf einem fremden Planeten mit dem Ende des Universums auseinanderzusetzen, als auf der Erde; da dachte ich also über das Ende nach und war dabei selbst der Schlusspunkt einer ganzen Welt. In der Schweiz waren einem solche Theorien abstrakt erschienen, als wäre man nicht wirklich beteiligt, als befände sich der Planet in einer sicheren Zone, die lediglich dem Beobachten diene, die Menschheit und ihr Fortschritt, die altbekannte Hybris und das Unvermögen.

Wann immer meine Augen den Horizont des Planeten absuchten, überlegte ich, in welche Richtung ich mich aufmachen sollte, wo es wohl etwas für mich zu entdecken gäbe. Dallas und ich hatten als Kinder eine Vorliebe für alte Entdecker geteilt, die einst die (im Wesentlichen) unbekannte Erde vermaßen, kartografierten und bereisten; die selbst nie so recht wussten, wohin genau sie sich wandten, die bestenfalls mutmaßten, was hinter dem Horizont lag – sie brachen einfach auf, und der Rest war Geschichte.

Ich weiß es noch genau, wir hatten uns als Kinder nach zähem Ringen auf die Liste unserer Lieblingsentdecker geeinigt, eine ganze Woche lang hatten wir lebhaft darüber diskutiert:

a) **Roald Amundsen** (1872–1928), schließlich hatte dieser als erster Mensch den Südpol erreicht und die Nordwestpassage gequert, wobei ich ihn bald wieder gestrichen wissen wollte, weil die Inuit-Jäger all das schon früher geleistet hätten, ohne es an die große Glocke zu hängen. Dallas überzeugte mich mit dem Argument, dass Amundsen dabei Eisbärenfleisch aß, was mir wiederum gehörigen Respekt einflößte, weil ich von Großvater wusste, wie schwer Eisbären zu erlegen waren – und wie viel Mut man für ein solches Unterfangen benötigte.

b) **James Cook** (1728–1779), weil dieser den riesigen Pazifik querte und erkundete und irgendwann von Eingeborenen gehäutet, gekocht und verspeist wurde. Sich für seine Überzeugungen kochen und aufessen zu lassen (und sich selbst *Cook* zu nennen), erschien mir damals als ein ausgesprochenes Husarenstück.

c) **Leif Eriksson** (975–1020), einfach nur weil er auf Grönland lebte und von dort aus vor Kolumbus Amerika erreichte, mal abgesehen davon, dass er zweifelsohne regelmäßig Eisbärenfleisch aß.

d) **Ferdinand Magellan** (1480–1521), der beinahe als erster Mensch die ganze Welt umsegelt hätte, wobei diese Ehre dann doch achtzehn anderen Überlebenden seiner Reise zuteilwurde, weil Magellan von Eingeborenen getötet (und gegessen) wurde.

e) **Sammy Räikkönen** (2112–2160), der als erster Mensch den Mars betrat, um dort ein altes Gedicht einer längst vergessenen Dichterin (Marjo Heiskanen) zu zitieren: *Elämän virran, kuoleman virran, ja lautturin kaikille rannoille. Ne kaikki haluan. Satamat myös. Onnen haluan ja suuret surut, pienet ilot – luonnollisesti kedolla – apilat, aukeavat nuput, ja raunioilla ummut. Saisit sanoa: Ole hyvä, ota koko kori. Hopeinen kuu kuuluu kauppaan. Ja minä ottaisin, nappaisin liepeestä, viitan käsin päärmätystä käänteestä, juuri kun varjo kääntyihe kuutamoisen muurin taa. Senkin nappaisin ja kesän, jota seuraisi viimeinen syksy, alati tuore vaaleanpunaisin pilvin. Ja kaikki odottaisivat, mitä vielä* *julkean.* Für Dallas und mich waren diese Zeilen immer schon ein Zungenbrecher gewesen, sie bedeuteten ungefähr so viel wie: *Den Lebensstrom, den Todesstrom und den Flößer zu sämtlichen Ufern. All das will ich. Die Häfen auch. Das Glück will ich und großes Trauern, die kleinen Freuden – natürlich auf der Flur – Klee, aufgehende Knospen und Sprossen in Ruinen. Du dürftest sagen: Bitte nimm den ganzen Korb. Der Silbermond gehört dazu. Und ich würde ihn nehmen, ihn am Rockschoß schnappen, am von Hand gesäumten Umschlag, gerade wenn der Schatten um die Mondlichtmauer böge. Auch den würde ich mir schnappen und den Sommer, dem der letzte Herbst folgt, ständig frisch mit rosa Wolken. Und alle würden warten, was ich mich noch erdreiste.*

f) **Abel Tasman** (1603–1659), nach dem Tasmanien und der Tasmanische Teufel benannt wurden und der es vermocht hatte, maorischen Kriegern ein Schnippchen zu schlagen, der allen diesbezüglichen Gefahren entronnen war, bevor ihn diese töten (und essen) konnten.

g) **Zheng He** (1371–1435), ein chinesischer Admiral, dem im Auftrag seines Kaisers eine riesige Schiffsflotte unterstellt worden war, mit welcher er dreißig Jahre lang die Welt bereiste und zahlreiche Abenteuer erlebte, die später als Vorlage für Sindbad den Seefahrer dienten. Die Väter von Dallas und mir kannten einige dieser Geschichten, und wir waren damit aufgewachsen, Sindbad galt bei uns als ausgesprochener Haudegen.

Und h) **Fridtjof Nansen** (1861–1930), weil er Grönland zu Fuß querte, mit den Inuit lebte, Eisbärenfleisch aß und 1922 den Friedensnobelpreis erhielt.

An der Tür zu meinem Kinderzimmer blieben diese Geschichten noch länger dokumentiert: Man erkannte dort Projektionen von bunten Schiffen, Fabeltieren, alten Karten, ozeanografischen Gutachten, es gab Bilder von Meerjungfrauen, Zeitungsartikel über vermisste Matrosen, allerlei Ungeheuer, die ich mal aus irgendeinem Seejournal schnitt. Später kamen Astronauten hinzu, das Meer der Stürme, Eisberge, die Schwärze des Alls, Bilder von Sternen, vom roten Marsplaneten, Kometen, die ins Meer stürzten, eine Sammlung all der Entdecker, vor allem Vasco da Gama mochte ich wegen seines Namens.

Verlier nicht noch mehr Zeit, flüsterte plötzlich der Großvater, und ich beschloss, mich endlich an die Arbeit zu machen, die Maschine im Forschungsmodul in Betrieb zu nehmen, sie mit *Nährmasse* zu bestücken und einen ersten Testlauf zu wagen, um abzuschätzen, ob meine Pläne überhaupt umsetzbar waren. Ich wollte versuchen, das Hundegespann meines Großvaters zu rekonstruieren, es zum Leben zu erwecken, alte, vertraute Gefährten von einst, deren Hilfe ich bei der weiterführenderen Erkundung Winterthurs bitter benötigte.

Ich wollte mich zudem in die Liste unserer Entdecker einreihen, als erste Frau (es war ohnedies an der Zeit), am besten mit einem Eintrag wie: **Elaine Duval** (2345– ᓈᔅᐅᑎ) (wobei, keine Ahnung, in welcher Zeit ich eigentlich steckte), umrundete als erster (und letzter) Mensch den unbekannten Planeten Winterthur. Sie sang sich ein altes Inuit-Lied, wurde dabei weder gekocht (und verspeist), noch aß sie bei ihrem heroischen Vorhaben vom äußerst raren Eisbärenfleisch.

Nanuqtuni quyasuun, tainaliugiga aqilikpan, tainigukiga! Quayasuun atugigali, tamagalu pagichiyuna nuuruqturamiik-aana (ᓇᓐᓂᐊᖅᑐᖅᑐᓴᕐᓂᕆᔭᕋ! ᑐᑦᓯᐊᕐᕕᒻᒥᙵᓛᖅᑐᖅ). *Ich singe voller Dankbarkeit, weil ich einen Eisbären fing, ich singe es für dich, mit noch viel schöneren Worten! Lass mich dankbar mein Lied singen, ich habe endlich herausgefunden, was auf mich wartet.*

9.

ICH BUGSIERTE DIE MASCHINE (so gut es ging) in eine waagerechte Position, stemmte mich mit aller Kraft dagegen, wie damals, als Großvater ein Walross erlegt hatte, ein majestätisches Tier, dessen stattlicher Größe ich mir erst bewusst wurde, als ich es zur Seite bewegen sollte – das war unmöglich. Aus dem Leder würde er mir später einen Mantel und Fäustlinge nähen, versprach er, wir würden die Haut gerben und in der Nähe des Feuers trocknen lassen, das Fleisch bekämen die benachbarten Inuit-Familien, die Stoßzähne würden wir teilen, einer der Hauer für ihn und einer für mich, so gebot es die Tradition, und die Jäger blieben fortan ein Leben lang verbunden. Die Inuit nannten das Walross *aiviq* (ᐊᐃᕕᖅ), wir waren zusammen *aivviaqtuq* (ᐊᐃᕝᕕᐊᖅᑐᖅ), *gemeinsam auf Walrösser aus gewesen, zwei Jäger auf dünnem Eis.* Diese Verbundenheit, die Gefährten miteinander zu teilen imstande waren, die gemeinsam Gefahren trotzen und sich blind aufeinander verlassen, sie war den Inuit (neben den Familienbanden) allerhöchstes Gut.

Der Großvater erklärte mir bei dieser Gelegenheit (Walrösser wurden nur noch selten erlegt), dass die besten *Tupilak* (ᑐᐱᓚᒃ) aus Walrosselfenbein geschnitzt würden, ich könne mir natürlich auch dieses mit meinem Anteil überlegen, die Inuit schworen auf deren Wirkung. Die *Tupilak* stellten geschnitzte Figuren dar, die für gewöhnlich groteske, unheimliche Formen aufwiesen; sie nahmen Dämonen in sich auf, die mit Zeremonien zum Leben erweckt werden konnten, um Feinden gezielt Schaden zuzufügen. Die grönländischen Schamanen fügten ihnen Vogelfedern als Symbol für die Luft, Eisbärenkrallen für das Land und Pottwalzähne für die See bei, erst danach konnten die *Tupilak* eingesetzt werden.

Am einfachsten sei es, wusste der Großvater, den *Tupilak* jemandem heimlich zuzustecken, am besten in dessen Rucksack, wenn er ins Eis oder zur Jagd aufbricht, er würde nicht mehr wiederkehren. *Immer vorausgesetzt*, er lachte schallend, *dass der andere keinen stärkeren* Tupilak *bei sich trägt, denn dieser wird den schwächeren Dämon vertreiben, woraufhin sich der Geschmähte zum eigenen Besitzer aufmacht, um diesen um die Ecke zu bringen. Mit Schmach können die* Tupilak *nur schwer umgehen,* stichelte der Großvater. Die Anwendung der *Tupilak* galt unter den Inuit als echtes Hasardspiel, mag sein, sie kamen auch aus diesem Grund nur äußerst selten zum Einsatz. Ich hatte schon als Kind versucht, mir eigene *Tupilak* zu basteln, Seife und Wachs schienen mir die besten Materialien hierfür zu sein. Ich machte sie zuvor in der Mikrowelle warm und formte oder schnitt diese tagelang akribisch zu.

Die Maschine schien sich inzwischen schwerer zu machen, als sie eigentlich war, sie erinnerte mich an die Walrösser von einst, vielleicht war das bei leblosen Körpern eine Art Gesetzmäßigkeit, sie hatten nichts mehr zu verlieren, sie ließen sich fallen und die Schwerkraft für sich arbeiten. Vielleicht war ich auch nur schwächer geworden, ich konnte schlicht der trägen Masse nicht mehr so viel entgegensetzen, mag sein, meine

Muskelmasse nahm allmählich ab, wie schon im Weltraum, *auf ein Wort, Elaine! Ja? Fokussiere dich, starte die Programme, kalibriere den Brüter, definiere die Parameter, kontrolliere die Schaltkreise, die Platine, teste die Druckpendel, reinige den Graveur und so fort, lade und sichere die Gensequenzen, begradige die Nährmasse, nimm vor allem ein paar Proben, nicht auszudenken, wenn du jetzt aus Unachtsamkeit etwas falsch machst, Mädchen!*

Mädchen, warum nannte ich mich neuerdings so, erinnerte es doch an eine Zeit, die unvorstellbar fern war, *die du doch hinter dir gelassen hast, Elaine, von der du nicht zehren kannst, du hast dich doch entschieden, ein Weilchen zu überleben.* Ich dachte an meine Zeit an der Universität, an einen meiner Professoren, der hielt mir gerne Vorträge über adäquate Ernährung, das sei eine Wissenschaft für sich, *achte da bloß künftig darauf, Mädchen!* Ich nickte schnippisch, ballte insgeheim die Fäuste, die Fingerknöchel traten wie Reißzähne weiß hervor, nicht einmal Dallas hätte es gewagt, mich mit *Mädchen* anzusprechen.

Die Maschine (ihre Funktionsweise und Form) stellte auf Winterthur ein wahres Wunderwerk der Technik dar, schließlich war sie Vater und Mutter in einem, sie formte, schrieb und schnitt sich durch die Nährmasse, sie verband, potenzierte, konstruierte, sie folgte demjenigen, der sie zu bedienen wusste. Ich dirigierte und komponierte seit jeher eine Symphonie der Zellen, überwachte das Verknoten und Festzurren der DNA. Früher hatte mich die Maschine an einen Webstuhl erinnert, sie gab, als sie noch unausgereift gewesen war, klappernde, glucksende Geräusche von sich, doch hatte ich mich davon bei ihrer Vervollkommnung nicht verunsichern lassen. Einer vom Vorstand hatte es sich in der Schweiz nicht nehmen lassen, sie vor ihrer Fertigstellung zu begutachten (das war im Konzern mitunter üblich), ich weiß noch, wie er überrascht die Augenbrauen hochzog.

Bei näherer Betrachtung war es wirklich eine eigentümliche Maschine, deren Funktion sich einem nicht auf den ersten Blick erschloss, für mich fühlte es sich nach ihrer endgültigen *Geburt* so an, als hätte ich eine mir unbekannte, sich im Raum manifestierende *Schwester* erschaffen, die mir restlos vertraut und unsäglich fremd zugleich war.

Ich weiß noch, welchen Schabernack wir damit trieben, als wir noch uneingeweihte Kollegen aus anderen Abteilungen ins Labor luden, um ihnen zum ersten Mal die Funktionsweise der Apparatur zu erläutern. Zwar war allen bekannt, dass Elaine Duval die Genrekonstruktion auf die Spitze trieb, doch womit ich mich im Detail befasste, das unterlag einer strengen Geheimhaltung – sie zu umgehen, bereitete mir eine diebische Freude. Ein gewisser Hang zum Ungehorsam war mir wohl in die Wiege gelegt, weder Vater noch Großvater nahmen je ein Blatt vor den Mund, und ganz egal, welche unterschiedlichen Ansichten sie vertraten, sie waren sich darüber einig, dass die Gesellschaft nur von mündigen und selbstverantwortlichen Individuen vorangebracht werden könnte.

Nachdem man Dallas offiziell zum Flugschiffkapitän ernannt hatte, konnte ich endlich auch ihm (ohne seine Karriere zu gefährden) die Maschine vorstellen, wo diese doch das Herzstück des Arche-Unterfangens darstellte. Ich war mir nicht sicher gewesen, wie Dallas auf den Prototyp reagieren würde, seine soldatische Laufbahn hatte ihn neuen Technologien gegenüber misstrauisch gemacht, *das Militär beschlagnahmt ohnedies alles, Elaine, manche Dinge sollten daher lieber nie erfunden werden.*

Mal abgesehen davon, eine überstürzte Evakuierungs- und Rettungsmission von der Erde war dabei nie vorgesehen, wäre auch nicht im Sinne des Konzerns gewesen; dieser hatte mit der Maschine zunächst seine eigenen, nunmehr belanglosen Vermarktungspläne (Profit) gewälzt. Ich allerdings wollte schon damals die Erde erneuern, überall dort, wo es noch Sinn machte, endemischen Tierarten unter die Arme greifen, ihre Lebensräume bewahren, die neue Technologie ausschließlich zum Nutzen des Planeten einsetzen.

Die Maschine selbst bestand aus drei Teilen, für welche die unterschiedlichsten Bezeichnungen kursierten, ein jeder schien zunächst frei zu assoziieren. Die einen behaupteten, alles erinnere an eine altertümliche Guillotine, mit ihrem charakteristischen Querbalken (auch *Chapiteau* genannt), unverkennbar wäre doch die Seilrolle für den Flaschenzug, um den *Mouton* (Eisenblock) nach oben zu befördern. Aktiviert würde die Konstruktion wohl mit der goldig schillernden Klemmsperre, beeindruckend seien des Weiteren die Druckfedern, die gewiss für eine umfangreiche Stoßdämpfung und Absorption sorgten. Die anderen wiederum erkannten einen Plasmakryostaten, ein kesselförmiges Vakuumgefäß also, das üblicherweise in vier Teilen verbaut würde, da sonst die heliumkalten Spulen einzeln isoliert werden müssten. Man erkenne das an der schweren Bodenplatte, dem luftdichten Abschluss und an einer Stützmembran, die wohl dem Austritt von Tritium entgegenwirken müsse.

Und ja, ich erklärte es Dallas damals so einfach wie möglich, nein, es gäbe keine vier Teile oder eine Klemmsperre, die drei Ebenen würden völlig reichen, die untere hieße *das Beet*, die obere *der Graveur*, und den mittleren, schwebenden Teil nenne ich *die Egge*. *Die Egge?*, hakte Dallas nach, als hätte er nicht aufmerksam zugehört, seine Augen blickten dabei nach draußen, Winterthur (und sein Laborgelände) lagen in einem recht schattenlosen Tal, die Sonne verfing sich gerne unangenehm zwischen den Felswänden. Ich wusste es aus eigener Erfahrung, mitunter konnte man hier nur schwer seine Gedanken sammeln, sich auf das Wesentliche konzentrieren.

Also wiederholte ich geduldig, *ja, die Egge*, da doch die Bezeichnung wie die Faust aufs Auge passe; die Nadeln, welche schlussendlich die Nährmasse sequenzieren, seien eigenartig angeordnet, auch würde das Ganze wie eine Egge geführt, wenn auch bloß auf einem Platz und viel kunstfertiger. Das hier sei das Beet, meine Hände umfassten den definierten Bereich, soweit dies möglich war, um Dallas die Dimensionen zu veranschaulichen, man könne außerdem erkennen, dass alles von einer Plasmaschicht überzogen sei; das läge am Produktionsverfahren selbst, weil sich nur so das Wachstum beschleunigen und kontrollieren ließe.

Dallas war endlich Feuer und Flamme, die Hand zum Schutz gegen die Sonne über den Augen sah er an der Maschine in die Höhe, es war insgesamt ein imposanter Aufbau, das Beet und der Graveur hatten in etwa den gleichen Umfang und ähnelten zwei überdimensionierten, bauchigen Gefäßen. Der Graveur war dabei gut zwei Meter über dem Beet angebracht, beide waren in den Ecken durch Messingstangen verbunden, die in der Sonne glänzten. Zwischen den Gefäßen schwebte an einem Titanband die schon mehrfach erwähnte Egge, darunter vibrierte die Nährmasse, Kontrollleuchten, Druckregler und Tastaturports komplettierten den ersten, oberflächlichen Eindruck der Gesamtkonstruktion.

Sowohl das Beet als auch der Graveur hätten ihren eigenen Kernantrieb, und wenn erst mal die Nährmasse eingelegt sei, würde das Beet automatisch in Bewegung gesetzt, es sequenziere die Lösung in winzigen, sehr schnellen Ausschlägen, zugleich seitlich wie auch auf und ab, ich war ganz in meinem Element. *Wie du siehst, kann die Egge auf jedwede Form hin justiert werden, für breite Oberkörper oder längliche Köpfe etwa, selbst filigrane, zarteste Gliedmaßen können problemlos aufbereitet werden.*

Willst du dir die Nadeln im Detail ansehen? Dallas trat daraufhin näher und beugte sich über die Egge, er lauschte meiner Stimme und machte sich erste Notizen, wohl um später, an Bord des Flugschiffes, allfällige Fragen selbst beantworten zu können. *Du siehst,* sagte ich, *zweierlei Nadeln in vielfacher Anordnung, eine jede lange hat eine kurze neben sich, die lange schreibt Gensequenzen ein, und die kurze fixiert diese. Dort im Graveur ist das Quantenwerk, welches die Bewegung der Egge bestimmt, und dieses Quantenwerk wird nach den Angaben, die man über die Kontrollmasken eingibt, ausgerichtet. Ich habe hier auch die detaillierten Konstruktionspläne,* ich ließ kurz ein paar der Blätter aus dem Rechner in den Raum projizieren, Dallas erkannte allerdings nur labyrinthartige, einander vielfach kreuzende Linien, die so dicht im Raum schwebten, dass man nur noch mit Mühe die Sonne dahinter erkannte.

Begreifst du den Vorgang? Die Egge fängt zu formen an, und ist sie mit der ersten Skizze der Gensequenzen in der Nährmasse fertig, gleitet die Plasmaschicht darüber, ja doch, wie ein altes Bügeleisen, sie walzt den Körper langsam aus, um der Egge weitere Anknüpfungspunkte zu bieten. Dallas warf mir daraufhin einen anerkennenden Blick zu, und ich sprach weiter, führte aus, dass das Beet vibriere, die Nadeln über die Nährmasse tanzen, die Egge auf und ab schwebe, nicht das geringste Surren sei dabei für gewöhnlich zu vernehmen. So kreiere also die Maschine in Windeseile, vorausgesetzt, man stelle ihr ausreichend Nährmasse und Gensequenzen zur Verfügung, immer weitere Lebensformen, lediglich sieben Stunden benötige eine ganze Charge, theoretisch könnten die Tiere sogar unterschiedlichsten Gattungen angehören. Es sei insgesamt eine stille, exakte Arbeit, die förmlich der Aufmerksamkeit entschwände, was man allerdings nur dann so empfinden könne, wenn das Auge lange genug dem Ablauf folge, ich beendete meinen kleinen Vortrag.

Ich konnte mich noch daran erinnern, dass ich zunächst äußerst konzentriert bei der Sache war, als ich die Maschine damals für ihren allerersten Testlauf kalibrierte, nur um bald ihrer Faszination zu erliegen. Es war befremdlich und besänftigend zugleich zuzusehen, wie sich eine Zelle an die nächste fügte, wie Materie miteinander verschmolz, um erste Körperumrisse und Silhouetten auszubilden. Die Arbeit der Maschine hatte ein jedes Mal etwas Meditatives, das menschliche Auge wurde unweigerlich in ihren Bann gezogen, man war überwältigt davon, dass Leben plötzlich im Zeitraffer entstand, die Maschine selbst schien sich dabei allmählich im Raum aufzulösen.

Es war beinahe schon so, als würde das Leben aus dem Nichts entstehen, als wären alle von mir ersonnenen, konstruierten Behelfe und Befehle lediglich Funken gewesen, die diesen Vorgang anzuregen wussten, doch im eigentlichen Sinne nicht viel mit diesem gemein hatten. Ich wusste noch genau, dass mich ein Gefühl beschlich, Wunder zu vollbringen, dass es mir oblag, innerhalb von Stunden ganze Vogelschwärme zu erschaffen, dass ich anschließend nur die Laborfenster zu öffnen bräuchte, um der Welt wahrlich ein Geschenk zu bereiten.

Ich holte die Hunde-DNA aus meinem Notizblock, verbrachte die nächsten Stunden damit, diese aufzuschlüsseln, sie für das Hochladen in die Maschine vorzubereiten. Die Kälte schien endlich wieder mein Verbündeter zu sein, ich konnte mir nämlich kaum eine sterilere Umgebung als Winterthur vorstellen – und eine solche war bei dem Vorhaben unerlässlich. Ich achtete tunlichst darauf, Großvaters Lieblingshunde nicht zu vermischen, *mangokpok*, der wässrige Schnee, *arrluk*, der Killerwal, *qannik*, die Schneeflocke, bald schon würde ich sie auf diesem Planeten willkommen heißen. Bald schon würden wir es gemeinsam verbellen, das eigene Unvermögen, die Ängste, alle Unsicherheit und Orientierungslosigkeit, alles würde fortan besser werden.

Die Hunde sollten sich dabei anfühlen und benehmen wie damals, ihre Augen, Zähne, ihr Fell, das Knurren und Winseln, die unterschiedlichen Charaktere und Laufeigenschaften. Nur ihre Erinnerungen konnte ich ihnen nicht zurückgeben, vielleicht ein paar Ahnungen, einige Déjà-vus auslösen, das schon, ich würde ihnen allerdings unentwegt von früher erzählen: von der Erde, dem Großvater, unseren Abenteuern in Grönland, durch die sie uns getragen, ja die sie uns erst mit ihrer Kraft und Ausdauer ermöglicht hatten.

Ich erinnerte mich auch noch an die vollständige Rekonstruktion meines ersten Tieres, einen ausgefeilten Praxistest für das gesamte Arche-Programm musste ich mir damals abnehmen lassen, der darüber befinden sollte, ob die Maschine reif für eine serielle Fertigung war. Ich saß konzentriert mit meinem Team bei der Arbeit, überwachte, delegierte und korrigierte, wir malten gewissermaßen synchron und betrachteten einträchtig ein sich vor uns immer weiter verdichtendes Gemälde. Zunächst waren erste, skizzenhafte Umrisse zu erkennen, Proportionen und Farbverläufe ließen sich erahnen, allmählich wurden immer mehr Zellen an den für sie vorgesehenen Plätzen abgelegt, das Bild wurde plastischer und lebendiger und trat zuletzt aus seinem Rahmen.

Unsere Arbeit war daraufhin getan, eine andere Abteilung verfrachtete das Tier in ein weiteres Forschungsmodul, erst nach ein paar Wochen erhielt ich endlich Nachricht von der Konzernleitung: *Frau Dr. Duval, nach Abnahme aller vorgesehenen Prüfverfahren, blablabla, informieren wir Sie darüber, dass die vollständige Funktionsfähigkeit von Objekt A-1/202–3 als erwiesen und gesichert gilt. Wir beglückwünschen Sie zu Ihrer Forschungsarbeit und freuen uns auf weitere Rekonstruktionen, etc. etc., der Vorstand.*

Einige Tage später lasen wir auch in den Medien davon, die Schweiz und Winterthur machten Schlagzeilen, der Konzern hätte erneut seine Innovationsfähigkeit unter Beweis gestellt, die Konstruktion und Handhabe der Maschine hätte zwar Unsummen verschlungen, doch sei man nunmehr dank Dr. Elaine Duval in der Lage, jegliche Lebensform (basierend auf einer DNA-Probe) innerhalb kürzester Zeit zu kreieren und zum Leben zu erwecken. Die diesbezügliche Sequenzierung der Genpartikel sei als Patent Nr. 834/2 angemeldet und eingetragen, bald schon würden Kinder und Erwachsene gleichermaßen in den Genuss der neuen Erfindung gelangen (die auch für den Hausgebrauch produziert werden sollte); heißgeliebte Katzen, Hunde, Meerschweinchen und Co. ließen sich fortan bequem und beliebig oft vervielfältigen. Man betonte und rühmte die Möglichkeit, vom Aussterben bedrohte Tierarten reproduzieren zu können, die Schaffung neuer und überlebensfähiger Populationen sei fortan ein Kinderspiel (und ausschließlich eine Frage der Finanzierung).

Das Unternehmen wurde daraufhin umgehend von diversen Regierungsstellen vorgeladen, ob man auch Menschen rekonstruieren, sie innerhalb von Minuten vervielfältigen, ob man theoretisch als voll funktionstüchtiger Erwachsener zur Welt kommen, ob man noch seines alten Lebens (also dem des DNA-Spenders) gewahr werden würde, dieses vielleicht ja nahtlos fortsetzen könne, mitsamt dessen Fähigkeiten, den Sprachen, Kampftechniken, Instinkten und Emotionen; ob überhaupt anderen Menschen, die mit einem vertraut wären, etwas auffallen oder ob diese im Dunkeln tappen würden etc. Die Antwort auf alle ihre Fragen war relativ einfach: *Nein!* Nein, es war nicht möglich, Menschen mithilfe der Maschine aus der Nährmasse zu vervielfältigen, die Maschine war bewusst so konstruiert worden, Elaine Duval hatte allen diesbezüglichen Spekulationen einen Riegel vorgeschoben.

Die Maschinenbaureihe des Arche-Projektes war meine alleinige Erfindung, sie war niemals für Menschen ausgelegt gewesen, acht Prototypen hatte ich insgesamt mit dem Team entworfen, sechs davon waren rechtzeitig auf das Flugschiff verfrachtet worden. Schlussendlich hatte der Konzern hinter meinem Rücken eine Baureihe angeregt, die eine menschliche Vervielfältigung ermöglichen sollte, nur war es dazu nicht mehr gekommen. Der Komet hatte allen hochtrabenden Plänen des Vorstandes ein Ende gemacht, vielleicht war die Zerstörung der Erde schlicht eine glückliche Fügung gewesen.

Vielleicht hätte man mich irgendwann ja doch für die neue Baureihe gewinnen können, allein die Vorstellung, Großvater erneut zum Leben zu erwecken, war verlockend. Ich fragte mich insgeheim, wie lange ich seine am Sterbebett getroffene Entscheidung respektiert, ob ich mich nicht trotzdem auf die Suche nach seiner DNA begeben hätte, sobald eine diesbezügliche Maschine zur Verfügung stünde. Den Konzern hätte ein solches Unterfangen Milliarden an neuerlichen Forschungsgeldern gekostet, und wer weiß schon, welche Nebenwirkungen damit verbunden gewesen wären, es hätte allerlei Experimente mit Menschen unerlässlich gemacht, und ob man diese schlussendlich hätte zurückholen können, ob sie jemals wirklich authentisch gewesen wären – oder nur seelenlose Kopien eines möglicherweise gar nicht eingeweihten DNA-Spenders –, es blieb ein Geheimnis.

Neben der Quanten- und Robotertechnologie, den Design-Menschen und allem Fortschritt wäre man ohnehin zu keiner umsichtigen Anwendung der Maschine fähig gewesen; man hätte gewiss billige, schnell verfügbare Arbeitskräfte entworfen, Soldaten, Huren und Sklaven. Falls es überhaupt eine in diesem Kontext sinnvolle Anwendung der Maschine gegeben hätte, so wäre diese möglicherweise bei der Trauerbewältigung hilfreich gewesen. Sie hätte den Hinterbliebenen von Verstorbenen schlicht Zeit verschaffen können, ein Körper (und Individuum) war dahin, ein gesundes Alter Ego wäre auferstanden, man hätte dieses formen und in die Familie eingliedern können. Die Maschine hätte auf ihre Weise den Tod ausgetrickst – und war dies nicht schon immer der sehnlichste Traum der Menschheit?

Die Apparatur auf Winterthur nahm endgültig ihre Arbeit auf, sie setzte meinen Willen fort, die Hundekörper begannen Gestalt anzunehmen, ich hatte diesen Prozess zwar oft genug verfolgt, doch schien mir die bloße Existenz einer solchen Möglichkeit auf dem Planeten wie ein Wunder. Bei genauerer Betrachtung war es kaum vorstellbar, dass eine der Maschinen den Absturz unbeschadet hatte überstehen können, eine Maschine und eine Lebensform, Elaine Duval und ihre Erfindung, ich und die *Schwester*, das konnte kein Zufall sein.

Wie gerne hätte ich Dallas nach seiner Meinung gefragt, um wie viel schöner wäre dieser Planet gewesen, hätte mein Freund den Aufprall überlebt, um wie viel wohler wäre mir bei meiner heutigen Entscheidung gewesen. Wir hätten Winterthur gemeinsam erkundet, wären zusammen in die Liste der Entdecker aufgenommen worden, hätten einander Geschichten von früher erzählen, der Kälte trotzen und miteinander überleben können.

Ich hätte nie gedacht, dass es so schwer werden könnte, diese ganze Sache mit dem Sterben, wenn niemand mehr da war, nicht die Firma, keine Freunde oder Familie, keine Zuversicht, kein Glaube, kein Ziel, ja nicht einmal die Erde selbst.

10.

ICH WAR SCHWEISSGEBADET AUFGEWACHT, unmöglich zu sagen, wie lange ich diesmal geschlafen hatte, falls man auf Winterthur überhaupt jemals schlief, *vielleicht träumst du nur davon, in einem Bett zu liegen, Elaine,* erwiderte Dallas aus unsäglicher Ferne, beinahe hätte ich seine Stimme mit der des Großvaters verwechselt. Als wir noch im Flugschiff waren, hatte er mir eines Nachts allerlei mir unbekannte Geräusche vorgespielt, die bei der Rotation der Planeten unseres Sonnensystems aufgezeichnet worden waren. Ich war mir nie dessen bewusst gewesen, dass man diese anhand der von ihnen erzeugten, spezifischen Töne deutlich voneinander zu unterscheiden wusste.

Die Erde hörte sich an wie ein Eissturm, ein tiefes Summen und Pfeifen war überall im Raum, im Vorder- und Hintergrund, als würden Schneekristalle über plane Flächen getrieben, sie rauschten, rieben und sangen. Dann wiederum dachte ich beim Abspielen der Erdrotation an ferne Autobahnen, von seltsamen Lastzügen bevölkert, die mehr glitten denn rollten, als hätten sie eisbeschlagene Kufen, schauerlich leise zischend und doch überdeutlich raunend zugleich. Wie alte Düsenjäger, die sich einst vor Generationen in die Lüfte erhoben und zu vermeintlichen Höhenflügen angesetzt hatten, die durch das Firmament schnitten und dieses zum Vibrieren brachten. Ich dachte stets, so klänge vielleicht der Weltraum an sich, irgendein brodelndes Hintergrundgesumme, als wären klamme Sturmgeräusche eine ganz und gar gewöhnliche Sache im Universum, doch Dallas belehrte mich eines Besseren. *Nur die Erde klingt nach Winterstürmen, man hört förmlich, dass sie lebt, und ein jeder, der unseren Planeten aus dem Weltraum belauscht, wird zu dieser Einsicht gelangen,* meinte er.

Mir wurde überdeutlich vor Augen geführt, dass die Erde wie mein vertrautes Grönland geklungen hatte, dass es doch so war wie damals, mit Großvater und seinen Hunden, der gewiss angemerkt hätte, dass die alten Geister immer schon summten und sangen, die ließen gerne ihre Signaturen im Wind zurück. Ich hatte mir auf dem Flugschiff eine halbe Nacht lang die Aufnahmen der Erdrotation eingespielt, Dallas war längst schlafen gegangen, doch ich konnte einfach nicht die Kopfhörer absetzen, das Pfeifen, Grollen und Grummeln war überall in meinem Kopf, die Erde sprach förmlich zu mir, und ich spürte sie in jedem Winkel meines Körpers.

Einmal mehr wurde mir so ihr Ende vor Augen geführt, ich erinnerte mich deutlicher an besagten Moment, beobachtete, wie der Schatten des Kometen den Planeten verfinsterte, eine undurchdringliche Finsternis breitete sich aus. Manchmal kam auch ich nicht umhin, mir alles erneut auszumalen, mir vorzustellen, was die Menschen wohl gesehen haben mussten, all das Chaos und die Explosionen, die sich aufspaltenden Lichter und die verglühende Materie. Aus den Fensterluken des Schiffes starrten mich plötzlich schreckgeweitete Augen an, als befände ich mich nicht mehr innerhalb der sicheren

Kammern und Gänge, als wäre ich längst irgendwo draußen im Weltraum, der Erde den Rücken zukehrend und das Flugschiff von außen betrachtend, jene verzerrten, bleichen und verweinten Gesichter. Nach unserem Start hatte ich mich bewusst nicht umgesehen, ich wollte mir den Anblick ersparen, die Kollision des Kometen mit unseren Heimatplaneten einfach ausblenden, um überhaupt jemals wieder in der Lage zu sein, nach vorne zu blicken. Damals hatte ich nicht geklagt oder geweint wie die anderen, die sich vom Inferno gefangen nehmen ließen, von den riesigen, wuchernden, zerfallenden Feuer- und Gesteinsbällen, von den Schlieren und Schatten, den Schockwellen und berstenden Erdschichten.

Erst nachträglich war ich mir dessen bewusst geworden, was mich nach dem Einschlag irritiert, ja was mich zutiefst verstört hatte, ohne es vorerst benennen zu können: Es war das allmähliche Verstummen des Planeten, das Ende des Pfeifens, Zischens und Vibrierens, die lähmende Leere in meiner Ohrmuschel. Diese einsetzende Stille, die man instinktiv vermerkte, keiner von uns wusste sie zu ertragen, sie ließ uns förmlich im Weltraum erstarren, wo sie doch ein untrüglicher Beweis dafür war, dass die Erdrotation nicht mehr existierte.

Ich hatte Stille immer als etwas Friedfertiges erachtet, ein rares Gut in unserer überlaut gewordenen Welt, und vermutlich war das mit ein Grund, warum ich als Jugendliche in Großvaters Eisberge flüchtete, die ihnen innewohnende Ruhe ließ mich aufatmen. Auch in Vaters Bergen war sie allgegenwärtig, eine beinahe schon verdächtige Lautlosigkeit lauerte hinter dem Wind, der eigene Atem und das Pochen des Blutes gelangten erst so zur Geltung. Doch die unwirkliche Stille nach dem Kometeneinschlag, das war absolut gespenstisch, ganz egal, ob man sich zur Erde umsah oder nicht, es war, als hätte man mit einem Schlag seine Sinne eingebüßt, das Trommelfell und die Iris, den Tast- und Geruchssinn, es schien alles gelöst und gekappt, selbst die angeblich niemals versiegende Sprache.

In den darauffolgenden Nächten, als das Flugschiff einem stabilen Kurs folgte und wir im Sonnensystem unsere Kreise zogen, hörte ich nochmals hin, ich vertiefte mich in die Rotationsgeräusche unserer Sonne und der anderen Planeten, des Merkurs, der Venus, des Mars, des Jupiters, des Saturns, des Uranus, des Neptuns und des Pluto; doch verspürte ich eine wilde Sehnsucht nach dem Klang der Erde, es war unmöglich, meine Gefühle in Worte zu fassen.

Die Sonne hörte sich an wie ein überlautes Wummern, sie knisterte und überhäufte einen mit abgehackten Basstönen, ein prasselndes Surren lag dazwischen, das seinen eigenen, unregelmäßigen Intervallen zu folgen schien. *Metall trifft auf Metall*, dachte ich mir noch, was sich bei der Sonne naturgemäß falsch anfühlte, da sie bekanntlich aus Wasserstoff und Helium besteht. Der Merkur erinnerte mich unweigerlich an die Oberfläche des Mondes, ein graues Nichts, das von Abertausenden Kratern überzogen war, die seine Fahlheit zu übertünchen schienen, die einzigen formgebenden Strukturen in einer monochromen Umgebung. Und wenn man seiner Rotation lauschte, dann war es beinahe so, als würde man auf einem Berggipfel in der Schweiz ein Mikrophon in den

Wind halten, dazwischen lag ein undefinierbares Echo, wie ein Scharren und Schürfen in einer riesigen Lagerhalle, irgendein verstohlen flackerndes Feuer (wie bei einem alten Gasherd), ich meinte auch noch Schraubengeräusche alter U-Boote zu vernehmen, die sich träge durch die Dunkelheit der Tiefsee schoben.

Die Venus erschien mir als sphärischer Computer, der mit seinem unwiderstehlichen Gedröhne alles andere (selbst die Sonne) zu übertönen suchte, es war ein lähmender, einen Menschen unwillkürlich in Alarmbereitschaft versetzender Ton, *eine rotierende Tote*, schoss es durch meinen Kopf, deren fahler Anblick an das Auge eines Drachen gemahnte, *drakon, der starr Blickende,* wie es die alten Griechen auf den Punkt zu bringen wussten. Der Mars wiederum war einer der stillsten Planeten unseres Sonnensystems, beinahe glaubte ich, wenn ich die Augen schloss, über einen Friedhof zu schreiten, sachte Donnergeräusche schwebten im Raum, und noch leisere Stimmen irrten zwischen ihren Frequenzen, ich vernahm alte Kanonenschüsse, vergessene Kriege, und verstand endlich, warum der Mars (von der Erde aus) stets als naher Verwandter erachtet worden war.

Der Jupiter überraschte mich mit einem gleichmäßigen, unaufdringlichen Rotationsklang, durchaus sphärisch wie die Venus, doch nicht halb so bedrohlich, alles in allem ein friedfertiges Flimmern und Flirren. Zudem war sein Anblick wie der einer kreisrunden Praline, von Weiß- und Milchschokolade überzogen, unweigerlich wollte ich ihn mir in den Mund stecken und ganz langsam auf meiner Zunge zergehen lassen.

Der Saturn ließ einen zusammenzucken, sein schrilles Gepfeife erinnerte an kurz vor dem Einschlag stehende Marschflugkörper, vielleicht auch nur Feuerwerksraketen oder alte Teekessel. Doch tauchten da auch noch allerlei Schreie auf, allesamt bis zur Unkenntlichkeit verzerrt, der Anblick der hübschen Saturnringe konnte darüber nicht hinwegtäuschen.

Der Uranus atmete schwer, sein Pastellblau glich einem übergeworfenen Leichentuch, man stellte sich unweigerlich die dahinter liegende, absolute Leere vor, doch gab diese wunderlicherweise noch Geräusche von sich. Als würde jemand durch das Vakuum waten und ein hörbares Knistern hinterlassen, monotone Lieder flüstern (die nur aus einer Silbe bestanden), ein an- und abschwellendes Rauschen, das aus dem Nichts geboren in diesem erneut verebbte. Der Neptun war in seinem Blau ein Faszinosum, zugegeben, liebend gern hätte ich bei seinem Anblick die Landung eingeleitet, gedämpfte Brandungsgeräusche schien er abzustrahlen, alles in allem ruhig und sanftmütig.

Pluto hielt ich (neben der Erde) wohl für den interessantesten aller Himmelskörper; dunkelrote Flüssigkeit schien sich mit cremigem Kaffeeschaum zu mischen, ein überdeutliches Glockengeläut war zu vernehmen, ein vibrierendes Dröhnen, Streicher, Fanfaren und was weiß ich noch für seltsame Instrumente schienen sich plötzlich versammelt zu haben, synthetische Orgeltöne und nahende, über alles hinwegfegende Sirenen. Sollten sich jemals in der Geschichte der Menschheit tote Seelen auf den Weg ins Universum gemacht haben, so wären sie spätestens beim Anblick des Pluto ins Grübeln geraten, sie hätten angehalten und wären wohl bange umgekehrt. Obwohl man im Laufe der letzten Jahrhunderte noch ein paar kleinere Planeten (etwa V774104) im Sonnensystem entdeckt hatte, galt doch Pluto den meisten nach wie vor als äußerste Grenze, und hinter dieser lagen die schauderhaften, unendlichen Weiten.

Manchmal sprach an Bord niemand ein Wort, und es war, abgesehen von den Rotationsgeräuschen der Planeten, nur das Flugschiff selbst zu hören, all die unterschiedlichen Töne, die der riesigen Maschine entwichen, die sich zu einer Klangkulisse vereinten, diversem Surren und Klopfen, Klicken, Dröhnen, Poltern, Zischen und Knistern, im Kopf klang auch das befremdlich, kaum von den Planeten im All zu unterscheiden.

Ich konnte mir gut vorstellen, irgendwelche ägyptischen Bauherren und ihre Arbeiter hatte wohl ein ähnliches Gefühl beschlichen, wenn sie im Inneren der Pyramiden von Geräuschen überflutet wurden, die sie im Halbdunkel (von draußen) erreichten, all die Echos und ihr Widerhall. Gewiss fühlten sie sich in ihrer Haut unwohl, solche Geräusche schienen förmlich aus dem Jenseits selbst zu stammen, man befand sich in einem Grabmal, keiner von ihnen konnte das ausblenden. Ich musste unwillkürlich denken, dass wir uns wohl auch alle in einem Grabmal befanden, einer fliegenden, der Erde entwichenen Gruft; die Auferstehung der Menschheit, die hatte man sich zweifelsohne anders vorgestellt, die alten, irdischen Gottheiten und ihre Versprechen blieben im Schutt unseres Heimatplaneten zurück. Keinesfalls erinnerte ich mich daran, jemals wieder Wörter wie *Gott, Vorsehung, Erlösung* oder dergleichen gehört zu haben. Das Flugschiff war unser einziger Gott, eine letzte Zufluchtsstätte und Bastion gegen die Kälte, hinter den Bordwänden und Kabelschächten lauerte das Nichts, der eisige Weltraum mit seinen unbekannten Gefahren. Von der Erde aus war einem dieser stets übervoll erschienen, das Firmament schien von Sternen und Planeten nahezu überwuchert, das uns bekannte Universum war ein sich weithin verästelnder, hell erleuchteter Weihnachtsbaum, mit allerlei Glitzerkugeln und Lametta verziert. Erst im Weltraum realisierte man, dass die Entfernungen unsäglich waren, die Sterne und Galaxien glichen flackernden Irrlichtern, ferne Trugbilder, die keinen wirklich zu trösten vermochten.

Bald schon stand ich neben Dallas auf der Kommandobrücke, während mir all das immer wieder durch den Kopf schoss, niemand sprach, alle hatten ihre Aufgaben, die sie beschäftigt hielten, das Schiff wurde weiter unentwegt auf Herz und Nieren geprüft, wir mussten uns mit allem sicher sein, bevor die eigentliche Reise in Angriff genommen werden konnte. Dallas war klug genug, allen an Bord immer weitere Aufgaben zuzuweisen, selbst die vielen wahllos an Bord gekommenen und in vielerlei Hinsicht unqualifizierten Passagiere mussten mit Hand anlegen, sei es auch nur bei Reinigungsarbeiten und dergleichen.

Zuvor hatte Dallas alle ersucht, sich mit Namen, persönlichen und sonstigen Angaben (Alter, Herkunft, Beruf) registrieren zu lassen, dies sollte der regulären Besatzung und schlussendlich auch den *Fluggästen* (wir hatten uns auf diese Formulierung verständigt) als Orientierungshilfe dienen. Er bat einen jeden einzelnen um die Beantwortung einer Frage: *Wer sind Sie wirklich?* Ich blätterte mich durch die Liste, es war interessant sich vorzustellen, wer es an Bord geschafft hatte, hinter all den Namen verbargen sich gewiss die abenteuerlichsten Geschichten, die das Ende der Welt auf ihre Art dokumentierten:

1. »Gestern war ich Wasser, heute Sprache.« *Otto Schwartz, 69, Trachimbrod, Pilzzüchter.*
2. »Um mich der Worte meiner Mutter zu bedienen: Du bist mein Ein und Alles! Folglich bin ich Ein und Alles.« *Laika Satrapova, 27, Prag, wissenschaftliche Mitarbeiterin im Labor für Industrie und Umwelt, Müllverbrennungsanlangen und Deponien.*
3. »In Wirklichkeit bin ich nur noch meine Zukunft, doch erscheint mir diese unwirklich.« *Kim Kramer, 29, Tessin, Kommunikationsanalyse, BA in Philosophie.*
4. »Ich weiß es wirklich nicht.« *Lizzy Erlinger, 33, Bozen, Samenzüchterin.*
5. »Ich bin eine Frau, deren Füße schmerzen.« *Claire Blank, 72, Niederlande, vormals Matrosin.*
6. »Jemand, dessen Handlungen Konsequenzen haben werden.« *Zera Flamm, 54, Paris, Alchemistin der neuen Zeit.*
7. »Sorgt sich um die Verpflegung an Bord und sieht daher ihre Profession als reelle Chance zum Überleben.« *Paula Duchesne, 52, Lucca, Sterneköchin.*
8. »Ich bin taubstumm.« *Zenobia Xanopoulu, 39, Insel Kastos, Schriftstellerin.*
9. »Ich habe keine Angst vor Piraten.« *Philo, 9 schon fast 10, Österreich, Schülerin.*

10. »Ich bin wirklich blind.« *Nebi Tahiri, 36, Albanien, Bienenzüchter.*
11. »Bin gerne allein und kann mich unsichtbar machen. Und eure Söhne und Töchter sollen weissagen.« *Elisabeth Ostermann, 39, Wien, Textilhandwerk (Weben, Nähen, Spinnen, Stricken).*
12. »Ich bin und kann Veränderung.« *Asine Mon Toya, 47, Parzelle 7, Spezialistin im Fachbereich Genaufbereitung.*
13. »Ich suche den Mörder meines Mannes.« *Lucie Schnell, 33, Haifa, Kriminalbeamtin.*
14. »Reisende in wesentlichere Dimensionen.« *Cynthia Blöm-Brech, 44, Sophonis, Nanotechnologin.*
15. »Ich bin eine alte Seele.« *Athenais Sophie Plessis-Bellière, 29, Collonges-la-Rouge, Kunsthistorikerin.*
16. »Ich sehe mich als Entscheider im Weiterkommen oder Dableiben.« *Vicente Trinculo, 42, Bajo Caracoles, Tankwart.*
17. »Ich bin eine Wissende.« *Moria Graziani, 85, Hallstadt, Heilerin.*
18. »Ich kann Strom erzeugen.« *Manfred Walter, 50, Europa, Elektrotechniker.*
19. »Ich mag Zahlen und Computer lieber als Menschen.« *Lynn Circin, 24, London, Programmiererin.*
20. »Ich sorge mich um Tiere.« *Gardene de la Lupa, 91, Vojvodina, Bewahrerin der Gärten.*
21. »Ich fühle mich ambivalent.« *Mitzi B. Berger, 74, Regensburg, Wanderführerin.*
22. »Auf der Suche nach dem Anfang des eigenen Lebens.« *Curtis Scherer, 48, Europa, DJ und Schriftsteller.*

23. »Schon bald der beste Musiker des Universums.« *Anton Marx, 15, Dresden, Schüler.*
24. »In Wahrheit heiße ich Simone Mayer.« *Luise Hildebrand, 29 Jahre, Kärnten, Bergbauingenieurin.*
25. »Ich erkenne Grausamkeiten.« *Carla Claque, 51, St Martí d' Empúries, Puppenspielerin.*
26. »Ich bin ein Wunder.« *Martina Miriam Lebowski, 37, Brno, Mutter, Fotografin, Übersetzerin, Tänzerin;*
27. »Ich bin ein harter Hund.« *Kalle Jäger, 39, Castrop-Rauxel, Metzger.*
28. »Bin jemand, der mit Piano und Pferden umgehen kann.« *Lea Stunkat, 28, Hamburg, Medizinische Fachangestellte.*
29. »Ich bin eine Frau mit einem eidetischen Gedächtnis.« *Esther Liska, 52, Berlin, Linguistin.*
30. »Ich bin eine Spezialistin für das Nichts.« *Harriet Wollert, 54, Mühlhausen, Schriftstellerin.*
31. »Ich bin alles, was Sie wollen.« *Isabella Schneider, 39, Wien, Lehrerin.*
32. »Ich bin eine Herzöffnerin.« *Sofia, 5, Europa, Schülerin, Geschichtenzeichnerin.*
33. »Bin jemand, der echt gute Drinks zaubert.« *Edita Liebowitz, 29, New York, Barkeeperin.*
34. »Eine, die ihre Schwester Luise vermisst.« *Annabel Siebzehn, 63, Zermatt, Gentechnikerin.*
35. »Auf der Suche nach den Besonderheiten der Leere.« *Luvia Defeder, 27, Padua, Fitnesstrainerin mit Militärerfahrung.*
36. »Eigentlich bin ich Verhaltenspsychologin.« *Veza Parsec, 47 Jahre, Arietta, Lanzarote, PR-Beraterin.*

37. »Jemand, der definitiv nie aufgibt.« *Katja Kruse, 33, Mitteleuropa, Lebenskünstlerin.*
38. »Verkaufte heimlich Tartes am Hafen von Marseille.« *Catherine Collière, 35, Frankreich, Bäckerin.*
39. »Ich bin die heimliche Herrscherin des Universums.« *Suri, 11, Plejaden, Akrobatin.*
40. »Erfolgreiche Schatzsucherin.« *Filomena Immortale, 51, Florenz, Apnoetaucherin.*
41. »Auch nur ein Name auf einer Liste.« *Michael Stavarič, 48, Brünn, Autor.*
42. »Eine Jägerin im letzten Urwald der Erde in British Columbia.« *Pix Nasir, 45, Portland, Offizierin.*
43. »Jemand mit Nahtoderfahrung.« *Laura de Vekk, 86, Hobart, Kunsthändlerin.*
44. »Auf der Flucht vor sich selbst.« *Sebastian Cassarotta, 47, Leukerbad, Hotelbesitzer.*
45. »Ich bin eine Problemlöserin.« *Diana E. Machina, 31, Wien, Professorin für Robotik.*
46. »Bin ein Sprachtalent, das mit Tieren kommunizieren kann.« *Dr. David Dundee, 35, London, Veterinärmediziner.*

Ich wurde abrupt unterbrochen, musste mich anderen Dingen widmen, doch waren irgendwann tatsächlich alle Anwesenden in der Borddatenbank erfasst, man hatte sie auf die unterschiedlichsten Decks verteilt, Familienangehörige durften beisammenbleiben. Es war alles andere als überraschend, dass sich heterogene Charaktere und Professionen an Bord befanden, zuletzt hatten sich wohl Menschen aus allen Ecken der Welt nach Europa aufgemacht, wer würde ihnen dies verübeln. Allesamt gaben sie an, sich im Angesicht der Katastrophe zum Konzerngelände begeben zu haben, um Schutz in den dort vorhandenen Bunkern und Labors zu suchen – schlussendlich hatten sich viele ins Flugschiff gezwängt.

Dallas drehte regelmäßig seine Runden an Bord, ab und an begleitete ich ihn dabei, für jeden hatte er ein freundliches Wort, er klopfte den Menschen auf die Schultern, tätschelte Kinderhäupter und ließ keinerlei Zweifel daran, wer der Herr der Lage war. Manchmal blieben wir irgendwo stehen, blickten aus einem der Bordfenster und beobachteten die benachbarten Planeten. Dallas erzählte mir etwas von Sternbildern und Sonnensystemen, ich ließ ihn einfach reden, wohl wissend, dass ihn das etwas zur Ruhe kommen ließ.

Die wichtigsten Sicherheitsprotokolle und Checklisten, die Instandsetzungs- und Inventurarbeiten waren eigentlich abgeschlossen, woraus sich nunmehr schlussfolgern ließ: a) Die Essensvorräte würden für ein paar Monate reichen, danach (sofern sich keine neuen Nahrungsquellen auftaten) müssten alle in den Kälteschlaf versetzt werden. b) Lediglich für rund die Hälfte der an Bord ausharrenden Menschen standen Schlafkokons zur Verfügung, alle anderen würden unweigerlich sterben. c) Die körperlichen Belastungen innerhalb der Kältekammern schlossen ältere Menschen und Kinder kategorisch aus, sie würden einen Hunderte Jahre andauernden Kälteschlaf nicht überleben.

Dallas hatte somit kaum Zeit, eine Auswahl zu treffen, diese durchzusetzen und mit den Konsequenzen zu leben. Ich versicherte ihm, dass ich es schaffen würde, innerhalb weniger Monate ausreichend Fleisch zu generieren, Hühner, Enten etc., nur dürften wir nicht wahllos die kostbare Nährmasse aufbrauchen. Wir hätten ja auch noch fruchtbare Erde an Bord (samt Samen und Keimlingen), man könnte vielleicht eine ganze Ebene des Schiffes als Ackerfläche nutzen, diesbezügliche Umbauten wären möglich. Und vielleicht fielen uns noch andere Lösungen ein, schließlich war ein jedes Menschenleben kostbarer denn je … *Hör mir zu*, unterbrach er mich und winkte resigniert ab, *erinnere dich an Punkt d), Elaine, die Sauerstoffvorräte werden bald aufgebraucht sein, das Kohlendioxid wird alle an Bord unweigerlich vergiften, einen jeden, der sich zu diesem Zeitpunkt nicht in einem der Schlafkokons befindet.* Und er meinte, dass ein jeder Tag, den er zögerte, die Lage an Bord unkontrollierbarer machte, diese Informationen würden durchsickern und alles noch weitaus schwieriger gestalten.

Also lass mich heute lieber von den Sternen erzählen, Elaine, siehst du, das dort ist Proxima Centauri, und die hellen Punkte dahinter bilden das Sternbild des Orion, ich tat immerhin so, als würde ich seinen Ausführungen folgen. Insgeheim dachte ich an den Großvater, ob dieser Rat wüsste, wir schienen in einer Zwickmühle gefangen und zur Grausamkeit verdammt – und das sollte das endgültige Resultat eines Fortschritts sein, von dem frühere Generationen nur zu träumen wussten? Wir schüttelten an dem Tag noch viele Hände, doch blickten wir dabei bereits in die Augen von Toten, ein jedes Menschenwesen so wertvoll wie früher vielleicht ein ganzes Land, die letzten Individuen einer untergehenden Spezies.

Ich erinnerte mich daran, dass wir (Dallas und ich) einmal als Kinder mit den Vätern in den Schweizer Bergen einen Schmetterlingsschwarm entdeckt hatten, Monarchfalter, die irgendein Jetstream mit sich gerissen, weit vom Kurs abgetrieben und auf gut 2900 Metern abgeladen hatte. Die Insekten waren wohl förmlich von einem Gewitter verschluckt worden, es hatte sie angesaugt, hochgewirbelt und unentwegt rotieren lassen, bis diese vollkommen orientierungslos die Flügel streckten. Sie waren auf die Gipfel einiger Berge herabgeregnet, wir befanden uns damals in der Region Hoch-Ybrig, die von den Gipfeln Drusberg, Forstberg und Twäriberg überragt wurde, welche zugleich einen Grenzkamm gegen das Muotatal und das Glarnerland bildeten.

Das Unglück hatte die Tiere gefroren und für einige Zeit konserviert, unzählige Insekten lagen überall im Schnee verstreut, aus der Ferne wirkte es, als hätten Frühlingsblumen (wider Erwarten) die vereisten Gipfel erobert. Als wären plötzlich Wiesen gewachsen, wo keine sein dürften, eine Erscheinung, viel schöner noch als Konfetti im Schnee.

Wir querten den bunten Friedhof, vermieden es, so gut es ging, auf die gefrorenen Körper zu steigen, da und dort (wo es passierte) war ein leises Knistern zu hören, das sich überdeutlich vom üblichen Schneeknirschen abhob. Bald schon klaubte ich ein Tier nach dem anderen auf, stopfte es in meine Jackentaschen, später dann in den Rucksack, selbst unter die Wollmütze hatte ich ein paar der Schmetterlinge geschoben, ein anmutiger und betörender Haarschmuck sollte das werden. Dallas wies mich darauf hin, dass die steifgefrorenen

Schmetterlingskörper demnächst auftauen würden, spätestens im Tal würde sich alles in eine breiige, unansehnliche Masse verwandeln, braun und grau, das sei wie im Malkasten, wenn man bunte Farben zu oft vermische. Ich herrschte ihn unwirsch an, er solle die Klappe halten und sich anderswo wichtigmachen, die Väter lachten augenscheinlich über uns, ich meinte sogar zu vernehmen: *wie ein altes Ehepaar.*

Sie erklärten uns, dass nunmehr eine ganze Schmetterlingsgeneration ausgelöscht worden sei, wo doch die Tiere gemeinsam zu ihren Wanderungen aufbrachen, der Fortbestand der Spezies wäre somit ungewiss. Und ob uns je aufgefallen sei, dass Gämsen und Steinböcke in lawinengefährdeten Hängen immer ein einzelnes, erfahrenes Tier vorausschickten, damit, sollte etwa ein Schneebrett abgehen, dieses alleine in den Tod stürzte und die anderen weiter- und überleben könnten.

Es war dies einer der Momente gewesen, in dem ich beschlossen hatte, mich der Reproduktions- und Rekonstruktionsgenetik zu verschreiben, schließlich wollte ich den Fortbestand der Arten sichern, ich musste irgendwie ein umfassendes *backup* des Lebens anfertigen. Keinesfalls würde ich es akzeptieren, dass eine ganze Schmetterlingspopulation ausstarb, nur weil widrige Wetterverhältnisse (bestimmt von der Menschheit verschuldet) die Szenerie dominierten. Ich malte mir aus, dass es so eine jede Spezies auf der Erde erwischen könnte, restlos aufgesogen von mächtigen, rotierenden Wirbelstürmen. Wer kannte sie schließlich nicht, die Geschichten, in denen es Fische, Frösche und Co. vom Himmel regnete, alle Berge und Täler würden plötzlich in verwunschene

Landstriche verwandelt, man bräuchte sich nur solche Szenarien zu vergegenwärtigen.

Ich stellte mir vor, wir würden durch Schneewechten voller Feuersalamander waten, deren gefrorene Körper auf mich wie Glasskulpturen wirkten, glänzend und schimmernd, bisweilen matt ölig, vor allem dort, wo sich die Sonne ihren Weg durch die Wolkenschichten gebahnt und die Tiere angetaut hatte. Ich malte mir Berggipfel voller erfrorener Gibbons aus, Lebewesen, deren überlange Arme mich schon immer an tierische Windmühlen erinnerten. Die Affen waren zu Figurengruppen vereint, ihre Gliedmaßen ragten in alle Himmelsrichtungen, ich erinnerte mich an den mir vertrauten hageren und langgliedrigen Don Quijote, ein Gibbon durch und durch, was sonst.

Dann wiederum meinte ich, dass die Berggipfel voller zuckender Kalmare waren, sie pulsierten in allen Größen und Farben, sodass man sie deutlich im Schnee ausmachen konnte; im Tod verloren ihre Leiber schließlich jegliche Couleur, ganz egal, wie bunt sie auch gewesen sein mochten. Ich stellte mir Strauße vor, deren Hälse und Köpfe im Eis steckten, endgültig und für alle Zeiten festgefroren, mit zerzausten Daunen und Deckfedern über die Gipfel wachend.

Irgendwann hielt ich in meiner Fantasie den maßlosen Wirbelsturm an, der es vermocht hatte, all diese Arten bis auf die höchsten Gipfel der Schweiz zu wehen – dem Finsteraarhorn in den Berner, dem Liskamm in den Walliser Alpen oder dem Alphubel in der Allalingruppe. Ich wischte mir daraufhin einige Schmetterlinge, Feuersalamander, Gibbons, Kalmare und Strauße aus dem Haar, allmählich waren wieder die klaren Silhouetten der Berggipfel zu erkennen. Ich hielt instinktiv die Hände vor mein Gesicht, lugte zwischen den Fingern hindurch, ob denn auch wirklich nichts mehr vom Himmel fiel, wie lange ich meine Hände oben behielt, das allerdings weiß ich nicht mehr.

11.

ICH LIESS DIE HÄNDE SINKEN, um mich herum war Winterthur mit seinen weiten, verschneiten Ebenen, selbst die Trümmer des Flugschiffes schienen sich in Eis und Schnee zu verwandeln, sie ähnelten mit einem jeden Tag mehr der sie umgebenden Landschaft, wurden von dieser allmählich überwuchert. Nicht nur Eis machte sich überall breit, es waren nicht die Schneeschichten allein, die sich auf den Metallflächen festsetzten, vielmehr schien es, als würden eisige Korallen überall zu wuchern beginnen, wie einst in irdischen Meeren, wo Schiffswracks von Korallengewächsen förmlich aufgesogen wurden. Ich konnte mich nie des Eindrucks erwehren, dass diese einen Nukleus bildeten, von dem aus eine neue Welt erst wachsen und allerlei Arten gedeihen konnten.

Diese Schiffe verschwanden mit der Zeit, sie lösten sich unter den Korallen auf, wurden zersetzt, zermalmt und erdrückt, nur an den von den Meereslebewesen beibehaltenen Formen konnte man ihre Vergangenheit erahnen. Bestimmt würde es dem Wrack unseres Flugschiffes ähnlich ergehen, und falls eines Tages eine fremde Zivilisation auf diesem Planeten landen und ihn erkunden sollte, es ließe sich dann gewiss noch erkennen, dass einmal jemand hier gewesen war. Ich, Elaine Duval, Leiterin der Forschungsabteilung, Freundin von Dallas, Nachfahrin der Inuit, eine intelligente, auf Kohlenstoff basierende Lebensform des Planeten Erde.

Großvater hatte mir viel über die alten Zeiten erzählt, als Schiffe auf den Meeren sanken und verloren gingen, als Grönland, der Nordpol oder die Nordwestpassage noch unentdeckt waren, zumindest aus der Sicht der Europäer. Ich war mit seiner Hilfe in einer Welt aufgewachsen, in der die Vergangenheit lebendig blieb, sie vermengte sich mit den Überlieferungen und Mythen der Inuit. Regelmäßig berichtete er mir von einer der Urgroßmütter, die eine so faszinierende Persönlichkeit in unserem Familienstammbaum war, dass er des Öfteren auf sie zu sprechen kam; sie hatte ein aufregendes Leben geführt und allerlei Abenteuer erlebt, sofern man seinen Worten Glauben schenken mochte. Er nannte sie einfach nur *Großmutter,* und demnach tat ich es auch, sie hatte im neunzehnten Jahrhundert in Grönland gelebt, eine waschechte Inuk, die sich dort bewähren musste.

Damals las mir Großvater etwas aus einem Buch vor, das er aus einer Kiste hervorgekramt hatte, ich sei nun alt genug, um mehr über die Geschichte unserer Familie zu erfahren. In der aus Eichenholz gezimmerten, mit Rentierfellen bezogenen Truhe bewahrte er allerlei Andenken auf, aber auch seine Waffen, die Büchsen, Patronen und Messer, was wohl der eigentliche Grund dafür war, warum diese Schlösser aufwies.

Von jener Großmutter wusste ich zu diesem Zeitpunkt bereits einiges, doch von einem *Vogelmann* (der dieses Buch verfasst haben sollte!) hatte ich noch nie etwas vernommen. Es war kaum zu fassen, dass mir Großvater diesen bislang vorenthalten hatte; ich malte ihn mir wie einen der alten Musketiere aus (diese Geschichte kannte ich aus einem anderen Buch), mit einem seltsamen, drei- oder besser noch viereckigen Hut auf dem Kopf, mit zahlreichen Straußenfedern garniert, hinzu kamen ein weißes Rüschenhemd, spitze Stiefel und ein breiter, mantelartiger Überwurf, der auf Brust, Rücken und den Ärmelstücken ein weißes Lilienkreuz aufwies.

Ich setzte mich auf eines der ausgebreiteten Karibufelle, schloss die Augen und konzentrierte mich auf Großvaters Stimme, während draußen der Wind heulte. Manchmal schien die Witterung in Grönland von allen guten Geistern verlassen, und dann wieder lullte sie mich ein, das auf- und abschwellenden Pfeifen der zirkulierenden Luftmassen blies einen förmlich in die Federn … *aber schlaf mir ja nicht ein, Elaine,* mahnte der Großvater.

Er holte tief Luft, sein Brustkorb hob und senkte sich, mit der Stimme des Vogelmannes zu sprechen war das eine, sie mit Leben zu erfüllen, das war etwas völlig anderes. Ich mochte den Vogelmann augenblicklich, eine verwegene, wagemutige Gestalt, die meiner damaligen, romantischeren Gefühlslage entsprach. Dallas hätte vermutlich Kritik an ihm geübt, ein Schiff zu überladen, die Mannschaft unnötig in Gefahr zu bringen, und erst diese schwülstigen Oden an die Polarnacht, das war doch unerträglich. Wäre ich mutiger gewesen, ich hätte Dallas an der Hand genommen und ihn geküsst, und wer weiß, was ihm dann alles zu einer Polarnacht eingefallen wäre. Plötzlich konnte auch ich die Großmutter deutlich vor mir erkennen, ihre dunklen Haare und die wissenden Augen, sie zwinkerte mir zu, als würden die Distanzen zwischen uns schrumpfen, ich meine, wer konnte schon wirklich erahnen, wozu die Ahnen imstande waren.

Bestimmt hätten mich Großvaters diesbezügliche Erzählungen damals gar nicht so gefesselt, schließlich war ich jung, und meine Aufmerksamkeit galt überwiegend der Gegenwart, der unmittelbarsten Umgebung, die ich erfassen, berühren und formen konnte. Allerdings, Großmutter hieß tatsächlich wie ich *Elaine*, mit ihr war mein Name zum ersten Mal in unserem Familienstammbaum aufgetaucht. Der Vogelmann, der einst mit seinem Schiff in Grönland angelegt und das Leben der Inuit dokumentiert hatte, rief sie so. Großmutter hätte wohl wie eine Elaine ausgesehen, worunter ich mir zunächst nicht wirklich etwas vorzustellen wusste, doch hatte sie den Namen angenommen und behalten.

Eine meiner Lieblingsgeschichten von Großmutter Elaine war die mit dem Monster aus der neuen Welt, einem Ungetüm, das in Chicago lebte und dort in einem steinernen Haus lauerte. Alles spielte sich zur Zeit der sagenumwobenen Weltausstellung ab, eine *Weiße Stadt* wurde auf dem Messegelände erbaut, Elaine wollte den Anblick keinesfalls versäumen. Angeblich hatte sie Grönland verlassen, um die neue Welt und ihre Errungenschaften mit eigenen Augen zu sehen, einen ihr vollkommen fremden Planeten (die westliche Welt) wollte sie betreten. Ich meine, was für Vorstellungen hatte eine Inuk, die nur Eis und Schnee kannte, von Wolkenkratzern und Zylinderhüten, von Museen, Boulevards und einer noch nie da gewesenen Leistungsschau der damaligen Moderne.

Großvater erzählte mir, dass Elaine (die eigentlich in der Sprache der Inuit *ukiutaq* [ᐅᑭᐅᑕᖅ] hieß, also *langer Winter,* eigentlich *Winterkind)* von der Abenteuerlust des Vogelmannes angesteckt worden sei. Sie habe sich nach der Weißen Stadt gesehnt, denn ihre weißen Städtchen bestanden zu diesem Zeitpunkt lediglich aus Eisbergen, Eisschollen und Iglus, entlegensten Küstenstrichen und verschneiten Bergpanoramen, schroffen Eiszapfen und Winterstürmen.

Die meisten Inuit hatten sie *Uki* gerufen, doch in späteren Legenden war auch bei ihnen nur von *Elaine* die Rede gewesen; Elaine, die auszog, um die Weiße Stadt zu sehen. Elaine, die auf das Monster *Olmtajuk* (ᕋᕐᑭᒦ) traf, das sie in seine eisige Unterwelt entführte, sie quälte und festsetzte, um sie bei lebendigem Leib aufzufressen. Sie selbst hätte nicht mehr zu hoffen gewagt, jemals wieder nach Grönland zurückzukehren, es war (und ist bis heute) nicht üblich, aus Monsterfängen zu entkommen. Großvater versuchte manchmal das Ungeheuer für mich nachzustellen, er warf sich eine weiße Bettdecke über, auf seinen Schultern drapierte er ein Rentierfell, und in seinen Händen hielt er Walrosszähne, die in meine Richtung wiesen.

Das Inuit-Wort für Monster lautete *omajualuk* (ᕐᑭᒦᕋ), in den Erzählungen wurde daraus später ein *Olmtajuk*, weil es klanglich an den eigentlichen Namen des Monsters erinnerte. *Holmes* hieß dieses im damaligen Englisch, ein *Olms* sagten bald auch die Bewohner der Siedlung, schlussendlich war *Olmtajuk* ein daraus resultierendes Wort, ein *Holmmonster*, was immer es auch darstellte.

Früher kursierten unter den Inuit-Kindern zahlreiche Geschichten über Monster, die stets mit den Worten *Omajualuttaungituaguvit* (ᒦᕋᕐᑭᒦᕐᑭᒦᕋ) schlossen, *hoffentlich erwischt dich das Monster nicht*. Schon bald änderte sich diese den Gutenachtgeschichten beigefügte Wendung zu einem *Olmtajukaungituaguvit* (ᕋᕐᑭᒦᕐᑭᒦᕋᕐᑭ), einem *hoffentlich erwischt dich das Holmmonster nicht.* Holmes schien den sprichwörtlichen *Schwarzen Mann* abzugeben, auch wenn die Inuit für gewöhnlich lieber von einem *Weißen Mann* sprachen, einem Dämon, der sich in den Schneewechten und Stürmen verbarg, um plötzlich daraus hervorzutreten.

Elaine war nach ihrer Rückkehr kaum noch zu erkennen gewesen, ihr Überlebenskampf hatte tiefe Spuren hinterlassen, und selbst Angehörige hätten sie fast nicht wiedererkannt, eine ausgemergelte, beinahe schon jenseitige Gestalt. Kurz hatte man gedacht, eine der aus der Gemeinschaft ausgestoßenen Alten wäre zurückgekehrt, bei denen man für gewöhnlich durch die gesamte Haut sehen konnte.

Es sollte eine Weile dauern, bis sich Großmutter Elaine in die junge Frau zurückverwandelte, die nach Chicago aufgebrochen war, um die Welt zu sehen. Und bis sie so weit war, von den dortigen Ereignissen zu berichten, nun, es vergingen weitere Monate, wenn nicht sogar Jahre. Ihr vorläufiges Schweigen reichte den Inuit aus, um die Weiße Stadt (und vieles hinter dem Horizont) zu einem verfluchten Ort zu erklären. Später wurde Großmutter dann sogar zur ersten Schamanin der Siedlung, ihr Mut, ihre Stärke und das angehäufte Wissen um die Welt, all das half, die damals gerade erst anbrechenden neuen Zeiten besser zu verstehen, sie führte ihre Inuit in ein hochtechnisiertes, industrielles Jahrhundert.

Viele Inuit-Stämme mieden fortan Begegnungen mit weißen Reisenden, sie brachen schnell ihre Lager ab, sobald sich Schiffe am Horizont zeigten, und selbst wenn ihnen auf der Jagd irgendwelche weißen Forscher und Abenteurer mit ihrer Entourage begegneten, sie um Fleisch oder Hilfe anbettelten, schritten sie schnell weiter. Man setzte sich nicht mehr mit *weißen Geistern aus Weißen Städten* auseinander, es machte auch keinen Unterschied, wie eindringlich sich diese an einen wandten. Ich weiß noch, dass ich es damals als Kind seltsam fand, schwache und hilflose Menschen ihrem Schicksal zu überlassen, vollkommen egal, wer sie waren und was sie getan haben mochten.

Großvater erklärte mir daraufhin, dass alle mit der unerbittlichen Natur (Kälte, Dürre etc.) konfrontierten Völker zu drastischen Mitteln griffen, um das Überleben der Jüngeren zu sichern. Wer zu alt oder zu schwach war, um Werkzeug, Nahrungsmittel oder Kinder zu tragen, wer nichts zum Dasein einer Gemeinschaft beitragen konnte, der wurde zurückgelassen – oder getötet. Im Wesentlichen hätten sich überall ähnliche Vorgangsweisen durchgesetzt, die Geschichten der Stämme seien voll davon, und wer könne es ihnen schon verdenken.

Demnach wurden ältere Menschen irgendwann *unsichtbar*, sie erhielten kein Essen mehr und verhungerten. Die Inuit-Stämme in der Arktis verfuhren schon immer so, wie auch die Hopi in Nordamerika, die Witoto im tropischen Südamerika und Aborigines-Gruppen in Australien. Andernorts wurden die Alten und Schwachen ausgesetzt oder zurückgelassen, etwa bei den San in der Kalahariwüste, bei den Omaha-, Kutenai- und Aché-Indianern in den undurchdringlichen Urwäldern, beteuerte der Großvater. Viele Inuit-Familien brachten ältere Angehörige früher auch zu Eisschollen, die mit der Strömung ins offene Meer getrieben wurden. Manchmal geschah es tatsächlich, dass einige dieser Ausgesetzten in die Siedlung zurückkehrten, immer dann, wenn Wind und Strömung gedreht hatten und die Schollen wieder in den Buchten anlegten. Man nannte diese Wiederkehrer *Teryki* (ᑕᖅᑭᐅᖅ), *nicht mehr Mensch und noch nicht Geist*, monströse Wesen, Chimären der Küsten und Eismeere, die das Unglück um jeden Preis zu den Lebenden zurückbringen wollten.

Bei den Tschuktschen und Jakuten in Sibirien, sowie den Crow-Indianern in Nordamerika, wurden Greise offen zum Selbstmord aufgefordert, und es galt als überaus ehrenvoll, diesem Wunsch nachzukommen. Bei den Kaulong und etlichen Südseevölkern mussten die in die Jahre Gekommenen (nach einer feierlich getroffenen Vereinbarung) von den eigenen Kindern erstochen oder erdrosselt werden; mancherorts wurden sie einfach nur von jenen getötet, denen das leichtfiel oder die Erfahrung und Übung darin hatten.

Umso wichtiger, so der Großvater, *dass sich ältere Menschen einbringen, gewissermaßen unentbehrlich für ihre Gemeinschaften werden. Bei den südafrikanischen ǃKung oder den malaysischen Semang stellen ausschließlich ältere Männer Tierfal-*

len oder Blasrohre her, sie sammeln Heil- und Nutzpflanzen, und die älteren Frauen sorgen für die Kinder und töpfern. Sie werden zu Wissenshütern und haben in allen schwierigen Situationen einen Rat parat, was sie zu Schamanen, Magiern oder Zauberern werden lässt. Es waren die Alten, die es lernten, mit den unterschiedlichsten Göttern zu sprechen, um den irdischen Gemütern deren Willen näherzubringen. Mag ja sein, die Götter wurden nur erfunden, um das Überleben von uns Alten zu gewährleisten, lachte der Großvater, und mir war absolut klar, was ihn daran erheiterte.

Er respektierte den Glauben aller Völker, schließlich hätte er niemanden seiner Hoffnungen berauben wollen, doch lag ihm in Wahrheit nichts an Göttern oder Monstern, es waren die Menschen und ihre Geschichten, die er überliefern wollte. Ich kann mich daran erinnern, als er mir von der Inuit-Göttin *Kadlu* (ᑰᒑᕈᒃ) berichtete, einem allmächtigen Wesen, das Blitze durch das Aneinanderreiben trockener Robbenhäute zu erzeugen vermochte. *Kadlu* besaß zwei Schwestern, *Ignirtoq* (ᕐᑯᕐᓗᖅᑐᖅ) und *Kweetoo* (ᓂᐅᐸᐅᓛᓐ), die erstere schleuderte gleichfalls Blitze, indem sie mit Steinen aufeinanderschlug, allerdings steuerte sie auch den Regen bei; nämlich dann, wenn sie sich auf den Boden kauerte und urinierte. Die zweite Schwester wiederum, *Kweetoo,* war für das Donnergrollen verantwortlich – sie hüpfte und sprang auf Eisschollen herum, das genügte allemal, um die Menschen erzittern zu lassen.

Für ein Kind waren das faszinierende Geschichten gewesen, immerhin erfuhr ich so, dass Götter einen Stoffwechsel aufwiesen, dass der Regen nur ein Akt der Erleichterung und der Donner ein Eisschollentrampolin war – Großvater wusste wahrlich, wie man seine Zuhörer bei der Stange hielt.

Er verglich Großmutter Elaine auch gerne mit *Kivioq* (ᖅᑭᓚᐅᑦ), einer einem jeden Inuit-Kind vertrauten Figur, schließlich handelte es sich bei ihr um den größten Helden aller Zeiten. Die Legenden variierten ein wenig, je nachdem welche Inuit-Stämme man dazu befragte; bei den einen war *Kivioq* sehr jung, wenn er erwachte, und uralt, wenn er sich schlafen legte, ein grönländischer Tag reichte ihm allerdings aus, um allen Heldentaten nachzukommen. Bei anderen verließ er als Kind die nördliche Hemisphäre und wohnte fortan in Manhattan (so seltsam das auch klingen mochte), von wo aus er nur in den Norden aufbrach, wenn ihn die Inuit-Völker anriefen. Seine Lieblingswaffe war selbstverständlich die Harpune, was ich vollkommen nachvollziehen konnte, wo mir doch der Großvater die Handhabe dieses Jagdutensils demonstriert hatte.

Kivioq war ein inuitscher Odysseus, da ihn viele der Geschichten als unsteten Reisenden darstellten, dem es nach Abenteuern verlangte. Eines davon war der Suche nach seiner verschollenen Mutter gewidmet, deren Heimatsiedlung von Kannibalen heimgesucht worden war. *Kivioq* bekam es folglich mehrfach mit kannibalischen Gemütern, diversen Hexen, Monstern und Dämonen zu tun, denen er mit seiner Harpune den Garaus machte. Mich und Großvater hielt es nicht mehr am Platz, wir hüpften während seiner Erzählung an den packendsten Stellen selbst herum, fuchtelten wild mit den Armen und stachen mit imaginären Harpunen nach noch imaginäreren Monstern. Wir hatten wie *Kivioq* eine ganze Liste an Abenteuern abzuarbeiten (fast schon wie dieser Herkules), ihre Reihenfolge durften wir dabei auf gar keinen Fall durcheinanderbringen.

Zunächst mussten wir auf einer im äußersten Norden gelegenen Insel a) zwei walgroße Raupen töten, bevor diesen unbesiegbare Monster entsteigen, b) eine Riesenkrabbe im Zaum halten, die ein jedes Kajak zu verschlingen droht, c) im Zweikampf gegen den Gott *Eqatlejoq* (ᒥᑎᖅ) bestehen, der auf einem monströsen Lachs gegen uns ausrückte, d) *Katutajuks* (ᐅᒥᖕᒪᒃᑑᖅ) töten (so viele wie möglich), allseits bekannte Monsterwesen mit großen Köpfen und Stummelbeinen, die ein jedes Iglu zum Einsturz bringen, e) eine Schlacht gegen eine Riesenspinne bestehen, die sich von Menschenfleisch ernährte, f) einen zehnfüßigen Eisbären aufschlitzen, indem man sich in einer Futterkammer versteckte und sich von ihm verschlucken ließ, g) ein Monster töten, das seine Opfer mit ihren eigenen Eingeweiden strangulierte, h) eine Auseinandersetzung mit einem Zauberer überleben, der jegliches Schreckenswesen, das er in Eis und Schnee ritzt, zum Leben erweckte.

Großmutter Elaine wären auf ihrer Reise ähnliche Gefahren widerfahren, betonte der Großvater, kaum zu glauben, dass sie, unerfahren wie sie war, dem Tod entrinnen konnte. *Sie ist ein Beispiel dafür, dass man an sich glauben, dass man niemals aufgeben darf, ganz egal, wie aussichtlos die Lage auch sein mag, vergiss das nie, Elaine!* Ich nickte und hing gebannt an seinen Lippen, eine Flut weiterer Geschichten würde sich bald über mich ergießen, ich packte meine imaginäre Harpune, so fest ich nur konnte.

Zunächst musste Großmutter (also auch wir) in einer im äußersten Süden gelegenen Siedlung namens Chicago (das Wort stammte von den Potawatomi-Indianern ab, die von einem *Checagou* sprachen, einem *Marschland,* es bedeutete aber auch *Zwiebel* oder *Stinktier*) a) möglichst unauffällig ein Schiff verlassen, also tunlichst vermeiden, der Besatzung dabei in die Augen zu sehen (die einen sonst nicht gehen lassen würde), b) ein Steinhaus besteigen, das bis in die Wolken ragte, um *Sila* (ᐊᕐᒍᒃ), den Gott der Stürme, vom Thron zu stoßen, c) gegen einen *Seelenstrom* antreten, der stetig durch Chicago floss, um alles dem Erdboden gleichzumachen (unter diesem Abenteuer konnte ich mir nie so recht etwas vorstellen), d) *Katutajuks* töten (so viele wie möglich), die schon erwähnten Monsterwesen mit Riesenköpfen und Stummelbeinen, die in jeden Körper eindringen konnten, um sich diesen gefügig zu machen, e) eine Schlacht in der Weißen Stadt bestehen, die von unterschiedlich farbigen Menschen aus aller Welt erobert werden wollte, f) einen zehnfüßigen Braunbären erlegen, der überall im Marschland auf Beute lauerte und diese, wenn er sie erst in seinen Fängen hatte, unablässig im Schlamm wälzte, g) *Olmtajuk* entkommen, diesem stärksten Monster von allen, das seine Opfer in ein eisiges Labyrinth zerrte (welches aus unzähligen Kammern und Räumen bestand) um sie in Stücke zu sägen und als Hundefutter oder Ähnliches zu verhökern, h) nach Grönland zurückkehren, vollkommen gleich, welche fremde Kälte einem fortan innewohnte.

Die Liste unserer Abenteuer war umfangreich, vielleicht war es Schicksal, dass man sich in meiner Familie schon immer bewähren musste. Ich nahm mir vor, Winterthur als eine Art Abenteuer zu betrachten, Großmutter Elaine hätte gewiss auf keinem Planeten klein beigegeben, selbst der *Olmtajuk* hatte ihr schließlich ihren Lebenswillen nicht auszutreiben vermocht. Vielleicht war es an der Zeit, Winterthur als ein gewaltiges Monster zu betrachten, das Dallas und die anderen Besatzungsmitglieder getötet, das mich in ein eisiges Labyrinth verfrachtet hatte, um mich weiter zu zermürben. Winterthur war zweifellos furchterregender als irgendein zehnfüßiger Eisbär, der einen lediglich – und so schnell wie möglich – zermalmen wollte. Ich meine, vielleicht war es sogar denkbar, einen zehnfüßigen Eisbären aus der Nährmasse zu formen, die Maschine und die mir innewohnenden Fähigkeiten ließen doch kaum Wünsche offen.

Ich musste mich endlich an eine Bestandsaufnahme der Genproben machen, die beschädigten Tierstämme aussortieren und entscheiden, wie ich weiter vorgehen wollte. Die Erschaffung der Hunde war etwas zutiefst Persönliches, Wildtiere, die in Eis und Schnee überleben konnten, das war eine andere Geschichte. Die Vorstellung, von mir erschaffene Lebensformen in die Weiten Winterthurs zu entlassen, ich kam nicht umhin, es als tröstlich zu erachten. Und wenn ich es in diesem Kontext recht bedachte, hatte das Vorhaben beinahe etwas Göttliches: Elaine Duval, die auf einem unbewohnten Planeten eine arktische Fauna heraufbeschwört. Elaine Duval, die wir preisen in Herrlichkeit!

Und hätte ich unbegrenzt Nährmasse zur Verfügung gehabt, wer weiß, vielleicht wäre es tatsächlich möglich gewesen, stabile und überlebensfähige Populationen zu kreieren. Und was wusste ich schon davon, was diese Kreaturen draußen entdecken, wie weit sie auf Winterthur gelangen würden. Einen Moment lang war ich wieder ganz die alte Wissenschaftlerin mit ihrer unbeirrbaren, beinahe schon gnadenlosen, unbezwingbaren Neugier.

12.

WINTERTHUR ZOG ALLE REGISTER, wie konnte man sich nur so in die Enge getrieben fühlen von einem Planeten, die beißende Kälte zog mir förmlich die Haut ab, spulte alles Blut wie einen roten Faden auf eine Spindel, ich fühlte mich schwach und wie in Watte gehüllt. Ganz ähnlich musste es Menschen ergehen, die in kleinen Schritten ins Wachkoma fielen; tief im Kopf harrt der Geist trotzig aus, während die Außenwelt verschwimmt und entschwindet. Und bestimmt war ich auch wieder im Sitzen eingenickt, schließlich lag mein Notizblock vor mir, er war den kalten Händen entglitten, zum Glück waren Display und Gehäuse unbeschädigt.

Als Kind war mir einmal irgendein technischer Schnickschnack des Vaters aus den Händen gerutscht, das Teil hatte sich nach dem Sturz in seine Bestandteile aufgelöst, das blieb für unser Verhältnis nicht ohne Folgen. Er blickte mich strafend an, ich konnte erkennen, wie sehr er sich beherrschen musste, er schluckte schwer, und Schweißtropfen perlten von seiner Stirn. Ein andermal wäre mir beinahe die Urne der Mutter zu Boden gefallen, ich konnte sie vor Aufregung kaum mit den noch winzigen Händen festhalten. Immerhin ging diese Aktion gut, die Urne blieb heil, und ich trug mir etwas von der darin aufbewahrten Asche im Gesicht auf, atmete sie versehentlich sogar ein. Bevor der Vater nach Hause kam, wusch ich mir alles, so gut es ging, aus dem Gesicht, die

Waschmuschel verfärbte sich schwarz, die Asche verschwand im Abfluss, und ich habe diesen Teil der Mutter nie wiedergesehen.

Mit Großvater war das anders, bei dem konnte einem runterfallen, was immer wollte, nichts davon schien von Bedeutung zu sein. Es war für mich ein symptomatischer Unterschied zwischen den alten und den modernen Zeiten: Die neue Welt vermochte zwar viel, war allerdings zerbrechlich; die alte Welt vermochte scheinbar weniger, doch waren in ihr nur die Menschen (und keinesfalls allerlei Dinge) von Bedeutung.

Ich hatte zum wiederholten Mal das Gefühl, auf Winterthur nicht mehr zwischen Schein und Wirklichkeit unterscheiden zu können; ich fühlte mich eingesponnen, kristallene Fäden lagen in der Luft, der Frost hielt mich in seinen Fängen. Wie musste es erst Menschen mit einem schweren Hirntrauma ergehen, die man künstlich ernähren und beatmen musste. Im eigenen Körper eingeschlossen zu bleiben, mit all den Gedanken, welche möglicherweise nie wieder die Oberfläche durchstießen und zur realen Welt vordrangen, die stattdessen im eigenen Schlund versanken und im geschlossenen Mund kreisten.

Ich musste mich im Modul hingesetzt haben, vielleicht hatte ich mich schützend zusammengekauert, allemal hatte ich auf eine Bestätigung der Maschine gewartet, irgendeine obligatorische Meldung, dass die Rekonstruktion abgeschlossen, dass es vollbracht sei. Ich meinte tatsächlich, irgendwann ein fernes Bellen vernommen zu haben, während ich apathisch in mein innerstes Selbst blickte; Winterthur war dort zu einer farblosen Masse verschwommen, obenauf trieben die namenlosen Leichen der einstigen Besatzung unseres Flugschiffes. Ich war mir plötzlich absolut sicher, eine heisere Stimme hätte mich angesprochen, *ich habe keine Hustenbonbons, nein, nein!* Etwas hatte sich an mir vorbeigezwängt, wie ein kalter Lufthauch drängte es sich ins Freie, es war unmöglich zu fassen gewesen.

Zum ersten Mal auf Winterthur peinigten mich quälende Kopfschmerzen, als hätte sich während der Ohnmacht der eisige Wind einen Weg in mein Gehirn gebahnt, ich versuchte mich krampfhaft an das Geschehene zu erinnern. Die Maschine hatte zweifellos ihre Arbeit aufgenommen, die Umrisse der Hundekörper waren bereits deutlich in der Nährmasse zu erkennen gewesen, das Surren und Klackern der Schwester hatte sich völlig normal angehört … und danach war da nichts mehr in mir, nur noch gähnende Leere.

Ich erhob mich, streckte die Arme in die Höhe und versuchte danach die Zehenspitzen zu berühren, augenscheinlich eine Aufgabe, der ich in meiner momentanen Verfassung nicht gewachsen war. Ich hüpfte ein wenig herum, brachte den Kreislauf auf Touren, der Kopfschmerz verzog sich tatsächlich in entferntere Ecken meines Gehirns, *taue etwas Wasser auf, Elaine, iss endlich einen Happen!* Ich nahm einen tiefen Schluck, der in der Kehle brannte, als würde ich mir Batterieflüssigkeit zuführen, mein Magen rebellierte etwas, ich ging allerdings davon aus, dass es sich bei der Flüssigkeit weiterhin um kaltes Wasser handelte.

Irgendwann war ich endlich einigermaßen bei Sinnen, ich inspizierte die Maschine, mit welchem Ergebnis sie unter diesen erschwerten Bedingungen aufzuwarten hatte, laut Protokoll war der Rekonstruktionsvorgang abgeschlossen, alles schien (nach einer kurzen Überprüfung) glattgegangen zu sein. Das Beet samt anschließendem Behältnis (man hätte es auch *Käfig* nennen können) war allerdings leer. Ich übergab mich augenblicklich, was gar nicht gut war, wertvolle Flüssigkeit zu verlieren, das konnte ich mir nicht durchgehen lassen. Ich trank erneut, diesmal fühlte es sich etwas besser in der Kehle an, die Schleimhäute sogen das Wasser förmlich auf, und ich war nicht mehr ganz so durstig.

Ich hatte mich in unserer Jugend bei Dallas nach seiner Lieblingswaffe erkundigt, eine Frage, die mir damals angemessen schien, schließlich war er beim Militär, und ich selbst hatte, abgesehen von Großvaters Harpunen und Messern, keine Ahnung von der Materie. Er erzählte mir etwas von einer *Garrotte*, eine klare und saubere Sache sei das, man hätte diese vor langer Zeit in Italien erfunden, auch wenn das Wort ursprünglich aus Spanien stammte. Und da ich nicht wusste, was eine Garrotte darstellen sollte, verdeutlichte er es mir: Das ist eine kurze Schnur, meist aus Seide, mit einer Schlinge am Ende; man legt sie dem Opfer von hinten um den Hals und zieht fest zu, schnürt diesem die Luftröhre ab; ein schneller Tod ist das, ganz ohne Lärm und Blut. Die Garrotte ist zudem eine Waffe, die nicht in der Tasche aufträgt, die auch gerne in Zügen oder auf Schiffen benutzt werde, alles in allem ein sehr unauffälliges Utensil. *Und was ist deine Lieblingswaffe, Elaine?*

Manchmal kommt es mir vor, als hätte er mir diese Frage eben erst gestellt; ich war immer schon unsicher gewesen, was ich darauf hätte entgegnen sollen, seine Garrotte war exzentrisch und ausgefallen, dagegen kämen Großvaters Harpunen bestimmt nicht an. Also antwortete ich einer plötzlichen Eingebung folgend: der Käfig! Dallas belehrte mich daraufhin, dass ein Käfig keine Waffe darstelle, eine solche müsse etwas tun, sie müsse unmittelbar vernichten, doch blieb ich dabei; der Käfig war eine Waffe, ein Gefängnis und Zufluchtsort ebenfalls. *Durst* wäre eine noch viel bessere Antwort gewesen, ich war tatsächlich etwas enttäuscht von mir, dass mir das damals nicht einfiel, *sie richtete den Durst auf ihn, er zitterte wie Espenlaub,* das wär's doch gewesen.

Ich inspizierte Beet und Behältnis (also den Käfig), sie blieben gähnend leer, nicht die kleinste Spur von Leben, ich erkannte allerdings deutliche Überbleibsel der Nährmasse. Die Egge war in ihre Ausgangsposition zurückgekehrt, der Graveur schwebte im korrekten Abstand darüber, die Schwester gab sich vollkommen intakt, nur von den fertigen Hunden keinerlei Spur. Ich strich mit meiner linken Hand über das Gehäuse der Schwester und stellte mir vor, es wären ihre Haare oder irgendein anderes Körperteil, *du hast nichts falsch gemacht, Kleine!*

Mehrfach verfluchte ich meinen Schwächeanfall, einen ungünstigeren Zeitpunkt hätte ich mir kaum aussuchen können, alles war doch auf einem guten Weg gewesen, ich konnte mir solche Fehler nicht leisten. *Verdammt, Elaine,* durchfuhr es mich plötzlich, als ich realisierte, dass der Käfig unverschlossen, dass der Bolzen nicht eingerastet war, ich musste es schlicht übersehen haben. Die Käfigtür wirkte zwar auf den ersten Blick verschlossen, doch war sie es die ganze Zeit über nicht gewesen, es wäre demnach ein Leichtes, sie von innen aufzudrücken. Die Hunde waren von der Schwester für den Behälter freigegeben worden, doch anstatt brav mein Erscheinen abzuwarten, waren sie durch die offene Tür entkommen.

Ich stolperte sofort nach draußen vor das Modul, trotz des fahlen Lichtschimmers konnte ich deutliche Hundespuren im Schnee erkennen, sie lenkten meinen Blick in die sich vor mir ausbreitenden Ebenen Winterthurs. Nahezu schnurstracks führte die Fährte vom Lager weg, sie verlor sich schnell im gräulichen Weiß, der Wind pfiff wie zum Hohn ein lässliches Lied. Ich wusste nicht, ob ich mich freuen oder doch lieber weiter fluchen sollte, schlussendlich entschied ich mich dafür, die Abdrücke als etwas Gutes zu erachten.

Ich musste den Impuls unterdrücken, den Spuren zu folgen, am liebsten wäre ich blindlings drauflos, doch hätten mich die Kräfte bald im Stich gelassen, nach zwei, drei Kilometern hätte ich unweigerlich Blut spucken müssen, um später an diesem zu ersticken. *Das ist unvermeidlich, wenn man die Dinge vorschnell angeht oder gar erst panisch vor einer Gefahr zu flüchten versucht,* der Großvater hatte es wiederholt betont, bei frostigen Temperaturen dürfe man nicht überstürzt atmen, geschweige denn sich verausgaben. *Die Kälte zerstört dabei unweigerlich die Lungenbläschen … kein schöner Tod ist das*, resümierte er.

Davon abgesehen hätte ich die Hunde sowieso nie eingeholt, vermutlich auch den Rückweg nicht mehr gefunden, es begann gerade wieder stärker zu schneien. Mir fiel ein, dass die Spuren wohl schon nach wenigen Stunden verschwinden, dass sie sich in Luft auflösen und von Winterthur *planiert* werden würden, und ich keinen Beweis mehr vorfände, dass sie real gewesen waren. Nach einem neuerlichen Aufwachen könnte ich meinen, ich hätte das Bellen und die Aufregung drum herum nur geträumt. Für heute würde ich mich ins Modul zurückziehen, doch deckte ich zuvor noch einen Teil der Fährte mit ein paar Wrackteilen ab, *Beweissicherung, Elaine, du hast dir definitiv nichts eingebildet.*

Doch vollkommen egal, wie lange ich auch hinsah, die Spuren schienen sich nicht in die Umgebung einfügen zu wollen, sie wirkten in dieser wie Fremdkörper, seltsame Gebilde, wie irgendwelche Steinbrocken vielleicht, die jemand in einen Bach geworfen hatte. Sie hatten sich der Strömung in den Weg gestellt, wurden fortan umspült und geschliffen, doch wirklich hingehört, das hatten sie nie. Ich konnte den Blick nicht abwenden, feinpulvriger Schnee wurde vom Wind verteilt, der ganze Boden schien in Bewegung geraten zu sein, und zahlreiche Rinnsale voller Eiskristalle schlängelten sich durch die Landschaft; es wirkte beinahe so, als handele es sich um flüssiges Wasser. Der einsehbare Horizont rückte näher an mich heran, die Eisströme verbanden uns, allerdings würden die Hundespuren so noch schneller von der Planetenoberfläche verschwinden.

Am nächsten Morgen, nach einer weiteren, unruhigen Nacht, meinte ich erneut ein fernes Bellen zu vernehmen, irgendwo hinter den Schneewechten; die Atmosphäre schien die Geräusche zu verstärken, doch konnte man unmöglich die Richtung erahnen, aus welcher sie stammten. Ich verstand nicht, warum die Hunde überhaupt weggelaufen waren, sie hätten sich über menschliche Gesellschaft diebisch freuen müssen. Ich dachte nach, ob es an der Maschine, an irgendwelchen besonderen Umständen lag, schließlich war das Verfahren lediglich unter irdischen Bedingungen erprobt worden. Alles hier konnte das Ergebnis beeinflusst haben, vielleicht verhielten sich die Tiere dadurch *abnormal,* allerdings brachten mich solche Spekulationen nicht weiter.

Ich würde mich auf die Suche nach den Hunden machen, doch wollte ich vorerst lieber noch auf ihre Rückkehr hoffen, vielleicht den einen oder anderen Köder auslegen, um diese anzulocken. Bevor ich endgültig die Absturzstelle verließ, musste ich die Maschine erneut aktivieren, das noch erhaltene und intakte Genmaterial aufbereiten, schlichtweg alles wagen, um möglichst viele weitere Lebensformen zu rekonstruieren, die auf der Erde mit arktischen Bedingungen zurechtgekommen wären. Ich wusste auch nicht, was ich anderes hätte tun sollen und ob ich je zum Modul zurückkehren würde, darum blieb es dabei: Ich würde tierisches Leben in die eisige Einöde entlassen, es schien mir das Sinnvollste zu sein, bevor ich den Tod fand.

Ich machte mich daran, die Maschine erneut akribisch zu reinigen, dachte an Dallas, was dieser zu meiner Entscheidung gesagt hätte, gewiss wäre es ihm nicht im Traum eingefallen, beim Nachjustieren der Schwester ein Liedchen zu singen. Mag sein, ich wollte mich und die Maschine bei Laune halten, schließlich war sie die einzige Hoffnung auf mehr als nur den Tod, sie war der einzige Grund weiterzumachen. Auch früher schon hatte sie mich an eine Zauberkiste erinnert, die Leben aus dem Nichts schöpfen und beliebig in der Welt verteilen konnte.

Sila, sila, sila, uugituna nigivik naluvlugu, sila, sila, sila, uugituna imaq naluvlugu, sila, sila, sila … (ᐱᕈᕐᕕᒃᓴᖅᑰᔪᖅ ᐃᑭᐊᖅᑭᕕᒻᒧᑦ ᑐᑭᓯᒋᐊᕐᕕᒻᒥᒃ ᐃᓄᒃᑎᑐᑦ) summte und pfiff ich mir ein Lied, das ich zum ersten Mal bei Großvaters Nachbarn gehört hatte, allerdings war mir nie aufgefallen, wie traurig es klang. *Das Wetter, Wetter, Donnerwetter, es missfällt mir so sehr, ich find keine Nahrung, es missfällt mir so sehr, das Wetter, Wetter, Donnerwetter.*

Während ich die Maschine also einer gründlichen Überprüfung unterzog, erinnerte ich mich daran, wie penibel Dallas darauf aus gewesen war, jedem an Bord eine Aufgabe zuzuweisen. *Der Mensch braucht immer eine Aufgabe, Elaine,* behauptete er, und es spiele keine Rolle, wie sinnlos oder unbedeutend diese auf den ersten Blick erscheinen möge; eine Aufgabe mache den Unterschied zwischen Ordnung und Chaos, zwischen Bewusstsein und Wahnsinn aus.

Die ersten Anflüge von Wahnsinn hatte man an Bord des Flugschiffes bald ausmachen können, flackernde, unstete Irrlichter tänzelten in manchen Augenpaaren, die Enge an Bord, die Hoffnungs- und Teilnahmslosigkeit, im Weltraum übertrug sich alles noch viel schneller auf das Gemüt. *Schau einem jeden, der dir begegnet, in die Augen, Elaine, und je länger wir durch das Sonnensystem kreisen, umso wichtiger wird es sein, auf die allerkleinsten Anzeichen zu achten.* Erst später wurde mir bewusst, dass jenes Kreisen des Flugschiffes durch unser Sonnensystem aus reinem Kalkül geschah, dass es vor allem darum ging, diejenigen auszuwählen, die der Reise (und Ankunft) auf einem neuen Planeten gewachsen waren. Es brauche belastbare Persönlichkeiten, bekundete Dallas, und Altruismus sei selbstverständlich schon immer die klügere Form der Interessenswahrung gewesen, fügte er noch an, nur dieser Menschenschlag hätte später eine Zukunft.

Auf dem Flugschiff war mir zum ersten Mal aufgefallen, wie unterschiedlich ausgeprägt die feinen Äderchen in Menschenaugen sein konnten, einige ließen sich problemlos bekannten irdischen Flussläufen zuordnen, dem Amazonas, dem Nil, der Donau oder so ähnlich. Andere wiederum bildeten Gebirgsketten oder -kämme ab, die Silhouetten des Uralgebirges, der Alpen oder dergleichen waren mit etwas Fantasie zu erkennen. Manchmal schien es sich auch bloß um EEG oder EKG-Linien zu handeln, da und dort meinte ich sogar Aktienindizes auszumachen (jene des Unternehmens), letzte gedankliche Ausschläge einer vergangenen, auf Profit hin ausgerichteten Welt.

Ich bugsierte alle Nährmasse zur Maschine, die ich hatte finden können, die Schwester würde automatisch auf den gesamten Vorrat zugreifen und diesen verarbeiten. Ich wollte alles in einer Tranche erledigen, Beet und Behältnis würden geöffnet bleiben, und nach einem jeden erledigten Auftrag könnten die Lebensformen (wie schon die Hunde) selbstständig das Modul verlassen. Es würde ein paar Tage brauchen, alles einzustellen, die Rekonstruktionen im Quantencomputer abzuspeichern, die Gensequenzen in korrekte Abfolgen aufzuschlüsseln. Meine Auswahl an unbeschädigten Genschlüsseln war zwar durch den Absturz gewaltig eingeschränkt, doch hatte ich glücklicherweise einige weitere arktische Tiere in einer gesonderten Datenbank (die meiner persönlichen Vorliebe geschuldet war) erfasst, der Notizblock machte einen Zugriff darauf möglich.

Während ich alles vorbereitete, kam mir erneut die Kindheit in den Sinn, dass es da einmal einen speziellen Moment gegeben hatte, wo ich nach einem Küchenmesser langte; ich lief mit diesem auf Dallas zu, um ihm zu beweisen, dass Messer auch Mädchen gut zu Gesicht standen. Ich fuchtelte mit der Klinge vor seinem Gesicht herum (wer von uns da wohl in Gefahr war?), kein Eisbär hätte mir in jenem Augenblick zu groß sein können. Der Vater (ich weiß nicht mehr, ob der meinige oder jener von Dallas) kam angelaufen, er riss mir das Messer aus der Hand, irgendetwas davon brüllend, dass scharfe Klingen nichts für kleine Kinder wären, und Dallas nickte pflichtbewusst. Was ihn später nicht davor bewahren sollte, sich mit besagtem Messer die Finger aufzuschlitzen, als er mir nämlich zeigen wollte, dass er es vermochte, dieses auf seiner Handfläche zu balancieren. Ich reichte ihm daraufhin ein Geschirrtuch, welches gierig alles Blut aufsog, das ging auch ganz schnell, es verfärbte sich, als würde ein ungeduldiges Kind mit dicken, roten Stiften eine Zeichenvorlage ausmalen.

Alle scharfen Gegenstände wurden daraufhin aus meiner (und seiner) Reichweite entfernt, woraufhin mir der Großvater heimlich einen aus einem Walrosszahn gefertigten Brieföffner zusteckte, *der stellt ein jedes Messer in den Schatten*, flüsterte er. Dieser war blank poliert, die Klinge beidseitig geschliffen, scharf und spitz und dennoch wie ein Handschmeichler, das Griffstück stellte einen stilisierten Wal dar, mit Mund und Auge, die Schwanzflosse konnte man sich beliebig groß dazudenken. Auf der Rückseite des Griffes war das Wort *Thule* (ᑑᓘᐅ) eingeritzt, der Großvater erläuterte mir auch dessen Bedeutungen, ich solle mir mindestens drei davon einprägen:

a) *Thule*, die, mythische Insel im äußersten Norden Europas, erstmals von einem gewissen Pytheas erwähnt, ein Synonym für den alten Namen Skandinaviens.
b) *Thule*, die, nach alter Rechtschreibung *Uummannaq* (ᐅᐅᒻᒪᓇᖅ), ein aus militärischen Gründen geräumter Ort im äußersten Nordwesten Grönlands; der Ortsname bedeute *die Robbenherz-Förmige.*
c) *Thule*, der, Luftwaffenstützpunkt bei Knud Rasmussens (ein wagemutiger Polarforscher) einstige Handelsstation, grönländisch auch *Pituffik* (ᐲᑑᑮᒃ), *wo man etwas Wesentliches festmacht.* Der Großvater erzählte mir, dass schon lange vor den Lichtkriegen diverse weltumfassende Auseinandersetzungen auf der Tagesordnung gestanden hätten; so sei etwa in einem Krieg im zwanzigsten Jahrhundert vor Thule ein großes Flugzeug mit mehreren Wasserstoffbomben ins grönländische Eismeer gestürzt, nicht alle Sprengkörper konnten geborgen werden.

d) *Thule*, die, Inselgruppe im Archipel der Südlichen Orkneyinseln, Antarktis.
e) *Thule* 279, der, ein Asteroid des äußeren Asteroiden-Hauptgürtels, welcher nach der mythischen Insel Thule benannt wurde, die in der Antike als äußerste Grenze der bekannten Welt galt.
f) *Thule*, der, einst nördlichster Landpunkt der Erde, mit den Koordinaten 83° 41′ 20,7′′ Nord, 31° 5′ 26,8′′ West.

Der Thule-Brieföffner war einer der Gegenstände, die ich mein gesamtes Leben lang mitgeführt hatte (zumeist in einer Jacken- oder Manteltasche), an Bord des Flugschiffes trug ich ihn stets in meiner Uniform. Ich konnte selbst durch den Stoff das Walrossbein fühlen, dieses blieb eine meiner unmittelbarsten Verbindungen zu Grönland. Ich war heilfroh gewesen, ihn nach dem Absturz in der Nähe meiner Kältekammer entdeckt zu haben (in einem der Fächer, in welchem man für gewöhnlich die persönliche Kleidung, Schmuckstücke etc. vor dem Kälteschlaf ablegte). Ich konnte zwar nur mutmaßen, wie ich in den Schlafkokon gelangt war und wer meine persönlichen Habseligkeiten dort deponiert hatte, doch blieb ich dieser Person ewig dankbar.

Ich klammerte mich in den ersten Nächten auf Winterthur mit beiden Händen an diesen Brieföffner, ich hielt ihn so lange fest, bis ich endlich eingenickt war, und dort, wo ihn meine Finger umschlossen, nahm das Material meine Körperwärme an, es speicherte diese und ließ mich nicht vollends verzweifeln.

13.

DIE ERSTEN TAGE IM WELTRAUM hatten etwas Unwirkliches, die wenigsten waren jemals der Schwerelosigkeit ausgesetzt gewesen, Dallas und ein paar andere Crewmitglieder hatten zwar ihre Erfahrungen gemacht, doch für die meisten (mich eingeschlossen) war es ein erstes Mal. Das All war nichts, worauf man sich hätte groß vorbereiten können, Konditions-, Atemübungen, gar mentales Training, gewiss hilfreich, doch blieb man ein Spielball der Ereignisse, ein Mensch konnte unmöglich mit den kosmischen Herausforderungen Schritt halten.

Dallas berichtete mir einmal in der Schweiz von irdischen Parabelflügen und seinen ersten Annährungen an die dort erzeugte Schwerelosigkeit, er hatte das Gefühl schon als Rekrut geliebt. *Das Schweben lässt dich alles vergessen, Elaine, du solltest das unbedingt ausprobieren,* doch hatte ich seine Vorschläge vehement abgeblockt. Die Vorstellung, wie ein Staubkorn durch den Raum zu gleiten, kein Gewicht mehr zu verspüren, aus unerfindlichen Gründen bereitete mir das früher Unbehagen. Und nunmehr im Weltraum, in unserer Flugschleife, war die Schwerelosigkeit unerwünscht, die künstlich erzeugte Schwerkraft hielt (bis auf ein paar wenige Schiffsbereiche) alle am Boden.

In der Forschungsabteilung konnte ich in einem gesicherten Bereich die künstliche Schwerkraft deaktivieren, ich weiß noch, wie seltsam meine erste Erfahrung damit war. Ich konnte mich des Eindrucks nicht erwehren, dass ich mich im Raum auflöste, schon die ersten Sekunden glichen einem Hinübergleiten ins Nichts, und wenn man erst die Augen dabei schloss, spürte man förmlich die innere Entzweiung, als hätte man sich (oder etwas) verraten, den eigenen Körper, das Sein, gewiss auch die Erde selbst. Und auch wenn ich des Öfteren mit Kindern in der Schwerelosigkeit herumtollte, eine mit dem Schweben verbundene Leichtigkeit stellte sich bei mir nie ein.

Wir alle nahmen die Bewegung des Flugschiffes wahr, sahen die Lichter und Schlieren unserer Milchstraße vorbeiziehen, als wären wir irgendwo ins kalte Wasser gesprungen, an einer gänzlich menschenleeren Küste. Nunmehr trieben wir immer weiter auf den Ozean hinaus, dunkle Tiefen unter und neben uns, darüber funkelten vereinzelte, lichtschwache Sterne. Es schien mir mittlerweile so zu sein, als wären wir vor Ewigkeiten in der Nacht geweckt worden, schlaftrunkenes Gestolpere bis vor die Haustür, *lauf, lauf,* hatte jemand mit heiserer Stimme gebrüllt, als stünde unser Heim bereits in Flammen. Ich glaube, die meisten waren auf den hellsten Punkt zugelaufen, den es in der Gegend gab, wie Motten hatten wir uns zum Flugschiff und seiner erleuchteten Startrampe aufgemacht. Die falsch prognostizierte Ankunft des Kometen löste allerlei instinktive Handlungen aus, je nach Veranlagung suchte man im Keller oder unter Felsvorsprüngen Schutz, schloss insgeheim mit dem Leben ab; wir allerdings hatten mit dem Flugschiff das vermeintlich große Los gezogen.

Wir waren im Weltraum, und nichts anderes zählte mehr, wer konnte in Anbetracht dieser Situation schon gut schlafen, ich meine, permanenter Schlafentzug war der alleinige Grund, warum sich viele auf die kryonischen Kammern freuten; Schlafkokons, allein ein solches Wort verhieß doch Gutes.

In den ersten Wochen dachten viele darüber nach, was wirklich passiert, ob überhaupt etwas passiert war, ob man sich nicht doch alles nur einbildete, eine Massenhypnose, ein Unfall, irgendein Experiment, dem man sich unfreiwillig auf dem Konzerngelände unterzogen hatte. Allmählich sprachen die Menschen in den Speisesälen allerdings über ihre Erlebnisse, alle ließen die letzten Tage auf Erden Revue passieren, als könnte man gemeinsam ein kollektives Trauma aufarbeiten. Ich merkte, wie sich Grüppchen bildeten, Menschen, die regelmäßig miteinander aßen und interagierten. Ab und an liefen schreiende Kinder durch die Räume, die miteinander Fangen spielten, eine brüchige und doch wieder vorhandene Normalität.

Manchmal, wenn es sich ergab, saß ich bei Dallas am Offizierstisch, für gewöhnlich blieben wir dann alleine, keiner wollte den Kapitän und die Leiterin der Forschungsabteilung stören, wir konnten uns in aller Öffentlichkeit ungestört unterhalten. Oft sprachen auch wir über die Vergangenheit. Selten beschäftigten wir uns beim Essen mit gegenwärtigen Aufgaben und Problemen, niemals aber sprachen wir über die Zukunft, als hätten wir Angst davor, uns den Appetit zu verderben. Insgeheim war uns wohl klar, dass es keine großartige Zukunft geben würde, oder was man gemeinhin als eine solche hätte bezeichnen können. Vielleicht würde eine größere Gruppe noch ein Weilchen überleben, auf längere Sicht war – unter normalen Umständen – keine überlebensfähige Population zu erwarten. Das Unvermeidliche ließe sich bestenfalls hinauszögern; als Zukunft wollten wir diese und ähnliche Szenarien nicht erachten.

Früher, als ich auf der Erde noch Konzerntermine wahrnahm und mit Flugkapseln in unterschiedliche Städte reiste, mochte ich jenen Augenblick, wenn sich bei der Landung allmählich eine Landschaft aus der Wolkendecke unter einem hervorschälte. Die Vorstellung, irgendwo im Kosmos zur Landung anzusetzen, das war an drastischer Endgültigkeit kaum zu überbieten.

Wie mussten sich einst Kapitäne auf See gefühlt haben, wenn sie nach Wochen auf schwankenden Schiffsplanken irgendwo eine Insel, eine unbekannte Küste bemerkten, all die alten Entdecker und Weltreisenden. Es wäre vermessen gewesen, uns selbst als Pioniere oder Kolonisten zu bezeichnen, obgleich uns Dallas offiziell als solche titulierte; wir hatten, egal, wie minimal unsere Chancen auch stünden, eine Mission zu erfüllen. Es wäre unsere Pflicht, eine neue Welt zu erreichen, diese zu erkunden, zu erfassen und zu besiedeln, nichts anderes täten Entdecker schließlich. Er wiederholte es unermüdlich vor der Besatzung, allein die paar Augenblicke voller Zuversicht waren seine Ansprachen wert.

Ich hatte mir auf der Erde nie ernsthaft Gedanken über neue Welten, den Kosmos mit seinen Sternen und Planeten gemacht; keine Heimat mehr zu haben, erschien mir absolut utopisch. Was sollte ich auch auf einem fremden Planeten, an einem Ort, wo ich nicht hingehörte; wie sollte ich dort leben, ich meine, warum konnten es Menschen nicht endlich gut sein lassen, warum konnte ich nicht endlich mit allem abschließen. Ich nahm mir insgeheim vor, wenn es so weit wäre, Dallas darum zu bitten, nicht zu den kryonischen Kammern gebracht zu werden. Meinen Platz wollte ich jemandem abtreten, der wirklich leben wollte, der einen wahren Grund dafür hatte, der darin vielleicht seine ureigenste Bestimmung erkannte.

Nach dem Absturz auf Winterthur, als ich realisierte, dass ich allein und am Leben war, konnte ich die Tatsache zunächst nicht fassen, dass gerade ich überlebt hatte. Ich, die nicht mehr unbedingt am Leben hing, musste mich erneut aufraffen, weil es niemanden mehr gab, der dies hätte übernehmen können. Die ersten Atemzüge nach dem Kälteschlaf empfand ich als Bestrafung, ja ich war wütend, vom Tode erweckt worden zu sein, und das legte sich erst allmählich, ich war Dallas und dem Großvater einfach mehr schuldig.

Anfänglich jeden Tag ein paar hundert Meter, wenigstens ein paar Schritte weiterzugehen als noch am Vortag, das wurde auf Winterthur zu meiner alltäglichen Übung. Im Kälteschlaf hatte mein Körper gelitten, er war schließlich gestorben, bis es doch noch passierte: die Erweckung, Wiederbelebung, nach einer unsäglich langen Dauer. Ich dachte oft darüber nach, wie viel Zeit ich wohl in der Kältekammer verbracht hatte, ein jegliches Zeitgefühl war mir verständlicherweise abhandengekommen.

Sei nicht so negativ, Elaine, das ist doch nie deine Art gewesen, eigenbrötlerisch, ja, das warst du schon immer, doch was kann Winterthur dafür, den Planeten an sich trifft keinerlei Schuld. Vielmehr müsste ich ja dankbar sein: Unter widrigsten Bedingungen zu leben bedeutete doch, dass es möglich war, dass es auch anders hätte kommen können, *und das wär dir doch auch nicht recht gewesen.* Winterthur hätte aus flüssigem Gestein, aus giftigen Gasen beschaffen sein können (oder noch Schlimmerem), so bot er mir zumindest Spielraum für Erinnerungen ... Grönland, Dallas und der Großvater konnten in meinem Kopf gedeihen.

Ich hatte mich aus Versehen in die kalten Lippen gebissen, die Hände hielt ich zu Fäusten geballt, alles in den seltsam anmutenden, provisorisch gefertigten Fäustlingen, die ich auch im Schlaf anbehielt. Plötzlich fiel es mir auf, ich hörte verwundert hin, irgendetwas war mit einem Male anders, es war auf den ersten Blick kaum zu benennen ... wirkliche, ich meine, wirkliche Stille. Die ganze Zeit über hatte es auf dem Planeten zumeist getobt und gelärmt, Stürme, Windgeheul, Schneefall, summende Schneewechten und knisternde Eisblöcke, stetig stand eine Geräuschkulisse an der Tagesordnung, ab und an war es zwar stiller gewesen, doch nunmehr war das nahezu gespenstisch: kein Laut mehr! Ich überlegte, ob es daran liegen könnte, dass mein Gehör einen Schaden davongetragen hatte, vielleicht war mir das Trommelfell geplatzt oder das Innenohr vereist, doch war nichts davon der Fall.

Ich verließ das Modul und kroch ins Freie, entfernte wie üblich den vom Wind angehäuften Schnee, kniff die Augen zusammen und erkannte nichts: Weißer Dunst lag in der Atmosphäre, es wirkte wie Nebel, eine stumme, wabernde Brühe, nur meine knirschenden Schritte und mein Keuchen waren zu vernehmen. Man sah vielleicht fünf Meter weit, fühlte sich wie in einer weitläufigen Wolke, deren Ursprung man sich nicht erklären konnte. Als hätte sich eine Milchstraße in der Atmosphäre manifestiert, da und dort schien es im Nebel sogar aufzublitzen, doch wusste ich, das lag eindeutig an meinem Kreislauf.

Ich erinnerte mich daran, wie ich als Kind, immer dann, wenn ich zu schnell aufsprang, leuchtende Punkte in der Luft sah, sie flimmerten und kreisten so lange um mich herum, bis sich der Kreislauf wieder normalisiert hatte. Auf Winterthur passierte mir das allerdings zum ersten Mal, ein erstes, deutliches Anzeichen eines unumkehrbaren körperlichen Verfalls, ich setzte mich daher lieber hin. Die Stille hatte etwas Wohltuendes, alles fühlte sich wärmer und friedfertiger an, und wenn ich mit der Zunge schnalzte, klang das beinahe wie Kanonendonner, als würde das Geräusch in der Nebelwolke verstärkt, es schien um den ganzen Planeten zu jagen, und ich hörte sein fernes, klackerndes Echo.

Ich ertappte mich dabei, darüber nachzudenken, wann ich zuletzt gesprochen hatte, ein Ächzen da und dort, das schon, doch war ich zumeist stumm geblieben, ja zuletzt hatte ich wohl an Bord des Flugschiffes die eigene Stimme, eine Sprache, irgendein Gemurmel vernommen, *sei still, Elaine.* Dallas' Bariton und mein heller Singsang aus der Vergangenheit, *Dallas, ich will nicht schlafen, ich will sterben… du schaffst das schon,* ermunterte er mich. Plötzlich erinnerte ich mich genauer: Das Einrasten des Eiskokons war nun überdeutlich im Kopf, es folgte die Benommenheit und das Nichts, Kartoffelfelder, ich dachte wirklich an die unförmigen Knollen, Gedanken, bizarr genug, um sich später an sie zu erinnern, Eselsbrücken zum entgleitenden Leben hin.

Ich schrie, so laut ich nur konnte, ließ meine Stimme über die Oberfläche Winterthurs rasen, sie hallte durch den Nebel, reichte weiter, als ich je zuvor gewesen war, sie war der Rauch und ich das Feuer, sie war ein hörbarer Beweis meiner Existenz, verwies auf einen Körper, ein Sein, ein Ich, Elaine! Ich schrie keinesfalls, um auf mich aufmerksam zu machen (wen auch), ich schrie, um mich dessen zu vergewissern, dass ich noch da war, dass ich nicht bereit war aufzugeben, dass ich mir den Tod zwar gewünscht, doch dessen Fernbleiben mittlerweile akzeptiert hatte.

Ich stellte mir einen Moment lang vor, Winterthur wäre ein bewohnter Planet, dass er irgendeine seltsame Zivilisation beherbergte, fremde Lebensformen, die sich irgendwo da draußen verbargen, hinter dem Schnee, unter all dem Eis. Was, wenn es gar nicht so abwegig war, das zu denken … wie seltsam, dass keiner je ernsthaft in Betracht gezogen hatte, dass das Flugschiff wirklich auf einem bewohnten Planeten landen könnte. *Na, die werden sich über deine Schreie nun ordentlich wundern, Elaine.*

Einst war es der Menschheit ja noch leichtergefallen, das zu glauben, zu extraterrestrischen Lebensformen kursierten zahlreiche, zum Teil völlig abwegige Theorien. Mit dem Fortschritt gingen immer genauere Kenntnisse des Universums einher, schon bald hielt sich keiner mehr mit solchen Fragen auf, sie schienen unwichtig geworden zu sein, der Mensch interessierte sich nur noch für sich selbst, und außerirdisches Leben war bei seinen Vorhaben eher hinderlich.

Ich versuchte mir vorzustellen, wie ich hinter dem Nebel auf Lebensformen stoßen würde, wie ich in meine Jackentasche fasse, nach Glasperlen und irgendwelchen irdischen Mitbringseln suche, freundlich lächelnd und beruhigende Sätze stammelnd, Elaine, die Entdeckerin fremden Lebens, Elaine, die alle Fehler der Menschheit tilgt, keine Krankheiten einschleppt, die absichtslos und friedfertig ist.

Ich begab mich ins Modul zurück, betrachtete etwas wehmütig meine Schlaf- und Zufluchtsstätte, es war wirklich eigentümlich, wie schnell man sich an seine unmittelbarste Umgebung anpasste. Es war unvermeidlich und doch alles andere als verlockend, die Absturzstelle (samt Modul) zu verlassen, immerhin fühlte ich mich hier sicher. Beinahe hatte Winterthur schon seinen Schrecken eingebüßt, ich hatte ein Dach über dem Kopf, die Schwester schlief im Raum nebenan, und Dallas' Leichnam könnte sich in unmittelbarer Nähe unter dem Schnee befinden.

Ich weiß, wie sich das anhören muss, doch hatte ich das Modul längst in einen Wohn- und Essbereich unterteilt, alle vier Ecken (die ich bewohnte) hatten dadurch etwas Heimeliges erhalten. Neben dem Wohn- und Ess- gab es auch noch den Schlaf- und Arbeitsbereich, ich hatte in den zugehörigen Sektionen alles

Erforderliche aufgetürmt. Zum Wohnbereich zählten alle intakten, kleineren Überbleibsel, die ich nach dem Absturz hatte sichern können, ein Stück angesengtes Holz (irgendein Regal) verlieh der Ecke etwas Skulpturales. Im Schlafbereich lagen die Matten, Decken und diverse Kleidungsstücke, Schuhwerk und dergleichen, es gab sogar Gutenachtlektüren. (Ab und an las ich mir etwas aus den intakten Datenbanken vor.)

Die Essecke war eigentlich am ordentlichsten gestaltet, ich hatte alle Tuben, Konserven und Co. fein säuberlich gestapelt, all die Masse, die Saucen, das Pulver und die Nahrungsergänzungsmittel (in Pillenform). Der Arbeitsbereich enthielt allerlei Notizen, ein buntes Sammelsurium an Dingen, die im Grunde anderswo keinen Platz fanden, ich sortierte dort intaktes Genmaterial und hortete noch funktionierende technische Gerätschaften. Als ich die Wände des Moduls zum wiederholten Male in Augenschein nahm, die einem in ihrem weißlichen Grau beinahe eine Büroumgebung auf Erden vorgaukelten, fiel mir ein völlig belangloser Satz eines früheren Mitarbeiters ein: *Mit der Sonne kommen die Fliegen.*

Tatsächlich wurde die Talsohle, in dem der Konzern lag, im Sommer regelrecht von Sonnenstrahlen aufgeheizt, die Gegend war in der Schweiz für ihr eigenes Mikroklima bekannt und schien Insekten regelrecht anzuziehen. An manchen Tagen ließen sich in den über der Erde liegenden Komplexen kaum die Fenster öffnen, weil zahlreiche Insekten (vornehmlich Fliegen) die Räume gestürmt hätten. Sie saßen an den Außenwänden der Gebäude, sonnten sich im grellen Licht, und wann immer sich ihnen eine Gelegenheit bot, nahmen sie die Gelegenheit wahr, sie flogen in die Räume und schwirrten und kreisten wie imaginäre Ventilatoren unaufhörlich unter den Zimmerdecken.

Es existierte diesbezüglich sogar eine Weisung der Konzernleitung, wonach an Hitzetagen das Öffnen der Fenster streng untersagt war … *im Falle des Überhandnehmens von Insekten hat die Konzernleitung zum Zwecke der Verhütung des Auftretens übertragbarer Krankheiten die planmäßige Vertilgung der Insekten anzuordnen, und den hierbei einzuhaltenden Vorgang zu überwachen. Das Überhandnehmen von Schädlingen auf den vom Konzern verbauten Grundstücken ist unverzüglich von den Mitarbeitern anzuzeigen, es sind jegliche Maßnahmen zu unterlassen, die eine Verbreitung fördern. Die Mitarbeiter sind verpflichtet, den zur Durchführung der Vertilgungsarbeiten ergehenden Anordnungen sowie auch sonstigen Anweisungen der Konzernleitung nachzukommen. Den mit der Durchführung der angeordneten Maßnahmen betrauten Personen ist das Betreten jeglicher Räumlichkeiten zu gestatten, und diesen Personen sind auch alle für die Vertilgungsmaßnahmen erforderlichen Auskünfte zu erteilen. Wird das Überhandnehmen der Insekten durch das Entbehren einer wünschenswerten Reinlichkeit begünstigt, kann der Auftrag erlassen werden, binnen einer angemessenen Frist die Beseitigung des Übelstandes (auf eigene Kosten) anzumahnen.*

Was hätte ich dafür gegeben, wenn heute ein paar dieser Fliegen im Modul ihr Unwesen trieben, wenn sie brummend um meinen Kopf kreisten, wenn sie die Wände auf und ab laufen würden, wie einst in der Schweiz.

Ich war eine der wenigen Mitarbeiterinnen, die unmittelbar auf dem Konzerngelände lebten, unweit des Laborbereichs hatte man mir eine Wohneinheit errichtet, das war aus vielerlei Gründen praktisch. Ironischerweise wohnte ich also schon vor dem Absturz, bevor Erde und Menschheit untergingen und selbst Konzerne nur noch ein unbedeutendes Machwerk darstellten, bereits in einem Modul; es hatte mich nie gestört, war eigentlich meiner Lebensplanung entgegengekommen. Vielleicht war ich ja wie dafür geschaffen, innerhalb eines Containers zurechtzukommen, auf engem Raum zu leben, ganz egal, in welcher Galaxis sich dieser schlussendlich befand. Und abgesehen von der Kälte, den verbogenen Streben und Werkstoffen, unterschied sich die desolate Behausung auf Winterthur kaum von der mir prinzipiell vertrauten Wohnsituation auf der Erde.

Vielleicht fiel es mir deshalb so schwer, diesen letzten Schritt zu tun (der nunmehr unmittelbar bevorstand): die Absturzstelle und das Modul zu verlassen. Um jeden Preis nach vorne zu schauen. Die Schwester würde ihre Arbeit auch ohne mich abschließen, ich müsste nur die Abläufe sicherstellen, den Zufluss an Nährmasse garantieren und die Gensequenzen aufbereiten; alles Weitere blieb den Lebensformen selbst überlassen. Sie würden schließlich wie bedruckte Seiten aus der Schwester sprudeln und sich (wie schon die Hunde) auf eigene Faust aufmachen, danach trachten, den Planeten in Besitz zu nehmen. Sie würde überleben wollen, sich allen Herausforderungen stellen, so lief das schließlich bei der Evolution. Natürlich ging diese für gewöhnlich in einem größeren Maßstab ab, zugegeben, und doch war etwas Hoffnung in mir, dass der Planet noch irgendwo Essbares bot, dass sich die von mir geschaffenen Populationen ausbreiten, dass sie (dank zuvor optimierter Wachstums- und Vermehrungsraten) untereinander in Beziehung treten würden … Jäger und Gejagte, ein altes und unumstößliches Erbe meines Heimatplaneten.

14.

ES WAR SELTSAM, vorerst zum letzten Mal durch die Wrackteile zu streifen, beinahe fühlte ich mich, als würde ich für immer Abschied nehmen, als würde ich mich nur vergewissern wollen, nichts übersehen zu haben. Ich kroch bis in die finstersten Ecken und tastete mich vor, leuchtete aus, was möglich war, dann und wann sah ich im Lichtkegel gefrorene Leichname. Man sollte meinen, ich wäre ein jedes Mal erschrocken, hätte mich unwohl gefühlt, doch nichts davon traf zu. Ich war mir darüber im Klaren, dass sich die Toten nicht allzu sehr von mir unterschieden, wir waren miteinander gestrandet, und unser Weg war ein ähnlicher; die einen hielten Stellung, wo sie waren, die andere (also ich) zog los, um nichts unversucht zu lassen.

Bei keinem der Toten hatte ich das Gefühl, ihn zu kennen, die mitunter noch erhaltenen Gesichter waren nichtssagend, sie hätten genauso gut von einem anderen Flugschiff stammen können. Allerdings musste ich mir eingestehen, ich hätte wohl kaum jemanden (bis auf Dallas) erkannt, all diese Gesichter und ihre Geschichten schienen unsäglich lange her zu sein. Kaum vorstellbar, dass ich manche von ihnen auf dem Flugschiff lebendig gesehen hatte.

Vielleicht hatte mein Gedächtnis in der kryonischen Kammer gelitten, mag sein (und das entsprach wohl eher der Wahrheit), dass mir die meisten Passagiere an sich nichts bedeuteten. Ich meine, ich hätte alles für sie getan, ja ich hätte sie nach der Ankunft auf einem jeden neuen Planeten tatkräftig unterstützt, doch wäre das meiner Funktion und professionellen Haltung geschuldet gewesen, keinesfalls dem persönlichen Empfinden. Es war mir immer schwergefallen, auf Menschen zuzugehen, ihnen etwas anzuvertrauen, unter normalen Umständen hielt ich soziale Kontakte für entbehrlich. Ich hatte mich schon als Kind kaum mitgeteilt, hätte jedoch nicht benennen können, woran es eigentlich lag; der Vater kommentierte es oft genug, ich lebe in einer eigenen Welt, die zu betreten ihm (und einem jeden gewöhnlichen Menschen) schwerfalle. Vielleicht hatte das mit dem Tod der Mutter zu tun, die ich als kleines Kind vermisste, ich war noch zu jung gewesen, um traumatische Erfahrungen verarbeiten zu können; es träfe mich auch keinerlei Schuld, beteuerte der Vater. Der Großvater hatte es allerdings verstanden, mir in meine Welt zu folgen, mir dort zur Seite zu stehen und alles miteinander zu verbinden. Eis und Schnee waren vielleicht auch nur notwendige Medien, mit deren Hilfe ich zwischen den Welten wechseln und mich zurechtfinden konnte.

Ich hatte es Dallas zu erklären versucht, doch waren für ihn Eis und Schnee ausschließlich Naturerscheinungen, die für die Entwicklung einer gesunden Psyche unerlässlich waren, jedoch darüber hinaus nichts Besonderes darstellten. *Die Natur, die Jahreszeiten, das ist einfach nur Lebensraum, Elaine!* Und manchmal, immer dann, wenn ich es selbst allmählich anzweifelte, dass die Natur mehr war, gebot mir der Großvater, mich auf die Erde zu legen oder einfach mal ins Tiefkühlfach zu greifen, wenn nichts anderes zur Hand war, ich würde mich dann schon erinnern und alle Zweifel ablegen.

In den Schweizer Sommern, nach langen Arbeitstagen, griff ich regelmäßig in den Gefrierschrank, holte Eiswürfel hervor und ließ sie auf meinen Handflächen schmelzen. Ich war lebendig, und Großvater war lebendig, und Dallas war lebendig und der Vater war es auf seine Weise und die Arbeitskollegen und Menschen, die mir auf der Straße begegneten, waren es auch, und Grönland war der beseelteste und schönste Ort auf Erden. Und wenn ich es so recht bedachte, waren die Toten auf Winterthur eigentlich gut aufgehoben, ich hätte mir keinen besseren Ort für sie erträumen können – er war ihrer würdig, eine letzte und ultimative Ruhestätte.

Großvater hatte mir erzählt, dass sich die Inuit feiner und feinster Nuancen des Seins bewusst waren, mag sein, das war der monochromen Umgebung geschuldet, der Verstand entwickelte dort zwangsläufig ein spezifisches Denkraster, *die Kälte schult das Feingefühl,* lachte er. *Und stell dir vor, als ich zum allerersten Mal Grönland bereiste, erklärten mir die Inuit, dass ich es vermeiden solle, mich im Schlaf zur Gänze auszustrecken. Man schlief in diesen Breiten im Sitzen, bestenfalls halb liegend, mit angezogenen Beinen, weil nur die Toten flach und ausgestreckt in ihren Positionen verharrten, diese Haltung war ihnen vorbehalten.*

Und dass es selbstverständlich auf Grönland Unglück brächte, wie ein Toter zu schlafen, da dürfe man sich dann nicht wundern, wenn es kein gutes Ende mit einem nähme. Und dass es verpönt sei, lange zu ruhen, also mehr als vier, fünf Stunden, weil es immer jede Menge zu tun gäbe und man im Schlaf unmöglich leben könne. *Ein geübter Körper benötigt lediglich ein paar Stunden, um sich zu regenerieren,* meinte der Großvater, *mal abgesehen davon, dass in den meisten Kulturen Langschläfer als ausgesprochene Faulpelze gelten.*

Und wenn sich die Inuit unsicher waren, wie man mit etwas verfahren oder wie man es benennen sollte, füllten sie *Denkzwischenräume* mit Formulierungen wie *maittuq* (ᒪᐃᑦᑐᖅ), *das Ding, das auf zwei und vier Beinen läuft* oder *kappiagijanga* (ᑲᑉᐱᐊᒋᔭᖓ), *fürchtet sich vor ihm und ihr* (wobei nur ein Wesen gemeint war). Wenn man ihnen genau zuhörte, dann ließen sie in ihrer Welt nichts unversucht, Leerstellen zu füllen, Nuancen zu definieren, weit über alltägliche Notwendigkeiten hinaus, alles war möglich, und nichts war auszuschließen. *Und hättest du je gedacht, Elaine, dass die Schotten noch weitaus mehr Wörter für Schnee und winterliche Witterung unterschieden? Die kannten etwa einen »feefle« (Wirbelschnee), einen »feuchter« (Schnee mit ulkigen Flocken), einen »snaw-ghast« (Schnee mit darin erkennbaren Erscheinungen), einen »splitters« (Splitterschnee), ein »blin-drift« (Schneetreiben unterhalb der Augenhöhe des Betrachters), ein »snaw-pouther« (fließendes Schneegestöber) oder einen »flindrikin« (zarten Schneeschauer).*

Der Großvater war bei solchen Unterweisungen ganz in seinem Element, allein die Wahrnehmung der Witterung spräche Bände (bei den Schotten gäbe es mehr als vierhundert Ausdrücke für Schnee), schon daraus könne man schlussfolgern, wie weit entwickelt eine Kultur, ob sie in Koexistenz mit der Natur lebe oder längst pervertiert sei. *Wer nicht mehr über Fantasie verfügt* (er verwendete dieses Wort oft genug als Synonym für Wissen), *Naturphänomene adäquat zu benennen, wer keine Zwischenräume und Nuancen kennt, dem ist doch wirklich nicht mehr zu helfen, Elaine!*

Folglich überlegte ich, ob ich der Witterung auf Winterthur auch ein eigenes Vokabular verpassen sollte (um in seinen Augen nicht als rückständig zu gelten), Eis und Schnee gab es hier schließlich in unterschiedlichsten Ausprägungen. Mal schien die Kälte (also das vorherrschende Wetter) wie ein Hobel, der einem die Haut in allerfeinsten Schichten abschabte, dann wieder glich sie mehr einem glitschigen Film, der einen benetzte. Oft genug spannte sie sich auch wie eine Folie um die Gliedmaßen, was zunächst nicht weiter unangenehm auffiel, da man das Gefühl hatte, sich verstecken zu können; allerdings, nach ein paar Stunden fühlte man sich dermaßen eingeengt, dass die Gelenke erstarrten und das Herz raste.

Wie es wohl draußen in den Ebenen Winterthurs sein würde, ob ich mich selbst als *ein Ding, das auf zwei und vier Beinen läuft,* würde definieren müssen, glücklicherweise konnte ich mich in beiden Gangarten wiedererkennen. Es war kein großes Problem gewesen, mir einen behelfsmäßigen Schlitten zu zimmern, die Wrackteile des Flugschiffes waren dafür absolut geeignet. Die Außenhülle des Flugschiffes bestand aus einer speziellen Metalllegierung, es erwies sich, dass diese mühelos über Eis und Schnee glitt, ich nahm kurzum zwei längliche

Fragmente, sie würden den Rahmen und die Kufen meines Gefährts bilden.

Der Großvater hatte mir beigebracht, wie man in Grönland einen Schlitten baut, die Inuit verwendeten für gewöhnlich Knochen, Sehnen, Holz und Felle, ich selbst nahm Metall-, Verbundstoffe und Ähnliches, Seile und Leinen gab es zum Glück reichlich in den abgestürzten Modulen, man war davon ausgegangen, dass diese auf einem neuen Planeten Mangelware sein könnten. Ich verschnürte und verband alle Werkteile (die Sitz- bzw. Liegefläche, den Vorbau, der als Windschutz gedacht war etc.), auch ein provisorisches Hundegeschirr ließ sich aus dem verbliebenen Material herstellen, das Knüpfen und Knoten beherrschte ein jeder Inuk im Schlaf.

Zunächst würde ich mir die Leinen selbst überstreifen, um den Schlitten in Bewegung zu setzen, mit etwas gutem Willen müsste das schon irgendwie gehen. In Grönland hatte ich einmal Ähnliches erlebt, als sich im Eissturm alle Hunde losrissen und verschwanden und ich mich mit dem Großvater beim Ziehen des Schlittens abwechselte. Und war ein Schlitten erst in Bewegung, ließ sich das Ziehen eine ganze Weile durchhalten, nur das Anhalten kostete Kraft, weil die Kufen schnell am Eis festfroren und man sie mühevoll wieder lösen musste. Der Schlitten würde mir zudem (wie in Grönland) als Unterschlupf dienen, er ließ sich wie ein kleines Boot kippen bzw. über eine Senke/Vertiefung legen, im schlimmsten Fall würde ich mich im Schnee eingraben und den Schlitten als Stützwerk nutzen, wie Balken und Streben in einem Stollen.

Der Großvater hatte immer etwas für alte Bergleute übriggehabt, die zwar die Natur zerstörten (wofür sie oft genug mit dem Leben bezahlten), doch waren sie zugleich auf der Suche nach Zwischenräumen, sie entwickelten sogar eine eigene Sprache, um alles unter Tage zu benennen, *für sie war die Tiefe ein belebter Ort, Elaine, wenigstens zollten sie den Bergen auf ihre Weise Respekt.* Er erzählte mir, um sogleich ein paar Beispiele anzuführen, etwas von einer *Abzucht* (Kanälen zur Abführung von Grubenwässern), einem *Knauer* (bergmännische Bezeichnung für fossile Baumstämme) und einem *Unschlitt* (Talg zum Betrieb von Grubenlampen). Das sei nicht so wie in späteren Jahrhunderten gewesen, wo man Roboterwesen und von Hybriden gesteuerte Maschinen auf alles losließ, diese zerkleinerten stoisch ganze Bergketten und kannten keinerlei Müdigkeit.

Die alten Bergleute waren noch ein buntes Völkchen, sie kamen aus allen Ecken der damaligen Welt, in den Anfängen des Bergbaues waren die meisten Kontinente vertreten: die Ledernacken und Steinfäuste, Pferdeherren und Rotkehlen, Krausköpfige, Baumschläger, Blauröcke und Nordlichter, *die Letzteren waren nicht gerade gesellig,* meinte der Großvater. Sie sprachen nicht und verständigten sich mit Gesten, Zeichen und Knurrlauten, was angeblich daran lag, dass es in ihrer Heimat zu kalt war, um den Mund aufzumachen. *Die Kälte ließ ihre Zunge am Gaumen gefrieren, und im Laufe der Jahrhunderte hatte sich die Sprache zurückgebildet, kleine Stummelchen* (anstatt der Zungen) *blieben in den Mündern zurück und die Sprache auf der Strecke.* Dass es irgendwo in grauer Vorzeit einen Ort gegeben hatte, an dem es kälter als in Grönland war, ging mir lange Zeit nicht aus dem Kopf. Ich dachte unwillkürlich daran, ob mir auf Winterthur früher oder später auch die Zunge abfallen, ob sich diese ebenfalls zu einem Stummelchen zurückbilden würde, es war durchaus im Bereich des Möglichen.

Aus ein paar Küchensieben, die ich bei einem der Erkundungsgänge durch das Flugschiffwrack entdeckt hatte, fertigte ich mir einigermaßen funktionale *Schneeschuhe* an, Großvater wäre gewiss stolz gewesen. Das feinmaschige und robuste Metall verhinderte ein übermäßiges Einsinken, es würde mir bei der Erkundung Winterthurs gute Dienste leisten.

Ich blickte zum Himmel, die diffuse Wolkendecke war an einigen Stellen aufgebrochen, ich meinte sogar, den einen oder anderen flackernden Stern zu erkennen. Das rossköpfige Gestirn, das sich des Öfteren zeigte, war mir mittlerweile vertraut, sein fahler Lichtschein definierte Tag und Nacht, die beiden vorherrschenden Maße schienen allerdings Schneefall und Schneegestöber darzustellen.

Ich drehte noch eine letzte Runde um mein Lager, etwas dahinter, bei einem der kleineren Wrackteile, fanden sich ebenfalls tote Körper, sie waren der Witterung schutzlos ausgeliefert und erinnerten an eisbehangene Bäume und Sträucher. Einige von ihnen ragten aus dem Eis hervor, das sich ihre Leiber an den unteren Extremitäten gegriffen hatte, fast mochte man meinen, sie wären vor Urzeiten in ein Moor gelaufen, um darin zu versinken.

In Anbetracht der weiteren Tiere, die ich mithilfe der Schwester erschaffen würde, fragte ich mich, ob die Toten nicht zwangsläufig einigen von ihnen als Nahrung dienen würden, auf der Erde wäre es zweifelsohne der Fall. Die Vorstellung, dass sich Dallas unter jenen Unglücklichen befinden könnte, die ein solches Schicksal ereilte, schmerzte mich. War es nicht meine Pflicht, Dallas zu finden, ihn zu bestatten, ihm etwas vorzusingen und eine gute Reise zu wünschen?

Wir hatten uns als Erwachsene nie darüber ausgetauscht, was der andere im Falle eines Ablebens bewerkstelligen sollte, ob es irgendeinen Ritus, irgendeinen letzten, wichtigen Wunsch zu beachten galt. Als Kinder hatten wir noch überlegt, unser Bewusstsein in einen der Quantencomputer einspeisen zu lassen, das war damals gang und gäbe, doch kamen wir später davon ab. Es kam uns falsch vor, Erinnerungen, Empfindungen und Bewusstseinszustände einer Maschine anzuvertrauen, irgendwelchen Konzernen, die diese schlussendlich kommerziell nutzten. Zwar hieß es, diese Technologie sei einzig und allein geschaffen worden, um Angehörigen eine Kommunikation und Interaktion mit den Verstorbenen zu ermöglichen, doch war diese Absichtsbekundung äußerst fragwürdig.

Als wir noch zur Schule gingen, konnten wir bisweilen mit einem verstorbenen Klassenkollegen sprechen, dessen Eltern sich um den Erhalt seines Bewusstseins bemüht hatten. Wir saßen dann (mit anderen Kindern) an einem interaktiven Computerterminal, der Verstorbene stand uns als Hologramm gegenüber, man konnte ihm sogar angedeutet die Hand schütteln oder mit ihm Fangen spielen. Ich kann nicht behaupten, dass mir an den Unterhaltungen je etwas Seltsames aufgefallen wäre, besagter Klassenkamerad hörte sich völlig normal an, er ließ es sich nicht einmal nehmen, seine altbekannten Scherze zu treiben – und dennoch lief mir ein Schauer über den Rücken. Und wenn wir uns (gemeinsam mit seinen Eltern) von ihm verabschiedeten und die ausführenden Programme beendeten, stellte sich kurz zuvor eine ängstliche Reaktion ein, seine Pupillen weiteten sich, und die Augenlider flatterten, etwas Schwermütiges lag plötzlich in seinem Blick, und eine leise Stimme sprach zu mir: *Lass nicht zu, dass sie das mit dir machen, Elaine!* Konsequenterweise besprach ich mich mit Dallas, und wir kamen überein, es niemals so weit kommen zu lassen, Fortschritt hin oder her, für uns war es keine Option.

Später hatten wir den Tod wohl aus den Augen verloren, ganz egal wie präsent er sich in der Welt zeigte, nicht das Ableben des Großvaters, ja nicht einmal der Kometeneinschlag und die Vernichtung der Erde hatte uns veranlasst, uns darüber auszutauschen, wie mit unseren sterblichen Überresten zu verfahren sei. Dallas war gewiss davon ausgegangen, länger zu überleben, und dass er, wenn es so weit war, schon das Richtige täte. Ich war wohl von einem ähnlichen Szenario ausgegangen, denn ein lebloser Dallas war undenkbar, das überstieg tatsächlich meine Vorstellungskraft.

Vielleicht hatte ich seinen Körper nur aus diesem Grund bislang nicht gefunden, sein Ableben war und blieb mit meinem Sein unvereinbar. Insgeheim hoffte ich ja, er war schon vor dem Eintritt in die Atmosphäre Winterthurs aus dem Flugschiff geschleudert, durch erste Risse in den Weltraum gesogen worden, ich meine, das hätte ihm sogar gefallen. Wie eine Sternschnuppe in der Atmosphäre zu verglühen, vielleicht auch von der Gravitation des Planeten verschmäht zu werden, ins All abzudriften, in die ewige und beständige Kälte.

Ich stellte mir seinen Körper dort oben vor, wie er immer weiterflog, an unbekannten Planeten, Galaxien und Schwarzen Löchern vorbei, bis zur letzten Zelle durchgefroren, eine lebensgroße Statue, die überall, wo sie vorbeiflog, unsere (menschliche) Existenz bezeugte. Das hätte Dallas gewiss fasziniert, das Fliegen lag ihm im Blut, und wer weiß, vielleicht hätte sich mit den Jahren kosmisches Treibgut um seinen Körper angereichert, er hätte zu einer Art Nukleus werden, Eis, Staub und Gestein an sich binden können, eine sich weiter formierende Masse, die irgendwann bis zur Kometengröße anwuchs, auf irgendeinem Planeten einschlug und alles Leben auslöschte. Und falls er doch verglüht sein sollte, wären überall auf Winterthur feinste Aschemoleküle von ihm verteilt, möglicherweise rieselten sie noch immer herab, unmittelbar vor meine Füße.

Ich riss mich von den Toten los, kontrollierte erneut den Schlitten, ob ich nicht etwas vergessen, ob ich wirklich alles beisammenhatte, ich legte das aus einer der Leinen geknüpfte Geschirr an, zog meine Konstruktion probehalber ein paar Dutzend Meter weit, alles in allem war es tatsächlich machbar. Der Schlitten glitt leidlich über das Eis, ich konnte mir vorstellen, auf günstigem Terrain und bei guter Witterung zwanzig, vielleicht dreißig Kilometer pro Tag zurücklegen zu können. Ich würde zügig gehen und einige Pausen einplanen müssen, doch war mir das von den Märschen mit Großvater vertraut, die grönländischen Winter waren eine gute Schule gewesen. Zudem fühlte ich mich wieder etwas fitter, die Kälte schien von mir abzuprallen, mein Körper war offensichtlich mit einem Aufbruch einverstanden.

Es wäre vermessen gewesen, von Zuversicht zu sprechen, und doch gestand ich es mir zu, etwas Optimismus walten zu lassen. Adrenalin schoss durch meinen Körper, ein untrügliches Zeichen dafür, weiterhin leben zu wollen, die nächsten Herausforderungen anzunehmen und mich überraschen zu lassen, was Winterthur sonst noch zu bieten hatte. Nicht, dass ich mir irgendeine andere Topografie erwartete, es wäre schon großartig, anders geformte Eisbrocken wahrzunehmen, Hügel, vielleicht so etwas wie Berge am Horizont zu erspähen. Möglicherweise würde ich Hundespuren entdecken, die mir die Richtung wiesen, vielleicht ließen sich weitere Wrackteile des Flugschiffes auffinden, die in anderen Gegenden des Planeten niedergegangen waren.

Ich belud den Schlitten mit allen denkbaren Nahrungsreserven, Kleidung, allerlei Werkzeugen und Lichtquellen, selbstverständlich auch persönlichen Gegenständen, dem Notizbuch, den darin aufbewahrten Datenbanken und so weiter. Mit den Nahrungsvorräten hatte ich es nicht einfach, es war unmöglich, alles mitzunehmen, ja ich entschied mich dafür, weniger als die Hälfte meiner Staufläche für diese aufzuwenden. Vielleicht war es sogar ratsam, einen beträchtlichen Teil der Nahrung abzustoßen, möglicherweise musste ich umkehren, den Schlitten zurücklassen, so gab es immerhin noch irgendwo Reserven. Andererseits wollte ich es unter allen Umständen vermeiden, umzukehren, das war nur im äußersten Notfall eine Option, lieber wollte ich sterben. *Dich einmal noch ausloten, Elaine, die letzten Verbindungen kappen*; ich war gewillt, auch für diejenigen aufzubrechen, die auf ewig verloren blieben.

Würde man mich fragen, was ich auf Winterthur am meisten vermisste, so wäre das wohl – Dallas' und Großvaters Gesellschaft freilich ausgenommen – flüssiges Wasser. Ich dachte oft daran, wie ich selbst in Grönland manchmal schwimmen ging (absolut verrückt!), wie ich im dortigen Sommer mit dem Großvater in die eisbefreiten Buchten sprang, die Arm- und Beinbewegungen im eiskalten Wasser hatten etwas zutiefst Lebensbejahendes. Ich beobachtete bei jedem Schwimmzug die vorschnellenden Arme, die sich knapp unter der Wasseroberfläche wie die Fühler eines maritimen Insekts vorantasteten, die Haut schimmerte bläulich, und der Großvater rief: *Jetzt aber sofort raus aus dem Wasser, Elaine!* Die Inuit hielten uns selbstverständlich für verrückt, und mal abgesehen davon, dass keiner von ihnen schwimmen konnte, keinem wäre es auch nur im Traum eingefallen, sich freiwillig in eiskaltes Wasser zu begeben.

Ich weiß noch, wie mich der Großvater zum ersten Mal in ein normales Schwimmbad mitnahm, er lachte und meinte, so eine Gelegenheit könne er sich in der Schweiz nicht entgehen lassen. Ein paar Kinder waren mit ihren Eltern bereits am Aufwärmen, alle hatten sich am Beckenrand verteilt, sie dehnten ihre Arme und Beine und kicherten. Plötzlich fiel etwas ins Wasser, es folgten weitere, Dutzende dieser Einschläge, es regnete Glassplitter, weil die Geschosse die gläserne Dachkonstruktion des Schwimmbades durchschlugen. Wir stierten ungläubig zum Grund, am Beckenboden lagen schwarze, recht unscheinbare Steine, *das sind doch Meteoriten*, sagte der Großvater verwundert. Er stieg in das Becken, um einen der Brocken vom Grund zu holen, er fühlte sich warm an. *Verwahr ihn gut, Elaine, und denk daran, es können noch wesentlich größere Trümmer aus dem Weltall zu uns gelangen.*

Ich weiß auch noch, wie mir der Vater das Schwimmen beibrachte, in irgendeinem der Schweizer Bergseen, zwischen Wasserpflanzen und Stockenten, wir waren allein auf weiter Flur. Vaters Bewegungen waren geschmeidig (was wohl an seinen Kletterkünsten lag), wenn er untertauchte, konnte er länger die Luft anhalten als sonst jemand, den ich kannte, damals war es jedenfalls so. *Elaine,* sagte er, *ich bringe dir Schwimmen bei, jeden Tag im Sommer, bis du es kannst.* Wir stiegen in den See, das kalte Wasser ließ unzählige Luftbläschen an meinen Beinen andocken, alles kribbelte und zwickte. Wir entfernten uns vom Ufer, die Frösche quakten, und es roch nach abgestorbenen Pflanzen, Vater roch wie immer nach seinem Schweizer Aftershave (Pitralon), er trieb mit seinen Armen ein paar Wasserläufer auseinander, und mir war beinahe so, als würde ich erneut geboren. Vater zog mich schließlich in tieferes Wasser, er sprach davon, wie man Arme und Beine bewegt, erzählte irgendetwas von Koordination, ich begriff damals gar nichts, doch es hörte sich ungemein klug an, Vater und seine sonore Stimme. Er zog mich immer weiter hinaus, unter mir schwebten stromlinienförmige Glitzerfische mit Kulleraugen, und die Lichtbrechungen an der Wasseroberfläche pulsierten. *Hab keine Angst, Elaine – Warum, Vater?* Und dann ließ er mich los, schwamm ein paar Meter weit weg und sah zu, wie ich mich anstellte, ich schlug zunächst wild mit den Armen und versuchte krampfhaft, den Kopf übers Wasser zu halten, doch war es unmöglich. Ich sank langsam, zunächst nur einen halben Meter, und dann noch einen, meine schreckgeweiteten Augen sahen hoch, über mir die Beine meines Vaters, dem es gelang im Wasser zu schweben, er erinnerte an ein Stück grünes Schilf. Ich sank bis nach unten, zwischen die Pflanzen, Schnecken und Larven, die sich träge leicht zur Seite bewegten. Bald schon zog mich der Vater wieder nach oben, unter die Sonne, und mir kam es vor, als wäre etwas in mir unwiederbringlich gestorben, doch sagte er nur: *Wir versuchen das gleich noch einmal.*

Dallas hatte das Schwimmen und Tauchen während seiner militärischen Ausbildung erlernt, wahre Horrorgeschichten hatte er mir diesbezüglich anvertraut. So hätte man sie irgendwo über dem Meer abgeworfen, mit voller Ausrüstung, nicht alle hatten es ans Ufer geschafft. Vor allem nachts sei es schwer gewesen, die Orientierung im Wasser zu wahren, nicht an das zu denken, was unter einem auf Beute aus war. Beim ersten Tauchtraining hatte man ihn mit Bleigewichten beschwert und in die Tiefe sinken lassen, es blieb danach ihm überlassen, ob und wie er es an die Oberfläche zurückschaffte.

Und dennoch, das Wasser fehlte mir, ja das Wenige, das ich dem Eis abrang, um regelmäßig trinken zu können, fiel nicht ins Gewicht. Was hätte ich nicht alles für eine ordentliche Dusche gegeben, Wasser auf meiner Haut, das nicht sofort gefror, ich wusste gar nicht mehr, wie sich das anfühlte. Auch meine Schleimhäute waren die meiste Zeit über chronisch trocken, und es war unmöglich, sich an diesen Umstand zu gewöhnen – stetige Schluckbeschwerden, Halsschmerzen, kratzige Seitenstränge etc., es gab so einiges, das mich zermürbte.

Ich stemmte mich gegen den Schlitten, zog an, ein Schritt nach dem anderen, der allmählich in einen Trott überging, das Gelände war flach und die Witterung gnädig. Die Hundespuren waren längst nicht mehr zu erkennen, doch hatte ich mir ihre Richtung halbwegs eingebläut, ich folgte zunächst den Spuren unserer Bruchlandung, der einst vom Bordcomputer gewählten Flugschneise. Als ich nach einigen Stunden den Punkt erreichte, über den ich bislang nicht hinausgekommen war, blieb ich stehen. Die zertrümmerte Zukunft lag hinter mir, ich hatte mich bereits von den Bruchstücken des Flugschiffes abgenabelt, von all dem, was es hätte sein sollen, ein sicherer Kokon, eine Arche, ein Lebensraum, von dem aus die Menschheit erneut Fuß fassen wollte. Ich blickte zurück, das Modul mit der Schwester war nicht mehr zu erkennen, das Surren und Brummen der Maschine hatte mich noch eine Weile begleitet, ja ich hatte mich sogar gefragt, ob die Geräusche jemals wirklich verebben, ob sie sich tatsächlich auflösen würden, *nicht noch ein weiteres Hirngespinst in deinem Kopf, Elaine.*

Insgeheim malte ich mir aus, wie die Schwester auf Hochtouren lief, wie sie eine Charge nach der anderen ausführte, wie die fertigen Lebensformen dem Käfig entstiegen, wie der Graveur und die Egge herumwirbelten, während das Beet grell leuchtete. Und wie sich am Ende, etwas später, die letzten Reste der Nährmasse zu einem Finale zusammenfügten, schließlich handelte es sich dabei nicht um irgendeine Spezies, es waren vielmehr die Tiere schlechthin, der Großvater würde mir sofort beipflichten.

Ich hatte unterschiedlichste Gensequenzen von diesen aufbereitet und sichergestellt, inoffiziell in meinem Notizblock, ein weiteres, illegales Mitbringsel aus Grönland, doch war die Tierart ganz offiziell am Flugschiff vertreten gewesen, alle diesbezüglichen Unterlagen (samt organischem Material) hatten den Absturz unbeschadet überstanden. Man hätte das Fügung nennen können, denn es waren mit die ersten Proben, die ich nach dem Absturz hatte sicherstellen können. Es war zwar nicht abzuschätzen gewesen, für wie viele Exemplare die Nährmasse noch ausreichen würde, doch lag es auf der Hand, diese Gattung auszuformen und zugleich sicherzustellen, dass sie tatsächlich als Letzte dem Käfig entstiegen, schließlich war eine weitere Inbetriebnahme der Schwester danach nicht mehr gewährleistet. Und die anderen Tiere brauchten vor allem eines: Vorsprung!

15.

Ich hielt inne, bestaunte die eigenen Abdrücke, die ich unentwegt hinterließ, seltsame Spuren breiteten sich fortan auf Winterthur aus, unförmige, von behelfsmäßigen Schneeschuhen hinterlassene Krater, die an eine Elefantenfährte erinnerten. Die groteske Vorstellung, ein solches Tier würde sich seinen Weg durch das Eis bahnen, ließ ein Lächeln in meinem Mundwinkel aufzucken, das bestimmt einem jeden noch so aufmerksamen Beobachter entgangen wäre. Die Krater wurden von fortlaufenden Schneisen gesäumt, die von den scharfkantigen Schlittenkufen herrührten, ich schuf unablässig Stapfer und geometrische Linien, die eine mir unbekannte Landschaft teilten. Hätte mir jemand aus der Vogelperspektive zugesehen, er hätte erkannt, wie sehr ich mich mühte, keinerlei Umwege in Kauf zu nehmen, dass es mir darum ging, schnurstracks voranzukommen, Kilometer zu machen und nicht zu lange an einem Punkt zu verweilen. Man hätte sogar zu dem Schluss gelangen können, dass ich ein konkretes Ziel anpeilte, ich schien nicht planlos umherzustreunen, musste etwas vor Augen haben, irgendeine Koordinate im flächigen Weiß. Ich blickte zum Himmel, überprüfte, aus welcher Richtung der Wind wehte, instinktives, geschultes Verhalten, das für gewöhnlich den Widerpart zu flüchtigen Gedanken bildete.

Einst stellte auf der Erde die arktische Polarregion eine tiergeografische Sphäre dar, sie umfasste die nördlichsten Teile der Alten und Neuen Welt und weitete sich südlich bis zur Nordgrenze des Baumwuchses. Zu ihr zählten außer den nördlichsten Teilen der Kontinente Europa, Asien und Amerika auch Grönland und die Inseln des Nördlichen Eismeeres. Ihr Charakter war ein gleichmäßiger, und demzufolge waren kaum Tierformen vorhanden, die der unwirtlichen Umgebung trotzten. Nur wenige Pflanzenfresser vermochten sich mit geringem Nahrungsangebot zu begnügen, und infolgedessen waren auch die auf sie angewiesenen Raubtiere seltener anzutreffen. Der Tierbestand war bis auf den Moschusochsen zirkumpolar verbreitet, da die im Winter passierbare Beringstraße eine Brücke zwischen Asien und Amerika schuf und wohl auch eine Kommunikation durch Vermittlung von Eismassen stattfand. Die Säugetiere waren mit lediglich zehn Tierarten vertreten, von denen sieben ausschließlich oder nahezu ausschließlich dieser Region angehörten, während sich drei auch im nördlichsten Teil der gemäßigten Zone bewegten. Die Namen der zehn arktischen Säugetiere lauteten: Rentier, Moschusochse, Schneehase (drei Arten), Eisbär, Blaufuchs, Wolf, Vielfraß und Wiesel.

Als Verbreitungsgrenze für das Rentier kamen die südlichen Ausläufer des Waldes infrage, für Eisfuchs, Lemming, Moschusochse (zum Teil auch die Schneehasen) die nördlichsten Vegetationssphären, Eisbär und Eisfuchs bewegten sich auf dem Festland bis zur Südgrenze der Eisschollen. Eine ganze Reihe Vögel zählte zur arktischen Polarregion, insbesondere Eiderente, Schneeammer, Lerchenammer, Schneehuhn und Schneeeule. Der arktischen Wildnis gehörten Möwen, Taucher und Alken an, die zumeist in großen Scharen auf einsamen Inseln und klippenreichen Ufern nisteten. Entsprechend der Pflanzen- und Insektenarmut der Region waren Körner- und Insektenfresser außerordentlich selten, die meisten Vögel zogen während des Polarwinters weiter südlich. Reptilien und Amphibien suchte man im arktischen Gebiet vergebens, Mollusken und Insekten beinahe. Das Meer ließ gewaltige Seesäugetiere gedeihen, wie den Grönlandwal, Finnwal oder Narwal, und besaß einen durch ständige Verfolgungen stetig abnehmenden Reichtum an Robben (Walross und Seebär); auch der kostbare Seeotter war in der Region vertreten. Von Fischen zogen besonders Stockfischarten und der Eishai in die nördlichen Meeresregionen; von niederen Tieren fanden sich charakteristische Arten von Krustern, Mollusken, Cœlenteraten und Stachelhäutern.

Ich war mir zwar gewiss, dass ich auf einem fremden Planeten wandelte, dass Winterthur anderen Gesetzmäßigkeiten folgte als die mir vertraute, arktische Polarregion, doch je weiter ich gelangte, desto mehr wähnte ich mich auf bekannten Pfaden. Als würde ein jeder Schritt, der mich vom Flugschiff entfernte, zugleich die Beweise einer Bruchlandung im Kosmos verwischen; ich erkannte neuerlich die Umrisse meiner Vergangenheit, Eisbrocken und Schneewechten, eine polare, grönländische Wüste, in deren Zentrum die Schwester stampfte und surrte, noch war ihre Arbeit nicht restlos getan …

> … a) *Bär* (Ursus), Säugetiergattung aus der Ordnung der Raubtiere und der Familie der Bären (Ursidae), in der die Gattung die Unterfamilie der Großbären (Ursinae) vertritt; im Allgemeinen gedrungene oder recht plump gebaute

Tiere mit kurzen Beinen und kurzem Schwanz, stumpfen, nicht einziehbaren Krallen, nackten oder behaarten Fußsohlen, die beim Gehen ihrer ganzen Länge nach den Boden berühren; kurzem, dickem Hals, mäßig gestrecktem Kopf, kurzen Ohren, zugespitzter, doch für gewöhnlich gerade abgeschnittener Schnauze und starkem Gebiss. Die Gattung umfasst die größten Landraubtiere, die allerdings in der Jugend nahezu ausschließlich Pflanzenkost genießen. Sie nehmen mit allem vorlieb, sind zudem naschhaft und richten auf Feldern und unter Haustieren Verwüstungen an. Sie bewegen sich ausdauernd, klettern gut, und nur die größeren Arten sind etwas ungeschickter. Ihre Kraft ist enorm, sie erdrücken den Feind durch wiederholte Umarmungen, allerdings kann man sie zähmen und abrichten, wobei ihre Wildheit immer wieder durchbricht, summa summarum bleibt die Gattung in Gefangenschaft grob und gefährlich. Bären bewohnen kalte und gemäßigte Länder, in wärmeren nur die Gebirge, und verschlafen den größten Teil eines Winters, doch nicht, ohne von Zeit zu Zeit aufzuwachen und nach Nahrung umherzugehen. Zumeist hat der Bär musikalischen Sinn, er hält den Takt ein, darüber hinaus ist er jedoch dumm, gleichgültig und infantil träge; er verlässt sich auf seine gewaltige Kraft, entwickelt jedoch nur selten die gierige Mordlust anderer Raubtiere. Die Bärenjagd ist nur für ruhige, sichere Jäger gefahrlos, das Fleisch des jungen Bären ist schmackhaft, geräucherte Bärenschinken und Bärentatzen gelten als Leckerbissen, Fett und Galle werden arzneilich benutzt. Der Eisbär (Polarbär, U. maritimus L.) selbst wird 2,7 Meter lang und bis 1000 Kilogramm schwer, seine starken Zehen sind durch

Spannhäute fast bis zur Hälfte miteinander verbunden und tragen mittellange, krumme Krallen. Der Schwanz ragt kaum aus dem langen, zottigen, weißlichen Pelz hervor, den kein Wasser zu durchdringen vermag. Er lebt in der ganzen Polarzone, ist häufig an der Ostküste von Amerika, um die Bassin- und Hudsonbai herum, in Grönland und Labrador, auf Spitzbergen, Nowaja Semlja und geht selten nach Süden über den 55. nördlichen Breitengrad hinaus. Er nährt sich von Seehunden und Fischen, greift Landtiere aller Größe an und behelligt Haustiere, die seinem Ansinnen in panischer Manier begegnen. Seine Bewegungen bleiben unausgewogen, doch schwimmt er schnell und ausdauernd viele Meilen weit und greift den Menschen auf dem Lande wie in Booten und Schiffen an. Die Eisbärjagd, von nordischen Völkern mit Leidenschaft betrieben, ist aufgrund der großen Lebenszähigkeit der Tiere höchst gefährlich. Das Fleisch ist genießbar; das Fett wird als Nahrungsmittel wie als Brennmaterial benutzt; aus den Sehnen macht man Zwirn und Bindfaden, der Pelz dient als Fußteppiche und Schlittendecken.

b) *Rentier* (Rangifer H. Sm.), Gattung aus der Familie der Hirsche (Cervidae) mit der einzigen Art R. tarandus Sund. Dies ist 2 Meter lang, über 1 Meter hoch, mit 13 Zentimeter langem Schwanz, im Allgemeinen dem Hirsch ähnlich, doch weniger edel und schön. Der starke Hals ist von Kopflänge, kaum aufwärtsgebogen, der Kopf plumpschnauzig; die Augen sind unsäglich groß, die Tränengruben klein und von schütteren Haarbüscheln bedeckt. Beide Geschlechter tragen ein Geweih, das vom kurzen Rosenstock an bogenförmig nach vorwärts gekrümmt, an den Enden schaufelförmig ausgebreitet, fingerförmig eingeschnitten und schwach gefurcht ist. Die in einer breiten Schaufel endenden Augensprossen liegen dicht auf der Nasenhaut, die Beine sind verhältnismäßig niedrig, die Hufe sehr breit und tief gespalten, die Afterklauen reichen bis auf den Boden. Der Pelz ist sehr dicht, und am Vorderhals verlängert sich das Haar zu einer lustlosen Mähne; im Frühjahr ist das ganze Tier einfarbig grau, doch allmählich ändert sich die Färbung in schmutziges Weißgrau, die Innenseite der Ohren und ein Haarbüschel an der Innenseite der Ferse bleiben gänzlich weiß. Das zahme Rentier erscheint dem wilden gegenüber fast wie verkommen, beide bewohnen den hohen Norden der Alten und Neuen Welt (das Karibu Nordamerikas, R. Caribou Aud., ist vom europäischen Rentier spezifisch nicht verschieden) von etwa 80 Grad nördlicher Breite südlich bis 60 Grad in Norwegen, bis 56 Grad im Gouv. Twer, bis 49 Grad in Sibirien, bis 46 Grad auf Sachalin und bis 45 Grad in Nordamerika. Auch auf Island, Spitzbergen und in Grönland findet es sich, und selbst in Alaska ist es in neuester Zeit zur allgemeinen Erheiterung angesiedelt worden. Es bewohnt die baumlosen Fjelds Norwegens zwischen 800 und 1900 Meter und meidet hier penibel den Wald; im nördlichen Sibirien suchen große Herden im Winter Schutz unter Bäumen, wandern allerdings im Frühjahr auf die baumlosen Ebenen, wo sie bessere Nahrung vorfinden. Das Rentier lebt meist in Rudeln von mehreren hundert Stück, es geht und läuft ziemlich schnell, schwimmt sehr gut, nährt sich im Sommer von Alpenpflanzen, im Winter von Flechten, auch frisst es

Knospen und Schösslinge der Zwergbirke. Für die nordischen Völker bildet es gewissermaßen die Basis ihrer Existenz; aus den Geweihen und Knochen des wilden Tieres verfertigt man Fischspeere und Angeln, die gespaltenen Schienbeinknochen dienen als Werkzeuge, mit dem Gehirn gerbt man das Fell, die ungegerbten Häute geben Bogensehnen und Netze, die Sehnen des Rückens werden zu Zwirn gespalten, die Felle der Kälber benutzt man zu Kleidern, das Fleisch, Blut, Knochenmark, selbst der Inhalt des Magens werden gegessen.

c) *Lemming* (Myodes Pall.), Gattung der Nagetiere aus der Familie der Wühlmäuse (Arvicolidae), kleine, sehr gedrungen gebaute, kurzschwänzige Tiere mit großem Kopf, tief gespaltener Oberlippe, kleinen, rundlichen Ohren, winzigen Augen, fünfzehigen, auch auf den Sohlen dicht behaarten Füßen und großen Sichelkrallen. Man kennt vier Arten im Norden der Alten und der Neuen Welt, der weit verbreitete norwegische Lemming (M. Lemmus Pall.) ist 13 Zentimeter lang, mit 2 Zentimeter langem Schwanz, auf der Oberseite braungelb, dunkel gefleckt, auf der Unterseite fast sandfarben, mit gelbem Schwanz und gelben Pfoten und zwei gelben Streifen in der Augengegend, bewohnt die nördlichen Teile Skandinaviens und Nordamerikas, besonders die höhere Gebirgsregion, doch auch die Tundra, lebt gesellig in kleinen Höhlungen, unter Steinen oder im Moos, schürft im Winter lange Gänge in den Schnee und baut darin ein Nest aus Gras oder was er stattdessen vorfindet. Die Lemminge sind an manchen Orten sehr gemein, sie nähren sich vom kümmerlichen Pflanzenwuchs ihrer Heimat, besonders von Flechten, und tun nur selten den Feldern erheblichen Schaden. Eine große Anzahl von Feinden und klimatische Verhältnisse verhindern eine zu starke Vermehrung der Tiere; in fruchtbaren Jahren, die eine Überpopulation nach sich ziehen, unternehmen sie große Wanderungen, über die sehr viel gefabelt wird. Auf diesen Wanderungen brechen nicht selten Krankheiten aus, und die vorangehenden Scharen werden von den nachfolgenden in die Flüsse und Fjorde getrieben, wo sie in der Regel ertrinken. Der Lemming ist ungemein lebhaft und erregbar, verrät sich daher stets durch Quieken und Grunzen, flieht zwar bei einem Angriff, setzt sich jedoch, in die Enge getrieben, energisch zur Wehr und benimmt sich dann wie ein gewöhnlicher Hamster. In Lappland wird der Lemming in Notjahren gegessen, in der Pleistozänzeit war er in Mitteleuropa bis Polen, Ungarn, Belgien, Frankreich und die Schweiz verbreitet und dehnte seine Wanderungen selbst bis Portugal aus.

d) *Vielfraß* (Wolverene, Gulo Storr.), Raubtiergattung aus der Familie der Marder (Mustelidae), kräftig und gedrungen gebaute Tiere mit gewölbtem Rücken, großem Kopf, länglicher, ziemlich stumpf abgeschnittener Schnauze, dickem, kurzem Hals, sehr buschigem Schwanz, starken Beinen und plumpen, fünfzehigen Pfoten mit scharf gekrümmten Krallen. Der nordische Vielfraß (Wolverene, G. borealis Nilss.) ist 85 Zentimeter lang, mit 15 Zentimeter langem Schwanz, 45 Zentimeter hoch, lang und zottig, an den Seiten und um die Schenkel straff und sehr lang behaart, braunschwarz, auf dem Rücken, an der Unterseite und an den Beinen schwarz, mit hellgrauem Fleck zwischen Augen und Ohren und einer hellgrauen Binde, die von der Schulter längs der Seiten verläuft. Er bewohnt den Norden der Alten und Neuen Welt; früher fand er sich südlich bis zu den Alpen, jetzt nur noch bis zum südlichen Norwegen und den Finnmarken; er bevorzugt die nackten Höhen der Gebirge, schweift beständig umher, ist ungeschickt und überfällt größere Tiere, indem er ihnen von Baumästen, Vorsprüngen, ja selbst Dächern aus auf den Rücken springt und die Halsadern durchbeißt. Er nährt sich hauptsächlich von Mäusen und vertilgt Lemminge in ungeheurer Zahl, bewältigt jedoch auch Rentiere, Elen und Kühe. Er plündert mit Vorliebe die Hütten der Lappen und soll Menschenleichen ausgraben, deren Gesichtshaut und Weichteile er abnagt. In die Enge getrieben, stellt er sich gegen den Menschen zur Wehr, seine Bisse verursachen eiternde, nässende Wunden, deren Versorgung sich langwierig gestaltet. Der Name stammt wohl aus der schwedischen Sprache von Fjäl-Fräs und bedeutet so etwas wie Felsenkatze. Das Fell (bisweilen Karkajou genannt) ist bei den nordischen Völkerschaften, besonders bei den Kamtschadalen, sehr geschätzt; in den europäischen Handel gelangt es meist aus Nordamerika. Es dient als prächtige Vorlage, Schlitten- und Wagendecke und galoniert verarbeitet als Muffen, Besätze und Boas.

e) *Eiderente* (Eidergans, Somateria Leach), Gattung der Zahnschnäbler aus der Familie der Tauchenten (Fuliguliidae), große Vögel mit langem, mit der Firste weit in das Stirngefieder hinreichendem, lebhaft gefärbtem Schnabel, kurzem, zugerundetem Schwanz, mittellangen Flügeln, sehr dichtem Gefieder und niedrigen, langzehigen Füßen. Die Eiderente (Eidervogel, S. mollissima Leach) ist 63 Zentimeter lang, 1 Meter breit, das Männchen oberseits weiß, auf der Vorderbrust rötlich, auf den Wangen meergrün, sonst schwarz. Das kleinere Weibchen ist rostfarben, am Kopf und Hals mit braunen Längsflecken, übrigens mit schwarzen Querflecken, der Spiegel braun, weiß eingefasst, unterseits tiefbraun. Sie bewohnt gesellig die nördlichen Gestade von Sylt bis Spitzbergen, von der Westküste Europas bis Grönland und Island und zieht im Winter südlicher. Ihre Nahrung (Muscheln und andere kleine Meerestiere) holt sie sich aus bedeutenden Tiefen, auf dem Land ist sie unbehilflich, auch fliegt sie schwerfällig, taumelt in der Luft und schaukelt (der Gang) zu Land. Sie nistet im Mai, Juni und Juli auf Inseln, die ihr das Landen leicht machen und durch niedriges Gestrüppe einigen Schutz gewähren. Das Nest ist kunstlos, jedoch dicht und reich mit Daunen (Eiderdaunen) gepolstert. An manchen Orten verfährt man sehr rücksichtslos, tötet jahraus jahrein Tausende Altvögel, obgleich deren Fleisch schlecht schmeckt, ja einen kulinarischen Frevel darstellt. Auf Spitzbergen hat daher die Zahl der Vögel bedeutend abgenommen. 24 Nester liefern 1 kg Daunen, die einen wichtigen Handelsartikel bilden. Die meisten kommen von Island und Grönland, die Eier selbst sind freilich wohlschmeckend.

f) *Ammern* (Emberizidae), Unterfamilie der Finken, Vögel mit kurzem, spitzem Schnabel, nicht großen, mäßig zugespitzten Flügeln, kurzen, langzehigen Füßen, deren hinterste Zehe einen oft spornartig verlängerten Nagel trägt, und ziemlich langem, schwach ausgeschnittenem Schwanz, das Gefieder wechselt meist nach Alter und Geschlecht. Die Ammern gehören meist der Nordhälfte der Erde an, leben in Buschwerk oder Röhricht, geben sich außerhalb der Brutzeit gesellig und siedeln gern in der Nähe menschlicher Wohnungen. Einige sind Wandervögel, die meisten Strichvögel, ihr Gesang ist schlicht und schmucklos, doch aufgrund des wohlschmeckenden Fleisches wird ihnen regelmäßig nachgestellt. In Südeuropa werden sie gefangen und mit Reis und Hirse gemästet, bereits die alten Römer achteten die Ammern als leicht verfügbare Leckerbissen. Aus Zypern werden jährlich 100 000 Fässchen mit marinierten oder in Fett eingelegten Vögeln versandt, in Persien verwüsteten sie nach der Brutzeit die Felder. Die Schneeammer (Schnee-, Wintervogel, Schneeortolan, Berg- oder Eisammer, Passerina [Calcarius] nivalis L.), 17–19 Zentimeter lang, 31–34 Zentimeter breit, ist im Sommer weiß und schwarz, im Winter auf Ober- und Hinterkopf braun, auf Schultern und Mantel schwarz, an den Seiten rostgelblich. Sie bewohnt den hohen Norden Europas, Asiens und Amerikas, ist auf Island der gemeinste Landvogel und wandert in ungeheuren, ohrenbetäubenden Scharen; familienweise zeigt sie sich Oktober bis März von Grönland bis in die Schweiz, ihr vereinzelter Gesang belebt die traurigen Einöden der Polarländer.

g) *Seeotter* (Kalan, Enhydris Licht.), Gattung der Raubtiere aus der Familie der Marder (Mustelidae) mit der einzigen Art E. marina Erxl., über 1,2 Meter lang, mit 30 Zentimeter langem, dickem, dicht behaartem Schwanz, kurzem, wenig abgeplattetem Schädel, stumpfer Nase mit nackter Spitze, sehr kurzem, dickem Hals, walzigem Leib, sehr kurzen Vorderfüßen mit verkürzten, durch eine Haut verbundenen, schwach bekrallten Zehen und längeren flossenartigen Hinterfüßen, deren Zehen durch ganze Schwimmhäute verbunden sind; der Pelz besteht aus langen, schwarzbraunen Grannen mit weißer Spitze und feinem Wollhaar. Der Seeotter bildet in seiner äußeren Erscheinung ein Bindeglied zwischen Otter und Seehund, vereint die Vorzüge beider Arten; er findet sich an den amerikanischen und asiatischen Küsten des nördlichen Ozeans, wird jedoch überall seltener und ist in vielen Gegenden nahezu ausgerottet. Er läuft sehr schnell und ausdauernd, schwimmt vortrefflich, ist aber auf dem Lande leicht zu erlegen, was seinem Bestand nicht zuträglich scheint. Er nährt sich von Seekrebsen, Muscheln, kleinen Fischen, Algen etc., hält sich gewöhnlich in der Nähe der Küsten auf, wandert allerdings auch weiter ins Land und sehr gerne auf Eisschollen, die ihn weit ins Meer hinaustreiben.

h) *Seebär* (Bärenrobbe, Ohrenrobbe, Otaria Péron), Gattung der Robben aus der Familie der Ohrenrobben (Otarioidae), Säugetiere mit normalen Eckzähnen, kleinen Ohrmuscheln, langem Hals und ziemlich weit aus dem Körper hervorragenden und tragenden Gliedmaßen. Der Seebär (O. ursina Pér.), bis 3 Meter lang (die Weibchen nur halb so lang), mit gestrecktem Leib, kurzem Hals, verhältnismäßig langem, spitzem Kopf, ziemlich kleinem Maul, wenigen Schnurrborsten auf der Oberlippe, großen, verwerflichen

Augen, flossenartigen Vorderfüßen, sehr verbreiterten und verlängerten Hinterfüßen, dunkelbraunem, am Vorderkörper weiß gesprenkeltem Pelz, findet sich an der Küste Patagoniens und Westafrikas, der Falklandinseln, Neusüdschottlands, Südgeorgiens, im Beringmeer und an der St. Paulsinsel; er lebt meist auf See, macht weite Wanderungen und kommt nur zum Zwecke der Fortpflanzung an einsamen Stellen aufs Land, wo er, ohne zu fressen, längere Zeit verweilt. Der Seebär ist auf dem Lande sehr behänd und hat ein ungemein zähes Leben, man jagt ihn des vortrefflichen Pelzes (Pelzseehund, Biberseehund) und des wohlschmeckenden Fleisches halber. Die St. Paulsinsel sollen früher jährlich mehr als eine Million Seebären besucht haben; durch rücksichtslose Verfolgung hat sich ihre Zahl erheblich vermindert, und erst in neuester Zeit hat erneut eine nennenswerte Vermehrung stattgefunden. Bei der Jagd schleicht sich eine Anzahl geübter Leute an die Küste, wo die jüngeren Männchen lagern, treibt die Herde landeinwärts und tötet die geeigneten durch einen rigiden Schlag auf die Nase, während man den übrigen die Flucht gestattet. Weibchen werden nicht getötet, sie erscheinen wild und bösartig, fliehen jedoch vor dem Menschen und kämpfen nur gelegentlich, wobei sie dann eine große Kraft entwickeln. Man jagt sie vorwiegend des Speckes und des Felles halber, die Eingeborenen trocknen auch das Fleisch für den Winter und verarbeiten die gegerbten Gedärme zu Kleidern.

Ich stellte mir die Fährten all der Tiere vor, die nach und nach ausschwärmten, die sich sternförmig und in alle Richtungen trachtend von der Schwester entfernten, die das Wrack des Flugschiffes untersuchten, sich orientierten, ihren Sinnen vertrauten. Zunächst Lemminge, Eiderenten, Ammern und Rentiere, alsdann Seeotter, Seebären und Vielfraße, zuletzt die Eisbären, deren Existenz auf Winterthur für alle ein Wagnis darstellte, doch waren sie die prädestinierte Gattung, die Kälte würde sie niemals aufhalten.

Ich war mir dessen durchaus bewusst, dass die Seebären wohl als Erste zu Beutetieren der Eisbären werden würden, es sei denn sie entdeckten in relativer Nähe ein zuverlässiges Versteck. Sie waren voller Überlebenswillen, mit einem ausgezeichneten Geruchssinn ausgestattet, und insgeheim hoffte ich, sie könnten irgendwo unter dem Eis flüssiges Wasser entdecken, am Ende gar einen schlummernden, verborgenen Ozean. Eigentlich war es kaum vorstellbar, dass ein wasserreicher Planet wie Winterthur vollständig erstarrt sein sollte; irgendwo unter dem Eispanzer lagen vielleicht Höhlen, miteinander verbundene Gletschermühlen, möglicherweise war es zum Äquator hin etwas wärmer, die von mir (und der Schwester) geschaffenen Tierbestände würden schon ihren Platz finden.

Wie es wohl wäre, wenn ich nach einer Weile auf ihre Spuren träfe, die vielleicht alle in eine Richtung wiesen, weil ihre Sinne den meinigen weit überlegen waren? Ich würde ihnen unweigerlich folgen, zuwarten und auf das Beste hoffen. Doch noch ging es darum, möglichst viel Distanz zurückzulegen, auf eigene Faust etwas zu entdecken, sich auf den freien Flächen des Planeten zu bewähren. Ich schnaufte zufrieden, der Wind stand günstig, er blies mich nahezu vorwärts, viel wichtiger jedoch: Keines der Tiere konnte mich wittern, und meine Fährte verschwand zusehends, auf Winterthur hielten sich Spuren kaum länger als ein paar Stunden.

16.

NUR IM TIEFSTEN WINTER kommen manchmal Tage auf, an denen die Grenzen im Hinüberwechseln noch einmal sehr scharf werden und man alles voneinander trennen kann, sogar eine ganze Vergangenheit von einer unbekannten, sich erst formierenden Zukunft. Ich schritt vorwärts, strauchelte, fluchte, sprach mir Mut zu, summte Lieder, flüsterte Sätze, klagte über Winterthur, *nur nicht aufgeben Elaine!*

Du bist Elaine, die dem Bären den Kopf ver- und den Hals umdreht; Elaine, die im Herzen eines Bären zu alter Stärke findet; Elaine, die den Magen des Bären wie einen Heißluftballon aufbläst, nur um von einem Kaltluftballon zu sprechen; Elaine, der ein weißer Pelz zwischen den Beinen wächst, was eigentlich unmöglich ist; Elaine, deren Ahnen vom Eisbärenfleisch aßen und an der Sehnsucht nach Kälte erkrankten; Elaine, die sich als Kind ihre längliche Schnauze an den Wänden ihres Zimmers platt drückte, um auf den Straßen Winterthurs nicht weiter aufzufallen; Elaine, die immerzu dachte, dass Eisbären blaues Blut aufwiesen, weil doch die Farbe als einzige angemessen scheint; Elaine, die tagtäglich daran erinnert, dass klares Wasser kalt sein muss und heißes Wasser trübe; Elaine, die durch einen Eisbärenbau kriecht, weil sie denkt, dass Eisbären wie Füchse, Dachse, Kaninchen und Maulwürfe leben; Elaine, die daran gemahnt, dass Eisbären nur dann auf zwei Beinen wandeln, wenn sie einen schlechten Tag haben; Elaine, die mit dem Eis übereinkam, niemandem jemals wieder einen Bären aufzubinden; Elaine Duval, die ihre Tatzen ins weiche Fleisch der Vergesslichkeit gräbt, um blankes Entsetzen und Trauer über den Verlust der Erde hervorzurufen, die auf wackligen Beinen durch den Kosmos torkelt und alle schultert, selbst den Großvater, in dessen Nacken Elaine thront, die seinem Herzen innewohnt, um nach dem fernen Plafond zu fassen, von dem sie sich Trost verspricht, doch bleibt dies ein Irrtum. Elaine Duval, die Schirmherrin des Schnees und Gefährtin des Eises, die, wenn sie auf allen vieren wandelt, eine Spur der Verwüstung (Entrüstung) nach sich zieht, weil sie dem Vater nie genug und der Mutter zu schwer im Bauch und Dallas in den Ohren lag und dem Großvater an den Lippen hing, der Erde und aller Menschlichkeit längst überdrüssig.

Ich zog den Schlitten stoisch hinter mir her, blind waren meine Augen, während sich der Geist anderen Dingen zuwandte, *caeci sunt oculi, cum animus alias res agit.* Ich dachte an die alten Zeiten, welche Elaine ich damals wohl gewesen war, *erinnere dich, der Anblick eines Eisbären hat deine erste Periode ausgelöst, dein grönländischer Name war dir zugeflogen, du bist es …* der Großvater drückte meine Hand, als gäbe es kein Morgen.

Er bedeutete mir, mich hinzuknien, still zu sein, er selbst pirschte noch ein paar Schritte voran und lugte vorsichtig um einen der Eisblöcke, welcher nahezu quadratisch zu sein schien; klares, durchsichtiges Eis ragte vor uns auf, unsere Spiegelbilder waren darin zu erkennen. Wir befanden uns auf einem unserer Ausflüge, der Vater hatte mich in Grönland abgeliefert, ich sei zwar auf dem Weg zur Volljährigkeit, betonte er, doch lasse er es sich nicht nehmen, mich sicher *zuzustellen* – zwei Tage später flog er weiter nach Alaska. Mit ein paar Schweizer Bergführern wollte er die letzten Landstriche, die noch als Wildnis galten, erkunden, einige entlegene, grüngraue Felsenflecken mit Baumwuchs und Wildtieren, weitab vom Schuss der selbst im hohen Norden angesiedelten Industriegebiete.

Der Großvater und ich waren nach seiner Abreise unverzüglich aufgebrochen, er wollte mir zeigen, was sich seit meinem letzten Aufenthalt verändert, wo sich die Landschaft gewandelt hatte, wo Eis geschmolzen, wo es angetaut war, wo sich neue Eisgebilde formierten. Er drehte sich zu mir um, winkte mich heran, ich schlich daraufhin los und riskierte selbst einen Blick. Hinter dem Eisquader fand sich ein Abhang, etwa hundert Meter weiter unten, in der Senke, stand ein Tier mit dunkler Schnauze, seine Ohren hielt es gespitzt, es blinzelte, die Nase schien förmlich irgendeiner Witterung nachzujagen. Mein Herz pochte wie wild, ich rückte instinktiv etwas näher an den Großvater heran, immerhin war es meine erste leibhaftige Begegnung mit einem Eisbären.

Der Großvater hatte mir bereits viel über dieses Tier erzählt, ich hatte es in unzähligen Medienbeiträgen und holografischen Projektionen studiert, doch war die Realität etwas vollkommen anderes. Die Spezies war äußerst selten geworden, rarer und in ihrem Verhalten vorsichtiger als in den vorangegangenen Jahrhunderten, selbst in Grönland glichen Eisbären immer mehr flüchtigen Geistern, mitunter hielt man sie beinahe für Hirngespinste, mythologische Wesen, vor denen man doppelt und dreifach auf der Hut sein musste. Unter gewissen Umständen erlegten sie manche Inuit-Stämme nach wie vor, immer dann, wenn sie entgegen ihrer Natur jede Scheu verloren, verletzt waren oder sich zu oft in der Nähe von Siedlungen blicken ließen. Jedem Kind wurde (sobald es laufen konnte) beigebracht, wie Bärenspuren aussahen und dass man sie sofort den Eltern melden musste, sofern man keine Tracht Prügel riskieren wollte.

Die Inuit erzählten einander viele Geschichten, wie der Eisbär entstanden war; mir gefiel die Version, wonach Kinder, die irgendeinen Schneemann kreieren wollten, Mist gebaut hatten; das Vorhaben misslang, und aus dem zusammengesunkenen Schneehaufen erhob sich der erste Eisbär. Dann sei auch einer der Tupilaks über eine Inuit-Frau hergefallen, sie hatte es sich dennoch nicht nehmen lassen, das unschuldige Kind auszutragen, zu aller Überraschung hatte sie einen Eisbären zur Welt gebracht. Alles an ihm sei von seinem Vater gewesen, das Fell, die Klauen, die Zähne, und nur die Augen erinnerten entfernt an die eines Menschen.

Es wurde außerdem berichtet, dass einer der Hunde über die anderen hergefallen war, es herrschte ein ungewöhnlich strenger Winter, den Tieren mangelte es damals an Futter. Das gierige *Ding* floh später aus der Siedlung, man rätselte eine ganze Weile darüber, ob es noch einen Hund oder schon einen Bären darstellte. Später kamen auch Geschichten über weiße Menschen auf, denen ein ähnliches Schicksal widerfuhr; während einer Hungersnot dazu verdammt, sich von anderen Menschen zu ernähren, bleichte die Haut der Rädelsführer aus, sie liefen auf allen vieren davon; irgendwann hatte schlicht alles auf Grönland dazu geneigt, der Schöpfungsgeschichte des Eisbären ein weiteres Kapitel hinzuzufügen.

Als Kind erschuf ich mit dem Großvater selbst einen Eisbären, er war aus Schafswolle gefertigt, und alle meinten, so ließe sich die Nachbildung des Tieres am einfachsten bewerkstelligen. Ich weiß noch, wie wir uns darüber unterhielten, dass Schafhirten (auch solche in der Schweiz) weiße Hunde (der Name der Rasse war mir entfallen) mit ihren Herden aufzogen, diese fühlten sich als Welpen den Lämmern zugehörig und beschützten später die Herden zuverlässig vor Raubtieren. Mir wurde da erst wirklich bewusst, dass Metamorphosen nicht unbedingt äußerlicher Natur sein mussten, dass vermutlich die maßgeblichsten Verwandlungen tief im Inneren einer Seele geschahen. Ich hatte noch vorgebracht, ob es denn nicht sinnvoller wäre, Eisbärenjunge mit Lämmern großzuziehen, dass sich diese doch viel besser eignen würden, alles zu töten, was sich in unredlicher Weise einer Herde näherte – der Großvater pflichtete mir bei.

Bei den Inuit war es den mutigsten Jägern vorbehalten gewesen, einen Eisbären zu erlegen, der Großvater erzählte mir auch ihre Geschichten, so sei einem Bärenschädel nicht einmal mit einem ordentlichen Schlachtbeil beizukommen gewesen, wie Glas sei dieses zersplittert – wenigstens hatte man so die uneingeschränkte Aufmerksamkeit des Bären gewonnen. Ich vermisste Großvaters brummige Art, wenn er seinen Abenteuern eine packende Note einzuhauchen suchte …

… da drehte der Eisbär also den Kopf zu mir um, nicht etwa schnell, wie es bei einem katzen- oder hundeartigen Raubtier der Fall gewesen wäre, vielmehr langsam, als wäre er verwundert über den albernen Angriff. Mich mit seinen kleinen Augen messend, schien er zu überlegen, ob er bei seinem bisherigen Opfer (einer Robbe) bleiben oder mich packen sollte. Diese wenigen Augenblicke retteten mir das Leben, denn es kam mir ein Gedanke, ein Plan, der nach allem, was ich gehört hatte, zwar unwaidmännisch, doch bestimmt das Einzige war, das mir in meiner misslichen Lage Hilfe bringen konnte. Ich sprang nahe an den Eisbären heran, der mir halb den Rücken zukehrte, mich jedoch längst im Visier hatte, und schoss ihm drei-, viermal mit dem Revolver in die Augen. Dann sprang ich zur Seite und blieb beobachtend stehen, indem ich mein Messer zog. Hätte ich am Platz verharrt, so hätte ich das mit dem Leben bezahlt, denn das geblendete Raubtier warf sich auf die Stelle, wo ich mich noch einen Augenblick zuvor befunden hatte. Der Eisbär begann unter giftigem Fauchen und wütenden Tatzenschlägen nach mir zu suchen, er gebärdete sich wie wahnsinnig, drehte sich auf allen vieren um sich selbst, riss das Eis auf, langte mit den Vorderpranken weit um sich und machte Sprünge auf alle Seiten, um mich zu finden, konnte mich jedoch nicht fassen. Vielleicht hätte ihn der Geruch zu mir führen können, doch war er rasend vor Wut, was ihn daran hinderte, ruhig seinen Sinnen, seiner Witterung zu folgen. Endlich richtete er seine Aufmerksamkeit mehr auf seine Verletzungen als auf den, dem er sie verdankte. Er setzte sich nieder, hob die Vordertatzen und fuhr sich damit schnaubend und zähnefletschend über die Augen. Schnell stand ich neben ihm, holte aus und stieß ihm das Messer zweimal zwischen die Rippen. Er griff augenblicklich nach mir, doch war ich schon wieder fort. Ich hatte das Herz nicht getroffen, und das Suchen des Eisbären begann mit erneuter und verdoppelter Wut, was wohl zehn Minuten lang andauerte. Er verlor dabei viel Blut und wurde langsam matt, setzte sich aufrecht hin, um abermals zu den Augen zu fassen. Das gab mir Gelegenheit zu weiteren, schnell aufeinanderfolgenden Messerstößen – und diesmal traf ich besser. Er sank, während ich rasch wieder zur Seite gesprungen war, vorn nieder, lief taumelnd und fauchend einige Schritte vorwärts, dann zur Seite und wieder zurück, wollte sich abermals aufrichten, hatte jedoch nicht mehr die Kraft dazu, sondern fiel hin und taumelte im vergeblichen Bemühen, auf die Beine zu kommen, einige Male hin und her, bis er sich lang ausstreckte und schließlich tot liegen blieb. Ich weiß, dass ich diesen Sieg nicht eben waidgerecht erfochten hatte, doch war ich damals noch recht unerfahren, und es ging ums nackte Überleben … Großvater zuckte beinahe schon verlegen die Schultern.

Der Eisbär vor uns wandte den Kopf in unsere Richtung, er hob seine Schnauze wie eine spitze Lanze zum Himmel, ein Fackelträger mit seinem Lichtkegel, der diesen hoch- und von sich weghielt, um die Welt in seiner Nähe besser auszuleuchten. *Er kann uns nicht gerochen haben,* raunte der Großvater, der Wind stünde günstig für uns, außerdem hielt sich die gelegentlich hinter den Wolken aufblitzende Sonne beständig in unserem Rücken. Ich war zu diesem Zeitpunkt den meisten arktischen Tieren längst begegnet, beinahe schien es mir, als wäre dieser Eisbär (bei aller Gefahr, die von ihm ausging) ein vorweggenommenes Geburtstagsgeschenk. In einigen Monaten wäre ich endlich sechzehn Jahre alt, ich könnte zu Hause ausziehen, die Schweiz verlassen und für immer bei Großvater leben. Nie hätte ich gedacht, dass es anders kommen, dass ich mich für eine Ausbildung (samt Studium) entscheiden, dass der Großvater erkranken und alles den Bach hinuntergehen würde.

Der Großvater reiste schon bald regelmäßig zu diversen medizinischen Behandlungen in die Schweiz, ja selbst der Vater wurde langsam älter, und ich ertappte mich dabei, mich zu fragen, wie und ob er denn alleine zurechtkäme. Und dann war da auch noch Dallas, der fast immer unterwegs war, doch andererseits nur ein paar Straßen weiter wohnte, ein Umzug nach Grönland hätte spontane Begegnungen mit ihm unmöglich gemacht.

Ich starrte wie angewurzelt zum Eisbären, und je länger ich hinsah, umso weniger konnte ich seine tatsächlichen Umrisse erkennen, alles schien plötzlich Bär zu werden, das Eis, die Landschaft, selbst der Wind bekam Klauen und Zähne. Und hätte es unverhofft zu schneien begonnen, wäre die Sonne hinter der aufgezogenen Wolkendecke verschwunden, das Tier selbst wäre schon aus kürzester Entfernung vollkommen unsichtbar.

Vielleicht war der Gedanke gar nicht abwegig, dass die meisten Bären mit der Zeit unsichtbar geworden waren, überhaupt, alle Tiere, die man kaum noch zu Gesicht bekam, die gar als ausgestorben galten, möglicherweise hatten sie sich eine bessere Tarnung zugelegt. Was sprach dagegen, mit den

Elementen um sich herum zu verschmelzen, Tiere waren doch prädestiniert, ihrer Veranlagung zu folgen, das Tarnen und Täuschen lag ihnen im Blut. An diesem Punkt fiel mir ein, dass ich erst unlängst geträumt hatte, dass gewöhnliche Hauskatzen plötzlich in der Lage waren, ihre Schwänze abzuwerfen, wie Wattwürmer oder Eidechsen, immer dann, wenn ungezogene Kinder sie bedrängten.

Der Großvater hielt mich an der Schulter zurück, er war es plötzlich, der abdrehte, er musterte die Eisfelder hinter uns, deutete mir loszulaufen, nicht allzu schnell, das nicht, ich solle ein Tempo wählen, das ich ein paar Kilometer lang durchhalten könne. Schon der Vater hatte immer darauf gepocht, mich in Ausdauer zu trainieren, das richtige Tempo anzuschlagen, denn ohne genaue Kenntnis des eigenen Körpers sei kein Berg zu erklimmen. Und ich müsse schließlich mit ihm hoch, denn alleine könne er mich schlecht zu Hause lassen.

Ich konnte aus den Augenwinkeln erkennen, dass der Bär ebenfalls in einen leichten Trab verfiel, er bewegte sich auf uns zu, *der blufft nur,* wusste der Großvater, *er kann uns nicht gerochen haben.* Er zog mich allerdings näher zu sich heran, nahm mich bei der Hand, und wir trabten schneller voran als gedacht, der Wind gab die Richtung vor. Wo er zu drehen begann, änderten auch wir den eingeschlagenen Weg, unsere Spuren schlingerten und mäanderten durch die Landschaft, ich lief, übermütig wie ich war, die Bögen und Kringel aus, *jetzt übertreib mal nicht so,* brummte der Großvater. *Und wenn er unsere Spur findet und die Fährte aufnimmt? Das würde ich ihm mal lieber nicht geraten haben,* keuchte er zurück; mittlerweile liefen wir noch schneller voran, meinetwegen wollte er wohl kein Risiko eingehen.

Ich konnte es nicht lassen, mich umzublicken, was der Großvater sogleich untersagte, *du lädst ihn nur ein, uns zu folgen, hör auf damit!* Ich meinte, ganz weit hinten im gräulichen Weiß, dessen ausgefranste Ränder dem Himmel und der Erde anzugehören schienen, eine Bewegung wahrzunehmen, ein stetes, bedächtiges Pendeln, als würde etwas Großes seinen Kopf bewegen, abwägen, welchen Weg es einschlagen sollte. *Großvater, warum heißt es eigentlich, einen Weg und einen Kopf einschlagen, ich meine, beim Kopf kann ich mir das schon vorstellen, doch einen Weg?* Üblicherweise waren das Fragen, die ihm ein Schmunzeln ins Gesicht zauberten, doch nunmehr ermahnte er mich, weiterzueilen, mich nicht mit so was aufzuhalten.

Ich spürte seinen Atem in meinem Nacken, konnte förmlich erahnen, wie er meinen Schritt aufnahm, wie er tunlichst danach trachtete, meine Fußstapfen zu treffen. Ich solle schneller machen, so gut ich eben könne, von jetzt an einfach der Nase nach, denn dort befände sich auch die Inuit-Siedlung, in der seine Hütte stünde. Es war mittlerweile klar, dass wir vor dem Eisbären flüchteten, dass sich dieser nicht abschütteln ließ, der Wind schien an jenem Tag keine Rolle zu spielen, irgendein unsichtbares Band führte das Tier geradewegs zu uns, und, als hätte der Großvater meine Gedanken erraten: *Es ist nicht unsere Fährte, der er folgt, Elaine! – Großvater, ich glaube, ich blute,* ließ ich ihn zu diesem Zeitpunkt schüchtern wissen, und er nickte, als wäre das die normalste Sache der Welt.

Ich werde die Umstände meiner ersten Periode niemals vergessen, sie hatte uns einen Eisbären eingebrockt, alle Vorsichtsmaßnahmen des Großvaters (Windrichtung, Sonnenstand etc.) hatten nichts gefruchtet. Der mir anhaftende Geruch der Monatsblutung schien sogar Witterungsverhältnisse außer Kraft zu setzen. Später las ich allerdings, dass der Spürsinn eines Eisbären zu den besten im gesamten Tierreich zählte, kein Wunder demnach, dass er mich selbst gegen den Wind roch.

Ich hetzte weiter, bis ich nicht mehr konnte, der Großvater rief mir zu, dass wir uns noch zwei Meilen vor der Siedlung befänden, allerdings würde uns der Eisbär zuvor eingeholt haben, insofern könnten wir auch auf ihn warten. Ich war mir nicht sicher, ob das eine gute Idee war, doch in Ermangelung konstruktiverer Vorschläge hielt ich den Mund und versteckte mich hinter dem Großvater. Bald war der Bär überdeutlich zu erkennen, wie eine dicke Schneeflocke fiel er aus dem Himmel über Grönland, sonderlich eilig schien er es nicht zu haben. Er blieb etwa fünfzig Meter vor uns stehen, ich lugte hinter dem Großvater hervor und konnte ein jedes Haar in seinem Pelz erkennen, die dunkle Schnauze schien wie aus glänzendem Teer gegossen, die noch dunkleren Augen funkelten unergründlich.

Der Großvater hatte unterdessen sein Gewehr in Anschlag gebracht, er stand nun selbst wie aus Eis gemeißelt da, sein Atem hatte sich merklich verlangsamt, ja er glich kaum noch einem Menschen, vielmehr einer abstrakten Skulptur. Ich weiß nicht mehr, wie lange wir uns gegenüberstanden, Dallas meinte später, er stelle sich die Szenerie wie in einem der alten Westernfilme vor, die allerkleinste Regung würde eine Abfolge von Ereignissen nach sich ziehen, deren Ausgang ungewiss blieb.

Plötzlich wandte der Bär seinen Kopf nach Westen (von uns aus gesehen links), dort schien sich etwas zu regen, und allmählich schälten sich tatsächlich Gestalten mit Hundeschlitten aus dem Horizont, Inuit-Jäger, die in die Siedlung zurückkehrten. Der Bär machte kehrt und verschwand wieder im Eis, die Jäger mit ihren bellenden Hunden blieben bis zur Ankunft in der Siedlung an unserer Seite.

Einer der Jäger rief mir zum Abschied etwas hinterher, ich verstand nur *nanuq* (ᓇᓄᖅ), demnach *Eisbär* (ich war in meinem *Inuktitut* damals nicht unbedingt sattelfest), doch wollte ich sogleich vom Großvater wissen, was er gemeint hatte. Dieser grinste breit, doch kam er meinem Wunsch nach, er wiederholte das Gesagte nahezu feierlich: *arnaq nanuq iqaluminiliuqtuq* (ᐊᕐᓇᖅᓇᓄᖅᐃᕐᑲᓗᒥᓂᓕᐅᖅᑐᖅ) – *das Mädchen, welches den Bären am Kopf dreht*, und da ich ihn verdutzt ansah, beeilte er sich, es verständlicher auszudrücken: *Das Mädchen, welches dem Bären den Kopf verdreht.* Er lachte, und ich musste unwillkürlich einstimmen, ungeachtet dessen, dass mir die Sache ziemlich peinlich war – da hatte ich die erste Periode meines Lebens, und irgendwie schien das in Grönland ein offenes Geheimnis zu sein.

Am Abend kamen zwei der Jäger noch einmal bei Großvaters Hütte vorbei, sie luden uns zu einem Abendessen ein, eine

Selbstverständlichkeit im Leben des Großvaters, doch war ich dabei noch nie erwünscht gewesen; üblicherweise aß ich, wenn ich ihn besuchte, allein in seiner Behausung, niemand hatte bislang Notiz von mir genommen.

Ich wurde endlich im Familienkreis aufgenommen (im Grunde waren sie in der Siedlung alle irgendwie miteinander verwandt oder verschwägert), die Inuit-Frauen reichten mir ihre Hände, und die Männer winkten mir zu, eine Frau mit weißem Haar (die also mindestens so alt wie der Großvater sein musste) sprach mich an, es klang beinahe wie das am Nachmittag Gesagte, und doch war es anders: *arnaq nanuq iqaluminiliuqtuq…* und der Großvater übersetzte auch dieses bereitwillig: *Die Frau, welche den Bären am Kopf dreht.*

Und so würden mich fortan alle nennen, fügte er hinzu, das mit der Elaine könne ich mir hier definitiv abschminken. Doch es sei ein guter Name, bekräftigte er mehrfach, weil die Inuit auch ein *die Frau, welche dem Bären den Hals umdreht* darunter verstanden. Einen besseren Namen hätte er sich für mich nicht wünschen können, in Grönland finde dieser zu einem, nichts geschehe schließlich zufällig. Und wenn ich sterben würde und sie davon erführen, dann könne ich mir sicher sein, dass sie meiner gedenken und meinen Namen vor sich hin summen würden, *arnaq nanuq iqaluminiliuqtuq, arnaq nanuq iqaluminiliuqtuq, arnaq nanuq iqaluminiliuqtuq… wenn man nicht über die Toten spricht, sterben diese zweimal,* erklärte der Großvater, und das würden die Inuit nicht zulassen.

Ich lag danach noch lange wach, zwischen Großvaters Seehund- und Bärenfellen, es war ein wunderschöner Abend gewesen, wir hatten zusammen gegessen, gelacht, gesungen, getanzt, kein Wunder also, dass ich nicht zur Ruhe kam. *Elaine, welche dem Bären den Kopf ver- und den Hals umdreht,* ich hätte es wahrlich nicht besser treffen können, was war ich doch für ein Glückspilz!

Am nächsten Morgen erzählte mir der Großvater eine Geschichte, die am Vorabend einer der Inuit zum Besten gab, nur hatte ich dieser in Anbetracht meiner Sprachkenntnisse nicht folgen können. Sie handelt von einem Inuit-Jäger, der seinen Schlitten nicht anhalten kann (oder will). Dieser denkt zunächst, das sei weiter kein Unglück und zum Glück sei Grönland groß, also macht er immer wieder kehrt und fährt von Ost nach West, von Nord nach Süd, immer dorthin, wo die Eisberge steil aufsteigen und die schönsten Schneewechten stehen. Wenn er dabei an seiner Siedlung vorbeihetzt, winken ihm die Kinder zu, doch kann er selbst dann nicht stoppen, der Schlitten (und die Hunde) tun, was immer sie wollen, und irgendwann tut er so, als wolle er von sich aus weiterfahren.

Später bricht ihm angesichts der Röte, die die untergehende Sonne auf seinen Schlitten wirft, der Schweiß aus allen Poren, denn er kann die Hunde (und den Schlitten) immer noch nicht zügeln. Er ruft anderen Jägern, die ihm begegnen, fröhlich zu, er wolle noch ein wenig weiterfahren, und sie rufen fröhlich zurück, das solle er nur. Als sie ihn das nächste Mal draußen sehen, ruft er, er wolle nur schnell die Kinder holen, und seinen Kindern ruft er zu, er wolle nur schnell zu den anderen Jägern. Bald darauf sind Jäger und Kinder verschwunden, und als er an einem anderen Tag an ihnen vorbeirauscht, ruft er nichts mehr. Bald entdeckt er, dass der Schlitten allmählich zerfällt, die Hunde bis zur Unkenntlichkeit abmagern, doch treiben sie ihn weiter voran. Er denkt jetzt nicht mehr, das sei weiter kein Unglück und zum Glück sei Grönland groß genug.

Manchmal begegnen ihm noch Menschen, sie rufen ihm nach, und er denkt nur, wenn doch keine mehr vorbeikämen – und dann kommen auch keine mehr. Die Eisberge liegen mit abgeschlagenen Spitzen in den Buchten, und das Meer spiegelt die Lichter der Sterne wider, dichter Nebel steigt auf, in welchem der Jäger kreuz und quer umherhuscht. Er kann, während er über Grönland stürmt, die Schäden am Schlitten nicht reparieren, also gleitet dieser in immer desolaterem Zustand weiter. Ihn tröstet nur noch der Gedanke, dass sein Schlitten eines Tages zerfallen, sich vollständig auflösen wird, dass das Eis die Hunde zu Staub zermalmt, und er denkt auch, das sei eine merkwürdige Art des Sterbens, sich so über ganz Grönland zu verteilen; daraufhin beginnt es heftig zu schneien, und er denkt auch das nicht mehr.

Die anderen Jäger (und deren Familien) verlassen irgendwann die Gegend, seine Kinder und die Frau nehmen sie mit, jetzt bleiben ihm nur noch Bruchstücke seines Schlittens und bröselnde Hundeknochen. Die Nebelschwaden zwischen den Eisbergen in den Buchten und den Eisbergen im Landesinneren werden immer dichter, seine weiteren Gedanken verfangen sich darin, sie zappeln wie Vögel zwischen den feinen Maschen, die festen Fäden zerschneiden dabei seinen Verstand.

In manchen Nächten, so erzählte man sich, sah man in allen grönländischen Siedlungen einen Schlitten am Himmel dahinbrausen, und erst viel später vernahm man leises Hundegebell. Und je länger ich mich selbst mit dem Schlitten über Winterthur schleppte, umso mehr geriet ich wohl in Gefahr, wie dieser Jäger zu enden, ich musste diese Geschichte irgendwie beherzigen. *Es ist doch nur ein Märchen, Elaine, denk an klares, kaltes Wasser, das über deinen Körper läuft, bohr dir die Fingernägel unter die Achseln, dann wachst du schon auf!*

Plötzlich erkannte ich überall um mich Spuren, als wäre ich tatsächlich im Kreis gelaufen, eine verlorene, kaum noch fassbare Existenz. Meine Fußabdrücke wirkten dabei allmählich wie die eines Eisbären, als hätte ich mich längst in einen solchen verwandelt. Meine Fährten schienen bis zum Horizont zu reichen, sie mischten sich mit anderen Tatzen und Pfoten, vielleicht tatsächlich Hunde- oder Vielfraßspuren, Rentierhufe, Ottertrassen und Eiderentenstampfer. Alle wollten sie vorankommen, Kilometer machen, nicht zu lange an einem Punkt verweilen, als hätte ein jedes dieser Wesen einen konkreten Punkt vor Augen, irgendeine Koordinate im flächigen Weiß.

Ich stemmte mich mit aller Kraft gegen den Schlitten, zog an, ein Schritt nach dem anderen, der erneut in einen beständigen Trott überging, das Gelände blieb flach und die Witterung zuträglich. Nach einigen Tagen (und weiteren noch unruhigeren Nächten in Schneemulden) türmten sich schließlich größere Eisformationen vor mir auf, die Ebene wuchs zu spitzen Bergrücken an, diese umschlossen ein sich öffnendes Tal.

Hätte mich jemand gefragt, ich hätte gestammelt, das sehe doch beinahe wie in der Schweiz aus. In der Nähe Winterthurs hatte es einige ähnliche Ecken gegeben, Hochtäler, die für geübte Wanderer problemlos zu bewältigen gewesen waren. Durchs gesamte Aarmassiv verliefen damals einige solcher Formationen, deren Basis in Verbindung mit den Massiven des Mont Blanc und der Aiguilles Rouges stand. Auch den Creux du Van zählte man hinzu, einen gewaltigen Talkessel, der in der Eiszeit entstanden war, fortan ein beliebter Spielplatz von Lawinen und Moränen, an dessen Hängen sich Steinböcke und Gämsen aufhielten.

Meine Reise fühlte sich zusehends unwirklich an, der Kometeneinschlag, der Kälteschlaf, die vielen Stunden an Bord, die Bruchlandung, war all das wirklich geschehen? Ich blickte zurück, die Schwester war nur eine weitere Erinnerung an die Zukunft, das Surren und Brummen der Maschine wurde deutlich lauter im Kopf, ja, ich fragte mich längst, ob die Geräusche jemals ganz verstummen, ob sie sich im Nichts auflösen würden, *nur dann gehört dir dein Kopf wieder ganz allein, Elaine.*

17.

ALS ICH DEN TALEINGANG ERREICHTE, war es nahezu windstill. Beinahe fühlte ich mich, als wäre ich einem tosenden Polarmeer entstiegen, hätte die Küste erreicht, ein karger, freundlich anmutender *Strand* lag vor mir. Ich setzte mich, verharrte eine Weile im Schnee, bis sich der Puls langsam wieder normalisierte. Ich konnte nachvollziehen, wie sich Schiffbrüchige (das war ich doch auch) gefühlt haben mussten, wenn sie endlich Land sahen, wenn sie es erreichten und betraten, sich auf den Boden legten und die Hände im feuchten Sand vergruben.

Meine Finger wirbelten feinste Schneeflocken auf, als befände ich mich auf einem alten Dachboden, auch dort senkt sich der Staub bekanntlich nur langsam, man kann die Staubkörner eine ganze Weile im Licht zirkulieren sehen. Die Schneebeschaffenheit war hier anders, die Schneepartikel schwebten behutsam durch die Luft, ich konnte gar nicht fassen, wie lange es dauerte, bis sie sich absenkten.

Ich stellte mir in Anbetracht der majestätischen Eiswände vor, dass sich unter ihnen doch Fels befinden müsste, und mich beschlich das Gefühl, mich am Rande eines alten Gebirges zu befinden. Es war kaum vorstellbar, an Steine zu denken, Steine, wie glücklich wäre ich, solche zu entdecken, die vor mir liegenden Hügel und Erhebungen konnten doch nicht restlos aus gefrorenem Wasser bestehen. Steine, ein paar wenige Steine nur, etwas, das nicht schmilzt, sobald es meine Haut berührt; ich wollte nicht mehr an Großvater denken und tat es augenblicklich, an seine aus Speckstein geschnitzten Figuren, die einst die grönländische Kultur in mein Kinderzimmer gebracht hatten.

Die Menschen auf der Erde haben längst vergessen, Steinen Respekt zu zollen, sie als lebendige Wesen wahrzunehmen, flüsterte der Großvater. Die Vernichtung unseres Planeten durch einen Gesteinsbrocken aus dem All, es war doch irgendwie naheliegend, dass alles miteinander zusammenhing, der Ablauf der Geschehnisse, die Räume und Zeiten waren durch unsichtbare Bande verflochten, das Alte musste weichen, damit sich Neues formieren konnte, alles hatte seine Zeit, und nichts war von Dauer.

Ich wollte mich zu einer der steileren Eiswände begeben, die das Tal umschlossen, dort würde ich den Schlitten zurücklassen, ein Basislager errichten, immerhin würde mir hier der Wind nicht mehr so penetrant auf den Leib rücken. Während ich auf das Ziel zustapfte, musste ich mir eingestehen, dass ich die Entfernung unterschätzt hatte, es würde weitaus länger dauern, den angepeilten Punkt zu erreichen. Ich benötigte einen weiteren halben Tag, um in dessen Nähe zu gelangen, man hätte dort (mit der richtigen Ausrüstung) sogar die Eiswand hochklettern können, sie erinnerte an einen gefrorenen Wasserfall. Ich war bereits dabei, mich einzurichten, als ich in einiger Entfernung, ebenfalls an einer der Eiswände, einen bläulich schimmernden Fleck entdeckte, meine Neugierde war geweckt.

Ich wollte gleich loslaufen, diesmal ohne Schlitten, doch schon nach ein paar Metern musste ich einsehen, dass meine Müdigkeit keine weiteren Erkundungen zuließ. Ich verkroch mich unter einem der Eisvorsprünge, dort existierte eine kleine Einbuchtung, in die ich hineinpasste, bald schon fühlte ich mich beinahe wie im Eiskokon des Flugschiffes. Ich stopfte meine Decken, Kleidung etc. in die Vertiefung und ruhte schließlich einigermaßen bequem, fast hätte ich es sogar laut gedacht: *Elaine, das ist doch recht gemütlich hier.* Gewiss musste man dem Wort *gemütlich* auf Winterthur einen anderen Maßstab zugrunde legen, doch war mir schon lange nicht so warm gewesen, selbst die Tubennahrung schien plötzlich mehr Geschmack zu entfalten.

Schon nach wenigen Minuten war ich eingeschlafen, wie so oft mit verschränkten Armen, ich hielt mich an den Schultern fest, winkelte die Knie an und rollte mich zu einer Kugel ein, ein eigener, kleiner Planet, der sich seinen warmen Kern bewahrte. Irgendwann wurde ich wach, zwischen die unruhigen Träume hatte sich ein Geräusch geschlichen, dem mein Unterbewusstsein offenbar auf den Grund hatte gehen wollen, ich setzte mich auf und lauschte nach draußen. Zwischen dem fernen, leisen Windgeheul vernahm ich ein schrilleres Geräusch, das sich allerdings nicht weiter wiederholte. Es musste aus der Richtung stammen, wo der Strand lag, genauer konnte ich es nicht verorten.

Mir fielen erneut die Augen zu, ich war einfach zu müde, um weiter darüber nachzudenken, vielleicht hatte ich mir etwas eingebildet, vielleicht war da ja tatsächlich etwas gewesen, ich ahnte allerdings, es würde darauf hinauslaufen, zum Strand zurückzuschauen. Insgeheim ärgerte ich mich darüber, viel lieber wäre ich zum bläulichen Licht aufgebrochen, doch musste ich auf Nummer sicher gehen.

Nach einer sonst ereignislosen Nacht erwachte ich durchaus erholt, das Tal schien mir gutzutun, man kühlte hier nicht so erbärmlich aus, wie draußen in der Ebene. Ich verstaute das Nachtlager, nahm etwas Proviant und Wasser zu mir, danach eilte ich los, zurück zum Strand. Ich kam schneller voran, als ich gedacht hatte, ohne die Last des Schlittens war es nahezu ein Kinderspiel. Die Schneeschuhe sanken kaum noch ein, beinahe fühlte es sich an, als würde ich durch seichtes Wasser waten, der Pulverschnee spritzte dabei in alle Richtungen.

Schon aus einiger Entfernung konnte ich vor dem Strand einen dunklen Fleck ausmachen, der gestern noch nicht da gewesen war, meine Wahrnehmung hatte mir demnach keinen Streich gespielt. Als ich näher kam, erkannte ich einen rötlichen Schimmer, mit etwas Fantasie hätte es sich auch um einen kleinen Sonnenaufgang (oder -untergang) handeln können, das Eis in unmittelbarster Nähe dieser Stelle reflektierte den befremdlichen Schein. Bald erkannte ich, dass der Schnee diesen *Schein* aufgesogen hatte, rote Steine schienen ebenfalls achtlos in der Gegend herumzuliegen. Und als ich beinahe da war, wurde überdeutlich, dass es sich um Blut handeln musste, die roten Steine entpuppten sich als große Fleischklumpen, diverses Gewebe und Knorpel. An der dunkelsten Stelle, wo eigentlich ein Körper hätte liegen müssen, fand ich eine gefrorene Blutlache vor, Blutspritzer und aufgewühlter Schnee komplettierten den bizarren Schauplatz. Ich sah mich nervös um und konnte bald die Spuren eines Eisbären ausmachen, ein Irrtum war völlig ausgeschlossen.

Das Werk der Schwester musste von Erfolg gekrönt gewesen sein, nicht, dass ich meine Arbeit grundsätzlich angezweifelt hätte, doch hatte ich bislang keine wirklichen Beweise vorgefunden. Das ferne Hundegeheul, die Spuren im Schnee, die Fährten, die mir auf meiner Reise begegnet waren, ich war nie sicher gewesen, ob es sich nicht doch um *Geisterhaftes* handelte, von mir (und meiner Einbildung) geschaffene Tatsachen, entfernte, lückenhafte Erinnerungen, die sich mit der Gegenwart überlappten. Doch nun lag eindeutig totes Gewebe vor mir, die Reste einer Mahlzeit, die ein Raubtier für gewöhnlich hinterließ, ich hatte allerdings keine Ahnung, wen oder was es gerissen hatte. Ich konnte im näheren Umkreis keine eindeutigen Fährten mehr entdecken, mich weiter in die Ebene hinauszuwagen, hielt ich für keine gute Idee.

Ich verspürte nicht unbedingt Angst vor den Eisbären, schließlich war ich ihre Schöpferin, und sie mit eigenen Augen zu sehen, echte, lebendige Wesen auf Winterthur, das wäre ein Anblick, der mich grundsätzlich aufjauchzen ließe, ungeachtet aller Gefahr, die ein solcher Moment beinhalten würde, doch war ich längst darüber hinaus, mich vor dem Tod zu fürchten. Von einem Eisbären getötet und gefressen zu werden, am Ende wäre das eine Auszeichnung, ein sinnvoller und aus der Sicht eines Inuit-Jägers ehrenvoller Tod (ein *asu-*

kuluk, (ᐊᓱᑯᓗᒃ), *oh ja, ich sehe wohl, wie du stirbst, wie gut, das zu hören*), welcher den jungen Kreislauf des Lebens auf Winterthur befeuern würde.

Ich wägte ab (um alle Möglichkeiten durchzuspielen), ob nicht ein Eisbär einen anderen Eisbären erlegt haben könnte, sie waren schließlich auch auf der Erde Kannibalen gewesen. Das würde zumindest erklären, warum ich im näheren Umkreis keine anderen Spuren vorgefunden hatte, allerdings bestand auch die unwahrscheinliche Möglichkeit, dass sich etwas *Fremdes* eines der Tiere einverleibt hatte.

Eigentlich hielt ich es für undenkbar, dass Winterthur bewohnt sein könnte, doch war ich mir momentan bei fast gar nichts mehr sicher. Was immer auch passiert sein mochte, ich machte kehrt und lief zurück, hinein ins Tal und immer weiter bis zu meinem Lager, packte alles zusammen, spannte mich vor den Schlitten und brach hastig auf. Die bläulich schimmernde Stelle zu erreichen, würde mich vermutlich den Schlaf kosten, doch ich wollte weiter vom Strand wegkommen, mal abgesehen von der Neugier, die mich antrieb.

An Bord hatten wir sehr wohl die äußerst unwahrscheinliche Möglichkeit diskutiert, dass ein neuer Planet bewohnt sein könnte, doch kam man schnell überein, sich diesem sekundären Problem erst vor Ort zu widmen. Was hätten wir sonst auch tun sollen, das Flugschiff befand sich schließlich auf keiner Forschungsmission, es war ein letzter, verzweifelter Rettungseinsatz.

Ich hatte mich mit Dallas darüber ausgetauscht, wir waren immer schon Abenteurer gewesen, die Vorstellung, irgendwo im Universum fremdes Leben zu entdecken, das hatte uns schon als Kinder fasziniert. In der Schweiz schleppten wir regelmäßig allerlei Fauna mit nach Hause (Insekten vorwiegend), um sie zu scannen und mit allwissenden Datenbanken abzugleichen. Wir wollten dabei unbedingt auf eine neue Spezies stoßen, denn nur so erwarb man das Recht, diese zu benennen. Wir hatten uns allerlei Gedanken darüber gemacht, welche Namen überhaupt infrage kämen, schließlich wollten wir im entscheidenden Augenblick nicht unvorbereitet dastehen:

> a) Der Älpische Stülper (Malaxus lappalium), b) Der Vasilisk (Vir grantomagnus), c) Der Gürtelschnalzer (Tonnatum aequinoctialis), d) Das Biest das dem Begräbnis folgt (Bobo simplex destitutum), e) Der schlichte Särgling (Margatum horolabialis), f) Die schrecklich behaarte Fliege (Mormotomyia hirsuta), g) Der Schattenschreck (Frangopartitus erythropodes), h) Der Sandhechler (Tunga penetrans) und i) Der Schwyzer Schlitzrüssler (Salamandarum Helveticum erythromyces).

Allerdings hatten wir zu unserem Leidwesen keine neue Spezies entdeckt, das galt längst als unmöglich, die Welt war bis in die letzten Winkel durchkämmt. An Bord hatten wir an jenem Abend beschlossen, spontan eine neue Liste anzufertigen, ausschließlich für außerirdische Spezies gedacht, doch war es nicht mehr dazu gekommen. Es war unser letztes, unbeschwertes Gespräch gewesen, bevor die Dinge außer Kontrolle gerieten, bevor ich halb ohnmächtig in einen der Eiskokons manövriert wurde, alles war voller Blitzlichter und lärmender Schritte gewesen.

Sollte ich auf Winterthur tatsächlich auf eine neue Spezies stoßen (wohlgemerkt keine der von mir geschaffenen Rekonstruktionen), würde ich diese nach Dallas benennen, ein *Dallasdarum thurthropedes* oder so ähnlich. Während ich meinen Gedanken nachhing, kam ich gehörig ins Schwitzen, es ging immer steiler bergauf, auf den ersten Blick war das nicht unbedingt ersichtlich gewesen. Ich wandte mich regelmäßig um, ob ich hinter mir etwas erkennen konnte, doch blieb alles ruhig. Ich spürte, wie mir unter der Kleidung der Schweiß aus allen Poren quoll, er lief meine Arme und den Rücken entlang, als würde er die Konturen meines Körpers nachzeichnen wollen. Ich dachte an das Blau vor mir, das sich von den üblichen Lichtbrechungen im Eis unterschied, so viel wurde immer offensichtlicher. Es erinnerte an den Mond und seinen bläulichen Schimmer, es verdeutlichte, dass die Farbe Blau mit irdischem Leben assoziiert werden konnte, dem Himmel, den Meeren, unserem blauen Planeten – ich flatterte wie eine übergroße Motte auf ein bläuliches Schimmern zu, ein fremdes Licht, das ich nicht einschätzen konnte.

Der Schlitten glitt mir plötzlich nach einer Unachtsamkeit aus der Hand, er begann sofort bergab zu schlittern, ich musste ihn mühsam wieder einfangen und wie ein Floß vertäuen, eine Plattform in den Schnee graben. Das Gefälle hatte merklich zugenommen, und als ich mich umdrehte und mein Blick den eigenen Fußstapfen bergab folgte, erkannte ich, wie steil das Gelände wirklich geworden war. Ich sah weit in die Ebene hinein, das war eine völlig neue Perspektive für mich, eine Aussicht zu haben.

Ich wandte mich wieder dem bläulichen Schimmer zu, bei näherer Betrachtung zeigte sich, dass es sich um eine Höhle handelte, einer Gletschermühle nicht unähnlich; blankes, klares Eis bildete den Höhleneingang, das Licht fiel dort so ein, dass die Wände erstrahlten. Ein helles Türkis ging allmählich in ein dunkleres Blau über, weiter hinten, wo sich der dunkler werdende Schacht in den Berg grub, gewahrte ich ein saphirhaftes Blau, die glänzende Oberfläche der Wände verstärkte diesen Effekt noch.

Ich kannte Gletschermühlen aus eigener Erfahrung, vom Wasser ins Eis gefräste Gänge und Höhlen, die in unterirdischen Bächen mündeten, welche alle Gletscher durchzogen, um später Flüsse und Seen zu speisen. Dallas und ich waren in einer solchen Mühle gewesen, wir hatten uns dort abgeseilt, stiegen mit Atemgeräten und Seilen gesichert in einen unterirdischen Fluss, kämpften gegen die Strömung an. Die Hohlräume unter dem Eis gaben magische Welten preis, das einfallende Licht verwandelte die Unterwasserwelt in ein blaues Wunderland, ich hatte nie wieder so ein Blau gesehen.

Fast alle irdischen Gletscher waren zu unseren Lebzeiten verschwunden, insgesamt hielten sie sich allerdings länger, als man es prognostiziert hatte, der Klimawandel veränderte die Landschaften ausdrücklich. Dallas und ich waren bestimmt die letzten Menschen, die in besagter Gletschermühle abgetaucht waren, der Aufenthalt dort war schlicht viel zu gefährlich. Die Gletschergebiete waren stark geschrumpft, die Schweiz bildete da keinerlei Ausnahme, der mächtige Bodensee-Rhein-Gletscher und der Rhein-Linth-Gletscher verschwanden, und auf ihrem einstigen Gebiet weideten bestenfalls Ziegen. Das Schmelzwasser der Restgletscher floss durch das *Totentäli*, einen Landstrich, den wir als Kinder oft bewanderten, ein dunkles Flüsschen, das sogenannte *Totwasser*, ließ unserer kindlichen Fantasie Raum für Geschichten. Wir stellten uns vor, dort in die Unterwelt einzudringen, irgendein geheimes Reich fern aller Realitäten, wo uns unermesslicher Reichtum erwartete; alten, mythischen Vorlagen folgend, beteuerten wir ausdrücklich, uns auf dem Rückweg nicht umzudrehen.

Für gewöhnlich ragte eine Gletschermühle senkrecht nach unten, hier auf Winterthur war sie mehr eine Mischung aus Höhle, Schacht und Mühle, sie reichte, soweit ich das sagen konnte, tief in den Eisberg hinein, es ging dort mäßig bergab und würde einem einiges abfordern, nicht auf dem eisigen Untergrund auszurutschen. Mir war klar, dass ich den Spalt erkunden, dass ich wissen musste, wohin er führte, und ob sich weiter unten Steine oder Felsen befanden. Und wer weiß, vielleicht war die Öffnung auch als Unterschlupf geeignet, ein neuer Zufluchtsort, an dem ich mich häuslich einrichten konnte, um die umliegende Gegend zu erkunden. Es war schön, eine weitere Aufgabe vor mir zu wissen, denn ohne ein konkretes Ziel über den Planeten zu ziehen, das würde ich auf Dauer nicht durchhalten.

Ich band die auf dem Schlitten mitgeführten Seile zusammen, Knoten, die mir der Vater beigebracht hatte, *das Wissen eines Bergführers könnte sich schließlich eines Tages als nützlich erweisen*. Was ihm wohl durch den Kopf schießen würde, wenn er mich sehen könnte, und ich fragte mich insgeheim, ob er nicht auch ein wenig stolz auf mich wäre.

Ich war ihm zuletzt in der Stadt begegnet, er war noch in Winterthur einkaufen gewesen, stoisch und mir gegenüber nach wie vor reserviert. Wir hatten lose ein Mittagessen vereinbart, er wusste schließlich um meine zahlreichen Verpflichtungen im Konzern. Bald darauf war die Sache mit dem Kometen bekannt geworden, wir telefonierten kurz und beschlossen, unseren Essenstermin beizubehalten, die Details würden wir beizeiten fixieren. Danach war alles aus dem Ruder gelaufen und in Vergessenheit geraten, der Konzern, die Hektik, die Plünderungen, ich war in der Nacht, als das Flugschiff startete, noch zu seinem Haus gelaufen, es war verbarrikadiert, und nichts regte sich, da konnte ich noch so laut brüllen und gegen die Türen und die mit Eichenbrettern vernagelten Fenster hämmern.

Ich lief zum Konzerngelände zurück, gerade noch rechtzeitig, um ein paar Habseligkeiten und Arbeitsunterlagen zusammenzupacken, überall schrillten längst die Sirenen. Ich schaffte es irgendwie zum Flugschiff, schlüpfte durch eine geöffnete Tür, unmittelbar danach wurde sie geschlossen, verbarrikadiert und die gesamte Rampe abgesprengt. Als wir den Startknopf drückten, drängten sich reichlich Menschenmassen um unser Gefährt, etwas prasselte auf die äußere Hülle nieder, es hörte sich an wie Hagel. Erst später erfuhr ich von Dallas, dass wir mit Steinen beworfen worden waren, andererseits, wer konnte es den Zurückgebliebenen schon verübeln. Als das Flugschiff startete und in den Himmel schoss, platzten gewiss in einem Umkreis von Hunderten Metern allen die Trommelfelle, und jene, die sich noch näher am Flugschiff befanden, gerieten unweigerlich in dessen Druckwelle, ihre Körper wurden förmlich zerrissen. Dallas hatte nie nachgefragt, ob ich noch meinen Vater gesehen hatte, und ich wiederum wollte nichts von seiner Familie wissen, für Mitleidsbekundungen war es zu spät.

Man wusste nie, wann man jemanden zum letzten Mal sah, uns Menschen war nie klar, wann wir uns zum letzten Mal berührten, und wüsste man das, es würde keinen Unterschied machen. Ein endgültiger Abschied blieb endgültig, die Erinnerungen verblassten allmählich, und mit ihnen das Bedauern, dass es so gekommen war.

18.

ICH VERSUCHTE EIN PAAR angespitzte Metallstücke an den sogenannten Schneeschuhen (die beiden Küchensiebe) zu fixieren, Steigeisen wurden es dadurch zwar keine, doch war ich mir sicher, es würde mir auf der abschüssigen Eisfläche besseren Halt verleihen. Vorsichtig stieg ich in den Schacht ein, nach zehn, zwanzig Metern fiel mir auf, dass sich auf dem glatten Boden zahlreiche Kratzer befanden; als ob sich schon einmal jemand an einem Abstieg versucht hätte, als ob tatsächlich jemand hier gewesen wäre, ein Eisbär vielleicht?

Ob man aus den Kratzern hätte schließen können, wer diese verursacht, ob sie von Krallen oder anderen Gegenständen, vielleicht auch natürlichen Vorkommnissen herrührten, entzog sich meiner Kenntnis. Einen meiner Leuchtkörper, welcher beliebig formbar war, hatte ich mir um Hals und Kopf geschlungen, es war unumgänglich, die Hände frei zu behalten. An Bord des Flugschiffes hatte es selbstverständlich auch Waffen gegeben, doch war in den Wrackteilen nichts aufzufinden gewesen. Was bei mir als Bewaffnung hätte durchgehen können, war ein Skalpell, das ich in den Überresten des Forschungsmoduls entdeckt hatte; es war in einer bruchsicheren Hülle verwahrt, ich steckte es in eine der Jackentaschen.

Im Inneren des Eisberges war es vorerst erstaunlich hell, nach einer Weile wurde das Licht diffuser, ein paar Mal wäre ich fast gestürzt, doch tastete ich mich vorsichtig die Wände entlang, sie wiesen reichlich Struktur auf, Ecken und Kanten, die ich als Haltegriffe nutzte. Nachdem ich den Leuchtkörper aktiviert hatte, gelangte ich zu einer Biegung, an einen Punkt, wo sich der Gang verzweigte. Einer der Wege bog nach rechts ab, er wirkte auf den ersten Blick wie ein kürzerer Seitenarm, ihn wollte ich später erkunden. Der andere, deutlich breitere Schacht führte weiterhin abwärts, die Neigung blieb allerdings erträglich.

Irgendwann verlor ich jegliches Zeitgefühl, mühte mich tiefer in den Berg, ich konnte mich im Lichtschein gut orientieren, und mancher von mir verursachte Schatten erinnerte sogar an alte Höhlenmalereien. Ich überlegte, was ich täte, wenn plötzlich ein Eisbär aus der Dunkelheit auf mich zugeschossen käme, doch würde ich ihn bestimmt zuvor hören, gewiss bliebe dann noch Zeit, mir etwas zu überlegen. Als ich bereits umkehren wollte (für heute war ich weit genug gekommen), registrierte ich eine Veränderung des Untergrundes: Das Eis war weicher, körniger und *nasser* geworden, ein paar Dutzend Meter weiter schien es fast schon matschig, und danach verschwand es vollständig, ich vernahm eindeutig Tropfgeräusche. Augenscheinlich hatte ich das Ende des Eises erreicht, der Gang war fortan *ebenerdig*, und ja doch, tatsächlich feucht, schlammig und steinig, es war zudem fühlbar wärmer geworden. Am liebsten hätte ich vor Freude aufgeschrien, doch wollte ich weiter Vorsicht walten lassen; ich steckte mir einige der kleineren Steine in die Taschen, um sie später in aller Ruhe zu inspizieren.

Im Lichtschein des Leuchtkörpers erkannte ich, dass sich der Gang weitete, in den daran anschließenden Kammern und Höhlen schien sich noch mehr Felsmaterial abgelagert zu haben. Es wirkte auf mich, als wäre ich tatsächlich unter einen irdischen Gletscher geraten, der unverzagt seiner Lieblingsbeschäftigung, nämlich ein ganzes Gebirge abzuschleifen, nachging. Ich wollte schon umkehren, als ich in einer Bodenvertiefung gegen etwas stieß, ein länglicher, erstaunlich *rechteckiger* Gegenstand, wovon ich mich auch tastend überzeugte; natürlich ließ ich es mir nicht nehmen, diesen einzupacken. Ich hob den Brocken an und verstaute ihn im Rucksack, es war schon erstaunlich, wie viel er in Anbetracht seiner Größe wog.

Geschultert kam er mir noch schwerer vor, vielleicht wiesen manche Steine eine spezielle Beschaffenheit auf, möglicherweise lag das an ihrer Dichte, der chemischen Zusammensetzung, am Ende bestanden sie aus völlig fremden Elementen. Ich kam beim Aufstieg aus der Tiefe gut voran, der Rückweg fällt einem ohnehin meistens leichter, ich erreichte ohne weitere Vorkommnisse den bläulichen Eingangsbereich. Ich zügelte meine Neugier und machte mich daran, das Nachtlager aufzubauen, entschied mich dafür, mich innerhalb des Ganges zu platzieren, den Schlitten und ein paar Eisbrocken schützend vorm Eingang verkeilt. Danach setzte ich mich und kramte die eingesackten Steine hervor, ich staunte nicht schlecht, da manche aussahen, als wären sie aus Gneis oder Granit beschaffen, andere erinnerten gar an geschliffene Ziegelsteine. Bevor ich mir weiter den Kopf darüber zerbrechen konnte, langte ich nach dem rechteckigen Klumpen im Rucksack, irgendwie fühlte es sich gut an, diesen in der Hand zu halten. Er war wohl fünfzehn Zentimeter lang, nicht sonderlich breit, allerdings noch großflächig vereist, man hätte meinen können, es handele sich um eine gräuliche Eisplatte aus dem Herzen eines Gletschers.

Allerdings konnte es sich um kein Eis handeln, dessen war ich mir in Anbetracht der Masse absolut sicher; also begann ich vorsichtig mit einem der kleineren Steine die äußeren Schichten abzumeißeln, irgendwann schimmerte etwas Goldenes auf. Ich war vollkommen perplex und hämmerte hektisch auf den Gegenstand ein, immer mehr von der gelblichen Masse kam zum Vorschein. Ich kratzte mit den Fingern daran, um die hartnäckigsten Verschmutzungen abzubekommen, bis ich mir der Sache sicher sein konnte … ich ließ das Ding fallen, legte mich auf den Boden und starrte zum eisgrauen Himmel.

Das konnte unmöglich wahr sein, was ich da sah, *denk nach Elaine, atme einfach weiter, verlass dich auf deinen Verstand.* Ich nahm dieses Ding nochmal zur Hand, vielleicht hatte mich die Wahrnehmung endgültig zum Narren gehalten, ich musste nur genauer hinsehen, dann würde sich schon alles fügen. Also las (!) ich laut vor, was auf dem *Steinbrocken* vermerkt worden war: *066342, Essayeur Fondeur (Feingehaltsprüfer, Gießer), Switzerland, UBS, 1 Kilo Gold, 999,9.* Wie immer ich es mir erklären und zurechtbiegen wollte: Ich hielt einen Goldbarren in meinen Händen.

Um mich zu vergewissern, holte ich den *Notizblock* aus der Jackentasche, der Quantencomputer tat nach wie vor seinen Dienst, ich hütete diesen wie meinen Augapfel. Bei der UBS handelte es sich um eine Schweizer Großbank, die im Jahre 1862 als *Bank in Winterthur* gegründet wurde – sie bezog ihren Sitz in der Stadthausstrasse, wo sie bis zuletzt (Kometeneinschlag) eine Niederlassung betrieb. Die Bank wäre beinahe mehrfach in Konkurs gegangen, als ihr etwa in den 1870er-Jahren ein gewisser Henri von Sulzer-Wart einen Verlust von mehreren Hunderttausend Franken bescherte. Die *Bank in Winterthur* fusionierte daraufhin 1912 mit der Toggenburger Bank zur Schweizerischen Bankgesellschaft, bevor sie sich 1998 mit zwei anderen Banken zur Großbank UBS formierte. Dem Abgleich nach schien der Goldbarren in dieser Zeit gefertigt worden zu sein, der Seriennummer nach zu urteilen, stammte das Gold aus dem Tresorraum der Niederlassung in Winterthur.

Ich legte den Quantencomputer zur Seite und führte einen ungeheuerlichen Gedanken aus – wenn der Goldbarren tatsächlich aus Winterthur stammte, müsste er sich dann nicht auf unserem Flugschiff befunden haben? Möglicherweise hatte ihn jemand an Bord geschmuggelt? Insgeheim wusste ich jedoch, dass dies nicht der Wahrheit entsprechen konnte – das Gold, so wie es auf mich wirkte (und mal abgesehen davon, wo ich es gefunden hatte), musste Ewigkeiten unter dem Eis gelegen haben. Demnach musste ich eine andere Möglichkeit in Betracht ziehen: Unser Flugschiff war gestartet, in den Orbit gelangt, hatte den Kometeneinschlag auf Erden und die Auslöschung mitverfolgt, man hatte einen Exoplaneten zum Ziel erkoren, etliche Crewmitglieder und Passagiere waren in die Eiskokons verfrachtet worden … und dann?

An Bord war es zu den erwarteten Tumulten gekommen, da nicht allen ein Eiskokon zur Verfügung stand, dabei waren vielleicht wichtige Systeme beschädigt worden, und man trat die kosmische Reise gar nicht erst an. Dallas hatte gewiss nichts unversucht gelassen, alle, die sein Schiff gefährdeten, unschädlich zu machen, vielleicht hatte er ein solches Szenario auch vorsorglich einkalkuliert. Dass wir wahre Ewigkeiten in den Eiskokons ausharren, bis sich die Erde vom Kometeneinschlag erholt, dass die Erdmasse allmählich abkühlt (um Teile eines fremden Kometen bereichert). Dass sich wieder Krusten und Gestein bilden, dass alles seinen Lauf nimmt, bis es flüssiges Wasser gibt. Dass sich die Atmosphäre verdichtet und die Sauerstoffproduktion anläuft, dass Vulkane ausbrechen und die aufgewirbelte Asche in der Luft die Temperaturen sinken lässt. Dass die Sonneneinstrahlung nicht mehr mit der uns bekannten Intensität einfällt und dass eine veränderte Erdumlaufbahn, in Kombination mit einer schieferen Erdachse, unweigerlich zur Eiszeit führt. Dass unser Flugschiff im Orbit abwartet, bis sich die Erdoberfläche beruhigt, bis unsere Energievorräte restlos aufgebraucht sind und die Systeme versagen. Und erst unmittelbar dann würde das Flugschiff die Landung einleiten, sich erneut an der ursprünglichen Ausgangs- und nunmehrigen Endkoordinate einfinden, das würde dem Humor unseres Kapitäns entsprechen: Winterthur!

Ich versuchte mir auszumalen, dass er all das vorsorglich mitbedachte und dass ich auf diesem Weg wieder zur Erde gelangt wäre. Folglich hatte ich mich nie auf einem fremden Planeten befunden, vielmehr streifte ich über eine mir unbekannte Erde, einen Ort, den ich nicht wiedererkannte und der sich in Größe, Form und Klima verändert hatte. Der Kometeneinschlag leitete einen neuen planetarischen Zyklus ein, und ich übersprang mithilfe fortschrittlicher Maschinen ganze Erdzeitalter. Ich befand mich in einer fernen Zukunft, und unter mir, vermutlich an einigen Stellen unter dem Eispanzer, schlummerten die Spuren der Vergangenheit.

War das so? War das tatsächlich so? Oder war ich dabei, endgültig den Verstand zu verlieren?

Ich musste mich irgendwie ablenken, meine Fassung zurückerlangen, daher wollte ich noch einen Blick in den zweiten Gang riskieren; nicht, dass sich der Eisbär dort herumtrieb. Bald musste ich etwas klettern und erreichte einen gezackten Eisvorsprung, dahinter lag eine kleine Höhle, und schon ein paar Meter weiter konnte man wieder an die Oberfläche zurückkehren; man befand sich allerdings an einer anderen Flanke des Berges. Die Risse und Gänge im Eis waren vermutlich durch Spannungen entstanden, ja vielleicht hatte sie einst flüssiges Wasser mitgeformt, unterhalb des Eises herrschte schließlich Tauwetter, irgendwohin musste die Flüssigkeit auch abfließen, vielleicht gar in unterirdische Seen und Meere.

Beinahe wäre es mir entgangen, doch entdeckte ich dort ebenso tiefe Kratzer im Boden, deutlich sichtbare Linien und Schraffuren im Eis, als wären sie mit Harken gezogen worden; selbst auf den Wänden setzten sich die Muster fort. Ich versuchte ihnen mit den Augen zu folgen, um mir einen Reim darauf zu machen. Da und dort meinte ich tatsächlich ein paar

Inuit-Zeichen auszumachen, war das nicht ein ᖃᐅᑉᐸᓪᓕ, demnach *Qauppalli? Wie wäre es morgen?* Und je länger ich hinsah, umso mehr Zeichen konnte ich entziffern, gewiss, sie waren nicht sonderlich gut ausgeführt, strotzten vor Fehlern, doch konnte ich sie tatsächlich lesen: ᓱᕕᑦ? *Suvit? Was machst du?* ᖃᐅᑉᐸᑦᑭᓲᓛᖅᑲ? *Qauppat kisuulaaqqa? Was für ein Tag ist morgen?* ᑭᓱᓕᕆᔩᐅᕕᑦ? *Kisulirijiuvit? Was machst du für dein Leben gern?* ᖃᖕᒐ ᐅᑎᕐᓂᐊᖅᑲ? *Qanga utirniaqqa? Wann wirst du zurückkehren?* Und dann stand da ein Wort, das mich bis ins innerste Mark erschütterte: Dᐊᓪᓚᔅ … *Dallas.*

Konnte es sein, dass mein Dallas diese Zeilen verfasst und ins Eis geritzt hatte? (Sein Inuktitut war nie sonderlich gut gewesen!) War es denkbar, dass er den Absturz überlebt hatte? An einem Tag wie diesem, wo nichts mehr unmöglich schien, malte ich mir sogleich Folgendes aus: Dallas hatte irgendein Warnsystem in seinem Eiskokon installiert, das ihn rechtzeitig und vor allen anderen erweckte. Er hatte erkannt, dass das Flugschiff am Ende seiner Belastbarkeit angelangt war, und folglich versucht, einen kontrollierten Wiedereintritt in die Atmosphäre einzuleiten.

Neben seinem Eiskokon (der sich in einem separaten Raum befunden hatte) gab es schließlich eine Rettungskapsel, ja wir hatten noch vereinbart, sollten Tumulte und Unruhen ausbrechen, uns im Notfall dort einzufinden. Vielleicht war er vor dem eigentlichen Absturz in die Rettungskapsel gesprungen, hatte sich abgesprengt, vielleicht war sein Eiskokon auch viel früher (und an einer anderen Stelle) aus dem Flugschiff geschlittert, ich meine, alles war denkbar.

Die Rettungskapsel war allemal so konstruiert, dass sie schwersten Turbulenzen trotzen, dass sie nahezu allem standhalten konnte, er hätte darin gewiss unbeschadet die Oberfläche Winterthurs erreichen können. Hatte er sich seitdem auf der Suche nach der Absturzstelle befunden? Wer weiß, in welche unsäglichen Gegenden es ihn nach dem Aufprall verschlagen hatte!

Andere Erklärungen hatte ich nicht parat, ich weigerte mich zudem, mir einzugestehen, dem Wahnsinn verfallen zu sein. Wäre das hier die Erde, so hätten doch möglicherweise auch andere Lebewesen den Kometeneinschlag überleben können? Am Ende stammte das Inuktitut von den hiesigen Bewohnern, vielleicht existierten nach wie vor – oder schon wieder – Inuit-Stämme in Winterthurs Eiswelten. Vielleicht hatte sich ihre Sprache anders entwickelt (was die sogenannten Fehler erklären würde), vielleicht hatte auch irgendwo ein Quantencomputer in seinem Bunker das Inferno überstanden und jemand kannte ein paar alte *Dallas*-Folgen … ich musste lachen, es war schon sagenhaft, welche Erklärungsversuche man sich in Anbetracht der dürftigen Faktenlage konstruierte.

Die naheliegendste aller Möglichkeiten konnte ich jedoch wirklich nicht weiter außen vor lassen: Ich war nicht mehr bei Sinnen, die Einsamkeit, die Kälte, die fremde Umgebung, der Überlebenskampf, wie sollte da die Psyche keinen Schaden nehmen? Die Konfrontation mit meinen Erinnerungen, die Zwiegespräche mit den Toten, dem Großvater und Dallas selbst, das Gekritzel im Eis waren vermutlich nur zufällige Linien, natürlich auftretende Sprünge und Risse in der

Eisschicht, mein Kopf allein erkannte darin, was er erkennen wollte.

Ich verließ die kleinere Eishöhle und kehrte zum Lagerplatz zurück, wütend trat ich dort gegen den Goldbarren, er schlitterte wie ein Spielzeug über das Eis und landete irgendwo draußen im Schnee. Ich fragte mich, ob es Sinn machte, erneut in die Tiefe abzusteigen, dorthin, wo ich das Gold gefunden hatte, schließlich ging der Gang noch weiter. Die Vorstellung, mich unter dem Eis zu verirren, mich zu weit in den Untergrund zu wagen, ließ mich allerdings erschaudern – und falls mir gar das Licht ausgehen und ich nichts mehr erkennen würde, ich beschloss, vorerst lieber zu bleiben, wo ich war.

Ich sollte vermutlich weiter im Tal aufsteigen, die Aussicht genießen, vielleicht gab es hinter der Bergkette auch etwas zu entdecken. Meine Vorräte würden ohnehin bald zur Neige gehen, vielleicht wäre es sogar klüger, irgendwann doch zum Flugschiffwrack umzukehren, mich dort neu zu sortieren. Ich könnte auch versuchen um die vereiste Bergkette herumzuwandern, immer weiter die Ebene entlang, vielleicht war das die noch bessere Idee.

Schließlich wurde mir die Entscheidung abgenommen, ich konnte nämlich plötzlich in einiger Entfernung (natürlich in Richtung Strand!) eine Bewegung ausmachen. Zunächst wollte ich es als weiteren Irrtum abhaken, doch erkannte ich irgendwann tatsächlich einen hellen Punkt, der auf meiner Fährte klebte; die Spuren wiesen ihm die Richtung, sie führten herauf zu mir. Ich kniff die Augen zusammen, es war weiterhin nicht viel zu erahnen, nach wie vor nur ein huschender, sich kaum von der Umgebung abhebender Punkt, der die Steigung in Angriff nahm. *Ein Eisbär*, durchfuhr es mich, *was auch sonst, und gewiss ist er auf der Jagd. Er war gewiss für die Blutlache in der Ebene verantwortlich!* Wenigstens würde ich endlich eine meiner Schöpfungen mit eigenen Augen sehen, ich wühlte in meinen Jackentaschen nach dem Skalpell, um mich verteidigen zu können.

Die Inuit erzählten sich einst an ihren Feuern die Geschichte von einem Jungen namens *Kaassassuk* (ᑳᔅᓴᔅᓱᒃ), der aufgrund seiner Schmächtigkeit und Herkunft (Waise) verspottet wurde. Als drei hungrige Eisbären schließlich die Siedlung überfielen, tötete sie Kaassassuk mit bloßen Händen und brachte die Felle zu den Frauen, damit sie ihm ein Bettzeug daraus nähen; von da an war ihm Respekt gewiss.

Als Kind hatte ich noch vehement die Möglichkeit bestritten, Eisbären könnten mit bloßen Händen getötet werden, doch tat der Großvater solche Geschichten nie als Legenden ab, selbstverständlich enthielten sie einen wahren Kern. *Alles ist möglich, Elaine, du musst es nur wollen!* Ich überlegte, ob es nicht besser wäre, mich in einem der Gänge in Sicherheit zu bringen, doch würde mir das Tier zweifellos folgen, seine Sinne ließen sich nicht täuschen. Vielleicht könnte ich ihm in den Stollen eine Falle stellen, bei irgendeiner Spalte, in die es, in Anbetracht seiner Körperfülle, nicht eindringen konnte, doch wie lange würde ich einer solchen Belagerung standhalten?

Das Ende war wohl unvermeidlich, und alle Last fiel mit einem Schlag von mir ab, ich würde kämpfen, meine Haut so teuer wie möglich verkaufen, wie es in meiner Natur lag. Der Tod hatte keine Macht über mich, ich war schon tot, bevor ich auf Winterthur erwachte, ja der Tod war bloß ein weiterer Schritt, um mein Leben in dieser Wildnis zu bezeugen.

Mittlerweile konnte ich das helle Gebilde deutlicher wahrnehmen, ich erkannte eindeutig ein Eisbärenfell, und wenn man bedenkt, dass das Tier von unten hochkam, mussten seine Ausmaße gewaltig sein. Ob es, wie bei Eisbären üblich, irgendwann anhalten würde, um mich in Augenschein zu nehmen? Mit seinem Widersacher in der Ebene hatte er offenbar kurzen Prozess gemacht. Ich hob die Hand mit dem Skalpell, vielleicht konnte ich seine Augen erwischen, bevor er mich mit den Tatzen zu fassen bekam, vielleicht hatte ich eine minimale Chance, das Skalpell (scharf genug war es) in sein Herz zu rammen. Viel wahrscheinlicher jedoch war, dass er mich zerreißen würde, hungrige Eisbären waren schon immer die gefährlichsten Landtiere der Welt gewesen, ihre Kraft und Ausdauer ließ die Fähigkeiten aller anderen Kreaturen verblassen.

Hinter dem Bären staubte und wirbelte der Schnee auf, er schien es wirklich eilig zu haben, doch plötzlich hielt das Tier inne, um sich auf die Hinterbeine zu stellen – dadurch wirkte es nur noch furchteinflößender! Es näherte sich mir auf zwei Beinen, bald war es so nahe, dass ich es hören konnte, das Schnaufen und Brüllen, es tobte und musste ziemlichen Hunger haben, warum sollte es sich sonst dermaßen gebärden.

Ich blickte es genauer an, das Ding erinnerte mich an eine Mischung aus Eisbär und Fabelwesen, und wer weiß, vielleicht war im Bauch der Schwester etwas gehörig schiefgegangen, vielleicht handelte es sich auch nur um eine heimische Spezies, ein Tier, das mittlerweile zur normalen Fauna des Planeten zählte, ich wusste doch nichts über Winterthur. Ich überlegte sogar, ob es sich nicht um jenen Inuit-Jäger handeln könnte, dessen Geschichte weiter in meinem Kopf herumgeisterte, der sich bekanntlich mit seinem Schlitten über Grönland verteilte – ein unsterbliches Polargeschöpf, verflucht und auf Erlösung hoffend.

Ich fragte mich, ob es sich noch lohnen würde, ein todbringendes Gesicht in den Schnee zu malen, wie damals, als Großvater verstarb und die Welt allmählich unterging. Ich konnte mir allerdings vorstellen, dass die im Todeskampf sich verteilenden Blutstropfen unweigerlich ein Muster im Schnee hinterlassen würden; gewiss ließ sich darin auch ein Gesicht erahnen, der Tradition wäre somit Genüge getan.

Dann konnte ich seine ganze Gestalt vor mir noch genauer erkennen, es wirkte, als hätte sich jemand in Eisbärenpelze gehüllt, da waren doch ein Kopf, zwei Arme und Beine, ein Mund und eine Nase (kein Maul und bestimmt auch keine Schnauze). Da war eindeutig eine Person, die unentwegt mit gellender Stimme etwas schrie, *was war das nochmal, verdammt, konzentrier dich, Mädchen,* und dann konnte ich es schließlich hören: *Elaine! Elaine!*

Träumte ich das alles nur? Ich sank in den Schnee. War ich endgültig dabei, vollkommen verrückt zu werden? Ich hielt mir die Ohren zu, stopfte etwas Schnee hinein und hörte sie dennoch, die Stimme von Dallas …

TEIL II

Grönland
und die Weiße Stadt

What power art thou?
Who from below hast made me rise?
Unwillingly and slow
from beds of everlasting snow!
See'st thou not how stiff and wondrous old?
Far unfit to bear the bitter cold.

I can scarcely move or draw my breath,
let me, let me freeze again,
freeze again to death!

(An Pierlé – »The Cold Song«)

1.

24. Juni

Es war am Johannistag, grau und traurig brach er herein, nun hieß es Abschied nehmen, unwiderruflich Lebwohl zu sagen, Elaine! Die Tür schloss sich hinter mir, ich durfte nun nicht zögern, gewiss stand meine Ehefrau am Fenster und blickte mir nach. Elaine war zweifelsohne die Klügere und Mutigere von uns Eheleuten, was für ein unverschämtes Glück ich doch mit ihr gehabt hatte; und dennoch war ich es, der sie verließ und für lange Zeit in den Norden aufbrach. Ich ging zum letzten Mal vom Haus durch den Garten zum Strand, wo eines der Beiboote auf mich wartete. Hinter mir lag alles, was ich im Leben lieb hatte, was mich jedoch erwartete, das war unmöglich zu erahnen. Und wie viel Zeit wohl vergeht, ehe ich all das wiedersehen werde? Meine Frau, meine Heimat, mein geliebtes Land?

Ungeduldig lag unser Schiff in der Bucht von Piperviken und wartete auf das Signal zum Aufbruch, was hätte ich in diesem Augenblick nicht darum gegeben, einfach umkehren zu können. Mit Elaine zu Abend zu essen, Grammophon zu hören, die Zukunft Norwegens zu diskutieren, neben ihr aufzuwachen und den neuen Tag willkommen zu heißen. Das Deck war voller Menschen, die uns Lebwohl sagen wollten, kein Federlesens mehr, jetzt aber wirklich zügig los, ich drängte zum Aufbruch. Wir lichteten den Anker und setzten uns schwer beladen langsam in Bewegung, die Kais waren besetzt von einer beträchtlichen Menge, die Hüte und Taschentücher wurden geschwenkt, ein paar Kinder brüllten uns nach *bak skyen er himme-*

len alltid blå (hinter den Wolken ist der Himmel stets blau), und ich dachte, wenn sie doch nur Recht behielten.

Wir steuerten behutsam und sicher ins Unbekannte hinaus, umschwärmt von behänden Booten, Yachten und Dampfschiffen. Nun ein letzter Gruß dem heimatlichen Haus, das dort auf der Landzunge verweilt, bevor auch dieses verschwindet; vorne der glänzende Fjord, Tannen- und Fichtenwald ringsum, lachendes Wiesenland und waldbedeckte Gipfel dahinter. Durch das Fernrohr sah ich eine helle Gestalt auf der Bank unter unserer Fichte … es war der schwerste Augenblick, und zurück blieb ein banges: Wann werde ich meine Ehefrau wohl wiedersehen?

28. Juni
In den nächsten Tagen ging die Fahrt die Küste entlang, am siebenundzwanzigsten Juni schlug plötzlich aus dem Nichts eine nächtliche Welle die Tür auf und strömte herein, das Schiff schlingerte und rollte. Wir alle liefen nach draußen, die Wellen brachen auf beiden Seiten über die Reling herein, am meisten fürchtete ich, dass die schlanken Stützen unter den Beibooten nachgeben und diese über Bord gehen und gar einen Teil der Takelage mitnehmen könnten. Als dann fünfundzwanzig leere Paraffintonnen, die auf dem Deck festgebunden waren, loskamen, hin- und hergeschleudert und allmählich mit Wasser gefüllt wurden, sah es wahrlich nicht heiter aus. Doch schlimmer wurde es, als schließlich auch noch Haufen von Rundholz und Brettern dieselbe Wanderung unternahmen und drohten, die Stützen unter den Klampen wegzuschlagen. Seekrank stand ich auf der Kommandobrücke, mit äußerst gemischten Gefühlen wohlgemerkt, denn abwechselnd opferte ich bald den Meeresgöttern, bald stand ich die größte Angst wegen der Mannschaft aus, die sich

vorn auf dem Deck abmühte zu bergen, was zu retten war. Oft sah ich nur ein Wirrwarr von Wellen, Gischt, treibenden Planken, Armen, Beinen und leeren Fässern. Hier schlug die See einen zu Boden, dass die Wasserflut um ihn aufspritzte, dort sah ich die Leute über wirbelnde Balken hinweghechten, damit ihnen nicht Füße oder Hände zerquetscht wurden. Bis zum frühen Morgen plagten wir uns, allerdings bestanden wir diese erste Prüfung, danach peilten wir bei schwerem Regen und starker Brise erneut unser Ziel an. Das Schiff war zweifelsohne zu überladen, um sich auf See gut zu halten, doch war es nicht mehr zu ändern; was wir mit uns hatten, war schließlich unbedingt nötig, und wenn wir nur endlich alles gut lagerten und festmachten, konnten uns die Wellen auch nicht mehr viel anhaben. Denn dass Fahrzeug und Takelage gut halten würden, wussten wir jetzt …

15. Juli

Ich war schon nach den ersten Wochen auf See stolz auf meine Mannschaft; einige kannte ich bereits von früheren Unternehmungen, andere waren neu an Bord, diese hatte ich unter Hunderten Gesuchen erhoben, es war wirklich erstaunlich, wie viele sich aus freien Stücken um das polare Abenteuer beworben hatten. Mit Otto teilte ich mir die Kapitänsbürde, Sigurd kam von der norwegischen Marine (er übernahm meteorologische, astronomische und magnetische Messungen), Henrik war der Schiffsarzt und Botaniker, Theodor gab den Steuermann, Anton kümmerte sich um die Schiffsmaschine, Lars war Koch und zugleich zweiter Maschinist, Reserveleutnant Fredrik übernahm den Posten des Heizers, Peder zeichnete für das Harpunieren und Jagen verantwortlich, Bernhard beaufsichtigte Licht und Elektrik, und Jens entpuppte sich als echtes Naturtalent, von Uhrmacherarbeiten bis hin zu Übersetzungstätigkeiten (insbesondere Inuktitut), er war nahezu zu allem zu gebrauchen.

* * *

Polarnacht, du bist beinahe schon wie eine kühle Frau, das Gegenstück zu meiner warmherzigen, mitfühlenden Elaine! Du besitzt zwar die edlen, reinen Züge antiker Schönheit, doch auch ihre Marmorkälte. Auf deiner hohen, glatten Stirn, rein wie der klare Äther, ist keine Spur von Mitgefühl für die kleinen Leiden der menschlichen Geschöpfe, auf deiner blassen, schönen Wange ist keine einzige Gefühlswallung, nicht die kleinste Rötung. Deine in den Raum hinauswallenden rabenschwarzen Locken sind vom Reif mit glitzernden Kristallen übersät. Die stolzen Linien deines Halses, die Rundungen deiner Schultern sind so edel, doch auch so unsagbar kalt; dein keuscher, weißer Busen ist gefühllos wie schneebedecktes Eis. Rein, schön und stolz schwebst du über das gefrorene Meer über unserem Schiff, und dein aus Strahlen des Nordlichts gewobenes Gewand bedeckt das Himmelsgewölbe. Nur zuweilen ahne ich ein schmerzliches Zucken deiner Lippen, und aus deinen Augen schaut traumverloren eine unendliche Traurigkeit – hast auch du einst das Leben gekannt, die wärmende Liebe des Südens? Oder ist alles nur die Widerspiegelung meiner eigenen Sehnsüchte? Ich werde allmählich deiner kalten Schönheit müde, sehne mich nach dem warmen reichen Leben. Und doch lockst und hältst du uns an Deck, keiner kann sich deiner Pracht entziehen, wenn du gar Nordlicht aus dem Haar schüttelst und dieses uns umgarnt.

19. August

Wie doch Licht und Schatten in diesem arktischen Lande wechseln! Als ich am Morgen in die Tonne (den Ausguck) kam, sah ich, dass das

Eis vom Lande aus nach Norden locker geworden war, und ich vermochte eine Rinne zu verfolgen, die uns in offenes Wasser führte. Ich gab sofort Order, den Dampfdruck zu erhöhen, das Barometer stand unstreitig niedrig, der Wind kam in steifen Böen vom Lande her und jagte über die Ebene; Otto meinte, es sei am sichersten, liegen zu bleiben, wo wir seien, doch es wäre zu ärgerlich gewesen, diese prächtige Gelegenheit nicht auszureizen. Ich ließ Segel setzen, und bald ging es unter Dampf durch das Eis weiter nach Norden. Noch nie hatten wir solche Fahrt gemacht, wir waren uns einig, dass die Geschwindigkeit über acht Seemeilen betrug; es war, als verstünde das Schiff, was es jetzt galt. Es dauerte nicht lange, und wir waren durch das erste Eis hindurch und hatten offenes Wasser am Land entlang, so weit das Auge reichte. An einer Landzunge nach der anderen fuhren wir vorüber, neue, prächtige Eisberge fanden wir unterwegs, und bald glaubte ich, durchs Fernrohr einige hoch aufragende Bergspitzen weit im Norden erblicken zu können.

Das Land, an dem wir hinsegelten, war eben und verschneit; doch hinter der flachen Küste sah man in der Ferne nunmehr höhere Berge und Bergketten auftauchen, allesamt majestätisch und vereist. Dass es Neuschnee sein sollte, dazu erschien diese Fläche gar zu zusammenhängend und gleichmäßig, sie glich vielmehr mächtigen Gletschern. Wir näherten uns der Südspitze des Landes, doch der Strom, der uns bislang getragen hatte, war nun gegen uns, allmählich sank die Sonne, der Abendhimmel erglühte in träumerischem goldenen Schimmer, und wir verweilten kurz an Ort und Stelle. Bald war ein einzelner Stern zu erkennen, er glänzte hell und wehmütig vom bleichen Himmel hernieder, und je weiter wir vorankamen und die Landzunge mehr östlich vor uns lag, desto schneller folgte er uns; ich musste ihn unentwegt betrachten, er zog mich gar eigenartig an und schenkte mir etwas Frieden. War es mein Glücksstern, war es meine Elaine, die uns da folgte und mir jetzt auf diesem Wege zulächelte? Blickte sie gerade auch zum Himmel? War sie wohlauf? Gar viele Gedanken rief der Stern hervor, in der folgenden, wehmütigen Nacht, die mich nicht einschlafen ließ.

1. November (3 Uhr morgens)
Wir waren beinahe dort, wohin wir gewollt hatten, wir steuerten auf Grönland zu, Schlag drei Uhr wurden die Flaggen gehisst, und unsere drei Geschütze sandten zu jeder vollen Stunde einen donnernden Salut übers nächtliche Meer. Ich dachte daran, dass sich Elaine bei Krach für gewöhnlich die Ohren zuhielt, ich konnte unverzüglich ihren strafenden Blick vor mir sehen, warum bloß diesen Lärm in die prächtige Stille entsenden. Sie wäre zu mir geeilt und hätte mir mit einem Lächeln etwas ins Ohr geflüstert, ihr Rabauken, oder so ähnlich. Gewiss, auch ich musste insgeheim hinterfragen, welchen Traditionen wir mit Salutschüssen folgten, wir schreckten Vögel und Meeressäuger auf, ganz zu schweigen von den Menschen, die vielleicht an der Küste seltsame Laute vernahmen und sich ängstlich ihre Gedanken machten.

Wir trieben auf eine dichtere Nebelbank zu, und ich ließ das Tempo drosseln, wir schlingerten sachte mit der Strömung dahin, es geziemte sich, bevor wir in den Morgenstunden Land betraten, selbstverständlich ein Toast, alle Mann versammelten sich unverzüglich in meiner Kajüte. Ich ergriff das Glas mit der Fruchtbowle, reichte allen Anwesenden eine Zigarre und ließ meiner Zunge freien Lauf: *Ja, dann Prosit, Männer!* Danach begab ich mich in die Tonne, um die Witterung im Auge zu behalten, schon in Bälde würde Grönlands Küste aus dem Nebel emporsteigen, unseren Karten nach befand sich eine prächtige Bucht voraus, in der gewiss Menschen lebten, Inuit, denen zu begegnen uns alle in helle Aufregung versetzte. Soweit ich es sehen konnte, lag das Fahrtwasser weiter offen vor uns, das Treibeis hatten wir hinter uns gelassen, die Bucht samt ihren Landzungen, denen wir uns beständig näherten, schien gänzlich eisfrei zu sein.

Ich kletterte wieder aus der Tonne nach unten (und schickte Fredrik hinauf), noch konnten wir nichts erkennen, doch musste das Land vor uns liegen, der Nebel reichte offenbar fast bis zur Küste. Unserer Sicherheit wegen loteten wir alle paar Minuten die Tiefe aus, doch war das Schiff robust konstruiert, selbst Eisbergen würde es standhalten. Allerdings war keiner von uns scharf darauf, den Grund zu streifen, demnach blieben alle konzentriert und auf ihrem Posten. Einer Eingebung folgend nahm ich den Spielautomaten an mich (der bei gutem Wetter zumeist am Mast hing), ein Geschenk von Elaine, das uns allen Heiterkeit bescheren sollte. Ich zog ihn auf und ließ die darin sitzenden Vögel ihr Liedchen trällern, ein vom Herzen stammender Gruß an das verheißungsvolle, uns hoffentlich wohlgesonnene Grönland.

1. November (3.30 Uhr morgens)
Wie aus dem Nichts wurden wir Zeugen einer Eispressung, als Verwerfung könnte man diese wohl auch bezeichnen, es ist allemal ein gewaltiges, lärmendes Schauspiel (und nichts im Vergleich zu unseren Salutschüssen), wenn sich die Schollen in einer der Buchten zu kleinen Gebirgen auftürmen. Man fühlt sich wie in Gegenwart titanischer Gewalten, und es ist leicht zu verstehen, dass ängstliche Gemüter in Furcht gehalten werden und das Gefühl haben, als ob vor jenen nichts bestehen könne. Auch später habe ich mich oft davon

überzeugen können, denn wenn das Zusammenschieben ernstlich beginnt, sieht es aus, als ob kein Fleck auf der Oberfläche der Erde unerschüttert bleiben würde. Zuerst vernimmt man für gewöhnlich ein Geräusch wie das Donnergebrüll eines weit entfernten Erdbebens, dann hört man es an mehreren Stellen rasch näher kommen. Die schweigende Eiswelt hallt vom Donner wider, das Eis beginnt ringsum zu bersten und türmt sich auf, auf allen Seiten fühlt man das Gefrorene erzittern und hört es unter den Füßen brüllen, alles gerät in Bewegung, in Norwegen würde man sagen, *når man snakker om sola så skinner den*, (wenn man von der Sonne spricht, so scheint sie); demnach, wenn man vom Teufel spricht …

Man beobachtet, wie sich das Eis zu immer höheren Ketten aufwirft, Schollen von vier, fünf Metern Dicke bersten und werden übereinandergestapelt, als ob sie mit einem Male federleicht wären. Und plötzlich spaltet sich das Eis unmittelbar vor einem selbst, ein schwarzer Abgrund öffnet sich, aus dem einem Wasser und Teufel entgegenströmen. Man wendet sich schnell in eine andere Richtung, rundherum Donner und Brüllen wie von einem ungeheuren Wasserfall, mit Detonationen wie Geschützsalven, alle ducken sich unwillkürlich. Die Scholle, auf der man steht, wird kleiner und kleiner, Wasser strömt darüber hinweg, es gibt nur ein Entkommen, indem man über die wogenden Eisblöcke klettert, um auf die andere Seite des Packeises zu gelangen. Und plötzlich legt sich der Aufruhr wieder, das Getöse verhallt und verliert sich allmählich in der Ferne, als ob nichts gewesen wäre. Das eben noch ausströmende Wasser gefriert, die Teufel verschwinden in den dunklen Tiefen, nur der Wind pfeift einem noch um die Ohren und die Hände beben.

Ein solches Schauspiel ereignet sich hier im Norden regelmäßig, und könnte man die Eisfelder aus der Vogelschau betrachten, so würde es aussehen, als ob sie durch ein endloses Netzwerk dieser zusammengeschobenen Eisketten oder Eiswälle (wir nannten sie so, weil sie uns sehr an die schneebedeckten Steinwälle in der Heimat erinnerten, wo man sie in vielen Teilen des Landes zur Einzäunung von Feldern anwendet) in Quadrate und Maschen geteilt seien.

1. November (4 Uhr morgens)
Gegen 4 Uhr wurde ich von Peder darauf hingewiesen, dass mehrere Walrosse unweit von uns lägen, ich sprang sofort auf und war im Nu bereit. Eine der Landzungen lag unmittelbar vor uns, nahezu windstill war es, man konnte das Schnauben der Tiere hören. Sie waren unverhofft an diesem noch so ereignisreichen Morgen vor uns aufgetaucht, ich denke nicht, dass sie uns bereits registriert hatten. Peder schnappte sich seine Harpunen, wir anderen hielten Büchsen und Patronen bereit, Otto, Sigurd, Henrik, Bernhard und Anton blieben an Bord, während ich, Peder, Fredrik, Jens und Theodor unverzüglich mit einem der Beiboote aufbrachen. Wir ruderten, was das Zeug hielt, liefen alsbald nördlich um die Tiere herum, um ihnen aus dem Wind zu kommen. Ab und zu hob das Tier, das Wache stand, den Kopf, es bemerkte uns allerdings nicht; die Walrosse lagen dicht gedrängt neben einer offenen Meeresstelle, sie waren wahrlich schwere Fleischkolosse. Oh, das gibt viel Fleisch, meinte Peder, und da erhob er sich auch schon und die Harpune sauste durch die Luft, traf jedoch etwas zu hoch, prallte an der zähen Haut ab und tanzte über den Rücken des Tieres. Selbstverständlich kam nun Leben in die Gesellschaft, zwölf mächtige Köpfe erhoben sich mit einem Mal gegen uns, die Fleischberge drehten sich mit unfassbarer Geschwindigkeit herum und glitten nacheinander ins Wasser. Peder hatte mir

unterdessen die Flinte aus der Hand gerissen, er schoss auf einen der größten Köpfe, das Tier zuckte zusammen, wankte und fiel. Die Zeit reichte auch noch, um einem zweiten, etwas kleineren Tier eine Kugel in den Kopf zu jagen, es brach ebenfalls zusammen. Alle anderen verschwanden im Meer, das Wasser kochte und schäumte, es war, als ob die bisher schweigsame Eiswelt mit einem Schlag in kochende Raserei versetzt worden wäre. Wir schleppten alsdann unter Aufbietung all unserer Kräfte die beiden Tiere an Bord, die verbliebenen Kameraden halfen nach Kräften mit, sie hatten längst unseren Jagderfolg mitbekommen. Die Kolosse waren schon bald unter Deck verstaut, danach wurde gemeinsam schnell ordentlich gefrühstückt.

(Aus dem Tagebuch des Vogelmannes)

* * *

ALLMÄHLICH BIN ICH KAUM MEHR in der Lage, die bittere Kälte zu ertragen.

Ich kann kaum die Augen öffnen, mich bewegen, geschweige fliehen, gar frei atmen, keine Ziele nirgendwo, überall Gedankenkreisel. Möge ich erfrieren, lasst mich endlich sein, innerlich verstarb ich oft genug, doch lässt der Tod weiter auf sich warten.

Ich will mich festhalten, fasse nach dem Lattenrost, dort finde ich etwas Halt, steif sind meine Hände, taub bis in die Fingerspitzen, das liegt an der Kälte, dem Frost, die mich zermürben. Das Bett ist unbequem, eine dünne, durchgelegene, mit Rosshaar gefüllte Matratze liegt obenauf, ich ruhe auf haarigen Überbleibseln fremder Tiere, die ich vor wenigen Wochen zum ersten Mal erblickte. Manchmal zwänge ich die Hände durch einen Riss auf der Rückseite, ich wühle mich hinein ins borstige Haar, balle die Hände zu Fäusten und strecke die Finger, das wiederhole ich mehrmals, ein Ballen und Strecken, ein Ballen und Strecken, es ist eine der wenigen Möglichkeiten, mich aufzuwärmen.

Noch vor einigen Monaten konnte es mir gar nicht kalt genug sein, ich ließ mich in Eis und Schnee fallen, schob die Hände in die frostigsten Ecken, selbst ins Eismeer tauchte ich die Finger, ich konnte mich nicht an der Kälte sattsehen. Als Kind lief ich sogar nackt durch den Schnee, von unserer Hütte hin zum Ufer, ich planschte mit den Füßen im eisigen Wasser und lief schreiend davon, zurück ans Feuer, wo die Mutter gerade dabei war, das Mittagessen zuzubereiten. Meine Gliedmaßen kribbelten und stachen, weil das Herz wieder Blut in sie pumpte, selbst in die entlegensten, verzweigtesten Äderchen.

Ich rieb die eiskalten Handflächen aneinander, die Mutter sparte nicht mit Schelte, ich sei doch *nillasuktuq* (ᓂᓪᓚᓱᒃᑐᖅ), *eine ausgemachte Kaltfront,* doch meinte sie das im Sinne von *ich sei doch verrückt.* Sie wandte sich wieder um, schnitt Robbenfleisch in dünne Streifen, neuerlich würde ihre nahrhafte Suppe auf den Teller kommen, schon nach fünf, sechs Löffeln war ich für gewöhnlich satt. Ich schlich mich an Mutter heran, sie kniete bei der Arbeit meistens in einer der Ecken, ich legte ihr die Hände in den Nacken (und auch um den Hals), sie schrie erschrocken auf, wie kalt meine Finger doch seien, *du freches Schneeknäuel* – all das ließ mich erst frohlocken.

Die Kälte trieb mich an, durch sie fühlte ich mich lebendig, ich tollte mit den Hunden durch tiefsten Schnee, wühlte mich durch die breitesten Schneewechten, und kam mir dabei Eis in den Mund, ließ ich es genüsslich auf der Zunge zergehen. Ich formte Schneebälle mit bloßen Händen, warf diese wie eine Verrückte nach den Hunden, man spannte sie täglich vor die Schlitten, und sie schossen in den Winter hinaus, ich hörte sie bellen und sah ihren heißen Atem am Himmel wehen. Wenn es windstill war, stand dieser förmlich in der Luft, überall in der Siedlung wuchsen dünne Atemsäulen empor, bevor sie kollabierten, zusammenfielen oder sich zerstreuten; wer ein Auge für die Schönheit der Kälte hat, begeistert sich für ein jedes ihrer Phänomene.

2.

1. November (5 Uhr morgens)
In den Berichten über arktische Expeditionen liest man oft Beschreibungen von durch Eisdruck entstandenen Ketten und Hügeln, die bis zu 15 Meter hoch sein sollen. Das sind Märchen, die Verfasser derartiger fantastischer Schilderungen können sich nicht die Mühe gegeben haben, sie zu messen. Ich habe nur einmal einen Eishügel gesehen, bei dem ich sicher war, dass er mehr als 7 Meter maß. Die höchsten Blöcke, die ich gesehen habe, hatten eine Höhe von 6 bis 7 Metern; das Zusammenschieben des Meereises bis zu einer Höhe von mehr als 8 Metern gehört zu den seltenen Ausnahmen.

Nun sitze ich hier in der Stille der Winternacht und erblicke nur die Sterne über mir. In weiter Ferne sehe ich, wie die Fäden des Lebens sich zu dem verschworenen Gewebe verschlingen, welches sich von dem süßen Morgendämmern ununterbrochen bis zur Totenstille des ewigen Eises ausdehnt. Ein Gedanke folgt dem anderen – du zerpflückst das Ganze, und es ist so klein –, aber hoch über allem erhebt sich eine Gestalt: Weshalb hast du diese Reise unternommen? Konnte ich anders? Kann der Strom seinen Lauf hemmen und bergauf fließen?

(Aus dem Tagebuch des Vogelmanns)

* * *

DIE WINTER, DAS PACKEIS, die Stürme, sie waren wie Hunde für mich, denen ich allerlei Namen gab, sie standen mir treu zur Seite, der *uik* (ᐅᐃᒃ), der *puvak* (ᐳᕙᒃ), die *akisiq* (ᐊᑭᓯᖅ), *der Ehegatte, die Lungenflügel, die Kissenschlacht*, mit ihnen lief ich manchmal sogar auf allen vieren. Es machte mich glücklich, mich mit den anderen Kindern zu balgen, wir entfernten uns dabei oft von der Siedlung, es hieß schon länger, der Eisbär würde sich einen von uns holen, die Alten hätten uns schließlich vorgewarnt. Doch nie ging jemand verloren, selbst auf dem Eis in der Bucht brach keiner ein, wir hatten als Kinder ein untrügliches Gefühl für die Gefahren, die uns in Grönland umgaben. Der Winter, das Eis, der Frost und die Kälte, sie waren willkommene Spielgefährten, man behandelte sie respektvoll, und sie ließen uns gewähren.

Heute ertrage ich die Kälte nicht mehr, es ist völlig undenkbar, mich darin wohlzufühlen, ich kauere, ducke mich in den Ecken, lehne zitternd an der Wand, durch das winzige Fenster fällt nur spärlich Licht. Den Fenstersims kann ich auch dann nicht erreichen, wenn ich mich auf die Zehenspitzen stelle, ja nicht einmal, wenn ich das Bett bis zur Wand schiebe. Ich sehe kaum mehr als den grauen Himmel, weil das Fensterglas verdreckt ist, der Ruß und Staub in der Luft hat es noch schwärzer gemacht. Eine Schießscharte sollte das wohl werden, hat man mir später erklärt, und ich wünschte mir wirklich, dass irgendwer einen Gewehrlauf durch die winzige Öffnung schiebt und ein ganzes Magazin dabei leert, eine der Kugeln würde mich hoffentlich erwischen. Und verfroren wie ich bin, würde ich dabei in tausend Stücke zerschellen, ich kann es hören, die Fragmente klirren und schlittern über den Boden.

In meinem Körper herrscht eine widernatürliche Kälte, die sich dort breitmacht, die mich unterwirft, meinen Kopf und Rumpf, ja alle Gliedmaßen, wie ich das auf Dauer ertragen soll, weiß ich nicht. Es ist beinahe so, als würde mir der Winter täglich eine Kriegserklärung unterbreiten, mich an den Tag erinnern, als ich mich von ihm abwandte, an die Stunden, in denen ich mein altes Leben in Grönland zurückließ. Der Frost zieht und nagt an mir, wo früher noch unbändiges Leben war, weicht es allmählich, es entschwindet durch die Fingerspitzen, die Unterarme, die eisigen Lippen, es ist mir längst unmöglich geworden, mich wirklich aufzuwärmen, ganz egal, wie sehr ich auch die Hände im Rosshaar balle, vollkommen belanglos, wie oft oder schnell ich den kleinen Raum durchschreite.

Ich schließe die Augen und denke an meine Familie, wie der Vater durch die Tür tritt, wie ein paar Schneeflocken hinter ihm durch die Luft schweben, wie sie schmelzen und Wassertröpfchen an den Dielen zurücklassen. Wir leben noch nicht lange in einer Hütte, es sei gar nicht einfach gewesen, das Holz dafür aufzutreiben, man hatte sich kaum vorstellen können, dass es gelingt. Nur um auf Nummer sicher zu gehen, steht auch ein Iglu gleich dahinter, wir bewohnen es mit, setzen es instand, ich persönlich halte mich gern dort auf. Manchmal schlafe ich alleine im Iglu, während es sich die anderen in der Hütte gemütlich machen, dort lässt sich das Feuer besser entfachen, und das Holz speichert die kostbare Wärme. Doch wenn mich unruhige Träume plagen, strecke ich die Hände aus und berühre das Eis, es nimmt mich daraufhin in den Arm und wiegt mich in den Schlaf.

Der Frost, der hier durch die Öffnungen und Wände sickert, der sich von der Decke senkt und vom Boden aufsteigt, lässt meine Haut aufplatzen, ich bin den Widrigkeiten der Kälte ausgeliefert. Eine Art Permafrost hält mich gefangen, meine Hautoberfläche ist matschig, wenn ich sie berühre, allfällige Druckstellen halten sich darin stundenlang. Sie erinnert zusehends an eine bleiche Kruste, einen dünnen Lappen, dem nicht zu trauen ist, ja wer weiß, wie lange dieser noch dicht hält, wie lange es dauert, bis innere Organe aus mir hervorquellen. Ich versuche mir einzureden, ich wäre noch im Mutterleib, inmitten einer wohligen Wärme, doch liegt das alles so weit zurück, ich habe Mutter schon so lange nicht mehr gesehen, sie ist im fernen Grönland, und ich sterbe auf einem anderen Kontinent.

Die Kälte trachtet mir nach dem Leben, sie dient hier einer fremden Macht, deren Absichten ich nicht verstehe, wer steckt dahinter, warum ich, wer will mir vor Augen führen, dass ich ein Niemand, dass ich ein Nichts geworden bin; wohin hat man mich bloß gebracht? Wie töricht es war, in die Ferne zu streben, sich von Grönland abzuwenden, mich auf und davon zu machen. Ich hatte ein Schiff bestiegen, ein größeres sah ich nie, es war vollkommen anders als die Kajaks unserer Jäger, wie viel doch in seinem geräumigen Bauch Platz hatte. Ich berührte vorsichtig dessen Holzplanken, die ihm seine Form verliehen, das Wasser schwappte gegen die Bordwände, die dicken Taue rochen nach fremdem Schweiß, die Segel und der Dampf brachten einen, wohin man wollte. Ich ließ alles zurück, meine Familie, den Winter, Grönland verschwand hinter dem Horizont, und wir fuhren in den wärmeren Süden.

Der blaugraue Himmel und die Wellentäler waren ununterscheidbar, das Schiff pflügte förmlich durch sie, zunächst blieb es noch kalt, später wurde es merklich wärmer, mir war tatsächlich bald noch nie so heiß gewesen. Wir kamen gut voran, als hätten wir zwanzig Masten und fünfzig Segel, an manchen Tagen war überall, so weit das Auge reichte, goldenes Sonnenlicht gestreut, es wirkte vollkommen anders als jenes in Grönland. Ich fragte mich, ob es dieselbe Sonne war, die ich kannte, oder ob es vielleicht zwei Sonnen gab, eine für den Norden und eine für den Süden, das würde doch einiges erklären.

Wenn ich am Heck stand und zurück in den Norden blickte, tat mein Herz weh, das sei normal, sagte man mir, alle Matrosen empfinden das auf die eine oder andere Weise, bei einer Frau sei dieses Gefühl schon von Natur aus stärker ausgeprägt. Wenn ich am Bug stand und vorwärts in den Süden blickte, pochte mein Herz ganz wild, das sei normal, sagte man mir, alle Matrosen empfinden das auf die eine oder andere Weise, bei einer Frau sei dieses Gefühl schon von Natur aus stärker ausgeprägt. Ich käme schließlich in die Zivilisation, sähe wahre Wunder, die mich in den Metropolen erwarteten, New York, Chicago und die Weltausstellung (mit ihrer *Weißen Stadt)* seien das Maß aller Dinge. Man erzählte mir, dass sie ein Herr Tesla zum Leuchten brächte, mit Abermillionen von Glühbirnen und der ihnen innewohnenden Elektrizität, davon verstand ich reichlich wenig.

Ich richte mich im Bett auf, die Rückblicke lassen mich schmerzlich zusammenzucken, ich wünschte, der Vogelmann und seine Vögel wären hier, er hätte es niemals gestattet, dass man mich wie ein Tier behandelt, dass man mich einsperrt und festhält, mich eines langsamen Todes sterben lässt. Ich bin wie gelähmt, lausche, ob ich draußen etwas höre, gelegentlich gelingt mir das, ich vernehme sachte Schritte, dumpfe Laute, als würde man tote Robben auf den Boden plumpsen lassen, es knackt und quietscht im ganzen Haus. Es muss Stiegen geben, viele mir unbekannte Räume, wie in den Gebäuden der Weißen Stadt – und wer weiß, vielleicht befinde ich mich nach wie vor dort.

Mein Gefängnis ist ein unwirtlicher Ort, das kalte Metall der Bettumrandung bleibt an der Haut kleben, es scheint mich festsetzen, an sich ketten zu wollen. Mitunter habe ich das Gefühl, auch die eisige Luft bleibt an mir haften, als wäre ich regelrecht in einem Eisblock gefangen, ich kann weder vor noch zurück. Das Allein-Sein ist eine Qual, wund und zusammengepfercht mit den Erinnerungen, und doch sind sie der Grund, warum ich mich abmühe, krampfhaft versuche, die Angst im Zaum zu halten.

Das Zimmer ist ein gräulicher Hohlraum, ich orientiere mich an dem fahlen, sich nicht weiter bemühenden Licht, der hellste Punkt bleibt nach wie vor das Fenster. In den Nächten wird es stockfinster, nur selten kann ich den Mond erahnen, oder handelt es sich gar um ein künstliches, fremdartiges Himmelslicht? In der mir nun etwas vertrauteren Zivilisation scheint doch so vieles möglich.

Tagsüber ist es dämmrig, und manchmal öffnet *Etwas* eine kleine Öffnung in der Tür, leuchtet das Zimmer aus, das Licht versucht mich zu fassen, es teilt förmlich mit unsichtbaren Hieben den Raum, ich höre jemanden keuchen, verzeichne einen schweren Körper, der sich von außen an die Tür lehnt. Ich kann spüren, wie selbst meine Zellen verharren, sie scheinen nur aneinandergereihte Schneebälle zu sein, ihre rundliche, tröstliche Form löst sich endgültig auf. Überall wuchert und verklumpt das Eis, die Kälte überwindet jeden Schutzwall, jede noch so gut konstruierte Zellwand, sie zieht ein, wo sie will, und lässt mich erbeben. Das Monster vor der Tür herrscht über die Kälte, sie ist sein Werkzeug, es kann sie steuern und lenken, wie es will, es reibt seine Pranken, und schon wird es kühler.

Manchmal male ich mir aus, es wäre Sommer, vollkommen egal, wie abwegig das erscheinen mag, ich versuche, die Kälte, die den Körper umklammert, auszublenden, ich spreche mir Mut zu, der Geist ist schließlich frei, ich kann machen, was immer ich will. Draußen vor dem Fenster ist vielleicht tatsächlich noch Sommer, mir ging bereits nach wenigen Stunden jegliches Zeitgefühl verloren, an diesem Ort wird es einfach nur kälter. Ich kann das erkennen, wenn die kleine Öffnung in der Tür aufklappt und man mir ein Stück Brot zuwirft: Warme Luft strömt durch den Engpass, sie senkt sich als Nebel vor meine Füße. In einer der Ecken befindet sich eine Luke, für die Notdurft, ich öffne sie manchmal nur so, dann steigt etwas Wärme auf, vielleicht liegt das an den sich dort unten sammelnden Exkrementen.

Ich stelle mir vor, wie ich in der Stadt spazieren gehe, es war warm gewesen, als wir damals im Hafen anlegten, als ich mich von der Besatzung verabschiedete, keiner wollte, dass wir uns trennten, ich hatte die Herzen der Männer gewonnen, und sie ließen mich ungern ziehen. Ob sie noch an mich denken oder längst wieder ausgelaufen sind, hinaus mit dem Schiff aufs Meer, der heimatliche Kurs gesetzt, an Grönland und den Eisbergen vorbei?

Ich stolpere durch imaginierte Straßen, denke daran, dass die Sonne scheint, dass ich heißes Pflaster unter den Füßen habe oder irgendeine von Gräsern überwucherte Parkwiese, die Hochhäuser Chicagos glitzern im Sonnenlicht. Ich setze mich auf eine Parkbank und ziehe die Beine hoch, meine Füße fühlen sich an, als gehörten sie mir nicht mehr, als wären sie die Überbleibsel einer mir fremden Person. Bestimmt wundern sich alle, was mit mir los ist, mitten im sonnendurchfluteten Park scheine ich zu frieren, *Mamma, was ist bloß mit dieser Frau los?* höre ich die Kinder vom Spielplatz nebenan krächzen. *Die ist nicht von hier,* antworten die Mütter, *das seht ihr doch selbst.* Meine Haut ist gewiss nicht ganz so weiß wie die ihrige, die Kinder sollen sich mir nicht nähern, höre ich, ich frage mich ernsthaft, warum.

Die Menschen tragen Melonen und Krawatten, Hemden und Jacketts, die Männer jedenfalls, die Frauen führen ihre Kleider aus, Damen von Welt mit abstehenden Säumen und Röcken, wie unvorstellbar warm ihnen doch sein muss, ein Gefühl, dessen ich mich für immer entledigt habe. Sie werfen mir befremdliche Blicke zu, wohin ich mich auch wende, vielleicht halten sie mich für eine ungehobelte Wilde, die sich auch im Sommer in dicke Fellschichten hüllt; wer im Freien lebt, hat eine andere Einstellung zu den Jahreszeiten.

Jemand wirft mir einen Ball zu, irgendein Kind, das in seiner eigenen, noch unverfälschten Welt lebt, einen Moment lang bin ich angekommen, wirke nicht mehr befremdlich, verwahrlost, vielleicht sogar angsteinflößend. Ich versuche, den Ball aufzufangen, doch wie soll das gelingen, wie kann ich so ein Wunder vollbringen, mit diesen verfrorenen, mir kaum gehorchenden Händen. Der Ball trifft mich mit voller Wucht am Kopf, prallt ab, er rollt und hüpft davon, das Kind läuft ihm lachend hinterher, kann es sein, dass es Absicht war?

Augenblicklich verliere ich die Fassung, die sommerliche Umgebung löst sich im Nichts auf, sie entschwindet, und ein kalter Lufthauch erfasst mich, der Winter hat ihn mir nachgeworfen, das Monster darin, wohl um mich endgültig von den Beinen zu holen. Sollte ich heute auf den kalten Boden niedersinken, werde ich wohl nicht mehr die Kraft aufbringen, erneut aufzustehen, mich ins Bett zu ziehen, um mich dort zusammenzukauern.

Ich spähe durch das kleine Fenster zum Himmel, einen Moment lang ist dieser selbst aus meinem Verlies betrachtet strahlend blau, im nächsten erneut weißgrau und fahl, Eiskristalle rieseln herab, unter dem Fenster türmen sie sich zu einem spitzen Kegel. Ich schüttele heftig den Kopf, ich weiß, das Fenster ist nur eingebaut worden, um mich zu quälen, der blaue Sommerhimmel und die piepsenden Vögel in den

Lüften werden mir erneut aus dem Kopf gewischt. Der Frost stürzt sich auf mich, als hätte jemand ein Rudel hungriger Hunde von der Leine gelassen, er springt an mir hoch und beißt zu, wo er kann, instinktiv versuche ich, mein Gesicht zu schützen.

Der Frost kann selbst die größten Schiffe stoppen, sie einen ganzen Winter lang gefangen halten, und wer bin ich, die dachte, sie könnte sich ihm widersetzen. Der Vogelmann erzählte mir, als wir uns kennenlernten, es sei ein Alptraum, mit dem Schiff festzusitzen, nicht vor und zurück zu können, der Ausgang solcher Prüfungen bliebe daher ungewiss. Viele Schiffe seien nicht mehr zurückgekehrt, wenn sie in den Norden aufbrachen, die Inuit-Völker kennen das allerdings ganz anders: Viele Menschen, die in den Süden aufbrachen, verschwanden, die Geschichten der Alten hätten mir eine Warnung sein müssen.

Ich lege mich erschöpft hin, im Bett scheint meine Lage noch am erträglichsten, nur weiß ich nie, ob ich nochmal erwache, wenn der Tag anbricht, wenn die Dunkelheit in ein beiges Dämmerlicht übergeht. Ich blicke zur Zimmerdecke, male mir ein paar Nordlichter aus, unsere Ahnen seien das, versicherten die Schamanen, sie hinterlassen uns Zeichen am Himmel, damit wir uns an sie erinnern.

Als Kind war ich dem Vater in den Ohren gelegen, mich einmal nur zum Nordpol mitzunehmen, ich stellte mir diesen wie ein Winterwunderland vor, viel schöner als Grönland. Er lachte nur, dass es dort nichts gäbe, nichts zum Jagen und noch weniger zum Bestaunen, nur weiße Menschen ziehe es dorthin, deren Gründe er nicht nachvollziehen könne. Es war das erste Mal, dass ich von weißen Menschen hörte, sie blieben lange Zeit seltsame Fabelwesen, und es sollten viele Jahre vergehen, bis ich sie mit eigenen Augen sah. Ich begriff damals nicht, warum sich der Vater geringschätzig über diese äußerte, ihm waren sie irgendwo auf seinen Jagdausflügen begegnet, vieles hörte er auch nur von anderen Jägern, die es selbst von anderen erzählt bekamen, das Gesagte war demnach alles andere als zuverlässig.

In der Nacht schrecke ich hoch, immer wieder derselbe Alptraum, ich spaziere durch die Weiße Stadt, was ein noch viel größerer Wunsch war, als zum Nordpol aufzubrechen. Die Weiße Stadt ist ein Ort jenseits aller Vorstellungskraft, den Nordpol konnte ich mir ja einigermaßen ausmalen, doch Chicago und die Weltausstellung, in deren Zentrum sich die Weiße Stadt befindet, das ist ein Wunder: die prächtigen, weiß getünchten Gebäude, die ich mir einst als geometrische Eisberge vorstellte, welche in einem fremden Licht erstrahlen, die von Menschenhand geschaffenen Landschaften, die man betreten kann, die unbekannten Gerüche und Geschmäcker, die zugehörigen Tiere, die mich in Staunen versetzen. Ich wollte immer die Welt bereisen, mir selbst ein Urteil über die Zivilisation bilden, denn alles, was ich darüber wusste, entstammte den Köpfen anderer.

Ein Schaudern überkommt mich, mehrfach durchleide ich den Moment, als sich die Weiße Stadt vor meinen Augen auflöst, während mich jemand festhält und mir einen durchtränkten Stoffbausch an den Mund presst. Dieser riecht eigenartig, ein bisschen nach Ammoniak, der mir von einigen Meerestieren vertraut ist, alles wird daraufhin quälend langsam, als hätte jemand die Welt eingefroren, als hätte diese aufgehört, sich zu drehen, und ich mich mit ihr.

Ich greife nach dem Lattenrost, klebe an diesem fest, reiße mich los, der Schmerz bezeugt eines, dass ich noch da bin, ein wundes Tier in seinem engen Käfig, ein Polarfuchs, den man fing, um ihm die Haut abzuziehen; ich weiß ja nicht, was die Monster im Süden mit einem machen, die im Haus hallenden Schreie verheißen nichts Gutes.

Die Luke in der Tür öffnet sich, und ein Spazierstock wird durchgeschoben, ragt in den Raum, an dessen Ende baumelt ein metallener Becher. Man hat ihn angebohrt und auf eine Kette gezogen, ich darf sie vom Stock abstreifen, trinken und das Gefäß wieder zurückhängen, wer oder was sich draußen auf-, wer den Stock festhält, das kann ich nicht erkennen. Ich trinke, so schnell ich kann, das Metall ist kalt, und meine Lippen kleben daran fest, ich weiß, das Monster tut es mit Absicht.

Manchmal sind die Wände mit Raureif beschlagen, dann presse ich die Hände dagegen und hinterlasse Abdrücke, noch sind die Handflächen ein wenig wärmer als das Mauerwerk, das mich umgibt. Ich ritze dort mit den Fingernägeln Bannsprüche ein, altes Wissen, das mich die Schamanen lehrten; sie nützen bloß nicht viel, das Monster scheint deutlich stärker. ᑕᑯᓈᕆᕗ ᒍᒃᐱᖕᒐᑦᓯᖅ ᒥᑎᑎᖅᑲᓂ ᐊᕐᕕᒻᒨᖅᑐᖅ, *taku-*

laarivuguk pingatsirmi titiqqaniarvim muuqtuq, meine Geister sind Vögel, mit spitzen Schnäbeln, und ihre Flügel sind Träume, die deinen Untergang besiegeln, ich habe Geister, ich, ich, ich!

Ich ziehe die Beine an, fasse sie mit den wunden Händen, versuche die Haut glatt zu streichen, an den Unterschenkeln und am Bauch wirft sie seltsame Falten, das muss an der Kälte liegen. Das Bett verdient es nicht, *Bett* genannt zu werden, eine Bestie hat mich verschluckt, und ich warte in deren Gedärmen den Zeitpunkt ab, bis sie mich verdaut hat. Dass es in einem Monster überhaupt so kalt sein kann, schon das zeugt von der schieren Ausweglosigkeit, und dennoch versuche ich, am Leben zu bleiben, sterbe allerdings einen jeden Tag. Gedanklich wünsche ich mir den vertrauten Winter herbei, meinen alten Freund aus Grönland, dass er kurz mal nach mir schaut, dass er die Kälte im Magen der Bestie in ihre Schranken weist.

Ich muss versuchen, dem Frost wenig Angriffsfläche zu bieten, mich auf alte Tugenden besinnen, die mich in grönländischen Nächten unantastbar gemacht hatten. Ich muss mich erinnern, was mich die Schamanen lehrten, meinen Namen murmeln, ihn in alle vier Wände des monströsen Magens schneiden, *ukiutaq*, *Winterkind*, so heiße ich in Grönland. Es ist der Name, den Mutter und Vater für mich auswählten, doch nennt mich niemand wirklich so, und wenn wir als Kinder miteinander spielten, riefen alle nur: *Uki!*

Und um möglichst alle Geister gnädig zu stimmen, ritze ich auch den anderen Namen darunter, jenen, den mir der Vogelmann gab, ich war aus heiterem Himmel zu ihm gekommen. Ich hörte plötzlich seltsame Laute im Nebel unserer Bucht, ein riesiges Schiff schälte sich dort hervor und ging vor Anker, ich begegnete zum ersten Mal weißen Menschen. Ich beobachtete sie vom Ufer aus, ein paar Männer ließen ein kleineres Boot zu Wasser, das sich merklich von unseren Kajaks unterschied, sie ruderten ans Ufer, zu mir, und noch bevor sich die Schamanen und Jäger einfanden, schüttelte mir einer der Männer bereits die Hand, er trug eine eigenartige Mütze (die Kapitänsmütze, wie ich bald erfuhr), die mich schmunzeln ließ.

Er deutete auf sich und erklärte: *Fridtjof!* Das war wohl sein Name, daher deutete ich auf mich und erwiderte: *Uki!* Er drehte sich nach den anderen um, diese raunten ihm etwas zu, was augenscheinlich für Heiterkeit sorgte, danach wandte er sich wieder zu mir, deutete mit dem Finger auf mich und fragte: *Elaine?!* Erst später, als wir uns so weit angenähert hatten, dass wir Gespräche miteinander führen konnten, erklärte er mir, dass ich die Männer an seine Ehefrau erinnere, die im fernen Europa auf seine Rückkehr hoffte. Ich hätte ihre Gesichtszüge, eine ähnliche, schlanke Gestalt, nur war sie weißer und ich dunkelhäutiger, und natürlich sei ich jünger, lachte er schallend.

3.

1. November (5.30 Uhr morgens)

In banger Erwartung vertreibe ich mir weiter die Zeit mit einigen längst überfälligen Tagebucheinträgen, schließlich soll unser Alltag hinreichend gewürdigt werden, denn, einmal abgesehen von diversen Unternehmungen, Erkundungs- und Forschungstrupps, Jagdausflügen und Hundeschlittenfahrten, unterschied sich für gewöhnlich kaum ein Tag an Bord von dem anderen, die Beschreibung eines einzelnen ist daher eine Schilderung aller. In der Regel standen wir gegen acht Uhr auf und nahmen das Frühstück ein; sollte es nicht frisches Fleisch oder Fisch nach einem Jagderfolg gegeben haben, bestand dieses aus Hartbrot, Butter, Käse, Corned Beef oder gesalzenem Hammelfleisch in Büchsen, Frühstücksschinken oder in Büchsen konservierten Zungen aus Chicago oder geräuchertem Speck, Kabeljaukaviar, Anchovisrogen, ferner Hafermehl- oder englischem Schiffsbrot nebst Orangenmarmelade. Dreimal in der Woche hatten wir frisch gebackenes Brot, manchmal sogar Kuchen. Was unsere Getränke betraf, so genossen wir anfänglich jeden zweiten Tag Kaffee oder Kakao, später mussten wir diese rationieren.

Jeder musste ausnahmslos nach einer Woche in die Küche, um beim Abwasch zu helfen, den Tisch zu decken und das Essen aufzutragen. Sigurd, der zumeist mit Jens und Anton das Kochen übernahm, hatte nach dem Frühstück den Speisezettel für das Mittagessen festzulegen und sogleich mit den Vorbereitungen zu beginnen. Waren wir nicht durch anderweitige Verpflichtungen verhindert, versammelten sich gegen ein Uhr alle zum Mittagsmahl, das gewöhnlich aus drei Gängen bestand: aus Suppe, Fleisch und Nachtisch. Zum Fleisch selbst hatten wir stets Kartoffeln oder Makkaroni. Wir stimmten alle darin überein, dass die Verpflegung wirklich gut sei, sie würde zu Hause wohl kaum besser, vielmehr für einige von uns sogar schlechter ausfallen. Nach dem Mittagessen gingen die Raucher in die Kombüse, die auch als Raucherzimmer diente, da der Tabak in den Kabinen, außer bei festlichen Gelegenheiten, verpönt war. Gegen sechs Uhr, wenn das übliche Tagwerk vollbracht war, wurde zum Abendessen gerufen, das sich praktisch kaum vom Frühstück unterschied, nur dass als Getränk stets Tee diente.

Später trafen wir uns noch in meiner Kajüte, die sich danach in einen stillen Lesesaal verwandelte, in welchem von der Bordbibliothek reichlich Gebrauch gemacht wurde. Hätten uns in solchen Augenblicken unsere Familien hier fern im Norden sitzen sehen können, wie die Köpfe in den Büchern und Bildersammlungen vergraben waren, sie hätten geahnt, wie unschätzbar wichtig die Literatur war. Manchmal wurde dann noch das Grammophon gespielt oder einfach nur gesungen, Otto holte seine Ziehharmonika herbei (und Theodor die Mundharmonika), den meisten Applaus ernteten sie für ihre Interpretationen von »Oh Susanna« und »Napoleons Marsch über die Alpen in einem offenen Boot«.

Gegen Mitternacht legten sich alle in die Kojen, nachdem die Nachtwache eingeteilt war. Die schwierigste Arbeit bei dieser scheinen das Schreiben von Tagebüchern und das Lauschen zu sein. Man kann dann davon ausgehen, dass sich Bären oder Füchse in der Nähe aufhalten, eine Flinte liegt daher stets griffbereit. Außerdem muss die Wache alle zwei oder vier Stunden hinauf in den Ausguck oder sich aufs Eis begeben, um meteorologische Messungen vorzunehmen. Die von uns allen vorgenommenen Aufzeichnungen werden später einen ganz guten Begriff von unserer Lebensweise abgeben. Ich bin mir dessen bewusst, dass ich hiermit keinerlei gewichtige Ereignisse schildere, doch liefern gerade diese ein wahres Bild unseres Alltags, denn so und nicht anders ist nun unser Leben.

* * *

Ich kann die Faszination für das Nordlicht verstehen, es ist ein überwältigendes Schauspiel, das einem die Sterblichkeit nahelegt, das eine höhere Macht gebiert, Worte können diese Pracht nur schwer beschreiben. Die glühenden Feuermassen am Himmel hatten wir schon mehrfach erblickt, sie teilen sich für gewöhnlich in leuchtende vielfarbige Streifen, die sich im Süden wie im Norden über den Himmel winden und verwirbeln. Die Strahlen funkeln in kristallklaren Regenbogenfarben, hauptsächlich im Violettrot oder Karmin und im hellsten Grün. Es ist eine endlose Phantasmagorie von funkelnden Farben und übertrifft alles, was man sich nur denken kann. Manchmal erreicht das Schauspiel einen solchen Höhepunkt, dass einem der Atem stillsteht: Man glaubt, dass nun etwas Außergewöhnliches eintreten, dass der Himmel einstürzen müsse, doch während man noch in atemloser Erwartung dasteht, sinkt die ganze Erscheinung, gleichsam mit einigen raschen, leichten Läufen auf der Tonleiter, im leeren Nichts zusammen. Diese Entwicklung hat etwas höchst Undramatisches, doch alles geschieht mit überlegener Sicherheit, einem Kalkül, dass man es gar nicht übelnehmen kann. Man fühlt sich in Gegenwart eines Meisters, der sein Instrument restlos beherrscht; mit einem einzigen Bogenstrich steigt er von der Höhe des Pathos leicht und elegant zu ruhigen, alltäglichen Weisen hinab, um sich mit einigen weiteren Strichen wieder zur Ekstase hinaufzuarbeiten. Und oft folgt noch ein Finale, eine wilde Entfaltung von Feuerwerk in allen Farbtönen, ein überall loderndes Feuer, dass man jede Minute erwartet, alles unten auf dem Eis zu sehen, weil am Himmel kein Platz mehr dafür ist.

(Aus dem Tagebuch des Vogelmannes)

* * *

DAS LEBEN AUF GRÖNLAND richtet sich danach, ob es taut oder friert, wie stark der Wind bläst, ob er einen von den Beinen zu holen imstande ist oder nicht.

Ich kroch aus dem Iglu und lief zur Hütte, wo Eltern und Geschwister noch schliefen. Ich wollte niemanden wecken und schlenderte zum Meer, das nur ein paar Hundert Meter von der Siedlung entfernt lag. Auch die anderen Stammesmitglieder schienen sich auszuruhen, ich selbst brauchte kaum Schlaf, sehr zum Leidwesen der Mutter, die ich als Kind auf Trab gehalten hatte, erst viel später lernte ich, auf andere Rücksicht zu nehmen.

Das Meer in der Bucht war noch halbwegs eisfrei, ein paar kleinere Eisberge trieben dort entlang, es lag überall Schnee, doch bis das Wasser gefrieren würde, das würde noch Wochen, wenn nicht gar Monate dauern. Eine dichte Nebelbank schirmte die Bucht ab, ich hatte sie aus der Ferne für einen gewaltigen Eisberg gehalten, der selbst unsere Jäger vor ernsthafte Probleme gestellt hätte. Diese hätten ihre Kanus bis zur nächsten Landspitze tragen müssen, wo sie hoffentlich einen freieren Zugang zum Meer vorfinden würden. Sie fuhren beinahe täglich zur Jagd, vor allem Grönlandwale hielten sich schon seit Längerem in der Nähe auf, es galt, den einen oder anderen zu erlegen, um unser Überleben im Winter zu sichern.

Plötzlich meinte ich in der Ferne ein Geräusch zu vernehmen, als würde eine Seegottheit dreimal gegen den Grund des Meeres klopfen, ein dumpfes Grollen schien in der Luft zu liegen. Ich lauschte angestrengt, kniff die Augen zusammen, doch dann war es wieder still, ich musste mir alles wohl eingebildet haben, abgesehen davon, dass Seegottheiten um diese Jahreszeit längst ins offene Meer abgewandert waren – die Geschichten der Schamanen zeugten davon.

Ich lehnte mich an die Felsen auf der mir vertrauten Anhöhe, ich verweilte hier öfter, um das Meer zu beobachten, schon als Kind konnte ich mich kaum daran sattsehen; ich träumte davon, es eines Tages zu queren, um mit allerlei Schätzen und Geschichten zurückzukehren, die Mutter und Vater in Staunen versetzten. Ich war schließlich erwachsen, eine junge Frau, alt genug, eine eigene Familie zu gründen, *ich solle mich doch mal umsehen,* meinte Mutter unlängst. Es existierten einige Siedlungen auf Grönland, mit vielen tüchtigen Männern; Frauen gab es zudem weniger, was daran lag, dass man früher weibliche Säuglinge tötete, vor allem dann, wenn zu viele Kinder geboren wurden. Die Nahrung war fast immer knapp, die Nahrungsbeschaffung mühsam, alle Familien zogen lieber Jungen auf, damit diese den Vätern bei der Jagd zur Hand gehen konnten; Mädchen galten diesbezüglich als nutzlos. Und wenn sie alt genug waren, um im Haushalt ordentlich mit anzupacken, heirateten sie und zogen zu ihren Männern … Allerdings hatte ich noch keinerlei Absichten zu heiraten, ich lebte gern bei Mutter und Vater und tat mein Möglichstes, um sie nach Kräften zu unterstützen.

Während ich meinen morgendlichen Gedanken nachhing, hatte sich die Nebelbank weiter herangeschoben, ich staunte schon als Kind darüber, dass sich so große Gebilde lautlos fortbewegen konnten. Das galt auch für die größten Eisberge und selbstverständlich Eisbären und Moschusochsen, selbst sie vermochten es, ihre Tatzen und Hufe in den Schnee zu setzen, ohne das leiseste Geräusch zu verursachen, das konnte nur übernatürlichen Kräften geschuldet sein.

Ich wollte schon umkehren und zur Hütte zurückstapfen, als ich ein weiteres, leiseres, überaus zartes Geräusch vernahm, es klang wie eine melodische Tonfolge, die unmöglich ein Mensch hervorgebracht haben konnte. Ich musste mich getäuscht haben, dachte ich, weit und breit war nichts zu erkennen, alles war auch wieder vollkommen still, *Uki, du wirst ja jetzt schon wunderlich, vielleicht solltest du wirklich heiraten!* Ich drehte mich entschlossen um und ging ein paar Schritte auf die Siedlung zu, als ich es erneut und noch deutlicher hörte: eindeutig eine Melodie, jemand sang da ein Lied, es klang nach einem Vogel (oder doch einer Seegottheit?), ein vollendetes Gepiepe und Gezwitscher bahnte sich seinen Weg aus dem Nebel, die Laute konnten unmöglich von einem Tier stammen, das hierhergehörte. Die Melodie zu beschreiben, fiel schwer, ich hatte noch nie etwas Vergleichbares vernommen, die Töne waren rein und klar, ja bei genauerer Betrachtung schien es sich dabei um zwei Stimmen zu handeln, ein filigranes Duett, dessen Schönheit mich betörte.

Danach war es wieder still, ich dachte schon, der Zauber wäre verflogen, doch hörte ich plötzlich ein eigentümliches Geräusch, das ich so gar nicht einordnen konnte, ein Knarren, Rasseln und Knacken. Kaum war es verstummt, ging es mit dem Duett auch wieder los, dieselbe Melodie war zu vernehmen, das Gesinge und Gepiepe war allerdings erheblich lauter, allmählich müsste sich doch etwas im Nebel erkennen lassen. Ich kniff die Augen zusammen, alle Inuit wiesen ein gutes Sehvermögen auf, wir konnten Schattierungen und schemenhafte Bewegungen selbst unter widrigsten Bedingungen ausmachen und voneinander unterscheiden. Das Rasseln und Knacken setzte wieder ein, es hörte sich an, als würde jemand Robbenzähne in einer Schatulle aus Walfischbein schütteln, anschließend erklang zum wiederholten Male die Melodie.

Endlich konnte ich eine Bewegung im Nebel erahnen, ein dunkler Schatten war ansatzweise zu erkennen, ich wich unwillkürlich etwas zurück, denn er schien riesig zu sein; wie ein dunkler Eisberg schob er sich auf die Bucht zu, die zarten Stimmen konnten unmöglich zu einem solch gewaltigen Tier gehören. Bald erkannte ich die Konturen noch deutlicher, es handelte sich wohl um einen Buckelwal, doch würde sich das Tier niemals so nah an die Küste heranwagen. Vielleicht war doch eine der Seegottheiten auf leichte Beute aus, mein Herz raste und plötzlich fiel es mir wie Schuppen von den Augen:

Das war ein Schiff! Ein riesiges, fremdes Schiff! Das größte, das ich jemals sah, was nicht viel zu bedeuten hatte, da mir lediglich die Kanus unserer Jäger vertraut waren.

Das Schiff schob sich aus der Nebelbank, es wirkte nach wie vor wie aus einem Traum, ich zwickte mich in den Handrücken, um etwaige Hirngespinste auszuschließen. Am Bug konnte ich einen Mann mit einer seltsamen Kopfbedeckung erkennen, er hielt einen Gegenstand in der Hand, aus dem die Melodie zu sprudeln schien. Als das Schiff schließlich in der Bucht anhielt, konnte ich das Gebilde in seiner Hand deutlicher einordnen – es handelte sich um einen Käfig. Ich hatte schon von solchen gehört, die Jäger erzählten sich, dass man im Süden die Tiere in Käfigen hielt, sogar Hunde, was bei uns auf großes Unverständnis stieß. Die Hunde in Grönland mussten in keine Käfige gesperrt werden, man leinte sie an einen Pflock vor dem Haus, und das war es auch schon. Die erfahreneren Hunde mussten gar nicht mehr angebunden werden, die blieben von sich aus dort, wo man es ihnen befahl. Und in unserer Siedlung durften sie sich ohnedies frei bewegen, was in Grönland absolut unüblich war, sie schlugen auch sofort in einem größeren Umkreis Alarm, wenn sich ein Eisbär zu nahe heranwagte.

Im Käfig des eigentümlichen Mannes saßen zwei Vögel, sie sangen ihre mir mittlerweile bekannte Melodie, sie drehten dabei ihre Köpfchen und öffneten ihre Schnäbel, die Schwanzfedern bewegten sie auf und ab, ansonsten harrten ihre Körper vollkommen starr auf einer Stange aus. Der Mann blickte mich an, er schwenkte den kleinen Käfig, und als die

Vögel erneut verstummten, drehte er diesen schlicht um, ohne dass die Vögel daran Anstoß nahmen; sie hingen teilnahmslos kopfüber von einem stilisierten Zweig. Der Mann drehte an einer kleinen Kurbel, wie sie mittlerweile manche Jäger benutzten, um Leinen mit Fischen einzuholen, diese Drehbewegung verursachte auch jenes Rasseln und Knacken, danach erwachten die Vögel wie von Zauberhand und ließen ihre Melodie erneut in der Bucht erschallen. Sie war nunmehr so laut, dass auch andere in der Siedlung erwachen würden, es konnte demnach nicht mehr lange dauern, bis sich jemand zu mir gesellte. Wobei das Schiff auch kaum zu übersehen war, seine Masten ragten hoch in den Himmel, die Segel hingen schlaff herab, die Takelage bestand aus vielen mir unbekannten Dingen, irgendwo dampfte es auch, ich sollte erst später lernen, alles korrekt zu benennen.

Soweit ich das Deck überblicken konnte, befanden sich nur Männer an Bord, ich konnte beobachten, wie ein paar die Wanten hochstiegen, um die Segel gänzlich aufzurollen und festzubinden. Andere ließen ein Beiboot zu Wasser, und beinahe wäre es ihnen entglitten, der Mann mit dem Vogelkäfig rief etwas, er schien unzufrieden mit seiner Besatzung. An einem der Masten blieb er stehen, dort gab es eine Vorrichtung, an der er seinen Käfig befestigen konnte, er tat dies und ging den anderen zur Hand. Nachdem das Beiboot ins Wasser geplatscht war, drehte er eine Runde übers Deck, er nickte seinen Männern zu, da und dort zog er eines der Taue nach, alles schien endlich so weit ausgeführt, dass es ihn zufriedenstellte. Er kletterte über eine wackelige Strickleiter mit ein paar Männern in das Beiboot, diese setzten sich an die Ruder und machten sich auf, am Ufer anzulegen, sie kamen direkt auf mich zu.

Ich war unsicher, wie ich sie begrüßen sollte, ja ich wusste nicht einmal, ob man sie willkommen heißen würde, es waren, jedenfalls zu meinen Lebzeiten, noch nie weiße Menschen in die Siedlung gekommen. Das Beiboot glitt auf den steinigen Untergrund, die Ruder wurden eingezogen, und es setzte auf dem flachen Kieselstrand auf.

Die Männer sprangen aus dem Boot, einer zog es vorsorglich noch weiter an Land, sie waren gut ausgestattet, ihr Schuhwerk wirkte, als könnte es Schnee vertragen. Sie trugen keinesfalls Pelze wie unsere Männer, ihre Kleidung bestand aus grobem, mir unbekanntem Stoff, Schafwollpullover, wie man mir später erläuterte, allerdings konnte ich mir Tiere, die ein solches Fell aufwiesen, nur schwerlich vorstellen.

Alle von ihnen trugen Bärte, das unterschied sie deutlich von den Männern, die ich kannte, kaum jemand wies hier dichteren Bartwuchs auf, meistens wurde selbst schütteres Barthaar rigoros abrasiert. Mein Vater war einer der wenigen Männer, die sich regelmäßig rasieren mussten, ich fand durchaus, dass ihm ein Bart stand, doch war er bei der Jagd unpraktisch, die Temperaturen konnten schließlich vierzig, fünfzig Grad unter null sinken. Atemluft und Speichel froren dann dort fest, dicke, schwere Eisklumpen zierten die Gesichtspartie, das war lästig und sogar ein wenig gefährlich.

Mir fiel auf, wie sicher sich die ankommenden Männer auf dem ihnen fremden Terrain bewegten, sie kamen mit einer Selbstverständlichkeit an Land, die meinem Volk unbekannt war, wir verließen ungern vertraute Gegenden und taten dies nur, wenn uns äußere Umstände dazu zwangen. Die Vorstellung, unsere Jäger würden in die Heimat der weißen Menschen reisen und dort sicheren Schrittes deren Häfen durchschreiten, war vollkommen absurd. Vielmehr würden diese an einem möglichst abgelegenen Küstenabschnitt an Land gehen, kilometerweit von der weißen Siedlung entfernt. Sie würden sich anpirschen, alles genau beobachten und sich nach längeren, gewiss hitzigen Beratungen darüber verständigen, wie sie weiter vorzugehen gedachten. Vermutlich würde man übereinkommen, die Sache auf sich beruhen zu lassen, eine wie auch immer geartete Intervention konnte die ganze Aufregung schwerlich wert sein.

Doch ich konnte nicht wissen, ob die weißen Männer nicht bereits all das getan hatten; vielleicht waren sie längst eine Weile in unserer Nähe vor Anker gelegen, hatten heimlich die Gegend erkundet, die Siedlung lange genug beobachtet und sich aus wohlbedachten Gründen nunmehr entschlossen, mit uns in Kontakt zu treten. Ich hörte Stimmen, die aus unseren Hütten und Iglus drangen, mittlerweile waren etliche Stammesmitglieder wach geworden, gewiss schlüpften sie gerade in Windeseile in ihre Roben, die Pelzhosen und festen Mäntel und Moschusfelljacken und Schuhe aus Seehundleder, die Jäger langten zweifelsohne nach ihren Messern, Äxten und Harpunen, schon bald würden sie alle hier sein.

Doch noch war ich die einzige Inuk weit und breit, einem Vorposten gleich stand ich in der Bucht, die fremden Besucher würden mit mir vorliebnehmen müssen. Die Männer hatten sich mir inzwischen genähert, sie standen bald vor mir und überragten mich deutlich, allerdings wusste ich aus Erfahrung, dass einem Körpergröße nicht unbedingt zum Vorteil gereichen musste. Der Mann mit dem Vogelkäfig, der augenscheinlich auch an Land das Kommando führte, räusperte sich und stellte sich mir offenbar vor, woraufhin lieber auch ich meinen Namen nannte. Die Männer tuschelten miteinander und lachten, der *Vogelmann* (alles andere schien mir als Name völlig unpassend) wandte sich daraufhin mit einem weiteren Wort an mich. Ich wusste nicht genau, was er von mir wollte, doch blieben seine Augen freundlich und die Miene entspannt, ich machte daher keine Anstalten, mich zurückzuziehen.

Inzwischen kamen die anderen angelaufen, weit voran mein Vater, der sich mit funkelnden Augen zwischen mich und die Männer stürzte, er schwang sein Messer, und die Weißen wichen zurück, vermutlich glaubte er, die Fremden wollten mir irgendein Leid zufügen. Die Jäger umzingelten das Grüppchen, der Vogelmann machte allerdings weiterhin einen ruhigen Eindruck, er deutete einem seiner Männer, nach vorne zu treten, es zeigte sich, dass dieser passabel unsere Sprache beherrschte. Er versuchte die Anliegen des Vogelmannes zu vermitteln, sie seien auf Erkundungs- und Forschungsfahrt, um sich auf weitere Reisen vorzubereiten, die Nordwestpassage wolle man irgendwann durchsegeln, den Nordpol erreichen, und ob man in der Nähe der Siedlung verweilen dürfe, um sich bei den ansässigen Jägern Überlebenstechniken im Eis abschauen zu können. Außerdem wolle man Nahrung bunkern, man sei bereit, Gegenstände gegen Fleisch einzutauschen, man würde eine Weile bleiben.

Zu diesem Zeitpunkt waren unsere beiden Schamanen auf der Bildfläche erschienen, wobei es ungewöhnlich war, dass gleich zwei dieser weisen Männer in einer Siedlung lebten. Allerdings sprachen sie mit einer Stimme, weil sie im Grunde genommen nur eine Person waren … Mutter hatte es mir immer so erklärt, und der Vater beließ es dabei, fügte nie etwas anderes hinzu, wirklich begriffen habe ich das erst viel später. In unserer Kultur gab es keine alleinigen Anführer, die Geschicke der Gemeinschaft oblagen schlussendlich allen, doch in Fällen, wo schnelle Entscheidungen gefällt werden mussten, vertraute man auf die Erfahrung und das Bauchgefühl der Schamanen. Diese berieten sich mit ihren Geistern, wandten sich danach an den Vogelmann und unterhielten sich mit ihm tatsächlich in dessen Sprache, was uns alle (und wohl auch ihn) äußerst verwunderte. Danach reichten sie einander die Hände, sie nickten sich zu, und die Formalitäten waren somit abgeschlossen, das Schiff durfte in der Bucht verweilen.

Ich war mir sicher, dass die Schamanen (und ihre Geister) nur Gutes in den Augen des Vogelmannes erkannt hatten, ob das allerdings auch auf seine Männer zutraf, das ließ sich schwer einschätzen. Allerdings war er für seine Mannschaft verantwortlich, wie auch die Schamanen dafür sorgen würden, dass man den Fremden freundlich begegnete, oder, um unbelehrbaren Stammesangehörigen einen Ausweg zu lassen, diesen aus dem Weg zu gehen hatte.

Eines der jüngeren Kinder war den im Hintergrund abwartenden Frauen ausgebüxt, es hatte sich unbemerkt durch die Reihen gezwängt und stand nun plötzlich unmittelbar vor dem Vogelmann, es blickte erstaunt zu diesem hoch. Dieser beugte sich sogleich zu dem Kind nieder, er strich ihm ohne Scheu über den Kopf und holte ein Vögelchen aus einer seiner Taschen, es war wohl eines von der Sorte, die am Schiff im Käfig saßen. Ich konnte es gut erkennen, es war aus einem mir unbekannten Material geformt, alles in allem täuschend echt und einem lebendigen Vogel nachempfunden (wobei mir die Art unbekannt war). Man konnte den Vogel mithilfe eines Gegenstandes *aufwecken* (das Wort *Schlüssel* kannte ich damals noch nicht, da es auf Grönland weder Schlüssel noch Schlösser gab). Nach dieser Erweckung erwachte der Vogel zum Leben, er bewegte die Flügel und öffnete den Schnabel, sang aber nicht ganz so schön wie die Vögel am Schiff, er zwitscherte eigentlich nur daher, doch war das selbstverständlich nicht minder beeindruckend. Er bewegte sogar seine Füßchen, und als ihn der Vogelmann kurz auf einem Stein abstellte, watschelte der Vogel munter drauflos, das Kind konnte gar nicht die Augen von ihm lassen.

Nach dieser Vorführung nahm der Vogelmann das Tier erneut an sich, drückte es dem verdutzten Kind in die Hände und deutete an, dass der Vogel nunmehr dem Jungen gehöre; die Geste war unmissverständlich, und jeder der Anwesenden verstand sie. Ich denke, viele hatten den Vogelmann in jenem Augenblick in ihr Herz geschlossen, er war zwar keiner von uns, doch konnte er unmöglich ein schlechter Mensch sein.

4.

1. November (7 Uhr morgens)
Und dann konnten wir es alle erkennen, langsam tauchten wir aus dem Nebel auf, die Bucht lag in ihrer ganzen Pracht vor uns, wir bemerkten Iglus und Hütten hinter einer kleinen Anhöhe. Ich ließ das Schiff anhalten, der Anker wurde ausgelegt, und während ich noch am Bug meinen Gedanken nachhing, erspähte ich eine Frau, die, an einem Felsen lehnend, zu mir blickte, ich registrierte die Verwunderung in ihrem Blick, allerdings keinerlei Sorge oder Furcht.

Ich ließ unverzüglich eines der Beiboote zu Wasser, nahm eine Handvoll Männer mit, setzte die Kapitänsmütze auf und ließ uns an Land rudern, wohl wissend, dass unsere Anwesenheit möglicherweise unerwünscht sein könnte. Die Frau verharrte, wo sie war, sie schien nicht die geringsten Zweifel zu verspüren, sodass wir schnurstracks auf sie zusteuerten, bald schon standen wir unmittelbar vor ihr und überragten sie an Körpergröße deutlich. Ich versuchte, mich unwillkürlich kleiner zu machen (um sie nicht im allerletzten Augenblick zu verschrecken), räusperte mich, deutete eine Verbeugung an und stellte mich namentlich vor, während mir die Männer bereits etwas zuraunten.

Vor lauter Aufregung, endlich einen Fuß auf Grönland gesetzt zu haben, musste mir eine Tatsache vollkommen entgangen sein: Die junge Frau, in ihren Fellschuhen, dem Fellmantel und dem offen zur Schau getragenen Haar wies eine verblüffende Ähnlichkeit mit meiner Elaine auf; den Männern war es indes aufgefallen. Ich lächelte sie gewinnend an, gewiss, sie hatte eine andere Hautfarbe und war jünger, doch war sie von ähnlicher Gestalt, und ihr Antlitz glich dem meiner Ehefrau unverkennbar. Konnte es sein, dass dies ein Omen war, dass unsere Reise und die kommenden Monate unter einem guten Stern standen, der uns weiterhin geleiten und behüten würde? Hatte Elaine sie irgendwie zu mir gesandt, um den Kummer etwas zu mildern, nunmehr so lange von ihr getrennt sein zu müssen? Dem Schalk nach zu urteilen, der meiner Frau innewohnt, sähe ihr ein solches Vorgehen durchaus ähnlich.

Ich konnte gar nicht anders, als diese junge Inuk spontan *Elaine* zu nennen; es kam unvermittelt über meine Lippen, sprudelte förmlich hervor, allerdings wusste sie verständlicherweise nichts damit anzufangen. Doch bevor ich ihr mehr erläutern konnte (zum Glück ist Jens leidlich des Inuktitut mächtig), kam ihr Stamm mit Harpunen und Messern angelaufen, es galt nunmehr, andere Wogen zu glätten, uns und unsere Ankunft, so gut es ging, zu erklären. Ich hoffte in jenem Moment inständig, auf Verständnis und Wohlwollen zu stoßen, schließlich wollten wir eine Weile bei den Inuit bleiben, um ihre Gepflogenheiten zu studieren und uns, soweit denkbar, ihre Fertigkeiten anzueignen. Es näherten sich mir zwei Männer, die wohl großes Ansehen und Vertrauen genossen, denn alle wichen ihnen aus; dort würde ich mein Anliegen zu vermitteln suchen. Ich fasste unwillkürlich nach dem kleinen Vogel in meiner Manteltasche, wie der kostbare Spielautomat auf dem Schiff konnte auch er aufgezogen werden; gewiss, die Melodie war schlichter, ihm ließ sich nur ein Gezwitscher entlocken, doch konnte er sich vorwärtsbewegen. Elaine hatte mir vor der Abfahrt einige dieser Spielzeuge zugesteckt, *du wirst sehen*, hatte sie mir noch zugeflüstert, *sie werden dir gute Dienste leisten*.

20. November

Ich bin eine Weile nicht dazu gekommen, Tagebuch zu führen, komme also nicht umhin, mehrere Ereignisse zusammenzufassen. Wir haben uns an Bord häuslich eingerichtet, alles nahm seinen Lauf, und wir erkundeten die Küstenlinie bzw. das Hinterland in der Nähe der Inuit-Siedlung. Die Menschen begegneten uns bislang freundlich und hilfsbereit, selbst die skeptischen unter ihnen schienen unsere Anwesenheit akzeptiert zu haben, keinerlei Vorbehalte waren zu erkennen.

Die Müdigkeit hält uns fest im Griff, alltäglich teilen wir uns auf, gehen den unterschiedlichsten Aufgaben nach, und ich denke zu Recht anmerken zu dürfen, dass wir seit unserer Ankunft nach bestem Wissen und Gewissen am Leben der Inuit teilgenommen haben – und dies weiterhin tun werden. Wir lernen viel, wie denn das Wetter zu deuten sei, welche unterschiedlichsten Schneebeschaffenheiten auftreten, wo man unter dem Eis Nahrung findet, ja wie man generell überlebt. Das wird auf unseren noch geplanten Expeditionen (Nordwestpassage, Nordpol) von unschätzbarem Wert sein.

* * *

Wir hatten mit dem Schleppnetz gefischt und brachten zwei Eimer Schlick vom Grunde mit herauf. Ich war einen ganzen Tag lang damit beschäftigt gewesen, diesen in einem Bottich auszuspülen, um die darin enthaltenen Tiere herauszufiltern. Es waren hauptsächlich Seesterne, Medusen, Seegurken, Korkpolypen, Würmer, Schwämme, Schalentiere und Krustazeen; selbstverständlich wurden alle sorgfältig in Spiritus konserviert. An einem anderen Tag fischten wir mit dem Seidennetz in ungefähr fünfzig Meter Tiefe und erzielten einen beachtlichen Fang, namentlich an kleinen Krustentieren und allerlei arktischen Würmern, die frei im Meer umhertrieben. Im Eis selbst zu fischen, gestaltete sich ausnehmend schwierig, denn kaum hatte man irgendwo eine Öffnung gefunden, um die Leine hinabgleiten zu lassen, begann sich das Eis schon wieder zu schließen, und man musste die Leine rasch hochholen, damit diese nicht verloren ging. Das ist bedauerlich, denn vor allem unter dem Eis wären wohl interessante Fischzüge zu machen, wir müssen uns diesbezüglich unbedingt die Techniken der Inuit aneignen.

* * *

In einer der Nächte waren wir von einem seltsamen Lichtschein geweckt worden, alle Männer eilten an Deck und lehnten sich über die Brüstung, der Himmel gab sich vollkommen dunkel, doch die Bucht erstrahlte, das Wasser phosphoreszierte förmlich. Dies war den unzähligen Leuchtorganismen geschuldet, die in der Nähe des Schiffes auftauchten, vermutlich allesamt kleinere Krustentiere, die von der Strömung in die Bucht getrieben worden waren. Es war ein bezaubernder Anblick, meine Frau wäre zweifelsohne begeistert gewesen, und ich bedauerte in jenem Moment schmerzlich, sie in so weiter Ferne zu wissen.

* * *

Am nächsten Morgen war mir erneut jene Inuk begegnet, die eine verblüffende Ähnlichkeit mit Elaine aufweist, es versteht sich von selbst, dass ich ihr mein aufrichtigstes Wohlwollen entgegenbringe. Mich in ihrer Nähe aufhalten zu dürfen, empfinde ich als Privileg, und ich bin mir dessen gewiss, meine Frau würde dies gutheißen.

Gerne hätte ich sie miteinander bekannt gemacht, Elaine hätte die ihr fremde Person bestimmt sogleich umarmt, sie hätte sie angelacht und sich erkundigt, ob sie auch alle Männer (vor allem ihr eigener) zuvorkommend behandelt haben. Ich weiß nicht, woher ich diese Gewissheit nehme, doch bin ich überzeugt davon, dass sie sich, so unterschiedlich ihre Leben auch sein mögen, prächtig verstehen würden.

Ich nahm den Hut ab und sprach sie mit ihrem vertrauten Namen an, *Uki, Uki, Uki,* den ich mir nach unserem ersten Kennenlernen in meinem Tagebuch notiert hatte. Ich fühlte mich geradewegs verpflichtet, mich auf den Tag unserer Ankunft zu beziehen, wo ich sie vor halber Mannschaft als *Elaine* bezeichnet hatte; und ja doch, es war gar nicht daran zu rütteln, dass ich sie weiterhin (vornehmlich in Gedanken) so ansprechen würde. Allerdings lag es mir fern, taktlos zu sein, Unhöflichkeiten waren mir seit jeher zuwider, also trachtete ich redlich danach, ihr meine Beweggründe zu erläutern (dank der Sprachkenntnisse von Jens gelang es auch), warum ich sie als Elaine erachtete. Ich beschrieb ihr, wer Elaine, meine Ehefrau, war und wie verblüffend ähnlich sie ihr sah, ja beinahe hätte ich ihr übersetzen lassen, dass sie und Elaine Zwillingsschwestern hätten sein können, doch entzog sich meiner Kenntnis, ob in Grönland überhaupt solche zur Welt kamen, ob man hier mit dieser Laune der Natur vertraut war – um weiteren Missverständnissen vorzubeugen, ließ ich die Anmerkung lieber bleiben.

Einem spontanen Impuls folgend lud ich Uki aufs Schiff ein, schließlich waren wir gerade dabei gewesen, mit einem der Beiboote überzusetzen. Ich war mir dessen bewusst, wie das auf sie wirken musste, ihr Zaudern sprach Bände, und wäre ich an ihrer Stelle gewesen, gewiss hätte ich ein solches Angebot ausgeschlagen. Und hätte es sich bei ihr tatsächlich um meine Elaine gehandelt, wäre diese jemals in eine ähnliche Situation geraten, in der sie zwei mehr oder minder Fremde auf ein Schiff einluden, gewiss hätte ich ihr nachdrücklichst davon abgeraten. Doch gewann ihre Neugier schließlich die Oberhand, sie willigte ein, und ich gelobte mir hoch und heilig, sie in keiner Weise zu verschrecken, jegliches Ungemach musste im Keim erstickt werden. Ich hatte ohnedies vor, allen Inuit den Besuch unseres Schiffes zu ermöglichen, musste mich allerdings noch mit den Männern beraten, wie dieses am besten zu bewerkstelligen sei.

Am Schiff zeigte sich Uki zunächst vom Spielautomaten fasziniert, sie wollte diesen unbedingt eigenhändig aufziehen und den Mechanismus ergründen; ich pries meine Frau im Geiste inständig für ihr kostspieliges Geschenk, über das sich doch so vortrefflich »reden« ließ, ohne auch nur ein Wort gebrauchen zu müssen; Gesten, Augenkontakt und Einfühlungsvermögen reichten völlig aus. Es erstaunte mich, wie schnell gewisse Gegenstände für Vertrautheit zu sorgen imstande sind; und waren wir, so betrachtet, nicht weiterhin nur große Kinder, die sich für Neues begeistern ließen und einander schon dadurch freundschaftlich zugeneigt waren?

Ich ließ mich hinreißen, sie später in meine Kajüte zu führen, (Jens war inzwischen an anderer Stelle vonnöten, die Inuit hatten einen Wal erlegt), Uki hätte dort stundenlang verweilen wollen, um alle Gegenstände sorgfältig in Augenschein zu nehmen. Meine Vorliebe für Fauna und Flora lässt sich in diesen Gemächern allemal nicht leugnen, die Wände sind reichhaltigst mit meinen Lieblingsvögeln dekoriert. Sie nahm sogar aus freien Stücken einige Bücher zur Hand, wobei mir auffiel, dass ihr ein umfangreiches Lexikon (William Yarrell: A History of Birds, 1843) mit Vögeln besonders behagte. Ich bin mir recht gewiss, dass sie in ihrer eigenen Sprache weder lesen noch schreiben kann, doch seien wir ehrlich, ein zoologisches Lexikon definiert sich vornehmlich über Abbildungen! Und erzählen diese nicht die wahren Geschichten? Erkennt man nicht so schon im Kindesalter die Welt, bevor man irgendwann über diese spricht und schreibt? Ich beschloss unverzüglich, ihr das kostspielige Buch zu überreichen, Elaine, meine Ehefrau, hätte gewiss auf einem würdigen Gastgeschenk bestanden. Und bevor ich Uki aus purer Freude auch noch das Grammophon überließ, ruderte ich sie lieber zurück an Land, es wurde schließlich bereits dunkel.

(Aus dem Tagebuch des Vogelmannes)

* * *

AM NÄCHSTEN MORGEN war nur scheinbar ein Tag wie jeder andere, die Jäger machten sich zum Walfang auf, die Frauen setzten sich an die Robbenfelle, sie mussten gerben, nähen, diverse Reparaturarbeiten an verschlissenen Kleidungsstücken einplanen, den Haushalt in Ordnung bringen und den Kindern so manches für den Tag einbläuen. Letzteres stieß vorwiegend auf taube Ohren, denn sie konnten sich nicht an dem Wundervogel sattsehen, welchen ihnen der Vogelmann anvertraut hatte. Sie saßen wie paralysiert in der Mitte der Siedlung im Schnee, der mechanische Vogel wanderte dort einen ebenmäßigen Eisblock auf und ab, so lange, bis seine Kräfte erlahmten. Danach wurde er erneut aufgezogen, abgesetzt, und das Spiel ging von vorne los, die Kinder kicherten bei einem jeden seiner tapsigen, jedoch beharrlichen Schritte.

Die Szenerie war schön anzusehen, ich hätte mich am liebsten zu ihnen gesetzt und mitgemacht, doch war ich dafür leider etwas zu alt, außerdem musste ich Mutter bei den anstehenden Arbeiten unterstützen. Ich dachte darüber nach, wie sich wohl weiße Kinder verhielten, ob sie auch in einer Gemeinschaft lebten, in der so ziemlich alles allen gehörte, unsere Kinder lernten dies von klein auf. Der vom Vogelmann beschenkte Junge stellte keine Besitzansprüche, jeder konnte mit dem Wundervogel spielen, er hatte ihn gewissermaßen nur stellvertretend für seinen Stamm entgegengenommen. Die Hilfsbereitschaft war schon unter den Kindern stark ausgeprägt, und wann immer jemand klagte oder weinte, wann immer man Sorgen hatte, die anderen Kinder versuchten einen sofort zu trösten, als würde es sie unmittelbar selbst betreffen. Sogar die schon etwas größeren Burschen, die oft genug miteinander balgten und recht grob zu werden verstanden, schalteten sofort um, wenn es ernst wurde, dann war alles pubertäre Gehabe vergessen, und man war füreinander da.

Ich war bald mit allen Aufgaben fertig und unterhielt mich mit einer der Frauen aus der Nachbarschaft von der ich erfuhr, dass sich einige der weißen Männer unseren Jägern angeschlossen hatten, sie waren ihnen mit einem ihrer Beiboote nachgerudert, um den Walfang mitzuverfolgen. Andere wiederum erkundeten die Küste, man hatte sie mit diversen Utensilien dort entlangschlendern sehen; mir wurde bald bewusst, dass sie Land (und Eis) vermaßen. Es schien eine der Lieblingsbeschäftigungen der Fremden zu sein, über Grönland zu schreiten, die Küste zu kartografieren, Zeichnungen von dieser anzufertigen und sich mit der hiesigen Fauna (oder Schneebeschaffenheit) auseinanderzusetzen.

Selbst vom Schiff aus warfen einige von ihnen regelmäßig Netze in die Bucht, holten Krabben und kleine Fische ans Tageslicht, vermaßen diese und entließen sie daraufhin wieder in dunkle Tiefen. Der Vogelmann erzählte mir später, wie aufgeregt er und seine Männer gewesen waren, als in einer der Nächte das Wasser zu leuchten begann. Über ihnen die Nordlichter und unter ihnen eine *Fluoreszenz*, ich kannte das Wort damals zwar nicht, doch waren mir die Leuchtgarnelen und anderes Kleingetier vertraut, die das Wasser erhellten, sie ließen unsere Bucht in wiederkehrenden Abständen erstrahlen. Manchmal fuhren auch die beiden Schamanen in der Nacht hinaus, sie sprachen dort mit den Geistern unserer Ahnen und versuchten, das Unheil von uns fernzuhalten.

Da es für mich nichts weiter zu tun gab, schlenderte ich schließlich zur Küste, ich bestaunte zum wiederholten Male das große Schiff, heute stieg dunkler Rauch aus irgendwelchen Öffnungen. Ich hatte noch nie ein Boot gesehen, auf dem es brannte, es handelte sich gewiss um mehr als nur eine der üblichen Feuerstellen, um Nahrung aufzuwärmen. In der Bucht lagen zwei Beiboote an Land, man hatte sie zur Gänze aus dem Wasser gezogen, sie gehörten wohl zu den Erkundungstrupps, von denen man mir berichtet hatte. Ich setzte mich neugierig in eines der Boote, ich kannte nur die üblichen Kajaks unserer Männer, die wenig Platz boten, doch gewiss schneller durchs Wasser glitten.

Die Holzpritschen waren gar nicht einmal unbequem, die bauchige Form der ganzen Konstruktion erinnerte mich an ein freundliches Auge, die Ruder waren wie lange Wimpern, und ich musste lächeln. Ich nahm eines der Ruder zur Hand, es war viel schwerer als die Paddel in einem Kajak, die Griffe waren glatt und abgenutzt, sie kamen wohl reichlich zum Einsatz. Ich versuchte mir vorzustellen, wohin die Männer damit schon gerudert waren, doch reichte hierfür meine Phantasie nicht aus, ich war bislang nicht sonderlich viel herumgekommen.

Ich wollte gerade wieder aus dem Boot steigen, als plötzlich der Vogelmann mit seinem Übersetzer auftauchte, sie kehrten von ihrer Runde aus dem Hinterland zurück. Sie begrüßten mich freundlich, der Vogelmann wiederholte mehrfach ein wohlwollendes *Uki, Uki, Uki,* er wollte damit bestimmt kundtun, dass er sich meinen Namen eingeprägt hatte. Mithilfe des Übersetzers ließ er mir erklären, was er bei unserer ersten Begegnung zum Ausdruck hatte bringen wollen: Er bezog sich auf jenes Wort, dessen Bedeutung sich mir nicht erschlossen hatte, es lautete *Elaine.* Ich erfuhr, dass *Elaine* der Name seiner über alles geliebten Frau war und dass ich die Mannschaft (und auch ihn) an diese erinnerte. Ich wollte wissen, was der Name *Elaine* bei den weißen Menschen für eine Bedeutung habe, schließlich wohne jedem Wort eine solche inne, und die Antwort erfolgte prompt: *die Strahlende.*

Ich muss gestehen, das gefiel mir, vielleicht schmeichelte es mir sogar ein wenig, ich meine, tatsächlich wurde ich ein wenig rot um die Wangen. Ich dachte noch, dass es gewiss naheläge, unter den weißen Menschen einen anderen Namen zu tragen (schon der fremdartigen Sprache wegen), vielleicht war es grundsätzlich eine angebrachte Geste, um anderen Kulturen seinen Respekt zu erweisen. Würden die weißen Männer länger verweilen, sie bekämen irgendwann wohl auch grönländische Namen. Und überhaupt: Ich nannte ihn schließlich *Vogelmann, tingmiaqangut* (ᑎᖕᒥᐊᖅ ᐊᖕᒍᑎ), es war demnach nur fair, mich von ihm mit *Elaine* ansprechen zu lassen.

Der Vogelmann bot an, mir das Schiff zu zeigen … und da ich zögerte, fügte er noch hinzu: Ich solle mich ganz sicher fühlen, er würde mich jederzeit wieder ans Ufer zurückrudern. Ich war in der Tat neugierig auf das Schiff, es war schließlich wie ein Bote aus einer fremden Welt, ich wollte unbedingt sehen, was sich in seinem Bauch verbarg; ich wollte spüren, wie es schwankte und wie es dort roch und wie unsere Küste wirkte, wenn man an der Reling stand.

Natürlich war ich mir dessen bewusst, dass es Vater und Mutter nicht gutheißen würden, zudem wäre ich dann wohl die erste Inuk an Bord, und eigentlich müsste diese Ehre den Schamanen und älteren Jägern vorbehalten bleiben; ich meinte zu erkennen, dass der Vogelmann die Einwände erahnte. Er ließ mir übersetzen, dass ein freier Mensch stets freie Entscheidungen träfe, es seien eben jene kleinen Wagnisse, die man eingehen müsse, um sich lebendig zu fühlen. Er versicherte außerdem, niemandem etwas davon zu verraten, sollte ich mich dazu entschließen, es befände sich derzeit auch keiner an Bord, was zugleich beweise, wie viel Vertrauen man den Inuit entgegenbrächte. Und was soll ich noch groß sagen: Ich pflichtete ihm in allem bei.

Ich setzte mich in das Boot, und die Männer ruderten los, ich und der Vogelmann kletterten anschließend die herabhängende Strickleiter hoch, der Übersetzer band noch das Beiboot an der Bordwand fest. Er kam uns rasch nach, und so standen wir schließlich zu dritt unter den großen Masten, ich blickte mich um, schon wie es hier roch, es war einfach sagenhaft. Der Vogelmann schritt mit mir das Deck ab, von Bug bis Heck, die drei Masten warfen große Schatten (es war sonnig), er erzählte mir etwas über die Bauweise des Schiffes, widmete sich dabei diversen Schiffsteilen, er erläuterte mir, warum es aus einer Öffnung rauchte, der Übersetzer kam kaum noch hinterher. Zudem gab es für viele der erwähnten Gegenstände und Vorgänge keinerlei Worte in meiner Sprache, er zuckte demnach oft nur mit den Schultern, als würde er sich bei mir entschuldigen wollen. Der Vogelmann war ganz in seinem Element, ich verstand, wie begeistert er sich von seinem Schiff zeigte und wie sehr er es liebte, mit diesem in die Welt aufzubrechen, Expeditionen durchzuführen und mit neuen Erkenntnissen nach Hause zurückzukehren.

Allerdings wurde er in seinem Redefluss unterbrochen, unten hämmerte jemand unvermittelt gegen die Bordwand, ein weiteres Beiboot hatte sich währenddessen dem Schiff genähert, darin saß allerdings nur ein Besatzungsmitglied, welches etwas hochrief. Es stellte sich heraus, dass man den übersetzenden Kameraden an Land benötige, die Inuit-Jäger hätten einen gewaltigen Wal erlegt, und man wolle sich nützlich machen, könne allerdings das eine oder andere sprachliche Missverständnis nicht überwinden. Der Vogelmann gab seinem Übersetzer ein Zeichen, dieser entschwand daraufhin zu seinem Kameraden ins Boot, sie ruderten unverzüglich hinter eine kleine Landzunge. Ich wusste, dort lagen die besten Jagdgründe, oft genug hatte man da bereits Wale erbeutet und anschließend an Land gezogen.

Der Vogelmann deutete auf das andere Boot und machte ein paar Ruderbewegungen, ich denke, er wollte mir damit zu verstehen geben, dass er mich nun lieber, wie versprochen, zurückbringen wolle, doch war ich mutig genug, auf den Vogelkäfig zu weisen; er gluckste fröhlich und reichte mir diesen herab. Danach veranschaulichte er mir, wie man die Mechanik bediente, die Vögel selbst waren auch aus der Nähe wunderschön, sie schienen wesentlich aufwendiger gestaltet als der Piepmatz, den er den Kindern überlassen hatte. Er brachte ein paar weitere Worte ins Spiel, doch noch verstand ich kaum etwas, erst viel später erschloss sich mir der gesamte Kontext.

Es handelte sich um eine Arbeit von Pierre Rochat aus der Schweiz, der in einer Stadt namens Genf gemeinsam mit seinen Söhnen Ami-Napoléon Rochat und Louis Rochat bereits zu Anfang unseres Jahrhunderts wunderbare Singvogelspieldosen und Singvogelautomaten herstellte. Sie waren überaus kostbar und begehrt, nur die wenigsten konnten sich diese Werke leisten. Der Vogelmann hatte den Spielautomaten von seiner Elaine erhalten, diese stammte aus einem guten Hause und verwöhnte ihn, wo es nur ging; mir fiel auf, dass seine

Miene, wann immer er von ihr sprach, einen verklärten Ausdruck bekam. Später wollte ich von ihm wissen, ob er sie nicht sehr vermisse, und er erwiderte, dass sie immer mit ihm sei, allein schon der Vogelkäfig würde ihn täglich an sie erinnern und dafür Sorge tragen, dass er zu ihr zurückkehre. Der Spielautomat entpuppte sich als ein persönlicher Glücksbringer, eine Art *Totem* und *Tupilak* in einem, und ich verstand nur zu gut, dass man an Gegenständen genauso hängen konnte wie an einem Menschen.

Ich drehte in jenem Moment selbst einige Male an dem Spielautomaten, der Vogelmann sah mir wohlwollend zu, die Stimmen und Melodien der beiden Vögel waren aus der Nähe noch schöner anzuhören, ihre frechen, fremdartigen Bewegungen, die spitzen Schnäbel und echten Vogelfedern, sie ließen mich wahrlich erstrahlen, *eine Strahlende, Elaine* eben.

Dann deutete er spontan auf eine Tür, die in das Innere des Schiffes führte, und noch bevor ich mein Zögern und Zweifeln zum Ausdruck bringen konnte, nahm er mich an der Hand, und wir betraten einen vom Deck aus nicht einsehbaren Raum. Ich begriff sogleich, dass es sich um sein persönliches Reich handelte, die Kajüte des Kapitäns, die ich später ausführlich kennenlernen sollte. Er deutete auf einige gepolsterte Stühle, doch hatte ich solche Sitzgelegenheiten noch nie gesehen, ich nahm daher äußerst vorsichtig Platz und staunte, wie weich die Polsterungen waren. Danach hatte ich mich so weit gefasst, dass ich mich umsehen konnte, ich wusste gar nicht, wohin ich mich zuerst wenden sollte.

Alle Wände des Raumes waren mit Vögeln verziert, es gab sie in allen nur denkbaren Ausführungen und Formen: gezeichnete und gemalte Vögel, die allesamt in edlen Bilderrahmen hingen, aus Ton und Porzellan modellierte Vögel, die in kleinen Nischen und Regalen standen, mechanische Vögel, so wie ich sie bereits kannte, und natürlich echte, ausgestopfte Vögel, die überall auf kleinen Ästen saßen, die man in die Wände der Kajüte gebohrt hatte; selbst von der Zimmerdecke hingen ein paar der bunten Kreaturen. Bei uns in Grönland lebten nicht viele Vögel, daher konnte man alle recht schnell aufzählen, doch draußen in der Welt schienen unzählige davon zu existieren; es war unmöglich, sich zu entscheiden, welches der gefiederten Tiere einem am besten gefiel. Ich stellte mir vor, wie es wohl wäre, wenn all diese Vögel plötzlich zum Leben erwachen würden, ob sie vielleicht mit ihren Flügelschlägen das ganze Schiff anzuheben vermochten, doch war dies nur ein kindlicher Gedanke.

An einer Seite des Zimmers, gleich hinter einem Schreibtisch, an dem der Vogelmann saß, stand ein Regal voller Bücher; diese kannte ich immerhin schon, vor einiger Zeit waren die Schamanen mit solchen aufgetaucht, niemand wusste genau, woher sie stammten, zudem konnte keiner die Titel entziffern. Der Vogelmann kam hinter dem Schreibtisch hervor und drückte mir ein dickes Buch in die Hand, es wog beinahe so viel wie eine kleine Robbe. Ich legte es auf meinem Schoß ab und schlug es spontan auf, es bestand aus Tausenden bedruckten Seiten, und alle zeigten sie Abbildungen von unterschiedlichsten Vogelarten. Mir wurde in diesem Moment bewusst, dass es sich wohl um die Auflistung aller Vögel der Welt handeln musste, soweit sie den Menschen überhaupt vollständig bekannt waren. Nicht einmal die Inuit kannten schließlich alle Tiere, die sie umgaben, es verfing sich immer wieder einmal ein völlig fremdes Geschöpf in den Netzen und Reusen.

Neben den abgebildeten Vögeln standen viele Wörter, in einer Sprache, die mir unbekannt war, ich meine, es war eine Tatsache, dass ich damals nicht einmal in meiner eigenen Sprache lesen und schreiben konnte (und was auch?), diese Fähigkeiten waren in unserer Kultur nebensächlich. Lediglich die Schamanen, so erzählte mir die Mutter, können alles lesen und alles schreiben, vermutlich nur, weil sie mit mächtigen Geistern im Bunde standen.

Der Vogelmann deutete erneut auf die Tür, und es war wohl wirklich langsam besser, zu gehen, draußen dämmerte es bereits. Ich zeigte noch auf einen weiteren Gegenstand, der offensichtlich einen Ehrenplatz auf seinem Schreibtisch genoss, er thronte dort in einer, wie ich fand, seltsamen Pracht. Der Vogelmann lächelte und winkte ab, was wohl so etwas wie *beim nächsten Mal* heißen sollte. Es handelte sich dabei um ein Objekt, das mich magisch anzog, instinktiv ahnte ich, dass es noch größere Geheimnisse barg als die künstlichen Vogelwesen. Es wies einen Trichter auf, der an ein übergroßes Ohr erinnerte, und unter diesem Gebilde befand sich eine dunkle, kreisrunde Scheibe. Seitlich lag noch etwas, das wie die Rippe einer Seerobbe aussah, nur war sie nicht weiß und aus einem Knochen gefertigt, vielmehr aus Metall. Sie war seltsam gebogen, und zu der einen Seite hin verjüngte sie sich, ein winziger Eiszapfen schien dort aus ihr zu wachsen.

Es war ein Tonabnehmer mit dem zugehörigen Schalltrichter, ein sogenanntes *Grammophon*, wie ich später erfuhr, doch bevor ich den Gegenstand genauer betrachten konnte, öffnete der Vogelmann schon die Tür zum Deck, er nahm mir das Buch aus der Hand (das ich die ganze Zeit über krampfhaft festgehalten hatte) und steckte es in seine Umhängetasche, die er sich über die Schulter streifte; wir gingen übers Deck und kletterten die Strickleiter nach unten. Er ruderte mich ans Ufer, zum Glück befand sich dort niemand, mir war durchaus klar, wie die Szenerie wirken musste, ich war schließlich kein kleines Mädchen mehr. Als er sich von mir verabschiedete, holte er unversehens das Buch aus seiner Tasche und reichte es mir, ich war zum wiederholten Male verblüfft.

Ich hatte mir keine Gedanken darüber gemacht, als er es eingesteckt hatte, war vielleicht davon ausgegangen, dass er es für irgendeinen Erkundungsstreifzug brauchte, um die Vögel Grönlands besser zuordnen zu können, doch handelte es sich augenscheinlich um ein Geschenk. Die Geste, mit der er es mir reichte, war unmissverständlich, es war die gleiche Bewegung, die er auch bei dem kleinen Jungen vollführt hatte. Der Vogel gehörte daraufhin ihm (also uns allen), und das Vogelbuch des Vogelmannes nunmehr wohl mir (also uns allen). Ich überlegte fieberhaft, wie ich diesen Umstand Vater und Mutter erklären könnte, ich und ein Buch, das zudem dicker und schwerer war als alle bekannten Bücher der Schamanen, das würde allerlei Fragen nach sich ziehen.

Der Vogelmann ruderte bereits zum Schiff zurück, aus der Ferne hörte ich lautes Geschrei und mir vertraute Lieder, die davon zeugten, dass die Jäger allmählich mit reicher Beute zurückkehrten; der ganze Stamm war ihnen anscheinend entgegengelaufen. Als ich schließlich nach Hause kam, saß Mutter noch auf einem ihrer Rentierfelle, sie nähte an einer Fellmütze herum, der Größe nach zu urteilen, war sie für eines der jüngeren Geschwister gedacht. Sie blickte mich und das Buch an, sprach allerdings kein Wort, sie nahm es mir aus der Hand, schlug es auf – und zog die Augenbrauen hoch. Ich wusste in diesem Moment, alles war gut, auch Geschenke können eine ganze Vergangenheit verändern – und eine ganze Zukunft.

5.

27. November

Es ging mit versammelter Mannschaft an eine längst überfällige Arbeit, pfui, man kann sich wahrlich nichts Schmutzigeres vorstellen als Kohletrimmen. Schade eigentlich, dass so ein nützlicher Gegenstand wie die Steinkohle so schwarz sein muss. Wir taten weiter nichts, als die Kohle aus dem Laderaum zu schaffen und die Bunker damit aufzufüllen, allein jeder Mann an Bord musste dabei helfen, alles war voller Schmutz. Die einen standen auf dem Kohlehaufen im Laderaum und befüllten Eimer, und die anderen zogen sie hoch. Peder eignet sich für die letztere Arbeit besonders gut, mit seinen kräftigen Armen zog er Eimer um Eimer herauf, als ob diese Zündholzschachteln wären. Die Übrigen gingen ächzend mit den Eimern zwischen der großen Luke und dem Halbdeck hin und her und schütteten die Kohle in die Bunker, und unten standen Otto und Fredrik, so schwarz wie nur möglich, und verstauten diese. Selbstverständlich flog der Kohlestaub über das ganze Deck, keine Ahnung, was sich die Inuit denken mussten, die uns gewiss beobachteten. Wir waren allesamt schwarz und zerzaust, vielleicht hatte der vom Wind davongetragene Kohlestaub sogar irgendwo an Land den Schnee verfärbt, und ja doch, natürlich trugen wir an diesem Tag nicht gerade unsere beste Robe.

Einiges Vergnügen bereitete uns das merkwürdige Aussehen unserer Gesichter mit der dunklen Farbe, den schwarzen Streifen an den unwahrscheinlichsten Stellen und den durch den Schmutz hindurch glänzenden Augen und weißen Zähnen. Wer mit seiner Hand versehentlich eine der Kajütenwände berührte, hinterließ einen schwarzen, fünffingrigen Fleck; die Türen haben reichlich Überdruss an solchen Erinnerungszeichen. Die Sitzkissen auf den Stühlen etc. werden bis auf Weiteres mit der unteren Seite nach oben gedreht, weil sie sonst dauernde Spuren eines gewissen umfangreichen Körperteils tragen würden, und das Tischtuch, nun, glücklicherweise besitzen wir ein solches Ding nicht wirklich. Kurz, das Kohletrimmen ist die schmutzigste, jämmerlichste Tätigkeit, die man sich in dieser hellen und reinen Umgebung nur denken kann. Ein Gutes ist, dass man noch reichlich frisches Süßwasser hat, um sich zu waschen, man findet es in jeder Aushöhlung auf Eisschollen, sodass wir einige Hoffnung haben, mit etwas Fleiß und Geduld doch wieder sauber zu werden.

* * *

Endlich ist auch die Windmühle, die schon seit mehreren Tagen fertig ist, ausprobiert worden; sie arbeitet ausgezeichnet, und wir haben wunderschönes elektrisches Licht, obwohl der Wind nicht besonders stark weht (5,8 Meter in der Sekunde). Elektrische Lampen sind eine großartige Erfindung! Und welch großen Einfluss das Licht doch auf die Stimmung der Menschen hat, bei Tisch war heute die Aufhellung derselben bei allen bemerkbar, das Licht wirkt auf das Gemüt wie ein Schluck guten Weines. Wir hatten meine Kajüte festlich geschmückt, dass sie fast schon wie ein ordentlicher Salon aussah, es war jedenfalls eine gute Gelegenheit, auf einen unserer Geschäftspartner zu trinken, der die Kosten für die gesamte elektrische Beleuchtungsanlage des Schiffes übernommen hatte; wir erklärten ihn an jenem Abend zum besten aller guten Kameraden.

Später schien der Mondschein fast so hell wie Tageslicht zu sein, wir blickten gemeinsam auf das sich allmählich ausdehnende, schimmernde Eis, das sich vereinzelt bereits aufzutürmen begann. Und inmitten dieser schweigenden, silberglänzenden Eiswelt ließ die Windmühle ihre dunklen Schwingen gegen den dunkelblauen Himmel rotieren. Ein ergreifender Kontrast: die Zivilisation, die plötzlich in diese gefrorene, geisterhafte Welt einbricht.

16. Dezember

Einige der Männer, allen voran Peder, waren auf Eisbärenjagd gegangen; zuvor hatten wir einen Treffpunkt vereinbart, ich wollte später zu ihnen stoßen, um die Pirsch mitzuerleben. Eisbären, sofern man welche aufspürte, ließen sich zwar den ganzen Tag über erlegen, doch las ich davon, dass spätere Nachmittagsstunden zu empfehlen wären, wenn es schon etwas dämmerte. Es war schwer einzuschätzen, ob mit unseren Flinten überhaupt ein Eisbär geschossen werden konnte, Peder war davon überzeugt, ich hatte in Anbetracht der Größe der Tiere so meine Zweifel. Die Inuit jagten sie am liebsten vom Boot aus, mit den Harpunen, doch waren Eisbären nur selten im Wasser anzutreffen. An Land kamen ebenfalls Harpunen, Bögen, Speere und Messer zum Einsatz. Mir waren bislang keinerlei Schusswaffen in der Siedlung aufgefallen; sollten die Männer bei ihrem Jagdausflug erfolgreich sein, würde ich den Inuit wohl ein, zwei Flinten (und reichlich Munition) als Abschiedsgeschenk überlassen.

Es war mir eine große Freude gewesen, Uki bei mir gehabt zu haben, allerdings hatte ich so die Waljagd verabsäumt. Die Männer hatten mir von dem Abenteuer erzählt, sie wären den Inuit tatkräftig zur Hand gegangen, das Tier war gemeinsam erlegt und an Land geschafft worden. Da es sich um ein besonders prächtiges Walexemplar zu handeln schien, beschloss ich, mir wenigstens den Kadaver vor Augen zu führen. Es war wahrlich ein stattliches Tier, ich vermaß es eigenhändig, die Angaben der Männer erwiesen sich als absolut gerechtfertigt.

Erfreulicherweise traf ich beim Wal erneut auf Uki, es war zum wiederholten Male verblüffend festzustellen, wie sehr sie meiner Elaine ähnelte, mein Herz vollführte nahezu einen Luftsprung. Ich hatte längst den Gedanken gefasst, die Inuit zu einem Essen einzuladen, schließlich wollten wir uns gleichfalls als gute Gastgeber erweisen und allen, durchaus mit einem gewissen Stolz, unser Schiff (und was es enthielt) präsentieren. Uki war die erste Inuk, die ich offiziell einzuladen versuchte, doch gestaltete sich das ohne meinen Jens schwieriger als gedacht. Bis zuletzt war ich mir sicher, mich zum Affen gemacht zu haben, ich musste unverzüglich nach der Rückkehr aufs Schiff den guten Jens mit einer formvollendeten Einladung beauftragen. Am einfachsten wäre es wohl, die Inuit in zwei oder drei Tranchen an Bord zu bringen, nicht alle Siedlungsbewohner würden gleichzeitig Platz finden. Zum Glück war schon das erste Essen ein voller Erfolg, die Inuit zeigten sich begeistert vom Schiff und den kulinarischen Köstlichkeiten, die es beherbergte; dass wir allerdings einem jeden, der wollte, ein Stück Kohle zum Geschenk bereiten würden, solche Dingen ließen sich nun wahrlich nicht absehen.

Ach, die Eisbärenjagd war nicht von sonderlichem Erfolg gekrönt gewesen, die Männer waren leer ausgegangen, sie hätten zwar allerlei Eisbärenspuren entdeckt, doch ließ sich keines der Tiere blicken.

19. Dezember

In der Nacht begannen plötzlich die Hunde an Deck zu bellen, während wir noch allesamt eifrig beim Kartenspiel saßen, Theodor hatte eine echte Glückssträhne, *blind høne finner også korn, auch ein blindes Huhn findet mal ein Korn*. Ich hatte keine Schuhe an und sagte daher, es solle ein anderer hinaufgehen und nachsehen, was denn um Himmels willen los sei. Anton ging, er kam allerdings sogleich wieder zurück und berichtete, dass sich die Hunde wie wild gebärdeten und in die Dunkelheit hinaus nach Norden bellten. Er sei sicher, es müsse sich dort irgendein Tier befinden, vielleicht ja auch nur ein Fuchs, denn von der Inuit-Siedlung her war kein Bellen zu vernehmen, die dortigen Hunde hätten bei einem Eisbären gewiss längst angeschlagen. Ich dachte mir nur, dass es dann ein teufelsmäßiger Fuchs sein musste, der die Hunde dermaßen in Aufregung versetzte. Als der Lärm nicht enden wollte, ging ich schließlich selbst hinauf, gefolgt von Sigurd. Wir schauten von verschiedenen Punkten lange und scharf in die Dunkelheit hinaus, konnten jedoch nichts entdecken, was sich bewegte oder sonst wie seltsam wirkte. Dass etwas da sein musste, war unleugbar, und ich bezweifelte auch nicht mehr, dass dort draußen ein Eisbär herumschlich. Fredrik, der in dieser Nacht Wache hatte, ging sogar mehrmals ums Schiff herum, konnte allerdings auch keinen Grund für das Gebell entdecken.

Als ich gegen Mitternacht noch lesend im Bett lag, vernahm ich ein ungewöhnliches Geräusch, als ob Kisten über Deck geschleift würden, auch hörte ich ein Kratzen, wie von einem Hund, der hastig an der Tür scharrt. Ich rief nach Fredrik, der gerade unter Deck war, um sich aufzuwärmen, er möge doch schnell nachsehen, was nun dieses Geräusch zu bedeuten habe; er tat es umgehend, doch konnte er erneut nichts Auffälliges entdecken. Erst am frühen Morgen entdeckten wir dann bei Tageslicht tatsächlich leichte Kratzspuren und mussten zu unserem Schrecken feststellen, dass einer der Hunde fehlte.

Peder ging noch in der Morgendämmerung mit einer Laterne los, es hatte in der Nacht leicht geschneit. Das Eis selbst war allerdings bereits dünner geworden, ich bat ihn daher (wie auch schon Fredrik zuvor), wirklich aufzupassen, zudem eine der Flinten mitzunehmen; er sagte noch, er sei gleich wieder zurück und benötige keine. Etwas später, als ich mich gerade mit der Berechnung auseinandersetzte, wie viel Petroleum wir verbraucht hatten und wie lange unser diesbezüglicher Vorrat noch ausreichen würde, hörte ich von draußen ein Geschrei: *Kommt mit einer Büchse!* Im Nu war ich an Deck, wo soeben Peder dahintaumelte und atemlos schrie: *Eine Büchse, ein Bär hat mich gebissen!* Er blutete an der Seite, die Jacke war zerrissen, und als ich ihn in seinem Dialekt sprechen hörte, glaubte ich, es ginge um Leben und Tod; *det er ingen dans på roser, das ist kein Honigschlecken*, murmelte er unentwegt. Wir griffen alle aufgeregt nach unseren Gewehren, Peder stürzte sich schon wieder aufs Eis, weiterhin blutend und fluchend, ich und Fredrik hetzten ihm nach, die anderen bezogen an Bord Stellung, nach allen Seiten streckten sich Gewehrläufe. Bis man etwas erkennt, bis man es sieht, das Weiß in den Augen, danach durchladen und einfach schießen, bevor man überrannt wird; ich musste an diese Faustregel in den Geschichten weißer Siedler denken, die nach Amerika gekommen waren, um sich in der Wildnis zu bewähren.

Und plötzlich sah ich ihn, den Eisbären, ein einziges, riesiges, weißes Knäuel, das noch an dem vermissten Hund herumkaute, ich riss den Wergpfropfen aus der Mündung der Büchse, öffnete das Schloss und schob die Patrone hinein, doch zum Henker, das Gewehr hatte eine Ladehemmung und wollte nicht losgehen. Ich schrie Peder zu, deutete in die Richtung, wo ich den Bären eben noch gesehen hatte, er zielte und schoss endlich, wir hörten daraufhin ein tiefes, wütendes Brummen. Er schien das Tier getroffen zu haben, doch keinesfalls tödlich, es stürmte nämlich auf uns zu, es ging nun tatsächlich ans Eingemachte; Fredrik schoss ebenfalls, und wir sahen, wie der Bär zusammenzuckte, seinen Weg zu uns allerdings fortsetzte. Ich fingerte nervös an meinem Gewehr herum, endlich löste sich ein Schuss, doch verfehlte ich das Tier knapp, allerdings ließen es der laute Knall und das Surren der Kugel in der Nähe seines Kopfes innehalten. Peder hatten unterdessen nachgeladen, er nutzte diesen Moment, in welchem das Tier etwas zu zögern schien, er drückte ab, und der Eisbär sackte endlich zusammen, es musste sich um einen tödlichen Treffer handeln. Wir warteten daraufhin noch eine ganze Weile mit den Büchsen im Anschlag, doch war der Bär tatsächlich tot, ein großes Tier mit einem imposanten Kopf, aus der Schnauze floss Blut. Peder machte sich unverzüglich mit Fredrik an das Abhäuten des Felles, das würde sich wirklich gut in einer unserer Kajüten machen.

Ich war etwas zwiegespalten, ob ich mich freuen sollte, schließlich hatte ich großen Respekt vor tierischem Leben und war insgeheim erleichtert gewesen, dass unserer ersten Eisbärenjagd kein Erfolg beschieden war. Doch nun waren wir angegriffen worden, und einer der lieb gewonnen Hunde hatte mit dem Leben dafür bezahlt. Ich ging nach ihm schauen, folgte einem blutgetränkten Pfad zwischen den Eishügeln, und dann sah ich unseren armen Gefährten: Fleisch, Haut und Eingeweide waren fort, es war nichts mehr übrig als die bloße Brust und das Rückgrat mit einigen Rippenstümpfen.

(Aus dem Tagebuch des Vogelmannes)

* * *

PLÖTZLICH KAM EINER meiner jüngeren Brüder durch die Tür gestolpert, ich und die Mutter sollten uns beeilen, man hätte den gewaltigsten Wal erlegt, den die Welt je gesehen habe. Mutter packte mich an der Hand, sie kicherte, und wir liefen los, der jüngere Bruder konnte kaum mit uns Schritt halten. Wir rannten, so schnell wir nur konnten, nicht etwa, weil uns der Wal zu einem solchen Tempo verleitete, vielmehr, weil wir Lust dazu verspürten; ich fühlte mich an jenem Abend meiner Mutter wirklich nahe. Auf dem Weg in die nächste Bucht kamen uns bereits viele entgegen, sie schleppten riesige Fleischbrocken auf ihrem Rücken, manche Kinder zogen sie auch nur hinter sich her, doch sahen das die Jäger ungern, es könnte später Eisbären direkt in die Siedlung führen.

Als wir endlich beim Walkadaver ankamen, war man immer noch dabei, diesen in handlichere Stücke zu zersägen, selbst die weißen Männer halfen mit und durften sich am Fleisch bedienen. Ich erfuhr, dass der Wal beinahe entkommen wäre, doch hätte sich ihm das Beiboot mit der Mannschaft des Vogelmannes in den Weg gestellt, woraufhin dieser die Richtung geändert, umgedreht und genau vor die Harpunen der Jäger geschwommen wäre. Danach sei es noch ein erbitterter Kampf gewesen, doch keines der Kajaks war gekentert, und mithilfe des Beibootes konnte der Fang gelandet und zur Küste geschleppt werden.

In der Tat handelte es sich um ein riesiges Tier, ich denke, so am Boden liegend, wuchs der Körper in Länge und Breite, als würde sich Eisschollen übereinanderlegen und zu einem noch größeren Gebilde formen. Die Rundungen, Flossen und Finnen des Tieres ließen mich an das Schiff des Vogelmannes denken, die Bordwände, Segel und Ruder, eigentlich glich ein Wal bei genauerer Betrachtung den riesigen Schiffen, die das Meer querten. Die sichtbare Oberfläche des Wals war nicht das geringste der vielen Wunder, die dieser augenscheinlich zu bieten hatte. Sie war kreuz und quer mit einem dichten Gewirr zahlloser Striemen gezeichnet, etwa wie die Risse und Sprünge im Eis. Diese Striemen waren gewiss nicht auf natürliche Weise entstanden, ich war mir sicher, der Wal trug sie keinesfalls von Geburt an, sie zeugten von unzähligen Kämpfen, Begegnungen und Abenteuern, sie verdeutlichten seine Kraft, die nun auf die Inuit übergehen würde.

Während das Fleisch geschnitten und das Walfett gesammelt wurde, traten allmählich auf allen Seiten die Knochen des Tieres hervor, die Schamanen umrundeten ihn mehrfach und ließen ihm ihre Gesänge und Rituale angedeihen, die von Respekt und Ehrfurcht zeugten. Ich weiß nicht, ob den weißen Männern gewahr war, wie sehr wir den Tod des Wales bedauerten, wir töteten ihn, weil die Nahrung knapp und man Vorräte für einen langen Winter bunkern musste. Die Freude der Jäger war so gesehen rein oberflächlicher Natur, sie schrien und tanzten nach einer erfolgreichen Jagd, da eine große Last von ihren Schultern fiel, nicht etwa, weil sie freudige Erregung beim Töten verspürten.

Der Vogelmann hielt sich vom Trubel fern, ich wusste nicht, ob er es bewusst tat, vielleicht hing er auch lieber an Bord seinen eigenen Gedanken nach und genoss es, das Schiff für sich alleine zu haben. Ich stellte mir vor, wie er dort hinter seinem Schreibtisch saß und ein Buch las, gewiss musste er noch auf seine Männer warten und sich Bericht erstatten lassen, erst danach würde er das Licht in seiner Kajüte löschen und schlafen gehen.

Ich nahm Mutter an der Hand, auch wir gingen zurück zu unserer Hütte, mittlerweile war die Nacht hereingebrochen, die Sterne leuchteten, und der Schnee reflektierte ihr bläuliches Licht. Der Vater gesellte sich zu uns, im Schlepptau meine Geschwister, alle verließen mehr oder minder geordnet den Walkadaver, das verwertbare Fett und Fleisch befand sich auf dem Weg in die Lagerräume, die sich unter einer jeden Hütte (oder neben dem Iglu) im Eis befanden. Es war einer der Vorteile der Kälte, dass man Fleisch problemlos einlagern konnte, allerdings musste man die Zugänge gut gegen Eisbären sichern. Diese würden sich heute Nacht gewiss am Walkadaver zu schaffen machen, kein Stück der Innereien, der Haut oder anderweitiger für uns ungenießbarer Walstücke wäre somit verschwendet.

Ich schlief bei meinen Geschwistern in der Hütte, man hatte sogar Wachen eingeteilt, um aufgrund der vielen Eisbären auf

Nummer sicher zu gehen. Der Vater übernahm eine dieser Schichten, er griff sich bald Harpune, Bogen und Messer, und da ich gleichzeitig mit ihm wach wurde, bat ich leise darum, mitgehen zu dürfen. Als er nickte, schlüpfte ich in meine Kleidung und trat mit ihm in die Kälte hinaus, wir zogen unsere Kreise durch die Siedlung, blickten immer wieder mal nach Westen (wo sich die Bucht mit dem Walkadaver befand), man konnte aus der Ferne ein leises Brüllen vernehmen, bestimmt machten sich dort einige Eisbären gerade die Beute streitig.

Ich erzählte dem Vater von meinem Tag, berichtete davon, dass ich den Vogelmann getroffen hatte (den Besuch auf dem Schiff erwähnte ich zunächst mit keinem Wort), er musste grinsen, weil ich diesen so nannte, *Vogelmann,* es sei allerdings in Anbetracht seines Geschenkes ein gut gewählter und ehrbarer Name. Ich entschloss mich nun doch, das Buch anzusprechen, ich würde es ohnehin schwerlich vor ihm verbergen können. Es sprudelte nur so aus mir heraus, die Begeisterung in Anbetracht der unzähligen, mir unbekannten Vogelwesen, die überall in der Welt lebten, ich konnte sofort erkennen, der Vater war mir nicht gram. Er strich mir eine Haarsträhne aus dem Gesicht und flüsterte, ich sei doch jetzt erwachsen und müsse meinen eigenen Weg finden. Ich bat ihn darum, mit den Schamanen zu sprechen, dass ich mehr über die alten Riten wissen, dass ich Lesen und Schreiben erlernen möchte (auch die Sprache der weißen Männer), um mit allen, auch außerhalb Grönlands, kommunizieren zu können.

Der Vater kniff die Augen zusammen, nun zeigte er sich wirklich erstaunt, doch nickte er zu meiner Überraschung, er versprach, sich in den nächsten Tagen mit den beiden Geisterbändigern (wie er sie nannte) zu unterhalten und mir Bescheid zu geben. Wir setzten uns auf einen Eisblock, bis zur Ablöse würde es noch etwas dauern, der Vater drängte mich, mich wieder schlafen zu legen, ich müsse nicht mit ihm ausharren – doch blieb ich an seiner Seite. Vielleicht ja deshalb, weil mich das Gefühl beschlich, dass er mich zum ersten Mal im Leben als erwachsene Frau wahrnahm. Ich war nicht mehr nur seine Tochter, die er ein Leben lang beschützt hatte, ich war erwachsen geworden und auf der Suche nach meinen eigenen Abenteuern.

Er reichte mir spontan seinen Bogen und nahm mich zu einer anderen Seite der Siedlung mit (wohin uns die Wachrunde noch geführt hätte), dort hatten die Jäger einige Ziele (steif gefrorene und mehrfach umgeschlagene Felle) aufgestellt, wo sie mit Harpunen und Pfeilen gelegentlich ihre Zielgenauigkeit überprüften. Der Vater übte schon immer den Umgang seiner Waffen mit mir, bei aller Liebe zur traditionellen Rollenverteilung ließ er es sich nicht nehmen, mich, seine älteste Tochter, mit den wichtigsten Jagdtechniken vertraut zu machen. Ich war mittlerweile gar nicht einmal so schlecht mit Pfeil und Bogen, selbst die Harpune beherrschte ich einigermaßen, und natürlich war ich auch eine passable Fährtenleserin. Der Vater hatte mich regelmäßig auf seine Jagdausflüge mitgenommen, vorwiegend dann, wenn er alleine loszog und ihn keine anderen Jäger begleiteten. Er versuchte mir alles über das Eis und Grönland beizubringen, was er wusste, wohl wissend, dass es sich eines Tages als nützlich erweisen könnte.

In jener Nacht fanden alle meine Harpunenwürfe und Pfeilschüsse ihr Ziel, der Vater zeigte sich darüber zufrieden und klopfte mir anerkennend auf die Schulter, ein jeder Mann, der eine solche Frau an seiner Seite habe, könne sich wahrlich glücklich schätzen, behauptete er. Insgeheim wussten wir wohl, dass ich nicht mehr lange in der Siedlung bleiben würde, dass es mich woanders hinzog, dass ich eine Frau mit großen Wünschen und Zielen war. Er sagte zu mir, dass das Leben manchmal anders verlaufe, als man es sich vorstelle, dass immer wieder neue Gefahren und Bewährungsproben auf einen warteten, doch würde alles seinen Zweck erfüllen. Und ganz egal, wohin ich ginge und was auch passieren möge, hier sei für alle Zeiten mein Zuhause, er und die Mutter würden stets für mich da sein.

Danach bellten plötzlich die Hunde, und wir liefen zu einer anderen Ecke der Siedlung, wir mussten uns mit eigenen Augen davon überzeugen, ob dort nicht ein Eisbär sein Unwesen trieb, doch entpuppte es sich als blinder Alarm; zwei der Hunde waren sich im Halbschlaf in die Quere gekommen. Die Hunde der Inuit waren treu, jedoch wild, sie duldeten keine Schwäche und gingen Auseinandersetzungen nicht aus dem Weg, es herrschte eine strenge und immer wieder zu bestätigende Rangordnung. Stellte irgendeines der Tiere ein anderes infrage, dann kämpfte man so lange, bis einer nachgab oder tot war. Da sich die Tiere für gewöhnlich frei in der Siedlung bewegten, kam das mitunter schon vor, doch lag es in ihrer Natur, und wir akzeptierten diese.

Zur vereinbarten Zeit gingen wir zu einem Iglu in der Nähe, der mit dem Vater befreundete Jäger kam soeben aus seiner Behausung geschlurft (und wunderte sich etwas, warum ich noch wach war), wir traten unsere Wache ab und legten uns wieder hin, das Feuer brannte noch ein wenig, und die schlafenden Körper unserer Familienmitglieder hielten die Kälte fern. Ich konnte hören, wie der Vater sofort einschlief, ich selbst lag noch länger wach, ich freute mich auf den Morgen und all die Überraschungen, die er mit sich bringen würde.

Irgendwann wachte ich schlaftrunken auf, ich war die Einzige, die sich noch auf ihrem Nachtlager wälzte, mittlerweile war längst der Tag angebrochen, und ich konnte es nicht fassen, dass ich verschlafen hatte. Ich sprang hoch, die Mutter zwinkerte mich an, ich stammelte etwas wie *warum hast du mich nicht geweckt,* woraufhin sie erwiderte *ab und an muss doch ein junger Mensch ausschlafen dürfen.* Ich zog mich in Windeseile an, stürzte nach draußen und fand mich unter einem blauen Himmel wieder, keiner war mehr zu sehen, alle gingen längst ihrem Tagwerk nach. Ich fragte die Mutter, was ich für sie erledigen könne, doch hielt sie mich an, das zu tun, was ich wolle, sie wusste, es waren gerade aufregende Zeiten für mich.

Ich beschloss, mich zunächst mit dem Vogelbuch irgendwo in die Sonne zu setzen, es waren lediglich ein paar Grad unter null, und der Schnee taute ein wenig. Das war durchaus ungewöhnlich, eigentlich bereiteten sich alle auf den Winter vor, doch ließen die Temperaturen zu wünschen übrig, alles in allem war es zu warm. Ich fand ein gutes Plätzchen auf einem der angewärmten Felsen, blätterte mich durch das Vogelbuch, bestaunte die vielen Farben und Formen, viele der abgebildeten Lebewesen erinnerten an Fabeltiere, irgendwelche mythischen Wesen, kaum zu glauben, dass es Landstriche geben sollte, in denen sie wirklich existieren. Irgendwann sahen mich ein paar Kinder dort sitzen, sie stürzten sogleich auf mich zu und staunten nicht wenig, als sie ein Buch in meinen Händen erkannten. Und was soll ich sagen, ich musste immer und immer wieder noch eine Seite umblättern, ihr Appetit auf bunte Vogelbilder war schier unersättlich.

Ich ahnte schon, dass ich so den ganzen Tag mit ihnen würde verbringen können, doch wollte ich etwas Zeit für mich, packte demnach zusammen und kehrte zu unserer Hütte um. Als ich mich umdrehte, johlten die Kinder vergnügt auf und winkten, allerdings nicht mir, die Handzeichen galten ein paar weißen Männern, die sich am Schiffsdeck zeigten; auch diese hatten anscheinend zu tun, sie reinigten und reparierten wohl einige Sachen, man hörte ein dumpfes Klopfen und Hämmern.

Ich brachte das Buch zu Mutter zurück, wickelte es vorsichtig in eines der Karibufelle und legte es zu meinen Sachen, sie versprach mir, gut darauf zu achten. Ich entschied mich, mir den Walkadaver bei Tageslicht anzusehen, die Fährten zu begutachten, die allerlei Tiere gewiss bei ihrem nächtlichen Schmaus hinterlassen hatten; bestimmt waren nicht bloß Eisbären vor Ort gewesen, vielmehr auch Vielfraße und Füchse. Als ich dort ankam, war ich allein auf weiter Flur, ich schreckte ein paar Kolkraben auf, Vögel, die mir lange vertraut waren und die ich ebenfalls im Buch des Vogelmannes hatte entdecken können. Sie bewegten sich träge zur Seite, man sah ihnen an, dass sie sich die Bäuche vollgeschlagen hatten. Kolkraben waren die allerklügsten Tiere bei uns in Grönland, es war absolut unmöglich, sich ihnen zu nähern, wenn sie es nicht wollten. Manchmal schienen sie ein Spiel mit einem zu treiben, sie krächzten einen an, bewegten sich auf einen zu, solange man zurückwich, doch kaum trat man einen Schritt vor, machten sie einen Hopser zurück, und ehe man sichs versah, konnte das so den ganzen Tag gehen.

Ich lief um den Wal herum, selbst an den größten Knochen fanden sich Bissspuren, einige von ihnen waren zersplittert, hier hatten die Eisbären keine Gnade walten lassen. In der Nähe, dort wo am Vorabend der Schnee nicht zertrampelt worden war, fand ich einige Spuren, überdeutlich traten die Eisbärentatzen hervor, doch wie vermutet fanden sich auch Abdrücke von Füchsen und Vielfraßen, ich meinte sogar ein paar Hundepfoten auszumachen. Und wer weiß, vielleicht waren einige wagemutige Tiere (da gab es in der Siedlung einige) unbemerkt zu einem kleinen Abstecher aufgebrochen, um sich gleichfalls an den Walresten zu laben. Mir fiel auch auf, dass einige Walknochen fehlten, mit der Zeit entwickelt man in Grönland ein Gespür dafür, ob etwas vollständig ist oder nicht, doch mutmaßte ich, dass diese wohl die Schamanen mitgenommen hatten. In der Nähe ihrer Behausung (ein großes Iglu, das von Fellen bedeckt war) fanden sich seit jeher viele Knochen, sie nutzten diese für geheime Rituale oder verarbeiteten sie zu einer bitteren Medizin.

Es geschah zwar nicht oft, dass jemand bei uns erkrankte, meistens kam es zu Verstauchungen oder Blutungen, wenn bei der Jagd etwas schieflief, nur ganz selten kehrte einer unterkühlt zurück, noch seltener jedoch waren Knochenbrüche und Fieber. Auch hierbei wussten die Schamanen Rat, sie behandelten einen jeden, der sie aufsuchte, selbst älteren Menschen verschafften sie mit ihren Mittelchen etwas Linderung, wenn sie die üblichen Alterserscheinungen plagten. Die Menschen hier alterten schnell, das war in Anbetracht des entbehrungsreichen und anstrengenden Lebens nicht weiter verwunderlich.

Plötzlich sah ich den Vogelmann hinter dem Wal hervortreten, der Kopf des Tieres, der noch einigermaßen intakt war, musste ihn bei seinem Näherkommen verdeckt haben, seine Anwesenheit war mir jedenfalls bislang entgangen. Ich glaube, es lag in seiner Natur, unversehens aufzutauchen, vielleicht konnte er ja sogar fliegen, mich hätte gar nichts mehr verwundert. Er deutete auf den Wal, tat so, als würde er sich ein Stück Fleisch in den Mund schieben, rieb seinen Bauch und zuckte mit den Schultern – ich wusste genau, er wollte wissen, ob mir Walfleisch schmecke. Ich schüttelte verneinend den Kopf, Rentier, Moschusochse, Fische und Seehund waren mir allemal lieber. Er lachte mich an, streckte seinen Arm in Richtung Schiff und machte ein paar Essens- und Kaubewegungen, er zeigte auf mich, ich glaube jedoch nicht, dass er damit andeuten wollte, mich fressen und der Mannschaft servieren zu wollen. Er wies zur Siedlung, dann auf mich, dann tat er erneut so, als würde er sich Essen in den Mund stopfen, und ich begriff endlich. Der

Vogelmann lud mich und wohl auch ein paar andere aus der Siedlung zum Essen aufs Schiff ein, und genau das passierte dann auch.

Am späteren Nachmittag, als die Jäger allmählich eintrudelten und die meisten Frauen ihr Tagwerk erledigt hatten, gingen die Schamanen von Familie zu Familie und wählten diejenigen aus, die mit aufs Schiff sollten. Es war unmöglich, alle zeitgleich zum Essen einzuladen, doch hatte der Vogelmann versprochen, dass er in den Folgetagen allen das Schiff zeigen würde, die sich dafür interessierten – und irgendeinen Happen gab es dann bestimmt auch zum Verkosten.

Ich gehörte zu der ersten Gruppe (nicht nur der Vogelmann, auch die Schamanen luden mich ein), die hochoffiziell das Schiff betrat, es waren etliche Männer, doch gleichfalls Frauen und Kinder dabei, ich erschien in Begleitung meines Vaters. Wir wurden herzlich empfangen, der Übersetzer und die Schamanen sorgten dafür, dass sprachliche Missverständnisse in bereits bewährter Manier ausgeräumt werden konnten. Die Kinder durften sich frei auf dem Schiff bewegen, den Jägern wurde die Funktionsweise diverser Instrumente erläutert, man konnte sogar in den Schiffsbauch klettern, wo sich Kombüse, Lagerräume und so weiter befanden, es war für alle ein großes Abenteuer. Nur die Kajüte des Vogelmannes blieb verschlossen, ich denke, er wollte ein paar seiner Geheimnisse bewahren, und wer weiß schon, was die Kinder dort für eine Unordnung hinterlassen hätten. Zum Essen gab es etwas aus eigentümlichen Metalldosen (die schwer zu öffnen waren), es handelte sich um Obst und Gemüse, erfuhr ich, Nahrungsmittel, die wir nicht wirklich kannten und die uns die Schamanen (zusammen mit dem Vogelmann) zu beschreiben versuchten.

Er hatte zu diesem Zweck ein Buch aus seiner Kajüte geholt, es war beinahe so schwer und umfangreich wie mein Vogellexikon, doch fanden sich in diesem ausschließlich Pflanzen, allerlei Kräuter, riesige Bäume und Sträucher, die bunteste Früchte trugen. Wir wussten, dass viele unterschiedliche Baumarten auf der Erde wuchsen, sie kamen in zahlreichen Geschichten und medizinischen Rezepten der Schamanen vor, nur fand man sie nicht auf Grönland, ab und an tauchten ein paar kümmerliche Birken und Fichten auf, doch hielten sie sich im Eis nie lange. Manchmal brachen die Jäger zu längeren Reisen auf, woraufhin sie mit Holz (und Pflanzensamen) zurückkehrten, mit dem wir (nebst dem üblichen Walöl) heizten und für Licht sorgten.

Das Essen schien allen zu schmecken, vor allem den Kindern hatten es die süßen Früchte angetan, wir erfuhren, dass es sich dabei um Mandarinen, Pfirsiche und Birnen handelte. Der Vogelmann schlug das Pflanzenbuch auf den entsprechenden Seiten auf, und alle konnten das zugehörige Gewächs und die dort abgebildeten Früchte in Augenschein nehmen. Im Buch wirkte alles noch bunter und geheimnisvoller, in den Dosen hatte das Obst etwas an Farbe verloren, zudem waren die Pfirsiche und Birnen in kleinere Stücke geschnitten worden; wenn man sie nicht im Buch hätte betrachten können, man hätte eine gänzlich falsche Vorstellung von ihrem Aussehen bekommen.

Wir verabschiedeten uns nach zwei Stunden herzlich, die ersten Jäger kletterten über die Strickleiter in die unten am Schiffsrumpf angebundenen Kajaks (auch Beiboote standen uns, mit jeweils einem der weißen Männer als Ruderer, zur Verfügung), als plötzlich zwei Kinder mit schwarz verschmierten Gesichtern und seltsamen Steinen in ihren Händen auftauchten, alle mussten lachen. Bald wollte jeder Inuit diese Steine berühren, nur die Schamanen hielten sich fern, ich denke, sie wussten ganz genau, worum es sich dabei handelte. Der Vogelmann erklärte mithilfe des Übersetzers, dass dies Steinkohle sei, also versteinertes Holz alter Bäume, die irgendwann unter die Erde geraten waren und dort in schwarze Klumpen verwandelt wurden. Am Schiff ließe sich damit vortrefflich heizen, teilte der Vogelmann mit, er drückte zum Abschied auch einem jeden, der wollte, ein solches Kohlestück in die Hände, wir sollten das ruhig in unseren Hütten und Feuern ausprobieren.

Auch der Vater nahm sich ein größeres Stück mit, und als wir zu Hause ankamen, waren seine Hände schwarz verfärbt, mir hatte er zudem im Gesicht mit seinen Fingern ein paar dicke Striche auf Stirn und Nase hinterlassen, die Mutter und die übrigen Geschwister würden ganz schön Augen machen. Und als uns Mutter erblickte, schrie sie tatsächlich erschrocken auf, sie dachte wohl, wir wären irgendwie krank, doch da wir lachten und uns ganz normal benahmen, kam sie schnell von dieser Idee ab.

Alle wollten die Kohle berühren, sie war insgesamt schwer zu beschreiben, sie kam einem trocken und porös, allerdings auch etwas schmierig und klebrig vor; wir warfen sie ins Feuer und beobachteten, wie sie langsam zu schwelen und brennen begann, allerdings schnell wieder erlosch, der Stein (oder sollte man es doch Holz nennen?) begann stattdessen zu glühen, er glimmte eine ganze Weile gleichmäßig vor sich hin. Und selbst in der Nacht, als ich kurz wach wurde und neugierig nach ihm sah, leuchtete er rötlich, das Feuer wohnte weiterhin in seinem Herzen.

6.

2. Januar

Manche Tage scheinen es vorzuziehen, sich famos hinzuschleppen; ich arbeitete ein wenig, las, grübelte, träumte, ließ das Grammophon laufen und machte einen Spaziergang über das Eis, das nunmehr unser gesamtes Schiff umfasst. Im Südwesten lag tief am Horizont der Abglanz der Sonne, ein dunkles, sattes Rot, wie die Glut aller schlummernden Wünsche des Lebens. Höher am Himmel ging die Färbung in Orange, darauf in Grün und Blassblau über, und dann folgte der tiefblaue sternenbesäte endlose Raum, in dem nie eine Dämmerung anbrechen würde. Im Norden waren schwankende Bogen eines schwachen Nordlichts zu erkennen, sie erzitterten, um im nächsten Augenblick, wie durch einen Zauber gleich Lichtströmen durch das Dunkelblau des Himmels zu stürmen, niemals verweilend, rastlos, ähnlich dem Menschengeiste. Ein eisiger Windhauch traf mich unversehens, sodass ich lieber zum Schiff umkehrte, wo sich die Windmühle im kalten Wind drehte und das elektrische Licht und das Oberlicht der Kajüte in die eisige Einöde der arktischen Nacht hinausstrahlten.

* * *

In dieser Eiswelt kommen und gehen die Jahre gewiss unbemerkt, wir haben ebenso wenig Kenntnis davon, was sie der Menschheit gebracht haben, als wir wissen, was uns die späteren Jahre bringen werden. In dieser schweigsamen Natur ereignet sich nichts, alles ist in Dunkelheit gehüllt, nur die Sterne funkeln in unermesslichen Fernen durch die kalte Nacht, und das Nordlicht erglänzt in flackerndem Schein. Unser Schiff ist gerade noch undeutlich wahrzunehmen, die schwarzen Masten ragen aus dunkler Einöde zum Lichtgewimmel der Sterne empor. Wie ein unsichtbarer Punkt schwebt das Schiff weiter, verloren in einem unendlich weiten Reich des Todes, fern aller Heimat. Nichtsdestoweniger ist unter seinem Deck ein behagliches und geliebtes Heim für uns Männer, hier pulsiert das Leben, das nur hin und wieder durch das heftige Getöse des Eises unterbrochen wird, wenn dieses in gigantischen Massen auf und ab wogt. In der tiefen Stille erklingt dies wie eine Drohung, man fühlt, dämonische Mächte sind in der Nähe, die Riesen der arktischen Regionen, mit denen wir vielleicht jeden Augenblick einen tödlichen Kampf zu führen haben werden.

Oft denke ich an Shakespeares Viola, welche in blasser Schwermut, gleich der Geduld eines Marmormonumentes, ausharrte. Könnten wir nicht diese Gabe verinnerlichen, wir, die wir hier bald überall von Eis und Schnee umgeben sein werden? Müsste ich ein solches Eismonument entwerfen, es wäre wohl ein einsamer Mann, in zottigem Wolfsfellgewand, überall mit Reif bedeckt, der auf einem Eishügel sitzt, über die endlosen, schweren Eismassen hinweg in die Dunkelheit starrt und die Wiederkehr des Tageslichts und des Frühlings abwartet – ich würde ihn Wanja taufen.

5. Januar

Uki war bereits zum wiederholen Male bei uns an Bord gewesen, sie ist die mit Abstand interessierteste Inuk, die ich kenne, was unser Schiff, die Bücher, ja das Wissen um die Welt betrifft. Sie kam übers Eis geschlendert, es ist so gesehen wirklich praktisch, dass wir die Beiboote einwintern konnten. Sie hat mich außerordentlich überrascht, da sie nun leidlich Englisch und etwas Französisch spricht – sie erzählte mir, dass sie schon seit Längerem eine diesbezügliche Ausbildung bei den Schamanen genießt.

Die Schamanen sind ohnedies erstaunlich, sie verfügen über eine Bildung, die so manchen Europäer beschämen würde, Sprachkenntnisse scheinen nur einen winzigen Aspekt ihres Wissens abzubilden. Wohingegen ich, der sich bisweilen redlich mit Jens abmüht, nicht in der Lage bin, mir ein einigermaßen verständliches Inuktitut anzueignen. Ich weiß nicht, woran das liegt, doch scheint mir die Sprache für Europäer besonders schwer erlernbar zu sein; möglicherweise rede ich mir dies auch nur ein, um mein eigenes Versagen zu kaschieren.

Uki verriet mir, dass sie mich *tingmiaqangut* (ᑎᖕᒥᐊᖅᑲᐊᖕᖑᑎ), also den Vogelmann, nennt, was mich schmunzeln ließ, was für ein schöner und blumiger Name, er würde meiner Ehefrau gewiss gefallen. Zudem würde sie Uki sofort beipflichten, denn meine Begeisterung für die Ornithologie ist weithin bekannt. Und da ich Uki nach wie vor (wenn auch zumeist in Gedanken) Elaine nenne, ist es mehr als gerechtfertigt, dass sie mir ihrerseits einen Beinamen verpasst hat. Sie schrieb mir diesen auf mein Drängen hin auf, wir verewigten ihn in einem der Bücher, die auf dem Schreibtisch lagen. Es handelt sich um ein Werk von Mark Twain, *Die Abenteuer des Tom Sawyer;* wir sprachen auch über Weltausstellungen (da findet sich gleichfalls ein Buch in der Bordbibliothek), Uki wollte wissen, was mich in der Welt der weißen Menschen besonders begeisterte, ich geriet darüber wohl sehr ins Schwärmen. Ich berichtete ihr von der geplanten (allerdings unerlässlichen) Fahrt nach New York, zudem einiges über die Weltausstellung in Chicago (was mir zu Ohren gekommen war). Unser Gespräch endete mit einem wahren Paukenschlag, denn sie bekräftigte, dass sie die Weiße Stadt besuchen wolle, und bat inständig darum, sie mitzunehmen. Und was soll ich sagen, wer war ich schon, ihr einen mit solchem Nachdruck vorgetragenen Wunsch abzuschlagen.

20. Februar
Nach einer Weile fühlten wir uns beinahe schon wie echte Inuit; wir hatten so vieles mit den Menschen aus der Siedlung geteilt, doch allmählich rückte der Zeitpunkt unserer Abreise (und die anstehende Fahrt nach New York) näher. Selbst die Schamanen hatten uns versichert, dass es ein ungewöhnlich milder Winter sei, sie könnten sich an keinen derartigen erinnern – wir durften demnach bald auf offenes Wasser hoffen.

1. März
Die Männer mochten Uki allesamt, vielleicht würde es die eine oder andere kleinere Umstellung erfordern, eine Frau an Bord unterzubringen, doch gewiss ließe sich alles handhaben. Ich beschloss, mich lieber nicht damit auseinanderzusetzen, was Ukis Familie von uns denken musste, doch war sie schließlich erwachsen und konnte tun und lassen, was sie wollte. Zudem schwor ich mir hoch und heilig, sie wieder wohlbehalten nach Grönland zurückzubringen, alles andere hätte mir meine geliebte Ehefrau niemals verziehen.

(Aus dem Tagebuch des Vogelmannes)

* * *

FÜR GEWÖHNLICH GAB ES in jedem Inuit-Haushalt einen *qulliq, (ᖁᓪᓕᖅ)*, es war die traditionelle Art und Weise, es sich in den Iglus (und später auch anderweitigen Behausungen) gemütlich zu machen. Lange Zeit galt die aus bearbeitetem Speckstein bestehende Schale als eines der wichtigsten Besitztümer, die man sein Eigen nennen durfte. Man verbrannte dort das Fett diverser Land- und Seesäugetiere, früher war es nur so möglich, etwas Licht und Wärme zu gewinnen, abgesehen davon, dass sich so Speisen an- und aufwärmen ließen. In das Wal- und Robbenöl wurde ein Docht gelegt, den man zuvor aus Moos und Torf zwirbelte, es hatte da ein jeder seine eigenen Methoden. Die Schlafstätte meiner Mutter befand sich (das war auch Tradition) gleich neben dem *qulliq*, es war schon immer die Aufgabe der Frauen gewesen, für Wärme zu sorgen.

Ich wusste, dass man den weißen Männern unlängst einen *qulliq* überreicht hatte, einige Jäger (unter ihnen auch mein Vater) entschlossen sich dazu, um den Besuchern gegenüber ihre Wertschätzung zum Ausdruck zu bringen. Ihnen war bewusst, dass sie ein solches Utensil nicht wirklich benötigten, doch war es mehr eine symbolische Geste, denn selbst die Skeptiker in der Siedlung waren mittlerweile davon überzeugt, dass vom Schiff keine Gefahr ausging. Der Vater erzählte uns, dass der Vogelmann das Geschenk in angemessener Weise würdigte, er ließ es gleich in seine Kajüte bringen, wo er sich, wie ich längst wusste, nur mit persönlichen und ihm lieb gewonnenen Gegenständen umgab.

Es ergab sich zufällig, dass die weißen Männer just an jenem Tag mit ihren eigenen Lichtquellen experimentierten: Abgesehen von Holz- und Kohlefeuern hatten sie ein sich im Wind drehendes Rad auf einem der Masten befestigt. Dieses war über eine Schnur mit einem merkwürdigen Gegenstand verbunden, wie es Vater darlegte, einer durchsichtigen, markanten Kugel, in der sich weitere, noch dünnere Schnürchen befanden, die unmittelbar dann zu leuchten begannen, wenn sich das Rad am Mast in Bewegung setzte.

Wir kannten damals keine *Elektrizität*, erst später hielt dieses Wort auch in unserem Sprachgebrauch (und unserer Kultur) Einzug, viele konnten sich lange Zeit dennoch nicht vorstellen, was für eine Kraft ihr innewohnte. *Ikumautit* (ᓴᕝᐱᒐᐅᓯᖅᑲ) lautete unser Wort für Elektrizität, und ich meine sogar, dass dieses unsere Schamanen von einem ihrer Geister zugeraunt bekamen. Am großen Schiff wurde also Elektrizität erzeugt, die ein paar Leuchtkörper betrieb, vorausgesetzt, es herrschte genug Wind und die Schnüre waren nicht irgendwo abgeknickt oder sonst wie verheddert. Ich glaube, Vater hätte für Mutter liebend gerne einen solchen Leuchtkörper in der Hütte aufgehängt, der Wind blies doch immer wieder mal über das Dach, doch woher bloß die durchscheinenden Kügelchen nehmen?

Die Schilderung des Vaters wurde unterbrochen, es klopfte an der Tür, das war immer noch ein wenig seltsam, vor allem für Mutter und ihn, denn an den Iglus wurde klarerweise nie angeklopft, da trat man kurzum ein, man räusperte sich höchstens lauter vor dem Eingang oder stapfte und stampfte die letzten Meter hörbarer durch den Schnee. Vater und Mutter hatten beinahe ihr ganzes Leben in einem Iglu verbracht, und ich war in einem solchen geboren worden – die Hütte war nur eines der vielen Zeichen, dass allmählich neue Zeiten anbrachen. Vater öffnete die Tür, und die beiden Schamanen traten ein, an sich kein ungewöhnliches Vorkommnis, weil sie öfter unangemeldet bei uns vorbeischneiten, doch diesmal war alles anders. Sie suchten nicht die Eltern auf, um irgendetwas mit ihnen zu besprechen, nein, sie kamen zum ersten Mal zu mir.

Ich wusste nicht, ob sie der Vater bereits wegen dieser *einen* Sache angesprochen hatte, der Blick, mit dem er mich streifte, verhieß ein deutliches *Nein* – und doch waren die Schamanen hier. Einer der Männer fasste mich an den Händen, *sie sind ungewöhnlich kalt*, murmelte er, und ich wusste nicht, worauf er hinauswollte, meine Hände waren warm und rosig. Die Eltern sahen mich ebenfalls ratlos an, ich gab ihnen jedoch mit einem Blick zu verstehen, dass dies schon in Ordnung sei. Der Vater wollte dennoch einschreiten und die Schamanen zur Rede stellen, doch meinten diese nur lapidar, dass es nichts mit ihm zu besprechen gäbe – mein Unterricht begänne noch heute. Ich solle mitkommen und mich fortan jeden Vormittag bei ihnen einfinden, sie würden mich lehren, was es zu lehren gab, selbstverständlich auch das Lesen und Schreiben in verschiedenen Sprachen, die Geister waren auch dieser Meinung gewesen. Ich bräuchte jetzt keine weiteren Fragen zu stellen, kamen sie mir zuvor, ich würde in den nächsten Monaten noch genug erfahren, was sich eines Tages als nützlich erweisen könnte.

Mutter blickte mich an, als wäre mir ein Rentiergeweih aus dem Kopf gewachsen, sie verabschiedete sich mit weit geweiteten Augen von mir, als würde sie mich nie mehr wiedersehen – dabei schlurfte ich mit den Schamanen nur ein paar Schritte weiter zu ihrem sagenumwobenen Iglu, um das wir als Kinder gerne geschlichen waren. Es galt lange Zeit als echte Mutprobe, einen Blick ins Innere zu werfen, klarerweise nur dann, wenn die beiden Männer ausgeflogen waren; allemal ließ sich dort einiges bestaunen.

Am allerbefremdlichsten fanden wir schon immer die großen Puppen, denen wir ein jedes Mal in neuen Sitz- oder Stehpositionen begegneten, eine davon hatte es mir besonders angetan. Ihr Gesicht bestand aus einem gekrümmten Schnabel, dieser war mit Leder umwickelt, es wirkte, als hätte man einem mannshohen Vogel die Augen verbunden. Der restliche Köper schien einem Mann zu gehören, mit dem üblichen Schuhwerk, der Fellhose und Felljacke ausgestattet; anstatt Flügel hatte der Vogel allerdings Hände, deren Finger ungewöhnlich schmal waren.

Als ich schließlich mit den Schamanen eintrat, lag besagte Puppe mit dem Vogelschnabel auf der Seite, ihre Beine waren angewinkelt, der Kopf beziehungsweise Schnabel ruhte auf ihrer breiten Brust; die Männer bemerkten meinen Blick, und einer fühlte sich bemüßigt zu erläutern: *Sie schläft.* Erneut erfuhr ich, was man uns schon als Kindern erzählt hatte, dass diese magischen Gegenstände allerlei Aufgaben erfüllten, die für gewöhnliche Menschen viel zu gefährlich waren; die Puppen nahmen etwa böse und irregeleitete Geister auf, die sie verschluckten und zum Schutze aller bannten. *Allerdings verursache das Bauchweh,* meinte einer der Schamanen und strich der Puppe sanft über den Oberkörper. Der andere Mann legte sich nieder und schlief sofort ein, der erstere setzte sich mir gegenüber, fischte ein Buch aus einer seiner Felltaschen, schlug es auf einer beliebigen Seite auf, und mein Unterricht begann. Und da die beiden Männer bekanntlich mit nur einer Stimme sprachen, war es wohl in Ordnung, dass der Schlafende recht laut schnarchte.

Von diesem Moment an hatte ich einen neuen Tagesablauf: Den Vormittag verbrachte ich bei den Schamanen (am Nachmittag half ich Mutter bei ihren Arbeiten), ich lernte allerlei neue Wörter und Geschichten, sie brachten mir erste Rituale bei und unterwiesen mich in Heilkunde und Spiritualität. Ich begann schon bald, erste Worte zu notieren (in unserem Dialekt und in der Sprache der Fremden), ich erwies mich insgesamt als gelehrige Schülerin, denn man zeigte sich mit meinen Leistungen zufrieden. Ich fragte nicht nach, ob ich damit auch irgendeine Ausbildung zur Schamanin antrat, eigentlich wollte ich einzig und allein mehr über die Welt erfahren.

Ich saß vor einem Eisbärenfell, das zu einem Gefäß geformt worden war, alle vier Ecken (wo sich einst die Beine des Tieres befanden) hatte man nach oben geschnürt. Im Inneren des so entstandenen Hohlraumes lagerte feiner gelber Sand, keine Ahnung, wo die Schamanen diesen aufgetrieben hatten. Während des Unterrichts wurden die Lederbänder vorsichtig gelöst, man breitete das Fell aus, strich den Sand mit den Handflächen glatt, steckte mir einen kleineren Walrosszahn zwischen die Finger, und ich durfte schreiben üben. Die Schamanen verbesserten mich anfänglich ständig, einer von ihnen ebnete dabei den Sand, der andere zauberte mit flüssigen Handbewegungen (und seinen Fingern) die richtigen Zeichen in die körnige Fläche, ich versuchte so viele wie möglich davon nachzuahmen und zu behalten.

Im Grunde ging das Monate so weiter, unterdessen war längst der Winter angebrochen, jedoch ein ungewöhnlich milder, das Wasser in der Bucht gefror zwar, sodass man zu Fuß bis zum großen Schiff gelangen konnte, doch blieb der Ozean weiter draußen offen, die Temperaturen bewegten sich konstant bei etwa minus zwanzig Grad. Eigentlich war es fast wie in einem kühleren Sommer, die im Meer vorbeitreibenden Eisberge wuchsen zwar in die Höhe, doch ließen sich sonst kaum Veränderungen wahrnehmen. Manchmal fragten wir uns, warum die weißen Menschen immer noch mit ihrem Schiff vor Grönland lagen, warum sie ihr Schiff in der Bucht hatten einfrieren lassen, sie hätten doch rechtzeitig aufbrechen können, um anderswo ihre Forschungen (und Abenteuer) voranzutreiben. Etwas schien sie (einmal abgesehen vom Eis) an diesem Ort verweilen zu lassen, sie unternahmen regelmäßig viele Expeditionen ins Landesinnere, manchmal kehrten sie auch erst nach Wochen zurück. Mitunter begleiteten sie ein paar der Jäger mit ihren Hunden, die den Transport diverser Gerätschaften übernahmen.

Ich wollte von den Schamanen wissen (die sich gelegentlich mit dem Vogelmann unterhielten), warum sich das Schiff nach wie vor bei uns befand, doch konnten auch sie es nicht mit Bestimmtheit sagen. Der Vogelmann (sie nannten ihn natürlich bei seinem richtigen Namen) hätte wohl erkannt, dass es noch viel zu lernen gäbe, er und seine Männer schulten ihre Fertigkeiten im grönländischen Eis, so wie doch auch ich mittlerweile erkannt hätte, dass ich mir mehr Wissen aneignen müsse.

Das Wort meines Volkes für den Schamanen lautet *angakkuq* (ᐊᖕᒐᒃᑯᖅ), die Wahrnehmung meiner Person in der Siedlung änderte sich zusehends, ich wurde vermehrt um Rat gefragt, gelegentlich sogar gebeten, zwischen den weißen Männern und den Inuit zu übersetzen, ich konnte förmlich an mir selbst beobachten, wie ich mich veränderte, allmählich Wissen erlangte, und dass es anderen auffiel. Was mir allerdings noch sonderbarer erschien: dass ich nun wie die Schamanen zu gehen pflegte und auch so roch. Es lag gewiss an den vielen Stunden in ihrem Iglu, meine Kleidung nahm den dortigen Geruch an, die Mutter behauptete unlängst, dass ich doch alles einmal ordentlich waschen und lüften solle, in unserer Hütte rieche es zunehmend wie in der schamanischen Höhle. Außerdem bewegte ich mich auch viel bedächtiger vorwärts, vielleicht ja auch nur, weil ich so viel mit den älteren Männern unterwegs war, sie zählten nicht gerade zu den Schnellsten.

Den Vogelmann sah ich eine geraume Weile nicht mehr, allerdings hörte ich beinahe täglich von ihm, die Kinder plapperten unentwegt Geschichten daher. Die Geschwister erzählten mir etwa, dass er gerade dabei war, junge, grönländische Hunde auf seinem Schiff aufzuziehen. Ein paar der Inuit-Jäger hätten ihm einen Welpenwurf geschenkt (zu seinen übrigen, sich an Bord befindlichen Hunden), irgendwie kamen schließlich ständig Hunde bei uns zur Welt. Allerdings war ihr Leben auch hart, laufend gingen Tiere verloren, verletzten sich auf Jagdausflügen, wurden von Bären gerissen oder verschwanden spurlos zwischen den Eisblöcken. Die Jäger nahmen das nie auf die leichte Schulter, oft genug wurde bis zur Erschöpfung nach verschwundenen Hunden gesucht, vor allem dann, wenn man ihr fernes Heulen vernehmen konnte. Nur selten kehrten welche von ihnen zurück, die Jäger waren dann allerdings aus dem Häuschen, sie wussten schließlich, wie hart es war, auf sich allein gestellt in der arktischen Wildnis zu überleben.

Meine Tage waren beschwerlich, der Vormittagsunterricht ging nicht immer pünktlich zu Ende, nachmittags und abends musste ich auch irgendwann das Erlernte wiederholen, dazwischen half ich der Mutter und den Geschwistern, meistens schlief ich erschöpft ein. Als sich die Schamanen für ein paar Tage in eine benachbarte Siedlung aufmachten, hatte ich endlich wieder etwas mehr Zeit für mich – ich beschloss daher, den Vogelmann aufzusuchen. Mittlerweile konnte ich bereits einiges in seinem Vogelbuch lesen, war allerdings noch weit davon entfernt, alles zu begreifen oder es angemessen übersetzen zu können. Mitunter verstand ich zwar, was ein Wort ungefähr meinte, konnte mir darunter jedoch nicht viel vorstellen, fremde Ländernamen etwa, die ich mithilfe einer Weltkarte (die sich im Anhang des Vogelbuches befand) ihren Kontinenten zuordnete; aber wie es vor Ort wirklich aussah, welche Menschen dort lebten und warum man diesen oder jenen Vogel nur da antraf, es blieb mir ein Rätsel.

a) *Weißschwanz-Rußkakadu* (Zanda latirostris): bewohnt heimische Eukalyptus-Wälder, mag jedoch auch exotische Kiefern. Auch schon gesehen in Städten und an Straßenrändern. Sichtbarer Besucher von Gärten mit einheimischen Pflanzen, die harte Früchte enthalten, vorzugsweise im Gebiet um Perth. Meistens zu zweit oder dritt, gelegentlich in größeren Herden unterwegs. Baut Nester in großen Löchern an der Spitze des Eukalyptus. Alternative Bezeichnungen: *Slender-billed Black-Cockatoo, Carnaby's Black Cockatoo, Mallee Cockatoo, Short-billed Black Cockatoo, Cacatoès à rectrices blanches, Cacatoès de Carnaby, Carnabys Weißohr-Rabenkakadu, Cacatua-negra-de-bico-curto, Cacatúa Fúnebre de Pico Corto, Cacatúa Fúnebre Piquicorta.*

b) *Vasapapagei* (Coracopsis vasa): werden aus dichten und feuchten Wäldern, aus Brombeersträuchern und Savannen vertrieben. Samen, Nüsse, Beeren und Früchte sind Bestandteil ihrer Diät. Besuchen Reisfelder, verursachen Schäden an Kulturpflanzen. Fressen weniger als Fledermäuse. Sitzen oben auf großen Bäumen, und einer bleibt wach, um auf Gefahren hinzuweisen. Alternative Bezeichnungen: *Vasa Parrot, Greater Vasa Parrot, Grand Vaza, Grand Perroquet vasa, Grand Vasa, Perroquet vaza, Großer Vasa, Papagaio-vasa, Loro Vasa.*

c) *Rotzügelsittich* (pyrhura picta): bewohnt feuchte Wälder und Landesgrenzen, saisonal auch überflutete Wälder und nasse Hänge. Verteilt sich vom Orinoco bis Französisch-Guayana. Reist in Herden mit schnellen Flügeln. Alternative Bezeichnungen: *Painted Parakeet, Painted, Azuero, Sinu or Todd's Parakeet, Conure versicolore, Conure versicolore, C. d'Eisenmann, C. du Sinu ou C. de Todd, Tiriba-de-testa-azul Cotorra Pintada, Periquito Pintado, Perico Pechi-escamado.*

d) *Schimmerlori* (Chalcopsitta sintillata): in frühen Morgenstunden des Tages sichtbar, manche Exemplare in sehr großen Höhen. Flug mit schnellen Flügelschlägen, vermittelt dennoch langsamen, zögerlichen Eindruck. Ernähren sich in Bäumen, verbrauchen Nektar, Pollen und Obst, sollen sich gelegentlich mit Insekten füllen. Sind sehr laut. Alternative Bezeichnungen: *Yellow-streaked Lory, Greater Streaked Lory, Streaked Lory, Yellowish-streaked Lory, Lori flamméché, Lori à front jaune, Lori à front rouge, Lori strié, Lóris-listrado-amarelo, Lori Chispeado.*

e) *Rotbauchara* (Orthopsittaca manila): kommunizieren untereinander mit Nachrufen, wo es eine Nahrungsquelle gibt. Sind im Unterschied zu den meisten Papageien Saatgut-Raubtiere. Lassen gern Samen fallen, das macht sie zu Vorreitern der Samenverbreitung. Es ist schwierig, diese Vögel in Gefangenschaft zu halten aufgrund ihrer reizbaren Persönlichkeit. Alternative Bezeichnungen: *Red-bellied Macaw, Small Red-bellied Macaw, Ara macavouanne, Ara à ventre rouge, Maracanã-do-buriti, Arararana, Ararinha, Maracanã-de-cara-amarela, Guacamaya Buchirroja, Guacamayo Ventrirrojo, Maracaná de Vientre Rojo, Guacamayita morichalera, Perico morichalero, Guacamayo ventrirrojo, Parabachi de palmar, Evaí Ararinha, Quequeto, Ectoa.*

f) *Kakapo* (Strigops habroptius): angesichts seiner Unfähigkeit zu fliegen, ist der Kakapo ein terrestrischer Vogel. Hervorragender Kletterer, der die Gipfel der höchsten Bäume erreicht. Während der Paarungszeit führen die männlichen Kakapos eine Parade auf. Weibliche Kakapos sind sehr aufmerksame Zuschauer. Weibchen werden von Männchen nicht offen verfolgt. Alternative Bezeichnungen: *Owl Parrot, Strigops kakapo, Perroquet hibou, Eulenpapagei.*

Es war eigenartig, je mehr ich über die Welt erfuhr, umso weniger konnte ich mich in ihr orientieren, selbst Grönland, das mir einst vertraut gewesen war, schien plötzlich unentwegt Rätsel zu gebären … was genau steckte wirklich hinter den Nordlichtern? Warum existierten so viele unterschiedliche Mythen? Wohin waren die Ahnen tatsächlich gegangen? Was genau sah ich, wenn ich zum Sternenhimmel blickte? War ein jeder Stern wie unser Grönland? Welche Lebewesen lebten dort zwischen unseren Göttern? Man hätte solche Gedanken auch um tausend weitere Fragen erweitern können, und ich ahnte schon, dass, vollkommen egal, wie viel ich von den Schamanen erlernen, wie viele Bücher aus der ganzen Welt ich auch lesen würde, die Fragezeichen niemals ein Ende nähmen. Demnach war es möglicherweise wichtiger, Fragen zu stellen, als sich auf die Antworten zu konzentrieren; die Fähigkeit, Fragen zu stellen, schien mir der wahre Ursprung allen menschlichen Wissens zu sein.

Ich schlenderte vorsichtig über das Eis, bis zum großen Schiff, ein paar der Kinder tollten davor herum und übten mit einem der weißen Männern irgendein Spiel, sie traten eine dunkle

Scheibe in alle Richtungen, die mühelos über das Eis schlitterte. Ich kletterte die Strickleiter hoch und stieg aufs Deck, es war wie leergefegt, alle schienen sich irgendwelchen Aufgaben zu widmen, die meisten waren wohl unterwegs, vermutlich auch der Vogelmann. Dann vernahm ich vom Unterdeck ein Winseln, ich stieg eine weitere Leiter hinab, trat durch eine Tür, hinter der es behaglich warm war, und dort erblickte ich ihn tatsächlich, wie er gerade mit ein paar Hundewelpen spielte und sie fütterte.

Es war das erste Mal, dass ich ihn in einer seiner Sprachen begrüßen konnte, er blickte mich verwundert an, als sähe er einen neuen Menschen vor sich, und als ich mutig ein paar der fremden Vogelnamen aufzählte, etwas über diese erzählte, was sie aßen, wo sie lebten und wie viele Vogelkinder sie für gewöhnlich großzogen, bekam er große Augen und applaudierte. Ich wusste damals nicht, was Applaus bedeutete, doch konnte er mir das schnell begreiflich machen; darüber war ich froh, denn im ersten Moment mutmaßte ich, er wolle mich vom Schiff vertreiben.

Ich erzählte ihm, dass mich die Schamanen schon seit Monaten unterwiesen, die Ankunft seines Schiffes in Grönland hatte jedenfalls mein ganzes Leben verändert. Er ließ daraufhin die Hunde sein und bat mich in seine Kajüte, wir saßen dort eine Weile, und ich stellte ihm einige Fragen, er antwortete, und je länger wir uns unterhielten, umso mehr verstand ich sein Wesen. Ein jedes neue Wort, das ich noch nicht kannte, fügte ich meinem Wortschatz hinzu, die Bedeutungen erschlossen sich oft aus dem Kontext.

Ich ließ es mir nicht nehmen, ihm davon zu erzählen, dass ich ihn den *Vogelmann* nannte, *tingmiaqangut*, er schrieb sich das Wort sofort in eines der vor ihm liegenden Bücher, ich musste es mehrmals buchstabieren. Danach bat er mich, es in Inuktitut aufzuschreiben, was ich gerne tat, und es war auch zum ersten Mal, dass ich mit einem seiner Schreibgeräte auf richtigem Papier schreiben durfte (und nicht in den Sand). So gesehen war es mein erstes wirklich geschriebenes Wort, weil es sich nicht verflüchtigen würde, es blieb in einem Buch notiert und würde dort die Zeiten überdauern. Ich fragte mich, wenn wir erst tot wären, ich und der Vogelmann, und das Buch weiter in der Welt herumgeisterte, welche Menschen es dann in die Hand nehmen und lesen, und was sie sich wohl unter dem Wort *Vogelmann* (versehen mit den Schriftzeichen der Inuit) vorstellen würden?

Der Vogelmann schloss das Buch und legte es zur Seite, wir hatten alles auf der Innenseite des Buchdeckels notiert, und erst jetzt konnte ich erkennen, um welches Werk es sich eigentlich handelte: *Die Abenteuer des Tom Sawyer* von einem gewissen *Mark Twain.* Ich las Namen und Titel langsam vor, noch tat ich mich schwer mit einigen Buchstaben, und selbstverständlich hatte ich keinen Schimmer, wer Tom Sawyer und Mark Twain waren, doch sollte es der erste Roman sein, den ich später zur Gänze lesen würde. Und manchmal, wenn an Bord nichts zu tun war und das Schiff einfach nur Fahrt machte, las mir der Vogelmann daraus vor, gelegentlich auch einer der anderen Männer, das aufregende Leben von Tom Sawyer erinnerte mich sogar ein wenig an mich selbst, schließlich erlebte ich so viel Neues, sah fremde Küsten und noch fremdere Schiffe an uns vorüberziehen, die Reise mit dem Vogelmann war ein einziges großes Abenteuer.

Er berichtete mir von seinen Plänen, sie würden noch den restlichen Winter über hierbleiben, die Fahrt (beziehungsweise Suche) nach dieser Nordwestpassage und auch die Reise zum Nordpol stünden erst in den nächsten Jahren an, doch alles, was er und seine Männer von uns gelernt hatten, wäre jetzt schon überaus hilfreich. Bevor er zum Nordpol aufbräche, würde er jedoch nach Hause fahren, er müsse seine Frau Elaine besuchen und sich mit ihr besprechen, ein solches Unterfangen erfordere zudem weitere Ausrüstungsgegenstände. Allerdings würden sie zuvor einen Abstecher in die *Neue Welt* wagen, er und seine Männer seien noch nie in New York gewesen, auch wollten sie dort einen ihrer Financiers und Gönner treffen, bevor sie erneut, an Grönland und Island vorbeifahrend, ihre Heimat Norwegen ansteuern konnten.

Ich verstand etwa die Hälfte von dem, was er sagte, doch war es genug, um mir ein ungefähres Bild zu machen; er zeigte auch mehrfach auf eine vor ihm auf dem Schreibtisch liegende Weltkarte, es blieb nachvollziehbar, wovon er sprach und welche Route sein Schiff nehmen würde. Manchmal unterbrach er seinen Redefluss und flatterte mit den Armen (sein Beiname *Vogelmann* gefiel ihm außerordentlich), man sah ihm stets an, wenn er sich für etwas begeisterte, die Worte sprudelten dann nur so aus ihm hervor.

Es war auch der Tag gewesen, an dem er mir zum ersten Mal von New York und Chicago erzählte, insbesondere von der anstehenden Weltausstellung, wo man sich mit einem Schlag über die neuesten Entwicklungen auf der ganzen Welt informieren könne. Das Wissen, die Menschen und die Waren aus aller Welt würden nach Chicago gelangen, *am Ende wären vielleicht sogar ein paar Inuit dabei*, er grinste.

Er kramte ein Buch hervor, das frühere Weltausstellungen abbildete (darin befanden sich zahlreiche Illustrationen aus den Städten Paris, London, Amsterdam und Wien), außerdem konnte man dort auch etwas über die im Jahre 1853 stattgefundene Weltausstellung in New York lesen; ich konnte mir gar nicht vorstellen, dass Menschen überhaupt so große Orte erbauen konnten. Jedenfalls, das war dann auch der Zeitpunkt, an dem ich beschloss, zur Weltausstellung nach Chicago zu reisen, schließlich könnte ich dort der ganzen Welt begegnen und mir ein Bild vom großen Ganzen machen.

Wiederholt bekräftigte ich beim Vogelmann meinen Entschluss, er wollte ein jedes Mal wissen, ob ich es mir genau überlegt hätte, was Mutter und Vater davon hielten etc., doch stand meine Entscheidung längst fest: Ich wollte aufbrechen und mitfahren! Die Männer würden in New York anlegen und von Bord gehen, ich könnte von dort weiter nach Chicago reisen (natürlich hatte ich damals keine Ahnung, wie), mir die Weltausstellung ansehen und zum Schiff zurückkehren. Die Rückreise des Vogelmannes würde ihn an Grönland vorbeiführen, ich könnte demnach wieder bis zur Siedlung gelangen. Ich denke, er sah meine Entschlossenheit, vielleicht fühlte er sich auch an die eigene Begeisterung erinnert, das Bereisen und Erkunden der Welt war schließlich eines seiner wichtigsten Vorhaben. Er sicherte mir daher zu, mich mitzunehmen, wir wären allerdings Monate unterwegs, bevor er mich wieder nach Grönland zurückbringen könnte.

Und keinesfalls, das müsse ich bedenken, könne er mich nach Chicago begleiten, er und seine Männer würden in New York verbleiben (er habe dort ein paar wichtige Verbindlichkeiten, die weitere Forschungsreisen beträfen). Allerdings würde er einem seiner Männer den Befehl erteilen, sich mir zuzugesellen, und dieser trüge auch persönlich dafür Sorge, dass wir rechtzeitig aus Chicago einträfen, um die gemeinsame Rückfahrt anzutreten.

7.

8. März

Es ist schon erstaunlich, wie schnell sich Uki eingelebt hat, freilich, die Kajüte steht uns nicht mehr uneingeschränkt für feucht-fröhliche Salonabende zur Verfügung, doch sorgt ihre bloße Anwesenheit auf dem Schiff für ein zuvorkommenderes, wohlwollenderes Klima. Mir scheint sogar, die Männer rasieren sich nun wieder öfter und legen selbst bei alltäglichen Arbeiten durchaus Wert auf Kleidung und gepflegteres Äußeres. Ich bin geneigt zu behaupten, dass an Bord eines jeden Expeditionsschiffes künftig eine Frau mitfahren solle, damit die Männer etwas mehr Manierlichkeit an den Tag legen.

Ich bin schon lange der Meinung, dass Frauen alle Möglichkeiten offenstehen sollten, und kann so gar nicht das Gerede vieler Zeitgenossen nachvollziehen, die Ehefrauen gerne zu Hause am Herd wissen. Ich für meinen Teil nehme Elaine so oft mit, wie ich nur kann, wobei es selbstverständlich ihr obliegt zu entscheiden, was sie tun oder lassen will. Mitunter scheint mir, dass ich von anderen Männern deshalb belächelt werde, doch bin ich überzeugt davon, dass schon im kommenden Jahrhundert Zeiten anbrechen, wo alle vor dem Gesetz gleich sein werden; einander ebenbürtig in Wissen, Fleiß und Ausdauer sind Männer und Frauen allemal. Allein die Tatsache, dass es diesmal für lange Zeit ins Eis ging und Elaine Kälte nicht sonderlich verträgt, ließ sie von der Reise Abstand nehmen.

* * *

Uki hielt sich heute selbst bei unseren Schießübungen prächtig, ich hatte zunächst große Bedenken, ob sie sich nicht verletzen oder dem Spott der Männer ausgesetzt fühlen könnte, doch bewies sie allen, welche Fähigkeiten in ihr stecken – im Grunde schoss sie mindestens so gut wie die besten von uns.

Sie hat mir mittlerweile die wichtigsten Hundekommandos beigebracht, die bei den Inuit seit Jahrtausenden im Gebrauch sind, schließlich sollen die verbliebenen Hunde irgendwann auch am Schlitten ihren Dienst tun. Utiqtigguuk (ᐅᑎᖅᑎᒡᒎᒃ), leg es ab; ingigitsi (ᐃᖏᑦᑐᓯ), sitz (bei mehr als drei Hunden); ingigit (ᐃᖏᑦᑎᑦ), sitz (bei einem Hund oder einer Person); ingigitsik (ᐃᖏᑦᑐᑎᒃ), sitz (bei zwei Hunden); kayumiirlutit (ᑲᔪᒦᕐᓗᑎᑦ), langsamer werden; haumingmut hangulutit (ᓴᐅᒥᖕᒧᑦᓴᖑᓗᑎᑦ), nach links biegen; taliqpingmut hangulutit (ᑕᓕᖅᐱᖕᒧᑦ ᓴᖑᓗᑎᑦ), nach rechts biegen; atii (ᐊᑏ), los geht's!

* * *

Wir machten reichlich Seemeilen, das Wetter verhielt sich günstig, die Winde blieben uns gewogen, ich kann es nun selbst kaum erwarten, im Hafen von New York einzulaufen. Uki beteiligte sich bislang an allen Aufgaben, die anfielen, sogar für den nicht unbedingt beliebten nächtlichen Wachdienst in der Tonne ließ sie sich einspannen. Sie half in der Küche mit, assistierte bei diversen meteorologischen Messungen, sie spielte und trainierte mit den Hunden und vertiefte sich in allerlei Bücher (manchmal las sie auf Wunsch auch den Männern daraus vor), ihre Sprachkenntnisse entwickeln sich wahrlich exponentiell.

Unvergesslich bleibt unser erster Grammophonabend an Bord: Ich hatte die Männer in der Kajüte versammelt, und wir hatten ihr gezeigt, wie der Apparat funktioniert. Sie kann ihn nunmehr selbst bedienen, wann immer sie will; das nahm sie auch redlich in Anspruch, die Faszination und Liebe zur komplexen Musik ließen sie förmlich aufblühen. Ich kann mich an niemanden erinnern, der sich so für Musik begeistern ließ, ja ich wünsche ihr sehnlichst, dass sie eines Tages in einem der großen Opernhäuser dieser Welt Platz nehmen darf, um den wahren Genuss einer solchen Darbietung erleben zu können.

(Aus dem Tagebuch des Vogelmannes)

* * *

ICH ERZÄHLTE DEN SCHAMANEN von meiner Unterredung mit dem Vogelmann, dass ich nach Chicago reisen wolle, um die Welt zu sehen, die dort anlässlich der ominösen Weltausstellung zu Besuch sei, sie blickten mich daraufhin eigenartig an. Der eine murmelte *manche Reise muss getan werden,* der andere flüsterte *und manche sollte man lieber unterlassen,* es war zum ersten Mal, dass ich sie nicht mit einer Stimme sprechen hörte. Sie waren sich allerdings darüber einig, dass sich der ungewöhnlich milde Winter dem Ende zuneige, der Vogelmann und seine Mannschaft (und ich?) könnten demnach bald aufbrechen; ich solle fortan nach Möglichkeit den ganzen Tag mit ihnen verbringen, es gäbe noch einiges, was sie mir zeigen wollten.

Bald schon verließen sie mit mir die Siedlung, und es war für mich recht überraschend, dass der Unterricht nicht in ihrem

Iglu stattfand. Plötzlich setzten sie sich an einer scheinbar beliebigen Stelle in den Schnee, entledigten sich ihrer Kleidung und baten mich, es ihnen gleichzutun. Es war nicht ungewöhnlich, dass man mit seiner Familie in den Iglus und Hütten nackt herumsaß, Schamgefühl kannten wir kaum, ja selbst Kinder wurden in Nächten gezeugt, wo unbeteiligte Gäste (oder Familienmitglieder) anwesend waren. Mich freilich mitten im Eis vor ihnen auszuziehen, fand ich dennoch sonderbar – ich liebte zwar die Kälte, sie konnte mir nie etwas anhaben, doch hatte ich als Erwachsene auch noch nie nackt im Schnee gesessen.

Es beschlich mich das Gefühl, dass es sich um ein wichtiges Ritual handeln musste, also tat ich schlussendlich, was sie verlangten, fremde Sprachen würden wir heute wohl keine mehr einüben. Sie reichten mir eine kleine Trommel, hingen mir ein Amulett um den Hals, ich solle den Takt vorgeben und jene Lieder anstimmen, die sie mir eingetrichtert hatten. Wir sangen und summten eine ganze Weile miteinander im Schnee, ich trommelte und wippte mit dem Oberkörper hin und her, irgendwann spürte ich die Kälte doch, sie kroch aus dem Boden und fiel zeitgleich vom Himmel, bald schon war sie überall in meinem Kopf, als würden die Zähne ständig Eisstücke zerkleinern (müssen), deren freigesetzte Kälte über die Zahnwurzeln direkt ins Gehirn schoss. Die Kälte machte sich in allen meinen Gliedern breit, sie war in meinem Schoß, sie kroch auf mein Herz zu, ich konnte deutlich spüren, wie sie diesem näher kam, doch dann sagte einer der Schamanen plötzlich, *genug für heute, wir können nach Hause!*

Ich konnte nicht wirklich abschätzen, wie lange wir im Schnee ausgeharrt hatten, doch als ich mich erhob, zitterten meine Beine und leisteten nur ansatzweise ihren Dienst. Mein Körper hinterließ deutliche Spuren im Eis, denn dort, wo sich zuvor noch mein Hintern befunden hatte, war eine Mulde entstanden, Tauwasser sammelte sich darin. Bis wir schließlich von dannen zogen, konnte ich mitverfolgen, wie es gefror, der Wind blies Schnee darüber, und die Beweise meiner Existenz verschwanden, als wäre ich niemals hier gewesen.

In der Nacht bekam ich Fieber, welches sich allerdings bis zum nächsten Morgen verflüchtigte, Vater und Mutter erzählte ich lieber nichts von all dem. Und natürlich verschwieg ich ihnen auch die Reisepläne mit dem Vogelmann, das wollte und konnte ich mir nur für den allerletzten Moment aufsparen. Als ich wieder zum Unterricht eilte, warteten die Männer bereits auf mich, sie standen erhobenen Hauptes vor ihrem Iglu, einer von ihnen hielt die kleine Trommel in der Hand, er blickte zum Polarmeer. Der andere teilte mir mit, dass ich von nun an ausnahmslos im Freien unterrichtet werden würde, und das bis zum Tag meiner endgültigen Abreise.

Ich konnte das zunächst nicht fassen, wollte in Erfahrung bringen, um welches Ritual es sich hierbei handele, doch bekam ich keine befriedigende Erklärung. Ich saß fortan also mit den Schamanen im Schnee herum, meistens nackt, manchmal auch nur leicht bekleidet, immer war mir bitterkalt, und gefühlt wurde die Prozedur täglich unbehaglicher. Ich versuchte Eis und Schnee weiterhin als Verbündete zu betrachten, ich redete mir nach wie vor ein, sie seien Freunde, die mir ein

Leben lang gewogen gewesen waren, die Patenonkel und -tanten eines jeden Inuk.

Einige Male wurde ich beim Trommeln ohnmächtig, dann zogen mich die beiden Männer an und schleiften mich in ihr Iglu zurück, niemand in der Siedlung schien davon Notiz zu nehmen. Die Mutter erschrak beinahe schon täglich, wenn ich bleich nach Hause taumelte, ich bekam regelmäßig hohes Fieber, und das war etwas, das ich bislang nicht gekannt hatte. Manchmal mussten wir den Unterricht für ein paar Tage aussetzen, die Schamanen schauten dann alle zwei Stunden nach mir (und ernteten dabei giftige Blicke der Mutter), sie flößten mir ihre Medizin ein, schlugen die kleine Trommel, und ich weiß noch, dass ich mich wunderte, warum ihnen die Kälte nichts anzuhaben schien.

Ich wusste es damals nicht besser, erst viel später begriff ich, was sie mit diesem Ritual bezweckten, was sie mir beharrlich zu vermitteln suchten – sie wollten mich auf künftige Ereignisse vorbereiten und mich gegen diese wappnen. Sie beschworen die grimmigsten Eisgeister, um mich herauszufordern, sie versuchten mich abzuhärten, denn nur so wäre ich schließlich imstande, dem Monster zu entkommen, das sie längst ausgemacht hatten, das bereits in der Ferne lauerte und seine Klauen nach mir ausstreckte.

Später erfuhr ich, dass die beiden Männer nur eine Woche nach meiner Abreise verstorben waren. Es war ungewöhnlich, dass zwei Männer in einer Nacht zu Tode kamen, doch andererseits entsprach es ihrem Sein, weil sie doch mit einer Stimme sprachen und ein einziges, gemeinsames Leben teilten. Meine letzte Erinnerung an die beiden Lehrmeister stammt vom Tag der Abreise: Ich stand an der Reling, blickte auf die Siedlung und ihre Bewohner, die sich an der Küste eingefunden hatten, um uns zu verabschieden. Vater und Mutter winkten mir heftig zu (sie standen wohl noch unter Schock), meine Geschwister brüllten und weinten, die Schamanen standen abseits, auf der kleinen Anhöhe, die Sonne leuchtete in ihrem Rücken, und sie warfen einen einzigen, großen Schatten.

Ich wünschte, ich hätte mich ausführlicher von ihnen verabschiedet, dank ihrer Hilfe war ich schließlich wirklich erwachsen geworden. Das Wissen um die Bedeutung unserer Kultur, all die damit verbundenen Praktiken und Anforderungen, ich wollte und würde diese bewahren, schon allein um ihnen Respekt zu zollen. Die grönländische Küste verschwand allmählich aus meinem Gesichtsfeld, bald konnte ich behaupten, noch nie so weit draußen auf dem Meer gewesen zu sein, das Schiff steuerte an ein paar Eisbergen vorbei, der Wind stand günstig, und wir machten gut Fahrt, alle an Bord waren bester Stimmung.

Ich hatte lediglich meine Kleidung, ein Messer des Vaters, ein paar Heilkräuter der Schamanen und Mutters aus Karibuknochen gefertigte Lieblingskette an Bord gebracht, sie hatte ausdrücklich darauf bestanden. Das Vogelbuch und die anderen Habseligkeiten ließ ich im Iglu zurück, die Geschwister versprachen mir darauf zu achten, nicht damit herumzuspielen, in ein paar Monaten wäre ich schließlich zurück, um mich von ihrer Umsicht zu überzeugen.

Ich bemerkte bald, dass es die Männer nicht gewohnt waren, sich gemeinsam mit einer Frau an Bord aufzuhalten, sie wirkten mitunter etwas verunsichert, vielleicht fühlten sie sich auch bei ihrer Arbeit zu sehr von mir beobachtet. Doch war ich mir sicher, wir würden uns an unser Zusammenleben gewöhnen, alle kannten mich schließlich, und der Vogelmann blieb überschwänglich, er trat mir mit größter Selbstverständlichkeit seine Kajüte ab und schlief irgendwo bei den Männern.

Wenn er etwas aus der Kajüte benötigte, klopfte er höflich an, ich öffnete die Tür (später rief ich allerdings nur noch *herein!*) und alles war gut, meistens benötigte er etwas Frisches zum Anziehen oder irgendeines seiner Utensilien, Bücher, Karten und Navigationsinstrumente vornehmlich. Ich gewöhnte mich schnell daran, die Tür offen stehen zu lassen, vor allem dann, wenn gutes Wetter herrschte, es gab schließlich keinen Grund, es nicht zu tun. Er klopfte dennoch weiter an (am Türstock), *meine Frau Elaine würde mir sonst die Ohren lang ziehen*, erklärte er mir augenzwinkernd. Natürlich benutzte er die Kajüte weiterhin, und ich genoss es überaus, wenn er Zeit hatte und mir etwas erzählte, ich war schließlich nach wie vor dabei, meine Sprachkenntnisse zu verbessern; darüber hinaus wusste er Dinge, die mir die Schamanen nicht hätten vermitteln können.

Manchmal nannte er mich versehentlich und dann wieder ganz bewusst *Elaine*, und allmählich sprachen mich alle an Bord als *Uki* und/oder *Elaine* an, was gut war, denn immerhin fuhr ich in eine Welt, in der ich mehr zu *Elaine* werden musste, um nicht weiter aufzufallen. Ich dachte öfter an seine Frau, gewiss würde ich sie niemals persönlich kennenlernen dürfen, und doch fühlte ich mich ihr auf unergründliche Weise verbunden, sie schien aus der Ferne über meine Belange zu wachen.

Die Tage und Nächte vergingen, ich lernte viel über das Schiff, kannte bald jede Nische und jedes Holzbrett, ich kletterte mit ein paar der Männer sogar die Wanten hinauf, bis zum Ausguck, *in die Tonne*, wie sie der Vogelmann nannte, ein Vogelnest war es wohl eher. Wenn die Sonne schien, saß ich gerne dort oben, selbstverständlich erhielt ich auch ein paar Aufgaben, ich musste einige Messungen vornehmen und die Gegend im Auge behalten, doch fühlte ich mich dadurch der Mannschaft zugehörig. Und als ich einmal nach ein paar Stunden in der Tonne nach unten stieg und die Kajüte betrat, standen dort alle versammelt, der Vogelmann saß hinter seinem Schreibtisch, und die anderen Männer hatten sich im Raum verteilt, ich staunte nicht schlecht, was das sollte.

Einer von ihnen holte eine kreisrunde, dunkle Scheibe aus einer der Laden, die seltsam glänzte, er legte sie auf jenes *Zauberding*, das ich schon seit meinem ersten Bordbesuch im Visier hatte, das sogenannte *Grammophon*. Ich hatte es die ganze Zeit über in der Kajüte vor meiner Nase gehabt und nicht gewagt, mich dem Apparat zu nähern oder diesen gar anzufassen. Ich wusste, der Vogelmann hing an seinem Grammophon, und es wäre eine Katastrophe gewesen, sollte ich es durch unsachgemäße Behandlung beschädigen. Darüber hinaus wusste ich nach wie vor nicht, welchem Zweck es diente, am Ende handelte es sich um irgendeinen Automaten, der ein ganzes Schiff im Meer versenken und uns für alle Zeiten verschwinden lassen konnte.

Plötzlich begann sich die Apparatur wie von Zauberhand zu bewegen, die kreisrunde Scheibe rotierte um ihre Achse, der kleine knochige Arm mit dem herabhängenden Eiszapfen wurde vom Vogelmann sachte auf dieser abgelegt, und dann passierte es: Geräusche überfluteten den Raum, ich war zunächst viel zu aufgeregt, um mich auf diese konzentrieren zu können, doch mit der Zeit entspannte ich mich. Es waren eindeutig Melodien, sie schälten sich aus einer knisternden Atmosphäre, da waren Stimmen, wunderschöne Stimmen wohlgemerkt, die viel schöner sangen als alle mechanischen Vögel der Welt zusammen. Ich konnte hören, wie jemand eine Trommel schlug, ein paarmal meinte ich noch ein anderes, mir bekanntes Instrument auszumachen, das sich bei den Schamanen im Iglu befand, ein *tautirut* (ᑕᐅᑎᕈᑦ). Dabei handelte es sich um einen aus Fichten- oder Birkenholz gefertigten Kasten, der mit einer bis drei Saiten aus gedrehten Sehnen bespannt wurde. Man strich mit einem Bogen aus dünnem Walfischbein darüber und erzeugte so die unterschiedlichsten Töne, die in der Regel einen Gesang untermalten.

Als ich mich noch genauer auf die Melodien einließ, konnte ich vernehmen, um wie viel feiner und vielschichtiger diese waren, ein *tautirut* war doch niemals in der Lage, solche vielfältigen, sphärischen Töne zu erzeugen. Dieses Grammophon konnte unmöglich von dieser Welt stammen, ein unermesslicher Zauber musste ihm innewohnen, vielleicht gehörte es einst den hinter dem Nordlicht wohnenden, unergründlichen Göttern. Der Vogelmann und die Männer lächelten einander zu, sie beobachteten mich, und ich wusste, sie wollten mir nur eine Freude bereiten, mich in kindliches Staunen versetzen und sich selbst ein wenig daran berauschen. Einer der Männer, der das Grammophon in Gang gesetzt hatte, reichte mir die beschriebene Hülle, aus welcher die kreisrunde Scheibe stammte, diese zog unterdessen weiterhin unermüdlich ihre Kreise.

Ich war von diesem Ereignis so eingenommen, dass ich kaum die Schrift entziffern konnte, die Hülle schlackerte in meinen Händen, weil diese nervös zitterten, *jetzt reiß dich zusammen, Uki,* bellte ich mich innerlich an, *wie peinlich ist das denn.* Ich las vor, was dort vermerkt stand: *Jacques Offenbach – Les Contes d'Hoffmann.* Ich erfuhr, dass es sich bei der kreisrunden Scheibe um eine der ersten Schellackplatten handelte, erst 1881 sei besagte *Oper* in Paris uraufgeführt worden. Der Vogelmann und einige seiner Männer summten die Melodien mit, sie erzählten mir den Inhalt der Geschichte, die da besungen wurde, doch war ich nicht in der Lage, auch nur einen ihrer Sätze zu behalten. Ich hörte zum ersten Mal richtige Musik und wünschte mir zugleich sehnlichst, diese auch Mutter und Vater vorspielen zu dürfen, damit diese ebenfalls begriffen: Es ist alle Mühe wert!

Ich sollte in den nächsten Tagen, beziehungsweise vornehmlich an den Abenden, noch oft die Musik Jacques Offenbachs hören, der Vogelmann erklärte mir die Handhabung des Grammophons, ich könne es eigenmächtig bedienen, wann immer ich wolle. Ich ließ es bisweilen die halbe Nacht lang laufen (und musste den Apparat immer wieder aufziehen), so leise wie möglich natürlich, damit ich niemanden um den Schlaf brachte. Den Auftritt *Olympias* mochte ich besonders gerne, diese angeblich lebensgroße, mechanische Puppe erinnerte mich an den Vogelmenschen der Schamanen, der sich so redlich für die Inuit mühte, garstige Geister verspeiste und an Bauchschmerzen litt.

Hoffmann selbst ist in der Geschichte nicht in der Lage, Olympia als Puppe zu enttarnen, er verliebt sich unsterblich in sie, weder fällt ihm ihr eigentümlicher Gesang auf noch dass sie ihre stimmliche Einlage mehrfach unterbrechen muss, um von einem Helferlein aufgezogen zu werden. Sie singt ihm ein Lied namens *Les oiseaux dans la charmille (Die Vögel im Laubengang)* vor, und er tanzt bis zur Erschöpfung mit ihr, woraufhin die Puppe mit hölzernen Schritten den Raum verlässt. Danach wird Olympia zerstört, was mich ein jedes Mal traurig werden ließ, ich mochte ihre Gesangsdarbietung und wusste nur zu gut um den Zauber, der unbelebten Dingen innewohnt.

Ich wollte vom Vogelmann wissen, ob er noch mehr dieser Schellackplatten mit sich führe, er zeigte auch sogleich auf eine der Laden, ich könne mich gerne selbst umsehen. Doch *Hoffmanns Erzählungen* hätte ihm seine Ehefrau Elaine geschenkt, es wäre mit Abstand seine Lieblingsplatte, nicht der kleinste Kratzer befand sich darauf. Allerdings würde ich bei der Weltausstellung gewiss Gelegenheit haben, anderen Musikdarbietungen beizuwohnen, dort gäbe es nicht einfach nur Platten und Grammophone, vielmehr wurden einem Konzerte geboten, mit allem Drum und Dran. Es war für mich unvorstellbar, Musik und ihre Akteure bald real sehen zu können, all die zugehörigen Menschen und Stimmen, ihre Kleidung und die mir unbekannten Instrumente, denen sie Töne entlockten, die nicht von dieser Welt zu stammen schienen, *ein jedes Instrument habe seine eigene Bezeichnung,* sagte der Vogelmann.

Ich begann zu überlegen, ob es möglich wäre, selbst eines dieser Instrumente zu erlernen, schließlich hatte ich das meiste, was die Schamanen wussten, bereitwillig aufgesogen, ich konnte ganz vortrefflich ihre kleine Trommel schlagen. Ich wollte vom Vogelmann wissen, ob es schwer sei, eines dieser Instrumente zu beherrschen, und er nickte, wobei er betonte, dass dies von einer individuellen Begabung abhinge, manche Menschen taten sich wesentlich leichter dabei. Seine Frau Elaine etwa könne Piano spielen (was immer das auch war), er selbst habe sich mehrfach an verschiedenen Instrumenten versucht, doch taugten seine Hände eher dazu, Steuerräder und Gewehre zu halten, er lachte.

In unserer Siedlung kannten die meisten damals noch keine Gewehre, an Bord des Schiffes fanden sich diese reichlich, der Vogelmann erklärte mir deren Funktionsweise und bat mich inständig, sie niemals leichtfertig in die Hand zu nehmen. Ich war mit Gewehren nicht vertraut, wusste jedoch um die Berichte einiger Jäger: Im Grunde stellten sie lange Stöcke dar, wie Bögen oder Harpunen, nur flogen ihre Pfeile und Spitzen viel weiter und hatten eine größere Durchschlagskraft.

Ich wollte vom Vogelmann wissen, ob es möglich wäre, ein Gewehr auszuprobieren, um mir selbst ein Bild davon machen zu können. Es war befremdlich, dass ich ihn nicht lächeln sah, er schien mit sich zu ringen und nachzudenken, doch gab er schließlich nach. Ich fuhr immerhin in die Zivilisation, es war demnach wichtig, alles über diese und ihre Gepflogenheiten zu erfahren – Feuerwaffen zählten allemal dazu. Ich konnte in diesem Zusammenhang mit dem Begriff des Feuers nicht viel anfangen, doch war ich mir sicher, ich würde dies nach so einem *Abfeuern* begreifen.

Der Vogelmann informierte die Mannschaft, dass sie ein paar der üblichen Schießübungen veranstalten würden, offenbar war das an Bord regelmäßig der Fall, doch übten unsere Jäger schließlich auch den Umgang mit ihren Waffen. Die Männer holten ihre Gewehre, man warf ein kleines Holzfass über Bord, das man nicht mehr benötigte, ich erfuhr, dass es irgendein Getränk namens *Rum* enthalten hatte, doch war der längst aufgebraucht. Das Fass trieb zunächst neben dem Schiff, entfernte sich allerdings mit der Strömung, ich solle doch als Erste schießen, meinte einer der Männer. Der Vogelmann drückte mir ein öliges Gewehr gegen die Schulter, ich müsse ihm versprechen, es ganz fest zu halten, alles andere hatte er mir schon zuvor ausführlich erläutert. Ich versuchte, wie mit einer Harpune auf das Holzfass zu zielen, es schwankte und schlingerte in den Wellen, ich wartete etwas zu und betätigte schließlich den kleinen Hebel, der den Schuss löste. Eine Feuerflamme raste über das Meer …

Ich strauchelte und taumelte rückwärts, das Gewehr versetzte mir einen ordentlichen Schlag gegen die Schulter, damit hatte ich wirklich nicht gerechnet. Der Vogelmann blickte etwas zerknirscht, ich glaube, er bedauerte es längst, mir überhaupt ein Gewehr in die Hand gedrückt zu haben, und was würde erst seine Elaine von dieser ganzen Aktion halten. Unterdessen schossen sich die Männer auf das Fass warm, einige trafen es, andere nicht, ein erfolgreicher Treffer wurde stets mit einem wohlwollenden Johlen quittiert. Allmählich trieb das Fässchen außer Schussweite, ich wollte es jedoch unbedingt noch einmal probieren, weil ich das Gefühl hatte, mir nur so den endgültigen Respekt der Mannschaft zu verdienen.

Der Vogelmann winkte ab, er wolle nicht, dass ich mich verletze, am Ende sei noch meine Schulter ausgekugelt und diese einzurenken wäre wirklich kein Kinderspiel. Ich blickte den Mann an, der zuletzt schießen wollte, einer der besten Schützen wohlgemerkt, er hatte sein Gewehr bereits in Anschlag gebracht, doch ließ er es wieder sinken. Er reichte mir plötzlich grinsend die Waffe, und noch bevor der Vogelmann einschreiten konnte, presste ich diese erneut gegen die Schulter, ich hielt sie nun deutlich fester, als würde ich eine wilde Robbe bändigen wollen. Ich visierte das Ziel an, schließlich besaß ich die Augen einer Inuk, ich konnte das ferne Fass noch halbwegs in den Wellen erkennen. Dann drückte ich ab, stemmte mich gegen den Rückstoß und traf tatsächlich das Ziel.

Gewiss hatte ich beim Schuss ein wenig Glück gehabt, vielleicht hatten sich ja auch die Zielübungen mit dem Vater endlich bezahlt gemacht, jedenfalls, die Männer johlten wie verrückt, und zwei, drei von ihnen hoben mich auf ihre Schultern, sie liefen mit mir um den großen Mast, selbst der Vogelmann sprang aufgeregt hinter uns her, alles in allem schien er unsäglich erleichtert.

8.

20. März

Heute musste Sigurd, der etwas Pökelfleisch in einen Sack gerollt und ihn zwei Tage in der See versenkt hatte, diesen zur Kenntnisnahme der Entwicklung heraufholen. Sobald er ihn jedoch anfasste, schrie er entsetzt auf, er war plötzlich überall von krabbelnden Tieren bedeckt, ließ den Sack auch sofort fallen, während sich die Kreaturen rundherum nach allen Seiten zerstreuten. Sie erwiesen sich als Sandhüpfer (Flohkrebse), die sich ins Fleisch hineingefressen hatten. Es fanden sich unzählige dieser Tiere, sowohl innerhalb als auch außerhalb des Sacks. An sich eine angenehme Entdeckung, lachten wir allesamt, denn wir brauchten demnach nicht zu verhungern, selbst wenn es uns mal schlimm ergehen sollte, solange solche Nahrung in rauen Mengen zu bekommen war. Es genügt, einzig und allein einen Sack mit etwas Pökelfleisch in die See zu hängen.

Es folgte an jenem Tag allerdings noch ein weiterer, unangenehmer Zwischenfall: Unversehens war eine Seemöwe gegen eines der Kajütenfenster geflogen, das Glas zersplitterte, und wir mussten es behelfsmäßig flicken. Im ersten Moment waren alle erschrocken, keinem von uns war so etwas jemals untergekommen, der Vogel brach sich dabei das Genick, und Uki war darüber sehr traurig.

2. Mai

Uki ließ sich seit einigen Tagen nicht mehr blicken, selbstverständlich hatte ich sogleich nachgefragt, ob sie sich möglicherweise kränklich fühle, doch bekam ich eine verblüffende Antwort: Ihr war schlicht zu heiß in ihrer Kleidung. Wir hatten mittlerweile Gegenden erreicht, wo Felljacke und die gesamte Inuit-Tracht in der prallen Sonne (oder gar der Mittagshitze) ihren Dienst versagte. Nun ja, vielmehr zu gut ihren Dienst tat, sie wärmte, und der überhitzte Körper wollte sich nur noch abkühlen. Ich verstand das Dilemma, wir selbst liefen mittlerweile halb nackt an Bord herum, leichte offene Hemden und hochgekrempelte Hosenbeine waren ein Gebot der Stunde. Also blieb Uki tagsüber lieber in der Kajüte, nächtens zeigte sie sich allerdings nach wie vor an Deck und unterhielt sich mit den Männern.

Bald war diesen klar geworden, dass sie dagegen etwas unternehmen mussten; sie nähten tatsächlich ein Hemd und eine Hose um, so gut sie konnten, Otto und Bernhard übernahmen diese wahrlich schwere Aufgabe. Ich war stolz auf die Mannschaft, die keine Befehle meinerseits gebraucht hatte, und wie froh erst alle waren, als Uki in der ihr leidlich passenden Robe wieder auch am Tag an Deck erschien, sie lächelte, und alles war wie früher.

Da unsere Ankunft in New York nunmehr unmittelbar bevorstand, besprach ich mich mit ihr, wie es nun im Konkreten weitergehen würde. Jens stand nach einem Losentscheid als Begleiter fest, eine glückliche Fügung, wie ich meine, wo er sich doch mit Uki zur Not auch in ihrer Muttersprache verständigen konnte. Die ganze Sache mit dem Geld musste ich ihr noch verdeutlichen, denn sie würde welches benötigen; alle Männer hatten für sie etwas zur Seite gelegt, ich steckte ihr auch noch reichlich Geld zu, damit würde sie in den nächsten Wochen gewiss klarkommen. Jens hatte ich darüber hinaus instruiert, mit Uki ein Geschäft aufzusuchen, wo sie sich als Dame einkleiden konnte, schließlich lag es auf der Hand, dass es sich nicht in einem zusammengeschusterten Hemd (und einer umgenähten Männerhose) in Chicago herumlaufen ließ.

Unsere Kleidung bestand im Übrigen in arktischen Gefilden aus Folgendem: auf dem Oberkörper zwei wollene Hemden, über denen ich eine Jacke aus Kamelhaar und eine sogenannte isländische Wolljacke trug. Andere begnügten sich stattdessen mit einem Kleidungsstück aus dickem Fries, das man an Bord auch einen Anorak nannte – dieser ist mit einer Kapuze versehen, die nach Inuit-Art über den Kopf gezogen werden kann. An den Beinen hatten wir zuunterst wollene Unterhosen und darüber Jagdhosen aus Fries und abnehmbare Friesgamaschen. Um uns vor Wind und Schneetreiben zu schützen, trugen wir auch sogenannte Windkleidung, die aus einer dünnen, jedoch dichten Art von Baumwolltuch angefertigt worden war. Ein gewichtiger Teil der Ausstattung ist selbstredend die Fußbekleidung – anstatt langer Strümpfe zog ich es für meinen Teil vor, Gamaschen und Socken zu verwenden, da sich Letztere während des Schlafes gut auf der Brust trocknen ließen. Auf Reisen, wo man sich beständig im Schnee und in niedriger Temperatur bewegt, habe ich die Erfahrung gemacht, dass Lappenschuhe in jeder Beziehung die geeignetste Fußbekleidung darstellen, doch müssen sie aus der Haut der Hinterläufe eines Rentierbocks gefertigt worden sein. Sie sind warm und fest, bleiben stets anschmiegsam und sind vor allem bequem an- und auszuziehen. Allerdings verlangen sie einem sorgfältige Pflege ab, und man muss versuchen, sie nachts während des Schlafes, so gut es geht, zu trocknen. Beachtet man diese Vorsichtsmaßregel nicht, dann wird das Haar bald auszufallen beginnen, sie sind dann kaum noch zu gebrauchen.

* * *

Wir liefen im Hafen von New York ein, ein überwältigender Anblick, auch für uns Männer wohlgemerkt, die nach der langen Zeit im polaren Eis nunmehr selbst über Häuser und allerlei Errungenschaften der Zivilisation staunten. Für Uki musste es sich wie die Ankunft auf einem anderen Planeten anfühlen, ja nicht einmal der Sauerstoff in der Luft schien derselbe zu sein, da es in New York wahrlich anders roch. Ich freute mich immens, wusste ich doch, dass sie sich ein Leben lang an diese Momente erinnern würde. Reisen an zutiefst fremde Orte verändern einen Menschen, sie vermögen es, ein neues Bewusstsein zu schaffen, das uns alle, die wir reisen, unwiederbringlich vereint.

(Aus dem Tagebuch des Vogelmannes)

* * *

ALLMÄHLICH WURDE ES SO WARM an Bord, dass sich meine Kleidung als unpraktisch erwies, ich blieb tagsüber daher lieber in der Kajüte und mied die Sonne, wo es nur ging; halb nackt auf dem Schiff herumzulaufen, das konnte ich den Männern nicht zumuten. In der Nacht war es zum Glück deutlich kühler, wir fuhren mittlerweile auch nicht mehr übers offene Meer, vielmehr die Küste entlang, ich verbrachte viele Stunden am nächtlichen Deck, um den Mond und die sich abzeichnende Küstenlinie zu beobachten, außerdem leistete ich den wachhabenden Männern gerne Gesellschaft.

Sie erzählten mir allerlei Geschichten aus ihrem Leben, einer sei tatsächlich schon von einem Bären angegriffen worden (er zeigte mir die Narben), andere beschrieben, wo sie wohnten (oder geboren waren), Norwegen musste ein schöner Ort sein, denn es klang, als wären das Meer und das Land (sie nannten es Fjord) miteinander in Einklang. Ich erfuhr erst jetzt, dass alle, auch der Vogelmann, aus diesem Norwegen stammten, wobei es seine Frau Elaine aus Frankreich dorthin verschlagen hatte, wie er sagte.

Es lebten angeblich auch viele Wölfe in Norwegen, Tiere, welche die Inuit kannten, die sich jedoch nur selten über das gefrorene Meer nach Grönland verirrten. Das war schon gut so, denn sie waren geschickte Jäger, die wie Menschen auf Gedeih und Verderb zusammenhielten und sich aufeinander verließen, selbst Eisbären konnten sie dadurch zu Leibe rücken. Nicht auszudenken, wenn sie auch unseren Jägern die Beute streitig gemacht hätten, so gesehen mussten wir hoffen, dass die Meere um Grönland nie vollends vereisten. Ich träumte in jener Nacht von norwegischen Wölfen, graue Schatten, deren Augen selbst in meinem Unterbewusstsein wild aufblitzten.

Am nächsten Tag blieb ich angesichts der Temperaturen erneut in der Kajüte, ich blätterte gerade in einem weiteren Buch des Vogelmannes, *Das Bildnis des Dorian Gray* von einem *Oscar Wilde,* als es an der Tür klopfte, doch trat selbst nach mehrmaliger Aufforderung keiner ein. Ich ging vorsichtig nachsehen, allerdings stand tatsächlich niemand davor, stattdessen lag eine dünne, säuberlich gefaltete Hose samt zugehörigem Leinenhemd am Boden.

Später erzählte mir der Vogelmann, dass mich die Männer tagsüber an Bord vermissten, sie hätten begriffen, warum ich mich nicht mehr zeigte, und kurzum eine ihrer *Leichtho-*

sen samt Hemd umgearbeitet. Selbstverständlich konnte niemand an Bord wirklich nähen, geschweige denn Kleidung maßschneidern, doch hatten sie sich redlich bemüht. Ich zog Hemd und Hose sogleich an, es passte schon irgendwie, die Hosenbeine waren immer noch zu lang, doch konnte ich sie umkrempeln bzw. den Bund umschlagen und diesen hochziehen. Ähnlich musste ich mit dem Hemd verfahren, ich versuchte es irgendwie enger zusammenzuknoten, und hätte mich Mutter gesehen, sie hätte ihre Hände über dem Kopf zusammengeschlagen und wäre sofort losgerannt, um ihr Nähzeug zu holen.

Doch konnte ich mich so endlich auch wieder tagsüber an Deck aufhalten, meine Leder- und Pelzbekleidung legte ich endgültig unter dem Bett ab, nur die Fellschuhe behielt ich nach wie vor an den Füßen. Der Vogelmann raunte mir zu, dass wir schon bald den Hafen von New York erreichen würden, das vorläufige Ende unserer gemeinsamen Reise. Er hätte sich mit den Männern besprochen, und ausnahmslos alle hätten sich bereit erklärt, mich nach Chicago zu begleiten, ein Losentscheid musste es schließlich regeln. Am liebsten würde er mich ja selbst hinbringen, ich sei allerdings in wirklich guten Händen, wir hätten etwa zehn, fünfzehn Tage Zeit für Chicago und die Weiße Stadt, mein Begleiter Jens (der mir längst vertraute Übersetzer des Vogelmannes) würde sich um alles kümmern, ich könne mich ganz auf ihn verlassen. Er würde vor Ort eine Bleibe für uns organisieren, er und die anderen Männer hätten diesbezüglich *zusammengelegt.* Auf meine Frage, was sie denn *gelegt* hätten, hörte ich zum ersten Mal etwas von *Geld* – dabei handelte es sich um beschriebenes oder bedrucktes Papier, das man praktisch gegen alles andere eintauschen konnte.

Ich ahnte schon, dass die Männer irgendein Opfer für mich brachten, ich wollte vom Vogelmann demnach lieber alles über dieses Geld wissen und erfuhr, dass es nicht nur aus Papier, sondern auch aus Metall bestand. Er steckte mir, kurz bevor wir New York erreichten, nochmals etwas davon zu, ich solle mir auf dem Weg zum Bahnhof ein Reisekleid kaufen. Offenbar war es üblich, dass ich als Frau eine spezielle Robe benötigte, um nach Chicago zu gelangen. Meine Frage nach diesem Bahnhof und den Zügen erläuterte er mir in aller Eile: Ein Bahnhof sei wie ein Hafen, allerdings für Züge, und diese wiederum seien wie Schiffe, nur ohne Segel, außerdem führen sie auf schmalen Wegen aus Metall, und das alles übers Land.

Alles andere würde ich schon selbst herausfinden. Und dann fuhren wir auch schon in den Hafen von New York ein, ich wurde der riesigen Haustürme aus Stein und der unzähligen, vorwiegend weißen Menschen gewahr. Alles war in Bewegung, ich war mit allem restlos überfordert, als würde eine riesige Herde wilder Karibus auf mich zupreschen, unwillkürlich überfiel mich der Impuls, mich irgendwo zu verkriechen.

New York war wie ein fantastischer, über mich hinwegrollender Traum, und ich konnte mir gar nicht vorstellen, dass es in Chicago und auf dieser Weltausstellung noch mehr zu sehen geben sollte; wir verließen das Schiff, sprangen hinein in die Karibuherde und die Wege des Vogelmannes und die meinen trennten sich. Ich sah ihn mit seinen Männern hinter einem der Häuserecken verschwinden, ich weiß nicht, wie viele aufgestapelte Eisberge nötig gewesen wären, um überhaupt eine solche Haushöhe zu erreichen. Am liebsten wäre ich gleich in eines dieser Bauwerke gegangen, bestimmt konnte man darin nach oben klettern und die Stadt aus der Vogelperspektive betrachten.

Ich und Jens machten uns in Richtung *Grand Central Depot* auf (die spätere *Grand Central Station*), plötzlich sah ich mitten am Weg riesige Tiere, das seien Rösser, beziehungsweise Pferde, wurde mir erklärt, sie würden helfen, Menschen zu befördern, wie Schlittenhunde eben, nur hießen die Schlitten hier Kutschen. Außerdem konnte man auf einem Pferd auch reiten, sich also auf seinen Rücken schwingen, und es brachte einen, wohin man wollte. Pferde schienen in der Tat überaus nützliche Tiere zu sein, unter ihrem Fell zeichneten sich gewaltige Muskelpartien ab, sie mussten über ungewöhnliche Kräfte verfügen. Obwohl sie größer als Eisbären waren, glaubte ich keinen Moment, dass sie sich gegen diese zur Wehr setzen könnten; wer allerdings schneller zu laufen imstande war, konnte ich nicht sagen. Die langen Beine der Pferde ließen mich mutmaßen, dass sie schön flott sein mussten, in den Straßen New Yorks bewegten sie sich jedoch recht gemächlich.

In der Nähe der Bahnstation befand sich irgendein bekannter sogenannter *Damenausstatter*, dort traten wir dann auch umgehend ein, was wiederum einen Mechanismus aktivierte, denn unverzüglich erklang eine kleine Melodie, sie sollte dafür sorgen, dass wir in absehbarer Zeit begrüßt wurden.

Zunächst verweilten wir wartend vor einem mit rotem Stoff verzierten Tisch, es handelte sich um den Empfangsraum, wie ich später erfuhr, das eigentliche Geschäft befand sich in den rückwärtigen Räumlichkeiten. Ich blickte mich aufmerksam um – und stand mir plötzlich selbst gegenüber!

Genau vis-à-vis war eine seltsame Fläche, die man an der Wand aufgestellt hatte, sie zeigte meine Person, als würde ich mich im Wasser spiegeln, nur war ich viel deutlicher zu erkennen. Jens bemerkte meine Verwunderung, das sei ein *Spiegel*, wusste er, an Bord des Schiffes hätten sie ja keine, doch zählten solche mittlerweile zur Grundausstattung in einem jeden guten Haushalt. Darin könne man sich betrachten, bevor man das Haus verließ, damit man sich auch dessen sicher sein konnte, wie einen andere Menschen wahrnahmen. Ich fand die weißen Menschen äußerst höflich, weil sie sich sogar darüber Gedanken machten, wie sie aussahen und auf andere wirkten; erst allmählich wurde mir klar, dass sie vor allem darauf aus waren, sich selbst ins beste Licht zu rücken.

Ich blickte mich in dem Spiegel genau an, er war viel größer als ich, darin fand sich auch noch Jens und beinahe schon der gesamte Raum, man würde aufpassen müssen, Spiegel und Wirklichkeit nicht zu vertauschen. Ich fragte bei Jens nach, ob da manchmal auch Menschen dagegenliefen, und er lachte kurz auf und bestätigte mir, dass dies schon vorkäme. Ich betrachtete mich zum ersten Mal in meinem Leben wirklich gründlich, drehte mich nach links, dann nach rechts, stellte mir vor, dass mich Vater und Mutter oder die Geschwister ja täglich genau so vor sich sahen (nun ja, nicht ganz genau so, da meine derzeitige Kleidung nicht der üblichen entsprach). Ich überlegte ernsthaft, was sie wohl über mein jetziges Aussehen dächten, eine Frage, die ich mir ohne Spiegel zweifelsohne niemals gestellt hätte. Ich musste mir eingestehen, dass ich in der hochgekrempelten Hose und dem immer noch viel zu großen Leinenhemd äußerst merkwürdig wirkte.

Dann tauchte auch schon eine eigentümliche Frau auf, sie trug etwas, das ich gleichfalls noch nie erblickt hatte, ein außergewöhnliches, ausladendes Kleid, das reichlich Farben aufwies. Unten war es breiter als um die Hüften, auf diesen lag es wiederum fest an, danach kletterte es eng am Brustkorb hoch, über die Brüste bis zum Hals, die Ärmel waren zunächst ganz schmal, doch an den Schultern plusterten sie sich richtiggehend auf, das Bemerkenswerteste jedoch war: Sie trug eine Mütze, die nicht wie eine solche wirkte, sie konnte nämlich unmöglich einen Kopf warm halten – ich wurde gleich eines Besseren belehrt, dies sei ein Damenhut. Ihr Haar quoll unter diesem hervor, doch war es nicht etwa glatt wie jenes von Inuit-Frauen, nein, ihre Haare bündelten und verwirbelten sich zu Wellen und Locken, ein angesagter Schnitt und Stil dieser Zeit, wie ich bald erfahren sollte. In Kombination mit dem bunten Hut, dem farbenfrohen Kleid, jener Mischung aus eng und weit und so weiter, erinnerte mich ihre Erscheinung an die Silhouette eines exotischen Vogels aus dem Tierlexikon des Vogelmannes. Und, ich hätte fast danach gegriffen, ihr Haar war tatsächlich gelb!

Wohlgemerkt, die Haare der Besatzung (und auch die des Vogelmannes) gab es in allen denkbaren Schattierungen, von ganz dunkel bis sehr hell, sogar rötlichere Haarschöpfe waren darunter. Doch hatte ich noch nie eine Frau mit dermaßen gelben Haaren gesehen, diese Farbe heiße *blond*, erklärte man mir. Und es war zugleich die so ungefähr gegensätzlichste Haarfarbe, die ich mir vorstellen konnte, denn allen Inuit-Frauen wuchs ausnahmslos dunkles, nahezu schwarzes Haar am Kopf.

Ich erwartete, dass mich diese, ja doch, Vogelfrau sogleich anzwitschern würde, doch blickte sie mich stattdessen verwundert an, zog die Augenbrauen hoch, und ein paar Falten huschten dabei über ihre Stirn, anschließend lächelte sie und sprach: *Madame, ich fürchte, wir haben einiges vor uns.* Mein Begleiter wurde gebeten, Platz zu nehmen und sich zu gedulden, man würde mich in zwei, drei Stunden wieder zu ihm bringen. Danach packte mich die Frau an der Hand und zog mich in die hinteren Räumlichkeiten, wo sich weitere Menschen und unendlich viele Kleidungsstücke befanden. Es standen dort auch etliche Puppen, sie hatten bunte Gesichter und trugen ähnliche Kleider wie meine Begleiterin, sie sei übrigens *Madame Dorothy.*

Ich war noch dabei, mir die Puppen genauer anzusehen, vielleicht hatten sie ja irgendeinen schamanischen Hintergrund, eine von ihnen saß auf einem seltsamen Gebilde, es sah fast wie ein metallenes Rentier aus, vorne trug es eine Art Geweih, seine Beine waren kreisrund, der Körper wirkte, als hätte man ein paar Harpunen kreuz und quer übereinandergelegt. Das sei ein *Fahrrad*, bemerkte Madame Dorothy und fügte hinzu, ich müsse mich nicht schämen, die meisten amerikanischen

Frauen hätten noch nie auf einem solchen gesessen, doch wäre sie überzeugt davon, dass diese Erfindung unser aller Leben verändern würde. Bei ihnen im Geschäft versuche man, Kleidung für Frauen zu entwerfen, mit der man auch mit dem Fahrrad fahren könne, alles wäre somit luftiger, kürzer, einfach bequemer und moderner.

Ich wollte wissen, ob ich dieses Fahrrad kurz ausprobieren dürfe, doch meinte Madame Dorothy, so einfach sei das Ganze nicht, es erfordere schon etwas Übung, um das Gleichgewicht zu halten. Doch holte sie kurzum ein anderes Rad (auf dem keine Puppe saß), das sei ihr eigenes, ich hörte darin einen gewissen Stolz mitschwingen. Sie hüpfte auf den Sitz, zog ihr Kleid hoch, und trat in die kleinen Plattformen, die irgendeine Kette in Gang setzten. Die Räder begannen sich zu drehen, und sie fuhr mehrmals um mich herum, der Raum schien dafür gerade groß genug zu sein. Ihr beim Radfahren zuzusehen, war definitiv das Aufregendste, was ich in New York jemals zu sehen bekäme, dachte ich mir mit offenem Mund. Ich drehte mich instinktiv mit, um sie im Auge zu behalten, allerdings wurde mir dabei etwas schwindelig – Madame Dorothy stieg daher lieber vom Rad und brachte es an seinen Platz zurück.

Ich stellte mir vor, wie es wohl wäre, mit dem Rad über Grönland zu fahren, doch selbst ohne mich auszukennen, ahnte ich schon, dass sich so eine Gerätschaft im Eis nicht so leicht bedienen ließe. Vielleicht konnte man im Sommer, wenn der Schnee etwas geschmolzen war, zumindest die ausgetretenen Pfade in der Siedlung für ein paar solcher Fahrten nutzen. Ich konnte es förmlich erkennen, wie mir die Kinder hinterherliefen, ihr Gekreische wäre unvorstellbar, gewiss würden sie alle das Rad ausprobieren wollen.

Madame Dorothy fragte nach, was für ein Kleid ich denn suche, ich erwähnte, dass ich und mein Begleiter nach Chicago führen, zur Weltausstellung, sie stutzte zunächst, doch lächelte sie bald wieder und meinte, sie würden mich ordentlich aufmöbeln. Sie zog mich kurz zu sich und fragte leise: *Aber Geld habt ihr doch, Mädchen?* Und ich konnte gar nicht anders, zog das Geld des Vogelmannes aus einer meiner Hosentaschen, reichte es ihr, und sie winkte nur ab, *immer schön langsam, Mädchen, das reicht ja auch noch für einen Coiffeur* – ich solle sie von nun an einfach machen lassen.

Schließlich dauerte es gut und gern drei Stunden, Jens kam sogar nachsehen, ob denn alles in Ordnung sei, doch wurde er schnell wieder in den Warteraum vertrieben, ein klein wenig müsse er sich noch gedulden. Zum Glück hatten wir reichlich Zeit, bevor wir zum Bahnhof mussten, die Reise nach Chicago würde gut vierzig Stunden dauern, also nichts im Vergleich zu der Fahrt von Grönland nach New York. Jens hatte inzwischen die Zeit genutzt, er war ein paar Fahrscheine besorgen gewesen, das war wieder so etwas, das man benötigte, um ein Zugschiff betreten zu dürfen, doch ließ sich schließlich alles gegen Geld eintauschen.

Als ich fertig war und man mich in den Vorraum zurückbrachte (wo sich der große Spiegel befand), sprang Jens erschrocken auf, ich verstand seine Reaktion sogleich, als ich mich selbst betrachtete: Man hatte mir die Haare geschnitten und diese irgendwie verwandelt und gedreht, ich war voller Locken, die wie Wellenkämme auf meinem Kopf tanzten, obenauf saß, wie ein Schiff, ein bunter Hut, nahezu alle Farben des Nordlichts waren in ihm vertreten, es handele sich hierbei um eine *florale Interpretation der Manufacture de Paris, Chapeaux mécaniques perfectionnés*, betonte Madame Dorothy.

Im Gesicht hatte man mich etwas angemalt, meine Lippen waren deutlich röter, meine Augen schimmernder, oberhalb der Schultern bauschte sich der Stoff des Kleides zu einem Schneeball auf, und mein Oberkörper schien in blaue Farbe getaucht worden zu sein, von der Hüfte abwärts wiederum glich ich eher einem Sonnenuntergang. Das Kleid hatte einen sogenannten *Kragen*, es gab allerlei *Verzierungen*, der Stoff war leicht, jedoch robust, er fühlte sich angenehm an und reichte fast bis zum Boden, er fiel dort wie eine Schneewechte über meine Fellschuhe.

Eben erst hatte ich noch gedacht, Madame Dorothy beim Radfahren zuzusehen wäre das Spektakulärste, was New York zu bieten hätte, doch war ich mir nicht mehr sicher: Ich fand meine Verwandlung sogar noch aufregender, schließlich fühlte ich mich wie ein übergroßer Vogel, bereit, nach Chicago zu fliegen und einmal quer durch die ganze Welt zu zischen. Allein die Vorstellung, den Geschwistern von diesen Abenteuern zu erzählen, ließ mich frohlocken. Ich malte mir das entgeisterte Gesicht der Mutter aus, die, würde sie mich jetzt sehen, gewiss in Ohnmacht fiele. Ihre Tochter war nicht wiederzuerkennen, sie war auffälliger und schillernder denn je, ironischerweise nur, um in der Welt der weißen Menschen nicht weiter aufzufallen.

Mich in der neuen Kleidung fortzubewegen, war gar nicht einfach, ich schritt probehalber vor dem Spiegel auf und ab, mit etwas Übung würde es allerdings schon gehen. Alles an mir bewegte sich, die Stoffbahnen tanzten die Beine entlang, *das Hütchen solle ich mir ruhig noch etwas tiefer ins Gesicht ziehen*, sagte Dorothy, *manchmal können einem die Blicke der Männer schließlich gestohlen bleiben.*

Ich holte die Kette der Mutter hervor, die ich nach wie vor um den Hals trug, ich beschloss spontan, diese außen am Kleid zu präsentieren, vielleicht auch nur, um mich daran zu erinnern, wer ich wirklich war. Die Kette bestand aus *Nagjuk* (ᓇᒡᔪᒃ), dem Geweih des Karibus, einem der ältesten Materialien, das mein Volk kannte, es ließen sich allerlei schöne Dinge daraus schnitzen. Nagjuk stand als Symbol für die beseelte Natur, in ihm steckte pure Lebensenergie, *Inua* (ᐃᓄᐊ) genannt, die nach unserem Verständnis alle Dinge belebte, selbst solche, die auf den ersten Blick nicht lebendig erschienen.

Die Bestandteile der Kette waren auf ein dünnes Lederband aufgezogen, man hatte das Nagjuk in kleine Teile geschnitten, die man danach anbohrte und bearbeitete, es wirkte fast so, als hätte man übergroße Schneeflocken an einer Schnur befestigt, sie waren weiß und grau und braun. Madame Dorothy rümpfte kurz die Nase, sie besah mich einmal noch von allen Seiten, doch dann erteilte sie mir schließlich ihren Segen. Die

Farbe der Kette schien selbst ihren Ansprüchen zu genügen. Sie zupfte noch einige Male an mir herum, arrangierte erneut den Hut und strich an einigen Stellen den Stoff glatt, meine Schuhe wolle sie lieber nicht kommentieren. Doch die Fellschuhe wollte ich anbehalten, sie und die Kette blieben meine sichtbare Verbindung zu Grönland, einmal abgesehen davon, dass ich in ihnen wirklich gut laufen konnte.

9.

15. Mai

Ich weiß nicht, ob und wie ich es überhaupt im Tagebuch festhalten soll, meine Frau wird es gar nicht fassen können, wenn sie jemals diese Zeilen liest; jedenfalls, kaum waren wir von einem unserer letzten Landgänge in New York am Schiff angekommen, spürten manche von uns auch schon ein seltsames Jucken, unsere diesbezüglichen Befürchtungen sollten sich bewahrheiten: Es waren Läuse! Wie und wo genau wir zu diesen blinden Passagieren gelangt waren, ist mir nach wie vor schleierhaft. Wir richteten den dicken Dampfschlauch auf alle Matratzen, Sofakissen und überhaupt alles an Bord, was unserer Meinung nach das Ungeziefer beherbergen könnte. Alle Kleidungsstücke wurden in ein Fass getan, das, mit Ausnahme der Stelle, wo der Schlauch hineingeleitet wird, hermetisch verschlossen wurde – danach gaben wir Volldampf. Im Inneren des Fasses zischte und pfiff es, ein wenig Dampf drang durch die Fugen, und unserer Meinung nach musste es dort recht hübsch heiß für die Tierchen geworden sein. Doch plötzlich krachte das Fass bedenklich, der Dampf entwich, der Deckel flog mit einer heftigen Explosion ab (die sogar den Hafenmeister auf den Plan rief) und wurde weithin über das Deck geschleudert. Einer der Männer versuchte sich an einem alten Experiment und setzte eines der Tiere auf ein Stück Holz, um zu sehen, ob es nordwärts kroch. Als es sich überhaupt nicht bewegen wollte, klopfte er mit einem Walspeckhaken auf das Tier, damit es losging, allein es tat nichts, als mit dem Kopf hin- und herzupendeln.

Und selbst nach Stunden, nach weiteren, gründlichen Untersuchungen des Schiffes, machten wir nach wie vor Läuse aus, sie hatten es sich wohl in den Winterpelzen bequem gemacht. Wir veranstalteten erneut ein regelrechtes Reinigungsfest nach den allerstrengsten antiseptischen Vorschriften; die Winterrobe musste abgeliefert werden, wir wuschen uns von Kopf bis Fuß und zogen neue, saubere Wäsche an. Die alten Kleidungsstücke, Pelzdecken und so weiter wurden vorsichtig an Deck gebracht, wo wir sie in eine Kiste sperrten. Wir beschlossen, diese dort zu belassen und sie in Grönland der Kälte auszusetzen; ich hatte gelesen, dass Läuse mit Minusgraden nicht viel anfangen können, sie würden demnach allesamt verenden. Umso wichtiger war es, so bald wie möglich aufzubrechen.

(Aus dem Tagebuch des Vogelmannes)

* * *

DER ZUG ENTPUPPTE SICH als wahres Ungetüm; sollte es etwas mit einem Eisbären aufnehmen können (einmal abgesehen von Menschen und Wölfen), dann wohl diese dampfende und schnaubende Maschine. Er setzte sich aus einer Lokomotive und vielen daran befestigten Wagen zusammen, in einem von ihnen saßen ich und Jens, die meiste Zeit über blickten wir aus dem Fenster. Auch für meinen Begleiter war Amerika schließlich Neuland, er kannte viele technische und kulturelle Errungenschaften aus Europa, doch manches war auch ihm fremd. Soeben begeisterte er sich für die Landschaft, die unentwegt an uns vorüberflog, sie war geprägt von vielen Wäldern, Wiesen, Grasflächen, Seen und Flüssen, unterbrochen wurde dieser Reigen von Hügeln, Bergen und allerlei kleineren Städten, ab und an hielt der Zug sogar, um neue Passagiere aufzunehmen.

Die Fahrt war angenehm, es schaukelte nicht so viel wie auf dem großen Schiff, und der Mann, der unsere Fahrausweise kontrollierte, bot uns freundlicherweise an, Getränke an unseren Platz zu servieren; Jens hatte offenbar Fahrscheine gelöst, die solche Zuwendungen beinhalteten. Später durften wir auch etwas zum Essen bestellen, am Schiff hatten die Männer in der Tat gut gekocht, vieles, womit ich dort verköstigt wurde, war mir allerdings unbekannt gewesen. Eines der Abendessen brachte etwa folgende Speisen auf den Tisch:

Ochsenschwanzsuppe
Fischpudding und geschmolzene Butter
Rentierbraten mit Erbsen, französischen Bohnen und eingemachten Preiselbeeren
Multbeeren mit Sahne
Kuchen und Marzipan

Im Zug wiederum kredenzte man den Passagieren durchaus anderes, man reichte allen zuvor ein bedrucktes Papier, auf dem das Essen, aus dem man nach eigenem Gutdünken auswählen durfte, gelistet wurde; die Auswahl war durchaus beachtlich:

Anchovis
Clear Macaroni
Potted Shrimps
Omelette aux Tomates
Lamb Pot Pie
Roast Beef – Browned Potatoes
Roast Chicken – Bread Sauce

To order from grill – 10 minutes:
Bison Steak
Mutton Chops

Cumberland Ham
Galantine of Turkey – Aspic Jelly
Compote of Prunes and Rice
Roll Jam Pudding – Sweet Sauce

Ich bestellte nach reiflicher Überlegung ein Bisonsteak, Jens beschrieb mir einen Bison als eine Art Moschusochsen, stark und stattlich, doch viel wichtiger, dieser galt unter den Inuit als echter Leckerbissen. Mit etwas Glück würden wir sogar leibhaftige Bisons beobachten können, sie lebten in großen Herden und weideten riesige Grasflächen ab, auch in der Nähe von Bahnstrecken. Einmal abgesehen von Menschen wurden diese Tiere von Wölfen und Bären gejagt; Jens berichtete mir, dass die Bären in Amerika braun waren, wie in seiner Heimat Norwegen, nur wurden die Tiere hier wesentlich größer und hießen *Grizzlys,* alle anderen Lebewesen (auch Menschen) mussten sich vorsehen. Ich wollte wissen, ob ein hungriger Grizzly auch einen Zug angreifen könne, doch versicherten mir auch andere Fahrgäste, dies sei völlig ausgeschlossen.

Das Bisonfleisch mundete ausgezeichnet, die meisten Passagiere in unserer Nähe hatten es geordert (was wohl der Grund dafür war, warum alles etwas dauerte), der ganze Wagen duftete anschließend herrlich nach gebratenem Bison. Dazu wurden *Kartoffeln* gereicht, diese schmeckten etwas eigenartig, ich dachte zunächst, es wäre ein mir unbekannter Fisch, eine

Muschel oder etwas von ähnlicher Konsistenz. Jens erzählte mir, dass Kartoffeln in der Erde wuchsen, nur ihre Pflanzenstängel ragten daraus hervor. Kein Wunder also, dass auf Grönland keine angebaut werden konnten, die Erde war fast immer von Schnee bedeckt, außerdem war es natürlich viel zu kalt. Ich weiß noch, dass ich es praktisch fand, dass man Kartoffeln an den Pflanzenstängeln aus der Erde ziehen konnte, wie sonst hätte man sie auch gefunden. Jens schilderte zudem, dass Kartoffeln recht spät nach Europa gekommen waren (ich glaube, er erwähnte ein sechzehntes Jahrhundert), im südlichen Amerika kannte man diese allerdings schon seit Ewigkeiten …

Ich muss gestehen, ich hörte nicht mehr genau hin, Jens plapperte irgendwas, ich aß meinen Kartoffelbison, neben dem üblichen Messer benutzte man auch einen Gegenstand, den es auf dem Schiff nicht gegeben hatte (die Männer verwendeten dort Messer und Löffel). Dieser hieß *Gabel* und war nicht ganz unpraktisch, wenn es darum ging, Bison und Kartoffeln auf dem Teller festzusetzen, um mit dem Messer auszuholen. Ich beobachtete verstohlen die anderen Fahrgäste, es stellte sich heraus, dass die meisten nach Chicago fuhren, viele von ihnen hatten sich gleichfalls zur Weltausstellung aufgemacht. Die Frauen trugen ähnliche Kleidung wie ich, doch beim genaueren Hinsehen glich keine der anderen, alle waren wir Vögelchen, die sich schließlich auch im Detail maßgeblich voneinander unterschieden.

Die Männer waren unscheinbarer gekleidet, die meisten trugen schwarze abgerundete Hüte, graue Hosen und dunkle, seltsam geschnittene Jacken (die unbequem wirkten), darunter blitzten weiße Hemden auf. Einige von ihnen hatten sich eine *Stoffkette* um den Hals gebunden, *das seien Krawatten*, erklärte mir Jens leise. Sie wären reine Zierde und erfüllten keinerlei Zweck, ähnlich wie der Damenhut auf meinem Kopf. Ich belauschte die Gespräche der Reisenden und verstand mittlerweile ganz gut, was sie einander erzählten, die Schamanen wären bestimmt stolz auf mich gewesen. Ich wusste von ihnen, dass die weißen Menschen viele unterschiedliche Sprachen benutzten, sie hatten versucht, mir diesbezüglich allerlei Grundlagen beizubringen. Ich bat Jens, mir doch ein paar norwegische Worte aufzuschreiben (vielleicht konnte ich bei meiner Rückkehr den Vogelmann damit überraschen), ansonsten unterhielt ich mich, so gut es ging, auf Englisch und etwas Französisch. Zu meiner Verwunderung traf ich im gesamten Zug keine einzige Person an, die auch nur ein Wort Inuktitut beherrscht hätte, andererseits durfte ich das niemandem übelnehmen; ich selbst konnte mich ja auch erst seit gut einem Jahr in anderen Sprachen ausdrücken.

Man hielt mich zudem nicht unbedingt für eine Inuk, ich bemerkte einige abschätzige Blicke, vor allem Frauen schienen mir skeptischer zu begegnen. Mir war schon bewusst, dass ich mich in meinem Aussehen (Hautfarbe und Gesichtszüge) wesentlich von ihnen unterschied. Möglicherweise missfiel ihnen, dass ich mich wie sie kleidete, vielleicht sahen sie darin einen Angriff auf ihre Identität, bei uns in Grönland würde sich allerdings kein Mensch daran stoßen, wenn sich eine weiße Frau wie eine Inuk anzog, es wäre vielmehr klug und ratsam.

Ich hatte nicht nur scharfe Augen, sondern auch gute Ohren, gewiss lag das an der grönländischen Landschaft selbst, weil man sich dort unentwegt bewähren musste, Sicht- und Hörvermögen entschieden über Leben und Tod. Etliche Meter weiter hörte ich jemanden leise tuscheln, die Frau sagte etwas von einer verdammten *Rothaut, Irokesin* vermutlich, oder *Cree,* als ob die *Nigger* im Zug nicht genug wären.

Wir hatten erneut gehalten, ein paar weitere Gäste stiegen zu, von denen allerdings niemand in unserem Waggon saß, und mir fiel auf, dass am Nebengleis ein weiterer Zug auf seine Abfertigung wartete, er schien in unsere Richtung zu fahren. *Der muss warten, bis wir ihn überholt haben*, vernahm ich aus einer anderen Ecke, offensichtlich hatten wir Vorfahrt. Ich blickte mir den Zug genauer an und wunderte mich, er schien nur Kinder an Bord zu haben, in allen Wagen und aus allen Fenstern schauten diese zu mir herüber. Ich konnte mir nicht vorstellen, warum keine Erwachsenen (beziehungsweise die Eltern) mitreisten, doch bevor ich mir darüber weiter den Kopf zerbrechen konnte, hörte ich von einem der Nachbarsitze die Erklärung …

… das seien allesamt Waisen aus der Stadt New York, die in sogenannten *Waisenzügen (Orphan Trains)* in den Mittleren Westen reisten. Tausende von ihnen würden alljährlich aus der Stadt fortgeschafft, um anderswo ein besseres Leben zu beginnen. Wie man sich jedoch im Zug zuraunte, ging das nur selten gut, die meisten der Kinder wurden wie *Leibeigene* behandelt, ein jeder konnte sich nach ihrer Ankunft an ihnen völlig unbekannten Orten welche aussuchen und diese als kostenlose Arbeitskräfte (gegen Verpflegung) für sich nutzen. Ich wollte von Jens wissen, was denn *leibeigen* bedeute, doch schien ihm das Thema unangenehm zu sein; er meinte, bei ihnen in Norwegen gäbe es so etwas nicht. Und es würde besagen, dass einem nicht einmal mehr der eigene Körper gehöre, dass man vollständig von anderen abhängig sei. Mir taten die Kinder leid, die Vorstellung, ohne Eltern aufzuwachsen, das kam in Grönland nicht vor, irgendeiner aus der erweiterten Familie übernahm stets die Verantwortung. Ich lächelte ihnen zu und winkte, doch keines der Kinder verzog auch nur eine Miene, ihre Gesichter und Augen blieben völlig teilnahmslos.

Irgendwann dämmerte es, ein paar der männlichen Fahrgäste gingen in einen anderen Waggon, dort gab es einen Salon, wo noch etwas gespielt und getrunken wurde, die meisten blieben allerdings sitzen, lehnten sich zurück und versuchten einzuschlafen. Auch Jens schloss die Augen, und ich konnte beobachten, wie sich sein Brustkorb hob und senkte, bald schon war er entschlummert; der Zug fuhr unterdessen dahin, die Geräuschkulisse hatte etwas Friedfertiges und Einlullendes. Es gab in den einzelnen Abteilen sogar die Möglichkeit, ein kleines Licht anzumachen, es musste so ähnlich funktionieren wie das Windrad und die Glaskugel auf dem Schiff. Vielleicht war am Wagendach ein solches Rädchen montiert, oder ganz vorne, an der stampfenden Lokomotive, die Elektrizität erzeugte und diese im gesamten Zug verteilte.

Während sich die anderen ausruhten, beschloss ich, schnell das zu lernen, was mir Jens auf einem Blatt aufnotiert hatte, es waren meine ersten Sätze auf Norwegisch:

Jeg heter Elaine. *(Ich heiße Elaine.)*
Hvor kommer du fra? *(Wo kommst du her?)*
Jeg bor i Grønland. *(Ich wohne in Grönland.)*
Jeg snakker bare engelsk. *(Ich spreche nur Englisch.)*
Bite i det sure eplet. *(In den sauren Apfel beißen.)*
Skjerp deg. *(Reiß dich zusammen.)*

Ich konnte selbst danach nicht einschlafen, bestimmt machten sich meine Eltern ordentlich Sorgen, ich war schließlich unvorstellbar weit von Grönland entfernt; es war auch zum ersten Mal, dass ich Heimweh bekam. Ich drehte nachdenklich das Licht ab, draußen war nun gar nichts mehr zu erkennen, überall hörte man den Atem der Schlafenden, nur aus der Ferne, aus dem Salonwagen, drangen noch Stimmen, bestimmt spielten dort die Männer immer noch Karten und tranken Rum. Das war auch an Bord eine der üblichen Gepflogenheiten gewesen, wenn es nichts zu tun gab, das Kartenspiel schien unter weißen Menschen sehr beliebt zu sein. Ich hatte sie auf See oft dabei beobachtet, die Spielregeln waren recht einfach, es gab stärkere und schwächere Karten und dann noch ein paar Kombinationen; ich verstand dennoch nicht, wie man sich dafür begeistern konnte. Allerdings gefielen mir die Karten als solche, sie zeigten Männer und Frauen und unterschiedliche Zahlen und Symbole.

Irgendwann schlief ich dann doch ein und erwachte aus unruhigen Träumen, draußen regnete es, ab und an waren Blitze zu erkennen, Wetterphänomene, die man auch bei uns kannte, allerdings waren sie recht selten. Das Prasseln des Regens auf dem Wagendach erinnerte mich an die kleine Trommel der Schamanen, unendlich viele Hände schienen sie zu spielen, unwillkürlich begann ich eine der Melodien zu summen, die man mir beigebracht hatte. Die Stimme kann einen schützen, behaupteten die Schamanen, böse Geister haben die ihrige längst verloren, und wenn sie Gesang hören, suchen sie meistens das Weite. Stimmen und Klänge erinnern sie an eine Welt, die sie nie ganz besitzen können, daher suchen sie auch unentwegt nach Wegen, diese zu zerstören.

Etwas später am frühen Morgen, als noch immer alle schliefen, drehte ich eine kleine Runde durch den Zug. Im Salonwagen sah ich einige auf ihren Plätzen zusammengesunkene Männer, etliche schnarchten, und ihre Köpfe ruhten dabei auf den Tischplatten. Irgendwer hatte die Spielkarten zu Boden geworfen, ich hob die nächstbeste auf, sie zeigte einen Mann mit Kopfschmuck, dieser glitzerte golden, und sein gestrenger Blick ließ mich frösteln. Da es nicht viel mehr zu entdecken gab, machte ich mich auf den Rückweg, erst jetzt fiel mir ein, dass ich Jens eine kurze Nachricht hätte aufnotieren können, über Papier und Schreibgerät verfügten wir schließlich. Bestimmt würde er sich, sollte er inzwischen aufgewacht sein, Sorgen machen, wo ich denn abgeblieben sei, ich ärgerte mich über meine Gedankenlosigkeit.

Kurz vor unserem Waggon begegnete ich einem älteren Mann mit seiner Frau, beide hatten dichtes graues Haar, sie waren gerade dabei, sich zu recken und zu strecken, bestimmt war es kein Leichtes für sie gewesen, sich im Sitzen auszuruhen. Sie wünschten mir einen guten Morgen, Gott möge mich schützen, ich überlegte verdattert, welchen der vielen Götter sie meinen könnten. Wir kamen daraufhin ins Gespräch, sie fuhren auch zur Weltausstellung, und ob ich schon einen der umfangreichen *Prospekte* über die Weiße Stadt durchgeblättert hätte, die beim Fahrpersonal auflagen, man könne sich dort vortrefflich über die vielen Attraktionen informieren.

Natürlich war mir dieser *Prospekt* (ich nahm an, es war so etwas wie ein Buch) bislang entgangen, ich hätte die schlaflose Nacht auch sinnvoller nutzen können – mit Lesen! Ich versprach ihnen, mir umgehend einen solchen zu besorgen, schließlich wollte ich schon im Vorfeld alles über die Weiße Stadt erfahren. Sie lächelten mich an, und der Mann wollte wissen, woher ich stamme, natürlich sei er sich dessen bewusst, dass man das eine Dame nicht frage, er wolle gewiss nicht taktlos oder allzu neugierig wirken … seine Frau warf ihm tatsächlich einen forschen Blick zu.

Er konnte nicht ahnen, wie gelegen mir diese Frage kam, endlich interessierte sich einer der Passagiere für meine Herkunft, ich verkündete daher beinahe schon feierlich: *Ich bin eine Inuk aus Grönland, Tochter von Tootega* (ᑑᑎᒐ), *der Göttin, die auf dem Wasser wandelt, und Inuksuk, dem Stein, der einem den richtigen Pfad weist,* ich war schon immer von den Namen meiner Eltern begeistert gewesen.

Das Ehepaar staunte nicht schlecht, das wäre schließlich eine ganze Ecke entfernt, sie selbst wohnten bloß in Michigan. Ich war unendlich froh, dass jemand meine Heimat kannte, augenscheinlich konnten sie Grönland geografisch zuordnen. Wir unterhielten uns noch über Eis, Schnee, Eisbären und Nordlichter, die Frau merkte an, sie wäre viele Jahre lang Lehrerin gewesen. Sie erzählten mir wehmütig, dass sich ihr Jahrhundert nunmehr dem Ende zuneige, sie seien bereits zu alt und müssten sich allmählich von dieser Welt verabschieden, die Zukunft gehöre hingegen jungen Menschen wie mir.

Ich war mir nicht sicher, was genau sie unter Zukunft verstanden, ich versuchte mir vorzustellen, ob und wie sich Grönland verändern könnte, ob dort irgendwann vielleicht auch Züge fahren würden, die alle wichtigen Siedlungen miteinander verbinden. Was würden die Eisbären und Moschusochsen denken, beim Anblick und Lärm dieser gewaltigen Maschinen? Wie würden die Siedlungen aussehen, wenn es überall Elektrizität, größere Hütten oder gar Häuser aus Stein gäbe? Und was würde sich erst alles verändern, wenn dieses Geld dort ankäme? Vielleicht würde man dann ganz selbstverständlich in Geschäften einkaufen gehen, wie bei Madame Dorothy, wo sich Frauen und Männer fortan einkleideten, winterfest gewiss, und doch sähen sie nicht gerade traditionell aus. Ich konnte mir plötzlich eine solche Zukunft unmittelbar vorstellen (und wer weiß, welche denkbaren Möglichkeiten sich einem erst nach der Weißen Stadt auftun würden), doch wünschte ich mir zugleich sehnlichst, eine solche Zukunft käme nie.

Diese Erkenntnis war für mich etwas eigenartig, schließlich war ich von der Reise angetan, die vielen neuen Wörter und Dinge, wie man sie handhabte und wie diese die Welt veränderten, alles hatte eine unglaubliche Sogkraft. Doch konnte ich kaum erahnen, was in einer solchen Welt aus meinen Geschwistern werden, ob ihnen eine solche Zukunft gewogen sein würde. Wie kämen all die jungen Jäger und ihre Frauen damit zurecht? Was, wenn die Weiße Stadt Grönland verfluchen und uns alle so weit verändern würde, dass wir nicht mehr wir selbst waren?

Zum Glück schlief Jens noch, doch allmählich wurde es richtig hell, ich lief noch schnell zu dem kleinen Abteil, wo sich das Fahrpersonal aufhielt, dort war man bereits am Ausschwärmen. Ich bekam ein vielstimmiges *Guten Morgen* zu hören und natürlich reichte man mir den besagten Prospekt, es war tatsächlich nichts anderes als ein dünneres Buch. Als ich mich wieder an meinen Platz setzte, wachte Jens auch schon auf, streckte seine Hände und rieb sich verlegen die Augen, *ich muss ordentlich müde gewesen sein, um so lange zu schlafen*, gähnte er. Bald besuchte uns auch schon der Mann, der uns gestern bedient hatte, heute wollte er wissen, was wir gerne zum Frühstück hätten, ich bat Jens kurzum, uns etwas auszuwählen. In Anbetracht der Tatsache, dass es nur noch wenige Stunden bis Chicago waren, beschloss ich, mich nun voll und ganz auf die Lektüre zu konzentrieren.

10.

19. Mai

Beim Betrachten von Eilif Peterssens Bild, das einen norwegischen Fichtenwald darstellt, befinde ich mich in Gedanken vor Ort. Wie wunderbar lieblich es dort zur Frühlingszeit ist, in der zwielichtigen, melancholischen Stille, zwischen den stattlichen Baumstämmen. Ich fühle das feuchte Moos, in welches der Fuß sanft und geräuschlos einsinkt; das bräunlich gelbe Wasser des von den Winterbanden befreiten Baches murmelt zwischen den Rissen und Felsen, die Luft ist mit dem Duft von Moos und Fichtennadeln erfüllt, während über unserem Haupt die dunklen Wipfel im Frühlingwind am hellblauen Himmel schwanken und ihre ewige Klage rauschen, und unten in ihrem Schutze die Seele furchtlos ihre Schwingen ausbreitet und im Waldestau Kühlung findet.

* * *

Wir nutzen die Zeit und sind, abgesehen von unseren Landgängen und Terminlichkeiten, überaus fleißig an Bord. Für die Boote und Handschlitten müssen neue Segel angefertigt werden, auch muss die Windmühle neue Flügel bekommen, damit sie bei jedem Wetter in Betrieb sein kann. Es müssen Messer geschmiedet werden, Bärenspeere, die uns wohl nie von Nutzen sein dürften, Bärenfallen, in denen wir vielleicht tatsächlich einmal ein Exemplar lebendig einfangen, Äxte und vieles mehr. Augenblicklich findet auch in großem Maßstab die Anfertigung von Holzschuhen statt, zudem gibt es eine eigens geschaffene Nagelschmiede. Die einzigen sogenannten Teilnehmer dieser Gesellschaft sind Fredrik und Theodor, neuerdings auch Sturmkönig genannt, weil er wie ein Ungewitter heranzustürmen pflegt. Ferner sind wir eifrig damit beschäftigt, die Kufen der Handschlitten mit Neusilberbändern zu beschlagen. Außerdem gibt es ein Kollektiv für die Anfertigung von Bindungen für Schneeschuhe sowie eine Tischler- und Klempnerwerkstätte, die sich allerdings vorwiegend mit der Reparatur von Lampen auseinandersetzt.

Unser Doktor Henrik hat wegen Mangel an Patienten eine kleine Buchbinderei eingerichtet, die fleißig benutzt wird, da mehrere Bücher unserer Bordbibliothek ständig zirkulieren und sich daher in schlechtem Zustand befinden. Wir haben derzeit auch eine Sattler- und Segelmacherwerkstatt, ein fotografisches Atelier usw. Am Allerausgedehntesten wird nach wie vor die Führung von Tagebüchern betrieben, weil ausnahmslos jeder an Bord ein solches mit seinen Gedanken füllt. Kurzum, es gibt kein Ding zwischen Himmel und Erde, das wir nicht selbst herstellen könnten – mit Ausnahme von Frauenkleidern.

(Aus dem Tagebuch des Vogelmannes)

* * *

ICH HATTE SCHON IM BUCH des Vogelmannes etwas über Weltausstellungen gelesen, doch soweit ich das einschätzen konnte, waren diese nicht mit Chicago und seiner Weißen Stadt vergleichbar. Zunächst fanden sich im Prospekt einige Geschichten über einen *Christoph Kolumbus*, der vor vierhundert Jahren den gesamten Kontinent entdeckt haben soll; dieses Ereignis galt als *wahre Erleuchtung und Sternstunde* und sollte würdig begangen werden. Ich war mir zwar ziemlich sicher, dass Amerika schon zuvor vielen Menschen bekannt gewesen sein dürfte, doch, und so viel wusste ich bereits, betrachteten weiße Menschen vieles aus der eigenen Perspektive.

Die Weiße Stadt werde im Sinne dieser Erleuchtung in ein einziges *Lichtermeer* getaucht, versprach der Prospekt und ich versuchte angestrengt, mir darunter etwas vorzustellen. Vielleicht wirkte sie dann wie der Sternenhimmel, nur viel heller noch, weil sich die Sterne, sprich die leuchtenden Glaskügelchen der weißen Männer, näher an uns Besuchern befänden. Die Elektrizität schien jedenfalls im Mittelpunkt der Weltausstellung zu stehen, was ich durchaus nachvollziehen konnte. Ich fand schon einzelne Leuchtkugeln überaus eindrucksvoll, ganze Schwärme von ihnen, das war gar nicht auszudenken.

Es stand da auch etwas über einen *Thomas Alva Edison*, der diese sogenannte *Illumination* mit Gleichstromgeneratoren hatte bewerkstelligen wollen, doch wäre schließlich ein *Nikola Tesla* aufgetaucht, der das alles mit einem Wechselstrom-System und für deutlich weniger Geld in Aussicht stellte. Ich verstand nur so viel, dass man offensichtlich Geld benötigte, um dieses gegen Elektrizität einzutauschen. Man hatte etwa 200 000 Glühbirnen (so hießen hier die Glaskügelchen) gefertigt, um diese in einem einzigen Raum zu verteilen. Das war eine Anzahl, die ich nur schwer nachvollziehen konnte, vielleicht war sie noch am ehesten mit den gelegentlich auftretenden Leuchtgarnelen in unserer Bucht vergleichbar, deren Menge ließ sich ebenfalls nur erahnen.

Die Gebäude, in denen Nikola Tesla seine Erfindungen zur Schau stelle, seien, so der Prospekt, voller Motoren, Armaturen, Generatoren und Leuchtzeichen, es gäbe sogar eine Vakuumröhre, die man mithilfe *drahtloser Übertragung* zum Leuchten brächte. Beim Wort *Vakuum* fand sich ein Verweis, ich blätterte zu der angegebene Seite, wo einige der im Prospekt verwendeten Fachbegriffe ausführlicher erläutert wurden; vielen Amerikanern war wohl ein *Vakuum* ebenfalls nicht geläufig. Ich las nach, dass es sich dabei um einen Raum ohne Luft handelte, wie man die Luft allerdings aus einem Raum entferne, war den Verfassern der Anmerkungen nicht der Rede wert.

Besonderes Augenmerk sollten die Besucher der Weltausstellung auf das *Knisterlicht* legen, welches durch Hochfrequenzentladungen zwischen zwei isolierten Platten erzeugt werden würde; Nikola Tesla demonstriere hier eine modifizierte Blitzentladung, die einen ohrenbetäubenden Lärm nach sich zöge. Diese Blitze galten im Prospekt überhaupt als wahre Geniestreiche, man könne sie überall in der Weißen Stadt vernehmen, und man ermahnte die Besucher ausdrücklich, sich auf kolossalen Lärm einzustellen. Die Zukunft setze sich nämlich aus Maschinen zusammen, die alles andere als leise seien, und es wurde sogar empfohlen, sich nur eine überschaubare Zeit in manchen der Räume aufzuhalten.

Im Prospekt hieß es auch, dass die Weltausstellung vor allerlei Erfindungen nur so strotzen würde, neben einer neuen Dimension von Elektrizität gebe es etwa erste Telautographen, neue Telefone, eine elektrische Eisenbahn, Reißverschlüsse,

Geschirrspül-, Popcornmaschinen oder elektrische Gürtel, die in der Lage wären, nahezu alle Beschwerden des menschlichen Körpers zu heilen. Ich verstand auch von all dem nicht viel, schlussfolgerte jedoch, dass ich mich in einem Zug aufhielt, der höchstwahrscheinlich doch nicht Elektrizität erzeugte. Ich überlegte ernsthaft, ob ich Jens bei seinem Frühstück stören und er mir die vielen neuen Wörter erklären solle, doch wollte ich ihn nicht vom Essen abhalten. Einmal abgesehen davon, dass er manches vielleicht selbst gar nicht wusste und ihm meine Fragen nur peinlich wären. Ich wollte ihn nicht in Verlegenheit bringen und würde ohnedies bald alles mit eigenen Augen sehen, das dürfte vorerst genügen, ja, meine Neugier ließ sich gewiss noch etwas im Zaum halten.

Ich blätterte ein paar Seiten weiter und fand dort einige Absätze, die sich ausschließlich an Frauen richteten, so hatte man in der Weißen Stadt gar ein eigenes *Frauengebäude (Woman's Building)* hochgezogen. Für dieses zeichnete eine Architektin namens Sophia Hayden verantwortlich, die dort gemeinsam mit einer Bertha Honore Palmer allerlei Gemälde ausstellte. Den Abbildungen im Prospekt nach zu urteilen handelte es sich um bunte Zeichnungen, die auf mich etwas unscharf wirkten. Darunter war einiges zum *französischen Impressionismus* vermerkt, der die Sicht auf die Welt angeblich revolutioniere, gewiss war es kein Fehler, sich auch das zu Gemüte zu führen. In einem nachfolgenden Absatz wurden *Fotografien* erwähnt, die ein kontroverses Thema zum Leitmotiv erkoren hatten: *Unberührtheit als auch Inbesitznahme des amerikanischen Westens durch die technische Zivilisation.* Daraus ging für mich schlussendlich hervor, dass Fotografien lediglich weitere Bilder waren, allerdings erstellte diese kein Mensch, sondern eine Maschine. Und die Maschine wäre darin so gut, dass man ihre Werke nicht mehr von der Realität unterscheiden könnte; ich stellte mir die Apparaturen, die ein solches Kunststück zuwege brächten, wie diesen Spiegel bei Madame Dorothy, vor.

Ich überflog ein paar weitere Absätze, die ich so gar nicht verstand, interessant schien daran lediglich zu sein, dass amerikanische Frauen bislang nicht gerade im Mittelpunkt ihrer Siedlungen gestanden hätten. Bei der Weltausstellung waren daher diesmal besonders viele Frauen vertreten, die das dauerhaft ändern wollten, und ich musste erneut an Madame Dorothy und ihr Fahrrad denken, bestimmt würde sie viele der hier formulierten Anliegen für gut befinden. Neue Erfindungen sollten vor allem Frauen mehr Zeit und allerlei Möglichkeiten eröffnen, Konservendosen (die kannte ich schon vom Schiff), Nähmaschinen und dergleichen sorgten angeblich für beträchtliche Entlastungen in einem amerikanischen Alltag.

Es kam eine *Suffragette* namens Mary E. Lease zu Wort, die darüber schrieb, wie sich die Zukunft des Essens gestalten würde, die alle Frauen von der Plackerei des Kochens und Reinigens befreie. Überall kämen bald Essenspillen (oder kleine Ampullen) auf den Markt, die den modernen Frauen diese lästigen Verpflichtungen abnähmen. Es war sogar von einem *Kaugummi* die Rede, der von einem Unternehmen namens Wrigley's im Rahmen des Ausstellungsprogramms präsentiert wurde.

Dabei handele es sich um irgendein Essen, das man nur zu kauen, jedoch nicht mehr zu schlucken brauche, davon war ich in der Tat irritiert. Ich versuchte mir Mutter vorzustellen, die nun plötzlich keine Robben oder Rentiere verarbeitete und uns stattdessen irgendeine Fertignahrung in die Hand drückte oder gar nur eine Kaumasse – was könnte sie mit der so gewonnenen Zeit anfangen? Und wie lange müssten wir auf dem neuartigen Essen herumkauen? Diese fremden Herangehensweisen fühlten sich fragwürdig an, einmal abgesehen davon, dass man früher oder später alles ausspucken musste, und wohin bloß damit? Ich nahm mir allerdings vor, unbedingt einen Kaugummi zu versuchen, vermutlich wäre dieser genau das richtige Präsent, um meine Geschwister wahrlich zu überraschen. Die Jungen kauten ohnedies gerne auf allem herum, was man ihnen vor die Nase setzte.

Darüber hinaus, so gelobte man, würde die Landwirtschaft von der Elektrizität profitieren, die Wissenschaft könne dann im reichen Lehm die Lebenskraft der Keime verdichten, und schon eine kleine Phiole aus diesem fruchtbaren Schoß von Mutter Erde würde die Menschen tagelang mit Lebensmitteln versorgen und folglich auch das Abschlachten von Tieren, das die Welt mit Blut und Leid erfülle, endgültig beenden. Der Bestialisierung der Menschheit könne endlich Einhalt geboten werden, der Appetit auf Frischfleisch wäre in Bälde nur noch ein vormaliger Schrecken der Vergangenheit, Schlachthöfe, Metzgereien und Viehställe würden fortan in Wintergärten und Beete verwandelt werden etc. etc. Die Vorstellung, gar kein Fleisch mehr zu essen und die Jagd auf Tiere aufzugeben, ich meine, was würde dann bloß aus unseren Jägern werden, die wohl noch viel weniger mit der gewonnenen Zeit anzufangen wüssten?

Die Weltausstellung und ihre Weiße Stadt sollten jedoch vor allem Chicago selbst in den Mittelpunkt rücken, das – im Unterschied zu New York – als rückständig galt, es herrschte offenbar eine große Rivalität zwischen diesen beiden Siedlungen. Das war auch etwas, das es bei uns in Grönland nicht gab, hier würden einander alle bedingungslos helfen und sich darüber freuen, wenn es bei den anderen gut lief, sie demnach Jagderfolg oder gutes Wetter hatten.

Jens hatte inzwischen sein Frühstück beendet, ich selbst pickte lediglich an ein paar Krümel, alles in allem war ich mittlerweile viel zu aufgeregt, schön langsam konnte ich unsere Ankunft nicht mehr erwarten. Das Fahrpersonal ging schließlich durch den Zug und verlautbarte, dass man Chicago demnächst erreichen würde, den Besuchern der Weltausstellung legte man nahe, sich auf einem am Bahnhof gekennzeichneten Platz zu versammeln; man würde dort weitere Instruktionen erhalten, wie man am einfachsten in die Weiße Stadt gelangte. Wir packten unsere Sachen zusammen, auch alle anderen Reisenden gerieten nunmehr in Bewegung, sie sortierten ihre Koffer und Taschen, einige in unserem Wagen stimmten spontan ein Lied an, ich verstand allerdings nur die Zeile: *Noch nie habe ich dich so schön singen hören!*

Danach ging alles recht schnell vonstatten, wir fuhren in den Bahnhof von Chicago ein, die Lokomotive bremste abrupt, man musste durchaus aufpassen, sich auf den Beinen zu halten, überall öffneten sich die Türen der Waggons, Menschen strömten nach draußen, und um uns herum erstrahlte Chicago mit seinen Häusern, die durchaus jenen von New York ähnelten. Alle waren froh, den Zug endlich verlassen zu können, um sich ordentlich die Beine zu vertreten, es herrschte große Hektik. Wir folgten den Anweisungen des Zugpersonals, in der Nähe des Bahnhofs war die besagte Sammelstelle für ankommende Besucher leicht aufzufinden. Die Weltausstellung hatte dort ihr Personal postiert, man konnte sogleich Eintrittskarten erstehen, um sich später nirgendwo mehr anstellen zu müssen. Ich wollte natürlich unverzüglich in die Weiße Stadt aufbrechen, doch hielt man uns an, noch ein wenig auf die restliche Gruppe zu warten, immerhin konnte ich die von Jens gegen Geld eingetauschten Eintrittspapiere sorgfältig in Augenschein nehmen.

Meine Karte trug die Nr. 201.676, also eine größere Zahl, als im *Palast der Elektrizität* Glühbirnen hingen, irgendwie gefiel mir das. Auf der linken Seite wurde man einer Frau gewahr, die ein leuchtendes Feuer zum Himmel streckte, sie trug einen wirklich seltsamen Hut, doch in ihrer linken Hand hielt sie ein dickes Buch, sie war mir sofort sympathisch. Auf der Karte standen die beiden Worte *Manhattan Day*, Jens meinte nur, das würde auch erklären, warum die *Freiheitsstatue* darauf abgebildet sei. Diese befinde sich eigentlich in New York, und sie war ein Geschenk der französischen Nation an das amerikanische Volk gewesen, man wollte damit Verbundenheit, Freundschaft und die Liebe zur Freiheit bekunden. Alle Menschen sollten nämlich frei sein, das zu tun, was sie wollten, dafür stünden die Vereinigten Staaten von Amerika ein.

Für die vielen Waisenkinder, die mir während der Zugfahrt aufgefallen waren, schien dieses Credo allerdings nur mit Einschränkungen zu gelten.

Wir wurden endlich vom Bahnhof weggeführt, eine größere Gruppe hatte sich formiert, die fortan lediglich dem Personal der Weltausstellung zu folgen brauchte, dieses war auch für jeden ersichtlich in den angrenzenden Straßen auszumachen, denn alle trugen weiße Kleidung mit einer dementsprechenden Kopfbedeckung. Ihr Erscheinungsbild war absolut identisch, ich konnte nicht die kleinste Abweichung bei ihren Jacken und Hosen erkennen, und nur die Gesichter dieser Menschen waren noch zu unterscheiden, wobei mir schien, dass sich selbst diese mit eingehenderer Betrachtung allmählich anglichen. Jens erklärte mir, dass es sich dabei um *Uniformen* handeln würde, bestimmt wäre mir schon im Zug aufgefallen, dass sich das Zugpersonal in seiner Bekleidung angepasst hatte; das kenne man vor allem vom *Militär*, doch was das wiederum war, wollte ich gar nicht wissen. Ich war dermaßen aufgeregt, dass ich mich nur noch schwer auf Gespräche und irgendwelche Einzelheiten konzentrieren konnte.

Wir erreichten ein Haus, das unmöglich zur Weißen Stadt gehören konnte, es hatte nichts von einem stattlichen Eisberg an sich, vielmehr erinnerte es mich an die grauen Bahnhofsgebäude. Doch als wir es betraten und uns umsahen, musste ich einsehen, dass ich mich gewaltig getäuscht hatte. Der Innenraum war strahlend weiß, etliche Glühbirnen brannten (obgleich es noch taghell war), und hinter einer mit Holzschnitzereien verzierten Tür (über der ein Schild mit der Aufschrift *Willkommen bei der Weltausstellung Chicago 1893* hing) wartete wahrlich eine saftige Überraschung. Alle mit gültigen Eintrittskarten durften umgehend durch diese Tür treten, woraufhin ein kleines Wunder geschah …

… dahinter tauchte ein breiter Weg auf, der einen unverzüglich zum Gelände der Weißen Stadt geleitete, man sah diese auch schon in der Ferne erstrahlen, es glitzerte und blinkte überall. Aus dem Prospekt wusste ich, dass sie direkt am Ufer des großen Michigansees erbaut worden war, und mitten auf diesem Weg, der sich bei genauerem Hinsehen aus mehreren unterschiedlich breiten *Streifen* zusammensetzte, standen, so weit das Auge reichte, Sitzgelegenheiten, kleineren Zugabteilen nicht unähnlich. Wir hatten das Glück, unsere Gruppe anzuführen, somit hatte ich freie Sicht auf die Weiße Stadt, und ich konnte es gar nicht fassen, endlich am Ziel zu sein. Ich betrat besagten Weg, Jens folgte mir raschen Schrittes, doch plötzlich geriet der Boden unter unseren Füßen in Bewegung, ja der gesamte Weg selbst bewegte sich plötzlich wie von Zauberhand auf die Weiße Stadt zu. Ein jeder Streifen schien dabei unterschiedliche Geschwindigkeiten aufzunehmen, man konnte demnach frei wählen: gemächlich, etwas zügiger und ziemlich flott. Wem es mit diesem ungewöhnlichen Fortbewegungsmittel zu viel wurde, der konnte sich auf oder besser gesagt in eine der Sitzgelegenheiten setzen. Dann fühlte es sich wirklich so an, als würde man mit einem Zug fahren, nur ohne den ganzen Zug drum herum.

Alle in unserer Gruppe zeigten sich begeistert, es war zudem eine spaßige Sache, man hatte schlicht das Gefühl, schneller als ein Karibu laufen zu können, obwohl man sich mit normaler Gehgeschwindigkeit fortbewegte. Und wenn man erst lief, was soll ich sagen, ich hatte den Eindruck, wie die allerschnellsten Vögel durch die Lüfte zu zischen. Es verwunderte mich, dass ich diese Attraktion im Prospekt einfach überblättert hatte, da hatte irgendetwas von einem Alfred Speer gestanden, der sich schon vor Jahren einen *beweglichen Bürgersteig* hatte patentieren lassen, doch erst die Weltausstellung hatte dessen Pläne umgesetzt. Ich konnte mir gut vorstellen, dass sich irgendwann alle Straßen und Wege von selbst bewegen würden, man könnte in einer solchen Welt ganz schnell (und das zu Fuß) weite Entfernungen überbrücken. Jens war gleichfalls vergnügt, so etwas habe es selbst in Europa noch nicht gegeben, er könne es gar nicht erwarten, dem Vogelmann davon zu berichten.

Ich wechselte auf einen der langsameren Streifen, schließlich wollte ich dieses Abenteuer noch länger genießen, es war beinahe so, als würde sich die Landschaft unter einem bewegen, samt nahegelegenen Wiesen, Teichen und Bäumen. Ich setzte mich mit Jens in eine der Sitzgelegenheiten, dort lagen auch kleine Papierstücke auf, mit deren Hilfe man sich im Detail über die Funktionsweise des Bürgersteiges informieren konnte. Wir lasen gemeinsam nach: *Die erste Reihe der Bänder, die den beweglichen Bürgersteig bildet, weist eine Geschwindigkeit von drei Meilen die Stunde auf, man kann diese ohne Schwierigkeiten betreten. Der nächste angrenzende Gürtel bewegt sich mit sechs Meilen die Stunde, doch ist seine Geschwindigkeit, bezogen auf den ersten, weiterhin nur drei Meilen die Stunde. Jede einzelne Riemenlinie weist eine andere*

Geschwindigkeit auf, doch ist es allen Passagieren möglich, von einem Streifen auf den nächsten zu wechseln, die eigene Transitgeschwindigkeit kann nach Belieben erhöht oder verringert werden. Die Sitze sind an geeigneten Stellen auf den Reisebändern platziert, sie dienen vor allem älteren Menschen, um sich auszuruhen. Wir bitten daher, greiseren und gebrechlicheren Menschen bei Bedarf die Sitzplätze zu überlassen!

Am liebsten wäre ich gleich noch einmal zum unscheinbaren Eintrittsgebäude zurückgelaufen, um erneut auf den beweglichen Bürgersteig zu springen, ich fühlte mich wie ein Kind, das eine völlig neue Spielwelt für sich entdeckt. Ich denke, keine Macht der Welt hätte meine Geschwister von hier wieder vertrieben, die wären unentwegt auf den rollenden Bändern herumgetollt. Doch unterdrückte ich diesen Impuls, schließlich wollte ich noch so viel von der Weißen Stadt in mich aufsaugen, nunmehr ragte sie wirklich unmittelbar vor uns auf, und Jens und ich betraten das eigentliche Ausstellungsgelände. Menschenmassen bewegten sich dort unablässig in alle Richtungen, der Stimmenwirrwarr war überwältigend, klugerweise hatte Jens einen Lageplan der Weißen Stadt im Eingangsbereich an sich genommen. Wir stellten uns etwas abseits, studierten die Landkarte, um uns besser orientieren zu können, schlussendlich liefen wir dann jedoch auf etwas zu, das uns beiden sofort ins Auge gefallen war, es gab kein Halten mehr.

11.

24. Mai

Es ist schrecklich, wie viel jetzt abends im Salon Karten gespielt wird, der Spielteufel geht um, bis tief in die Nacht hinein, und selbst unser musterhafter Otto ist von ihm besessen. Wir haben zwar noch nicht das Hemd auf dem Leib verspielt, buchstäblich haben jedoch einige von uns ihre Essensrationen eingesetzt – und haushoch verloren. Zwei arme Teufel, die ich namentlich nicht nennen möchte, müssen sich wohl die nächsten beiden Monate ohne frisches Brot behelfen. Und dennoch ist unser Kartenspiel eine gesunde, harmlose Zerstreuung, die zu vielem Scherzen und Vergnügen Veranlassung gibt. Ein Sprichwort besagt schließlich: Sei glücklich, und wenn du nicht glücklich sein kannst, sei sorglos, und wenn du nicht sorglos sein kannst, sei wenigstens so unbedacht wie möglich.

(Aus dem Tagebuch des Vogelmannes)

* * *

ICH RANNTE WIE EINE VERRÜCKTE LOS, Jens konnte kaum mit mir Schritt halten, ein derartiges Gerenne war auf dem Gelände übrigens gar nicht einfach, denn unentwegt kreuzten Menschen unseren Weg, gelegentlich hörte ich auch, wie sich jemand über mich beschwerte, das sei doch alles andere als damenhaft. Wir sprinteten förmlich in einen Bereich der Weißen Stadt, der streng genommen schon wieder etwas außerhalb lag, das sogenannte *Midway.* Ich vernahm eine Stimme, die behauptete, dass dies hier die wahre Goldgrube der Weltausstellung sei, die Organisatoren würden sich noch allesamt goldene Nasen verdienen. Es gäbe sogar eine Frauenvereinigung in der Weißen Stadt, deren Aufgabe es sei, für Moral und anständige protestantische Standards zu sorgen, ihnen wäre dieses Midway längst ein Dorn im Auge. Und etwas abseits sah ich in der Tat ein Grüppchen Frauen stehen, die wahrlich keine glücklichen Gesichter aufgesetzt hatten, vielleicht waren dies die Abgesandten jener besagten Vereinigung.

Auf dem Midway standen keine großen Gebäude, es wurden – bis auf wenige Ausnahmen – auch keinerlei Erfindungen vorgestellt, vielmehr zeigten hier Menschen aus aller Welt ihre erstaunlichen Fertigkeiten. Ich sah Frauen mit Schleiern, die mit ihren Bäuchen tanzten, die Zuschauer (vor allem männliche) johlten und kreischten. Es waren dort Männer mit unglaublichen Muskeln zu Werke, die immens schwere Dinge anhoben. Auf einer Stange saßen sprechende Vögel, die ich allerdings in all dem Lärm unmöglich verstehen konnte, es wurden Wildwestshows aufgeführt, Menschen ließen andere Menschen verschwinden, diese nannten sich Magier. Einige weiße Pferde hüpften auf zwei Beinen, die Reiter taten sich dabei sichtlich schwer, in den Sätteln zu bleiben. Eine dünne Frau verbog sich, was das Zeug hielt, sie kletterte sogar in eine kleine Kiste, und ich war mir sicher, sie sei auch eine Magierin, doch erklärte mir Jens, es handele sich um eine *Schlangenfrau.*

Einige Männer liefen auf langen Holzstangen umher, die sie sich an ihre Beine gebunden hatten, sie waren dadurch mehrere Meter hoch und wirkten wahrlich imposant. Hinter einem Vorhang, der ab und an gelüftet wurde, saßen wiederum richtig winzige Menschen, die mit noch winzigeren Karten spielten und aus noch winzigeren Bechern tranken … und so ging das immer weiter. Außerdem gab es alles nur Denkbare zu essen und zu trinken, ich glaube, allein hier hätte man Tage verbringen können.

Im Zentrum dieses ganzen Treibens stand ein Gebilde, das mir und Jens als Erstes aufgefallen war: ein gigantisches, leuchtendes, jedoch eigentlich unbeschreibliches *Riesenrad*. Es war mir schon im Prospekt aufgefallen, doch wurde ihm die dort abgebildete Darstellung keinesfalls gerecht: Man fühlte sich, wenn man sich unmittelbar vor ihm einfand, wie eine Schneeflocke im Angesicht eines Eisgebirges; das Rad ragte weit in den Himmel, und es waren reichlich Sitzgelegenheiten daran befestigt, sodass man meinen könnte, damit bis zu den Sternen zu gelangen. Im Prospekt hatte gestanden, dass es sich mit einem *Eiffelturm* zu messen gedachte, dem Herzstück der Pariser Weltausstellung von 1889.

Wir wollten es uns natürlich nicht nehmen lassen, mit dem Riesenrad zu fahren, ganz egal, wie viele Menschen dort anstanden, also reihten wir uns ein, und Jens trieb seltsam schmeckende Getränke auf (auch diese hatte erst vor Kurzem jemand erfunden, sie nannten sich *Coca-Cola*). Die Sonne schien (es war nicht mal mittags), und wir hatten noch reichlich Zeit, uns anderweitige Attraktionen der Weltausstellung einzuverleiben. Allerdings wies Jens darauf hin, er müsse am Nachmittag ein am Messegelände ansässiges Büro aufsuchen, an welches sich jene Besucher wenden konnten, die eine Unterkunft in Chicago benötigten.

Wir mussten uns eine Stunde lang gedulden, doch war um uns herum weiterhin viel zu bestaunen, die Zeit verging wie im Flug; Jens wollte es sich nicht nehmen lassen, *Zuckerwatte* zu verkosten, die sah wie eine rosa Wolke auf einem Holzstab aus, ich war richtig verdattert. Er ließ mich probieren, und ich wusste zunächst gar nicht, was ich davon halten sollte, allerdings war ich mir sicher, auf der ganzen Welt gäbe es keinen vergleichbaren Geschmack. Bis wir an der Reihe waren und endlich das Riesenrad besteigen konnten, hatte Jens die Watte verputzt, er behauptete, er würde nie wieder etwas essen können. Wir stiegen in die Kabine, setzten uns, und dann begann die Fahrt auch schon, ganz langsam zunächst, weil unten immer noch Menschen aus- und einstiegen, doch irgendwann waren alle Kabinen belegt, und das Rad drehte fröhlich seine Runden. Vom höchsten Punkt aus hatte man wirklich eine tolle Aussicht auf die Weiße Stadt und den Michigansee, selbst die Masten des Vogelmannschiffes konnten mit der Höhe des Riesenrades nicht ansatzweise konkurrieren.

Ich fragte mich, was der Vogelmann wohl gerade trieb, vielleicht war er mit seinen Männern zu dieser Freiheitsstatue gefahren, und hätte er eine dieser Fotomaschinen besessen, er hätte für mich ein Bild davon machen können, wie sich er und seine Männer vor diesem Monument gruppierten und winkten. Ich fischte die Eintrittskarte hervor, mein Blick ruhte dabei auf der Freiheitsstatue, ich wollte mich einmal noch vergewissern, wie sie wirklich aussah. Und selbst wenn diese

Fotoapparaturen im Prospekt mit keinem weiteren Wort (mit Ausnahme der Ausstellung im Woman's Building) erwähnt wurden, ich hielt diese wahrlich für besondere Erfindungen, schließlich ließen sich mit ihrer Hilfe die schönsten Erinnerungen für alle Zeiten festhalten. Man könnte so Dinge einfangen, die gewiss verloren gehen würden, wie es einst irgendwo aussah, wie viel Schnee seinerzeit lag oder wie zahlreich gewaltige Wale durch die Meere pflügten.

Vielleicht würden sie Menschen sogar nachdenklich stimmen, wenn diese Hunderte Jahre später etwa die Bilder dieser Weltausstellung betrachteten, sie würden sich fragen, wie die abgebildeten Maschinen und Apparate funktionierten, wozu sie gut gewesen waren, wie sie rochen oder welche Geräusche sie hervorbrachten. Und was würde man erst über die Menschen denken, die sie umringten, vielleicht würde man sie auslachen, weil sie eigentümliche Kleider und Hüte trugen, vielleicht wären sogar Jens und ich auf einem der Bilder zu erkennen, und irgendwem würde auffallen, dass ich so gar nicht in ein solches Kleid passte.

Die Fahrt mit dem Riesenrad ging viel zu schnell zu Ende, und ich konnte mir vorstellen, dass es in der Nacht noch ein weitaus größeres Abenteuer war, in den Kabinen zu sitzen und den leuchtenden, blinkenden Glühbirnen zuzusehen. Überhaupt, erst in der Nacht würde die Weiße Stadt richtiggehend erstrahlen, erst dann ließe sich die Macht der Elektrizität vollends begreifen. Ich fragte Jens, ob wir heute nicht länger als eigentlich geplant bleiben könnten, schließlich hatte die Weltausstellung bis in die Nacht geöffnet, und ich würde ohnehin kein Auge zutun. Er hatte grundsätzlich nichts dagegen, doch schlug er vor, sich dann lieber gleich an dieses Büro zu wenden, damit das mit unserer Unterkunft auch geklärt wäre.

Wir studierten erneut den Lageplan und machten uns auf den Weg, ich bestaunte die hinreißenden Gebäude der Weißen Stadt, sie erinnerten tatsächlich an atemberaubende Eisberge, doch hatten sie weitaus regelmäßigere Gestalten und Formen, alles an ihnen war ebenmäßig, abgerundet und durchdacht. Vielleicht verglich ich sie nach wie vor mit Eisbergen, weil etliche von ihnen um einen künstlichen See angeordnet waren. Dieser erinnerte mich ein wenig an die Bucht vor unserer Siedlung im fernen Grönland, ich verspürte innerlich einen kurzen, jedoch heftigen Stich. Ich wurde wehmütig und fragte Jens, ob er etwas dagegen hätte, wenn ich beim See auf ihn wartete, ich wollte einfach nur die Augen schließen und mir vorstellen, ich wäre wieder zu Hause, in meiner Bucht, und rundherum trieben die vertrauten Eisberge, vielleicht ließ sich mit etwas Konzentration sogar der Lärm ausblenden.

Jens war das überhaupt nicht recht, der Vogelmann hatte ihm schließlich aufgetragen, nicht von meiner Seite zu weichen, doch versprach ich hoch und heilig (bei allen mir bekannten Göttern), mich nicht von der Stelle zu rühren, er könne sich vollkommen darauf verlassen. Es saßen und alberten noch jede Menge anderer Menschen am See herum, viele Frauen mit aufgeweckten Kindern und auch einige Männer, die sich ausruhten und etwas tranken. Jens meinte zuletzt, es ginge auch ganz schnell, und er sei gleich wieder zurück, ich nickte, und er verschwand im schäumenden Getümmel.

Ich schloss die Augen und versuchte mir Grönland auszumalen, ich machte sie nur allmählich wieder auf, der noch unscharfe Blick verwandelte die weißen Gebäude zu unklaren Gebilden, die Wasseroberfläche schien so größer zu wirken, da alles miteinander verschwamm – ich meinte sogar, im Hintergrund die Schamanen zu erkennen, die mir etwas zuriefen. Jemand stieß unversehens von hinten gegen meinen Rücken, und ich erschrak fürchterlich, doch entschuldigte sich sofort eine herbeieilende Frau, es war nur ihr übermütiger Junge gewesen.

Ich fragte mich, wie tief der angelegte See wohl war, natürlich ging keiner der Ausstellungsgäste hinein, ich konnte es allerdings nicht lassen, wenigstens einen der Füße dort einzutauchen. Ich zog die Schuhe aus und steckte schon bald bis zum Knöchel im Wasser, es war angenehm warm und so gar nicht mit den Temperaturen in unserer Bucht vergleichbar. Wären ein paar Inuit-Kinder aufgetaucht, sie hätten sich kreischend hineingeworfen, warmes, einladendes Wasser im Freien, das konnte man sich doch wirklich nicht entgehen lassen.

Ich weiß nicht, wie viele Minuten insgesamt vergangen waren, doch kehrte Jens bald zurück, und ich konnte erkennen, wie erleichtert er innerlich war, dass ich nach wie vor an der vereinbarten Stelle saß. Im Büro wären sie äußerst zuvorkommend gewesen, allerlei Hotels (so hießen Häuser, in denen fremde Menschen gegen Geld übernachten durften) verfügten noch über freie Zimmer, er hätte vor Ort sogar ein paar Hoteliers (Menschen, die fremde Menschen gegen Geld bei sich in ihren Häusern übernachten ließen) getroffen, einer von ihnen, ein äußerst höflicher und zuvorkommender Mann, hätte ihm zwei Einzelzimmer angeboten, eines für einen Herren, das andere für eine Dame. Dieser wäre selbst noch eine Weile auf der Weltausstellung und würde uns (und ein paar andere Gäste) später persönlich geleiten, es war mit allen ein Treffpunkt um halb zehn Uhr abends vereinbart worden. Das Hotel befinde sich unweit der Weißen Stadt, alles liefe demnach wie am Schnürchen, meinte Jens.

Erst jetzt fiel mir auf, dass er eine kleine Maschine besaß, die er in einer seiner Taschen mitführte, es sei die *Uhr* des Vogelmannes, erklärte er mir, er habe sie ihm allerdings nur geliehen. In der Welt der weißen Menschen wäre Zeit ein entscheidender Maßstab, schließlich richteten sich alle Züge, Geschäfte und selbst Hotels danach. *Mit diesem Gerät ausgestattet,* Jens lachte und tippte mit dem Finger auf das Gehäuse, *könne nichts mehr schiefgehen.* Er hielt die kleine Maschine auch gleich an mein Ohr und trotz des Lärmpegels und der vielen Menschen konnte ich es hören, irgendetwas klopfte und tickte beständig im Inneren dieser Apparatur, natürlich dachte ich sogleich an einen Herzschlag. Hatten die weißen Menschen gar einen Weg gefunden, die Zeit als lebendig und beseelt erscheinen und für alle sicht- und hörbar werden zu lassen?

In Grönland dachten wir nicht viel über die Zeit nach, die Tage und Nächte bestimmten unser Leben, wichtiger noch als diese waren die vorherrschenden Temperaturen. Und noch entscheidender als Temperaturen war das Verhalten der Tiere, von denen wir abhängig waren und die unsere Leben maßgeblich prägten. Man musste keine wie auch immer sichtbare

Zeit in seiner Tasche mitführen, und doch fand ich es gerade eben aufregend und ziemlich praktisch, diese nunmehr bemessen zu können. Die Uhr des Vogelmannes würde dafür Sorge tragen, dass wir in der Weißen Stadt nichts versäumten, und sie würde uns schließlich sicher nach New York zurückverfrachten.

Um den Zeitmesser auf die Probe zu stellen, fragte ich bei Jens nach, wie spät es denn jetzt sei, und er meinte nur, fast schon zwei Uhr, also packte ich ihn entschlossen an der Hand, und wir eilten auf eines der weißen Kuppelgebäude zu. Ich erinnerte mich nämlich daran, in einem der aufliegenden Programmhefte gesehen zu haben, dass es um zwei Uhr eine große Vorführung geben würde, die man keinesfalls versäumen sollte. Nikola Tesla und seine überirdischen Blitze kämen zu ihrem Einsatz, *ein Auftritt, der die Welt in ein noch nie da gewesenes Staunen versetzen wird*… so war es zumindest angekündigt worden.

Wir kamen gerade noch rechtzeitig an, Menschenmassen drängten sich allerdings bereits im ganzen Gebäude zusammen, zum Glück fanden wir noch ein freies Plätzchen an einer der Treppen. Man konnte Nikola Tesla von dort ganz gut erkennen, er stand in der Mitte des Gebäudes, hinter ihm allerlei Maschinen, die beinahe wie Lokomotiven aussahen, keiner wagte es, sich ihnen zu nähern. In einem größeren Umkreis von Tesla blieb alles frei, ich bemerkte bald die weißen Striche am Boden, und in einem der Bereiche war noch ein Mitarbeiter mit der Kreide zugange, er zog augenscheinlich einen gewaltigen Kreis um seinen Herrn. Immer wieder war zu vernehmen, dass kein Besucher diese Linie übertreten dürfe, es bestünde schließlich Lebensgefahr. Ich sah mir Herrn Tesla an, er war gekleidet, wie alle anderen Herren, sein Blick allerdings war durchdringend, er bewegte sich leichtfüßig und wirkte, als wüsste er genau, was er da tat. Hätte ich geahnt, dass demnächst Feuerbälle über seinen Körper rollen und Flammen aus seinen Händen schießen würden, ich hätte ihn noch weitaus ehrfürchtiger in Augenschein genommen.

In der Raummitte befand sich ein riesiger Metallmast, viel größer noch als jener am Schiff des Vogelmannes, er ragte, und das erkannte ich erst jetzt, in den freien Himmel hinaus. Man hatte für die Vorführung einen Teil des Daches abgedeckt, vielleicht handelte es sich auch um eine Dachkonstruktion, die sich automatisch auf- und zuklappen ließ, in der Weißen Stadt schien mir nichts unmöglich. Wir waren zu spät gekommen, um alle Vorbereitungen mitzuerleben, vorerst konnte ich demnach nur mutmaßen. Allerdings stand außer Frage, dass man das Dach wieder irgendwie schließen musste, schließlich konnte es regnen, und ich konnte mir nicht vorstellen, dass eindringendes Regenwasser allen in der Halle ausgestellten Gerätschaften gut zu Gesicht stand. Andererseits schien allfälliger Regen den Lokomotiven, dem rollenden Bürgersteig und selbst dem Riesenrad nichts weiter auszumachen, was wusste ich also schon von der ganzen Problematik.

Ich bemerkte, dass Tesla Handschuhe trug, zuletzt hatte ich Menschen in Grönland mit Handschuhen gesehen, und erneut fühlte ich mich schmerzlich an die ferne Heimat erinnert. Ganz oben am Mast befand sich eine große Kugel, später erfuhr ich, diese sei aus Holz gefertigt und mit Kupferfolie umwickelt. Die Maschine, vor der Tesla stand, nannte sich *Transformator*, sie war gut fünfzehn Meter lang und drei Meter hoch. Alles Licht in der Halle wurde plötzlich ausgemacht, und man blickte gespannt zur Kugel hoch, darüber befand sich ein gräulicher Himmel mit weißen Wolken. Tesla brüllte seinem Mitarbeiter zu, *jetzt, Schalter umlegen,* und ein bläuliches Licht erschien daraufhin wie aus dem Nichts, es kletterte den Mast hoch, die Kugel an dessen Spitze knisterte, und mit einem Male, ohne sich weiter irgendwie anzukündigen, donnerte ein gewaltiger Blitz in den Himmel, er schien nahezu die Wolken zu teilen. Danach schossen noch weitere Blitze empor, es war fast wie bei einem Gewitter, nur entschied der Mensch darüber, wann es losbrechen und wann es aufhören musste. Tesla blickte sein Publikum interessiert an, ich glaube, es bereitete ihm eine diebische Freude, dass sich etliche ängstlich duckten, allerdings war die Vorführung damit noch nicht ausgestanden.

Mit einem Fingerschnippen stoppte er die Blitze, er stieg danach, für alle noch besser sichtbar, auf eine Plattform, die auf mich zunächst wie eine weitere Maschine gewirkt hatte. Er baute sich dort theatralisch auf, gab seinem Mitarbeiter neuerlich ein Zeichen, und langsamere Blitze kletterten wie auf Befehl auf allen Seiten des Gerüstes hoch, bis sie ihn schließlich erreichten und aus seinen Händen schossen. Er reckte diese zum Himmel und war nun selbst maßgeblicher Bestandteil eines eigenen Gewitters. Manche Zuschauer ergriffen bei diesem Anblick die Flucht, irgendwer brüllte, Tesla sei doch mit dem Teufel im Bunde. Die meisten machten sich wohl eher Gedanken darüber, ob die Blitze auch schön hinter der am Boden gezogenen Markierung blieben, denn allmählich wagten sie sich über die Plattform hinaus und schnellten und zuckten wie die Arme eines Riesenkraken über den ebenen Boden. Tesla ließ daraufhin die Vorführung stoppen, er kletterte von der Plattform nach unten, ging ein paar Schritte auf die Zuschauer zu, und alle konnten sich davon überzeugen, dass er am ganzen Körper bläulich glühte, ab und an rollte weiterhin ein kleiner Feuerball über seine Kleidung. Ich denke, selbst die Mutigsten unter den Zuschauern hätten es nicht gewagt, ihm nach seinem Auftritt die Hand zu reichen.

Abschließend nahm Tesla noch eine Glasröhre in die Hand, sie sah ein bisschen wie eine der Glühbirnen aus, nur war sie schmaler und länglicher. Sie wirkte unscheinbar, und zunächst schien sich auch gar nichts zu tun, doch als er sie mit beiden Händen gleichzeitig an deren Enden berührte, begann sie grell zu leuchten, ein klares, pulsierendes, bläuliches Licht breitete sich im abgedunkelten Raum aus. Ich begriff sofort, dass dies etwas Besonderes war, denn schließlich führten keinerlei Schnüre zu dieser seltsamen Glühbirne, und so viel wusste ich bereits, ohne Schnüre und entsprechende Verbindungen funktionierte üblicherweise kein elektrisches Licht.

Etwa zwei Jahrzehnte später sollte ich noch einmal etwas über Nikola Tesla lesen, der inzwischen von seinem Partner George Westinghouse ausgebootet worden war, die Zeitungen waren voll davon. Zwar wollten irgendwann tatsächlich die Massen seinen Strom haben, für ihr Zuhause, die Straßenbeleuchtungen, die Fabriken und so weiter, doch ließ Westinghouse einen Vertrag aufsetzen, der Tesla mit einer kleinen Zahlung abspeiste; Reichtum blieb für den Erfinder des Wechselstroms unerreichbar. So gesehen waren die vielen Mühen, die Tesla seine Erfindungen bescherten, auf den ersten Blick umsonst, all die Zerwürfnisse mit Herrn Edison, der ihn, wo es nur ging, diffamierte, der selbst Tiere mit Wechselstrom töten ließ, um der Welt die Gefährlichkeit und die Irrtümer Teslas aufzuzeigen … alles vergeblich. Und obgleich sich Tesla angeblich nicht viel aus Geld machte, hätte ihm dieses zu der Verwirklichung seines wahren Traums verhelfen können: kostenlose Energie für alle!

Nikola Tesla verarmte allmählich, und sein Leben blieb von allerlei Ängsten und Phobien geprägt: Es war ihm unmöglich geworden, eines anderen Menschen Haar zu berühren, Perlenohrringe ließen ihn erschaudern, Pfirsichgeruch verursachte unverzüglich Übelkeit und selbst eine Mahlzeit konnte er nur dann zu sich nehmen, wenn er zuvor den Kubikraum berechnete, den diese Nahrung in seinem Magen einnehmen würde. Er wusch sich dreimal täglich die Hände, ging dreimal um einen Häuserblock, bevor er ein Gebäude betrat, er verlangte nach achtzehn Servietten, wenn er allein in einem Restaurant speiste, und umgab sich nur noch mit Zahlen, die durch drei teilbar waren.

Ich erinnere mich daran, dass ich irgendwann auch noch von seinem Tod erfuhr, er verstarb am 7. Januar 1943 in New York, in einem Hotelzimmer unweit des Hafens, in welchem ich vor Ewigkeiten mit dem Schiff des Vogelmannes eingelaufen war. Die Zimmernummer lautete: 3327 – drei mal drei mal drei macht siebenundzwanzig, der Raum selbst befand sich im dreiunddreißigsten Stock.

12.

30. Mai

Jederzeit könnte ein Unglück geschehen, es ist schon seltsam, wie sehr man solche und ähnliche Gedanken von sich weist, man wähnt sich auf Reisen nahezu unbesiegbar, voller Zuversicht, es wäre sonst schierer Wahnsinn, aufzubrechen.

Ich lehnte an der Reling und inspizierte aus einer Laune heraus unsere Bordapotheke, die nicht sonderlich umfangreich war, da sie nur Allernotwendigstes enthielt: einige Schienen und Binden, Gipsbandagen für etwaige Bein- und Armbrüche, abführende Pillen und Opiumtinktur für Störungen des Magens, an denen wir nun wirklich niemals litten. Chloroform für den Fall einer Amputation, zum Beispiel infolge von Erfrierungen, ein paar kleine Gläser Kokainlösung für Schneeblindheit (ebenfalls nie benutzt), Tropfen für Zahnschmerzen, Karbolsäure, Jodoformgaze, ein paar gebogene Nadeln und etwas Seide zum Nähen von Wunden, ein Skalpell, zwei Arterienpinzetten (gleichfalls für Amputationen) und einige andere Gegenstände. Glücklicherweise bedurften wir unserer Apotheke bislang nicht, abgesehen davon, dass uns die Binden und Bandagen im Winter als Dochte für die Tranlampen gelegen kamen. Noch besser eigneten sich zu diesem Zwecke jedoch Pflaster, von denen wir einen Vorrat für etwaige Schlüsselbeinbrüche mitgeführt hatten. Die Wachsschicht darauf ließ sich abschaben, sodass sich diese beim Kalfatern eines lecken Kajaks ausgezeichnet verwenden ließ.

Macht Sehnsucht den Menschen gleichgültig, oder verblasst sie mit der Zeit? Warum schweifen die Gedanken seltener in die Heimat, warum scheint das Leben mitunter so schrecklich leer geworden zu sein? Ist die Menschenseele nicht ohnehin nur eine Aufeinanderfolge von Stimmungen und Gefühlen, die sich so unberechenbar wandeln wie der Wind? Oder fürchte ich mich insgeheim, das Leben zu wagen? Ich schaue die Bilder aus der Heimat an und empfinde dabei eine seltsame, fast schon unbeteiligte Wehmut. Ich blicke in die Zukunft, und es kommt mir vor, als sei es mir einerlei, ob ich in diesem oder im nächsten Herbst zurückkehre.

(Aus dem Tagebuch des Vogelmannes)

* * *

DIE MACHT DER BLITZE ließ mich auch noch lange Zeit nach der Vorführung nicht los, an vielen Orten, gewiss auch in Grönland, hätte man Tesla als Gott verehrt, der mit seiner bloßen Präsenz selbst böseste Geister im Zaum zu halten vermochte. Wir verblieben noch ein wenig in den Hallen der Elektrizität (so nannte Jens diese), ich konnte mir zwar nicht vorstellen, dass es etwas Beeindruckenderes als künstliche Blitze geben könnte, doch schienen die Untiefen der Weißen Stadt jederzeit für weitere Überraschungen gut. Ich erkannte, wie sehr Jens es genoss, hier zu sein, er sagte, *ich werde mich bis an mein Lebensende an diese Momente erinnern.*

Bald schon gingen wir an einer der weiteren Attraktionen vorbei, dem sogenannten ägyptischen Tempel. Im Prospekt war dieser als eine *Mystifikation* beschrieben worden, die Vergangenheit und die Zukunft würden an diesem Ort vereint, man solle das bloß nicht verpassen. Ich wusste nichts über die alten Ägypter, doch augenscheinlich waren sie schon vor Tausenden Jahren hervorragende Bauherren gewesen. Vermutlich wären sie nicht so erstaunt wie ich gewesen, wenn sie Städte wie Chicago und New York mit eigenen Augen gesehen und am eigenen Leib erlebt hätten.

Man hatte für die Weltausstellung einen ganz besonderen Tempelbau erwählt (etwas von Ramses II.), ihn mit Elektrizität (Glühbirnen) verziert und überall Frauen und Männer postiert, die, mit ägyptischen Roben ausstaffiert, auf die Besucher losgelassen wurden. Den Schildern nach handelte sich um eine Tempelanlange aus dem Jahre 1800 v. Chr., das Unternehmen *Western Electric* zeichnete für die Leuchtkörper verantwortlich; das war durchaus spannend, doch mit Nikola Tesla ließ es sich nicht vergleichen. Zumindest bis zu dem Zeitpunkt, als ich eine lange Reihe ägyptischer *Telefonistinnen* sah: stark geschminkte Frauen in dünnen, fast schon durchsichtigen Gewändern, die gemeinsam eine größere Apparatur bedienten. Ihre Handgelenke schmückten zahlreiche Armreifen, und da sich die Gliedmaßen unentwegt bewegten, schepperten diese lautstark vor sich hin.

Ich wusste damals nicht, was Telefone waren, Jens hatte zwar schon von solchen gehört, doch selbst auch noch nie eines in der Hand gehalten (geschweige denn benutzt), wir beschlossen die Sache auszuprobieren. Eine der Frauen nahm mich daraufhin mit sich, sie brachte mich zu einem stehenden Sarkophag (ich erfuhr erst später, dass die Ägypter darin ihre Toten bestatteten und dieses Wort *Fleischfresser* bedeutete), dieser ließ sich öffnen und schließen, meine Begleiterin verdeutlichte mir, ich müsse hier rein, den darin befindlichen Hörer (ein länglicher Gegenstand an einer Schnur) in die Hand nehmen und abwarten. Sie wies mich darauf hin, dass sie den Sarkophag schließen, doch draußen auf mich warten würde, ich müsse mir keinerlei Sorgen machen, die Tür ließe sich zudem jederzeit von innen öffnen. Woraufhin der Deckel wirklich zuklappte und ein kleines Licht anging, der Lärm der Weltausstellung war plötzlich kaum noch wahrnehmbar.

Mit einem Male vernahm ich eine ungewöhnliche Stimme und erschrak fürchterlich, als wäre irgendwer aus dem Nichts neben mir in der engen Kammer aufgetaucht, doch Moment, diese Stimme kam mir tatsächlich bekannt vor. Ich legte mir diesen Hörer ans Ohr, und es war unfassbar, das war doch Jens! Er erzählte etwas davon, dass ich ihm auf keinen Fall glauben würde, er befände sich in einem Sarkophag, irgendwo auf einer ganz anderen Seite des ägyptischen Tempels, und dennoch könne er mich hören und mit mir sprechen, als stünde ich unmittelbar neben ihm.

Ich war von diesem Telefon ziemlich angetan, ich meine, Blitze in den Himmel zu schießen, das war schon was, doch hielt ich ein Telefon für eine wesentlich nützlichere Erfindung. Alle grönländischen Frauen, die ihre Familien verließen, weil sie heirateten und fortan anderswo lebten, hätten so ganz schnell ihre Mütter sprechen können, um sich zu beklagen, Rat einzuholen oder einfach nur auszudrücken, wie sehr man alle vermisse und so weiter. Ich war mir dessen bewusst, dass es sehr lange Schnüre erfordern würde, der Hörer hing schließlich auch an einer, und ich ahnte bereits, dass ich nur dadurch mit Jens verbunden war und ihn deshalb hören konnte. Elektrizität floss also durch allerlei Schnüre, und Stimmen taten dies offenbar auch. Allerdings hatte Tesla eine Glühbirne zum Leuchten gebracht, die an keiner Schnur hing! Und wäre es somit nicht auch möglich, ohne die Hilfe von Schnüren miteinander zu *telefonieren*?

In jenem Moment dachte ich sogar, ich würde eines Tages erneut zu einer Weltausstellung aufbrechen, nur um nachzusehen, welchen Weg die Erfindungen von einst genommen hatten. Ich sagte zu Jens, dass ich den Sarkophag nun wieder verlassen würde, und er antwortete: *Bis gleich!* Ich öffnete die Tür und schlüpfte aus der Kammer, augenblicklich brandete der Lärm der Weißen Stadt erneut auf, die freundliche Dame wartete wie versprochen vor dem Sarkophag und begleitete mich zurück. Nicht ohne mich auszufragen, wie es mir denn gefallen und ob ich so eine Apparatur nicht gerne in meinem Appartement hätte, sie lieferten selbstverständlich bis nach New York.

Ich musste etwas schmunzeln, dass sie mich für eine New Yorkerin hielt, unterließ es jedoch, ihr darzulegen, woher ich wirklich stammte, etwas in mir ließ mich mutmaßen, dass sie noch nie etwas von Grönland gehört hatte. Ich bedauerte schon bald, dass es mir nicht möglich war, zu Hause anzurufen, fühlte ich mich doch in Chicago mittlerweile wie auf einem fremden Stern; wie gerne hätte ich Mutters Stimme gelauscht. Und selbst wenn solche Schnüre bis nach Grönland verlegt und längst gespannt worden wären, gewiss würden sie die Eisbären bald durchgekaut haben. Nein, das mit Grönland und der telefonischen Verbindung bis nach Chicago, das würde niemals funktionieren.

Jens erwartete mich schon, wir wollten diesen Bereich der Weißen Stadt nunmehr verlassen, mittlerweile dämmerte es draußen, und es würde nicht mehr lange dauern, bis wir uns am vereinbarten Treffpunkt einzufinden hatten, als ich unvermittelt vor zwei unscheinbaren Maschinen anhielt. Hinter diesen stand ein betagter Herr, der diese gerade fein säuberlich mit einem Tuch abwischte, er deutete auf mich und sagte: *Madame, genau Sie will ich!*

Ich blickte ihn erstaunt an, er nahm unterdessen ein Blatt Papier zur Hand und schob es in eine der Maschinen, die ein bisschen die Form eines Walrossschädels hatte: Es gab zwei rundliche Bereiche für die Augen und einen länglichen Abschnitt für die Stoßzähne. *Darf ich mich vorstellen, Madame, mein werter Name lautet Elisha Gray, und vor sich sehen Sie die brandneuen Telautographen, die wohl größte Erfindung auf dieser Weltausstellung!* Jens hatte sich zu mir gesellt, wir blickten einander argwöhnisch an, er bedeutete mir unauffällig, dass wir doch lieber weitergehen sollten, allerdings ließ sich Elisha Gray nicht so einfach mundtot machen. *Madame, ich bin in der Lage, Ihre Handschrift in einen elektrischen Impuls umzuwandeln. Dank meiner Erfindung können sie mit diesem Stift* (er hielt diesen demonstrativ hoch) *eine jede beliebige Nachricht oder Zeichnung… doch was rede ich, probieren Sie es doch einfach aus.* Er reichte mir das Schreibgerät, hielt mir ein weiteres Blatt Papier hin und bat mich, irgendetwas darauf zu notieren.

Ich ließ mich auf sein kleines Spiel ein, nahm den Stift und schrieb dort folgenden Satz hin: ᐅᓪᓗᖅᑲᑦᓯᐊᓂᑦ. Er zog die Augenbrauen hoch und blickte mich verwundert an, ich war mir sicher, er hatte solche Schriftzeichen noch nie in seinem Leben gesehen, doch er lächelte und meinte: *Oh, etwas in Inuktitut, Sachen gibt's!* Jens und ich staunten nicht schlecht, doch war dies längst nicht alles. Er schob das Papier mit meiner Handschrift in eine der Maschinen, betätigte einen kleinen Schalter, und schon begann die andere (!) Maschine ein zuvor dort eingelegtes Blatt auszuspucken; darauf fand sich tatsächlich gleichfalls wieder, was ich eben notiert hatte. Er legte die beiden Blätter nebeneinander, das Original mit meiner Handschrift und dieses andere Ding, das genauso aussah: *Sie sehen schon richtig, Madame, dank meiner Erfindung könnten Sie mir problemlos etwas aus ihrem Büro in New York übermitteln, denn Sie brauchen es nur auf ein Blatt Papier zu schreiben oder zu zeichnen, und schon wird der Inhalt ihrer Botschaft bei mir in Chicago angezeigt und ausgedruckt. Das Telefon überträgt nur flüchtige Worte, doch meine Telautographen können alles Verschriftlichte innerhalb kürzester Zeit in eine jede beliebige Ecke der Welt transportieren. Und dieses zweite Blatt, das weitere Original, wenn Sie so wollen, nenne ich Faksimile.*

Das war schon was, vor allem für mich, die das Lesen und Schreiben erst vor nicht allzu langer Zeit erlernt hatte, es war unglaublich, meine Sprache in die ganze Welt verschicken zu können. Ja, ich könnte etwa einen Eisbären zeichnen und diesen irgendwohin übermitteln, wo man ein solches Tier gar nicht kannte, was für eine großartige Sache doch ein Telautograph war. Elisha Gray genoss sichtlich meine Begeisterung, er erzählte uns etwas davon, dass er bis zur nächsten Weltausstellung diese Maschinen kleiner und leichter konstruieren würde, damit man sie bequem mit sich führen könne. *Doch Madame, wären Sie so freundlich, mich unkundigen Geist aufzuklären, was Ihre Schriftzeichen eigentlich bedeuten? Zwar bin ich gewissermaßen von Berufswegen in der Lage, nahezu alle Schriften und Sprachen dieser Welt ihrer geografischen Lage zuzuordnen, doch verstehen tue ich sie leider nicht. Ulluqatsiarit,* schrieb ich kurzum in seinen Buchstaben auf das Originalblatt dazu, und natürlich erklärte ich ihm auch, was für eine Bedeutung das hatte: *Haben Sie einen guten Tag!*

Als wir das Gebäude endgültig verließen, riskierte ich schnell noch einen Blick in ein sogenanntes *Mustertheater*, das ein Unternehmen namens *Sosman & Landis* mit seinen Szenenmalern entworfen hatte. Darin befand sich eine aufwendige Beleuchtung, mit deren Hilfe das Licht eines ganzen Tages simuliert werden konnte. Alle Töne des Tageslichts waren vertreten und fielen dort auf Bilder mit dementsprechenden Landschaften, selbstverständlich gab es auch eine Simulation mit Abenddämmerung, nächtlichen Schatten und Mondlicht. Man konnte, wenn man denn wollte, alles ganz schnell hintereinander abspielen und auf sich wirken lassen. Ich dachte nur, so müsste es wohl sein, wenn man in einer, seiner eigenen Zeit lebe, und alles um einen herum gehöre zu einer anderen, schnelleren Zeitachse. Eines der austauschbaren Szenenbilder zeigte eine Eislandschaft am frühen Morgen, das Licht fiel auf das gefrorene Meer und ein paar ruhende Robben im Vordergrund, es war eine perfekte Illusion.

Ich wollte von Jens wissen, wie spät es denn sei, er holte die Uhr des Vogelmannes hervor, sie zeigte mittlerweile halb neun an, wir hatten demnach noch gut eine Stunde Zeit. Draußen über der Weißen Stadt war es bereits dunkel geworden, was zur Folge hatte, dass sie noch heller und schöner erstrahlte. In der Ferne sah ich das Riesenrad, es schien ausschließlich aus Licht zu bestehen, was für eine tolle Fahrt in den nächtlichen Himmel Chicagos musste das gerade sein. Alle Gebäude um den kleinen See waren *illuminiert,* ein weiteres Wort, das ich heute irgendwo aufgeschnappt hatte, man konnte sie nun besser vor dem nächtlichen Hintergrund erkennen.

Irgendeine Sache würde sich heute schon noch anbieten, dachten wir, doch welches der Gebäude sollten wir betreten? Jens schlug vor, etwas in der Nähe des Treffpunkts aufzusuchen, dann wären wir gewissermaßen schon dort und müssten uns nicht mehr beeilen. Er hätte einen Vorschlag, also selbstverständlich nur, wenn ich einverstanden wäre, es gäbe nämlich ein riesiges Gebäude, das sich mit dem Fischen beschäftige, es hieße auch *Fish & Fisheries Building.* Ich konnte mir darunter zunächst nicht viel vorstellen, Wale harpunierte man, Fische fing man mit Netzen und Haken, Meerestiere mitunter in diversen Behältnissen. Doch wollte ich Jens eine Freude machen, immerhin waren alle unsere bisherigen Stationen meine Vorschläge gewesen, wir machten uns also auf den Weg.

Vom Elektrizitätsgebäude aus schlenderten wir über eine kleine Brücke, erst jetzt bemerkte ich, dass der künstliche See weitaus größer war, als ich es ursprünglich angenommen hatte.

Hinter einem der Gebäude setzte er sich nämlich fort, es lag da eine noch weitaus größere Wasserfläche, in deren Mitte eine begrünte und ausgeleuchtete Insel ruhte. Doch blieb für eine Erkundung des kleinen Eilandes keine Zeit, Jens steuerte zielstrebig auf das Fischgebäude zu, und ich musste mir eingestehen, ich hatte mir dieses viel kleiner vorgestellt. Eigentlich war es fast größer als der Palast der Elektrizität, und es wirkte insgesamt erhabener, weil es eine riesige Kuppel aufwies. Da uns nun wirklich nicht mehr viel Zeit blieb, beschränkte sich Jens darauf, mich direkt unter diese Kuppel zu führen, von dort konnte man das Gebäude gut einsehen. In den angrenzenden Räumen fand sich Wissenswertes aus aller Welt zum Thema Fische und Fischen, schließlich lebten überall andere Fischarten, und die Methoden, wie man sie fing, unterschieden sich mitunter gewaltig.

Ich konnte einen Blick auf schwebende Gebilde erhaschen, von denen Leinen hingen, an denen wiederum irgendwelche fasrigen Pflanzenreste befestigt worden waren. Einer der verantwortlichen Männer erklärte soeben einer großen Besuchergruppe, dass man diese *Flugdrachen* in der Südsee einsetze: *Der Wind treibt sie über das Wasser, der Drachen selbst ist mittels einer Schnur mit dem Angler verbunden, und sobald ein Fisch nach den fasrigen Pflanzen schnappt, verfangen sich seine Zähne darin.* Das Ganze hätte den Vorteil, dass man nicht mit einem Boot hinaus aufs Meer rudern müsse, sondern schon vom Ufer aus Fische erreichen könne, die sich nicht in Strandnähe aufhielten. Selbstverständlich erfordere diese Methode allerlei Übung, am kommenden Vormittag würde es eine diesbezügliche Vorführung am Ufer des Michigansees geben. Man hatte einen Ureinwohner von der Südseeinsel *Santa Cruz* eingeladen, und, wie ich aus dem Vogelbuch des Vogelmannes wusste, lag die Südsee ziemlich weit entfernt; der Mann musste Ewigkeiten unterwegs gewesen sein. *Und, ob Sie es glauben oder nicht, meine Damen und Herren,* konnte ich den Mann trällern hören, *sogar mit Spinnweben lassen sich dank dieser Methode Fische fangen …*

Die Kuppel des Gebäudes nannte sich eigentlich *Rotunde*, in ihrem Zentrum befand sich ein riesiges Wasserbecken, an dessen Rändern allerlei Pflanzen wuchsen. In der Mitte des Beckens wiederum ragte ein Felsen empor, aus dem Wasserfälle sprudelten, den plätschernden Geräuschen konnte man im ganzen Gebäude lauschen. Ich blickte fasziniert in das Wasserbecken und sah allerlei goldene Fische darin schwimmen, unterschiedlichste Arten waren darunter (mir war klar, ich musste mir früher oder später ein Fischbuch zulegen), deren Namen, die allesamt am Beckenrand vermerkt standen, mir nichts sagten. Jens meinte, Goldfische an sich würde er schon kennen, die gab es in Europa auch in etlichen Gartenanlagen, sie sollten im Wasser für schimmernde Akzente sorgen.

Erst jetzt fiel mir etwas weitaus Bemerkenswerteres auf: Wenn man um das runde Wasserbecken ging und seinen Blick in das erste Stockwerk des Gebäudes schweifen ließ, erkannte man große, geflutete Räume, in denen sich zahlreiche weitere Fische tummelten. Jens blickte zu mir (er war am Beckenrand sitzen geblieben) und rief mir nach, dass dies *Aquarien* seien, dort könne man studieren, wie sich Fische in ihrer natürlichen Umgebung verhielten. Man konnte sich über eine Treppe in den ersten Stock begeben, was ich natürlich tat, Jens wartete unten, er konnte mich schließlich von dort gut im Auge behalten.

Ich blieb vor einem Aquarium stehen, das die Aufschrift *Fische und Krustentiere des Eismeers* trug, es war, wie auch die anderen gefluteten Räume, stark ausgeleuchtet, man konnte die Steine und Tiere dadurch gut auseinanderhalten. Alles in allem war das Eismeer eine karge, graue Unterwasserlandschaft, keinesfalls mit den anderen bunteren *Meereshabitaten* zu vergleichen. Ich verstand das Wort *Meereshabitat* zwar nicht, doch wie so vieles in einer unbekannten Sprache erklärte es sich beinahe von selbst. Ich erkannte Fische, die auch unsere Jäger erlegten, vorwiegend Kabeljau und Schwarzen Heilbutt. Merkwürdigerweise fielen mir plötzlich die zugehörigen Worte im Inuktitut nicht mehr ein, als hätte das Verlassen der Heimat einen ersten Tribut gefordert.

Jens rief mir nach, dass es nun wirklich an der Zeit sei, wir sollten uns auf den Weg machen, um den Hotelier nicht zu verpassen, sonst müssten wir noch im Freien übernachten, was er uns wirklich ersparen wolle. Ich berührte zum Abschied die Glasscheibe, hinter der das Eismeer umherschwappte, ein überschaubares Stück davon immerhin. Einen Moment lang hatte ich das Gefühl, die Fische würden innehalten, sie fixierten mich, und ich mutmaßte, was sie wohl dachten: *Was für eine Welt ist das hinter der Glasscheibe? Was ist da für ein eigentümliches Lebewesen, das sich uns in den Weg stellt? Und was zum Pottwal steckt hinter dem großen Ganzen?*

13.

1. Juni

Allmählich machten sich alle an Bord große Sorgen um Jens und Uki, die nicht zum vereinbarten Zeitpunkt zurückgekehrt waren; hieß es zunächst noch, die beiden Reisevögel könnten heilfroh sein, den Gipfel der Läuseplage nicht miterlebt zu haben, herrschte nach weiteren Tagen durchwegs Katerstimmung. Selbstverständlich unterließ ich es, Segel und Schiff unter Dampf zu setzen, stattdessen beantragte ich beim Hafenmeister Aufschub, noch würden und müssten wir auf ein paar Crew-Mitglieder warten. So gerne ich auch aufgebrochen wäre, schließlich ging es via Grönland heimwärts zu meiner Ehefrau, so absurd war dieser Gedanke; Elaine würde mir ein solches Handeln niemals verzeihen, und ich mir noch weniger. Ich fühlte mich für Jens und Uki verantwortlich, insgeheim verfluchte ich meine Entscheidung, sie zu zweit nach Chicago geschickt zu haben. Ich hätte noch gut und gern zwei, drei Männer entbehren können, dann wären sie eine wesentlich sicherere Reisegesellschaft gewesen.

Wir berieten uns, mit Läusebissen übersät, in meiner Kajüte, doch kamen wir dabei auf keinen grünen Zweig; während ein paar der Meinung waren, dass die beiden gewiss bald kämen (wir also zuwarten sollten), gab es andere, die überzeugt waren, etwas sei geschehen, am Ende gar ein Unglück. Wir kannten Jens gut genug, um uns seiner Loyalität gewiss zu sein; dass die beiden irgendwie durchgebrannt sein könnten, war bald vom Tisch. Zudem hatte mir Uki in zahlreichen Gesprächen ausdrücklich erklärt, dass sie zwar die Weiße Stadt sehen, doch ebenso gerne nach Grönland zurückkehren wolle, um ihrer Familie von all den Abenteuern zu erzählen. Ich schlussfolgerte daher, dass definitiv etwas passiert sein musste – sei es auch nur, dass man ihnen das Geld gestohlen hatte und sie nunmehr keine Möglichkeit sahen, Geld für ein Zugticket nach New York zu berappen.

(Aus dem Tagebuch des Vogelmannes)

* * *

WIR SCHLENDERTEN DEN nächtlichen Michigansee entlang, ein kleines Grüppchen begeisterter Besucher der Weißen Stadt, der Hotelier schritt mit Jens voran, es hatte sich herausgestellt, dass beide passionierte Angler waren. Der Hotelier war pünktlich am vereinbarten Treffpunkt erschienen, wir und ein paar andere hatten dort bereits ausgeharrt, danach brachen wir unverzüglich auf. Allen steckte die Müdigkeit in den Knochen, ich spürte nunmehr, wie sehr meine Beine von dem Trubel schmerzten und wie dringend ich etwas Schlaf benötigte.

Der Hotelier war ein gewissenhafter Mann, kaum blieben wir ein wenig zurück, schon hielt er an, um auf uns zu warten, er machte sich erst dann wieder auf, wenn alle beisammen waren; regelmäßig fragte er nach, ob auch alles in Ordnung sei. Er gelobte, dass wir gleich da wären, das Hotel befände sich, wie versprochen, in Gehweite zur Weltausstellung; in Grönland konnte diese Angabe allerdings gut und gern zehn Kilometer umfassen. Doch war das definitiv nicht der Fall, schon nach gut drei Kilometern erreichten wir das Hotel, hinter ein paar Fenstern brannte noch Licht.

Der Mann hatte nicht zu viel versprochen, das Gebäude stand in der Nähe des Ufers, er sagte auch, dass man hier am Morgen ganz wunderbar spazieren gehen könne. Er hätte zudem für einige von uns (es sei leider nicht für alle möglich) eine Überraschung parat, doch dazu käme er gleich. Er schloss die Hoteltür auf, bei ihm hätte jeder Gast einen eigenen Schlüssel, so wäre auch sichergestellt, dass man jederzeit das Haus betreten und wieder verlassen könne, er bäte allerdings darum, vor allem nachts, sorgfältig abzusperren. Er und Jens betraten den Vorraum, die sogenannte Lobby, danach traten zwei Ehepaare ein, und mit mir gemeinsam zwei jüngere Damen und ein älterer Herr.

Mit Letzterem hatte ich mich auf dem Weg angeregt unterhalten, er habe viele Jahre lang in Chicago gelebt, sei danach umgezogen, die Weltausstellung in seiner alten Heimat wollte er sich jedoch keinesfalls entgehen lassen. Er berichtete mir davon, wie sehr sich Chicago während seiner Abwesenheit verändert hatte, all die Häuser, die man in dieser Gegend am Ufer bestaunen konnte, hätte es seinerzeit noch nicht gegeben. Die Stadt war einst überschaubarer und persönlicher gewesen, mit reichlich Park- und Grünflächen, die Straßen wären nicht so breit und ausgebaut gewesen, und erst der Hafen, das könne man nun wirklich nicht mehr nachvollziehen. Ich dachte darüber nach, ob ich nicht vielleicht in zwanzig, dreißig Jahren auch über Grönland so zu sprechen käme …

Der Hotelier, den ich nun zum ersten Mal im Licht eingehender betrachten konnte, wies sympathische Gesichtszüge auf, er hatte buschige Augenbrauen und eine Narbe über der

Oberlippe, eine weitere auf seiner linken Wange, das verlieh ihm durchaus ein wagemutiges Aussehen. Seine Augen waren grünlich, die Haare dunkelbraun, da und dort mischte sich bereits etwas Grau darunter, er konnte nicht mehr so jung sein, wie es den Anschein hatte. Im Unterschied zu den meisten Herren, die mir auf der Reise begegnet waren, trug er einen Hut, der sich *Zylinder* nannte; dieser war höher aufgebaut und in seiner Form deutlich anders gestaltet als die meisten geläufigeren Hutmodelle. Diese wiederum hießen *Melonen,* sie waren etwas kleiner und rundlicher.

Er musste bemerkt haben, dass ich ihn musterte, ein unscheinbares Lächeln huschte beiläufig über sein Gesicht. Als ich und Jens mit der Zimmervergabe an der Reihe waren, reichte er uns die Zimmerschlüssel (die auch am Haupteingang passten), Jens war im dritten, ich im siebten Stock untergebracht. Das klang nach einem großen Haus, doch war es insgesamt recht schmal gebaut, es gab jeweils nur ein paar Zimmer in einem jeden Stockwerk. Der Hotelier war höflich genug nachzuhaken, ob das für uns in Ordnung gehe, schließlich hätte Jens zwei Einzelzimmer gebucht, und diese beiden wären die letzten verfügbaren Räumlichkeiten. Frühstück gäbe es ab acht Uhr, danach müsste er schon wieder zur Weißen Stadt aufbrechen, man könne sich ihm dabei aber gerne anschließen.

Er begleitete all seine Gäste persönlich zu ihren Zimmern, trug das Gepäck hoch (sofern welches vorhanden), Jens verabschiedete sich dann auch schon von mir, *gute Nacht, wir sehen uns dann beim Frühstück!* Ich und eines der Ehepaare waren die letzten Personen, die er zu ihren Zimmern geleitete, wir drei waren im siebten und obersten Stock untergebracht. Der Hotelier meinte, für uns hätte er die versprochene Überraschung parat, ich solle kurz am Flur ausharren, er zeige zunächst dem Ehepaar deren Zimmer samt Interieur. Die drei traten ein, und schon bald hörte ich einen erstaunten Ausruf… danach kam er auch schon zu mir geeilt, führte mich weiter den Gang entlang, schloss mein Zimmer auf und bat mich einzutreten.

Der Raum war klein, jedoch heimelig, an den Wänden hingen tatsächlich Fotografien, sie zeigten den Michigansee, alles in allem wusste ich allerdings nicht, was genau die Überraschung darstellte. Vielleicht waren es ja die Fotografien, möglicherweise der Spiegel, der über einem kleinen Tisch hing, doch öffnete der Hotelier noch eine weitere Tür, die ich zunächst für ein Fenster gehalten hatte. Er bat mich hinauszuschauen… und schon standen wir gemeinsam auf einer weitläufigen Terrasse, praktisch am Dach des Hauses. Über uns der Sternenhimmel, unter uns die Straßen von Chicago und nicht allzu weit davon entfernt die Weiße Stadt, die munter leuchtete und den Eindruck erweckte, als wäre sie zum Greifen nah.

Ich war von der Aussicht überwältigt, und im Unterschied zum Riesenrad konnte ich sie in aller Ruhe genießen, solange ich wollte; der Hotelier fügte noch hinzu, ich dürfe keinesfalls den Sonnenaufgang über dem Michigansee versäumen, da würde ich erst ins Schwärmen geraten. Er verabschiedete sich daraufhin, wünschte mir eine gute Nacht, ich solle mich wie zu Hause fühlen. Morgen würde er allen neuen Gästen seine Frau vorstellen, die ein großartiges Frühstück zuzubereiten wüsste. Danach verschwand er, und ich war seit gefühlten Ewigkeiten wieder zum ersten Mal allein, zuletzt war dies in der Kajüte des Vogelmannes der Fall gewesen. Allerdings, in Chicago fühlte ich mich wirklich allein auf weiter Flur, auf der Terrasse stehend, von blinkenden Lichtern umgeben, es war kein unangenehmes Gefühl, ich schien ein wenig gealtert und vollständig erwachsen zu sein.

Eigentlich hatte ich mich sofort zu Bett begeben wollen, doch holte ich stattdessen einen Stuhl aus dem Zimmer und stellte diesen auf die Terrasse, ich setzte mich hin und ließ die Stadt auf mich wirken. Es war merklich kühler geworden, doch für mich, die ganz andere Temperaturen gewohnt war, stellte das kein Problem dar, ich hätte ewig hier verweilen können. Der Michigansee sah von oben wie ein dunkles Loch aus, kein einziges Schiff war darauf zu erkennen, nicht das kleinste Licht, das sich dort seinen Weg durch die Dunkelheit bahnte. Ich stand auf und lehnte mich über die Brüstung, die Straßen waren gut ausgeleuchtet, man sah, trotz vorgerückter Stunde, emsig Passanten vorüberhuschen. Von oben sahen sie wie Kleinstlebewesen aus, die der Wind beliebig zwischen den Häuserzeilen hindurchblies. Ich konnte auch zu einem gegenüberliegenden Haus blicken, eines der Fenster war noch erleuchtet, eine Person zeigte sich dort, eine Frau mit buntem Nachthemd und einer Hochsteckfrisur, sie war wohl gerade dabei, sich hinzulegen.

Ich verließ die Terrasse und sah mich nunmehr genauer im Zimmer um, der Spiegel zeigte dabei eine müde wirkende

Frau, ich legte endlich den Hut ab, vermutlich wäre es auch angezeigt, mir morgen früh die Haare zu waschen. Das Hotelzimmer war mehr als zweckmäßig eingerichtet, es gab warmes Wasser, eine Toilette, sogar eine Badewanne, alles Annehmlichkeiten, über die man mich erst vor kurzem informiert hatte und die nun Realität waren. Das Bett war schmal, doch verfügte es über eine weiche Matratze, ich war mir allerdings unsicher, ob ich darauf überhaupt würde einschlafen können. Ich war es gewohnt, mich auf härterem Untergrund zu betten, selbst in der Kajüte des Vogelmannes legte ich mich bisweilen auf den Boden, die wohlriechenden, nach Holz duftenden Planken.

Ich legte vorsichtig mein Kleid ab, das ich eine ganze Weile ohne Unterbrechung getragen hatte, in einem der Schränke gab es die Möglichkeit, dieses auf einen *Kleiderbügel* zu hängen. Ich zog die Unterwäsche aus, wollte endlich einmal wieder wie zu Hause schlafen, ich musste zwar auf die üblichen Felle verzichten, doch entpuppte sich die vorhandene Decke als nicht minder angenehm – ich hüllte mich in sie und schlief tatsächlich gleich ein. Die Terrassentür ließ ich offen, ich wollte die eigenartig riechende Luft Chicagos im Zimmer wissen, um mir auch im Schlaf meine abenteuerliche Reise zu vergegenwärtigen. Zudem, die nächtliche Geräuschkulisse einer Großstadt, sie würde mich gewiss im Traum begleiten …

Pünktlich vor Sonnenaufgang erwachte ich, gedankenverloren eilte ich sogleich auf die Terrasse, dabei fiel mir erst auf, dass ich noch vollkommen nackt war. Ich lief schnell ins

Zimmer zurück und streifte mir die Unterwäsche über, die Morgenröte tauchte den Michigansee in ein goldenes Licht, das Wasser reflektierte den Himmel, und man hätte meinen können, alles wäre voller Goldfische. Ich setzte mich auf den Stuhl, der die ganze Nacht über im Freien gestanden hatte, einige Vögel flogen über die Häuser und steuerten auf den See zu, ich konnte gerade noch erkennen, wie sie zur Landung ansetzten. Ich konnte nicht genau sagen, wie spät es war, doch zum Frühstücken gewiss noch zu früh. Am Haus gegenüber gingen ein paar Fenster auf, ein verschlafen wirkender Mann blickte zu mir, ich überlegte kurz zu winken, ließ es allerdings dann lieber bleiben. Stattdessen eilte ich ins Bad und wusch mir gründlich das Gesicht, auch die Haare spülte ich durch, ich schlüpfte in mein Kleid und setzte mich wieder auf die Terrasse, die Haare würden an der Luft schnell trocknen.

Ich überlegte, wie es wohl wäre, für immer hierzubleiben, in einer Stadt wie Chicago zu leben, was ich wohl den ganzen Tag über täte, die Weltausstellung war schließlich ein einmaliges Ereignis. Klar schien zu sein, dass ich irgendwo einem Tagwerk nachgehen müsste, denn nur so gelangten die Menschen zu Geld, das sie wiederum gegen alles eintauschen konnten. Arbeit wurde gegen Geld und Geld gegen Güter getauscht, vielleicht ging das auch gar nicht anders, wenn viele Menschen an einem Ort zusammenlebten.

Möglicherweise würde mich eine Damenausstatterin einstellen, ich konnte mir gut vorstellen, dass ich ihr beim Einkleiden diverser Frauen eine Hilfe wäre. Außerdem wusste ich selbst recht gut zu nähen, die Mutter hatte mir vieles beigebracht, Lederwaren und diverse Felle konnte ich ziemlich gut verarbeiten. Ich könnte Lederkleider für die Frauen von Chicago entwerfen oder auch Lederjacken für Herren anfertigen, selbstverständlich auf den Leib geschneidert, so hielt man es schließlich in Grönland. Außerdem konnte ich leidlich mit Bogen und Harpune umgehen, doch war ich mir ziemlich sicher, dass solche Fertigkeiten in Chicago nicht wirklich gefragt wären.

Nach einer Weile beschloss ich, mich nach unten in den Frühstücksraum zu begeben, vielleicht hatte sich unterdessen schon jemand dort eingefunden, außerdem erfuhr ich so am ehesten, wie spät es war. Ich schlich vorsichtig die Treppen nach unten, schließlich wollte ich niemanden wecken, in der Lobby befand sich noch niemand, doch als ich in den Frühstücksraum trat, stand da eine Frau, die gerade dabei war aufzudecken. Sie verteilte Messer, Gabeln, Tassen und Löffel, außerdem stellte sie auf jedem der Tische eine Vase mit einer frischen Blume ab. *Herrje, du bist aber früh dran, mein Kind*, sagte sie zu mir, und ich erwiderte etwas eingeschüchtert, ob es sie denn stören würde, wenn ich mich schon mal setzte. Sie lächelte, *ach wo, Liebes, du musst dich aber noch kurz gedulden, bis ich dir dein Frühstück bringe.*

Allerdings dauerte das nicht lange, denn ehe ich mich versah, stand schon der Tee vor mir, dazu servierte sie ein Ei und etwas Brot, ich müsse jedoch unbedingt den Käse probieren, diesen hätten sie extra für die Gäste der Weltausstellung im Repertoire. Für mich war das Essen in Amerika nach wie vor exotisch, selbst die einfachsten kulinarischen Angelegenheiten glichen bedeutsamen Abenteuern. Inzwischen kam Jens nach unten geeilt, und als er mich sah, atmete er erleichtert auf, er hätte ja schon vermutet, dass ich wach sei, und eigentlich wäre er davon ausgegangen, am Ufer des Michigansees nach mir suchen zu müssen. Er setzte sich zu mir, und wir frühstückten gemeinsam, allmählich tröpfelten auch andere Gäste ein und nahmen Platz, der Hotelier tauchte gleichfalls auf, begrüßte alle mit sonorer Stimme und fragte: *Habe ich nicht die beste Frau der Welt?* Besagte kam daraufhin aus der Küche und wünschte allen einen guten Morgen, ich hatte sie ja schon zuvor etwas kennengelernt.

Wie sich herausstellte, waren ausnahmslos alle Hotelgäste wegen der Weltausstellung hier, Jens und ich beschlossen nicht lange zuzuwarten, wir hatten schließlich nicht ewig für die Weiße Stadt Zeit. Unter den Gästen im Frühstücksraum befanden sich etliche, die nicht mit uns angekommen waren, mir stachen besonders zwei Personen ins Auge, die eine ähnliche Hautfarbe wie ich aufwiesen. Sie trugen außerdem eine Kleidung, die so gar nicht zu jenen der anderen Gästen passte; zwar hatten sie sich die üblichen Mäntel und Jacketts übergestreift, doch sah ich es darunter bunt aufblitzen. Außerdem hatte die Frau jede Menge farbenfroher Blumen im Haar drapiert, sie schien gut gelaunt zu sein.

Der Hotelier kam etwas später erneut in den Frühstücksraum, er teilte uns mit, dass er nun demnächst zur Weißen Stadt aufbrechen müsse, und wer eine Eskorte wünsche, könne sich ihm gerne anschließen. Außerdem würde er zwei seiner Gäste zu ihrem Arbeitsplatz geleiten, posaunte er sichtlich stolz aus und deutete dabei auf die Blumenfrau und ihren Begleiter, er könne deren Vorführungen aufs Wärmste empfehlen. Jens fiel mein angestrengter Blick auf, ich zerbrach mir tatsächlich den Kopf, was die Blumenfrau und ihr Begleiter wohl in der Weißen Stadt trieben, und als hätte Jens meine Gedanken gelesen, flüsterte er mir zu: *Komm, wir gehen mit, lass es uns einfach herausfinden.*

Zuvor lief ich noch ins Zimmer hoch, alle sieben Stockwerke, so schnell ich nur konnte, ich musste die Eintrittskarte und mein Täschchen holen, mal abgesehen davon, dass ich erneut auf die Terrasse wollte, um Stadt und See nunmehr bei Tageslicht zu betrachten. Mittlerweile war das Wetter etwas umgeschlagen, die Sonne stand weiterhin am Himmel, doch war eine Nebelbank aufgezogen, die sich langsam dem Ufer näherte. Das Licht wirkte dadurch etwas fahler, es tauchte Chicago in eine unwirkliche Stimmung, die Weiße Stadt würde, sollte die Wetterlage anhalten, wie eine mystische Sagenwelt wirken.

Jens hatte versprochen, mich am Zimmer abzuholen, bald klopfte es auch schon an der Tür, und ich bat ihn einzutreten, schließlich verfügte seine Bleibe über keine Terrasse und gewiss keine so sehenswerte Aussicht. Wir standen noch ein paar Minuten gemeinsam draußen, sprachen kein Wort und ließen die Stimmung auf uns wirken. Abschließend sagte Jens, dieses Licht, mit der Sonne und dem dichtem Nebel, kenne er nur von hoher See, dann sei tatsächlich alles wie in den alten Märchen, die ihm seine Großmutter zum Einschlafen vorzulesen pflegte. Aus so einem Licht könnten jederzeit Fabelwesen auftauchen, verwunschene Geister und unermessliche Schätze, Truhen voller Edelsteine und Gold.

Wir eilten nach unten, der Hotelier und ein paar der Gäste waren gerade dabei aufzubrechen, allen voran die Blumenfrau und ihr Begleiter. Ich war nach wie vor neugierig und schlenderte betont unauffällig zu den beiden vor, Jens unterhielt sich unterdessen angeregt mit dem Hotelier, ich meinte zu vernehmen, dass sie die Tiefe des Sees diskutierten, und wo die ganz großen Fische standen.

Ich beschloss, mutig zu sein und die Blumenfrau anzusprechen, doch zuckte sie lediglich mit den Schultern und antwortete in einer Sprache, in der ich wirklich kein einziges Wort einer Bedeutung zuordnen konnte. Ich weiß nicht, warum ich so naiv gewesen war zu glauben, mich halbwegs mit einem jeden verständigen zu können, bei der Blumenfrau gelangte ich unverzüglich an sprachliche Grenzen. Doch deutete sie plötzlich auf sich und ließ ihre Hände vor mir durch die Luft tanzen … und ich habe noch nie zuvor (und auch nie mehr danach) jemanden getroffen, der es verstanden hätte, mich mit seinen Bewegungen dermaßen für sich einzunehmen. Die Blumenfrau gestikulierte nicht nur einfach, ihre Finger, Hände und Arme bewegten sich wie eigenständige Lebewesen, sie waren fließende, miteinander korrespondierende Gegebenheiten, als würden sich unterschiedlichste Rauchsäulen in der Luft miteinander vereinen, aus denen sich Bilder und allerhand Geschichten schälten.

Ich glaubte einigermaßen zu verstehen, was sie mir zeigen und mitteilen wollte: Sie und ihr Begleiter kamen über das Meer, lebten auf einer fernen Insel, wo fast immer die Sonne schien und mächtige Wellen gegen die Küsten rollten. Diese Insel war hoch und erhaben, mit dichten Wäldern bewachsen, und an einer der Bergflanken lag ein runder Eingang, durch den man in eine andere Welt gelangen konnte. Aus dem großen Berg stieg Rauch empor, und manchmal flossen flüssige Flammen die Hänge hinab, bis zum Meer, und aus Feuer und Wasser entstand neues Land, das die Insel weiter vergrößerte. Ich hatte keine Ahnung, von welcher Insel mir ihre Hände erzählten, doch war ich mir sicher, bei ihrer Vorführung würde ich mehr erfahren, gewiss gab es dort jemanden, der uns ihre Welt ausführlich zu beschreiben wusste.

Ich verspürte den unwiderstehlichen Drang, nach ihren Händen zu fassen, ob diese wirklich real waren oder ob ich mir das alles vielleicht nur einbildete, im uns mittlerweile umgebenden Nebel war vieles denkbar. Es war überaus peinlich, ihr mit meinen Händen daraufhin etwas über Grönland erzählen zu wollen, doch wagte ich es schon aus purer Höflichkeit: Ich griff in die Luft und formte ein paar Schneebälle, ich warf sie von mir weg, rollte einen davon zu einer größeren Schneekugel zusammen, mein Kleid zog ich mir kurz bis zum Hals, zitterte und vertrat mir ein wenig die Beine, um zumindest anzudeuten, wie kalt es in Grönland werden konnte. Die Blumenfrau lachte auf, und was immer sie sich auch gedacht haben mochte, sie nahm eine ihrer Blumen aus dem Haar und reichte sie mir mit ihren Zauberhänden, was hatte ich doch wieder für ein verdammtes Glück.

14.

3. Juni
Eine meiner terminlichen Verpflichtungen in New York war ein einflussreicher Geschäftsmann, den ich glücklicherweise für die Finanzierung einer weiteren Expedition hatte gewinnen können. Ich beschloss, ihn erneut aufzusuchen, ihn inständig darum zu bitten, bei den polizeidienstlichen Behörden nachzufragen, ob sich diese kurzum an ihre Kollegen in Chicago wenden könnten. Was ich danach erfuhr, ließ uns alle das Schlimmste befürchten: Es stellte sich heraus, dass in Chicago schon seit Monaten zahlreiche Menschen verschwanden, vorwiegend junge Frauen, jedoch auch anderweitige Besucher, die zur Weltausstellung angereist waren. Man ging davon aus, dass diese Opfer von Verbrechen geworden waren, allerdings gäbe es diesbezüglich keine weiteren Anhaltspunkte, die Ermittlungen liefen auf Hochtouren.

Wir zeigten uns in Anbetracht dieser Umstände erschüttert, wenn sie auch keinerlei Hinweise auf den Verbleib unserer Freunde zuließen; wir überlegten krampfhaft, wie wir weiter vorgehen sollten, als eine weitere Nachricht zu uns drang: Man hätte vor wenigen Tagen einen erstochenen Mann in der Weißen Stadt aufgefunden, der nicht identifiziert werden konnte. Spätestens ab diesen Zeitpunkt war klar, dass einige von uns nach Chicago fahren und sich dort umsehen würden; die anderen müssten zuwarten und das Schiff bewachen, auch darob entschied das Los. Ich, Harpunier Peder, Arzt Henrik und Reserveleutnant Fredrik packten schnell ein paar Sachen zusammen, wir würden den nächstbesten Zug nach Chicago nehmen. Unser einflussreicher Freund in New York stellte sicher, dass man uns am Bahnhof erwarten und unverzüglich zur Leichenhalle führen würde. Ich hoffte inständig, dass es sich bei dem Toten nicht um Jens handelte, doch lag mir alles sichtlich im Magen, ein ungutes Gefühl hatte sich meiner längst bemächtigt und ließ sich nicht mehr abschütteln.

7. Juni

Unsere Ankunft in Chicago gestaltete sich alles andere als freundlich, es regnete in Strömen, und die wartenden Polizeibeamten waren nicht erfreut, doch geleiteten sie uns auf Geheiß in die behördliche Leichenhalle. Man zeigte uns den Toten, ich weiß noch, wie wir uns alle entsetzt anblickten, es handelte sich tatsächlich um unseren Kameraden Jens. Henrik konnte es nicht lassen, in aller gebotenen Eile, die Stichwunden in Augenschein zu nehmen, tödlich wäre die eine Verletzung am Hals, jemand hätte ihm schlicht die Kehle durchtrennt. Zuvor hatte man Jens mehrfach in der Nierengegend verletzt, Henrik zählte insgesamt vier weitere Eintrittswunden.

Danach mussten wir unsere Aussage machen, bestätigen, wer Jens war und dass wir ihn hiermit identifizierten, nachfolgende Fragen, ob er in Chicago Feind- oder irgendwelche Liebschaften pflegte etc., entbehrten jeglicher Grundlage. Wir verließen nach einigen Stunden das Revier, wohl wissend, dass wir selbst aktiv werden mussten. Man hatte uns den Tatort beschrieben, dieser war somit unsere erste Anlaufstation; an dieser Stelle zeigte sich erneut, wie umsichtig Peder, unser Jäger und Harpunier, doch war, er hatte eines der an Bord verbliebenen Kleidungsstücke von Uki in seinen Seesack gepackt. Wir sollten in die Weiße Stadt fahren und uns umsehen, er würde sich etwas in Chicago umtun, Läden aufsuchen, die Jagdausrüstungen oder dergleichen zum Kauf anboten. Punktum, er würde uns einen Spürhund auftreiben, man solle ihm nur etwas Zeit lassen. Alle befanden die Idee für gut, vielleicht gäbe es irgendeine Fährte, die sich finden ließe, es war allemal einen Versuch wert. Ich schlug vor, dass wir uns nach der Weißen Stadt auf die in ihrer Nähe befindlichen Hotels konzentrieren sollten, schließlich galt es als einigermaßen plausibel, dass Jens und Uki irgendwo untergebracht gewesen sein mussten.

Wir machten uns auf den Weg in die Weiße Stadt, die Attraktionen, die uns unter normalen Umständen begeistert hätten, ließen wir allesamt links liegen, wir eilten zum hawaiianischen Vulkan, der nach wie vor gesperrt war (die Aufführungen pausierten). Man hatte uns diesen Ort genannt, dort war Jens zu Tode gekommen; es standen einige Polizisten herum, einige von ihnen befragten gerade (gewiss zum wiederholten Male) das Personal. Ich bemerkte aus dem Augenwinkel, dass sich jemand näherte, ein Mann und eine Frau, die sich sogleich wieder abwandten, als sie die Polizisten und den gesperrten Vulkaneingang registrierten. Ich lief ihnen, einer Eingebung folgend, hinterher, die Frau trug Blumen im Haar, wie es hawaiianische Hula-Tänzerinnen zu tun pflegten. Ihr Begleiter war offensichtlich ein zugehöriger Musiker, er trug eine Ukulele in seiner Tasche, beim Näherkommen konnte ich den Kopf, den Hals und die Stimmwirbel des Instrumentes erkennen.

Ich wollte in Erfahrung bringen, ob sie bei der Vulkanattraktion arbeiteten, wobei ich sogleich an sprachliche Grenzen stieß, die Frau konnte sich überhaupt nicht verständigen, der Mann bestätigte mir immerhin mit kaum verständlichen Worten auf Englisch, dass sie dazugehörten. Er schien allemal zu wissen, warum der Vulkan für die Besucher gesperrt worden war, sein wiederholtes *dedmen dedmen* sprach Bände. Die Frau sagte kein einziges Wort, ich wandte mich folglich wieder an ihren Begleiter und redete auf ihn ein *women, women*, woraufhin er mich anblickte, zweifelsohne wissend, dass ich irgendeine Frau suchte, allerdings konnte er mein Ansinnen nicht einordnen. Also versuchte ich Uki zu beschreiben, mehr mit Gesten denn mit für die beiden unverständlichen Worten. Ich griff in die Luft und formte ein paar Schneebälle, ich warf sie weg von mir, rollte einen davon zu einer größeren Schneekugel zusammen, meine Jacke zog ich mir kurz bis zum Hals, ich zitterte und vertrat mir ein wenig die Beine, um zumindest anzudeuten, wie kalt es in Ukis Heimat werden konnte.

Die Augen der Frau weiteten sich, und was immer sie sich auch gedacht haben mag, sie nahm eine ihrer Blumen aus dem Haar und reichte sie mir, sie plapperte drauflos und deutete hinter sich, sie fasste mich an der Hand und zog mich davon, ich rief in aller Eile nach den Männern, und wir besprachen uns kurz: Henrik würde beim Vulkan auf Peder warten, ich und Fredrik machten uns auf den Weg, sicherheitshalber vereinbarten wir in ein paar Stunden einen Treffpunkt, und zwar genau dort, wo wir uns in jenem Moment befanden.

(Aus dem Tagebuch des Vogelmannes)

* * *

WIR BETRATEN MIT VIELEN ANDEREN Menschen ein rundes Gebäude, die Blumenfrau und ihr Begleiter hatten sich von uns verabschiedet, sie nahmen einen anderen Eingang, um zu ihrem Auftritt zu gelangen. Über dem Hauptportal thronte die Statue einer Göttin, sie hieß *Pele,* und man erklärte uns, dass sie über die hawaiianischen Inseln und deren Vulkane wache. Ihre Haare bestünden aus erstarrter Lava, und sie verfluche einen jeden, der es wagen würde, Lavagestein von der Insel in die Fremde mitzunehmen. Pele war die allmächtige Feuergöttin der Hawaiianer, die regelmäßig Tod und Verderben, jedoch auch Fruchtbarkeit und Lebenslust auf die Inseln brachte. Auf Hawaii wohnte sie angeblich im Vulkankrater des *Kilauea*, den man hier im Rahmen der Weltausstellung nachgebaut hatte, die Göttin blieb dort in der Regel ganz für sich.

Selbstverständlich handelte es sich nur um ein ungefähres Modell der geologischen Formation, doch hatten sich die Organisatoren der Weißen Stadt redlich bemüht: Der im dämmrigen Licht aufragende Berg, aus dem unablässig Rauch stieg, ließ erahnen, wie gewaltig das Original sein musste. Er bestand aus Steinen, Pappmaché und bemalten Leinwänden, ganze zwei Jahre lang hatte ein bekannter Künstler und Bühnenbildner aus Chicago den Berg vor Ort studiert, um diesen möglichst einprägsam für die Besucher nachzuahmen. Man hatte eine komplizierte Mechanik eingebaut, die, zusammen mit elektrischem Licht und allerlei Pyrotechnik, den Vulkan zum Leben erwecken würde, sobald die Vorstellung begann. Auf der vom Publikum aus abgewandten Vulkanseite hatten sich allerlei Männer mit Trommeln und anderen Instrumenten in Stellung gebracht, sie würden für zusätzlichen Donner, Lärm und sonstige Kratergeräusche sorgen.

Jens und ich waren bald von einer erregten Menschenmenge umgeben, alle drängten sich aneinander, Körper um Körper, das Interesse an dem Spektakel war immens, ich versuchte instinktiv, mir irgendwo einen ruhigeren Platz zu sichern, damit ich alles überblicken konnte. Ich wählte schließlich eine Stelle weiter hinten, Jens stand dort neben mir an eine Wand gelehnt, das war von Vorteil, denn keiner schubste und stieß uns, wir hatten zudem eine wesentlich bessere Sicht auf die Vorgänge.

Plötzlich ging das Licht aus, und es dauerte ein wenig, bis sich die Augen an die neuen Lichtverhältnisse gewöhnt hatten, danach leuchteten ein paar Scheinwerfer auf, die einem Mann folgten, der den Vulkankrater zu erklimmen suchte. Man hörte dumpfes Grollen und Trommeln, immer mehr Rauch und Qualm stiegen nun aus dem Vulkan, im Hintergrund schien sogar ein Feuer zu flackern. Der Mann brüllte etwas, um Pele zu huldigen, er warf tatsächlich zwei lebende Hühnchen in den oberen Kraterteil, wobei nur eines auch darin landete, das andere machte sich auf und davon. Danach verließ er die Szenerie, und die Blumenfrau und ihr Begleiter tauchten hinter einem der Felsvorsprünge auf, es war mit einem Male völlig still.

Und dann sang die Blumenfrau los, irgendein Lied, das der Feuergöttin gewidmet war, *Aia la ʻo Pele i Hawaiʻi, Ke pulelo aʻe la i nä pali, ʻeä … Pele ist in Hawaii, Feuerzungen springen über die Klippen,* wobei sie unablässig ihre Hüften kreisen und die Hände durch die Luft wirbeln ließ, sie tanzte, als ginge es ums nackte Leben, als könne Pele nur durch ihre Ehrerbietung besänftigt und das Unheil abgewendet werden. Sie hatte sich ein buntes Tuch über ihre Brüste geschwungen, im Schein der Lampen blitzten die Blumen in ihrem Haar auf, der kurze, seitlich abstehende Rock, der aus feinen Pflanzenfasern bestand, wippte im Takt mit. Ihr Begleiter hielt ein kleines Instrument in seinen Händen, er spielte und sang ebenfalls lautstark, doch niemand schien ihn wahrzunehmen, keiner konnte sich der Stimme und den wiegenden Bewegungen der Blumenfrau entziehen. Es war nahezu totenstill geworden, und ich konnte beobachten, wie gebannt die Menschen waren, sie machten den Eindruck, als hätte man sie verzaubert, sie lauschten der Melodie und wussten nicht, wie ihnen geschah.

Die Blumenfrau wirkte im allmählich sich ausbreitenden Feuerschein wie die Göttin selbst, ihre Stimme wurde lauter, ein Donnergrollen setzte ein, und dann geschah es: Der Vulkan explodierte förmlich, Feuer- und Funkenfontänen schossen zur Gebäudekuppel, es pfiff und zischte, und Felsbrocken aus Pappmaché und allerlei bunte Papierknäuel regneten auf das Publikum herab. Der gesamte Vulkan war dabei in Bewegung geraten, als würden unsichtbare Kräfte überall an ihm zerren, ihn förmlich zerreißen wollen. Die Leute brüllten los, und es herrschte ein unglaublicher Tumult, manche hielten sich dabei ihre Ohren zu, weil es so laut geworden war, die Blumenfrau brüllte etwas zum Vulkankrater hinauf, als würde sie Pele zu einem Wettstreit auffordern, es war alles in allem ein berauschendes Inferno.

Jens fasste unversehens meinen Arm, der Raum verfinsterte sich, das Licht flackerte und blitzte nunmehr vorwiegend in unmittelbarer Nähe des Vulkans auf, dorthin lenkte man den Fokus des gesamten Spektakels. Ich konnte deutlich seinen erstaunten Gesichtsausdruck erkennen, er schien etwas zu stammeln, doch war es nach wie vor zu laut, um irgendetwas davon zu verstehen. Er hielt sich plötzlich auch mit der zweiten Hand an mir fest, ich fasste nach ihm und spürte etwas Nasses, Klebriges an seinem Körper, ich hielt mir daraufhin die Hand ungläubig vors Gesicht, sie roch eindeutig nach Blut.

Jens ließ mich los und taumelte nunmehr rückwärts, irgendein Schatten schien sich seiner bemächtigt zu haben, der ihn in einen noch dunkleren Bereich zu zerren versuchte, ich sah kurz etwas aufblitzen, das ihn am Hals traf. Ich stürmte vor und packte seine Hände, um jeden Preis wollte ich ihn ins dämmrige Licht zurückziehen, doch blickte ich bereits in sterbende Augen, Jens riss mich mit sich. Ich fiel allerdings nicht um (so wie er), etwas hielt mich fest, drückte mir die Luft ab und schlang sich um meine Schultern, es presste mir einen feuchten Lappen gegen Mund und Nase, der eigenartig roch, mir wurde schwindelig, und ich verlor allmählich das Bewusstsein. Das Letzte, woran ich mich erinnerte, war eine Kraft, die mich in die Luft beförderte, ich schien eine Weile zu schweben, wurde vom Vulkan aufgesogen, zu Boden geworfen und einen Gang entlanggeschleift, der kein Ende nahm … bald umgab mich nur noch Dunkelheit, ich spürte nichts mehr.

Als ich erwachte, lag ich in einem kleinen Raum, einer kargen Kammer, die Tür war verschlossen, und nichts darin erinnerte an mein behagliches Hotelzimmer. Es gab keinen Spiegel, keine Terrasse, keine Schränke und kein Bad, kein fließend

Wasser, nur ein Bett stand dort, ich selbst lag auf dem kalten Fußboden. Etwas Tageslicht fiel durch eine kleine Öffnung, und ich konnte deutlich das getrocknete Blut an meinen Händen erkennen, *wo Jens doch bloß ist*, dachte ich, insgeheim ahnte ich Schlimmes. Mein Kleid war an einigen Stellen gerissen, es war verdreckt, mein Hut und mein Täschchen waren nicht mehr aufzufinden. Auch die Fellschuhe hatte man mir genommen, die Blume aus meinem Haar war verschwunden, die Blumenfrau schien nur noch ein Hirngespinst zu sein, am Ende hatte mich ihre wütende Feuergöttin zu sich in den Felskrater geholt.

Ich versuchte mich krampfhaft an das Geschehene zu erinnern, doch wies mein Gedächtnis beträchtliche Lücken auf, der Kopf schmerzte, ja mein ganzer Körper glich einer einzigen pochenden Wunde. Ich hörte die Stimme der Blumenfrau und spürte den tosenden Vulkan, viel mehr war da nicht, alles verschwamm vor meinen Augen, wie in einem dieser impressionistischen Gemälde der Weltausstellung. Ich konnte mich zwar erinnern, wie mein Hotelzimmer aussah, ich wusste, dass Nebel über dem See aufgezogen war, doch was mich gepackt und wie genau ich hierhergelangt war, das blieb ein Rätsel.

Ich erhob mich und setzte mich aufs Bett, weil mich erneut die Kräfte verließen, meine Augen trübten sich ein, ich konnte kaum noch den Raum erkennen; allerdings vernahm ich etwas vor der Tür, die Geräusche prasselten auf mich ein, als befände ich mich unter Wasser. Vielleicht hatte mich die Göttin tatsächlich in den Vulkan gezogen, unter diesem befand sich doch ein ganzes Meer, auf der Insel Hawaii war es jedenfalls so (hier in Chicago bestenfalls die Kanalisation). Ich grübelte, gewiss war ich nicht unter Wasser gezerrt worden, meine Verwirrtheit und diese Kopfschmerzen, es musste an der seltsamen Substanz liegen, die ich eingeatmet hatte. Genau, da war doch noch dieser stechende, beißende Geschmack in Mund und Nase, man hatte mich irgendwie betäubt und dadurch überwältigt. Ich kannte ähnliche Mittel von den Schamanen, die mitunter mit Rauch und allerlei Kräutern hantierten, sie hatten vergleichbare Auswirkungen auf ihre Körper herbeigeführt, doch verloren sie nie ihr Bewusstsein, sie wandelten zielsicher auf dem schmalen Grat zwischen Bewusstsein und Ohnmacht, niemals fielen sie in den Abgrund.

Ich musste tief gefallen sein, etwas hatte mich zu Boden gerungen und sich meiner bemächtigt, nichts davon fühlte sich an, als wäre es ein Mensch gewesen. Die Schamanen hatten mir allerlei Geschichten erzählt, dass nicht alle, die wie Menschen aussahen, auch solche waren, dass sich oft genug das Böse einen Weg in die Welt bahnte, es kroch einem in die Eingeweide und ließ das Herz erkalten. Ich versuchte ruhig zu atmen, mein Herz schlug wild gegen die Rippenbögen, ich musste mich unbedingt beruhigen, oft genug waren die Jäger meines Volkes in noch misslichere Lagen geraten, Panik half einem niemals weiter. *Ruhig Blut*, hörte ich aus der Ferne die Schamanen raunen, *nichts, was Worte sagen mögen.*

Ich verließ das Bett, das alles andere als bequem war, meine nackten Füße berührten den kalten Boden, er schien aus Stein gehauen worden zu sein, doch würde mich das nicht zu Fall bringen, ich war klammen Untergrund gewohnt. Im Raum schien es nicht sonderlich kalt zu sein, ich schritt zur Tür und stemmte mich ihr mit aller Kraft entgegen, sie war schwer und aus Metall, gab keinen Millimeter nach. Sie wies weder ein Schlüsselloch noch eine Klinke auf, es musste allerdings irgendeinen verborgenen Mechanismus geben, der sie aktivierte – vielleicht ließ er sich ja nur von außen bedienen. Wie ich erkannte, hatte man eine Luke eingebaut, die wohl ebenfalls nur von der anderen Seite zu öffnen war. Jedenfalls, ganz egal, wie sehr ich mich mühte und wie viele Fingernägel ich mir abbrach, weder an der Tür noch an der Luke ließ sich etwas ausrichten.

In manchen Legenden der Schamanen kam es vor, dass sich diese in Eisbären verwandelten, um auf eine andere Bewusstseinsebene zu gelangen; von dort aus konnten sie Grönland mit anderen Augen betrachten und bösen Geistern leichter den Garaus machen. Ich wünschte mir sehnlichst, ein solches Kunststück vollbringen zu können, mich wie ein Eisbär in der Kammer zu gebärden, meine gesamte Kraft zu entfalten, gegen die Tür anzulaufen und diese mit übermenschlicher Wucht aus den Angeln zu reißen, mit all meinen spitzen Zähnen und Krallen. Ich war mir sicher, ein Eisbär würde sich nicht aufhalten lassen, er bräche durch, und alles, was sich ihm draußen in den Weg stellte, bliebe zerfetzt zurück.

Bald war ich zu der Überzeugung gelangt, dass ich selbst dann eine Verwandlung in Betracht gezogen hätte, wenn ich mich für immer von meiner menschlichen Gestalt lossagen müsste; ich wollte nur noch nach Hause, zu meiner Familie in Grönland, wo ich hingehörte. Sie würden mich gewiss auch als Eisbären an ihrer Seite dulden, sofern ich keine Hunde oder Kinder fraß, mich anständig benahm und weit draußen im Eis auf Beutezüge ging.

Ich schrie, so laut ich konnte, hämmerte gegen die Tür und alle Wände, ich versuchte, zum kleinen Fenster zu gelangen, durch das der Lichtschein einfiel, ich wollte mich irgendwie an den Fenstersims klammern – er war übel verdreckt, doch konnte man die Welt draußen noch einigermaßen erahnen. Ich musste zu meinem Leidwesen akzeptieren, dass dieser unerreichbar blieb, selbst wenn ich das Bett bis zur Wand schob und mich streckte, der Raum war schlicht zu hoch bemessen. Man musste alles mit Kalkül so konstruiert haben: ein kleines Fenster, eigentlich nur ein größeres Loch, das sich beinahe an der Decke befand und zugleich auf dem Mond liegen könnte, eine Tür, die sich nicht öffnen ließ, ein Raum, einer klaffenden Spalte im Gletscher nicht unähnlich. War man erst darin gefangen, kam man nicht mehr los. Über einem der Himmel und neben sich die Eiswände, nichts zu essen, nichts zu trinken, vollkommen auf sich allein gestellt und der Kälte ausgeliefert. Die einzige Hoffnung blieben in solchen Fällen andere Jäger, die in Grönland den Spuren zu folgen wussten, die einem irgendwann ein Seil zuwarfen, mit dessen Hilfe sie einen geschwächten Körper in die Welt zurückziehen konnten. Mein Volk kannte ein Wort, das einem in finsteren Stunden Trost spenden und mit dessen Hilfe man in die Welt der Lebenden zurückgelangen konnte, die Schamanen glaubten fest daran: *qarrtsiluni* (ᖃᕐᕐᑦᓯᓗᓂ), was so viel hieß wie *gemeinsam in der Dunkelheit sitzen und warten, bis etwas geschieht.*

Immerhin war es in der Kammer nicht so kalt wie im Eis, ich würde zuwarten, was sich an der Tür tat, es musste einen Grund dafür geben, warum man mich festhielt, keinesfalls kam mir in den Sinn, aufzugeben. Ich war eine Inuk, und was oder wer auch immer mich entführt und hierhergebracht hatte, er würde sich zeigen, er würde verdeutlichen, was er wollte; und es konnte keinesfalls in seinem Interesse liegen, mich verhungern und verdursten zu lassen. Die Mühe, die er auf sich genommen hatte, war schließlich nicht von der Hand zu weisen: mich aus einer Menschenmenge in der Weißen Stadt zu verschleppen, Jens anzugreifen, wohl wissend, dass mich dieser beschützen würde. Er (oder es?) musste einen Plan verfolgen.

Ich überlegte, wem mein Verschwinden aufgefallen sein könnte, Jens war, das spürte ich nun überdeutlich, tot… ich musste gegen die Tränen ankämpfen, schließlich fühlte ich mich in höchsten Maßen dafür verantwortlich. Wäre er doch beim Vogelmann geblieben, man hätte mich alleine reisen lassen sollen, die Weiße Stadt rief schließlich nach mir – und nur mich sollte sie folglich verschlingen. Ich dachte an den Tag, als der Vogelmann zu mir in die Kajüte gekommen war, davon berichtend, dass mich alle Männer in die Weiße Stadt geleiten wollten und sie es auslosen mussten. Wer hätte geahnt, dass es bei dem Losentscheid um Leben und Tod gehen und dass derjenige, der an meiner Seite verweilte, in Chicago sterben würde.

Ich ging davon aus, dass man Jens nach der Aufführung vorgefunden hatte, spätestens als das Licht anging und das Publikum den Vulkanraum verließ, kurz bevor die nächsten Besucher angetanzt kamen. Doch was, wenn man ihn, wie mich, zur Seite geschafft und irgendwo versteckt (oder vergraben) hatte, was für Beweise gäbe es dann noch für unser Verschwinden? Es musste definitiv Blut am Boden zu finden sein, Jens hatte reichlich davon verloren, so viel war mir aufgefallen, und bestimmt waren etliche achtlos durch die Lachen geschlendert und hatten blutige Fußspuren nach draußen getragen; vielleicht war spätestens da jemand stutzig geworden. Ich hoffte insgeheim, dass sie es nicht für Hühnerblut hielten, schon die schiere Menge spräche schließlich dagegen.

Der Hotelier würde zweifelsohne bemerken, dass Jens und ich nicht mehr ins Hotel zurückgekehrt waren, beim Frühstück, da würde man uns vermissen und gewiss im Zimmer nach dem Rechten sehen. Oder spätestens am Tag unserer geplanten Abreise, wenn es die Schlüssel abzugeben und die Zimmer zu bezahlen galt, bestimmt würde er jemanden verständigen. Ihm würde klar werden, dass etwas passiert sein musste! Und selbst wenn er dächte, wir zwei wären durchgebrannt, um uns vor der Hotelrechnung zu drücken, er würde Nachforschungen anstellen, sich auf die Suche begeben und die Sache einer zuständigen Behörde in Chicago melden.

Man würde zweifelsohne nach uns fahnden, gewiss auch in der Weißen Stadt, vielleicht waren dort weitere Spuren zu finden, von denen ich bislang nichts ahnte – meine Tasche, der Hut, Stoffstücke des Kleides, etwas in der Art. Und selbst wenn nichts davon geschähe, was würde sich der Vogelmann denken, wenn wir nicht, wie vereinbart, aus Chicago zurückkehrten, er würde doch wissen, dass etwas Furchtbares passiert sein musste. Und was, wenn er zu dem Schluss käme, ich und Jens seien freiwillig in Chicago geblieben, dass wir uns ineinander verliebt und einen anderen Lebensweg eingeschlagen hatten? Ich ließ es an diesem Punkt lieber bleiben, die Ungewissheiten und Spekulationen beförderten neuerlich meine Panik, ich konnte bald keinen klaren Gedanken mehr fassen. Also legte ich mich lieber auf das Bett und schloss die Augen, *tief durchatmen, Uki, ein- und ausatmen, Elaine, es wird ganz bestimmt Hilfe kommen, etwas wird geschehen.*

Schon ein paar Minuten später begann ich erneut über meine Situation nachzudenken, die Gedankenkreisel ließen sich nicht einfach stoppen, wie lange würde ich ohne Wasser und Essen schon durchhalten? Der Vater hatte mir einst von Jägern erzählt, die ganze Wochen im Eis verschollen gewesen waren, erschöpft und abgemagert, doch lebendig wären sie schließlich in die Siedlung zurückgekehrt. Allerdings konnten die sich etwas Eis auftauen, ein wenig Flüssigkeit zu sich nehmen, diese Möglichkeit blieb mir verwehrt.

Ich begab mich erneut zur Tür, kauerte mich im toten Winkel zusammen, ich versuchte auf die Geräusche zu achten, die vielleicht Rückschlüsse auf ein Bild der Umgebung zuließen. Draußen, vor dem unerreichbaren, kleinen Fenster, durch das nicht mal eine Eiderente hätte schlüpfen können, musste es eine Straße geben, ein dumpfes, klopfendes Rauschen war zu vernehmen. Das konnten Menschen auf ihrem Weg in die Arbeit sein, Hufgeklapper von Pferden, Fuhrwerke, irgendein Bach im Park, der vor sich hin plätscherte, oder auch nur der

Wind in den Bäumen. Vom Himmel konnte ich selbst durch den Schmutz ablesen, ob Tag oder Nacht herrschte, ob die Sonne schien oder Wolken vorüberzogen. Manchmal huschten Schatten vorbei, Vögel vermutlich, es lebten schließlich viele von ihnen rund um den Michigansee. Ich dachte noch daran, wie viele unterschiedliche Himmel es doch über einem Land zu beobachten gab: dass im ersten vielleicht Vögel umherzogen und sich im zweiten die Wolken stauten, dass sie im dritten die Häute kalkten und im vierten Schneeflocken streuten, dass im fünften die Wölfe heulten und im sechsten die Geister nach einem langten. Man konnte unendlich viele Himmel im Kopf haben, und nie würden sich diese gleichen, hörte ich die Schamanen summen.

Vielleicht kamen die Geräusche auch nur einfach aus der Weißen Stadt, möglicherweise befand ich mich nach wie vor dort, das Gelände war schließlich riesig, und die Geräuschkulisse konnte von den Wänden, die mich umgaben, verzerrt werden. Ich versuchte darauf zu achten, ob zuordenbare Geräusche zu mir drangen, die Kammer, in der ich mich befand, musste doch in einem Haus liegen. Es konnte nur ein Ort mit Räumen und Zimmern sein, einem Flur, ein paar Stockwerken, einem Dach, andere Häuser gab es in Chicago schließlich nicht. Ich meinte plötzlich ein Knarren zu vernehmen, das klang eindeutig nach Holz, vielleicht bestanden die Geländer im Stiegenhaus oder die Treppen daraus, nur dieses knackte und knisterte charakteristisch, wenn man es größeren Temperaturunterschieden aussetzte. Ich lauschte angestrengt weiter, doch nichts tat sich fortan, es blieb totenstill, und ich wusste nicht, was ich mir sehnlicher wünschte: Schritte im Flur, die sich der Tür nähern oder lieber die trügerische Stille. Sie erinnerte mich an unsere Jäger, die oft stundenlang irgendwo vor einem Eisloch verharrten, sich nicht rührten und keinen Laut von sich gaben, um eine Robbe, die kurz auftaucht, zur Strecke zu bringen.

Ich konnte mich still verhalten, den Spieß umdrehen, abwarten, bis dieses *Etwas* vor der Tür die Geduld verlor, dem Drang nicht mehr widerstehen konnte, nachzusehen, wo ich abgeblieben war. Ich verharrte lautlos, vielleicht würde dieses *Etwas* schon bald den Raum betreten, und ich könnte zuschlagen. Wie sehr wünschte ich mir eine von Vaters Harpunen herbei, mit ihr wäre ich kein hilfloses Stück Fleisch mehr. Ich wusste genau, wie man Herzen durchbohrt, wie ein Brustkorb beschaffen ist, welche Rippenbögen man wo anstechen muss, ich würde erbittert um mein Leben kämpfen. Das Messer meines Vaters hatte ich mit ein paar anderen Gegenständen im Hotelzimmer gelassen, ich hätte es immer am Leib tragen, irgendwo im Kleid einstecken sollen. Wie hatte ich nur so töricht sein können, mich unbewaffnet in der Welt zu bewegen, keinem unserer Jäger, ja nicht einmal der Mutter wäre das im Traum eingefallen.

Die zivilisierte Welt der weißen Menschen hatte mich eingelullt, mir etwas vorgetäuscht, mich hinters Licht geführt, als gäbe es in den Städten und Orten und Straßen oder Zügen keine Raubtiere, keine wie auch immer gearteten Bedrohungen. Die Schamanen hatten mir erzählt, dass böse Geister manchmal Menschen zu sich holten, um sie in einer Zwischenwelt festzusetzen, wo sie sich an ihrer Qual laben können – doch war ich mir sicher, dass kein Dämon dem armen Jens mit einem Messer zu Leibe gerückt wäre. Es musste eine niederträchtige Kreatur aus Fleisch und Blut sein, die sich einer unheilvollen Macht verschrieben hatte, das schon, doch zweifelsohne wies sie einen Körper auf. Er hatte mich berührt und gegriffen, also konnte ich ihn ebenfalls berühren und greifen, demnach auch töten und aus der Welt schaffen.

Ich wollte mich gerade strecken, die Beine vom Boden heben und kurz die Muskeln anspannen, ganz vorsichtig natürlich, als ich es zum ersten Mal bemerkte: Ein eisiger Hauch sickerte aus den Wänden, sie fühlten sich nunmehr deutlich kühler an. Ich dachte zunächst, es wäre alles nur Einbildung, ein Sinnesstreich, der meiner inneren Unruhe zuzuschreiben war; ich konzentrierte mich lieber wieder auf die Tür und allfällige Geräusche. Doch nach einer weiteren halben Stunde spürte ich es überdeutlich, ich tastete den ganzen Raum mit meinen Händen ab, vor allem die Fugen und Ecken, doch ließ sich kein bestimmter Punkt ausmachen, von dem aus sich die Kälte ausbreitete.

Der gesamte Raum schien abgekühlt zu werden, etwas blies unmerklich eisige Luft zu mir. Ich erschrak fürchterlich und hämmerte vehement gegen die Tür, ich schrie und rief nach einer Erklärung, ich begann zu fluchen, etwas, wovon die Mutter dachte, dazu sei ich niemals in der Lage, doch es blieb totenstill. In den nächsten Stunden sank die Temperatur immer weiter, ich konnte Frost und Kälte schließlich gut einschätzen, mein Kleid würde mich bald nicht mehr ausreichend schützen …

15.

8. Juni

Danach ging es erstaunlich schnell vonstatten: Die Frau führte uns zu einem Hotel, in dem sich Uki aufgehalten haben musste, der anwesende Hotelier bestätigte das auch, er hätte Jens und die Frau, die nicht mehr zurückgekehrt waren, bei der Polizei angezeigt, schließlich hätten diese ihre Rechnung geprellt. Vom Mord in der Weißen Stadt hätte er zwar gehört, doch das Ereignis nicht mit den beiden Flüchtigen in Verbindung gebracht, schließlich habe man stets von einem einzelnen Opfer gesprochen. Er wollte wissen, wer wir überhaupt seien, ich versicherte ihm, dass es sich bei Jens und Uki um Freunde handelte und wir uns auf der Suche nach ihnen befanden. Der Mann machte einen sympathischen Eindruck auf mich, er übergab mir bereitwillig deren Habseligkeiten, die auf den Zimmern zurückgeblieben waren; Fredrik würde sie bis auf Weiteres verwahren. Ich erkundigte mich, ob wir die Zimmer sehen könnten, er erhob keinerlei Einwände, bereitwillig führte er uns zu den Räumlichkeiten. Ukis Unterkunft konnte sich sehen lassen, verfügte über eine großzügige Terrasse, ich war überzeugt, sie war hellauf begeistert gewesen. Irgendjemand rief unterdessen nach dem Hotelier, er meinte nur, seine Frau benötige wohl etwas, wir könnten jedoch noch ruhig etwas auf den Zimmern verweilen und danach selbstständig abschließen. Er würde sich später von uns verabschieden und uns selbstverständlich bei der Suche unterstützen.

Das war das letzte Mal, dass ich ihn sah, inzwischen überschlugen sich die Ereignisse: Ich stand mit Fredrik etwas ratlos auf der Terrasse, wir blickten zur Weißen Stadt und auf den Michigansee hinaus, überlegten angestrengt, wie es nun weitergehen sollte. Plötzlich vernahmen wir von der Straße lautes Gebell, das bis in den siebten Stock stieg; wir blickten nach unten und erkannten drei Männer mit Hunden, die das Hotelgebäude musterten. Augenblicklich liefen wir ins Erdgeschoss, es waren Peder und Henrik sowie ein Mann namens Todd, ein Jäger, den Peder irgendwo aufgetrieben hatte. Todd hatte lange Zeit Büffeln, Wölfen und Bären nachgestellt, nunmehr ließ er es etwas ruhiger angehen, er betrieb zwei kleine Jagd- und Fischereiläden in Chicago. Seine Hunde seien zwar nicht mehr die jüngsten, doch nach wie vor gut ausgebildet, sie hätten jedenfalls am Vulkan Ukis Fährte aufgenommen und die Männer bis zum Hotel geführt.

Ich begab mich abermals zur Rezeption, um den Hotelier mit seinen Ortskenntnissen zu bemühen, doch erfuhr ich von einer (seiner?) Frau, dass dieser das Gebäude verlassen hatte – und zwar durch den Hintereingang. Ich fand das einigermaßen befremdlich, wenn nicht gar verdächtig, schließlich hatte er versprochen, unten auf uns zu warten. Peder und Todd übernahmen in weiterer Folge die Führung, es war schon erstaunlich, wie sie als Jäger miteinander harmonierten. Es schien unter Männern, die es gewohnt waren, gemeinsam Beute zu machen, unsichtbare Bande zu geben, eine brüderliche Kameradschaft, die nun überdeutlich vom Jagdfieber angefacht wurde. Als ich ihnen berichtete, dass sich der Hotelier, wenn schon nicht aus dem Staub, dann doch davongemacht hatte, ließen sie die Hunde auch an dessen Zylinder schnuppern, welcher sich nach wie vor auf einem Haken an der Rezeption befand. Auch dieser Umstand schien eine gewisse Nervosität des Herrn an den Tag zu legen, einfach seinen Zylinder zurückzulassen, die Sache mit dem Hintereingang ließ uns zusätzlich stutzig werden. Die Hunde nahmen die frische Fährte auf und führten uns gut drei Kilometer weiter das Ufer des Michigansees entlang, gelegentlich durch ein paar verwinkelte Gässchen, als hätte jemand versucht, etwaigen Passanten aus dem Weg zu gehen.

Schließlich tauchten wir vor einem weiteren Haus auf, das sich überaus schäbig präsentierte, die Fassade blätterte an manchen Stellen ab, und die Fensterscheiben waren mit Staub und Ruß überzogen. Es wies Fensteröffnungen in unterschiedlichen Größen auf, was schon auf den ersten Blick unheimlich wirkte, die seltsame Stille, die über dem Anwesen lag, bestärkte unser diesbezügliches Misstrauen. Die Eingangstür war verschlossen, sie war massiv und ließ sich nicht einfach aufbrechen, das Erdgeschoss machte auf uns einen überaus hermetischen Eindruck.

Da die Hunde weiterhin anschlugen, beschlossen Peder und Todd, durch eines der Fenster im ersten Stock einzusteigen, wir unterstützten sie dabei nach Leibeskräften. Ich, Henrik und Fredrik bildeten einen Sockel, Todd, der in der Tat ein älterer, jedoch kräftiger Mann war, stieg auf unsere Schultern, Peder kletterte an uns allen hoch, stieg wiederum auf die Schultern von Todd, der ihn alsdann mit seinen muskulösen Armen weiter in die Höhe katapultierte. Peder bekam den Sims zu fassen, er schlug eines der Fenster ein und stieg in das nächstbeste Zimmer; die darin befindliche, ebenfalls verschlossene Zimmertür konnte er aufstemmen. Er lief unverzüglich ins Erdgeschoss, das Haus wirkte ruhig, irgendwo meinte er zwar, Schritte vernommen zu haben, doch musste er sich zunächst um uns kümmern. Erstaunlicherweise steckte ein Schlüssel in der Tür, man hatte mehrfach abgesperrt und diesen stecken gelassen, wohl um allfälligen, ungebetenen Gästen den Eintritt zu erschweren.

Nunmehr betraten wir gesammelt den Eingangsbereich, mehrere Treppen schienen vom Erdgeschoss in den Keller zu führen, andere wiederum nach oben, nahezu überall schien ein Weg abzuzweigen, wir beschlossen kurzum, uns aufzuteilen. Henrik und Todd nahmen sich den Keller vor, ich stieg mit den anderen in den ersten Stock, der zunächst den Anschein eines Labyrinths erweckte. Alles war unübersichtlich, das Licht flackerte, und man musste darauf achten, wohin man trat, es waren düstere Gänge, manchmal etwas breiter, dann wieder enger geführt, die Deckenhöhe variierte ebenfalls. Als weitere Treppen nach oben abzweigten, blieb Fredrik im ersten Stock, um diesen genauer zu erkunden, er schlich wie eine Katze davon. Ich und Peder nahmen die Stufen nach oben, wir gingen leise durch den zweiten Stock, wo uns nichts Verdächtiges auffiel, also machten wir uns auf in den dritten.

Ich meinte, plötzlich eine Bewegung auszumachen, sie war unscheinbar und kaum zu erkennen gewesen, ein Messer kam daraufhin angeflogen, es verfehlte mich und Peder glücklicherweise und blieb in einer der dunklen Holzvertäfelungen, mit denen die Flure ausgekleidet waren, stecken. Das dumpfe Geräusch des Einschlags schien das seltsame Haus aufzuwecken, Peder riss das Messer wütend aus der Wand und warf es mit aller Kraft zurück in die Dunkelheit, in die Richtung, aus der es gekommen sein musste; wir hörten einen zweiten, noch dumpferen Einschlag. Peder beklagte die Tatsache, dass er nicht seine Harpune bei sich führte, allerdings war er ein kräftiger, beherzter Mann, ohne zu zaudern, stürzte er sich in den unübersichtlichen Flur, ich ihm hinterher. Wir hörten ein lautes Geräusch, es kam von unten, aller Wahrscheinlichkeit nach handelte es sich um einen oder mehrere Schüsse. Unser Angreifer schien es sich unterdessen anders überlegt zu haben, wir hörten trommelnde Schritte in einem der Treppenhäuser, er versuchte wohl zu flüchten, und der erboste Peder nahm die Verfolgung auf. Wir liefen an verschiedenen Türen vorbei, Peder war bereits ein Stück vor mir, und ich erkannte gerade noch, wie er durch ein Fenster auf irgendein darunter liegendes Vordach sprang, gewiss wollte er dem Flüchtigen den Weg abschneiden.

Fast wäre ich ihm nachgeklettert, doch war mir eine Tür im Flur aufgefallen, die sich deutlich von jenen unterschied, an denen wir bislang vorbeigerannt waren. Sie war mit kaltem Reif beschlagen, und wenn man sie berührte, war es beinahe so, als würde man irgendwo in den Schnee fassen. Ich weiß nicht, warum ich es unverzüglich mit Uki assoziierte, vielleicht ja nur, weil sie aus Grönland kam, mag sein, dass mich meine Intuition innehalten ließ, wo ich doch in jenem Moment an meine Elaine denken musste. Ich verspürte einen unbändigen Drang, die Tür einzutreten, was ich sofort redlich in die Tat umzusetzen suchte, doch hielt sie vorerst meinen Angriffen stand. Ich lief den Gang zurück, irgendwo, im Vorbeihasten, waren mir mehrere Eimer, Besen und Äxte aufgefallen, eine davon griff ich mir und stürmte wieder vorwärts.

Aus dem Keller des Hauses drang unterdessen immer noch Lärm, ich meinte erneut einen Schuss zu vernehmen, doch wollte ich zunächst hier weiterkommen. Ich hämmerte wie ein Verrückter mit der Axt auf die Tür ein, stellte mir vor, Elaine wäre dahinter gefangen, und in Anbetracht der durch die Ritzen ausströmenden Kälte durfte ich keine weitere Zeit verlieren. Ich stemmte die Axt in den Türrahmen, dort, wo sich das Schloss befand, die Tür schien endlich ein wenig nachzugeben, doch brach sie nicht auf. Also nahm ich Anlauf, so gut ich konnte, und warf mich mit aller Kraft gegen das Hindernis; die Tür brach endlich aus den Angeln und fiel polternd in einen eisigen Raum.

Ich blickte mich um und gewahrte in einer der Ecken eine zitternde, am Boden liegende Frau, die mit großen Augen zu mir aufsah. Ihre Hände waren nahezu blau, die Lippen ebenfalls, doch war sie am Leben und hauchte mir etwas zu. Ich kniete mich zu ihr und konnte das Gesagte endlich verstehen, ein einziges, mich rührendes Wort: tingmiaqangut … Vogelmann!

(Aus dem Tagebuch des Vogelmannes)

* * *

ICH WEISS NICHT MEHR, wie viel Zeit vergangen ist, ich dämmere vor mich hin, unentwegt damit beschäftigt, nicht einzuschlafen, insgeheim ahne ich, es gibt danach kein Entrinnen mehr, ich werde unweigerlich erfrieren. Ich schrecke mehrfach hoch, immer dann, wenn mein Kinn ansatzlos zur Brust sinkt, doch scheinen die Bemühungen, bei Sinnen zu bleiben, ein aussichtsloses Unterfangen darzustellen. Ich muss aus dieser Kammer, in eine wärmere Umgebung, besser noch an ein Feuer, mich an einen warmen Körper pressen; wie sehr wünsche ich mir die Familie herbei, die mich in ihre Mitte nimmt, die mir die Kälte austreibt.

Ich bin mir durchaus bewusst, dass das Erfrieren überall in der Welt als eine der angenehmeren Todesursachen gilt, es heißt tatsächlich, es wäre ein sachtes Hinübergleiten in eine andere Welt, man empfände keinen Schmerz, keine Kälte, vielmehr Hitze, so seltsam das auch auf den ersten Blick erscheinen mag.

Die weißen Menschen führen tatsächlich Statistiken darüber, da die Hälfte aller (weißen) Erfrorenen für gewöhnlich nackt aufgefunden wird, was zunächst Verwirrungen bereitete. Wissenschaftler sprechen von der Paradoxie des Entkleidens, die Körpertemperatur sinkt allmählich, und die Blutgefäße an der Körperoberfläche ziehen sich zusammen, nur die Versorgung der lebenswichtigen Organe hat noch Priorität, das Herz, die Lunge, die Nieren und die Leber. Doch sobald die Temperatur unter siebenundzwanzig Grad fällt, weiten sich schlagartig die oberen Blutgefäße, es wird einem so heiß, dass man sich schließlich der Kleidung entledigt, um behaglich einzuschlafen.

Für die Inuit ist das Erfrieren kein sachtes Hinübergleiten, wir sind ein Leben lang der Kälte ausgesetzt, wissen zu gut über die damit verbundenen Gefahren Bescheid, nur die unvorsichtigen und glücklosen Gemüter erfrieren. Ich selbst will auf gar keinen Fall so sterben, weil es zugleich ein Eingeständnis wäre, etwas falsch eingeschätzt, es ganz gewaltig *in den Schnee gesetzt zu haben.*

Und bevor mir erneut (und vielleicht zum letzten Mal) das Kinn zur Brust fällt, höre ich ein lautes Hämmern, etwas wirft sich gegen die Tür, immer und immer wieder, bis sie berstend aus den Angeln bricht. Eine Gestalt beugt sich zu mir, augenscheinlich liege ich bereits am Boden, mit letzter Kraft hebe ich den Kopf, öffne die Augen, um überhaupt etwas erkennen zu können, flüstere aus tiefstem Herzen ein einziges, mich wärmendes Wort …

◊ ◊ ◊

Wir sind ins Leben zurückgekehrt, welches sich voller Licht und Hoffnung vor uns ausdehnt, mögen unsere Empfindungen die Zeiten überdauern … und dann kam auch schon jener denkwürdige Abend, da die Sonne weit draußen in der blauen See versank, während die Melancholie des nahen Herbstes in der Luft lag. Eigentlich war es zu schön, um wahr zu sein, unverzüglich überfiel mich ein Gefühl des Missbehagens, doch die Frau, deren Silhouette sich an der Küste wohltuend vom Glanz des Abendhimmels abhob, winkte mir zu. Elaine, meine über alles geliebte Ehefrau, wie sehr ich dich doch vermisst habe!

Zuvor kamen wir längs der norwegischen Küste von Stadt zu Stadt, von Fest zu Fest, es war schließlich im September, als unser Schiff in den Fjord von Kristiania hineinsteuerte und einen Empfang erhielt, wie er keinem Fürsten zuteilwurde. Die alten, ehrwürdigen Kriegsschiffe *Nordstjernen* und *Elida*, die neue, elegante *Valkyrien* und kleine, flinke Torpedoboote geleiteten uns. Dampfer, schwarz von Menschen, umschwärmten uns. Hoch und niedrig flatterten Flaggen, Salutschüsse dröhnten, Hurras erschallten, Taschentücher und Hüte wurden geschwenkt, überall gab es strahlende Gesichter. Alle hatten sie bereits von unseren Abenteuern gehört, der Reise nach Chicago samt ihren Ereignissen, unserem Aufenthalt in Grönland bei den Inuit, wir waren in aller Munde, und der ganze Fjord war ein einziges, wimmelndes Willkommen. Und dort lag im frühabendlichen Sonnenuntergang das Haus, davor der vertraute Strand, und auf dem Hausdach glänzte und glitzerte es. Dann wieder Dampfer hinter Dampfer, Zurufe auf Zurufe, mit dem Hut in der Hand verbeugten wir uns, als Hurra auf Hurra erscholl.

Die ganze Bucht von Piperviken war eine einzige Masse von Booten und Leuten und Flaggen und wehenden Wimpeln. Dann dröhnten von jedem Kriegsschiff dreizehn Schüsse, und das alte Fort Akershus folgte mit seinem dreizehnfachen schweren Donner. Fast wurde mir ein wenig bang, man feierte uns, als hätten wir im Handstand den Nordpol erreicht, die Nordwestpassage befahren, dabei waren dies doch erst künftige Abenteuer …

Spätabends stand ich dann endlich allein am Ufer des Fjords, der Lärm nach dem Fest war verhallt, die Fichtenwälder ringsum lagen schweigend und dunkel, die Vögel schliefen bereits. Auf einer Felsenklippe draußen glommen noch die Reste eines zu unserem Willkommen angezündeten Freudenfeuers, und zu meinen Füßen plätscherte und flüsterte die See: Jetzt bist du wirklich zu Hause. Der tiefe Frieden des Herbstabends senkte sich auf das Gemüt, meine Hände zitterten, und nichts ließ sich mehr in Worte fassen.

Ich dachte an jenen Morgen zurück, vor unserer Abfahrt, an dem ich diesen Strand zum letzten Mal betreten hatte. Wir hatten gekämpft, wir hatten gelacht, wir hatten so viel Neues erfahren, das Eis und die Nordlichter Grönlands glichen einem Traum aus einer anderen Welt. Uki schien nur noch ein mir innewohnender Gedanke zu sein, der entstanden und wieder dahingeschwunden war; doch: Was wäre denn unser Leben, könnte man ihm keinerlei Träume einhauchen?

(Aus dem Tagebuch des Vogelmannes)

DER GROSSVATER ERZÄHLTE MIR EINST, dass das Leben wie ein aufgeschlagenes Buch sei, das sich von allein zu schließen versucht, sich gegen die Schwerkraft stemmt, um seine Geheimnisse zu wahren, *sag mal, hörst du mir eigentlich noch zu, Elaine?*

In aller Ausführlichkeit hatte er mir Ukis Geschichte dargelegt, das Andenken der Ahnen zu wahren, es sei eine Aufgabe, der wir uns stellen müssten, ihre Erfahrungen könnten sich eines Tages als nützlich erweisen. Er sprach weiter und wurde dabei immer leiser, die Abenteuer der Großmutter und des Vogelmannes wühlten ihn auf, schließlich wären wir sonst nicht geboren worden.

Ich hätte nie gedacht, wie sehr mein Schicksal mit jenem von Uki verknüpft bleiben würde: wir, zwei Suchende, in eisigen, ihnen fremd gewordenen Welten, beide ums Überleben kämpfend, niemals von der Hoffnung und den Träumen lassend, gemeinsam an einer Schwelle stehend zu neuen, kaum möglich scheinenden Zeiten.

Ich denke immer wieder einmal an den Vogelmann, bekannt geworden als *Fridtjof Nansen*, er starb im Jahr 1930 und war maßgeblich mit seiner Mannschaft dafür verantwortlich, dass Uki aus dem Eisverlies des *Murder Castle* befreit und man *H. H. Holmes* habhaft werden konnte; jenes Hoteliers, der unserer Urahnin in Chicago nachgestellt und diese entführt hatte. *Die Mannschaft der* Fram *zählt somit auch zu unserer Familie,* so behauptete zumindest der Großvater.

H. H. Holmes wurde im Jahre 1896 (nach einem längeren Prozess) für seine Verbrechen zur Rechenschaft gezogen und gehängt, er ging als erster Serienkiller der neuen Welt in deren Geschichte ein und hinterließ ihr ein siebenundzwanzig Morde umfassendes Geständnis. *Und stell dir vor, Elaine, etliche der abgekochten Skelette seiner Opfer verkaufte er dreist an medizinische Zirkel und Universitäten, Ukis Leichnam hätte gewiss einen ähnlichen Weg genommen. In seinem Hotel wimmelte es nur so von Geheimgängen, Foltertischen, Säurebädern und so weiter, er hatte sogar Räume, aus denen die Atemluft abgepumpt oder in die Gas eingeleitet werden konnte. Dieses Eiszimmer allerdings …* der Großvater schüttelte den Kopf.

Uki kehrte mit dem Schiff des Vogelmannes nach Grönland zurück, sie kam allmählich wieder zu Kräften und hatte wahrlich einiges zu erzählen. Fridtjof verschwand aus ihrer Welt, doch blieb überliefert, dass er und Uki weiterhin Kontakt hielten, dass sie sich wiedersahen und einander verbunden blieben. Schließlich wurde Uki die erste Schamanin der Siedlung, angeblich zog sie sogar in das verwaiste Iglu ihrer alten Lehrmeister, allerdings konnte ich mir das beim besten Willen nicht vorstellen. *Großvater, hattest du nicht irgendwann behauptet, dass es dort komisch riecht und seltsame Puppen ihr Unwesen treiben?*

Vieles von dem, was mir Großvater erzählte, erscheint mir heute wie ein Märchen, ja es ist ein Wunder, dass ich mich überhaupt noch daran erinnern kann, an all die Geschichten aus anderen Zeitaltern, aus längst vergangenen Welten. Ich überlege manchmal, wie viel Zeit wirklich vergangen ist, seit dem Tod des Großvaters, dem Ende der Welt, seit dem Kometeneinschlag und der Reise des Flugschiffes durchs All. Ich versuche, es in den Dimensionen des Eises zu bemessen, das Milliarden von Jahren ausharren kann, bevor es sich erneut in Wasser verwandelt und Leben gebiert.

Die eisigen Landschaften Winterthurs werden mir immer vertrauter, und wenn gutes Wetter herrscht, glitzern diese sogar, als hätten sie unzählige Sterne aufgefangen. Ich atme, und die kalte Luft dringt in meine Lungenflügel, in die Lungenbläschen und Blutbahnen, sie pirscht sich bis zum Herzen vor, doch fühlt es sich nicht mehr schlimm an.

Die Eisberge in unserer Umgebung bilden faszinierende Formen, manchmal scheint es, als könnten sie in wenigen Minuten aus dem Boden wachsen, sie tauchen auf und verschwinden wieder, wie der Rauch, der von uns aufsteigt. Dann wieder türmen sie sich höher, und wir blicken zu ihnen auf, fallen ihrer Einzigartigkeit zum Opfer, bestaunen den frisch gefallenen Schnee, der sich in pulvrigen Bahnen über die Szenerie legt, der alle scharfen und spitzen Kanten verschwinden lässt. Wir wandeln zwischen Eisskulpturen, die wie Wolkengebilde gedeutet werden können, und dort tief Luft zu holen, das ist unbeschreiblich, als ob man auf einem frischen Minzkaugummi herumkauen würde, dessen freigesetzte Essenzen alles mit sich reißen. Die Geruchs- und Geschmacksmoleküle gleiten über die Kante des Rachens, schweben in der Luftröhre nach unten, wie frisch gefallener Schnee stapeln sie sich da, ich bin wirklich dabei, mit dem Planeten eins zu werden.

Nur selten habe ich noch schlechte Tage, an denen es der Kälte gelingt, mich an den Rand des Wahnsinns zu treiben, Dinge in mir hervorzukehren, die ich vergessen will. Dann nimmt Dallas meine Hand, er kann sich seinen beachtlichen Bart mittlerweile wie einen Schal um den Hals wickeln, wir ziehen weiter, suchen nach Unterschlüpfen, weichen den sich auf Winterthur gut eingewöhnenden Eisbären aus.

Dass Uki ihren Vogelmann wiedersehen würde, ich hätte es nicht einmal im Traum zu hoffen gewagt – und dass ich Dallas wirklich würde umarmen und küssen können, es scheint mir das größte Wunder zu sein, zu dem ein Universum imstande ist.

Danksagung & Anmerkungen

Monika Külper, Ulrike Wörner, Heike Bogenberger, Christine Gerstacker, Agentur Graf & Graf (Meike Herrmann); Projektstipendium für Literatur 2018/19 (Bundeskanzleramt, Kunst und Kultur, Sektion II/5), Aargauer Literaturhaus Lenzburg – Stiftung Dr. Hans Müller und Gertrud Müller (Atelieraufenthalt 2018), und last but not least: Regina Kammerer!

Ein Dankeschön an meine Weltenschreiber-SchülerInnen & Sabrina Winter, die ich ein Jahr lang im Deutschunterricht mit Literatur begleiten durfte (thanks to: Literaturhaus Stuttgart & Robert Bosch Stiftung!). Dem Epilog des Romans steuerten die SchülerInnen Sätze und Gedanken bei, namentlich bedanken (weil ich deren Ideen verwenden und variieren durfte) möchte ich mich bei: Emma Erhard, Melanie Sättele, Lilli Sieber, Darleen Heß, Calla Höret, Kim Hellmann, Max Steinbach, Violetta Ramadani, Nazek Ramadan, Annelie Schlayer, Florian Gobec, Sude Habiboglou, Samed Sarikaya, Lena Blessing, Raffael Arabzadeh und Fatemeh Dehestani. Vielen Dank auch meiner Online-Community, die eine gemeinsame Liste beisteuerte und ins Flugschiff eincheckte!

Begleitende Lektüreempfehlung: Fritz Römer und Fritz Schaudinn, »Fauna Arctica. Eine Zusammenstellung der arktischen Tierformen, mit besonderer Berücksichtigung des Spitzbergen-Gebietes auf Grund der Ergebnisse der Deutschen Expedition in das Nördliche Eismeer im Jahre 1898«, Jena 1900; Meyers Großes Konversations-Lexikon, Band 1., 2., 5., 12., 16., 18., 20., Leipzig, ab 1905; Fridtjof Nansen, »In Nacht und Eis – die norwegische Polarexpedition 1893–96«, Brockhaus Leipzig, 1897; Karl May, »Winnetou I«, Karl-May-Verlag, Bamberg 1951; Alan Dean Foster, »Alien – Das unheimliche Wesen aus einer fremden Welt«, Heyne-Verlag München, 1993; Anne Carson: »Rot«, S.Fischer, Frankfurt, 2019; Ilse Aichinger, »Der Gefesselte«, Erzählungen 1 (1948–1952), S.Fischer, Frankfurt 1991; Franz Kafka, »Die Erzählungen«, S.Fischer, Frankfurt 1995.

Empfohlene Playlist: 1. Hooverphonic: »Visions« (Intro), 2. Tom Waits/Astrid Seriese: »Dirt in the Ground«, 3. Planetengeräusche in unserem Sonnensystem, aufgenommen von der NASA, abrufbar z.B. unter: https://www.youtube.com/watch?v=IQL53eQocNA * https://www.youtube.com/watch?v=JEzq1I94gZA, 4. The Acid: »Tumbling Lights«, 5. Chicks on Speed: »Kaltes klares Wasser«, 6. Madrugada: »Strange Colour Blue«, 7. An Pierlé: »The Cold Song«, 8. Jacques Offenbach, Les Contes d'Hoffmann: »Les oiseaux dans la charmille«, 9. Jazztronik (feat. Sandii): »Aia la ʻo Pele i Hawaiʻi«, 10. Ludovico Einaudi: »Dietro Casa«.

Anmerkung zum Inuktitut: Inuit-Sprachen gibt es mindestens fünf, die nochmals in siebzehn regionale Dialekte zerfallen. Die Dialekte sind so verschieden, dass in der Literatur auch von vierzehn verschiedenen Sprachen die Rede ist. Inuktitut wird als Sammelbegriff für all diese Sprachen verwendet, manchmal (und richtiger) jedoch als Bezeichnung von zweien dieser Sprachen (neben Kalaallisut, Inupiaq-tut und Yupik-tut). Diese sind das Inuktitut kangilliunerusutut und das Inuktitut killiunerususut (Ost- und Westinuktitut). Ein Beispiel, um diese Unterschiede zu veranschaulichen, wäre das Wort »Polarlicht«; Louis-Jacques Dorais gibt dieses wie folgt wieder: *aqsarniit* (North Baffin, East Baffin, South Baffin), *atsanik* (Labrador) – diese Dialekte gehören zum Inuktitut kangilliunerusutut (Ostinuktitut). Außerdem *aqhait* (Natsilingmiutut), *aqhaq* (Natsilingmiutut, Kivalliq) und *kiurjait* (Siglitun) – das sind Dialekte des Inuktitut killiunerususut (Westinuktitut). Dorais führt außerdem noch in Kalaallisut die Worte *arsarnirit* (Westgrönländisch) und *arsarniq* (Ostgrönländisch) an. (aus: Louis-Jacques Dorais, »The Language of the Inuit: Syntax, Semantics, and Society in the Arctic, Montreal, McGill-Queen's University Press, 2010).

Sollte diese Publikation Links auf Webseiten Dritter enthalten,
so übernehmen wir für deren Inhalte keine Haftung,
da wir uns diese nicht zu eigen machen, sondern lediglich auf
deren Stand zum Zeitpunkt der Erstveröffentlichung verweisen.

Dieses Buch ist auch als E-Book erhältlich.

Wir haben uns bemüht, alle Rechteinhaber ausfindig zu machen.
Sollte uns dies im Einzelfall bis zur Drucklegung bedauerlicherweise
einmal nicht möglich gewesen sein, werden wir begründete Ansprüche
selbstverständlich erfüllen.

MIX
Papier aus verantwortungsvollen Quellen
FSC® C014496

Verlagsgruppe Random House FSC® N001967

1. Auflage

Neumarkter Straße 28, 81673 München
Umschlaggestaltung: Covergestaltung: Buxdesign
Covermotive: Schrift by Casey Horner on Unsplash
Schiff: ©Bridgeman Images/ T859 Critical Position of
H. M. S. Investigator on the North Coast of Baring Island, August 20th 1851,
drawn by Lieu. S. Gurney Cresswell, pub. 1854 by Day & Son
and Ackermann & Co. (colour lithograph)
Satz: Uhl + Massopust, Aalen
Druck und Einband: GGP Media GmbH, Pößneck
Printed in Germany
ISBN 978-3-630-87551-4

www.luchterhand-literaturverlag.de

Michael Stavarič

GOTLAND

Roman

352 Seiten, gebunden, Luchterhand 87543

Eine streng katholische Mutter – Zahnärztin mit eigener Praxis neben einer Stiftskirche in Wien und einem fanatischen Glauben, der die Bibel gefährlich wörtlich nimmt. Was macht das mit dem Sohn? Mit einem jungen Mann, der sich nach einem Vater sehnt und allerlei Begierden entwickelt, je älter er wird? Er wird zu einem Suchenden, vor allem nach dem Tod der Mutter. Zu einem Fahrenden in Sachen Gott, den er in Gotland zu finden hofft, jenem fernen Sehnsuchtsort der Mutter, die immer behauptete, dort hätte sie seinen Vater kennengelernt. Ein unheimlicher, heiliger, jedoch auch wahnsinniger Ort …

»Wie Rauch geistert ›Gotland‹ in einem herum, ein Erkundungsrausch, der das eigene Kopfkino mit furiosen Bildern antreibt.«

Frankfurter Allgemeine Zeitung